MARGARET LEROY

Eine Frage des Vertrauens

Buch

Chloe Langdon, Anfang vierzig und Mutter von Lucy (5) und Alice (12), hat sich nach ihrer Scheidung ganz auf ihre Töchter und ihren Beruf als Sozialarbeiterin im Bereich Kinder- und Jugendschutz konzentriert. Außer einer kurzen Affäre liegt ihr Liebesleben brach. Dann begegnet sie Daniel Whitmore und fühlt sich sofort zu ihm hingezogen. Eine leidenschaftliche Beziehung beginnt, die Chloe jedoch vor ihren Kindern verheimlichen will. Als Dan ihr erzählt, dass er verheiratet ist, sind ihre Gefühle schon zu tief. Dan trennt sich von seiner Frau, und es sieht so aus, als könnte sich für Chloe das große Glück erfüllen. Denn auch Alice und Lucy haben Dan nach anfänglichen Schwierigkeiten ins Herz geschlossen.

Doch dann geschieht das Unfassbare: Dan wird des Kindesmissbrauchs angeklagt. In seiner Arbeit als Jugendpsychiater soll er sich an einem achtjährigen Mädchen vergangen haben. Chloe weiß aus eigener Berufserfahrung, dass derlei Aussagen ernst zu nehmen sind. Zweifel nagen an ihr, und die schlimmsten Theorien reifen in ihrem Kopf. Auch nimmt der Druck der Außenwelt ständig zu, und von allen Seiten wird ihr angetragen, ihre Kinder zu schützen und den Kontakt zu Dan abzubrechen. Doch Chloe hält zu ihm – bis sie glaubt, einen unerschütterlichen Beweis seiner Schuld in der Hand zu halten, den sie vor der Polizei verheimlicht. Sie wendet sich von ihm ab, kann ihn aber nicht vergessen. Zugleich rückt der Prozesstermin immer näher, und von ihrer Aussage wird vieles abhängen. Chloes Vertrauen in ihre Liebe wird auf eine harte Probe gestellt …

Autorin

Margaret Leroy studierte Musik und Sozialwissenschaft und arbeitete selbst fünfzehn Jahre als Sozialarbeiterin und Therapeutin. Sie hat mehrere Sachbücher geschrieben, darunter auch *Ich schau Dir in die Augen, Kleiner*, erschienen im Oktober 1998. *Eine Frage des Vertrauens* ist ihr erster Roman.

Margaret Leroy

Eine Frage des Vertrauens

Roman

Aus dem Englischen
von Karin Szpott

GOLDMANN

Die englische Originalausgabe erschien 1999 unter dem Titel
»Trust« bei HarperCollins, London

Umwelthinweis:
Alle bedruckten Materialien dieses Taschenbuches
sind chlorfrei und umweltschonend.

Der Goldmann Verlag
ist ein Unternehmen der Verlagsgruppe Bertelsmann

Deutsche Erstausgabe September 2000

Umschlaggestaltung: Design Team München
Umschlagfoto: TIB/Pizzi
Satz: deutsch-türkischer fotosatz, Berlin
Druck: Elsnerdruck, Berlin
Verlagsnummer: 44637
Lektorat: Frauke Brodd
Redaktion: Alexander Groß
Herstellung: Heidrun Nawrot
Made in Germany
ISBN 3-442-44637-6
www.goldmann-verlag.de

1 3 5 7 9 10 8 6 4 2

Prolog

Eine Frau und ein Mann. Sie standen auf meiner Türschwelle und lächelten, wenn auch nicht mit den Augen. Die Frau war schick und modisch gekleidet und machte dabei einen adretten und tüchtigen Eindruck. Ihr glänzendes braunes Haar war zu einem korrekten Pagenkopf geschnitten, und der Rock ihres dunkelblauen Kostüms reichte sittsam bis zum Knie. Sie verströmte einen leichten, sauberen Duft; er erinnerte an ein Deodorant oder einen Weichspüler. Der Mann war jünger als sie, hoch gewachsen und schlaksig, sein pomadisiertes Haar trug er wie Elvis nach hinten gekämmt.

»Mrs. Langdon?«, fragte die Frau.

»Ja«, erwiderte ich.

Sie zeigten mir ihre Ausweise.

»Es tut uns Leid, dass wir Sie so überfallen«, sagte die Frau. »Wir haben vergeblich versucht, Sie telefonisch zu erreichen.«

»Sie kommen besser herein«, erwiderte ich.

Sie folgten mir, als ich an der Tür vorbeiging, die zum Wohnzimmer führte. Dort saß Lucy gemütlich vor dem Fernseher und sah sich gebannt eine Kindersendung an; ihre Brust hob und senkte sich bei ihren langen, müden Atemzügen, dabei hielt sie eine alte Strickjacke – ihre Schmusedecke – an ihre Wange. Nach ihrem Tag in der Grundschule wirkte sie auf reizende Weise schmuddelig; ihr Gesicht war hier und da verschmiert, und ein paar blonde Haarsträhnen hatten sich aus ihrer Haarschleife gelöst und fielen auf ihre Schultern. Sie drehte nicht einmal den Kopf, als wir vorbeigingen. Sie würde bestimmt noch eine Stunde dort sitzen bleiben. Das war mir wichtig, denn ich wollte sie unbedingt vor dem bewahren, was nun geschehen würde.

Meine Küche war so erfüllt vom herbstlichen Sonnenlicht, dass sie fast kitschig wirkte. Die Geranien leuchteten rot auf meinem Fensterbrett. Draußen im Garten zeichnete der Apfelbaum einen dunklen, scharf abgegrenzten Schatten auf den hellen Rasen. Eine Biene summte fleißig am Fenster, was in der Stille zermürbend laut wirkte. Ich nahm alle diese Dinge sehr bewusst wahr, als seien meine Sinne geschärft. Alles war klar und deutlich und laut.

Der Mann und die Frau standen jeweils auf einer Seite meines großen Eichentisches. Sie schienen sehr viel Raum einzunehmen. Es war der Augenblick, in dem man erwartet, dass der Besucher sich irgendwie anerkennend äußert – »Was für ein herrlicher alter Kamin« oder »Die Zeichnungen von Ihren Kindern sind aber nett«. Sie standen jedoch einfach nur da – sie wirkten zwar nicht feindselig, aber auch nicht gerade freundlich.

Ein Sonnenstrahl fiel auf den Tisch zwischen uns. Darin tanzten Staubpartikel, die in ihrer Zufälligkeit wunderschön aussahen.

»Wir möchten mit Ihnen über Daniel Whitmore sprechen«, sagten sie.

»Ja«, erwiderte ich. »Nehmen Sie doch Platz.«

Sie setzten sich. Der Mann hatte sehr lange Beine. Er rutschte auf seinem Stuhl hin und her und versuchte, seine Beine unterzubringen. Beide klappten ihre Aktenkoffer auf und holten Stift und Notizblock hervor. Der Mann hatte außerdem noch eine blaue, offiziell aussehende Aktenmappe. Er legte sie auf den Tisch, öffnete sie dort, wo ein paar handgeschriebene Seiten abgeheftet waren, und richtete sie mit beiden Handtellern so aus, dass sie genau parallel zur Tischkante lag. Was ich dort zwischen diesen gewissenhaften und mir fremden Händen liegen sah, entsetzte mich. Die Handschrift war meine eigene.

»Möchten Sie Kaffee?«, fragte ich.

»Gern, danke«, antworteten sie. Ich spürte, wie Erleichterung in mir hochstieg, als sie mein Angebot annahmen. Ich konnte mich noch daran erinnern, dass Dan erzählt hatte, dass sie bei ihm Kaffee abgelehnt und ihm damit einen panischen Schrecken eingejagt hatten.

Ich setzte den Wasserkessel auf, nahm drei Becher aus der Anrichte und öffnete den Küchenschrank, um ein paar Kekse herauszuholen. Der Schrank war wie üblich vollgestopft und ziemlich unaufgeräumt: Ein Paket mit Buchstabennudeln und ein paar verstreute Du-Puy-Linsen fielen auf die Arbeitsplatte. »Tut mir Leid«, sagte ich, obwohl das eigentlich völlig überflüssig war. Ich stellte mir einen Augenblick lang vor, dass sie vielleicht in ihren kleinen Notizbüchern notierten, in welch bedauernswertem Zustand meine Küchenschränke waren.

Ich fand die Ingwerplätzchen und legte fünf davon in einem perfekten Halbkreis auf einen Teller. Das erschien mir wichtig, als ob ich alles in Ordnung bringen könnte, wenn ich nur die Plätzchen an ihren richtigen Platz legte. Als ich der Frau ihren Kaffeebecher reichte, bemerkte ich, dass meine Hand zitterte.

»Mrs. Langdon, ich möchte Ihnen versichern, dass es nichts gibt, worüber Sie sich Sorgen machen müssten«, sagte sie beschwichtigend. »Wir werden uns nur ein wenig unterhalten – wir werden keine Aussage zu Protokoll nehmen.«

»Sie haben nichts Unrechtes getan«, fügte der Mann hinzu. »Wir brauchen nur Ihre Hilfe. Sie müssen sich deswegen keine Sorgen machen.«

Ich setzte mich und umklammerte mit beiden Händen meinen Kaffeebecher; ich hielt ihn dicht vor meinen Körper, so wie Lucy ihre Schmusedecke festhielt, wenn sie Angst hatte.

»Ihr Name ist Chloe Langdon?«

»Ja«, antwortete ich.

»Und wo arbeiten Sie, Mrs. Langdon?«

»Im Cambridge Centre. Ich bin Sozialarbeiterin und arbeite halbtags.«

»Auf welchem Gebiet?«

»Kinder- und Jugendschutz«, antwortete ich.

Die Frau stellte die Fragen, und der Mann notierte meine Antworten in seinem kleinen Buch. Wenn sie meine Aussage nicht zu Protokoll nehmen wollten, warum schrieb er dann alles mit? Ich fragte mich einen Augenblick, ob ich einfach unglaublich naiv war und ob ich mich weigern sollte, mit ihnen zu reden.

»Das muss alles sehr schwer für Sie sein«, meinte die Frau, was mich überraschte.

»Ja«, erwiderte ich. In meinem aufgewühlten Zustand rührte mich ihr Versuch, sich in mich hineinzuversetzen, mehr, als er es sonst getan hätte. Ich fühlte, wie mir Tränen in die Augen traten.

»Haben Sie Kinder, Mrs. Langdon?«, fragte sie.

Ich nickte. »Lucy ist fünf und Alice zwölf.«

Mir wurde klar, dass sie mir Fragen stellten, deren Antworten sie bereits kannten. Das machte mir große Angst. Doch was konnte ich anderes tun, als ihnen zu erzählen, was geschehen war, und zwar genau so, wie es sich meiner Erinnerung zufolge abgespielt hatte?

»Und Sie kennen Daniel Whitmore?«

»Ja«, antwortete ich. Ja, ich kannte Daniel Whitmore.

Erster Teil

1

Ich hatte gehofft, die Party im Garten abhalten und das Abendessen auf einem Tisch unter dem Apfelbaum servieren zu können, denn Kinder sind so viel leichter zu bändigen, wenn sie genug Platz haben, um sich frei zu bewegen. Doch in letzter Minute hatten große violette Wolken die Sonne verdunkelt. »Bei *meiner* Party darf es nicht regnen«, sagte Lucy und war außer sich, als die ersten Tropfen auf die Terrasse fielen. Es war ein typischer Junisturm, geräuschvoll und kräftig. Während wir die üblichen Spiele spielten, Lieder sangen und die Kerzen auspusteten, warf ich immer wieder einen Blick durch das beschlagene Fenster und sah, wie der Regen im hinteren Teil des Gartens auf die hellen wilden Rosen in der Hecke prasselte, die ich nie beschneide, und den Rasen mit durchnässten, dünnen Blütenblättern übersäte. Das stimmte mich traurig, denn sie sind so zart und so fragil; eigentlich sind es Heckenrosen, und in diesem Jahr hatten sie erst ganz kurze Zeit geblüht.

Am besten erinnere ich mich daran, dass wir »Tommy« gespielt haben. Es ist ein Spiel, das Jude mir beigebracht hat – Jude kann sehr gut mit Kindern umgehen, sie hat unglaublich viel Fantasie. Ich habe zu ihr gesagt, dass das wahrscheinlich daran läge, dass sie selbst keine Kinder habe – sicher taktlos von mir. Man nimmt jede Menge Süßigkeiten – Smarties, Lakritzstangen und diese »kleinen runden Geleedinger«, wie Lucy sie nennt – und häuft sie auf einem Teller zu einem unwiderstehlichen bunten Gebirge auf. Ein Kind wird nach draußen geschickt, und die übrigen Kinder flüstern fröhlich und verschwörerisch untereinander und erklären eine Süßigkeit zu Tommy. Das Kind kommt von draußen wieder ins Zimmer, nimmt eine Papiertüte und sammelt eine Süßigkeit nach der anderen ein, bis es die ausgesuchte Süßigkeit berührt. Dann schreien alle »Tommy«, und das nächste Kind kommt an die Reihe.

Es ist ein grausames Spiel. Mit etwas Glück kann man ziemlich viele Süßigkeiten einheimsen, doch ist dies natürlich vollkommen willkürlich; das Spiel konfrontiert die Kinder mit der Unrechtmäßigkeit – normalerweise bemühen wir uns sehr, sie davor zu bewahren. Ich sehe immer interessiert zu, wie sie damit umgehen und wie sie so tun, als hätten sie alles unter Kontrolle. In jenem Jahr versuchte es das erste kleine Mädchen mit Fingerfertigkeit und schnappte sich ihre Süßigkeiten wie ein Vogel mit abgehackten, hervorschnellenden Bewegungen. Lucy schaufelte ihre Süßigkeiten fröhlich in die Tüte und vertraute auf die schiere Energie und die Wohltätigkeit des Universums. Alice wiederum trieb mit ihrer Langsamkeit jeden zur Verzweiflung; vor jeder Wahl hielt sie inne und neigte den Kopf zur Seite. Sie interessiert sich sehr für Feng Shui und erklärt die Dinge gern mit Hilfe der Astrologie – »Also, Mama, du *bist* nun mal Krebs, und Krebse sind voller Ängste.« Ich hatte den Verdacht, dass sie auf eine Eingebung hoffte.

Alles ging gut, bis Fred an die Reihe kam. Ich war richtig entzückt von Fred, er war Lucys neuester, begeisterter Spielkamerad und seit Mittwoch ihr bester Freund. Er war ein ausgesprochen hübscher, elfenhafter kleiner Kerl mit einem seidigen Pony, der ihm in die Augen fiel. Er setzte sich stolz hin und streckte einen Finger nach seinem ersten Geleebonbon aus – und alle Kinder schrien »Tommy«. Er drückte die leere Papiertüte an seine Brust und lächelte ein überlegtes, tapferes Lächeln. Ich konnte es nicht mit ansehen. Ich nahm eine Hand voll Süßigkeiten und ließ sie in seine Tüte fallen. »Zum

Trost«, sagte ich, doch es war nur ein kleiner Trost. Er wandte sich ab, sein Gesicht war vor lauter unterdrückten Tränen ganz durchsichtig.

Nach und nach trafen die Eltern ein. Ich holte die entsprechenden Anoraks und Schuhe, witzelte wie üblich, dass ich ein Reinigungsunternehmen kommen lassen müsste, und gab jedem Kind eine Tüte mit Geschenken – Lollis, Plastikflugzeuge, japanische Wasserblumen. Bald war nur noch Fred übrig. Ich fragte mich, was mit seinen Eltern los war. Ein ungeschriebenes Gesetz sagt, dass man sich nie verspäten sollte, wenn man sein Kind von einer Party abholt. Ich ließ ihn mit Alice und Lucy spielen, auch wenn er immer noch ziemlich zerbrechlich wirkte, und zog mich in die Küche zurück.

Der Tisch war übersät mit den Überresten des Abendessens – Pappbecher, halb abgebrannte, rußverschmierte Kerzen, Stücke des Barbie-Kuchens, in deren Glasur Biss-Spuren zu sehen waren, ein noch voller Teller mit Vollkornsandwiches, die ich pflichtbewusst jedes Jahr mache und dann nach der Party wegwerfe. All das konnte warten. Ich schleuderte die Schuhe von den Füßen, zog eine Papierschlange aus meinem Haar und schenkte mir ein Glas Wein ein.

Dem Kinderlärm folgt eine besondere Stille, eine viel sagende, sanfte Stille, die man fast mit Händen greifen kann. Ich saß da, nippte an meinem Wein und genoss die Ruhe, die mich umgab. Die Wände meines Hauses schienen Frieden auszustrahlen, wie Backsteine nach einem langen Sonnentag Wärme ausstrahlen. Ich liebe meine Küche: die Übertöpfe mit blühenden Pflanzen, das blau-weiße Geschirr, das kunterbunt auf meiner Anrichte steht, die Wände, die so gelb sind wie Butter, und die Kinderzeichnungen überall – »Eine Kuh mit Fahrrad«, »Ganz viel magisches Heidekraut«, »Mami ist böse« – Lucys Bild von mir mit langen Fingernägeln, langen Zähnen und hexenhaften Glitzerohrringen.

Nachdem Adam ausgezogen war, habe ich alle Wände neu gestrichen. Beim Streichen ging es hauptsächlich um Inbesitznahme – ich sorgte dafür, dass das Haus wirklich mir gehörte, was irgendwie nicht der Fall gewesen war, als Adam noch hier wohnte. Jetzt kenne ich das Haus wirklich gut, ich könnte Ihnen alles Mögliche darüber erzählen – über seine Risse und Kratzer, die Ränder, die die Wasserflecken hinterlassen hatten, die alte Prägetapete, die gierig die Farbe aufgesogen hatte, und über die Tatsache, dass sich alles leicht auf eine Seite neigt. Es sind sowohl intime als auch banale Dinge, über die man etwas erfährt, wenn man sein Haus renoviert, wenn man Tapeten abreißt, Wände abschmirgelt und neugierig in alle Ecken schaut. Ein wenig ist es vergleichbar mit den Einzelheiten, die man über die Körper seiner Kinder weiß, wie beispielsweise die unauslöschliche weiße Narbe, wo sie eine Windpocke aufgekratzt haben, der Kopfschorf, der unter ihrem Haar verborgen ist, und die duftenden Rundungen ihres Nackens. Inzwischen sieht mein Haus viel hübscher aus als damals, als Adam noch hier wohnte, auch wenn vermutlich einige Leute vieles ein wenig ausgefallen finden. Meine Musselin-Vorhänge werden von einer Kordel zusammengehalten, mein Geschirr ist bunt zusammengewürfelt, und es stehen überall viel zu viele Kerzen. Alice jedenfalls gefällt es nicht. »Mama, was soll denn dieses Halstuch da? Warum können wir keine *Lampenschirme* haben wie alle anderen Leute auch?« Doch in meinen Augen passt alles wunderbar zusammen, vor allem in der Küche. Die Küche ist der älteste Teil des Hauses, das zunächst nur ein kleines viktorianisches Häuschen mit zwei Zimmern im Erdgeschoss und zwei Zimmern im ersten Stock war, bevor in den dreißiger Jahren angebaut wurde. Als ich in diesem warmen, alten Raum nach der Party in Ruhe dasaß, konnte ich fast die wohlwollende Gegenwart der anderen Menschen, die hier gelebt hatten, erahnen.

Lucy kam stampfend in die Küche; in ihrem orangefarbenen Leinenkleid und ihren kleinen Baumwollturnschuhen sah sie einfach entzückend aus. Fünf ist ein perfektes Alter, das habe ich bei beiden Kindern gedacht. Mit fünf strecken sich ihre Körper ein wenig und entwickeln den Charme des mittleren Kindesalters, besitzen jedoch zugleich noch die runden, pausbäckigen Gesichter mit den Grübchen, die sie als Baby hatten. Lucy sah mit fünf Jahren einfach zum Anbeißen aus, wie eine kleine Aprikose.

Sie stand jetzt vor mir und ballte ihre Hände zu Fäusten; ihr rundes Gesicht sah dabei gequält aus, weil sie sich plötzlich daran erinnerte, was ihr vorenthalten worden war. »Mami, warum hast du mich nie etwas gewinnen lassen? Warum konnte *ich* nicht den Wettbewerb mit dem hässlichsten Gesicht gewinnen?«

Alice kam nach ihr in die Küche. »Sei nicht albern, Lu. Mama lässt dich auf deiner eigenen Party nie etwas gewinnen«, sagte sie mit der weltverdrossenen Blasiertheit eines Mädchens, das fast das Teenageralter erreicht hat und bereits in jedem Ohr zwei Ohrringe trägt.

»*Du* hast alle Geschenke bekommen«, beantwortete ich Lucys Frage. »Denk mal an all die Geschenke. Ein Feuerwehrauto, Filzstifte und eine Rassel – alles tolle Sachen.«

Ich nahm sie auf den Schoß und schlang meine Arme um sie. Einen Augenblick lang wehrte sie sich steif, gab dann aber nach und kuschelte sich an mich. Sie schürzte die Lippen und steckte sich den Daumen in den Mund. Ich vergrub mein Gesicht in ihrem Haar.

»Du riechst lecker«, sagte ich.

»Und *du* riechst nach *Alkohol«*, entgegnete Lucy missbilligend. Sie wand sich von meinem Schoß und hüpfte ins Wohnzimmer zu ihrem Spielzeug; den Daumen hatte sie dabei immer noch im Mund. Alice folgte ihr.

Ich schenkte mir noch etwas Wein ein und sah hinaus in den Regen. In den Blumenkästen mit Lobelien und Steinkraut, die auf dem Fensterbrett standen, sammelten sich allmählich kleine Pfützen. Das Geißblatt vor dem Fenster hing herunter, seine komplizierten Blüten waren von dem Wasser ganz schwer. Ein paar Schnecken krochen langsam an der Fensterscheibe hoch, ich konnte ihre glänzende Unterseite sehen. In meinem Garten gibt es Hunderte von Schnecken; sie sind riesig und haben Häuschen mit Tigerstreifen, und bei Nässe kommen sie immer hervor. Die Mädchen folgen ihren silbrigen Spuren über die Terrasse, sammeln sie ein und foltern sie, richten Krankenhäuser und Friedhöfe für die Schnecken ein; und trotzdem werden es immer mehr, und ich muss meine Blumentöpfe oben am Rand mit Vaseline einstreichen, damit sie meine Lilien nicht fressen. Trotzdem habe ich Schnecken irgendwie gern. Genau wie die dicken weißen Würmer in den Blumenbeeten und die winzigen grauen Frösche, die im hohen Gras herumhüpfen, scheinen sie einfach zu meinem üppigen Garten zu gehören, in dem alles ein wenig übertrieben und überladen ist.

Plötzlich war im Wohnzimmer lautes Geschrei zu hören. Ich eilte hinein. Fred weinte. Er hatte es geschafft, sich an Lucys neuem Feuerwehrauto zu schneiden; es war ein Geschenk von Jude, das Lucy sich noch nicht angesehen hatte. Ich kniete mich hin und umarmte ihn. Ein heller Blutstropfen bildete sich an seinem Finger. Er drehte schluchzend und erschreckt den Kopf weg. Lucy, deren Barbiepuppen ständig unaussprechliche Verstümmelungen und Verletzungen erlitten, schaute fasziniert hin.

»Ich glaube, da brauchen wir ein ganz großes Pflaster«, meinte ich.

Ich klebte das Pflaster gerade auf seinen Finger, als es an der Tür klingelte; Fred hatte inzwischen aufgehört zu weinen und atmete tief und stockend. »Na, das ist bestimmt dein Papa«, sagte ich und verkniff mir die Bemerkung: »Wird aber auch Zeit.«

Doch er war es nicht. Es war ein Mann, den ich noch nie zuvor gesehen hatte – hoch gewachsen, dunkle Haare, ziemlich kräftig und nass bis auf die Haut. Sein Anblick brachte mich durcheinander, weil er so unerwartet war.

»Ich wollte Fred abholen«, sagte er, als Fred sich ihm in die Arme warf. »Na, ich nehme an, das ist Ihnen jetzt auch klar.«

Sein Tonfall konnte nicht ganz verleugnen, dass er aus Manchester stammte. Er lächelte bescheiden – ein bisschen wie Fred. Er hatte dringend eine Rasur nötig. »Sie hatten eine Autopanne. Was soll ich sagen?«

Diesem sehr bedächtigen Charme konnte ich nicht widerstehen. »Das ist schon in Ordnung«, erwiderte ich. »So etwas kommt eben vor. Sie kommen besser herein und holen Freds Sachen.«

Die Kinder wandten sich wieder ihrem Spiel zu – Fred war froh, dass jetzt jemand da war, der ihn abholte.

Wir machten uns bekannt. Er sei Dan, Freds Onkel. Er folgte mir in die Küche. Er war nicht besonders gut aussehend – sein Gesicht war leicht asymmetrisch und hatte ein breites Kinn und dichte Augenbrauen. Doch sein hoch gewachsener, breitschultriger Körper hatte ebenso wie seine lässige Kleidung etwas Ansprechendes und schien meinen Blick magisch anzuziehen. Seine Stoppeln ließen ihn im Gegensatz zu vielen anderen Männern nicht heruntergekommen aussehen, sondern auf angenehme Weise leichtlebig erscheinen.

Die Schulterpartien seines Hemdes waren vom Regen ganz dunkel, und sein Haar klebte ihm am Kopf. Ich gab ihm ein Handtuch. Er senkte den Kopf und rubbelte damit seine Haare trocken. Es lag ein durchdringender Geruch von nassem Jeansstoff in der Luft.

»Das alles tut mir Leid«, sagte er.

»Schon okay«, erwiderte ich höflich.

Da die Flasche Chardonnay offen auf dem Tisch stand und es draußen weiter regnete, bot ich ihm aus Höflichkeit – und nicht, weil ich es gerne wollte – etwas zu trinken an.

»Das klingt verlockend«, sagte er. Er legte das Handtuch hin und strich sich sein Haar nach hinten. Er hatte strubbeliges Haar, das nie ordentlich aussieht. Außerdem waren ein paar graue Strähnen zu sehen. Ich nahm an, dass er etwas über vierzig war, mehr oder weniger mein Alter.

Ich schenkte ihm ein Glas Wein ein. Er blieb einen Augenblick stehen und betrachtete die Zeichnungen, die an der Pinnwand hingen.

»Mami ist böse. Sind Sie das?«

»Manchmal«, erwiderte ich. »Wahrscheinlich nicht oft genug.«

Er betrachtete mich eingehend von oben bis unten. Mir wurde siedend heiß bewusst, dass meine Bluse ziemlich eng war und dass zwischen meinen Brüsten ein Knopf fehlte, weil ich Nähen hasse und mir nicht die Mühe gemacht hatte, ihn wieder anzunähen.

»Sie tragen dieselben Ohrringe«, meinte er.

»Ja, es sind meine Lieblingsohrringe.«

»Es sind nicht die gleichen«, sagte er. »Ein Mond und ein Stern, das gefällt mir.«

Lucy sah neugierig hinter der Tür hervor.

Dan setzte sich an den Tisch und lächelte ihr zu. »Du musst das Geburtstagskind sein.«

Dieser besonderen Stellung war sie sich voll bewusst; sie stolzierte herein und schwang dabei ihren Geschenkbeutel. Sie ging direkt auf ihn zu und berührte seinen Ärmel. »Iieh. Du bist ja ganz nass.«

»Draußen gießt es in Strömen«, entgegnete er.

»Guck mal, was ich alles in meinem Geschenkbeutel habe«, forderte sie ihn auf. Sie kippte die kleinen Geschenke auf den Tisch – das Flugzeug, den Lutscher, die japanische Wasserblüte. Sie hielt mir die Blume entgegen. »Wofür ist das, Mami? Was macht man damit?«

»Du legst sie ins Wasser, und dann kannst du zusehen, wie sich die Blume öffnet«, erklärte ich ihr. »Ich zeige es dir.«

»Nein, lass mich«, widersprach Lucy.

Es stand noch eine Tasse mit etwas Limonade auf dem Tisch, und Lucy ließ die Blume hineinfallen. Das zerknitterte, schrumpelige und farblose Etwas entfaltete sich in der Nässe allmählich zu lockeren, üppigen Kringeln und Spiralen. Die matten Farben wurden intensiver und fingen an zu leuchten – scharlachrot, violett und anilingelb. Dan beugte sich vor, um ebenfalls zuzuschauen. Ich konnte seinen warmen Atem auf meinem Gesicht spüren.

Lucy gab einen leisen entzückten Seufzer von sich. »Das ist hübsch. Eine richtige lebendige Papierblume.«

»Also, Geburtstagskind«, sagte Dan, »war es eine schöne Party?«

Lucy runzelte die Stirn, so dass sich sogar ihre Nase kräuselte, und sah weder ihn noch mich an, sondern beobachtete, wie sich ihre Blume entfaltete. »Ich wünschte, Papa wäre gekommen.«

Ich spürte, dass ich rot wurde. Ich streckte die Hand aus und streichelte ihr übers Haar. »Süßes, du siehst Papa morgen, direkt nach der Schule. Und denk dran, er geht mit dir zu Pizza Hut.«

»Kriege ich bei der Ice Cream Factory alle Garnierungen? Kriege ich die rote Soße und die Marshmallows und hundert und Millionen und tausend Smarties?«

»Natürlich bekommst du die. Es ist dein Tag, und du bekommst alles, was du möchtest.«

Plötzlich verschwand das Leuchten aus ihrem Gesicht. »Was ist, wenn Papis Handy klingelt, bevor wir beim Pudding sind?«

»Es wird nicht klingeln. Er wird es nicht mitnehmen, sondern zu Hause lassen.«

»Sag es ihm.«

»Das werde ich.«

Sie ging aus der Küche, blieb dann stehen und lugte mit dem Kopf hinter der Tür hervor. »Kommt Simone auch?«

»Davon gehe ich aus.«

»Ich hasse Simone.«

Sie ließ mir keine Zeit für eine Antwort und marschierte davon.

Dan zuckte mit den Schultern und lächelte ein kleines Lächeln. »Eine typische Familie in den Neunzigern«, meinte er.

»Es ist ganz in Ordnung«, entgegnete ich. »Wirklich, wir

kommen sehr gut zurecht. Wir haben uns mittlerweile daran gewöhnt. Wirklich.«

Mein Gesicht fühlte sich heiß an, und ich wusste, dass ich rot geworden war. Es entstand eine kurze Gesprächspause. Der Regen prasselte auf das Fensterbrett, und Sommerdüfte wehten herein – es roch nach Blütenstaub, nassem Gras und süßem Geißblatt.

Offenbar spürte Dan meine Verlegenheit und begann von sich selbst zu sprechen, um davon abzulenken. Er erzählte mir von seiner Arbeit. Ich vermute, es schien ihm ein unverfängliches Thema zu sein. Er war Psychologe und arbeitete in Schulen, erzählte er. Bei Kindern mit Behinderungen sprach er Empfehlungen für bestimmte Schulen aus, er beriet Lehrer, verfasste Gutachten, wenn besondere Erziehungsmaßnahmen erforderlich waren. Er machte einen sehr engagierten Eindruck. Ich vermutete, dass er ein Mensch war, der ein sehr enges Verhältnis zu seinen Patienten hatte – ein Mensch, dem man Weihnachtskarten schrieb und den man zu Diwali-Essen einlud. Er erwähnte, dass er Urdu lerne, und das beeindruckte mich besonders. Er arbeitete in einer Praxis in unmittelbarer Nähe des Cambridge Centre. Dann erzählte ich ihm von meiner Arbeit. Er machte mich darauf aufmerksam, wie viel wir gemeinsam hätten. Seine Frau sei ebenfalls Sozialarbeiterin, sagte er, und er habe sich vor kurzer Zeit einem Arbeitskreis angeschlossen, der sich mit Kinder- und Jugendschutz beschäftige. Wir unterhielten uns über seinen Arbeitskreis.

Mit dem Wissen all dessen, was später geschehen war, habe ich danach oft über das Timing nachdenken müssen. Er war fast genau zwei Jahre nach Adams Weggang an meinem Küchentisch aufgetaucht. Der Zeitpunkt hätte nicht besser sein können – den Kummer hatte ich im Wesentlichen überwunden, und ich war endlich bereit, aus meinem sicheren häuslichen Traum aufzuwachen. Und tief in meinem Innersten sehnte ich mich nach einem interessanten männlichen Wesen, das sich in mein Leben verirrte – trotz all der Beteuerungen, dass ich meine Unabhängigkeit sehr genoss. Wenn ich meinen Gedanken freien Lauf ließ, wunderte ich mich manchmal über diese überraschende zeitliche Übereinstimmung; in solchen Augenblicken fragte ich mich, ob ich ihn vielleicht in gewisser Weise willentlich angezogen und dafür gesorgt hatte, dass es geschah; ob ich ihn mit dem Geburtstagszauber, den Kerzen und Beschwörungsformeln verhext hatte.

Da ich seinen Blicken nicht standhalten konnte, sah ich zu, wie er seine Hand um den unteren Teil des Weinglases legte. Mir fiel die eckige, männliche Form seiner Handflächen auf, ebenso wie die feinen schwarzen Härchen auf seinen Fingern. Was ich empfand, war noch kein unmissverständliches Begehren – es war eher das Gefühl, dass zwischen uns eine Barriere fehlte, dass die physische und emotionale Schranke, die normalerweise Menschen trennt, die einander fremd sind, einfach nicht vorhanden war. Es war vielleicht das Gefühl, dass nichts mehr geklärt werden musste, als sei es vielmehr vollkommen natürlich – sogar fast zu erwarten –, dass ich meine Hand über den Tisch ausstreckte und meine Finger sich sanft und beharrlich mit seinen verschränkten.

Fred kam herein und spielte mit seinem Plastikflugzeug Sturzflug. Dan trank seinen Wein aus.

»Die Party ist zu Ende, Fred. Sag auf Wiedersehen.«

»Vielen Dank für die Einladung«, sagte Fred.

Ich beugte mich hinunter und umarmte ihn. So weit ging ich normalerweise nicht, doch diese Geste gab schamlos zu verstehen: »Sieh mal, wie herzlich und fraulich ich bin.«

»Hören Sie«, sagte Dan, »wenn Sie im Kinder- und Jugendschutz arbeiten, könnten wir vielleicht irgendwann einmal etwas trinken gehen. Mich interessieren stets die Ansichten anderer.« Er lächelte. Es war ein herrlich unsicheres Lächeln wie das eines kleinen Jungen; er schien damit zuzugeben, dass sein Vorwand ziemlich fadenscheinig war. »Unter dieser Nummer können Sie mich tagsüber erreichen.« Er schob ein paar Kuchenreste auf einem der Barbieteller beiseite und schrieb seinen Namen und seine Telefonnummer auf den Pappboden. »Natürlich nur, wenn Sie möchten«, sagte er. »Ich hoffe, Sie können meine Handschrift lesen.«

»Ja«, erwiderte ich. Allerdings wusste ich noch nicht, wozu ich ja sagte.

Ich ging voraus in den Hausflur und schob den Efeu beiseite, der aus den Körben beim Eingang hängt, und sagte auf Wiedersehen. Er nahm Fred bei der Hand und ging hinaus in den Regen, der inzwischen nicht mehr ganz so heftig vom Himmel fiel. Ich sah ihnen durch die schmale, hohe Glasscheibe neben der Haustür einen Augenblick nach. Die Sonne drang gerade durch die Wolken und ließ die nasse Straße glänzen. Erst in diesem Augenblick, als sie sich entfernten und in dem zögerlichen Sonnenlicht verschwanden, breitete sich in mir das Gefühl sexueller Begierde aus; es kam so plötzlich und so überraschend, dass ich unwillkürlich die Luft anhielt.

»Mama, du wirst doch nicht mit ihm ausgehen, oder?«, wollte Alice wissen, als ich mich abwandte.

»Mit wem geht Mama aus?«, fragte Lucy neugierig und hüpfte auf uns zu; dabei war ihr Gesicht von dem Lutscher, den sie sich in eine Wange geschoben hatte, völlig verzerrt.

»Mit diesem Mann«, antwortete Alice. »Mama hat er wirklich gefallen. Das kann man ihr immer ansehen.«

»Also wirklich, Alice.«

»Gehst du nun mit ihm aus?«

Ich musste lachen. »Das glaube ich nicht … Ihr bekommt beide fünfzig Pence, wenn wir in einer halben Stunde alles aufgeräumt haben.«

Ich holte die Müllsäcke und nahm die unmögliche Aufgabe in Angriff, mein Haus wieder so wie vor der Party aussehen zu lassen.

2

Jude war vor mir da und telefonierte gerade, als ich kam; sie versuchte jemanden zu beruhigen und trommelte mit ihren bunten Fingernägeln – an jenem Morgen dunkelblau – heftig auf ihren Schreibtisch. Das Wasser im Wasserkocher hatte gerade gekocht. Ich goss in unseren beiden Amnesty-Bechern Kaffee auf und stellte ihr einen Becher hin.

Es war bereits sehr warm. Durch die geöffneten Fenster drangen Verkehrslärm und Abgase herein. Tauben hockten in einer gefiederten Gruppe auf dem Fenstersims, gurrten leise vor sich hin und schauten sich dabei mit ihren feindseligen kleinen Augen um. Hoch über dem Chaos und dem Lärm auf den Straßen strahlte der Himmel wunderbar blau, als sei er durch den Regen vom Vortag rein gewaschen worden.

Jude legte den Hörer auf und wandte sich mir zu. »Wie ich diese Frau hasse.« Sie machte ein verkniffenes Gesicht und winselte: »›Ich habe damit gar nichts zu tun, *ich* wusste nicht …‹ Wirklich, das ging fünf Jahre lang so, fünf Jahre lang zweimal die Woche im Schlafzimmer nebenan. Wie kann sie es nicht gewusst haben?«

»Das habe ich von Müttern schon oft gehört«, antwortete ich. »Da fällt einem wirklich nichts mehr dazu ein.«

»Meine Güte, es ist doch bloß eine Doppelhaushälfte mit drei Schlafzimmern«, sagte Jude und schüttelte den Kopf. Sie hob den Becher an die Lippen. »Himmel, dieser Kaffee schmeckt wie Motoröl. Du musst ein ernstes Suchtproblem haben, Chloe.«

Ich nahm einen Schluck Kaffee und schauderte angenehm berührt. »Mir schmeckt er hervorragend.«

»Nette Party?«

»Ja, es lief alles glatt. Keiner hat geweint, keiner hat sich übergeben, und Lucy ist begeistert von dem Feuerwehrauto. Vielen Dank.«

»Sie ist entzückend.« Sie lehnte sich auf ihrem Stuhl zurück und reckte sich genüsslich; ihre langen Arme waren muskulös und braun gebrannt. Jude liebt die Hitze. Sie stammt aus Chicago, wo die Winter weiß und die Sommer drückend und schwül sind. Manchmal denkt sie sehnsüchtig an diese Extreme.

Mir wurde bewusst, dass ich mich räuspern musste, weil ich plötzlich einen Frosch im Hals hatte. »Jude – kennst du einen Dan Whitmore?«

Meine Frage ging in dem Lärm eines Tankwagens unter, der unten vorbeifuhr. Ich musste sie wiederholen. Verflucht, dachte ich, ich klinge wie eine Dreizehnjährige.

Jude verschränkte auf einmal die Arme und sah mich stirnrunzelnd an.

Ich lachte. »Du siehst so *grimmig* aus.«

»Chloe, was hat das zu bedeuten?«

»Beantworte einfach meine Frage.«

Sie pflückte ein vertrocknetes Blatt von der Begonie auf ihrem Schreibtisch, und die ganze Pflanze wackelte. »Dan Whitmore. Ja, ich kenne ihn, allerdings nicht besonders gut. Wir haben vor ein paar Jahren eine Gruppe zusammen geleitet. Er hat sehr viel Zeit investiert ... Sieht nett aus. Aber das ist dir ja offenbar auch schon aufgefallen.«

»Ich wollte es nur wissen«, erwiderte ich.

»Ach ja?«

»Er kam vorbei, um eines der Kinder von Lucys Party abzuholen, das ist alles.«

Jude öffnete den Mund und machte ihn dann wieder zu, während sie versuchte zu entscheiden, ob sie etwas sagen sollte.

Die Tür ging auf und schlug krachend an die Wand. Nat, unser Gruppenleiter, stürzte ins Zimmer und ließ seinen Aktenkoffer auf Judes Schreibtisch fallen. Er kam wie gewöhnlich zu spät.

»Hallo, ihr beiden. Schönes Wochenende gehabt?«

Wir gaben nicht sehr überzeugende Laute von uns. Er schenkte sich Kaffee ein.

Nat ist ein kluger und engagierter Sozialarbeiter, der es weit hätte bringen können, wenn er nur nicht so unglaublich bescheiden wäre. Er sieht irgendwie verlebt aus, sein jahrelanger Zynismus und seine Sucht nach Camel-Zigaretten haben tiefe Falten in sein Gesicht eingegraben. Seine Anzüge hätten von Oxfam stammen können. Einmal bin ich ihm über den Weg gelaufen, als er in einer Unterführung gerade Pommes aus einer Papiertüte aß; er hat ausgesehen wie jemand, dem ich im Vorbeigehen vielleicht eine Münze zustecken würde. Jude und ich waren vollkommen auf ihn angewiesen.

Jude sprang auf. »Nat, ich muss dich wegen des neuen Falls sprechen. Jetzt sofort.«

Sie marschierten in sein Büro, das von unserem abging.

An jenem Morgen hatte ich eine Verlaufsbesprechung in einem Kinderheim. Es ging um Amber McNaughton, und ihr Fall ähnelte vielen anderen. Die Dreizehnjährige lief immer wieder weg, hatte gegen Geld Sex auf Parkplätzen und schnitt sich hin und wieder mit einem Teppichschneider in die Handgelenke; dabei nahm sie die Schnitte sorgfältig in einem Abstand von ungefähr anderthalb Zentimetern vor. Ich holte mir ihre Akte, die umfangreich und dick wie ein dreistöckiges Sandwich war. Das ist immer ein schlechtes Zeichen. Ich blätterte die Akte durch, ohne die Klammer zu öffnen, auch wenn dadurch auf jeder Seite ein schmaler Streifen nicht zu lesen war. Wenn eine Akte sehr voll ist, öffne ich ungern die Klammer, denn ich habe die Sorge, dass die Seiten sich dann im ganzen Zimmer verteilen und ich sie nie mehr in die richtige Reihenfolge bringe.

In meinem Auto war es heiß, und es roch wie gewöhnlich nach alten Kartoffelchips. Einige Leute machen hin und wieder die hilfreiche Anmerkung, dass ich für meine Töchter Abfalltüten bereitlegen sollte, aber irgendwie komme ich nie dazu. Aus der Lüftung kam nur warme Luft, das Lenkrad war so heiß, dass ich es kaum anfassen konnte, und die Innenseiten meiner Knie klebten am Sitz. Ich hörte im Radio den Jazzsender, eine Frauenstimme ließ mich an einen Ballen Seide denken, der gerade ausgerollt wurde, und mit meinen Gedanken war ich bei Dan und nicht bei Amber McNaughton. Ich befand mich noch an dem Punkt, an dem man glaubt, wählen zu können. Man denkt: Noch kann ich weglaufen, ich muss es nur tun. Manchmal sah ich ihn einen Augenblick lang vor mir – wie sich seine Finger um den Stiel des Weinglases legten oder wie sie sein nasses Haar aus dem Gesicht strichen –, und die Erregung durchzuckte mich wie ein Blitz.

Das Kinderheim lag am Rand einer Hochhaussiedlung. Ich parkte mein Auto und ging hinein; auf meinem Weg musste ich durch ein Zimmer mit einem durchgesessenen Sofa und einem Tischfußballspiel, wo eine Frau gerade den Linoleumboden aufwischte. In dem Zimmer roch es nach Desinfektionsmittel und dem Currygericht vom Vorabend, und die Tapete schälte sich von den Wänden. Auch wenn die Frau mit dem Mop sich Mühe gab, so sah doch so vieles unordentlich, kaputt und vernachlässigt aus. Seit ich dieser Art Arbeit nachgehe, träume ich oft von Zimmern wie diesem – unpersönlichen Räumen mit kaputten Sofas und plärrenden Radios, die irgendwo herumstehen; und nirgendwo ein Plätzchen, wo man sich sicher fühlen kann. In den Träumen weiß ich, dass ich hierher gekommen bin, um etwas zu suchen, das ich möchte oder brauche, etwas, das mir unglaublich wichtig ist; doch natürlich wache ich immer auf, bevor ich gefunden habe, was ich suchte – oder bevor ich mich erinnern kann, was es hätte sein können.

Die Verlaufsbesprechung lief ab wie üblich. Wir – das heißt die Heimleiterin und ich sowie die für Amber zuständige Sozialarbeiterin und eine Kinderpsychologin mit mitteleuropäischem Akzent und baumelndem Schmuck – saßen um einen großen furnierten Tisch, der entfernt nach Spüllappen roch. Ambers Mutter Trish war ebenfalls anwesend und gewährte tiefe Einblicke in ihr mit Sommersprossen übersätes Dekolleté. Sie ist eine schwierige, aufgebrachte Frau, doch ich hatte angefangen, sie nett zu finden, als ich ihr die klassische Frage aller Therapeuten stellte: »Wenn ich einen Zauberstab hätte und Ihnen einen Wunsch erfüllen könnte, was würden Sie sich wünschen?«

»Kommen Sie, Chloe, ich zeige es Ihnen«, antwortete sie und nahm mich mit zu ihrer Kühlschranktür, wo sie einen Zeitungsausschnitt aufgehängt hatte. Es war ein Foto, das Werbung für eine Schiffstour auf den Flüssen Russlands machte; zu sehen waren weiße, mit Sternen bemalte Minarette vor einem blassblauen Himmel. Das rührte mich – es war ein so spezieller Wunsch und ließ darauf schließen, dass sie ihr ganzes Leben mit der Sehnsucht lebte, woanders sein zu können, nur nicht dort, wo sie gerade war.

Wir tranken viel lauwarmen Kaffee und äußerten uns skeptisch über die Zukunft. In dem kahlen Zimmer tickte eine Uhr aufdringlich laut, und es roch nach warmem Linoleum. Amber kam ins Zimmer; sie trug ein T-Shirt mit der Aufschrift »Ich krieg's jeden Sonntag«. Sie vergoss ein paar Tränen und tupfte sich ihr Gesicht mit zusammengeknülltem Klopapier trocken. Ich versuchte mich zu konzentrieren, musste aber ständig an Jude denken. Dabei versuchte ich, mich an ihren Gesichtsausdruck zu erinnern, und überlegte, warum sie gezögert hatte, bevor sie etwas sagte. Ich war furchtbar unruhig, weil ich herausfinden wollte, was sie wusste. Wir beendeten unsere Sitzung mit einigen vagen und viel zu optimistischen Empfehlungen – jemand sollte mit Amber an ihrem Sozialverhalten arbeiten, und es wurden ein paar Sitzungen mit Amber und Trish gemeinsam angesetzt. Ich brachte Trish nach Hause und fuhr dann wieder ins Büro. Es bewölkte sich und sah so aus, als würde es bald in Strömen regnen wie am Vortag. Ich kaufte ein einfaches, mit Ei und Mayonnaise belegtes Brötchen.

Schließlich fand ich Jude auf der Damentoilette, wo sie sich gerade ihre Zähne mit Zahnseide reinigte, bevor sie zu einer

Konferenz über Entwicklungsverzögerung gehen wollte. Sie grinste, als mein Spiegelbild neben ihrem auftauchte. Das grelle Licht betonte die tiefer werdenden Fältchen und die kleinen schlaffen Stellen in unseren Gesichtern.

»Also erzähl schon«, meinte ich.

Sie nahm die Zahnseide aus dem Mund. »Dan?«

Ich nickte.

»Er lässt nichts anbrennen, Chloe«, sagte sie. »Eine Frau, die ich kenne, hatte etwas mit ihm.« Sie machte mit einem lauten Klick das Döschen Zahnseide zu, ließ es in ihre Handtasche fallen und suchte nach dem Konturenstift für ihre Lippen. »Der übliche Kram. Sagt immer das Richtige, verlässt seine Frau nicht. Sara hat einen Toaster nach ihm geworfen.«

»Kennst du seine Frau?«, fragte ich ihr Spiegelbild.

»Ich habe sie mal kennen gelernt. Sie arbeitet in der Altenpflege; ich glaube, sie ist Pflegeleiterin.«

Die Neugier stieg wie Übelkeit in mir hoch. »Wie – nun ja – wie sieht sie denn so aus?«

»Ach, Chloe.« Jude grinste mich an. Sie nahm die Kappe von ihrem Konturenstift und zog eine extravagante Linie am Außenrand ihrer Lippen entlang. »Mein Gott, ich habe schon wieder neue Falten. Vielleicht wird es jetzt Zeit für ein paar Collagenimplantate. Ich hasse die Falten zwischen meinem Mund und meinem Kinn. Wenn ich sie sehe, muss ich an meine Mutter denken.«

»Komm schon, erzähl's mir.«

»Recht attraktiv, schlank.«

»Wie schlank?«

»Sehr schlank.«

Ich runzelte die Stirn über mein Spiegelbild, über die Pfunde, die ich seit der Geburt meiner Töchter zugenommen hatte. Wenn ich gut gelaunt bin, denke ich an Worte wie sinnlich.

»Haare zurückgenommen, brauner Lippenstift, maßgeschneiderte Hosen – du weißt schon.« Jude nahm ihren eigenen knallroten Lippenstift aus der Handtasche und schürzte die Lippen, um ihn aufzutragen. Ich wartete ungeduldig. Sie presste die Lippen aufeinander, um den Lippenstift gleichmäßig zu verteilen. »Sie haben ein wunderschönes Haus in der Wimpole Street. Ihre Küche ist traumhaft – von Smallbone. Ich war mal bei einer Party dort eingeladen. Sehr elegant. Gelaugte Eiche und herrliche dunkelblaue Kacheln.«

»Ach«, erwiderte ich entmutigt. Ich musste an meine verstopften Abflüsse, meine unaufgeräumten Schränke und die Atmosphäre allgemeiner, leicht bezaubernder Unordnung denken. Ein paar Kerzenständer aus alten französischen Geländersäulen konnten es wohl kaum mit einer Smallbone-Küche aufnehmen.

Sie drehte sich um und schaute mich an; sie duftete nach frisch aufgetragenem Opium.

»Chloe, bist du sicher, dass es das ist, was du wirklich willst? Ich komme allmählich zu der Einsicht, dass verheiratete Männer vollkommen überschätzt werden.«

»Na, du musst es ja wissen«, erwiderte ich.

»Miststück«, entgegnete Jude liebenswürdig. »Ich meine es ernst, Chloe. Wirklich. Diese ständige Angst macht mich fertig. Ich meine, eines Tages wird einer von diesen Typen in meinem Bett eine schreckliche Herzattacke kriegen, und ich muss dann alles erklären.« Sie steckte die Hülle auf ihren Lippenstift und ließ ihn in ihre riesige Handtasche fallen.

»Habt ihr miteinander geschlafen?«

»Natürlich nicht.«

»Gehst du mit ihm aus?«

»Ich weiß nicht.«

Sie berührte mit einer Hand sanft meine Wange. »Chloe, pass gut auf dich auf, hörst du? Ich habe ein tolles Buch über Sexsucht. Ich habe alle Symptome, aber ich arbeite daran. Ich leihe es dir, wenn ich damit durch bin.«

»In Ordnung.«

»Unternimm nichts, bis du es gelesen hast. Versprich es mir.«

Ich ging zurück an meinen Schreibtisch und wickelte die Frischhaltefolie von meinem Brötchen. Es war nicht genug Mayonnaise drinnen, und das Brot blieb mir am Gaumen kleben. Draußen war das helle Sonnenlicht einem dunklen Himmel gewichen.

An jenem Nachmittag war es ruhig im Büro, da Nat und Jude bei der Konferenz über Entwicklungsverzögerung waren und alle anderen Termine außer Haus hatten. Die Stille in diesem Zimmer, in dem normalerweise ständig etwas los war, wirkte irgendwie beunruhigend – sie erinnerte mich an das unangenehme Gefühl, diesen winzigen Anflug von Panik, den man erlebt, wenn auf einer Party plötzlich alle aufhören zu reden. Ich diktierte ein paar Anmerkungen zu der Verlaufsbesprechung vom Morgen, und meine Stimme hallte in dem leeren Zimmer wider; sie klang traurig, und die Betonung ging meistens nach unten. Und in gewisser Hinsicht war ich traurig – ich trauerte meiner vierundzwanzig Stunden andauernden Fantasie von herrlich einfühlsamem und unglaublich bedeutungsvollem Sex mit diesem Mann, an dessen Gesicht ich mich kaum noch erinnern konnte, hinterher. Denn Jude hatte vollkommen Recht, mich vor ihm zu warnen. Ich kannte meine eigenen Grenzen: Ich wusste, dass körperliche Nähe, die flüchtig und für ihn nicht weiter von Bedeutung war, für mich nicht in Frage kam, so angenehm sie auch sein mochte. Diese Art Geschichten hatte ich oft genug erlebt, als ich noch jünger war.

Schließlich nahm ich den Teil des Briefumschlags, auf den ich seine Nummer geschrieben hatte, aus meiner Handtasche, zerknüllte ihn und warf ihn in den Papierkorb. Ich hoffte, dass diese Geste einen Schlussstrich unter die ganze Sache ziehen und mich befreien würde.

Im selben Augenblick klingelte das Telefon. Es ist Dan, kreischte eine Stimme in meinem Innern wie ein kleines Kind. Doch es war Trish, die wissen wollte, ob sie ihr Feuerzeug in meinem Auto vergessen hatte.

Ich weiß nicht genau, weshalb ich meine Meinung geändert habe. Vielleicht hatte es etwas mit der tristen Alltäglichkeit dieses Nachmittags zu tun. Er glich so vielen anderen Nachmittagen, an denen ich zwischen den Aktenschränken an meinem Schreibtisch saß und in einiger Entfernung aus dem Lautsprecher eines Eiscremewagens das Lied »Teddy Bears' Picnic« ertönte, während in den anderen Büros im Flur die Telefone klingelten. Vielleicht lag es auch einfach an der Intensität der sexuellen Empfindung, die natürlich nicht verschwand, egal, wie oft ich mir sagte, dass Jude zweifellos Recht hatte. Doch vermutlich lag es vor allem an dem idiotischen Aufflackern der Hoffnung, die ich beim Klingeln des Telefons empfunden hatte. Wenn man es recht bedenkt, ist es schon seltsam, dass vielleicht alles anders gekommen wäre, wenn Trish nicht ihr Feuerzeug verlegt hätte. Denn als ich dasaß und meine Anmerkungen diktierte, veränderte sich etwas in mir, und es kristallisierte sich mit beunruhigender Klarheit eine Entscheidung heraus, wie es eben manchmal geschieht. Auf einmal wusste ich, was ich wollte. Ich angelte das Stück Papier aus dem Papierkorb und strich es glatt. Als mein Finger sich den Telefontasten näherte, musste ich unwillkürlich an Lucys Party denken und an den Berg von duftenden, glänzenden Süßigkeiten, das Brausepulver, das Lakritz und die Gummibärchen, und daran, wie die Kinder hoffnungsvoll ihre Hände danach ausgestreckt hatten.

3

Ich bin am Rande des New Forest aufgewachsen, am spitzen Ende zwischen dem Farmland und den Wäldern. Man fährt eine Schotterstraße hinunter, die sich zwischen hohen Hecken hindurchwindet, die im Sommer durch das viele Mädesüß cremefarben leuchten, vorbei an einem Feld mit weißen Kühen und einigen Scheunen mit Dächern aus rostigem Wellblech. Man überquert einen Weidenrost und gelangt zu einem kleinen Weiler mit Backsteinhäusern, bei denen Geweihe über den Vorbauten der Eingangstüren hängen und in deren Gärten Stockrosen wachsen. Dort bin ich aufgewachsen; ich war Einzelkind und durchaus glücklich, bis zum ersten wirklichen Verlust in meinem Leben – dem Tod meines Vaters, als ich dreizehn Jahre alt war.

Hinter der Häusergruppe erstreckte sich ein Stückchen Gemeindeland, das bis zum Wald reichte. Das Gras wurde von Kühen und New-Forest-Ponys kurz gehalten, es war übersät mit blassen, faulenden Kothaufen und kreuz und quer von matschigen Wegen durchzogen, auf denen man bei Nässe mit den Schuhen stecken blieb. Dort wuchsen gelbes Fingerkraut und knorrige Holzapfelbäume, deren kleinen kugeligen Früchten kein Kind widerstehen konnte, die jedoch beim Hineinbeißen bitter schmeckten; außerdem gab es dort Stechginster, der nach Kokosnuss duftete, und zarte blaue Glockenblumen, die im Wind auf und ab wippten. Die einzigen Geräusche waren das leise Zirpen und Rascheln von versteckten Grashüpfern und das Rauschen des Windes in den Birkenblättern und an feuchten Tagen das Knistern der Überlandleitungen, dort, wo die Strommasten steifbeinig in den Feldern hinter den Häusern standen.

Von meinem Schlafzimmerfenster aus konnte man in Richtung Osten hinter dem Farmland die Chemiefabriken und die Ölraffinerie am Rande des Solent erkennen; ihre Schornsteine ragten starr und hässlich wie Speerspitzen gen Himmel. Nachts ließen die Flammen der Raffinerie auf jener Seite des Hauses den Himmel aprikosenfarben aufleuchten – in meinem Schlafzimmer war es immer hell. Dunkler, wenn auch nie ganz dunkel, war es auf der anderen Seite des Hauses, wo die Fenster zum Gemeindeland und zum Wald zeigten. Wir gingen manchmal am Sonntagnachmittag in dem Wald spazieren. Die Forstverwaltung hatte den alten Eichenwald teilweise fällen lassen und mit spindeldürren Koniferen, die später als Telefonmasten herhalten mussten, aufgeforstet. Es war eine stille und verwirrende Gegend, wo die Wege sich zu verschieben und zu verändern schienen, wo man nie genau wusste, wo man war.

Der Vater meiner Mutter war Förster gewesen. Um zusätzlich etwas Geld zu verdienen, verkaufte er Weihnachtsbäume, die er auf seinem eigenen Grundstück anpflanzte. Als meine Mutter meinen Vater heiratete und sie in das Haus zogen, das ein Stück weiter unten an der Schotterstraße lag, nahm sie zweiunddreißig Weihnachtsbäume mit und pflanzte sie in ihren Garten. Koniferen wachsen schnell, und schon bald ähnelte unser Garten selbst einem kleinen Wald. Mein Vater murmelte gelegentlich, dass er einige von ihnen fällen lassen würde, doch davon wollte meine Mutter nichts wissen. Sie konnte es nicht ertragen, irgendetwas zu fällen oder auszureißen. Jeder Sämling, den sie auf der geschotterten Auffahrt fand, wurde ausgepflanzt und gehegt. Natürliche Auslese war meiner Mutter ein Gräuel. Vielleicht ist das ein merkwürdiger Zug bei einer Försterstochter, denn bei der Försterei geht es im Wesentlichen um Kontrolle – beschneiden, ausdünnen, von der Natur übernehmen. Meine Mutter wohnt noch immer dort. Die Bäume sind mittlerweile riesig, und die obersten Äste sehen aufgrund des sauren Regens aus wie Gerippe. Ich denke manchmal an sie, wenn ich meinen eigenen ungezähmten Garten mit der überhängenden Hecke und dem Lorbeerbaum, der dringend beschnitten werden müsste, betrachte. Wahrscheinlich hätte ich daraus lernen müssen.

Mein Vater war Englischlehrer am örtlichen Gymnasium. Wir standen uns sehr nahe. Meine Erinnerungen an ihn sind inzwischen bruchstückhaft; es sind kostbare Erinnerungsfetzen und zumeist körperliche Dinge wie der zuverlässige Geruch seiner Tweedjacke und seine beruhigende Rauheit an meiner Wange, sein kratziges Gesicht am Abend, der raue Tonfall seiner Stimme, wenn wir am Resopaltisch in der Küche saßen, Tee tranken und uns unterhielten. Er war ein kluger Mann, der jedoch stets dachte, er habe versagt; tief in seinem Innern glaubte er, dass er einen falschen Weg eingeschlagen hatte und seine Begabungen ungenutzt geblieben und verschwendet worden waren. Seine Depressionen machten mich traurig. Es gibt etwas im Gesichtsausdruck eines depressiv veranlagten Menschen, das ich sofort wieder erkenne – die leicht schwermütigen Augen und die ständig hochgezogenen Augenbrauen, die ein starkes Stirnrunzeln zur Folge haben. Dieser Ausdruck macht mir Angst. Ich lasse es nicht zu, dass ich mich von solch einem Mann angezogen fühle. Tatsache ist, dass mir immer Männer gefallen haben, die eher zu Arroganz neigen, die ihre Stärke kennen und genießen – jedoch nicht auf gewalttätige oder übertriebene Art und Weise. Allerdings habe ich den Verdacht, dass ich wie viele Frauen masochistisch veranlagt bin; und die Männer, die meine Fantasien heimsuchen, neigen dazu, gefühllose Augen zu haben und unbarmherzig zu sein. Im richtigen Leben ziehe ich selbstverständlich Männer vor, die altruistisch und politisch gebildet sind und alle möglichen anderen guten Eigenschaften besitzen. Doch sie reizen mich nur, wenn sie außerdem einigermaßen selbstsicher sind. Es müssen Männer sein, die mein Mitgefühl nicht brauchen oder nicht wollen, Männer, die nichts bedauern. Das ist natürlich einer der Gründe dafür, dass das, was mit Dan geschah, für mich so unerträglich war.

Meine Mutter ist zu Hause geblieben, wie es für Frauen aus der Mittelschicht damals üblich war. Fotos, die vor ihrer Heirat im Alter zwischen zwanzig und dreißig aufgenommen wurden, zeigen eine gelenkige, hübsche und stets lachende Frau. Ich vermute, dass meinen Vater diese Fröhlichkeit angezogen hat; vielleicht hatte er geglaubt, sie besäße ein Geheimnis und könne ihn vor seiner Traurigkeit schützen. Doch Ehe und Mutterschaft nahmen ihr ihren Schwung und ließen sie schwerfällig werden. Sie trug dicke Strümpfe und Blusen mit Schleifen, und sie entwickelte eine zwanghafte Abneigung gegen Bakterien. Wenn ihre wöchentliche Lebensmittellieferung eintraf, desinfizierte sie die Deckel der Konservendosen mit kochend heißem Wasser, bevor sie sie in der Speisekammer im Regal einsortierte; dort standen sie dann neben dem cremefarbenen Geschirr mit dem grünen Rand, das wir benutzten, wenn wir keine Gäste hatten. Angst war, glaube ich, im Leben meiner Mutter eine große Motivation. Sie war spezialisiert auf gesundheitliche Gefahren – radioaktiv verseuchte Nüsse aus Brasilien, Röntgengeräte in Schuhgeschäften, Fluorid im Trinkwasser. In gewisser Weise war sie ihrer Zeit voraus.

Ich war durchaus glücklich, und doch sehnte ich mich wie so viele Kinder – oder wie Trish mit den russischen Minaretten an ihrem Kühlschrank – ständig danach, woanders zu sein. Meine Träume handelten von der Stadt und wurden genährt von den gelegentlichen Einkaufsbummeln in Southampton, wo meine Mutter mir eine Bluse aus Brinylon oder bei C & A einen Minirock mit Schottenmuster kaufte. Wir aßen im Kaufhaus Mayes Scholle mit Salzkartoffeln, und ich genoss den intensiven Geruch der Abgase, die Neonreklame des Gaumont-Kinos und dass der Abfall ungehindert die Straßen entlangwehte. Das war es, was ich vom Erwachsenenleben erwartete, dachte ich – irgendwo zu leben, wo es lebendig, strahlend hell und hektisch war, wo Männer in wichtig aussehenden Mänteln an einem vorbeieilten, wo Frauen in duftenden Cafés saßen, Wein aus glitzernden Gläsern tranken und mit langen Silberlöffeln zuckersüße Eisbecher aßen. Und ich habe meinen Kindheitsschwur gehalten. Nachdem ich aus dem Haus gegangen bin, habe ich nie wieder auf dem Land gelebt. Ich hatte zwar immer Pflanzen um mich – einen Blumenkasten oder einen Hinterhof mit Obstbäumchen im Blumenkübel –, und mittlerweile habe ich sogar diesen Garten zwischen dichten Hecken, der mich an den Mutterleib erinnert, so viel Geborgenheit vermittelt er. Doch ich habe immer dort gewohnt, wo ich noch den Straßenverkehr hören konnte, und niemals wieder mitten auf dem Land, wo die Dunkelheit sich wie Rauch über die Felder legt und alles einhüllt; und auch nicht am Waldrand, wo sich im Unterholz die Schößlinge ans Tageslicht kämpfen und die Stille die eigenen Schritte verschluckt.

Eines dunklen Abends machte sich mein Vater in seinem Ford Cortina auf den Weg zu einem Elternabend in der Schule, an der er unterrichtete. Ein Lastwagen hatte an einer unbeleuchteten Straße im Wald in einer Kurve gestanden, wo die Äste der Bäume sich über der Straßenmitte treffen und das Mondlicht aussperren. Der Fahrer war ausgestiegen und zum Pinkeln hinter einem Busch verschwunden; das Licht hatte er nicht angelassen. Vater sei sofort tot gewesen, hatte der Arzt mir und meiner Mutter gesagt, während wir im Krankenhaus in einem kleinen weißen Zimmer auf der Unfallstation saßen. In dem Zimmer standen Stühle aus Segeltuch und Stahlrohr sowie ein Schreibtisch, an der Wand hing ein Spender mit Papierhandtüchern. Noch heute erfüllen mich der Anblick dieser rauen graugrünen Handtücher und der Geruch nach antiseptischer Seife mit Einsamkeit. »Wirklich, Sie dürfen sich nicht quälen«, fuhr der Arzt fort. »Es ging alles ganz schnell. Ich bin sicher, er wusste nicht, wie ihm geschah.« Darüber dachte ich sehr lange nach, während ich in meinem Bett lag und durch einen Spalt im Vorhang in den aprikosenfarbenen Lichtschimmer am Himmel starrte. Ich kam unglücklich zu dem Schluss, dass der Arzt Unrecht gehabt hatte und dass es einen langen, langen Augenblick gegeben hatte, in dem der Lastwagen vor ihm im Scheinwerferlicht aufragte und er es wusste. Ich durchlebte diesen Augenblick immer wieder mit ihm und fragte mich, wie es gewesen war, und fürchtete dabei, dass er in diesem Augenblick der vollkommenen Klarheit so etwas wie Freude empfunden hatte.

Meine Sozialarbeiterfreunde sind natürlich der Ansicht, dass dies alles erklärt. Ich vermute, es ist das, wonach wir immer suchen, wenn wir uns die Lebensgeschichten unserer Patienten anhören: der Stein von Rosette, das entscheidende Ereignis – ein Todesfall, eine Vergewaltigung, die Begegnung mit einem Ungeheuer, die Befruchtung durch einen Engel –, kurz das Ereignis, in dessen Licht der Rest betrachtet werden kann. Jude liebt diese Herangehensweise. Wenn ich eine sexuelle Katastrophe erlebe – als Adam mich verließ oder am Ende meiner kurzen, ziemlich verrückten Affäre mit dem Anwalt, der meine Scheidung regelte –, schüttelt sie den Kopf und sagt: »Da hast du's wieder, Chloe. Es ist dieselbe alte Geschichte. Du bist davon überzeugt, dass sie dich verlassen werden, also tun sie es früher oder später auch. Das hängt alles mit deinem Vater zusammen, erkennst du das nicht?« Jude ist allerdings nicht unbedingt Expertin, trotz all der Bücher, die sie über Frauen, die zu sehr lieben, und Männer, die sich nicht binden können, gelesen hat. Die Ehe mit einem doppelzüngigen Psychotherapeuten aus West Hampstead mit dem Namen Gregory Rosen hatte sie nach England geführt und in einer ziemlichen Katastrophe geendet. Und wegen einem ihrer Liebhaber war sie vor kurzer Zeit mit einem gebrochenen Finger in der Notaufnahme gelandet. Doch all das hält sie nicht davon ab, bei einem Glas guten Pinot Grigio gern jemanden zu analysieren. Mir macht es nichts aus; ich unternehme ebenfalls gern den Versuch, die Dinge zu erklären. Jedenfalls ist das alles schon sehr lange her.

Trotzdem träume ich noch manchmal von ihm. In meinen Träumen ist er wieder lebendig. Er sitzt mit uns am Resopaltisch in der Küche und trinkt Tee aus der cremefarbenen Tasse mit dem grünen Rand. Er ist dann ganz normal und hat nichts Übernatürliches an sich. Er erklärt geduldig, dass der Tod nicht so sei, wie die Menschen ihn sich vorstellen. Es stimme zwar, dass er gestorben sei – doch schau mal, hier ist er wieder und sitzt in voller Größe am Küchentisch. Wie kommt es, Chloe, dass du deinen Augen nicht traust? Und ich lache im Traum und sage, dass ich verstehe, was er sagt, und dass ich mich offenbar geirrt habe. Wenn ich diesen Traum habe, wache ich manchmal weinend auf.

Nach dem Tod meines Vaters zog sich meine Mutter in sich selbst zurück. Die Trauer meißelte tiefe Falten in ihr Gesicht, während sie sich mehr denn je bemühte, das Haus vor Bazillen, Moder und Schmutz zu schützen. Sie legte alte Teppichläufer auf die Teppiche, um die Teppiche zu schonen, schüttelte jeden Tag Desinfektionsmittel ins Spülbecken und überzog die Möbel mit Schonbezügen, damit sie nicht ausbleichten. Und sie warf nie etwas weg. Kartons mit alten Schuhen und Kleidungsstücken wurden sortiert, beschriftet, aufeinander gestapelt und warteten auf den Tag, an dem sie vielleicht wieder Verwendung fanden. Die Bäume, die sie kurz nach ihrer Heirat gepflanzt hatte, waren mittlerweile groß und schwer und warfen selbst in der hellsten Jahreszeit dunkle Schatten auf das Haus.

Ich war sehr fleißig in der Schule, denn ich wusste, dass ich dadurch meiner Umgebung entkommen würde. Ich war spindeldürr und bestand nur aus Knien und Ellbogen. Meine Regel hatte noch nicht eingesetzt, und ich hatte keinen Freund. Ich lernte leidenschaftlich und ermöglichte mir so die Flucht.

Ich studierte an der London University Englisch wie mein Vater. Das College war ein Kulturschock; hier gab es jede Menge verwöhnter Mädchen, die vorher Privatschulen besucht hatten und so unbekümmert fluchten, dass meine Mutter entsetzt gewesen wäre; außerdem hatten sie merkwürdige Tischmanieren. Ich versuchte so zu sein wie sie. Ich kaufte mir ein paar hohe weiße Stiefel und einen klebrigen weißen Lippenstift, ich aß mit der Gabel in der rechten Hand, ich glättete meine Locken mit einem Bügeleisen und einem Stück Packpapier. Ich lernte zu flirten, geheimnisvoll zu lächeln, mir mit der Hand durchs Haar zu fahren, meinen Kopf ein wenig abzuwenden und durch meine Wimpern aufzuschauen. Es schien wunderbar zu funktionieren. Die Männer, die ich mir aussuchte, waren stets klug und selbstsicher und lächelten, als wollten sie mich verschlingen. Es waren Männer, für die alles leicht war und die mich nicht wie mein Vater traurig machen würden. Sie vertraten lauter Ansichten über das, was ich angeblich brauchte: Du musst aufhören, alles zu analysieren … du musst loslassen … deine Hemmungen ablegen … mich lieben, während deine Füße hinten aus meinem Lieferwagen ragen … Ich habe keine große Notiz davon genommen – und mich nur gefragt, was in mir bei anderen solch eine Flut von Ratschlägen auslöste.

Ich hatte jede Menge einigermaßen netten Sex. Ich gab den Männern genaue Anweisungen und unterstützte ihre Bemühungen mit ziemlich festgefahrenen kleinen Fantasien – einer Szene aus *Der letzte Tango in Paris,* einer der weniger schmerzhaften Episoden aus *Die Geschichte der O.* Trotzdem fühlte ich mich irgendwie nie befriedigt. Was immer ich in den Betten dieser angespannten und eifrigen jungen Männer suchte, fand ich jedenfalls nicht. Es war, als existiere meine eigene Sexualität irgendwo am Rand all dieser hektischen Aktivitäten. Es kam vor, dass ich im Regen einen Mann auf der Straße stehen sah – jemanden, den ich nicht kannte und der mit aufgerollten Ärmeln an einem Auto lehnte, wobei seine Augen für einen Moment anerkennend auf mir ruhten – und ein kurzes Prickeln der Begierde empfand oder ein Versprechen ahnte, das nie erfüllt werden würde, da mein derzeitiger Liebhaber gerade erneut in mich eindrang, wenn auch auf durchaus angenehme Weise. Es gibt eine Geschichte von Anaïs Nin, die mir damals sehr gut gefiel. Darin malt ein Maler eine junge Frau, und während sie nackt dasitzt, erzählt er, offenbar ohne sie wahrzunehmen, die unglaublichsten Geschichten von Männern mit riesigen Schwänzen und tuberkulösen Frauen von unersättlicher Lüsternheit; und das Mädchen sitzt einfach nackt da, sie ist nebensächlich und doch unentbehrlich. Viel später in der Geschichte geht sie natürlich mit ihm ins Bett – doch der erotische Teil, der Teil, an den man sich erinnert, ist der unschuldige, hungrige, verstörende Teil am Anfang.

Im College habe ich Adam kennen gelernt – auch wenn wir erst Jahre später richtig zusammen waren. Er war der Mann, mit dem ich etwas trinken ging und gelegentlich auch schlief. Er war Medizinstudent und schlug wie viele von ihnen ziemlich über die Stränge. Er war groß und damals ziemlich schlaksig, außerdem trug er eine unvorteilhafte Brille mit Metallgestell, die ihn noch dünner machte. Doch er war sehr selbstbewusst, und man merkte, dass er von einer Privatschule kam. Er war nett, gehörte aber eben nur zu meiner Clique. Im Sommersemester meines zweiten Studienjahrs war ich auf einmal immer müde und weinte über meine Essays; eines Morgens wachte ich auf und stellte fest, dass sich an der Seite meines Halses ein dicker Knoten gebildet hatte. Ich schleppte mich zum Arzt, und die Luft lastete so schwer auf mir, dass ich dachte, ich würde unter dem Gewicht erdrückt werden. Der Arzt stellte Pfeiffer-Drüsenfieber bei mir fest. Ich saß blass und erschöpft in meinem Collegezimmer im Bett, und die Männer verschwanden aus meinem Leben – von ihrer ständigen, lärmenden Gegenwart war nichts mehr zu spüren. Während ich unzählige Vitamin-C-Heißgetränke zu mir nahm und mich zum Klo schleppte, dachte ich traurig darüber nach, wie zerbrechlich menschliche Beziehungen waren. Nur Adam ließ sich bei mir blicken, brachte mir Bücher aus der Bibliothek, Vitaminpräparate und Mars-Riegel. Ich war ihm sehr dankbar und klammerte mich an ihn. Für einen Medizinstudenten war sein Eifer besonders eindrucksvoll.

Ein Augenblick aus jener Zeit ist mir besonders lebhaft in Erinnerung geblieben. Ich war immer noch krank, doch Adam hatte beschlossen, dass ich an die frische Luft müsse, und nahm mich mit zu einer Theateraufführung in einem der Collegegärten. Der schattige Garten wirkte an jenem diesigen Sommernachmittag mit seinem schwachen, gleißenden Sonnenlicht wie verzaubert. Es wurden Portwein und Erdbeeren herumgereicht, und ich trug ein sehr kurzes Kleid von C & A. Es war ein Kleid aus seidig glänzendem Synthetik mit blassblauen Mohnblumen. Meine Nylonstrümpfe waren fast weiß, und ich erinnere mich daran, dass mir auffiel, wie die blonden Härchen auf meinen Oberschenkeln durch das helle Nylon schimmerten, und ich mich geistesabwesend fragte, ob ich sie hätte abrasieren sollen. Meine Kehle schmerzte bei jedem Schluck wie eine offene Wunde, und mein Körper fühlte sich an, als gehöre er nicht mir. Adam ließ langsam einen Finger meinen Oberschenkel hinaufgleiten. »Je kränker du wirst«, sagte er, »desto mehr möchte ich dich vögeln.« Das mag unter Umständen sexy klingen, wenn man gesund ist, doch damals fühlte ich mich dadurch nur müde. Gespielt wurde *The Hunting of the Snark.* Die Geschichte von der Jagd nach etwas, das so unklar und schwer fassbar ist, erschien mir sehr bedeutungsvoll, wie viele Dinge, wenn man Fieber hat. Ein Mann mit Zylinder rannte weg und verschwand in einiger Entfernung im Dunst zwischen den Bäumen. In diesem seltsamen unwirklichen Licht hatte man den Eindruck, dass er tatsächlich verschwunden war und sich in der Helligkeit in nichts aufgelöst hatte. Ich war kurz davor, in Tränen auszubrechen, weil ich mich so unvollständig fühlte. Allmählich befürchtete ich, dass ich irgendeinen angeborenen Makel hatte – einen Hunger, der nie gestillt werden würde.

Adam und ich lebten uns irgendwann auseinander. Ich war es, die es schließlich mit den üblichen Worten, dass ich mehr Raum bräuchte, beendete. In Wirklichkeit war ich eigentlich nicht mehr auf ihn angewiesen, als es mir besser ging – ich weiß, dass dies kein besonders gutes Licht auf mich wirft. Zehn Jahre lang haben wir uns nicht gesehen. In diesen Jahren machte ich einfach so weiter wie zuvor – ich hatte eine Arbeit, die mir Spass machte, und ich lernte viele Männer kennen, hatte dabei jedoch das Gefühl, dass mir irgendetwas entging. Dann bekam ich die Stelle am Stadtrand von London, die ich immer noch habe. Ich war einsam und hatte es satt, eine Beziehung nach der anderen zu erleben. Ich hatte das Gefühl, dass es in meinem Leben nichts gab, auf das ich mich verlassen oder an dem ich mich festhalten konnte – im Kern ging es wohl um das klassische Problem, dreißig zu werden und den vorhersehbaren Wunsch nach einem Kind zu verspüren. Ich fand mich im städtischen Krankenhaus ein, um an einer Konferenz über Kindesmissbrauch teilzunehmen, und lief dort Adam über den Weg, der inzwischen Oberarzt im Bereich Kinderheilkunde war und sich schrecklich freute, mich zu sehen. Früher war er ein ausgelassener Student gewesen, der bei Partys Äthylalkohol in den Punsch kippte und auf einer Krankenbahre nackt durch die Straßen gerollt worden war. Mittlerweile nahm er Herzoperationen an Babys vor, während deren Eltern im Wartezimmer nervös auf und ab liefen. Er hatte ein wenig zugenommen, war breitschultriger und kräftiger geworden, und ein Anzug stand ihm gut. Ein vermögender Mann, dachte ich. Er besaß die Art von Selbstvertrauen, die ängstlichen Menschen ein Gefühl der Geborgenheit vermittelt. Er lud mich in ein teures Restaurant ein und gab sechzig Pfund für eine Flasche herrlichen Bordeaux aus. Ich erzählte ihm, dass ich mir ein Kind wünschte, und er war keineswegs verschreckt. Außerdem verdiente er viel Geld, und er schien mich zu lieben, und Sex mit ihm war wirklich prima.

Wir haben geheiratet, und ich warf meine Pille ins Klo. Schwangerschaft und Geburt begeisterten mich. Vor allem das Stillen genoss ich; meine Brüste waren so groß und nützlich, und die Venen traten blau hervor, als seien sie mit Kugelschreiber gezogen worden. Adam murmelte wie alle jungen Väter: »Sie sehen einfach herrlich aus, warum darf ich sie nicht *berühren*?« Von dem Augenblick an, als Alice geboren wurde – mit einem ungestümen Naturell und überzogen von einer weißen, klebrigen Schmierschicht –, verzehrten mich leidenschaftliche Gefühle für dieses unbändige kleine Geschöpf. Diese Leidenschaft ließ keinen Platz für jemand anderen. Wenn ich zurückblicke, kommt es mir so vor, als sei ich betäubt oder überwältigt gewesen. Die Welt schrumpfte zusammen. Ich errichtete unsichtbare Mauern um sie und mich, und der Teil meines Lebens, der wirklich von Bedeutung war, spielte sich innerhalb dieser Mauern ab. Es war eine Welt, die aus dem Kinderbett und dem Musik machenden Mobile und den Milupa-Packungen bestand und in der Alice versuchte, mit ihrem weichen, entschlossenen und weit geöffneten Mund mein Gesicht zu küssen. Dieser Kuss war für mich das Sinnlichste auf der Welt. Alles, was sich außerhalb der von mir errichteten Mauern abspielte, jagte mir Angst ein. Da ich durch den Schlafmangel völlig durcheinander war, verfolgten mich entsetzliche Alpträume, in denen sie in ein Loch fiel, ertrank oder von wilden Tieren gefressen wurde. Überall witterte ich Gefahr – bei den Pestiziden im Apfelsaft, bei der globalen Erwärmung, bei Überschwemmungen und Bränden sowie bei den jungen Männern, die mit ihren Autos viel zu schnell fuhren. Ich weigerte mich sogar, sie gegen Keuchhusten impfen zu lassen, obwohl Adam meinte, ich sei eine arme, bockige Irre, und tagelang nicht mehr mit mir redete. Wenn man ein Kind hat, lernt man, was es heißt, Angst zu haben. Allmählich konnte ich mich besser in meine Mutter hineinversetzen und verstehen, warum sie die Deckel der Konservendosen mit kochend heißem Wasser abspülte.

Aufgrund meiner Angst fiel es mir zunehmend schwerer, meine Arbeit auszuhalten. Ich las die Akten mit den Berichten über Vergewaltigung, Gewalttätigkeiten und Verwahrlosung und stellte mir vor, dass diese schrecklichen Worte über den süßen, weichen Körper meines Kindes geschrieben wurden. Bei der ersten Fallbesprechung nach meiner Rückkehr zur Arbeit kamen mir die Tränen. Dabei ging es um ein kleines Mädchen, das sexuell missbraucht und schrecklich vernachlässigt worden war; es fertigte wie besessen Listen von Leuten an, die es mochten – sehr kurze Listen, bei denen ganz oben immer »mein kleines Pony« stand. Als ich wieder im Büro war, ging ich auf die Toilette und weinte. Dort fand mich Jude und meinte, ich sei gerade überaus empfindlich, und hielt mich in einer nach Opium duftenden Umarmung fest.

Mit Lucy war es leichter. Bei ihr hatte ich nicht mehr so große Angst. Trotzdem war ich bei ihr verzaubert, blind für alles andere und vollkommen in Anspruch genommen.

Adam arbeitete viel und machte Karriere. Ungefähr zu der Zeit, als Lucy zwei wurde, arbeitete er immer länger – bis es mir schließlich auffiel. Ich begann mich ein wenig darüber zu wundern, machte mir aber keine ernsthaften Sorgen. Eines Tages sagte er: »Ich glaube, irgendwie funktioniert die Kommunikation zwischen uns nicht mehr.« Ich sah kurz von dem Knetgummi auf. Ich versuchte gerade, eine Katze für Lucy zu kneten, und immer wieder fiel der Schwanz ab. Ich war überrascht; als ich jedoch einen Augenblick darüber nachdachte, konnte ich nachvollziehen, was er meinte. »Vielleicht hast du Recht.«

Ich sprach mit Jude darüber. Sie wusste bereits, dass wir kaum noch miteinander schliefen.

»Meinst du, er hat vielleicht eine Affäre?«, wollte ich von ihr wissen.

Wir sahen einander über unsere Weingläser an. Wir saßen in einem dieser schicken, renovierten Pubs mit abgeschliffenen Holzfußböden, Kerzen und *Vogue*-Ausgaben. Als sich unsere Blicke trafen, mussten wir lachen.

»Adam? Niemals ... Er vergöttert dich, Chloe.«

Es war unvorstellbar. Er war immer treu, gewissenhaft und zuverlässig gewesen. Eine Woche später erzählte er mir an einem duftenden Sommerabend bei einem Glas Wein auf unserer Terrasse, dass er mich verlassen würde, um mit Simone, einer Krankenschwester von der Intensivstation, zusammenzuziehen.

Er verließ mich mit aller Höflichkeit und schloss ruhig, anständig und absolut endgültig eine Tür in meinem Leben. Unsere Töchter verarbeiteten es auf eigene Art und Weise. Lucy hatte sechs Monate lang entsetzliche Tobsuchtsanfälle, dann war es vorbei. Bei Alice schien es tiefer zu gehen; sie fing an, an ihren Haaren, Fingernägeln und Fingerspitzen herumzukauen, und bekam in der Schule schlechte Noten. Manchmal ertappte ich sie auch dabei, wie sie mit einem derartig traurigen Gesichtsausdruck in die Luft starrte, dass ich einen panischen Schrecken bekam. Doch ich muss zugeben, dass Adam alles getan hat, um es ihnen leichter zu machen. Er ist immer noch ein engagierter Vater. Er bezahlt mir sehr viel Unterhalt. Außerdem übernimmt er die Schulgebühren für Alice. Er sieht die Mädchen jedes zweite Wochenende. Er lädt sie an ihrem Geburtstag zu Pizza Hut und Planet Hollywood ein. Er kauft ihnen die richtigen Geschenke.

Zwei Jahre lang hatte ich keine sexuellen Beziehungen – abgesehen von der kurzen Affäre mit meinem Anwalt Felix. Felix war ein einfallsreicher Liebhaber. Er gab mir einen Schlüssel zu seinem Büro, und manchmal schloss ich mir in der Mittagspause selbst auf; wenn er mich dann vorfand, liebten wir uns heimlich, wobei mir Felix eine Hand vor den Mund hielt, damit wir die Sekretärinnen nicht bei ihren Knäckebrotmahlzeiten störten. Eine Weile war das ganz nett. Doch mir war durchaus bewusst, dass ich nur eine von vielen Frauen war, und es ärgerte mich maßlos, dass er sich nie merken konnte, wie meine Töchter hießen und wie alt sie waren. Als er die Sache schließlich beendete, nahm ich es nicht tragisch. Danach gab es niemanden. Ich beschäftigte mich mit anderen Dingen. Ich strich meine Küche, brachte Lucy das Lesen bei, fuhr kranke Meerschweinchen zum Tierarzt, düngte meine Kamelien und sorgte dafür, dass alles reibungslos funktionierte. Ich nehme an, ich war wie jeder, der mit einer großen Aufgabe wie einer Krankheit, einem schmerzlichen Verlust oder einer Geburt fertig werden muss, mit meinen Gedanken immer woanders. Die Männer spürten dies und ließen mich in Ruhe.

Anfangs habe ich oft geweint, doch eigentlich wollte ich Adam gar nicht wiederhaben. Allerdings war ich in Simones Gegenwart immer furchtbar gereizt. Sie hat diese selbstsichere herrische Art, die kleine Mädchen an den Tag legen, wenn sie Krankenschwester spielen. Ich fühlte mich einfach nur ziemlich einsam und verlassen. Am schlimmsten war es mitten in der Nacht, dann trank ich einen Scotch und briet mir ein Spiegelei, um danach vielleicht wieder einschlafen zu können; dabei fragte ich mich, ob ich für den Rest meines Lebens allein bleiben würde. Adam hat mir einmal erzählt, dass in den frühen Morgenstunden unser Stoffwechsel am langsamsten arbeite und dass dann die Wahrscheinlichkeit zu sterben am grössten sei. Es gebe sogar Schwesternorden, bei denen die Nonnen jeden Morgen um drei Uhr aufstehen und für die Sterbenden beten. Mich tröstet der Gedanke an diese Nonnen unendlich. Manchmal habe ich mich gefragt, ob sie wohl auch an diejenigen denken, deren Leiden ebenso wie ihre Sünden eigentlich ziemlich eigennützig sind – diejenigen, die aufstehen, um sich ein Spiegelei zu braten, die ein paar Tränen vergießen und glauben, dass ihre Zukunft sinnlos sei. Mir gefällt die Vorstellung, dass sie es tun. Allmählich ging es mir besser. Ich schlief nachts durch und erlangte eine gewisse Zufriedenheit, die für mich etwas ganz Neues war; sie grenzte fast an Übersättigung, während ich in meinem gemütlichen Bilderbuchhaus mit den geblümten Tellern auf der Anrichte und der Katze, die zusammengerollt auf dem Kaminvorleger lag, herumwerkelte.

Heute erkenne ich, dass ich damals einen Tagtraum auslebte, einen Tagtraum, der auf seine Weise genauso romantisch war wie die Vorstellung von einer perfekten, erotischen Liebe: Die Erdmutter zieht ihre Kinder allein auf, sie ist dabei liebevoll und stark und vollkommen unabhängig, außer bei ein paar unwichtigen praktischen Dingen – beispielsweise verstopften Abflüssen, Sicherungskästen oder den komplizierten Verschlüssen der Sardinendosen. Denn es muss gesagt werden, dass mir der spirituelle Teil der Selbstgenügsamkeit mehr liegt als der praktische Teil. Vor einigen Tagen hat Lucy einen leeren Schuhkarton mit ihren Lieblingssachen gefüllt – mit einigen glitzernden Perlen von meiner Mutter, Muscheln, die wir am Strand von Brighton gefunden haben, und einem Stein, der wie eine Schildkröte geformt ist. Sie hat sie »Meine

Schatzschachtel« genannt. »Ich finde, das klingt schön, Mami«, sagte sie. »Meine Schatzschachtel.« Ich habe zweieinhalb Jahre in einer solchen Schachtel gelebt. Und das war in gewisser Weise auch gut so, und es war mir genug – bis Dan auftauchte, sich an meinen Küchentisch setzte und mir seine Telefonnummer aufschrieb, mit seinen wunderschönen, langen gebräunten Fingern sein nasses Haar aus dem Gesicht strich und alles auf den Kopf stellte.

4

Alice lag ausgestreckt auf dem Sofa, kaute an ihren Haaren und war vertieft in Geschichten über menschliche Selbstverbrennung in der *Fortean Times.* Sie warf einen Blick auf mich und das kurze Seidenkleid, den Lippenstift und die hochhackigen Sandalen.

»Du gehst aus«, sagte sie vorwurfsvoll.

Ich nickte. »Hannah kommt vorbei. Ich hätte es euch früher sagen sollen, aber es war alles ein bisschen kurzfristig.« Warum muss ich bloß so entschuldigend klingen?, dachte ich.

Normalerweise hagelte es Protest über den Babysitter: »Mein Gott, Mama, Hannah ist nur drei Jahre älter als ich. Und überhaupt, warum heißt es eigentlich *Baby*sitter?« Heute Abend starrte sie mich nur an. Ihre Augen sind so blau wie die weite Ferne an einem klaren Sommertag. Selbst ich kann ihrem Blick nicht immer standhalten. »Es ist dieser Mann, der Fred von der Party abgeholt hat, stimmt's?«

»Dir entgeht aber auch nichts«, sagte ich.

»Und wann hilfst du mir bei meinen Hausaufgaben für den Religionsunterricht?«

»Tut mir Leid, mein Schatz. Ich dachte, sie wären erst am Montag fällig. Wir machen sie morgen, in Ordnung?«

»Sie bringt mich um, wenn ich sie nicht fertig habe.«

»Reicht es denn nicht, wenn wir sie morgen machen?«

»Aber morgen ist Freitag, und ich hasse es, am Wochenende Hausaufgaben zu machen. Das weißt du doch, Mama.«

»Freitag ist ja nun nicht gerade Wochenende«, erwiderte ich.

Sie schwieg. Ich legte ihr eine Hand auf die Schulter. Sie beugte sich zur Seite, weg von meiner Berührung, und hielt sich ihre Zeitschrift vors Gesicht, als fürchte sie, ich könne handgreiflich werden. Die bewusste Pose betonte noch ihre jugendliche Unbeholfenheit; einige Teile ihres Körpers wuchsen schneller als andere, ihre Beine schienen zu lang und ihre Füße zu groß für ihren Körper zu sein. Ich spürte, wie Wut in ihr aufwallte, eine kindliche Wut wie die von Lucy, die besagte: »Warum lässt du mich nie das tun, was ich will?«

Ich war viel zu früh fertig, doch ich konnte nicht stillsitzen. Ich suchte für Hannah ein paar Ausgaben von *Marie Claire* heraus, damit sie etwas zu lesen hatte, rückte ein Bild gerade, wischte auf meinem Schreibtisch, wo ich meine alten Briefe und Tagebücher aufbewahre, etwas Staub. Luftballons, die noch von der Party übrig geblieben waren, bewegten sich im Luftstrom wie Tiere und verursachten ein entnervendes, hohles Geräusch, wenn sie mit etwas in Berührung kamen. Ich überlegte, was ich mit ihnen tun sollte; vielleicht ließ ich sie noch ein oder zwei Tage hängen und ließ sie platzen, wenn Lucy schlief, um dem Protestgeschrei aus dem Weg zu gehen.

Plötzlich ließ Alice ihre Zeitschrift sinken. »Mama, wir kommen doch gut miteinander aus, nicht wahr? Es ist doch gut so, wie wir leben, oder?«

»Alice, meinst du nicht, dass du voreilige Schlüsse ziehst? Ich gehe nur etwas mit ihm trinken. Ich muss mich ab und zu auch mal mit jemandem treffen.«

»Ach ja? Aber das ist doch wohl nicht einfach irgendjemand, oder?«

»Ich weiß nicht«, antwortete ich. Ich setzte mich neben sie und streckte mich, um sie zu umarmen. Ihr Haar war dort, wo sie daran gelutscht hatte, naß und glatt. Sie steckte sich die nasse Strähne hinters Ohr. »Hör mal, nichts wird sich ändern«, sagte ich.

Sie schien sich ein wenig zu entspannen. Sie berührte meinen Rock. »Eigentlich siehst du richtig hübsch aus«, meinte sie. »Das Kleid solltest du öfter tragen.«

Ich gab ihr einen Kuss oben auf ihren Kopf.

Ich ging in die Küche, um die Sachen herauszustellen, die Hannah zum Kaffeekochen brauchte. Die paar Rosen, die ich in ein Marmeladenglas gestellt hatte, waren kurz davor, ganz auseinander zu fallen; überall lagen Blütenblätter. Ich nahm ein Blütenblatt in die Hand und hielt es an meine Wange. Es war kühl, dick und weich und besaß noch einen leichten Duft; doch es hatte bereits einen braunen Rand, als ob jemand mit einem Stift die Ränder schattiert hätte. Ich musste kurz und entzückt an kühle, beharrliche und unmissverständliche Finger denken, die langsam die Knöpfe vorn an meinem Kleid öffneten.

Doch als er schließlich eintraf – Hannah folgte ihm auf dem Fuße –, wurde ich plötzlich unsicher. Er sah in seiner dunklen Hose und dem hellen, weiten Leinenhemd, bei dem er die Ärmel hoch aufgekrempelt hatte, sehr gut aus. Ich führte ihn ins Wohnzimmer, und wir lächelten einander vorsichtig an und meinten, wie heiß es sei. Dabei hoffte ich, dass mir der Schock darüber, dass ich ihn kaum wieder erkannte, nicht anzusehen war. Der Liebhaber, den ich mir fünf Tage und Nächte lang vorgestellt hatte, war jemand ganz anderer gewesen, ein Fremder aus meiner Fantasiewelt. Als der Mann aus der Realität so dicht vor mir stand, wurde ich bei dem Gedanken daran, dass ich vor seinem Eintreffen hoffnungsfroh das Bett frisch bezogen und mein Diaphragma eingeführt hatte, plötzlich rot.

Alice sagte höflich, wenn auch eisig hallo und ging dann nach oben in ihr Zimmer. Sie lehnte es aus Prinzip ab, sich auf derselben Etage wie der Babysitter aufzuhalten. Doch Lucy kam hüpfend ins Zimmer; ihr Gesicht war fröhlich, weil sie davon ausging, dass jeder sich freute, sie zu sehen.

Dan beugte sich zu ihr hinunter. »Hallo, Lu.« Er piekte mit einem Finger vorn auf ihr Nachthemd. »Hey, das ist ja ein toller Bär.«

»Das ist kein Bär, das ist Barney«, protestierte sie übertrieben empört, aber gleichzeitig wohlwollend. Sie zog die Schultern hoch und hielt dabei ihre Hände offen von sich; es war eine ausdrucksvolle kleine Geste, die besagte: Erwachsene wissen aber auch gar nichts. »Passt du auf uns auf?«, fragte sie; dabei leuchtete ihr Gesicht vor Freude fast durchsichtig. Sie sah aus wie eine von diesen Kerzenhaltern aus Keramik, nachdem man die Kerze angezündet hat.

»Heute Abend nicht«, antwortete er vorsichtig, weil er erkannte, wie heikel die Situation war. »Hannah passt heute auf euch auf, weil deine Mutter und ich essen gehen.«

Das Leuchten auf ihrem Gesicht erlosch. Sie trat nach einem Luftballon, der in der Nähe ihrer Füße auf dem Boden lag, doch er hüpfte davon, und sie stieß sich ihren Zeh am Sofa. In ihren Augen glitzerten Tränen.

»Mama, warum dürfen wir nicht mit, wenn du ausgehst?«, fragte sie. »Das ist gemein.«

»Hannah liest dir eine Geschichte vor«, erwiderte ich rasch.

»Viele Geschichten«, ergänzte Hannah. Sie schnappte sich ein Buch und hob Lucy auf ihren Schoß. Ich ging rasch zur Haustür. Dan folgte mir.

Die Wärme, die vom Bürgersteig aufstieg, umgab uns. Es war ein wunderbarer Sommerabend, in der Luft lag der starke Duft der Tabakpflanzen, die vor der Haustür meiner Nachbarin in den Blumentöpfen schimmerten.

»Ich kenne ein chinesisches Restaurant an der Eisenbahnbrücke«, sagte Dan. »Es ist ein bisschen schmuddelig, aber das Essen ist sehr gut. Sind Sie damit einverstanden?«

Ich nickte.

Er hatte ein kleines, blaues, unauffälliges Auto. Als ich

mich auf dem Sitz zurücklehnte, klebte die Seide des Kleides feucht an meinem Rücken. Mein Körper kam mir unbeholfen und riesig vor, keineswegs geschmeidig oder gefällig. Ich erinnerte mich daran, wie ich mich in Alices Alter gefühlt hatte, als ich plötzlich Hüften entwickelt hatte und überall angeeckt war, als nichts geschmeidig ablief und ich das Gefühl gehabt hatte, dass mein Körper nicht mehr in meine Haut passte.

Ich fand den Fensterheber nicht, und er beugte sich über mich, um das Fenster für mich zu öffnen. Ich saß ganz still. Mir waren sein Anderssein und seine Fremdheit sehr bewusst, ebenso wie die Tatsache, dass ich fast überhaupt nichts von ihm wusste. Der Duft seiner Haut erfüllte mich mit einem undefinierbaren Gefühl, das zwischen Vergnügen und Furcht angesiedelt war.

Er parkte in der Nähe der Eisenbahnbrücke, direkt vor dem Restaurant. Es hieß The Water Margin. Karamellisierte Enten hingen im Fenster und glänzten braun wie Kastanien; die Form ihrer Hälse und Schnäbel war leider unzweifelhaft zu erkennen. Wie er schon gesagt hatte, wirkte es ziemlich billig. An der Bar hing Plastikobst, und auf den Tischen standen Plastikrosen. Um die kahlen Wände zu verschönern, hatte jemand Geschenkpapierbogen mit Drachen- und Pfingstrosenmotiven aufgehängt; an den Ecken konnte man die Tesafilmstreifen erkennen. Wenn neben dem Restaurant ein Zug über die Brücke fuhr, merkte man dies nicht so sehr am Geräusch, sondern eher an der Schwingung, die tief aus dem eigenen Innern zu kommen schien.

Für dieses Lokal war ich viel zu schick angezogen; meine Absätze waren zu hoch, mein Kleid zu kurz und zu glänzend, und meine Lippen waren allzu genau nachgezeichnet. Ich wusste nicht, was ich mit meinen Händen anfangen sollte. Ich verschränkte sie vor dem Mund.

Die Tische waren klein. Er beugte sich vor und stützte sich auf seine Ellbogen. Er war mir so nah, dass ich die geröteten

Flecken seiner Augäpfel und den Schweißfilm auf seiner Stirn erkennen konnte.

»Haben Ihre Töchter etwas dagegen, dass Sie ausgehen?«, fragte er.

»Lucy eigentlich nicht. Inzwischen ist sie bestimmt wieder gut gelaunt. Sie liebt es, wenn jemand anders ihr vorliest. Alice ist da schon misstrauischer.«

»Mir gegenüber?«

»Vielleicht ein bisschen. Sie hängt sehr an ihrem Vater«, antwortete ich und fragte mich gleich darauf, ob die unterschwelligen Schlussfolgerungen nicht zu vertraulich waren; schließlich hatte der Abend gerade erst begonnen.

Er nickte fragend und wartete ab. Ich merkte, dass seine Augen unverwandt mein Gesicht betrachteten. Sein Blick hatte etwas Unwiderstehliches, doch ich begegnete ihm nur einen kurzen Moment und schaute dann nach unten und woandershin. Ich wollte alles genießen und nichts überstürzen.

»Sie sehen ihn sehr oft«, sagte ich. »Seit er weg ist, geht es ganz gut. Eine Weile war es sehr schwer. Inzwischen weiß ich nicht mehr so genau, was er alles getan hat. Wir kommen einfach gut ohne ihn zurecht. Sie vermissen ihn natürlich, doch nicht allzu sehr – hoffe ich jedenfalls.«

»Und was ist mit Ihnen?«

»Mir geht es gut«, sagte ich. »Ich züchte Pflanzen. Ich liebe meinen Garten, und ich wühle gern in der Erde.« Als Antwort auf seine Frage sagte ich: »Seitdem hat es eigentlich niemanden gegeben. Ich war, glaube ich, ganz gern allein.« Angesichts der Vergangenheitsform, die ich so gedankenlos verwendet hatte, wurde ich auf einmal ein wenig verlegen.

Er schenkte uns beiden ein Glas Wein ein. Mir gefiel die entschiedene Geste und die Art, wie er die Initiative ergriff. Der Wein fühlte sich auf meiner Zunge samtig an. Mein Mund war vor lauter Nervosität wie ausgetrocknet, und ich trank gierig.

»Und Sie?«, fragte ich. »Wie kommt es, dass Sie allein ausgehen? Ich meine …«

»Helena und ich gehen sehr oft unsere eigenen Wege«, erwiderte er. »Das ist kein Problem. Nun ja, vielleicht mache ich mir etwas vor. Aber so leben wir nun mal.«

Es klang fast wie eine Frage. Ich fingerte an dem Töpfchen mit Zahnstochern herum, das auf dem Tisch stand. Ich wusste nicht so recht, was ich darauf antworten sollte.

»Erzählen Sie mir, wie Sie zur Sozialarbeit gekommen sind«, sagte er.

»Vielleicht bin ich nur ein furchtbarer Voyeur«, antwortete ich.

»Sie hören gern Geschichten.«

»Das stimmt. Und in gewisser Hinsicht gefällt es mir, dass es so schwierig ist. Die meiste Zeit schlage ich um mich. Manchmal glaube ich, dass das gut ist – dass ich etwas Sinnvolles getan habe.«

Ich fragte, wie er Psychologe geworden sei. Er erzählte, dass er die Schule mit der Mittleren Reife verlassen und als Lastwagenfahrer gearbeitet habe. Schließlich habe er an einer Abendschule die nötigen Abschlüsse nachgeholt und sich dann an der Universität eingeschrieben. »Zu Anfang habe ich Politikwissenschaft studiert«, erzählte er. »Doch ich war nicht besonders gut. Ständig war ich bei irgendwelchen Streiks und habe nicht studiert.«

Ich musste lächeln, als ich das hörte. Es passte zu der Art und Weise, wie er bei Lucys Party geredet hatte; sein politisches Engagement war immer noch spürbar, und das gefiel mir. Zwischen zwanzig und dreißig war ich oft mit Männern ausgegangen, die dic Welt verändern wollten. Manchmal fragte ich mich, ob das ein Versagen oder eine Apathie meinerseits widerspiegelte, weil ich hoffte, sie würden es tun, damit ich es nicht musste.

»Während der ersten Sommerferien«, fuhr er fort, »bekam ich eine Stelle auf einem Abenteuerspielplatz. Wir haben ihn von Grund auf neu gebaut. Es waren Großstadtkinder aus armen Familien, wie ich eines gewesen war, und sie hatten kaum etwas, das ihnen gehörte. Wir haben Türme gebaut, eine riesige Rutsche, einen Steg hoch über der Erde, bei dem man von einer Stange zur nächsten gehen konnte. Zwischen zwanzig und dreißig fühlt man sich so stark.«

Er hielt einen Moment inne, als der Kellner ein Warmhaltestövchen und einen Teller mit Spareribs und einer glänzenden Sauce sowie einen Teller mit kohlartigem Grünzeug brachte. Es duftete süß und appetitlich, doch das Essen war zu viel für mich. Ich hatte keinen Appetit, mir war nur nach trinken zumute.

»An dem Tag, als wir das Haus fertig hatten, haben wir eine Party veranstaltet, um zu feiern«, sagte er. »Ich ging nach Hause und war sehr zufrieden mit mir. Ich hatte das Gefühl, etwas Sinnvolles geleistet zu haben. Um drei Uhr morgens rief mich die Polizei an. Der Spielplatz war angezündet worden. Ich fuhr hin und sah mir an, wie er in Flammen aufging.«

Ich versuchte mir vorzustellen, wie alle Bauten lodernd in sich zusammenfielen. Auf perverse Art und Weise erregte mich diese Geschichte der Zerstörung; ich wollte mich über den Tisch beugen, die ausgeprägten Kurven seines Gesichts berühren und seinen Mund mit meinem erforschen.

»Es war natürlich eines der Kinder gewesen, die geholfen hatten, ihn zu bauen«, erläuterte er. »Heute erscheint mir das ganz logisch, damals war es einfach furchtbar. Er hatte schon vorher Dinge in Brand gesteckt.«

»Und dann?«

»Wir haben wieder von vorn angefangen, aber es war nicht dasselbe. Die Kinder verschwanden der Reihe nach. Als ich wieder im College war, wechselte ich mein Hauptfach. Es hing irgendwie damit zusammen.«

Er fragte, wo ich aufgewachsen sei. Ich erzählte ihm von meiner Kindheit im New Forest und von meiner Mutter, die allein im Schatten der Bäume lebte. Er stellte mir eine Menge Fragen. Mir gefielen seine interessierten Fragen ebenso wie mein Drang, mich ihm zu öffnen.

Das Hauptgericht sah farblos und kompliziert aus, auf den Tellern lagen glänzendes Gemüse und riesige, durchsichtige Garnelen, die nach Meer rochen. Als ich einen Teller hochhob, verbrannte ich mich am Teelicht des Stövchens. Ich steckte den Finger in den Mund und lutschte daran, um den Schmerz zu lindern. Er beobachtete mich interessiert und prüfend. Ich spürte, dass ich rot wurde.

Dann erzählte er mir von seiner eigenen Kindheit. Er skizzierte sie nur – doch seine Geschichte entsetzte mich trotzdem. Er war in Manchester aufgewachsen und wie ich Einzelkind. Sein Vater war Stukkateur gewesen und ein gewalttätiger Mann, der Dan manchmal mit seinem Gürtel verprügelt hatte. Seine früheste Erinnerung, sagte er, sei das Gesicht seines Vaters, das sich ihm riesig und bedrohlich genähert und sein ganzes Gesichtsfeld ausgefüllt hatte. Während er mir davon erzählte, spürte ich, wie er sich von diesem lange zurückliegenden Elend distanziert hatte, und erkannte gleichzeitig, dass er noch immer daran arbeitete und dies nur durch eine bewusste Willensanstrengung erreichte.

»In der Schule hatte ich oft Ärger, weil ich mich geprügelt habe«, sagte er. »Aber ich fürchte, ich habe stets festgestellt, dass eine Prügelei sehr wirkungsvoll war.«

»Ich kann mir gut vorstellen«, erwiderte ich, »dass Sie für bestimmte Dinge gekämpft haben.«

Er erzählte mir, dass seine Mutter inzwischen tot war und sein Vater im Heim lebte. Er besuchte ihn nicht mehr. »Es ist ein Jammer«, meinte er. »Ich nehme an, am Ende gewinnt man den Krieg mit seinen Eltern immer.«

Danach erzählte ich ihm von meinem Vater. Ich erzählte ihm, wie er gestorben war und dass ich immer noch von ihm träumte. Dan streckte eine Hand aus und berührte, während ich ihm dies erzählte, mit der Fingerspitze mein Handgelenk. Die Wärme seiner Berührung schien mich direkt zu durchfluten und mich überall zu wärmen.

Er ließ seinen Finger einen Augenblick dort liegen, lehnte

sich dann zurück und füllte unsere Gläser erneut bis zum Rand.

»Helena und ich schlafen nicht miteinander«, sagte er. »Seit wir Sally haben, fast überhaupt nicht mehr. Ich hatte andere Beziehungen.« Es war sicher nicht sehr originell, doch es klärte die Situation. Er sah mich über den Tisch hinweg an, und dieses Mal hielt ich seinem Blick stand. Ich glaube, ich nickte leicht mit dem Kopf. Ich wusste, dass ich damit meine Zustimmung gab.

Ich stand auf, um zur Toilette zu gehen. Mittlerweile waren alle Tische besetzt, und der Raum war erfüllt von Lärm und Gelächter. Das erstaunte mich – ich hatte nicht gemerkt, dass andere Leute gekommen waren, und auch den zunehmenden Geräuschpegel nicht wahrgenommen. Neben uns waren zwei Tische zusammengeschoben worden, um einer offenbar vollzähligen chinesischen Familie Platz zu machen, die etwas feierte. Ein Mann beugte sich gerade über einen winzigen kleinen Jungen mit blauschwarzem Haar und fütterte ihn vorsichtig und bedächtig mit Nudeln. Als ich all diese Dinge plötzlich wahrnahm, hatte ich das Gefühl, einen Kreis zu verlassen, in den wir uns begeben hatten und der uns wie mit Zauberhand umgab – ein Kreis, in dem wir nur einander sahen und hörten, während wir uns die Geschichten unseres Lebens erzählten.

Um zur Toilette zu gelangen, musste man an den fleischigen, toten Enten vorbei zur Eingangstür hinaus und eine Seitengasse entlanggehen. Die Küchentür stand halb offen, und ich spürte beim Vorbeigehen die dampfende Hitze. Ich ging auf die Toilette, musste jedoch feststellen, dass ich zu erregt war, um zu pinkeln. Also blieb ich vor dem Spiegel stehen und fuhr mir unnötigerweise mit dem Kamm durch die Haare. Der Spiegel war mit silbrigen Flecken übersät, die aussahen wie Wasserspritzer, und trotzdem wirkte mein Spiegelbild klarer und lebendiger als sonst. Das meiste Make-up hatte sich inzwischen verflüchtigt, meine Haut schimmerte rosig, und meine Augen waren groß und strahlend.

Ich kehrte zum Tisch zurück.

»Ich muss Sie warnen, der Kaffee hier ist ziemlich scheußlich«, sagte er.

»Wir können bei mir noch einen Kaffee trinken«, erwiderte ich.

»Das würde ich sehr gern«, antwortete er.

Wir tranken unseren Wein aus und baten um die Rechnung. Er wollte mich einladen, doch das ließ ich nicht zu.

Draußen wurde es allmählich dunkel, und es bildeten sich dort, wo keine Schaufenster erleuchtet waren, lilafarbene Schatten. Ein warmer Wind, der nach Blumen duftete, wirbelte den Müll auf dem Bürgersteig durcheinander. Über uns fuhr ein Zug über die Eisenbahnbrücke. Wir konnten die Passagiere, die von hell erleuchteten Quadraten eingerahmt wurden, über unseren Köpfen sehen; jede Einzelheit konnte man deutlich erkennen, jedes Buch, jedes Stirnrunzeln, jeden Ohrring. Wir stiegen ins Auto. Dabei achteten wir darauf, einander nicht zu berühren.

Hannah schaute sich irgendeine hektische Krankenhausserie im Fernsehen an.

»Waren sie brav?«

»Kein Problem. Lucy ist gut zugedeckt. Wir haben viele Geschichten gelesen. Ich bin nur noch mal reingegangen und habe das Licht ausgemacht.«

»Kommst du allein nach Hause, oder soll ich dich heimfahren?«

»Nö, danke.«

»Wirklich nicht?«, fragte ich und musste dann insgeheim lächeln über die plötzliche Nervosität, mit der ich das gesagt hatte.

Hannah sah mich nachsichtig an; sie war fünfzehn Jahre alt und sehr aufgeweckt. »Ich komm schon klar, Chloe, wirklich. Ciao.« Mit diesen Worten verschwand sie in die Dunkelheit.

Ich schloss die Tür. »Ich würde anstelle von Kaffee lieber noch ein Glas Wein trinken. Wie ist es mit Ihnen?«

»Ja«, sagte er.

Er folgte mir in die Küche, setzte sich jedoch nicht. Ich hatte noch einen chilenischen Rotwein, den ich am Tag zuvor aufgemacht hatte. Ich holte zwei Gläser und entkorkte die Flasche. Als ich mit dem Rücken zu ihm den Wein einschenkte, konnte ich seinen Blick warm zwischen meinen Schulterblättern spüren. Ich schwebte auf Messers Schneide zwischen einer Art zu leben und einer anderen und verspürte den kurzen, verlegenen Drang, etwas Belangloses zu sagen, fröhlich vor mich hin zu plappern und den Augenblick von mir wegzuschieben. Doch ich stand einfach nur da, von ihm abgewandt, und schenkte den Wein ein. Er kam zu mir und nahm mir die Flasche aus der Hand, stellte sie ab und streckte seine Hände aus, um mein Gesicht an sich zu ziehen. Außer unseren abwechselnden, erschreckend lauten Atemgeräuschen war kein Ton zu hören.

Er fing an, die Knöpfe an meinem Kleid zu öffnen.

»Nein«, sagte ich. »Nicht hier.« Wir gingen nach oben.

Dieses erste Mal, als wir uns liebten, erstaunte mich. Es war nicht unbedingt eine vollendete Vorstellung, es ergab sich auch nicht alles von selbst, und wir wussten, ohne zu fragen, nicht immer genau, was wir tun sollten. Für mich ist Sex beim ersten Mal immer so, es ist nie sofort alles eindeutig. Doch während er seine Hände über meinen Körper gleiten ließ, mich mit seinen Fingern, seinen Lippen und seiner Zunge erforschte und untersuchte, stellte ich fest, dass ich anders reagierte als sonst, anders, als ich es von mir kannte. Ich fühlte mich offen, als ob jede Sehne in meinem Körper sich lockerte, als ob alles, was sonst miteinander verknüpft war, sich unter seiner Berührung plötzlich löste. Ich suchte kurz nach den Vorstellungen, die mich normalerweise erregten, doch ich konnte sie nicht finden. Mein Bewusstsein schien voll und ganz mit ihm beschäftigt zu sein – mit der Beschaffenheit seines Körpers, der fest und geschmeidig und kräftig war und meine Arme so wunderbar ausfüllte, mit dem warmen, moschusartigen Geruch seines Schweißes, mit seinem Schwanz, der sich in meiner Hand heiß und hart und unter meiner Zunge seidig glatt anfühlte. Diese Empfindungen erfüllten meinen Körper und meinen Geist. Alles andere war ausradiert.

Seine Hand auf meiner Klitoris war zu Beginn alles andere als angenehm, zu schnell und zu fest, wie Männer es zunächst oft sind. Aber nachdem ich ihm einmal mit meiner Hand auf seiner den richtigen Rhythmus gezeigt hatte, spürte ich, dass ich auseinander fallen würde. Das Beben meines Körpers entmutigte mich, machte mir fast Angst. Ich wusste nicht, wie ich die Kontrolle behalten sollte. Ich war nicht in der Lage, die üblichen Dinge zu tun – mich auf meinen Körper zu konzentrieren und meine Oberschenkel anzuspannen, was mich sonst immer zum Orgasmus brachte. Meine üblichen Mechanismen funktionierten nicht mehr. Genau wie beim allerersten Mal, als ich in der aprikosenfarbenen Dunkelheit meines Kinderzimmers heimlich unter der Daunendecke versucht hatte zu kommen und kurz davor abbrach, weil ich von unbekannten Empfindungen überwältigt wurde, hielt ich auch dieses Mal inne und schob seine Hand sanft weg.

»Stimmt etwas nicht?«, wollte er wissen.

»Ich kann nicht kommen. Ich schaffe es irgendwie nicht, es ist alles zu neu für mich.«

Er schüttelte leicht den Kopf.

»Das macht nichts, wirklich nicht«, sagte ich.

Er zuckte leicht mit den Schultern, als sei er enttäuscht, küsste mich und entspannte sich in mir.

»Warum hältst du deine Augen geschlossen?«, fragte er.

»Ich tue es einfach«, meinte ich.

»Mach sie auf«, sagte er. »Sieh mich an.« Ich tat es.

Er kam schnell. Wir lagen eine Weile schweigend nebeneinander. Sein Atem ging langsamer.

Ich stützte mich auf einen Ellbogen und beobachtete ihn, während er schlief. Dabei sah ich neue Dinge an ihm – die dunklen Stoppeln auf seiner sonnengebräunten Haut und sein angedeutetes Lächeln im Schlaf. Sein strubbeliges Haar fiel ihm ins Gesicht; es erinnerte mich an etwas, aber erst wusste ich nicht, woran. Dann fiel mir ein, dass es mich an Fred auf Lucys Party erinnerte: Ihm hing ebenfalls der Pony in die Augen.

Ich streckte die Hand aus und berührte die Seite seines Gesichts. Er öffnete langsam die Augen, nahm einen Augenblick meine Finger in den Mund und küsste mich.

»Wann sehe ich dich wieder?«, fragte er.

»Wann immer du willst.«

»Wann passt es dir?«

Ich lachte, wollte aber nichts sagen. Es war ein empfindlicher Augenblick, zerbrechlich wie eine Eierschale. In diesem Augenblick wurden die Spielregeln festgelegt und die Beziehung abgegrenzt. »Nein. Sag du.«

»Also Montag?«

»Mmm.«

Das war es, was ich wollte – alles mit Sicherheit zu wissen. Ich fühlte mich geborgen und glücklich. Doch nun, da ich wusste, woran ich bei ihm war, war ich schrecklich frustriert und ärgerte mich über mich selbst, dass ich beschlossen hatte, nicht zu kommen.

Er stand auf und zog sich an. Ich wusste nicht, was ich anziehen sollte, um ihn zur Tür zu begleiten. Mein Morgenmantel lag auf dem Sitzplatz vor dem Fenster – doch er war aus lilafarbenem Frottee und hatte hier und da Kaffeeflecken; außerdem fanden sich in den Taschen oft Plastiktiere. Er gehörte zu einem anderen Leben. Also schlüpfte ich wieder in mein Kleid, das an den Stellen, wo ich nassgeschwitzt war, an mir klebte.

Er betrachtete mich von oben bis unten. »Es gefällt mir«, sagte er.

Ich begleitete ihn zur Haustür und hielt vorne mit einer Hand mein Kleid zusammen. Ich wusste, dass mich durch die Glasscheibe neben meiner Haustür Leute von der Straße aus sehen konnten. Ich hob meinen Kopf und küsste ihn. Ich zitterte. Er spürte, wie erregt ich noch immer war, und nahm meine Hand, die das Kleid zusammenhielt, weg und schob seine Hand darunter und zeichnete mit einem Finger meine Brust nach. Während ich an der Tür stand und nur die Stängel und Blätter des Efeus, der aus meinen hängenden Blumenkörben herunterhing, mich vor der Straße verbargen, zog ich seine Hand herab und spreizte ein wenig die Beine. Ich kam fast bei der ersten Berührung und klammerte mich an ihn.

Er bedeckte mein Gesicht mit Küssen. Er war zufrieden und irgendwie amüsiert. Er grinste. »Also gute Nacht, Chloe.«

Ich nickte. Mich erfüllte eine glückliche Leichtigkeit, die sich anfühlte wie Gelächter, doch ich brachte kein Wort heraus.

Ich ging in die Küche und setzte mich zitternd hin. Ich schenkte mir noch etwas Wein ein und nippte langsam daran; ich genoß den intensiven Geschmack und kostete das absurde, überwältigende Gefühl der Hoffnung aus.

Vor der Küchentür war ein Poltern und dann ein dumpfes Geräusch zu hören, als Lucy mit dem Fuß die Tür aufstieß und fast in die Küche fiel. Sie war ganz verschlafen, ihr Gesicht war verquollen, weich und ermattet; ihre Augen waren riesig und ihre Pupillen dunkel wie die Blütenblätter einer dunklen Blume – einer tiefvioletten Tulpe vielleicht. Sie nuckelte an ihrer Schmusedecke, und ein durchsichtiger Speichelfaden lief an ihrem Kinn hinunter. Schlagartig wurde mir bewusst, dass ich die Mädchen vollkommen vergessen hatte, dass ich nicht nach ihnen gesehen und nicht einmal an sie gedacht hatte.

Ich schloss Lucy in die Arme.

»Ich hatte einen schrecklichen Traum, Mami. Da war dieser schreckliche Mann, und er hat mich in eine Regenrinne gesteckt, und ich war gerade so groß, dass ich in eine Regenrinne passte. Ich war klitzeklein. Und da waren Spinnen in der Regenrinne und Käfer und Ohrwürmer und so. Und die Hummeln haben versucht, mich zu retten, aber die Spinnen haben mich nur ausgelacht.«

»Ist schon gut, mein Liebling. Es war nur ein Traum.« Mein Körper war so entspannt, dass sie fast mit mir verschmolz. Ihr Atem war warm auf meiner Hand, ihre Augenlider wurden schwer. Dann öffnete sie plötzlich wieder die Augen.

»Charmaine hat heute eine dicke schwarze Hummel zerquetscht«, sagte sie. »Sie hatte kein sehr langes Leben.« Sie nahm die Paspel der Strickjacke in den Mund, und es waren Lutschgeräusche und ihr schnaufender Atem zu hören. »Ich hasse Charmaine«, sagte sie.

»Denk nicht mehr dran. Schlaf wieder ein.« Ich wiegte sie hin und her.

»Sie hat ihr nichts getan. Sie ist nur herumgetorkelt«, sagte sie. Die Worte kamen langsam, eines nach dem anderen, hervor. »Sie hat sie … nicht … einmal … berührt.«

Ich trug sie nach oben, ganz vorsichtig wie etwas, das unglaublich zerbrechlich war. Wenn sie schlief, war sie schrecklich schwer. Ich konnte sehen, wie überstürzt sie aus dem Bett geklettert war. Ihre Zudecke war zurückgeschlagen, und auf dem Kopfkissen war noch der Abdruck ihres Kopfes zu erkennen. Ich legte sie vorsichtig hin, um sie nicht zu wecken, und beugte dabei meine Knie, wie ich es gelernt hatte, als sie noch ein Baby war. Ich ließ zu, dass das Gewicht ihres Kopfes meine Hand tief in das Kissen drückte, bevor ich meine Hand wegzog. Sie regte sich kaum.

Selbst als ich sie zugedeckt hatte, konnte ich noch das sanfte Gewicht ihres Körpers auf mir spüren.

5

Die Beziehung wurde sehr schnell sehr intensiv. Wir trafen uns zwei- oder dreimal in der Woche, montags und mittwochs und manchmal noch am späten Freitagabend nach seinem Urdu-Kurs. Für Hannah brachen goldene Zeiten an, und sie konnte ihre CD-Sammlung erheblich vergrößern. Wir gingen aus, um etwas zu trinken oder zu essen, und kehrten früh nach Hause zurück. Ich vergewisserte mich, dass die Mädchen schliefen – nach diesem ersten Mal vergewisserte ich mich immer ganz genau. Dann liebten wir uns, und um Mitternacht fuhr er nach Hause zu Helena.

Ich kaufte mir neue Sachen zum Anziehen – Kleider und Blusen aus dünnem, anschmiegsamem Material und in fröhlichen Farben, die ich noch nie getragen hatte, beispielsweise blassblau und zitronengelb. Ich ließ mir die Wimpern färben und die Beine mit Wachs enthaaren. In einem Friseursalon, der mich völlig einschüchterte, ließ ich mir von einer Hairstylistin mit schwarz lackierten Fingernägeln und einer silbernen Sicherheitsnadel in der Augenbraue helle Strähnchen färben.

Wenn ich mit Dan in der Mittagspause verabredet war, trug ich eines meiner neuen Kleider zur Arbeit.

Jude betrachtete mich an solchen Tagen von oben bis unten. »Meine Güte, Chloe, ich habe noch nie gesehen, dass du so viel *Haut* zeigst. Es ist wohl ernst, was?«

»Sehr ernst.«

»Verdammt. Dann ist es wohl schon zu spät für mein Buch über Sexsucht?«

»Ich fürchte, ja«, erwiderte ich.

»Um ehrlich zu sein«, antwortete sie, »bin ich maßlos eifersüchtig. Du strahlst dieses gewisse Etwas aus. Es sieht so *toll* aus.«

In dieser Anfangsphase gefiel mir einfach alles. Ich sah die Welt mit anderen Augen, als ob irgendwo ein Licht angezündet worden wäre. Wenn ich mit Lucy von der Schule nach Hause ging, vorbei an den viktorianischen Häusern hinter dem Krankenhaus, vorbei am Blumenladen und am Begräbnisinstitut, vorbei am Blue-Moon-Laden, in dem wir manchmal ein KitKat kauften, war in meinen Augen alles schärfer und klarer abgegrenzt, und alle Farben leuchteten intensiver. Ich war wie geblendet von den feuerroten Nelken, die in Eimern vor dem Blumenladen standen, von dem wässrigen Schimmern und Glitzern der Silberpappel in dem Gärtchen neben dem Büro des Coroners. Ich genoss Lucys Gesellschaft bei diesen Spaziergängen. Ich glaube, ich war ihr gegenüber viel aufmerksamer als sonst und viel geneigter, mich ihrem Tempo anzupassen. Mich entzückte ihre köstliche Angewohnheit, sich stets auf die ganz großen oder ganz kleinen Dinge zu konzentrieren. Beispielsweise stellte sie mir Fragen über den Ursprung von Dingen – »Mami, wenn Leute krank werden, wer wird *zuerst* krank?« – oder über Einzelheiten am Wegesrand und die sich verändernden Oberflächen der Dinge – wie Insekten, Giftpilze, eine Radkappe, die von einem Autoreifen abgefallen war, die Pfotenspuren, die ein Hund an einem Laternenpfahl im Zement hinterlassen hatte. Sie genoss die Freude, die ich an ihr hatte, und wir kamen einander sehr nah. Und überall waren die Menschen nett zu mir. Der Mann im Blue-Moon-Laden war stets erfreut, mich zu sehen, und am Schultor wurde ich von den zahlreichen Müttern lächelnd begrüßt und in ihre Mitte aufgenommen.

Adam fand es natürlich sofort heraus.

»Lucy erzählt, dass du einen Freund hast«, sagte er, als er die Mädchen nach einem gemeinsamen Wochenende wieder nach Hause brachte. »Er sei sehr nett und habe buschige Augenbrauen, sagt sie.«

»Ja«, antwortete ich.

»Daher die schicke neue Frisur?« Er streckte eine Hand aus und berührte mein Haar, das mein Gesicht einrahmte. Es war das erste Mal seit seinem Weggang, dass er versuchte, mich zu berühren. Ich wich ihm aus.

»Mir war einfach danach«, entgegnete ich.

»Ist er verheiratet?«

»Das geht dich überhaupt nichts an«, erwiderte ich.

»Das bedeutet, er ist es. Pass bitte auf, dass er dir nicht wehtut, ja, Chloe? Ich möchte nicht, dass du verletzt wirst«, sagte er mit aufrichtig besorgter Miene, die ich sehr seltsam fand.

Selbst meinen Patienten fiel auf, dass ich mich verändert hatte. Trish machte diesbezüglich eine Bemerkung, als sie in mein Büro kam, um sich nach einem Scheck zu erkundigen, der noch nicht eingetroffen war.

»Sie sehen gut aus, Chloe, Schätzchen«, sagte sie und lächelte mich an. Ihr Lächeln wischte die Falten des Ärgers aus ihrem Gesicht, und für einen Augenblick sah ich eine andere Trish vor mir – eine Trish, die lebendig und gelassen war, deren Leben zu ihr passte wie ein maßgeschneidertes Kostüm und sie nicht einengte wie eine Zwangsjacke.

»Mir geht es gut«, sagte ich und lächelte fröhlich.

»Das muss an der Hitze liegen«, erwiderte sie und warf mir einen verständnisvollen Blick zu, als könne sie in mir lesen wie in einem offenen Buch. »Wollen wir hoffen, dass es so bleibt.«

Der Sex, den ich mit Dan in diesen ersten Wochen erlebte, war für mich eine Offenbarung. Früher hatte ich mich immer ein wenig gesträubt, hatte mich in mich zurückgezogen und war mir sehr bewusst gewesen, dass ich mir Vergnügen erarbeiten und dafür sorgen musste, dass ich es bekam. Doch nun schien es einfach zu geschehen, mich vollkommen zu überwältigen. Ich benötigte meine Fantasien ebenso wenig wie meine kleinen Körperabläufe, die ich stets eingesetzt hatte, um absichtlich die Erregung zu steigern. Ich musste einfach nicht mehr darüber nachdenken, was ich gerade tat. Ich hörte auf, mich anzustrengen, und ließ mich überwältigen. Auch war eine solche Zärtlichkeit zwischen uns. Vielleicht war es aber nicht unbedingt Zärtlichkeit, denn Sex hat immer einen harten, gierigen Unterton, egal wie zärtlich man einander streichelt. Es war möglicherweise eher eine Art Einfühlungsvermögen. Waren wir körperlich vollkommen miteinander verschmolzen – selbst bei der unkompliziertesten Stellung, wenn einer von uns ausgestreckt auf dem anderen lag und sich so viele Oberflächen berührten, Zungen, Haut, einfach alles –, wusste ich nicht mehr, was zu mir und was zu ihm gehörte. Sein Penis fühlte sich in mir wie ein Teil meines Körpers an, und eine Welle der Erregung stieg in mir hoch, wenn er kam.

Dass ich körperlich so von ihm erfüllt war, gab mir das Gefühl, dass mein Innerstes nach außen gestülpt wurde. Ich glaube, wir vermuten, dass unser Wesen tief in unserem Innern existiert – jedenfalls denken das introvertierte Menschen wie ich. Doch mit Dan hatte ich das Gefühl, dass die wirklichen und wesentlichen Bereiche von mir die Bereiche waren, die er berühren und küssen und in die er eindringen konnte, als sei meine Seele bis zu meiner Hautoberfläche vorgedrungen. Wenn ich nicht mit ihm zusammen war, waren meine Gedanken an ihn so unmittelbar wie Halluzinationen; es war wie eine leichte Psychose. Ich konnte diese Empfindungen, an die ich mich erinnerte, nicht willentlich heraufbeschwören; sie tauchten aus dem Nichts auf und schienen von außen in meinen Kopf einzudringen. Manchmal diktierte ich tagsüber gerade Notizen zu einer Verlaufsbesprechung oder versuchte, mich in den Kreisverkehr einzufädeln, beobachtete ein armes, verstörtes Kind, das im Spielzimmer eine Babypuppe schlug, oder konzentrierte mich während einer Fallbesprechung auf die Aussage eines Gesprächsteilnehmers, wobei meine ganze Aufmerksamkeit der Angelegenheit galt, mit der ich gerade beschäftigt war – und plötzlich wurde ich von dem Gedanken an seinen Mund auf meinem überrascht. Es war außergewöhnlich, denn es fühlte sich für mich so an, als würde es tatsächlich geschehen. Manchmal versuchte ich mir vorzustellen, wie er aussah, und es wollte mir einfach nicht gelingen. Doch während ich später in meiner Küche werkelte, nahm ich vollkommen unaufgefordert plötzlich den moschusartigen Duft seiner Haut wahr. In diesem Augenblick war dieser Duft für mich genauso real wie der Honigduft des Steinkrauts in den Blumenkästen auf dem Fensterbrett. Doch ich konnte ihn nie durch Willenskraft heraufbeschwören, konnte mich nicht an seine Stimme erinnern, und sein Gesicht entzog sich mir völlig. Wenn ich ihn dann vor mir sah, durchzuckte mich ein kleiner Schock des Wiedererkennens – oh, ja, so ist er, so sieht er aus.

»Weiß Helena Bescheid?«, habe ich ihn einmal gefragt, weil ich mich plötzlich vor ihrer Wut fürchtete und Angst vor möglichen Komplikationen bekam. Ich war neugierig und wollte wissen, wie diese Frau war, die ich nie kennen gelernt hatte, die sein Leben und sein Bett teilte und die Dinge über ihn wusste, die ich nicht wusste und nicht wissen konnte.

»Nein«, antwortete er, »sie weiß nichts.«

»Was denkt sie denn, was los ist? Du bist doch kaum zu Hause.«

»So leben wir schon sehr lange.«

»Hat sie auch jemand anderen?«

»Nein. Na ja, um ehrlich zu sein, ich weiß es nicht. Das kann man doch eigentlich nie wissen, oder? Aber ich glaube nicht.«

Die ganze Sache war sehr unsicher; wenn ich vernünftig darüber nachdachte, wusste ich das auch. Es konnte alles sehr leicht auseinander brechen. Ein Augenblick der Unaufmerksamkeit, und unser Geheimnis war keines mehr.

Doch wie konnte es Helena verborgen bleiben, fragte ich mich. Diejenigen, die uns nahe stehen, merken so etwas doch, oder etwa nicht? Es gibt bestimmt immer Anzeichen – ein kleines Lächeln, eine Andeutung, dass man geistesabwesend ist, ein unbekannter Duft, ein einzelnes gelbes Blatt am Jackenärmel. Doch Adam hatte ebenfalls eine Affäre gehabt, und ich hatte es nicht bemerkt.

Manchmal dachte ich über Dan nach, wie er mit anderen Frauen zusammen war. Ich stellte mir eine Frau im Büro vor, die auf seinem Schreibtisch saß und ein Kleid trug, das ihren Körper wie eine zweite Haut umgab; es war eine Frau mit zartgliedrigen Hand- und Fußgelenken und farngrünen Augen, und ihr Haar fiel ihr wie ein Wasserfall auf die Schultern. Diese Frau konnte mit ihren Händen und ihrem Mund erstaunlich subtile Dinge tun, außerdem hatte sie unheimliches Talent für Telefonsex. Ich stellte mir vor, dass er sie ansah, wie er mich ansah, und diese Vorstellung tat höllisch weh. Bei einer ehebrecherischen Affäre bedeutet Treue so viel, denn man hat den eindeutigen Beweis vor sich, dass der andere zur Falschheit imstande ist. Und mir war natürlich sehr bewusst, wie attraktiv Dan war; er besaß einen unbeschwerten Gang, einen sportlichen Körper, seine Kleidung wirkte lässig an ihm, und er war ein unglaublich guter Zuhörer. Ich habe großes Talent, mich selbst zu quälen und mir die schlimmsten Dinge in allen verheerenden Einzelheiten auszumalen, und anschließend rede ich mir dann noch ein, dass das, was ich mir vorgestellt habe, der Realität entspricht. Doch trotz der ausgefallenen Dinge, die ich mir vorstellte, habe ich nicht einen Augenblick vorausgesehen, was tatsächlich geschah.

Meine Gedanken machten mir große Angst. Innerhalb kürzester Zeit war er für mich so unentbehrlich geworden wie das tägliche Brot. Wenn er zu spät kam, und sei es auch nur ein paar Minuten, dachte ich, er käme nie mehr. Ich dachte, er habe seine Meinung geändert und sei zu Helena zurückgekehrt oder mit einer anderen Frau zusammen; ich dachte, es sei alles vorbei. Ich lief im Haus auf und ab, trank zu viel Scotch und war den Mädchen gegenüber ungehalten. Fünf Minuten später war er da – doch habe ich irgendwie nie gelernt, mich darauf zu verlassen.

Einmal war er allerdings wirklich sehr spät dran, und ich wurde ziemlich wütend. Schließlich traf er bei mir ein und entschuldigte sich tausendmal. Er sei bei einer Gewerkschaftssitzung gewesen, bei der es ziemlich hoch hergegangen sei, erklärte er. Anschließend sei er noch mit der Gewerkschaftsvertreterin in einen Pub gegangen, und er habe nicht bemerkt, wie spät es bereits war. Die Vertreterin hörte auf den entmutigend exotischen Namen Paola Valente.

»Wie sieht sie aus?«, fragte ich.

»Sehr annehmbar«, antwortete er vorsichtig.

Ich war ungefähr eine halbe Stunde lang sauer, auch wenn mein Verstand mir sagte, dass ich unvernünftig reagierte; eigentlich wusste ich, dass ich mit meinem Verhalten genau das bewirken würde, was ich am meisten fürchtete, nämlich, dass ich ihn abschrecken würde. Dann erhaschte ich einen Blick auf mein Gesicht im Spiegel – und sah einen finsteren Gesichtsausdruck wie den von Lucy kurz vor einem Tobsuchtsanfall. Ich schämte mich und ließ mich von seiner Berührung beruhigen. Doch manchmal, an trüben Tagen, wenn ich unter Regelschmerzen litt oder wenn bei der Arbeit etwas schief ging, oder nachts, wenn ich nicht schlafen konnte, ertappte ich mich dabei, wie sich Zweifel in mir regten und ich über die exotische Paola nachdachte.

Ich wollte alles von ihm wissen. Er war mein Lieblingsthema. Ich hörte leidenschaftlich gern von seinen Vorlieben und Ängsten, von seiner Höhenangst, seiner Verehrung für Miles Davis, seiner Vorliebe für angebrannten Toast, seinem Sprachgefühl, von der Tatsache, dass in seinen Träumen die Treppen immer nach oben führten, wohingegen meine immer nach unten führten.

Es gab Dinge, über die er nicht so gern sprach – vor allem nicht über seine Kindheit und seinen gewalttätigen Vater.

»Warum besuchst du ihn nicht?«, habe ich ihn einmal gefragt. Irgendwie war ich deswegen beunruhigt.

Er gab keine Antwort.

»Ist es zu bedrückend?«, fragte ich. »Altenheime sind ja in der Regel furchtbar.«

»Daran liegt es nicht«, erwiderte er. »Es ist natürlich nicht besonders schön – es stinkt. Wahrscheinlich tun sie das aber alle. Nein, ich habe beschlossen, ihn nicht mehr zu besuchen.«

Er hielt inne, sein Gesicht war von mir abgewandt. Ich wartete ab.

»Das letzte Mal, als ich dort war«, fuhr er fort, »war er wieder einmal schlechter Laune. Die Minzsauce beim Mittagessen war wässrig gewesen, und er schrie herum, was er gerne mit diesen unfähigen Altenhelferinnen machen würde. Dieser erbärmliche alte Mann tobte.«

»So wie damals, als du klein warst?«, fragte ich und klang dabei wie eine Sozialarbeiterin – schrecklich.

Doch das machte ihm nichts aus. »Genau«, sagte er. »So wie damals, als ich klein war. Ich saß in diesem Raum, der nach Urin stank, und hörte diesem erbärmlichen alten Mann zu, der immer weiter tobte. Dabei musste ich an den Gürtel mit der großen Gürtelschnalle denken und daran, wie sich sein Gesicht verzerrte, wenn er mich schlug. Ich erinnerte mich auch an die Angst, die ich hatte, ich wusste noch, wie sie sich anfühlte. Und ich dachte, das muss ich mir nicht mehr antun, ich kann einfach gehen. Also ging ich, und ich bin nie wieder dort gewesen.«

Er wurde rot, als er mir das erzählte, und ich spürte, welche Kraft es ihn kostete, es auszusprechen. Meine Augen füllten sich mit Tränen.

Von Helena erzählte er ebenfalls nicht gern. Auf jeden Fall kritisierte er sie nie, und das rechnete ich ihm hoch an. Ich glaube, ihre Beziehung war in vielerlei Hinsicht sehr eng, doch der Sex war im Strudel des Elterndaseins fortgespült worden. Das kommt vor. Ich konnte mir vorstellen, dass sie sehr viel für ihn getan hatte: Sie hatte die rauen Kanten abgeschliffen, ihn dazu gebracht, die Wut zu zügeln, die er angesichts der Absurditäten des Bildungswesens empfunden haben musste, ihn davon abgehalten, andere als Faschisten und Rassisten zu beschimpfen, und ihn überredet, Anzüge zu tragen und sich vor Bewerbungsgesprächen bestimmte Antworten zurechtzulegen.

Doch er liebte es, von seiner Tochter Sally zu erzählen, die er offensichtlich vergötterte. Er zeigte mir Fotos von ihr: Sie hatte wirres Haar, einen Knopf im Nasenloch, seine Augenbrauen und einen herrlich skeptischen Gesichtsausdruck.

»Sie ist hinreißend«, meinte ich.

»Ich möchte, dass du sie kennen lernst.«

Ich wusste nicht, was ich darauf sagen sollte, und konnte mir auch nicht vorstellen, wie sich das je einrichten lassen würde.

Sally hatte im vergangenen September an der Universität von Cardiff ein Studium der Medienwissenschaften begonnen. Auch für ihn war dies ganz offensichtlich ein entscheidender Schritt gewesen. Helena und er waren mit ihr dorthin gefahren und hatten ihr geholfen, die Sachen in ihr Zimmer zu tragen. »Sie hat uns umarmt und dann einfach dagestanden«, erzählte er. »Sie hatte ein gerötetes Gesicht und war ganz aufgeregt und wollte gleich weitermachen, sie konnte es kaum erwarten, dass wir endlich gingen. Sie brauchte uns einfach nicht mehr. Es war einer von diesen Augenblicken, bei denen sich im Kopf plötzlich alles verschiebt. Mir wurde klar, dass von da an alles anders werden würde – nicht nur für sie, sondern auch für Helena und mich.« Da wusste ich, dass ich ungefähr zum richtigen Zeitpunkt in sein Leben getreten war – so wie er ungefähr zum richtigen Zeitpunkt in meines.

Dan war offenbar nicht so neugierig, was mich betraf; vieles an mir schien er einfach zu akzeptieren. Wenn ich ihm von Männern aus meiner Vergangenheit erzählen wollte – hauptsächlich, um ihre Fehler aufzuzählen –, legte er mir den Finger auf die Lippen. »Ist das wirklich wichtig? Du bist jetzt mit mir zusammen. Nur das zählt«, sagte er. Ich hingegen wollte alles wissen – selbst die Einzelheiten seines Alltags; mich interessierte, welchen Belag er mittags auf seinem Sandwich hatte und welche Musik er im Autoradio hörte.

»Ich hatte einen furchtbaren Tag«, sagte er eines Abends. Wir lagen im Bett, in die Kissen zurückgelehnt, nachdem wir uns geliebt hatten, und tranken ein Glas Wein. Der Wein kam aus dem Kühlschrank, und auf der Flasche glänzten Wassertropfen, die aussahen wie Schweißperlen. Die Kälte des Weins kühlte das Glas, das auf meiner Haut einen kalten Kreis hinterließ, als ich es zwischen meinen Brüsten abstellte.

»Dann erzähl mal«, forderte ich ihn auf.

Ich lauschte begierig seinen Worten. An jenem Abend hörte ich zum ersten Mal von der Northolt-Hauptschule und dem Regenbogenzimmer sowie den Namen Carly Smithson.

Er war zur Northolt-Grundschule gefahren, um einen kleinen Jungen namens Nicky Atwood zu begutachten. Nicky litt unter dem Downsyndrom und wurde in einer normalen Klasse unterrichtet, dabei saß stets ein speziell ausgebildeter Förderlehrer neben ihm, der ihm half. Die Schulleiterin hatte Dan mitgeteilt, dass die Klasse ab September in einem Klassenzimmer im Obergeschoss unterrichtet werden würde; doch Nicky hatte panische Angst vor Treppen und schaffte es wahrscheinlich nicht, dort hinaufzugelangen. Dan war wütend. Er hatte den Verdacht, dass die Schulleiterin mit der Wahl des Klassenzimmers erreichen wollte, dass Nicky an eine Sonderschule überwiesen wurde.

»Warum sollte sie das tun?«, fragte ich. »Könnte sie nicht direkt darum bitten?«

»Das würde keinen guten Eindruck machen. Und Fiona Parker möchte immer einen guten Eindruck machen.«

»Du magst sie nicht«, sagte ich.

»Stimmt genau.«

Als er an der Schule ankam, war gerade Pause, also holte er sich einen Kaffee und ging auf den Schulhof, um zuzusehen, wie Nicky spielte. Die anderen Kinder akzeptierten ihn und schienen ihn zu mögen, denn sie brachten ihm Spielzeug, damit er im Sand spielen konnte. Doch Nicky war vollauf mit sich selbst beschäftigt, so dass ihm dies offenbar gar nicht auffiel. Er wiederholte ständig ein und denselben ziemlich verrückt aussehenden Ablauf: Er lief ein paar Schritte, hielt an, drehte den Kopf und lächelte insgeheim – denn er hatte gerade seinen eigenen Schatten entdeckt. Als die Kinder sich anstellten, um wieder ins Klassenzimmer zurückzukehren, fiel der Schatten auf die Wand und stand senkrecht neben ihm; er war schwarz und perfekt: Er zeigte denselben federartigen Haarschopf und die gleichen klumpigen Füße in ihren schicken neuen Turnschuhen. Nicky blieb wie gebannt mit weit aufgerissenen Augen stehen, und das Kind hinter ihm musste ihn ins Klassenzimmer drängeln.

Ich lag da und hörte Dan beim Reden zu. Mir gefielen seine Genauigkeit und seine Art, Dinge zu erkennen, und wie er versuchte, sich in den Kopf des kleinen Jungen hineinzuversetzen.

»Dann ging ich mit ihm ins Regenbogenzimmer«, erzählte er.

Ich bat ihn, mir das zu erläutern.

»Es ist ein kleiner Raum, in dem Einzelunterricht stattfindet«, sagte er. »Meistens mit Kindern, deren Muttersprache nicht Englisch ist. Es gibt stapelweise Kinderbücher auf Urdu und Koreanisch und eines von diesen Postern, auf denen in vielen verschiedenen Sprachen ›Willkommen‹ steht. Es liegt ganz am Ende eines Korridors und ist immer düster – man muss das Licht anmachen. Ich konnte gerade noch hören, wie die Kinder in der Aula Kirchenlieder sangen.«

Ich schloss die Augen und versuchte, mir die Situation vorzustellen – Dan und der kleine Junge mit dem wuscheligen Haarschopf, die in diesem abgeschiedenen Zimmer saßen, das etwas abseits von den Unterrichtsräumen lag und selbst an hellen Sommertagen von grellem Neonlicht beleuchtet wurde – und ich konnte in der Ferne Kinder singen hören. Später, als dieser Raum so oft meine Gedanken beherrschte und ich von dem mysteriösen Vorfall, der sich dort abgespielt hatte, wie besessen war, musste ich oft an diese entspannte Unterhaltung denken. Ich musste daran denken, dass wir dabei im Bett lagen, nachdem wir uns geliebt hatten, und dass ich nur deswegen zitterte, weil der Wein, den ich auf meinem Bauch verschüttete, direkt aus dem Kühlschrank kam.

Dan holte seine Tests hervor. Nicky musste auf Bildern einige Gegenstände benennen, Bauklötze zu einem Turm schichten und Klötze mit bestimmten Formen in die dafür vorgesehenen Löcher stecken. Als Dan die Ergebnisse zusammenzählte, war er überrascht, denn Nicky hatte für ein Kind mit Downsyndrom ein ungewöhnlich gutes Ergebnis erzielt. Dan fühlte sich daher in seiner Überzeugung bestätigt, dass Nicky nicht an eine Sonderschule überwiesen werden sollte. Er brachte Nicky in sein Klassenzimmer und suchte die Schulleiterin auf.

»Erzähl mir, wie sie aussieht«, sagte ich.

»Zu viel Make-up und einer von diesen albernen Haarreifen, wie sie schicke Frauen so oft tragen«, sagte er. »Sie hat eine wirklich anzügliche Art, die ich verabscheue. Ich habe ihr Nickys Testergebnisse gezeigt und gesagt, dass ich nicht verstünde, warum seine Klasse unbedingt oben unterrichtet werden müsste, wo er doch solche Angst vor Treppen habe. Und sie sagte: ›Ich muss auch an die anderen Kinder denken, Dan. In dieser Klasse sind dreiunddreißig andere Kinder …‹«

»Nun ja, man kann sie auch verstehen«, sagte ich vorsichtig und wünschte dann, ich hätte es nicht getan.

»Das ist totaler Schwachsinn«, entgegnete Dan mit so viel Nachdruck, dass mein Weinglas erzitterte. »Sie will ihn nur nicht mehr haben. Sie leitet diese Schule mit lauter netten Schülern aus der Mittelschicht, da stören in ihren Augen solche rotznasigen, dummen Kinder nur.«

Ich dachte schuldbewusst an Alices Schule. Connington House war auch so eine Schule mit netten Schülern aus der Mittelschicht, in der die Wände holzgetäfelt waren und es nach Bohnerwachs und Lilien roch; eine Schule, in der alle Mädchen Namen trugen wie Claudia und Clarissa und wo keiner dumm oder rotznasig war. Jude meint manchmal, dass ich völlig ohne Prinzipien sei, was die Erziehung meiner Kinder betreffe. Dan und ich hatten vereinbart, dieses Thema auszuklammern.

Er sagte Fiona Parker, dass er es für falsch hielte, Nicky an eine Sonderschule zu schicken. »Da muss ich Ihnen widersprechen, Dan«, sagte sie. »Ich fürchte, wir sind der Auffassung, dass Nickys Probleme sehr schwerwiegender Natur sind.« Und dann fügte sie mit ihrer samtigsten Stimme hinzu: »Vergessen Sie bitte nicht, Dan, dass wir in der Vergangenheit bei anderen Kindern mit besonderen Bedürfnissen sehr erfolgreich gewesen sind. Allerdings muss ich offen gestehen, dass ich von Ihrer Abteilung nicht die Unterstützung bekommen habe, die ich mir erhofft hatte.«

Jetzt geht das schon wieder los, dachte Dan. Immer wieder wurde er in solche Gespräche verwickelt. So viele Kinder brauchten Hilfe, doch die Mittel reichten nicht aus. »Ich fürchte, wir hatten sehr viel zu tun«, antwortete er.

Sie sah ihn kalt an. »Ich weiß wirklich, was es bedeutet, viel zu tun zu haben, Dan«, entgegnete sie. »Was ich nicht verstehe, ist, warum Sie glauben, dass Nicky so viel Hilfe verdient und andere Kinder nicht. Wir hatten andere Kinder, bei denen es schön gewesen wäre, wenn Sie ebenso viel Engagement bewiesen hätten wie bei Nicky. Bei Carly Smithson beispielsweise. Dieses kleine Mädchen hat so viel Potenzial. Sie profitierte wirklich von der Unterstützung, die sie von unserem Förderlehrer Mr. Bradley erhielt. Es war eine Freude zuzusehen, wie gut er mit ihr zurechtkam. Doch dann hat Ihre Abteilung die kluge Entscheidung getroffen, ihr diese Unterstützung zu entziehen.«

Carly Smithson. Dan bemühte seine Erinnerung. Er betreute über fünfzig Kinder im Jahr. Er erinnerte sich dunkel an ein Mädchen mit Sprachstörungen, das er ein paar Monate zuvor ein paarmal gesehen hatte, um sie zu begutachten. Das kleine, verwahrloste Kind in einem Walt-Disney-Sweatshirt hatte zappelnde, unruhige Hände, farblose Wimpern und die Sprechweise eines viel jüngeren Kindes gehabt. Sie hatte eine Weile Einzelunterricht erhalten, doch Dan war widerstrebend zu dem Schluss gekommen, dass er diese Ausgaben nicht rechtfertigen konnte. Er erinnerte sich undeutlich daran, dass er sich bemüht hatte, ihr beim Schreiben von Buchstaben zu helfen.

»Ich glaube, wir haben dieses Kind im Stich gelassen, Dan,

wir haben es furchtbar im Stich gelassen«, fuhr Fiona Parker fort. »Sie war eines von mehreren Kindern, wo ein wenig Geld von Ihrer Abteilung ihre Zukunft ein ganzes Stück hoffnungsvoller gemacht hätte.«

Dan hatte versucht, das Gespräch wieder auf den richtigen Kurs zu bringen. »Ich machte eine Bemerkung über Nickys Mutter und sagte, dass sie das Gefühl habe, Nicky profitiere davon, auf eine ganz normale Schule zu gehen«, erzählte er mir. »Fiona Parker stürzte sich daraufhin auf eine vollkommen alberne Geschichte, die überhaupt nicht zur Sache gehörte. Sie habe gehört, dass bei ihr zu Hause die Männer ein und aus gingen. Und sie sei einmal um neun Uhr dort vorbeigegangen, und Nickys Mutter habe in ihrem Morgenmantel die Haustür geöffnet, und man habe genau sehen können, dass sie darunter nichts angehabt hätte. Also wirklich.«

»Da war es bei mir vorbei«, erzählte er. »Ich war wütend und sagte so etwas wie, dass sie nur daran interessiert sei, Eltern aus der Mittelschicht an ihre nette kleine Mittelschicht-Schule zu locken. Ich glaube, ich habe sie angeschrien. Sie sagte: ›Dan, ich habe Ihnen nichts mehr zu sagen.‹ Dann ist sie zur Tür gegangen und hat mich hinauskomplimentiert.«

Ich schenkte ihm noch etwas Wein ein. Er trank rasch, und seine Bewegungen waren unbeholfen und abrupt. »Scheiße«, sagte er nach einer Weile. »Das hätte ich nicht tun sollen. Ich weiß, dass ich sie mir zum Feind gemacht habe. Sie ist eine einflussreiche Frau.«

Ich wollte ihn trösten und alles wieder in Ordnung bringen. »So etwas kommt einfach vor«, meinte ich. »Wir fahren bei der Arbeit alle mal aus der Haut und sagen Dinge, die wir besser nicht sagen sollten.«

»Ich weiß nicht«, meinte Dan. »Ich weiß nicht. Ich habe ein ungutes Gefühl bei der Sache. So etwas bringt einen nicht weiter – und Nicky erst recht nicht. Ich weiß nicht, wie das passieren konnte. Ich hätte mittlerweile wirklich lernen sollen, mein Temperament zu zügeln.«

Er trank rasch seinen Wein aus. »Ich muss gehen.«

»Ich weiß. Trotzdem muss es mir nicht gefallen.«

Ich beugte mich zu ihm, um ihn zu küssen, und rollte mich auf ihn. Ich konnte spüren, wie er unter mir hart wurde. Ich streckte eine Hand nach unten, um seinen Penis in meine Hand zu nehmen. »Nun ja, vielleicht habe ich noch zehn Minuten«, sagte er. Wir liebten uns noch einmal. Als er ging, hatte er sich beruhigt und lächelte.

Doch ich lag in dieser Nacht sehr lange wach – ich vermute, seine Furcht hatte mich angesteckt. Als ich schließlich einschlief, hatte ich einen beunruhigenden Traum. Ich ging darin eine lange Treppe hinunter und fand mich in einem großen, leer stehenden Gebäude wieder, das düster und baufällig war und in dem Gras durch den Fußboden wuchs. Es waren Buntglasfenster und Vasen mit Lilien zu sehen, wie in der Eingangshalle von Alices Schule. Wegen der Lilien und der Fenster sah das Gebäude aus wie eine Kirche oder Kapelle, auch wenn ich im Traum wusste, dass es sich in Wirklichkeit um ein Klassenzimmer handelte. Ich stand am Rand dieses großen leeren Raums und empfand ein Gefühl der Furcht, auch wenn ich den Grund dafür nicht kannte. Am anderen Ende des Raums zog etwas meinen Blick auf sich; es war eine abrupte kleine Bewegung, und ich sah einen seltsamen kleinen Jungen dort sitzen, der ein Stirnband aus Samt und eines von Lucys Sweatshirts trug und dessen Schatten vor ihm dunkel auf den Boden fiel. Ich wusste, dass er eigentlich nicht Lucys Sweatshirt tragen konnte; ich verstand es nicht, es musste etwas Furchtbares geschehen sein. Ich wusste, dass ich nachsehen musste, ob meine Kinder in Sicherheit waren, doch ich konnte mich nicht rühren und nichts tun. Ich stand da wie angewurzelt, mein Körper war gelähmt, und ich beobachtete einfach diesen Jungen und seinen Schatten, beobachtete, wie sein Schatten immer größer und größer wurde, wie er sich über den grasbewachsenen Boden in meine Richtung bewegte und schließlich meine Füße umspülte wie dunkles Wasser.

6

Sommerferien. Adam und Simone fuhren mit den Mädchen für zwei Wochen in eine Villa mit Swimmingpool, die in der Nähe von Assisi lag. Für den Rest der Ferien hatte ich sie bei einem Tagescamp angemeldet. Es war nach amerikanischem Vorbild aufgebaut – mit Campliedern, Campwitzen, Camp-T-Shirts mit besonderen Logos und den dazu passenden Baseballkappen. Die Mädchen waren begeistert. Sie aßen mehr, lachten mehr und bekamen mehr Schlaf als während der Schulzeit, und Lucy hatte keine Tobsuchtsanfälle.

»Sie sind in den Ferien so anders«, erzählte ich Jude. »Die Schule muss sie unglaublich anstrengen.«

»Die armen kleinen Dinger, wie sehr müssen sie leiden. Vielleicht solltest du sie zu Hause unterrichten?«, erwiderte sie und lachte lauthals, als sie meinen empörten Gesichtsausdruck sah.

Die einzelnen Wochen standen unter einem bestimmten Motto: Mittelalter, Dinosaurier, Rettet die Tiere. Das Thema Rettet die Tiere machte sie beide nachdenklich und führte bei Alice dazu, dass sie sich mehr für vegetarische Ernährung interessierte. Lucy dagegen hatte große Pläne für die Wiedergutmachung. »Wenn ich groß bin, werde ich Zoowärter«, meinte sie. »Ich gebe ihnen immer ihr Lieblingsfutter und mache ihre Käfige größer.« Das Haus war voller zerbrechlicher Gegenstände aus Ton: Ritter und Drachen sowie Dinosaurier, deren Füße, Klauen und Schwerter beim Trocknen abfielen; außerdem standen riesige farbenfrohe Bilder mit einer dicken Schicht leuchtender Plakatfarbe herum, die in kleinen Stückchen auf den Teppich abblätterte.

Die Mädchen hatten das unordentliche sommerliche Aussehen, das ich so an ihnen liebte. Ihre Haut duftete nach Sonnencreme und ihr Haar nach Sonne. Bei Alice schälte sich die Haut auf den Schultern großflächig ab, und ihr Haar war von der Sonne fast weiß gebleicht. Lucys Knie waren ständig dreckig, unter ihren Fingernägeln sammelten sich Farbe, Sand und Dreck, und ihre Arme waren übersät von winzigen rotbraunen Sommersprossen, als ob sie mit ein paar Blütenpollen in Berührung gekommen wäre.

In meinem Garten, der inzwischen staubig und des Sommers müde war, waren die wilden Rosen fast verblüht, doch die gezüchteten Rosenbüsche im Rosenbeet waren voller herabhängender gelber und rosa Blüten, in denen viele Hummeln summten. Ich kann mich irgendwie nie entscheiden, ob sie mir gefallen oder ob sie mir mit ihren opulenten, samtigen Blütenblättern zu feierlich und zu gekünstelt aussehen. Überall tummelten sich die Insekten, Wespen, Stechmücken und laute, aufdringliche Fliegen. Eines Abends öffnete ich Lucys Butterbrotdose und sah, dass es auf den Krusten der Sandwiches und im Frischkäsetöpfchen von Ameisen wimmelte. Der Anblick erfüllte mich mit Entsetzen, und ich musste an die schreckliche Szene am Ende von *Hundert Jahre Einsamkeit* denken, wo die Ameisen das Baby wegtragen. Es gab keinerlei Anzeichen dafür, dass sich das Wetter ändern würde, auch wenn die Schatten abends länger wurden. Ich dachte, der Sommer würde ewig dauern.

Dann fuhr Dan mit Helena in Urlaub. Sie fuhren nur in die Bretagne; sie unternahmen nie weite Reisen, denn Helena flog nicht gern. Mir war nicht recht, dass sie zusammen wegfuhren. Ich war besessen von der Vorstellung, dass er sich wieder mit ihr versöhnte und mich aufgab. Ich stellte mir vor, wie sie in einem Café mit rot karierten Tischdecken saßen, in dem es nach Gitanes roch, und einander verziehen. Ich konnte sein Gesicht sehen, das weicher wurde, als er sich zu ihr beugte, während sie zusammen über ihren Schokoladencrêpes lachten, weil sie sich an etwas Niedliches oder Lustiges erinnerten, das ihre Tochter damals während ihrer gemeinsamen Zeit getan hatte. Nachts lag ich stundenlang wach und sehnte mich nach ihm.

Er schickte mir Postkarten. Auf allen war der Wald von

Brocéliande abgebildet. Die Fotos waren ziemlich banal – spindeldürre Bäume, nicht weiter bemerkenswerte kleine Seen, ein ziemlich kleiner Megalith –, doch die Namen waren voller Zauber: Château de Comper, Geburtsort der Fee Viviane, das Grab des Riesen und ein See, der Feenspiegel hieß. Die Mitteilungen waren einfach; es gab nichts, worüber sich Alice oder Lucy Gedanken hätten machen können, wenn sie sie gelesen hätten. Ich vermisse dich so sehr; Liebe Grüße an die Mädchen; Alles Liebe. Die Schrift unterzog ich einer genauen Prüfung: Das Wort »Liebe« war von annehmbarer Größe.

Ich fragte mich, wie es ihm gelungen war, sie abzuschicken. Ich stellte mir vor, dass er irgendeine Entschuldigung erfand, wie er es während seiner Ehe schon so oft getan hatte, vielleicht, dass er noch einmal wegginge, um in einem unordentlichen Lebensmittelladen, der nach Oliven und Hefe roch, ein Baguette zu kaufen. Währenddessen schrieb er schnell eine Postkarte, warf sie in den Briefkasten und dachte dabei an mich. Bei dieser Vorstellung überkam mich ein gewaltiges und wohliges Glücksgefühl.

An dem Samstag, als sie wieder nach Hause kamen, rief er mich an. Helena sei am darauf folgenden Tag fort, erzählte er. Er wollte vorbeikommen und etwas Zeit mit den Mädchen verbringen. Mir gefiel, dass er das wollte.

Wir waren im Garten, als er kam, und ich hörte die Türklingel nicht. Also ging er seitlich am Haus entlang und kam durch das Gartentor, das in der Regel nur angelehnt ist. Wir küssten uns rasch und zurückhaltend; seine kühlen Lippen berührten meine nur kurz. Er war braun gebrannt, und bei seinem Anblick bekam ich Sehnsucht.

Ich machte den Mädchen schicke Cocktails, die aussahen wie Pimm's-Longdrinks – Limonade mit Erdbeer- und Gurkenstückchen – und steckte gedrehte Strohhalme und Papierschirmchen hinein. Dan und mir schenkte ich kalten Weißwein ein, und wir setzten uns in meine weiß gestrichenen Korbsessel auf den Rasen. Das Gras hatte die Farbe von Sand, und der Himmel war von einem grellen, intensiven Blau. Einige Büsche in meinen Rabatten waren am Verdorren, die Blätter waren zerknittert wie Packpapier und am Rand schwarz, als seien sie dort angebrannt. Ich stellte den Rasensprenger an, wobei ich mir fast kriminell vorkam, denn die Stadtverwaltung hatte damit gedroht, aufgrund der Hitze den Einsatz von Gartenschläuchen zu verbieten. Lucy sprang in ihrem Esmeralda-Badeanzug kichernd und kreischend durch den Sprühregen; auf ihren Oberschenkeln und Oberarmen hatte sie Gänsehaut, und die Wassertropfen auf ihrer Haut glitzerten in der Sonne. Alice lag auf einem Handtuch im Schatten des Apfelbaums und sortierte den Stapel Tarot-Karten, der bei einer ihrer Zeitschriften dabei gewesen war.

Dan hatte seinen Fotoapparat mitgebracht. Er machte Fotos von mir und den Mädchen. Es kam mir sehr vertraut vor – wie etwas, das eine ganz normale Familie tun würde. Ich war sehr glücklich.

Doch als ich aufstand, um den Mädchen noch etwas zu trinken zu holen, kam Alice mir nach. Sie stellte sich dicht neben mich. Sie war sehr gewachsen und würde mich bald überragen. Mit einem Sägemesser schnitt ich ein paar Gurken und Erdbeeren in Stücke; der rote Erdbeersaft klebte wie Blut an meinen Händen. Alice schaute zu. Sie fing an, eine Haarsträhne um den Finger zu wickeln, und steckte sich dann das Ende in den Mund.

»Lass das«, sagte ich, »das ist scheußlich.«

Sie verzog das Gesicht und ließ dann ihre Haarsträhne los. »Bleibt Dan zum Abendessen?«, wollte sie wissen.

»Ja«, antwortete ich.

»Ach.« Wo sich auf ihrer Nase die Haut pellte, konnte man die neue Hautschicht erkennen, die zart und glänzend aussah wie die Haut eines Babys.

»Alice, was genau willst du damit sagen? Wir haben doch einen schönen Nachmittag, oder etwa nicht? Ich dachte, du wärst glücklich.«

»Ich möchte, dass wir auch mal allein zusammen sind«, erwiderte sie.

»Wir sind ständig allein zusammen.«

»Findest du? Du bist immer unterwegs. Du schickst uns zu Spielenachmittagen, und immer haben wir Babysitter, und immer gehst du aus, und du holst mich nur manchmal von der Schule ab, und Lizzies Mutter holt sie immer ab, und wenn ich mit dir rede, denkst du immer an etwas anderes.«

Ein kindlicher Ärger stieg in mir hoch. Und was ich alles für dich tue ... Am liebsten hätte ich sie geschlagen, und zwar fest. Ich bemühte mich krampfhaft, ruhig zu bleiben, und schnitt die Erdbeeren präzise und vorsichtig in Stücke. Der süße Saft lief herunter und färbte das Schneidebrett rot.

»Alice, du bist manchmal verdammt selbstsüchtig«, sagte ich mit der kalten, kritischen Stimme, die sie nicht ausstehen konnte. »Du erwartest, dass sich das Leben nur um dich dreht. Du kannst unglaublich egoistisch sein. Du glaubst wohl, dass du der Mittelpunkt des Universums bist.«

Sie schwieg. Sie stand nur da, runzelte die Stirn und kaute dabei an ihren Haaren.

Ich schob die Früchte in die Gläser und goß zu viel Limonade ein, so dass sie überschäumte. Ich spürte, wie Alice vor mir zurückzuckte, als ob ich bei ihr eine offene Wunde auf der Haut berührt hätte.

Wir gingen wieder hinaus in den Garten. Dan war mit Lucy in der Sandkiste. Sie steckten gerade Grashalme und Zweige in kleine Sandhügel, um einen Wald zu bauen, und sie lachte über etwas, das er gesagt hatte. Er schaute auf, und ich merkte ihm an, dass er das Gespräch zwischen Alice und mir gehört hatte.

Er stand auf und holte seinen Fotoapparat, dann gab er ihn Alice und zeigte ihr, wie er funktionierte. Es sei ganz leicht, meinte er. Der Sucher befände sich oben auf dem Apparat und zeige einem genau, was später auf dem Foto zu sehen sein würde. Sie zuckte mit den Schultern, als ob ihr das egal sei, aber ich merkte, dass sie fasziniert war. Sie hatte mich schon oft um einen Fotoapparat gebeten, doch ich hatte es angesichts der Kosten für die Entwicklung der Filme immer wieder hinausgezögert. Allerdings war ich der Meinung, dass ich mit Dan nie darüber gesprochen hatte. Er war freundlich und vermied es, sie zu drängen, und schaute sie auch nicht direkt an. Ich liebte ihn so sehr dafür. Er erklärte ihr, wie ein gutes Bild aufgebaut war und wie sie ein gutes Motiv aussuchte. »Du musst etwas ganz Gewöhnliches anschauen und es so betrachten, wie es zuvor noch nie jemand gesehen hat«, sagte er. »Du musst es aus einem anderen Blickwinkel betrachten.« Als ich die beiden beobachtete, wurde mir sehr bewusst, wie unbeholfen sie war; sie bestand nur aus Knien, Ellbogen und kleinen, unpassenden Lachern, und ich erinnerte mich wieder daran, wie schmerzhaft es ist, zwölf Jahre alt zu sein. Als seine Hand ihr Handgelenk streifte, wurde sie rot; bei ihrer zarten Haut und ihren hellen Haaren war es leicht zu sehen, wenn sie errötete. Doch sie war unwillkürlich fasziniert. Nach und nach entdeckte sie Dinge, die sie fotografieren wollte – die noch kleinen und harten grünen Äpfel, die am Baum hingen, einen Eimer mit Schnecken und einzelne Schnecken, die Lucy gesammelt hatte, eine Hummel, die sich auf der Terrasse dahinschleppte, eine samtige gelbe Rose, die herunterhing. Sie spielte mit den Ringen herum, stellte sie zusammen und suchte nach neuen Verbindungen. Die Ergebnisse waren unter Umständen überraschend, dachte ich. Sie entdeckte an unerwarteten Stellen Motive.

Als ich ihre vorsichtige Kontaktaufnahme beobachtete, fing ich an zu hoffen, dass sie ihn mit der Zeit vielleicht akzeptierte. Es war falsch gewesen, mich mit ihr zu streiten; ich hätte versuchen müssen, sie zu verstehen. Sie zusammen zu sehen und zu beobachten, wie sie vorsichtig Freundschaft schlossen, machte mich sehr glücklich. Wegen der Fotos war ich allerdings ein wenig beunruhigt. Ich fragte mich, was er damit vorhatte, wenn sie entwickelt waren. Ich dachte, ich müsse ihn warnen, sie irgendwo sicher zu verstecken. Ich wollte nicht, dass Helena über Fotos von mir und vor allem nicht über Fotos von meinen Kindern stolperte. Irgendwie war ein ganz primitives Gefühl damit verbunden – als ob die Fotos etwas von unserem Wesen in sich trugen wie abgeschnittene Fingernägel oder Haarschnipsel in anderen Kulturen, in denen Magie eingesetzt wird; irgendwie fürchtete ich, dass wir durch die Fotos in ihre Gewalt geraten könnten und sie vielleicht einen schrecklichen Fluch über uns aussprach, indem sie unsere Gliedmaßen mit Fesseln zusammenband und unsere Münder mit Asche füllte. Ich nehme an, ich fürchtete sie, wie man jemanden fürchtet, dem man Unrecht getan hat.

In jener Nacht, als die Mädchen im Bett waren, liebten wir uns bei weit geöffneten Fenstern. Ich hatte das Federbett heruntergenommen, und wir lagen auf einem Laken, das nach Sonne duftete, weil ich es zum Trocknen draußen aufgehängt hatte. Meine hellen indischen Baumwollvorhänge wehten auseinander: Ich liebe es, wenn lange Vorhänge sich im sommerlichen Luftzug bewegen und Gestalt annehmen, wenn sie sich bauschen und aufblähen. Aufgrund der weit geöffneten Fenster war die Straße sehr nah. Als er mich mit seinen Fingern erforschte, mich öffnete, in mich hineinglitt, hatte ich fast den Eindruck, dass sich die Quelle der Geräusche, die von draußen hereindrangen, mitten im Zimmer befand: Ein paar Mädchen im Teenageralter unterhielten sich und lachten, während sie auf den Treppenstufen der gegenüberliegenden Kirche saßen und rauchten; jemand rief nach einem Hund; jemand anderes stieg in ein Auto – dabei konnte man jedes Geräusch hören, das Klappern des Schlüssels im Schloss ebenso wie das Quietschen der Tür, das Knarren des Autositzes und das Aufheulen des Motors. Diese Geräusche ließen das, was wir taten, verstohlen, fast unerlaubt erscheinen, so, als würden wir uns nur unzulänglich verhüllt auf einem öffentlichen Platz lieben. Als er kam und dabei leidenschaftlich immer wieder meinen Namen sagte, fragte ich mich, ob die Mädchen uns wohl hörten. Doch sie redeten und lachten leise weiter.

Anschließend lag ich auf der Seite in dem nassen Bett und

schaute ihn an; dabei streichelte er mein Gesicht mit seinen Fingern, die nach mir rochen. Ich wollte ihn fragen, was er mit den Fotos vorhatte, und ihn bitten, sie gut zu verstecken. Doch ich wusste nicht, wie ich es ihm sagen sollte, und vielleicht war es auch besser, nichts zu sagen. Keinesfalls wollte ich andeuten, dass ich ihm nicht zutraute, vorsichtig zu sein.

Dann erzählte er es mir.

»Helena weiß Bescheid«, sagte er.

Mein Herz klopfte auf einmal wie wild. »Was meinst du damit?«, erwiderte ich. Ich stellte mir eine schreckliche Enthüllungsszene vor – vielleicht hatte sie mein Parfum in seinem Haar gerochen oder einen meiner Ohrringe in seiner Tasche entdeckt.

»Ich habe es ihr gesagt. Sie weiß es.«

»War es sehr schlimm?«

»Ja. Sie war allerdings nicht überrascht, sie hatte sich schon so etwas gedacht.«

»Warum hast du es ihr gesagt?«

»Ich wollte es ihr sagen. Ich habe all diese Lügen satt. Es dann allerdings zu tun kam mir grausam vor. Vielleicht ist es in Wirklichkeit nur selbstsüchtig.«

»Ich weiß nicht«, antwortete ich.

»Ich lüge schon seit Jahren«, sagte er, »und ich habe es satt. Ich möchte ein anderes Leben führen.«

Durch den Spalt zwischen den Vorhängen konnte ich sehen, wie der Himmel dunkler wurde und eine unglaublich intensive blaue Farbe annahm. Die Luft war jetzt, als die Schatten länger wurden, frischer. Wir konnten hören, wie die Mädchen aufstanden, die Straße entlanggingen und dabei kicherten und sich Geschichten erzählten. Ihr Lachen wurde in der Entfernung allmählich leiser.

Plötzlich fröstelte ich vor Panik. Ich verstand mich selbst nicht. Dies war es doch, was ich mehr als alles andere wollte, oder nicht? Ihn ausschließlich für mich haben? Vielleicht lag es daran, dass mir alles zu schnell ging, dass sich die Dinge in einer unerbittlichen Geschwindigkeit entwickelten, über die ich keine Kontrolle mehr hatte. Es grenzte fast an Aberglauben – ich hatte Angst, zu schnell auf die Zukunft zuzurasen. Ich glaubte, dass ich, wenn das Timing nicht stimmte, nie wieder umkehren und es noch einmal versuchen konnte.

»Kann ich die ganze Nacht bleiben?«, fragte er.

»Das wäre herrlich«, antwortete ich, fügte dann aber beim Gedanken an Alice hinzu: »Könntest du vielleicht vor dem Frühstück gehen? Wegen der Mädchen.«

»Warum? Schämst du dich meinetwegen?« Er sagte es zwar halb scherzhaft, doch ich wusste, dass er verletzt war. »Sie wissen doch, dass wir miteinander schlafen.«

»Nein, natürlich schäme ich mich deinetwegen nicht. Es wäre dann morgen früh nur einfacher. Die Mädchen sind morgens immer schrecklich. Macht es dir etwas aus?«

Es machte ihm etwas aus. Er hatte einen harten Zug um den Mund – so sah er immer aus, wenn ich über etwas sprach, das ich getan hatte und mit dem er nicht einverstanden war, beispielsweise, dass ich die Mädchen bestach, damit sie ihr Zimmer aufräumten, oder dass ich mich bei der Arbeit mit einer albernen Entscheidung abfand, anstatt meinen Standpunkt zu verteidigen. Doch er tat, worum ich ihn gebeten hatte. Er stellte den Wecker und verließ das Haus, bevor die Mädchen aufstanden.

7

Ich nahm mir Alices Anschuldigungen zu Herzen und beschloss, sie öfter von der Schule abzuholen. Der erste Donnerstag im neuen Schuljahr schien mir eine ideale Gelegenheit zu sein, denn Lucy blieb an jenem Tag länger, weil sie noch Französischunterricht hatte. So konnten Alice und ich ungestört etwas Zeit miteinander verbringen.

Ich liebe diese Zeit des Jahres mit all ihren September-Dingen, den neuen, unbenutzten Schulheften, der Flut von neuen Witzen vom Kinderspielplatz, den nassen Spinnweben, die mit ihren glitzernden Wassertropfen morgens an meiner Rosenhecke hängen. Es ist seltsam, dass die ersten Anzeichen des Herbstes so viel versprechend sind, auch wenn der Verstand eigentlich weiß, dass es bald Frost geben wird, die Bäume ihre Blätter verlieren werden und vieles absterben wird. Ich nehme an, das liegt daran, dass wir den Herbst mit dem Beginn eines neuen Schuljahrs und deswegen mit der Chance auf einen Neuanfang gleichsetzen.

Dieses Jahr war es Lucy, die etwas Neues begann: Sie kam vom Kindergarten in die Schule. Sie trug jetzt eine Schuluniform, die steifer und formeller war als die Sachen, die sie gewöhnt war. Die Uniform hatte enge Manschetten, war unter dem Kinn zugeknöpft und hatte eine Krawatte, die mit einem Gummiband umgelegt wurde. Sie brauchte immer sehr lange, bis sie alles angezogen hatte, denn es musste genau so vonstatten gehen, wie sie es wollte. Sie regte sich auf, wenn sie eine Manschette losließ, während sie sich zappelnd ihr Sweatshirt anzog. Einmal bekam sie einen richtigen Wutanfall und hörte zehn Minuten lang nicht auf zu brüllen, da ich darauf bestanden hatte, ihr zu helfen; wir waren spät dran gewesen, und ich hatte ihre Bluse statt von unten nach oben von oben nach unten zugeknöpft.

Sie kam von Anfang an gut zurecht; immer schon war sie ein beliebtes Kind gewesen. Das Einzige, worüber sie sich beschwerte, war ein kleiner Junge namens Jake, mit dem sie manchmal spielte. »Er spielt immer Kussjagd, und ich will nicht«, erzählte sie mir, als ich gerade damit beschäftigt war, Abendessen zu kochen.

»Hast du ihm gesagt, dass er es lassen soll?«, fragte ich.

»Natürlich habe ich das«, erwiderte sie. »Er tut es trotzdem. Ich meine, wenn er krank ist und mich dann küsst, werde ich vielleicht auch krank. Wirklich, *igitt.*« Sie breitete ihre

Hände zu dieser ausdrucksvollen Geste aus, die ich so an ihr liebe, und verzog das Gesicht dabei zu einer spöttischen Grimasse. »Das Problem ist, ich mag Jake wirklich. Ich will nicht, dass er nicht mehr mein Freund ist. Wenn ich es der Dame, die das Essen austeilt, erzählen würde, wäre er wütend auf mich, und ich will nicht, dass er wütend auf mich ist.«

»Ich weiß, es ist schwierig«, erwiderte ich und zog mich auf das billige, für Sozialarbeiter typische Mitgefühl zurück, weil ich nicht wusste, wie ich ihr helfen sollte. Ich war in dem Augenblick ziemlich beschäftigt, da ich gerade mit den Töpfen auf dem Herd jonglierte, Nudeln abgoss, für ein Ratatouille Tomaten und Paprika anbriet und es so roch, als sei das Olivenöl zu heiß geworden. »Hör mal, Süßes, wir müssen uns irgendwann in Ruhe hinsetzen und darüber reden.«

»Mami, das sagst du jedes Mal und tust es nie«, meinte sie, und ich hatte irgendwie das Gefühl, versagt zu haben. Ich beschloss, das Thema später wieder aufzugreifen, aber irgendwie kam es nie dazu. Ich wusste auch nicht, wie dieses Problem zu lösen war, und hoffte, dass es von selbst verschwand.

Alice wartete vor der Schule allein auf dem Rasenstück unter den Kastanienbäumen. Ich kam zu spät, die meisten anderen Eltern hatten ihre Kinder bereits abgeholt. Sie sah unordentlich aus, eben wie nach einem langen Tag; ihre Bluse steckte nicht mehr in ihrem Rockbund, und ihr Haar hing unordentlich herunter und war vom Schwimmen noch feucht. Sie kam zum Auto, warf ihre Taschen auf den Rücksitz und stieg ein; irgendwie wirkte sie bekümmert. In einer Hand hatte sie einen glänzenden, grellgrünen Apfel; dort, wo sie einmal abgebissen hatte, verfärbte sich das Fruchtfleisch braun.

»Wir dürfen sie nicht pflücken, aber den habe ich auf dem Rasen gefunden«, sagte sie, als wolle sie einer Rüge zuvorkommen.

»Darf ich mal abbeißen?«

»Nur zu, Mama. Iss ihn ruhig auf. Ich dachte, er würde gut schmecken, aber das tut er nicht.«

Ich biss ab. Der Apfel erinnerte mich mit seinem herrlichen Duft an die Obstgärten meiner Kindheit, an die lang zurückliegenden Nachmittage voller Wespen und goldenem Sonnenlicht – doch der Duft löste sich beim ersten Bissen auf, und das Fruchtfleisch war mehlig.

Ich legte ihn auf das Armaturenbrett. »Er hatte noch ein wenig länger hängen müssen; er ist noch nicht richtig reif«, sagte ich. Eine Weile schwiegen wir während der Fahrt.

»Mir ist heute was Furchtbares passiert«, sagte sie.

»Armer Schatz, erzähl mal.«

»Ich saß beim Mittagessen an Suzies Tisch. Dann kamen Claudia und Kate, und als sie mich sahen, sind sie wieder weggegangen.«

»Du weißt aber nicht, ob es etwas mit dir zu tun hatte«, sagte ich.

»Hatte es aber. Sie sind weiter zu Hester gegangen, und ich habe gehört, wie sie zusammen gelacht haben.«

»Ach, meine Süße. Mädchen können schrecklich sein. Du darfst sie einfach nicht beachten und solltest dir nicht so viel daraus machen. Nächste Woche seid ihr wieder die besten Freundinnen.«

Es klang so lahm. Ich fühlte den Schmerz, den man mit zwölf Jahren empfindet, weil ich mich noch so gut daran erinnerte, wie es war, ausgeschlossen zu werden, und welche Scham man dabei empfand, so als stimme etwas bei einem nicht, als rieche man schlecht oder habe eine ansteckende Krankheit.

»Früher bin ich immer bei Kates Clique dabei gewesen«, erzählte Alice. »Als sie Salz in meine Pepsi getan haben, habe ich angefangen zu glauben, dass sie mich nicht mehr mögen.«

»Du musst einfach nur beschließen, dass es ihr Pech ist, wenn sie dich nicht mögen«, antwortete ich. »Denk einfach: Ihr könnt mir mal den Buckel runterrutschen.«

»Das kann ich aber nicht.«

Ich tätschelte ihr Knie. »Ich habe die Schule gehasst«, sagte ich. »Wenn du erwachsen bist, wird alles viel besser.«

»Da muss ich aber noch ziemlich lange warten, findest du nicht, Mama?«

Wir steuerten auf unser Haus zu und bogen um die Ecke, fuhren hinter dem Krankenhaus entlang, vorbei am Blumenladen, vor dem im strahlenden Herbstlicht Töpfe mit rosafarbenen Alpenveilchen leuchteten. Danach kamen wir am Beerdigungsinstitut vorbei, das vor kurzer Zeit mit schicken Café-Rouge-Lampen und modernen, an Schlaufen aufgehängten Gardinen renoviert worden war und vor dem ein Mann im dunklen Anzug mit einem Ledertuch hingebungsvoll einen Leichenwagen polierte.

»Was gibt's zum Abendessen?«

»Lasagne.«

»Ich hoffe, du erwartest nicht, dass ich das Fleisch esse, Mama. Ich weiß nicht, wie du all diese Tiere essen kannst. Und überhaupt«, fügte sie misstrauisch hinzu, »warum gibt es mitten in der Woche Lasagne?«

»Dan kommt zum Essen.«

Aus dem Augenwinkel sah ich, wie sie das Gesicht verzog. Sie war immer noch den Tränen nahe. »Ich mag Dan nicht«, sagte sie.

Geht das wieder los, dachte ich. Doch dieses Mal war ich entschlossen, die Sache richtig anzugehen – ich wollte warmherzig und verständnisvoll reagieren.

»Warum magst du Dan nicht?«, fragte ich so sanft, wie ich konnte.

»Ich mag ihn einfach nicht. Ich hoffe, es macht dir nichts aus, dass ich das sage, Mama.«

Ich war gerührt: Sie gab sich ebenfalls Mühe.

»Ich kann seine Jeans-und-Lederjacken-Montur nicht leiden. Er ist fast *fünfzig*, Mama. Das ist *lächerlich.* Ich meine, sollte jemand in seinem Alter nicht graue Anzüge und diese Schnürschuhe mit den vielen kleinen Löchern tragen?«

»Ach, Alice.« Ich musste lachen.

»Wirklich, Mama. Ich meine es ernst.« Doch sie entspannte sich ein wenig und lächelte. »Ich merke, dass er sich Mühe gibt, nett zu sein«, fuhr sie fort; sie bemühte sich, auf mich zuzugehen. »Aber er passt einfach nicht zu uns, findest du nicht auch?«

»Ich verstehe, dass es schwierig für dich ist«, erwiderte ich und dachte dabei gründlich nach, weil ich nicht wusste, wie ich es formulieren sollte. »Es muss dir so vorkommen, als dringe er bei uns ein.«

»Ich kann es nicht ausstehen, wenn du solche Dinge sagst.«

»Wie was zum Beispiel?«

»Wenn du sagst, wie es sich anfühlt, ich zu sein. Du weißt nicht, wie ich mich fühle. Niemand außer mir selbst weiß das.«

»Das stimmt.« Ich musste mich beherrschen, damit ich mich nicht überschwänglich entschuldigte.

»Wir müssen ihn aber nicht irgendwann Papa nennen, oder?«

»Natürlich nicht. Euer Papa wird immer euer einziger Papa bleiben.«

»Lauren möchte vorbeikommen und sich meine neue Kassette anhören. Er wird doch weg sein, wenn Lauren kommt, oder?«

»Wir werden es so einrichten, wie du es möchtest, mein Schatz. Aber bitte gib ihm eine Chance, Alice«, sagte ich. »Meinst du, du kannst ihm mir zuliebe eine Chance geben?« Es klang flehend. Sie gab keine Antwort. Ich fragte mich, ob es vielleicht besser gewesen wäre, sie nicht zu fragen.

Dan kam direkt von der Arbeit und war zur Abwechslung korrekt gekleidet, allerdings nicht so, dass Alice es gutgeheißen hätte. Seine Krawatte hing schief, und seine Ärmel waren hochgekrempelt, so dass man die glatte Haut an der Innenseite seiner Arme und die warme Vertiefung am unteren Ende seines Halses sehen konnte. Ich liebte die Lässigkeit, mit der er sich kleidete; er sah immer so aus, als ob er mit dem Anziehen nicht ganz fertig geworden sei. Er brachte den Mädchen jedes Mal etwas mit – Gummidrops ohne Gelatine, ihre Lieblingszeitschriften, echtes Verbandszeug für Lucys ewig verwundete Puppen. Dieses Mal hatte er die neueste Ausgabe von *Sugar* für Alice dabei und einen Stapel Computerpapier für Lucy, auf dem sie malen konnte.

Doch nach dem Verbandszeug war das Computerpapier ein wenig enttäuschend. Lucy hatte größeres Interesse an dem Inhalt seiner Aktentasche, die er im Flur liegen gelassen hatte.

»Darin bewahre ich meine Tests auf«, sagte er. »Ich zeige sie dir.«

Er öffnete seine Aktentasche, nahm das Bild eines Teddybären heraus, ein kleines gelbes Kästchen mit Plastiktieren, einige Bücher mit Spiralbindung, die Bilder und Puzzles enthielten. Lucy war von einem der Bücher fasziniert – einem dicken, glänzenden Buch, das auf jeder Seite drei Abbildungen zeigte und noch eine freie Stelle hatte, wo man eine vierte Abbildung ergänzen sollte. Dan fragte sie, ob sie es versuchen wolle, und sie antwortete mit Ja, also machten sie sich gemeinsam ernsthaft an die Arbeit. Lucy war begeistert. Alles an den Tests gab ihr das Gefühl, wichtig zu sein – die bombastischen Worte auf der Titelseite, die Komplexität der Abbildungen und die Tatsache, dass Dan einen Taschenrechner benötigte, um ihr Ergebnis auszurechnen. Als Alice mich um Hilfe bei ihrer Erdkundeaufgabe bat, schimpfte Lucy mit ihr. »Schsch«, sagte sie sehr melodramatisch. »Alle müssen still sein. Dan und ich machen einen Test. Wir müssen uns konzentrieren.«

Dann zeichnete sie ein Bild von einer Katze, die an unterschiedlichen Stellen verletzt war, während Dan und ich Gemüse für den Salat klein schnitten. Es gefiel mir, dass er mir beim Kochen half, genauso wie es mir gefiel, dass er praktische Dinge für mich erledigte, wenn er beispielsweise verstopfte Rohre wieder frei machte oder Rauchmelder installierte. Sein neuestes Projekt war mein Gartenschuppen. Er stand aufgrund des Gewichts der Klematis, die sich darauf ausgebreitet hatte, ziemlich schief. Dan hatte versprochen, die Klematis in den Apfelbaum umzuleiten und einen neuen Schuppen für mich zu bauen. Bereits durch die Alltäglichkeit dieser Dinge kam mir unsere Beziehung gefestigter und vollkommener vor.

Die Lasagne brauchte sehr lange, bis sie fertig war. Lucy verlangte einen Schokoladenkeks. Ich sagte, sie könne einen Joghurt haben. Sie ging zum Kühlschrank und stampfte mit dem Fuß auf. »Ach, ich komme nicht dran! Warum stellen alle immer andere Sachen auf meinen Joghurt?«

»Ich glaube nicht, dass sie es absichtlich tun«, erwiderte ich.

»Doch, tun sie«, widersprach sie. »Ich *beobachte* sie dabei, wie sie Dinge absichtlich auf meinen Joghurt stellen.«

Ich gab ihr den Joghurt. Sie riss den Deckel ab.

»Iieh«, sagte sie. »Da ist dieses Wasserzeug drauf.« Sie aß keinen Joghurt, bei dem sich die Molke abgesetzt hatte. Sie schleuderte ihn in den Abfalleimer und streckte wütend den Kopf nach vorn – das war immer ein schlechtes Zeichen.

Dan nahm ein Blatt Computerpapier und faltete es einmal. Lucy beobachtete ihn argwöhnisch mit gerunzelter Stirn. Das Blatt verwandelte sich in einen schnappenden Mund. »Ihr Name ist Räuberin Reißzahn«, sagte er und schnappte mit dem Mund nach Lucys Hand. »Sie ernährt sich von Frischkäse, und man erwischt sie besser nicht auf dem falschen Fuß.« Lucy kicherte und ließ den Mund in andere Dinge beißen.

Alice schaute zu. Ich dachte, sie würde einen ironischen Kommentar abgeben, doch das tat sie nicht. »Könntest du auch etwas für mich machen?«, fragte sie.

»Kompliziertere Dinge kann ich nicht«, erwiderte er. »Jedenfalls nicht aus dem Gedächtnis.«

»Ich habe ein Buch über Origami«, antwortete Alice. Sie ging ins Wohnzimmer, um es zu holen, und schlug es auf dem Tisch auf. Sie beugten sich gemeinsam darüber, und sein dunkler und ihr heller Kopf berührten sich beinahe.

Sie suchte sich den Kranich aus.

Dan stöhnte. »Das sieht dir ähnlich«, sagte er. »Er ist von allen im Buch am schwierigsten zu machen.«

Bei diesen Dingen war ich noch nie gut gewesen. Ich hasste diese Seite des Elternseins – alles, was mit Ausschneiden und Zusammenkleben und tollen Dingen, die man angeblich aus Kidneybohnen und den Papprollen des Klopapiers basteln konnte, zu tun hatte. Und der Versuch, einer Bastelanleitung zu folgen, endete oft in Flüchen, die Quentin Tarantino Ehre machen würden. Doch Dan war geschickt; er brauchte die Seite nicht ständig in eine andere Richtung zu drehen, um herauszufinden, wie man das Blatt falten musste. Ich beobachtete seine raschen, geschickten Finger, die das Papier drehten und falteten. Er machte einen letzten Falz und steckte seine Finger in den Kranich.

Der Vogel sauste im Sturzflug über den Tisch. Er war hübsch, und seine Zartheit war irgendwie rührend. Die Flügel schienen sich auf und ab zu bewegen wie Federn, als ob es Dan durch geheimnisvolle Zauberei gelungen sei, die Beschaffenheit des Papiers zu verwandeln. Der Kranich vermittelte die Illusion, als könne er schweben, er sah so aus, als könne er sich über die Schwerkraft hinwegsetzen und davonfliegen.

»Oh, toll«, sagte Alice.

Er gab ihn ihr und zeigte ihr, wo sie ihre Finger hineinstecken musste, um ihn fliegen zu lassen.

»Er wird dir Glück bringen«, sagte er.

»Woher willst du das wissen?«, fragte Alice.

»Das steht in deinem Buch. Darin heißt es, dass Kraniche Glück bringen, jedenfalls in Japan.«

»Glaubst du an Glück?«, fragte sie ihn ganz ernst, während sie mit dem Vogel spielte und mit dem Finger die Umrisse eines Flügels nachzeichnete.

»Ich glaube, dass man für sein eigenes Glück verantwortlich ist«, antwortete Dan. »Man sorgt dafür, dass es zu einem kommt. Wenn du an dich selbst glaubst, kannst du alles erreichen.«

»Ich glaube nicht an Glück«, sagte Lucy. »Das ist etwas für kleine Kinder, wie Zauberei und so. Ich meine, Jake glaubt, dass es die Zahnfee wirklich gibt. Ich bitte euch.«

»Ich wette, eure Mutter glaubt, dass es so etwas wie Glück gibt«, erwiderte Dan.

»Das tue ich«, pflichtete ich ihm bei. Da ich aber das Gefühl hatte, dass Alice eine präzisere Antwort benötigte, fügte ich hinzu: »Jedenfalls glaube ich, dass manche Menschen ihr ganzes Leben lang glücklich sind – dass es ein bestimmtes Muster gibt – und dass für andere alles schief zu gehen scheint.« Es klang ziemlich lahm. Ich versuchte, zu formulieren, was ich wirklich dachte. »Vielleicht leben wir alle nach einer Art Drehbuch. Vielleicht ist das das Glück – es ist eine Illusion, weil wir nach einem Drehbuch spielen, das unsere Eltern uns mitgegeben haben.«

»Also, wirklich, Mama«, sagte Alice. »Du bist jetzt nicht bei der Arbeit. Ist sie nicht furchtbar?«, sagte sie stichelnd zu Dan. »Immer redet sie von diesen Drehbüchern des Lebens. Das liegt an all den Seminaren, die sie ständig besucht: ›Wie Sie Ihre persönliche Mythologie verstehen lernen‹, ›Wie Sie das Drehbuch Ihres Lebens umschreiben‹ und ›Wie Sie Ihr Selbstvertrauen stärken‹.«

Es war das erste Mal, dass sie das tat und sich auf seine Seite stellte, weil sie ihn zum Lachen bringen wollte. Er gab keine Antwort und grinste nur – es war ein neckendes, leicht triumphierendes Lächeln.

»Manchmal«, fuhr Alice fort, »wenn sie an einem wirklich guten Seminar teilgenommen hat, macht sie Aktionen.« Sie spielte mit dem Vogel, ließ ihn fliegen, herabstürzen und über dem Tisch in der Luft schweben. »Als wir klein waren, nahm sie an einem Seminar über Sterndiagramme teil, und sie gab uns Sterne für gutes Benehmen. Und wenn wir genug Sterne beisammen hätten, sollten wir eine Orangenschokolade bekommen. Doch Lucy hat so ein Theater gemacht, dass Mama ihr die Orangenschokolade gab, bevor sie auch nur einen Stern hatte.«

Dan lachte, und Alice errötete vor Vergnügen.

Lucy sah ein wenig beleidigt aus und versuchte, Alices Vogel mit ihrem schnappenden Mund anzugreifen.

»Lass das«, sagte Alice. »Er ist sehr zart.« Sie ließ den Vogel auf ihrem Buch ausruhen. Als sie ins Bett ging, nahm sie den Vogel mit nach oben.

8

Eines Abends, als ich in Dans Auto einstieg, um mit ihm zum Restaurant The Water Margin zu fahren, sagte er: »Ich möchte dir etwas zeigen.«

Er fuhr eine mir unbekannte Straße entlang, die ziemlich heruntergekommen war und an der große viktorianische Häuser standen, die überwiegend in Wohnungen oder Einzimmerappartements umgewandelt worden waren. An einem dreistöckigen Haus, das auf der gegenüberliegenden Seite eines Parks lag, hielt er an und bedeutete mir, ich solle aussteigen. Der Kirschbaum in einem Vorgarten hatte seine Früchte auf den Bürgersteig fallen lassen: Einige waren noch ungesund rosa, andere waren zu braunem Mus zertreten worden. Ein paar Häuser weiter spielte ein Kind bei geöffnetem Fenster Klavier und holperte sich durch die endlosen Wiederholungen von »Für Elise«.

Wir gingen beim Eckhaus am Fenster einer Erdgeschosswohnung vorbei. Die Gegenstände auf dem Fensterbrett – Porzellantassen und Kinderfotos in Samtrahmen – konnten nur einer alten Dame gehören. Es gab mehrere Klingelknöpfe, doch Dan hatte einen Schlüssel. Wir gingen ins Haus, vorbei an einem Tisch mit einem vertrockneten Blumenarrangement und einigen Schweizer Landschaftsfotos. Im Flur roch es nach gebratenen Zwiebeln.

Wir gingen nach oben. Noch ein Schlüssel, diesmal ein Sicherheitsschlüssel. Ich folgte ihm in ein großes Zimmer mit einer hohen Decke und einem Erkerfenster, das zum Park zeigte. Es standen ein Bett mit einem bunten Überwurf aus Taft und ein Bücherregal darin, außerdem gab es einen Gasofen, und an den Wänden klebte eine scheußliche Tapete mit einem glänzenden Prägemuster. Gegenüber vom Bett stand ein Spiegel mit einem vergoldeten Rahmen. Auf dem Fußboden standen Kisten herum, eine davon war geöffnet – sie war voller Bücher. An der Wand lehnten Bilder.

Ich starrte ihn an.

»Ich habe Helena verlassen«, sagte er. Als ich gerade antworten wollte, verschloss er mir mit einem Finger den Mund. »Nein«, sagte er. »Das ist eine Sache nur zwischen Helena und mir – okay? Ich möchte nicht, dass du glaubst, ich erwarte etwas von dir. Mein Leben mit ihr ist zu Ende, das ist alles. Es war seit längerer Zeit unvermeidlich. Nur darum geht es hierbei.«

Von einer Seite des Zimmers zweigte die Küche ab. Ich sah mich darin um – ein alter Gasherd, ein Spülbecken mit einer neuen Plastikschüssel zum Abwaschen, ein Durchlauferhitzer, ein Kühlschrank.

»Es ist so schlicht hier«, meinte ich, als ich wieder in das große Zimmer kam. »Wie eine Mönchszelle.«

»Wohl kaum«, sagte er. »Jedenfalls nicht, wenn du da bist.« Er zog mich neben sich aufs Bett. »Sieh mal«, sagte er und zeigte auf den Spiegel, der gegenüber vom Bett stand. »Wir können uns zusehen. Das würde mir gefallen.«

Wir küssten uns, doch ich war ganz und gar nicht in Stimmung. Ich stand wieder auf und ging zum Fenster; ich sah hinaus und stützte mich mit den Händen auf das niedrige Fensterbrett.

Es war ein ordentlicher, rechteckiger Park, eine sehr konventionelle städtische Grünfläche: Am äußeren Rand verlief ein Kiesweg, in einer Ecke befanden sich Schaukeln für die Kinder, und die Beete waren mit Hortensien bepflanzt, deren braune Blüten vertrocknet waren. Die großen schmiedeeisernen Tore waren für den kleinen Park ziemlich protzig und verschnörkelt. In der Dämmerung wirkte das Gras grau. Ein junger Mann schob einen Kinderwagen durch das Tor und ging viel zu schnell den Kiesweg entlang; er stieß den Wagen über die Steinchen vorwärts, als ob er Lebensmittel oder einen Stapel kostenloser Zeitungen befördern würde, doch ich konnte erkennen, dass ein Baby darin lag. Einen Augenblick lang hatte ich Angst um das Baby.

»Wir lassen es ganz langsam angehen«, sagte Dan, »so langsam, wie du möchtest. Ich weiß, da ist noch die Sache mit Alice.«

»Ja«, antwortete ich, auch wenn es mir nicht gerade gefiel, wie er sich ausdrückte. »Aber da ist nicht nur Alice«, fuhr ich fort. »Ich möchte, dass wir … eine stabile Beziehung haben, dass wir einander wirklich kennen lernen. Ich möchte das Gefühl haben, dass die Zukunft vorhersehbar und verlässlich ist – auch wenn ich weiß, dass das nicht möglich ist. Doch ich möchte wenigstens das Gefühl haben, dass wir alles versucht haben, damit es so kommt …«

Plötzlich war mir ganz elend. Das Zimmer strahlte die Art von Trostlosigkeit aus, die Orten eigen ist, an denen sich viele Menschen nur vorübergehend aufgehalten haben. Man konnte die oberflächlichen Spuren, die andere Menschen hinterlassen hatten, wie Graffiti an den Wänden ablesen. Es waren vermutlich einsame Menschen gewesen, deren Verbindungen zur Welt nur sehr lose gewesen waren. Dieses Zimmer erinnerte mich an die Zimmer der Männer, mit denen ich Anfang zwanzig während meines Studiums ausgegangen war. Es waren Zimmer mit Bettlaken vor den Fenstern, schmutzigen Waschbecken und herumliegenden Autozubehörteilen gewesen, in denen es nach dreckigen Socken roch. Zimmer, die ich morgens manchmal unbefriedigt verließ, nach einer Tasse grauen Pulverkaffees und einem gleichgültigen Dankeschön sowie dem unbestimmten Versprechen, sich irgendwann einmal wieder zu sehen. Zimmer, die man irgendwann hinter sich zu lassen hoffte. Ich hatte die Befürchtung, dass die Tatsache, dass Dan in diesem trostlosen Zimmer wohnte, ihn in meinen Augen vielleicht unattraktiver erscheinen lassen könnte – und ich schämte mich für das, was diese Befürchtung über mich aussagte.

Er spürte meine Niedergeschlagenheit natürlich.

»Hey, ich weiß, dass es noch ziemlich trübselig wirkt«, sagte er. »Aber wenn ich erst alles ausgepackt und eingeräumt habe, wird es ganz schön aussehen.«

Ich schaute in seine Bücherkiste. Zerfledderte Psychologiebücher, ein paar Urdu-Lehrbücher aus billigem, dünnem Papier, ein paar Romane – John Bergers *G*, Vikram Seths *Eine gute Partie,* ein paar Krimis – und seine umfangreiche Sammlung von Miles-Davis-Kassetten. Ganz oben lag ein Tagebuch; es war ziemlich dick und sah anders aus als sein Terminkalender. »Ich wusste nicht, dass du Tagebuch schreibst«, sagte ich.

»Das tue ich auch erst seit kurzem«, antwortete er. »Du kannst ruhig darin lesen. Es steht sehr viel über dich darin.«

»Nein«, entgegnete ich. »Natürlich werde ich nicht darin lesen.«

Unter dem Tagebuch lag eine Taschenbuchausgabe von Dantes *Göttlicher Komödie.* Auf dem Umschlag war ein Gemälde aus der Kathedrale von Orvieto abgebildet – die verdammten Seelen waren als nackte, sich windende Körper dargestellt, die von wunderbar altmodischen Engeln mit großen, ausladenden Flügeln, die blau wie Holzrauch waren, hinunter in die Hölle geworfen wurden. Ich blätterte die Seiten um, bis zum Anfang des Textes: Er war auf Italienisch.

»Kannst du das lesen?«, fragte ich ihn.

»Ein bisschen. Wir haben es letztes Jahr im Abendkurs durchgenommen.«

»Na, dann mal los, gib ein bisschen an«, forderte ich ihn auf.

Er las mir ein oder zwei Strophen vor. Ich konnte kaum genug Italienisch, um mir einen Cappuccino zu bestellen, doch ich erkannte, dass es sich um die Stelle handelte, die immer wieder zitiert wird: die ersten Zeilen des Gedichts, in denen Dante erwacht und sich in einem dunklen Wald wieder findet, wo er den rechten Weg nicht mehr erkennt. Schon immer habe ich diese Zeilen geliebt, ebenso wie dieses Gefühl vom Wald als einem bitterkalten, verwirrenden Ort, der in keiner Hinsicht hübsch, sicher oder klar erkennbar ist. Dantes Wald erinnerte mich an die Wälder, in denen ich aufgewachsen bin, wo das Unterholz voller stachliger Dornensträucher war und wo die spindeldürren Koniferen einander auf dem Weg zum Licht bedrängten und wo es so schwierig war, sich den richtigen Weg zu merken.

»Das klingt wunderschön«, sagte ich. Seine Stimme klang ganz anders, als er Italienisch sprach, es lag keine Spur von Manchester mehr darin, und sie war auch nicht mehr so wohl überlegt: Sie klang ein wenig ausgefallener, leichter und modulierter, musikalischer. »Es gefällt mir, wie du mir das vorliest«, sagte ich zu ihm.

Doch die Niedergeschlagenheit wollte nicht weichen. Später am Abend, als ich wieder zu Hause war und Dan sich verabschiedet hatte, ging ich langsam durch meine Küche, genoss die Fülle und berührte alle möglichen Dinge – die zusammengewürfelten, geblümten Tassen und Unterteller auf meiner Anrichte, die herabhängenden Blumenkörbe, die Fotos, die Bilder der Kinder und die auseinander bröckelnden Dinosaurier aus Ton – als ob all diese mannigfaltigen und beziehungsreichen Gegenstände mich wieder mit mir selbst versöhnen, mich wieder ganz machen konnten.

Als ich Dan das nächste Mal besuchte, war jedoch alles in Ordnung, genau wie er vorausgesagt hatte. Er hatte seine Bilder aufgehängt und seine Bücher ins Regal gestellt, und ich sah, dass es ein freundliches Zimmer war – ungezwungen und schön geschnitten. Das Erkerfenster ließ außerdem sehr viel Licht herein. Wir liebten uns auf dem Bett mit der Tagesdecke aus Taft, und die Freizügigkeit unserer verschlungenen Körper, die im Spiegel an der Wand reflektiert wurden, überraschte und gefiel uns.

Nun, da er allein lebte, veränderten sich die Dinge. Nachdem ich meine anfängliche Panik überwunden hatte und wusste, dass er meinte, was er sagte – nämlich dass sich das Tempo nach mir richtete –, fühlte ich mich wie befreit. Ich erkannte, wie viel Angst ich vor Helena gehabt hatte, dass ich mit der Furcht vor einer Art schrecklicher Abrechnung gelebt hatte. Doch nun konnte ich wenigstens diese Furcht hinter mir lassen.

Manchmal nahm ich tagsüber einen anderen Weg, um einen Patienten zu besuchen, damit ich an Dans Wohnung vorbeikam. Ich verfasste kurze Briefe und warf sie bei ihm ein. Ich schrieb über die Einzelheiten, die mir besonders gefielen, wenn wir uns liebten – die Berührungen, bei denen mir ein Schauer über den ganzen Körper lief, die Stellungen, bei denen ich ihn am tiefsten in mir spürte. Außerdem erzählte ich ihm, wie sehr ich die Berührung seiner Finger liebte, die meinen Körper erforschten, wie sehr es mir gefiel, dass er leicht nach Moschus schmeckte und dass sein Atem stockte, wenn er kam. Ich kam mir dabei sehr gewagt vor, denn so etwas hatte ich zuvor noch nie getan. Mir gefiel der Gedanke, dass meine Briefe in diesem ordentlichen und ziemlich anonymen Flur auf der Fußmatte lagen und dass die alte Dame, die im Erdgeschoss wohnte, sie vielleicht aufhob und ahnungslos auf den Tisch vor das vertrocknete Blumenarrangement legte und dass Dan, wenn er abends nach Hause kam, sich beim Anblick meiner Handschrift fragte, was dort wohl auf ihn wartete. Es war seltsam erregend, meine Gefühle so preiszugeben und meine Worte dort liegen zu lassen, damit er sie vorfand. Das erste Mal in meinem Leben hatte ich das Gefühl, dass Sex etwas war, mit dem ich spielen und bei dem ich sogar kreativ sein konnte. Ich schien mich rasch zu verändern und in einen anderen Menschen zu verwandeln, in jemanden, der kühner und freier war; ich wurde die Liebende, die ich nie ganz gewesen war, bevor Dan in mein Leben trat.

Dies waren für mich gute Tage, vielleicht die glücklichsten, die wir zusammen erlebten. Doch war ich nicht unbedingt zufrieden. Ständig machte ich mir Gedanken über meine Töchter und wie sie mit allem fertig wurden. Alice bekam in Geographie völlig überraschend eine Vier, und ich überlegte besorgt, was das zu bedeuten hatte. Lucys Lehrerin fing mich nach der Schule ab, und ich geriet in Panik, weil ich damit rechnete, dass sie zu mir sagte: »Es kommt mir so vor, als beschäftige sie etwas, Mrs. Langdon. Ist zu Hause alles in Ordnung?« Doch sie wollte mir lediglich mitteilen, dass Lucy beim Sport ihren wackeligen Zahn verloren hatte und dass sie ihn mir in einem kleinen Plastikumschlag nach Hause mitgeben wollte. Außerdem war da immer die Angst vor Verlust; ich fürchtete, Dan könne das Interesse verlieren, sich zurückziehen und nach einer anderen Frau umsehen. Ich hatte mich so sehr auf ihn eingelassen, und ich wusste, dass ich mich damit vollkommen geöffnet und sehr verwundbar gemacht hatte.

Ich schlief weiterhin schlecht. In den Nächten, in denen er nicht da war – ich bestand darauf, dass ich viele Abende allein mit meinen Töchtern verbrachte –, wachte ich manchmal um vier Uhr morgens auf. Wenn es mir gelang, mit Hilfe eines Spiegeleis, viel Scotch und ein paar Seiten John le Carré wieder einzuschlafen, hatte ich immer lebhafte erotische Träume. Ich hatte irgendwo gelesen, dass ein oder zwei Stunden, bevor wir aufwachen, unsere Sexualhormone einen Höhepunkt erleben. Vielleicht war das also ein üblicher Traumablauf, doch Jude, die Einzige, die ich dazu befragt habe, meinte sehnsüchtig, dass sie das noch nie erlebt hätte. Die Träume waren oft grausam; es waren Träume von Frauen, denen die Beine gespreizt wurden und denen der Mund brutal geknebelt wurde, wenn er nicht anderweitig beschäftigt war; deren perfekte Körper innerhalb kurzer Zeit übel zugerichtet wurden und bei denen jemand in jede Körperöffnung eindrang. Ich nehme an, dass ich in jenen Nachtstunden nur einen leichten Schlaf hatte, dass ich halb bewusste und klare Träume erlebte, in denen ich immer zu wissen schien, dass ich auf einer bestimmten Ebene die Wahl hatte, ob ich weiterschlafen wollte; ich hatte die Kontrolle und konnte aufwachen, wenn ich es wünschte, ich wollte nur eigentlich nicht aufwachen. Schließlich erwachte ich doch, wenn der Milchmann kam, kurz bevor mein Wecker klingelte, und war noch erfüllt von erotischen Empfindungen; doch mein Verstand lehnte die anonymen Männer und die grausamen Bilder ab, und ich schwebte in einen Wachtraum, in dem Dan und ich zusammen waren und in dem ich fühlte, wie er in mich hineinglitt und meinen Namen sagte.

9

An einem Sonntag Anfang September wachte ich auf, und es war ein überraschend herrlicher Tag; es war ein so goldener und vollkommener Tag, dass er einfach gefeiert werden musste. Meine Töchter waren bei mir – es war nicht Adams Wochenende. Einer spontanen Eingebung folgend rief ich Jude an und fragte sie, ob sie tagsüber auf die Mädchen aufpassen würde. Ich zog einen hübschen, kurzen Rock und ein T-Shirt in sommerlichen Farben an, fuhr die Mädchen zu Jude und holte anschließend Dan ab. Dann fuhren wir um London herum auf die M1.

»Eigentlich ist der Ort, zu dem wir fahren, seltsam«, sagte ich. »Ich bin vor langer Zeit einmal dort gewesen. An dem Haus ist unter dem Dach ein Lobgesang in den Stein gemeißelt.«

Dan war glücklich. Ihm gefiel, dass ich zur Abwechslung die Planung und das Autofahren übernahm. Und auch wenn er es nie aussprechen würde, wusste ich, dass er mich dafür liebte, dass ich meine Töchter bei jemand anderem gelassen und ihn vorgezogen hatte.

Schließlich verließen wir die Autobahn und fuhren durch die öde Landschaft von Northamptonshire; die Fahrt führte vorbei an flachen Feldern, wo in aller Ruhe Kühe weideten, durch Dörfer mit gedrungenen kleinen Fabriken und modernen Backsteinhäusern, wo Frauen in geblümten Kleidern langsam den Bürgersteig entlangschlenderten. Wir parkten am Rand eines Freizeitgeländes, wo eine verrostete Schaukel und ein Rutsche einsam in der schläfrigen Mittagssonne standen.

Ein gewundener Kiesweg führte zwischen einigen Cottages hindurch. Wir bogen um die Ecke und traten plötzlich ins Freie – auf einer Seite stand das Herrenhaus mit einer extravaganten Balustrade, auf der anderen Seite erstreckte sich ein Becken mit seidenweichem Rasen, über dem Schwalben schnell auf und ab flogen und ihre Kreise zogen; außerdem waren dort eine Zeder und ein breiter grüner Weg zu sehen, der bis zum Horizont reichte.

»Es gibt auch eine Orangerie«, sagte ich. »Lass uns erst einmal dort hingehen. Sie gefällt mir am besten von allem.«

Sie lag versteckt an einer Seite des Hauses im Schatten hoher Bäume; es handelte sich dabei um ein elegantes edwardianisches Gebäude aus gelbem Stein, der aus Northamptonshire stammte.

»Seltsam«, meinte Dan, als wir die schwere Tür aufstießen. »Ich habe das Gefühl, als ob nie jemand hierher kommt.«

Doch da der Boden nass war, musste jemand vor kurzer Zeit gegossen haben. Es roch nach feuchter Erde, faulenden Pflanzen und einer Mischung mediterraner Pollen. Zu sehen waren üppige Hibiskuspflanzen, deren schwebende Blüten sich wie Tänzer streckten, Orangenbäume mit kleinen, glänzenden Früchten, die zwischen den dunklen Blättern wie Sonnen und Monde leuchteten, und meine Lieblingsblumen: Gardenien. Einige Blüten waren noch zu Knospen gefaltet, andere standen offen; sie waren weiß, vollkommen und verströmten einen dekadenten Duft. Außerdem gab es Lilien, Jasmin und elegante Schmucklilien mit üppigen blauen Blüten. Zwischen den Pflanzen in den Blumenbeeten standen Statuen von Frauen, die komplizierte Frisuren trugen, deren Brüste aus ihren Kleidern hervorlugten und die über und über mit graugrünen Flechten bewachsen waren.

»Ich verstehe, warum es dir hier gefällt«, sagte er. »Es kommt mir sehr alt vor, irgendwie unberührt – als ob das zwanzigste Jahrhundert auf seinem Weg nach Norden auf der Autobahn daran vorbeigesaust ist. Es ist sehr schön.« Ich war unglaublich glücklich.

In der Mitte der Orangerie befand sich ein achteckiger Teich voller Seerosen mit großen, wächsernen weißen Blüten; die faserigen Blütenstengel waren alle miteinander verknotet. Das Wasser war trübe, still und faulig. Hier wurde der schlechte Geruch stärker und verdrängte den Honigduft der Blumen. Dieser Gestank von stehenden Gewässern ist überall auf der Welt gleich; man riecht ihn auf den Stufen eines verfallenen venezianischen Palazzos ebenso wie vor einem verstopften Graben, an dem man unterwegs pinkeln muss.

Automatisch suchte ich in meiner Handtasche nach einer Münze. Das taten die Mädchen auch immer, wenn sie im Wald, in einem Garten oder im Einkaufszentrum auf einen Teich oder einen See stießen – übcrall, wo es einen geschlossenen Kreis mit Wasser gab. Immer wünschten sie sich etwas. Sie kannten zwar die Regel, dass der Wunsch geheim bleiben musste, doch fiel es ihnen schwer, sie einzuhalten. Vor allem Lucy, die mir ihren Wunsch immer mit einem wispernden, bühnenreifen Flüstern mitteilte, sobald sie die Münze ins Wasser geworfen hatte, während sie mir warm ins Ohr atmete: »Ich habe mir gewünscht, dass alle glücklich sind und dass niemand den Tieren wehtut. War das ein guter Wunsch, Mami?«

Ich warf meine Zwanzig-Pence-Münze in den Teich. Dan sah mir belustigt zu. Mein Wunsch war dem von Lucy sehr ähnlich – er war vage, allumfassend, übertrieben optimistisch. Ich wünschte mir, dass alles so weiterginge wie bisher, dass wir alle gesund und glücklich blieben und dass Dan und ich zusammen sein würden.

Meine Münze landete auf einem Seerosenblatt. »Glaubst du, dass mein Wunsch deshalb vielleicht nicht in Erfüllung geht?«, fragte ich. »Ich meine, muss sie nicht richtig ins Wasser fallen?«

Dan sah mich an, als sei ich nicht ganz bei Trost. Ich kicherte, denn es war mir ein wenig peinlich, so überaus abergläubisch zu sein.

»Ich glaube, du weißt sehr viel besser als ich, wie das funktioniert«, antwortete er. »Aber ich hoffe, dein Wunsch geht in Erfüllung ... Was hast du dir überhaupt gewünscht?«

»Das ist ein Geheimnis«, erwiderte ich.

»Hast du viele Geheimnisse vor mir?«

»Nur ein paar.«

»Dann verrate mir eins.«

Ich schüttelte den Kopf und lachte leicht.

Wir gingen langsam weiter, vorbei an noch mehr Hibiskuspflanzen mit leuchtenden rötlichen Blüten, unter einem Feigenbaum mit großen, dreilappigen Blättern entlang, die unsere Köpfe berührten.

»Komm schon«, drängte er. »Etwas, das du vor mir verheimlicht hast.«

»Nun ja, vielleicht ein paar Fantasien«, antwortete ich. »Einige von ihnen würde ich dir nicht erzählen.«

»Warum nicht?«

»Sie sind meistens ziemlich grausam. Ich mag sie nicht.«

»Aber sie erregen dich?«

»Mmm.«

»Denkst du an sie, wenn wir uns lieben?«

»Nein. Wenn ich mit dir zusammen bin, denke ich an gar nichts. Nun ja, nur an das, was wir gerade machen … Manchmal sehe ich Dinge vor mir – schwebende Formen, Farben … Und was hältst du vor mir geheim?«

Er blieb unter einem Feigenbaum stehen und dachte ernsthaft nach, während der Schatten ein Gitter auf sein Gesicht zeichnete. »Es hat eigentlich nichts damit zu tun, dass ich etwas vor dir geheim halte. Aber es gibt Dinge, die ich dir nicht erzählen würde, weil ich keinen Sinn darin sehe. Außerdem gehe ich davon aus, dass du gewisse Dinge auch gar nicht gerne wissen würdest. Dass mir beispielsweise auch andere Frauen gefallen, auf eine ganz normale, flüchtige Art und Weise.«

Ich wandte mich ab, beugte mich hinunter und vergrub meine Nase in einer Gardenie. Plötzlich kam mir diese Unterhaltung, die so leichtfüßig begonnen hatte, ein wenig riskant vor.

»Ich würde schrecklich eifersüchtig werden, wenn ich die ganze Zeit mit dir zusammen wäre. Ich glaube, das würde ich an dem Zusammenleben mit dir hassen. Ich wäre so eifersüchtig, weil ich dich so sehr begehre«, sagte ich und wünschte sofort, ich hätte es nicht gesagt. Es klang alles viel zu intensiv.

»Wie sind wir bloß auf dieses Thema gekommen, Chloe?« Er nahm meine Hand und zog mich hoch. »Komm, wir sehen uns den Garten an.«

»Nein, ich möchte es wirklich wissen.«

»Dir geht es doch sicher genauso, oder?«

»Ich glaube nicht. Es ist sehr selten, dass mir jemand gefällt … Du hast eine Menge vor Helena geheim gehalten«, fuhr ich fort. »Nicht nur Gedanken.« Ich konnte den vorwurfsvollen Unterton in meiner Stimme hören. Ich wusste, dass es unfair war, doch ich konnte es mir nicht verkneifen.

»Nun gut, es ist zwar nicht gerade bewundernswert«, antwortete er, »aber ich muss sagen, dass es sehr einfach war. Wenn ich mit einer anderen Frau zusammen war und eine Beziehung mit ihr hatte, habe ich nur an sie gedacht. Dann, wenn es vorbei war – der sexuelle Teil, meine ich –, habe ich mich von einer Sekunde auf die nächste umgestellt und machte mir plötzlich Gedanken, ob Sally wohl an ihren Klarinettenunterricht gedacht hatte oder ob ich das Huhn fürs Abendessen aufgetaut hatte. Ich hatte das Gefühl, dass die eine Welt nicht existierte, wenn ich mich in der anderen aufhielt. Auf diese Weise war es einfach, etwas zu verheimlichen und die beiden Welten getrennt zu halten.«

»Ist das mit mir genauso? Existiere ich auch manchmal nicht für dich?«

»Niemals. Du bist immer bei mir ... Warum reden wir überhaupt darüber?«

»Es interessiert mich.«

»Wirklich? Ich glaube, du machst dich damit nur unglücklich. Es ist meine Schuld. Ich hätte nicht davon anfangen sollen. Es ist so, als würde man den Wundschorf immer wieder abreißen.«

Er drehte sich zu mir und ließ seine Finger über mein Gesicht gleiten. Ich schlang meine Arme um ihn, und wir küssten uns sehr lange.

»Du machst alles so kompliziert«, meinte er, als wir uns schließlich außer Atem voneinander lösten. »Du siehst, es ist eigentlich alles sehr einfach.«

Auf der anderen Seite der Orangerie lag der Garten – mit gepflegten, makellosen Rasenflächen und steinernen Urnen, die mit freundlichen und fröhlichen Blumen wie Petunien, Geranien und Lobelien bepflanzt waren. Wir spazierten den ordentlichen Kiesweg zwischen den Rasenflächen und Blumen entlang. Hier war es geschützt und sehr heiß. Ich schob die Ärmel meines T-Shirts bis zu meinen Schultern hoch, damit ich die Wärme der Sonne überall auf meinen Armen spüren konnte. Der Weg führte ungefähr hundert Meter weit durch die Gartenanlage. Dann war er vor einem verschlossenen Tor in einer Steinmauer abrupt zu Ende. Es war ein altes, schmiedeeisernes Tor, eine herrliche Arbeit; die Eisengitter waren zu spitzen, grotesken Gesichtern und zu Staubgefäßen, Stempeln und Kelchblättern von namenlosen Blumen geformt. Auf der anderen Seite des Tors lag ein verwahrlostes Feld, das grau und grün und zugewuchert war; überall hatten sich riesige Disteln und Brennesseln ausgebreitet, außerdem waren ein paar kaputte Bienenkörbe zu sehen. Einige Flocken Distelwolle, die aussahen wie Nebelschwaden, hatten sich an den Spitzen des Tors verfangen.

Wir standen einen Augenblick mit dem Rücken zum Garten da und betrachteten das überwucherte Feld.

»Diese Frau hat sich über mich beschwert«, sagte er.

Einen Augenblick lang konnte ich ihm nicht folgen, doch dann erinnerte ich mich wieder an die Unterhaltung, die wir vor den Sommerferien über den kleinen Jungen mit Downsyndrom geführt hatten.

»Die furchtbare Schulleiterin?«

»Genau. Sie hat Brian am Freitag angerufen und gesagt, sie habe die Sache mit ihren Vorgesetzten besprochen und sei der Meinung, ich hätte mich unprofessionell verhalten; sie wolle künftig nicht mehr mit mir zusammenarbeiten.«

»Und was passiert jetzt?«

»Wahrscheinlich nicht viel. Brian hat mich dazu befragt und wird die Schule jemand anderem zuweisen. Er sagt, ich sei dumm gewesen, aber er war nicht der Ansicht, dass die Sache eine offizielle Verwarnung rechtfertigen würde.«

»Trotzdem ist es ärgerlich.«

»Eigentlich bin ich selbst schuld. Ich hätte nicht so die Beherrschung verlieren dürfen.« Er pflückte ein paar Flocken Distelwolle vom Tor, die bei der Berührung seiner Finger auf und davon flogen. »Jedenfalls gehe ich davon aus, dass sie derzeit ziemlich unter Druck steht. Brian erzählte, dass seitdem noch etwas anderes dort vorgefallen sei – ein Kind hat offenbar behauptet, dass sich jemand an ihm vergangen habe.«

»Hat denn das irgendwelche Auswirkungen auf dich?«

»Ich wüsste nicht, warum. Ich nehme an, dass man mich vielleicht bittet, eine Begutachtung vorzunehmen. Doch es könnte erklären, warum sie sich so abscheulich verhalten hat.«

»Ich vermute, es ist einfach ihre Art«, erwiderte ich. Ich legte meine Hand auf seinen Arm. »Es tut mir Leid, dass ich dir keine Ruhe gelassen habe. Manchmal wächst mir das alles einfach ein bisschen über den Kopf. Tut mir Leid.«

Er strich mir das Haar aus dem Gesicht und machte uns wieder glücklich.

Wir waren auf dem Rückweg zum Auto, um irgendwo im Garten eines Pubs zu Mittag zu essen, als wir an einem Tor mit fünf Gitterstäben vorbeikamen, das zum Friedhof führte.

»An diesen Teil kann ich mich gar nicht erinnern«, sagte ich. »Sollen wir einen Blick hineinwerfen?« Er folgte mir.

Es war ein überfüllter Friedhof, auf dem die Grabsteine wild verstreut standen. Einige waren sehr alt, standen schief und waren von Flechten und Moos überwuchert; einige waren weiß, andere metallisch grün. Es waren auch ein paar imposante, herrlich frömmlerische viktorianische Grabsteine zu sehen: In einer Ecke blickten vier schwülstige Engel himmelwärts; es waren wunderschöne Jungen, die ein Grab umgaben, das mit saftigen, fleischigen Dickblattgewächsen bepflanzt war. In der Nähe des Zauns lagen neuere und ergreifendere Gräber, die ordentlich und gut gepflegt waren; auf einigen war die Erde frisch umgegraben und nackt. Motten schwirrten wie Schattenflecken am Rand meines Blickfelds herum.

Wir gingen in die Kirche. Sie war zum großen Teil leer; es gab keine Kirchenbänke, und in dem stickigen Raum roch es nach Feuchtigkeit und einem Mittel gegen Trockenfäule. Die Kirche war früher für ein großes Anwesen zuständig gewesen, wurde jedoch inzwischen außer für Beerdigungen wahrscheinlich nur noch selten genutzt. Sie zeugte von Abwesenheit und fühlte sich tot und keineswegs göttlich an; an diesem Ort geschah nichts mehr. Die Gebetbücher, die im hinteren

Teil der Kirche auf einem Tisch aufgestapelt lagen, waren übersät von samtigen Schimmelflecken.

Auf den Gräbern waren kunstvolle Reliefs zu sehen – noch mehr verzückte präraffaelische Engel mit komplizierten Faltenwürfen. Auf einem Grabmal war ein Relief von Mary und Ann mit ihren Kindern eingemeißelt. Dan las die Inschrift: »Elizabeth – Geliebte Tochter von James und Emily. Geboren 19. Juni 1882. Gestorben 7. Januar 1884.« Ich streckte meine Hand aus und berührte das Gesicht von einem der Kinder. Der Marmor war so kalt, dass die feinen Härchen auf meinen Armen sich aufrichteten.

»Als meine Töchter noch klein waren, habe ich sehr oft gefürchtet, dass sie sterben könnten«, sagte ich. »Vor allem Alice, weil sie die Erste war. Ich hatte schreckliche Angst, dass etwas passieren könnte und sie mir weggenommen würde. Einmal habe ich geträumt, dass sie ertrinkt, und ich habe mich vorwärts gekämpft, um zu ihr zu gelangen, und ich wachte auf und stellte fest, dass ich auf dem Schlafzimmerteppich herumkrabbelte … Ich hasse diese Kirche. Ich weiß nicht, warum ich hineingehen wollte.«

Dan schob seine Hand hinten unter mein T-Shirt. »Du frierst ja«, sagte er. »Du zitterst.«

»Ich möchte, dass du mich wärmst.«

Er legte den Arm um mich und führte mich zur Tür. Draußen war es hell, und die Luft war frisch. Wir taten ein paar tiefe Atemzüge. Dan nahm meine Hand und zog mich hinter sich her.

Hinter den neuen Gräbern lag auf der anderen Seite des Zauns ein vor fremden Blicken geschütztes Plätzchen, wo eine Gruppe von Eiben dunkle Schatten warf. Wir kletterten über den Zaun.

Unter den Eiben war es kühl, doch herrschte hier nicht die trockene, stickige Kühle der Kirche; es war eher kühl wie Wasser, wie eine Vorahnung des Winters. Dan küsste mich hungrig und schob mein T-Shirt hoch. Erst widerstrebte es mir ein wenig. Liebe unter freiem Himmel hatte mir noch nie besonders viel Spaß gemacht – all diese Zweige und Brennesseln und so weiter, und halb angezogen war es immer irgendwie unbeholfen. Außerdem fühlte ich mich durch die Nähe der Kirche und die neu ausgehobenen Gräber gehemmt. Doch meine Zweifel schwanden dahin, als Dan den Reißverschluss meines Rocks öffnete und ihn herabgleiten ließ, als seine Hände über meinen Körper glitten und seine Finger in mich eindrangen, in meinen Mund, meine Vagina, und als ich darauf wie immer bebend und hemmungslos reagierte. Und auch wenn man uns vom Friedhof aus vielleicht hätte sehen können, so war es dennoch vollkommen sicher, denn es war niemand dort, niemand würde je davon erfahren.

Ich kniete mich hin und spürte, wie meine Knie sich gegen die schmalen, sehnigen Wurzeln der Eiben pressten. Als ich ihn mit meiner Hand, meinem Mund erforschte und die dünnen, schwellenden Adern mit meiner Zunge entlangfuhr, verließ mich das Gefühl der Totenstille. Durch die Art und Weise, wie er auf meine Berührung reagierte, fühlte ich mich wieder lebendig und stark.

Er nahm meinen Kopf sanft in seine Hände, zog mich hoch und versuchte, in mich hineinzugleiten. Irgendwie kam ich damit überhaupt nicht zurecht, ich schien einfach nicht die richtige Größe zu haben.

»Es ist zu kompliziert«, meinte ich.

»Nein, ist es nicht«, erwiderte er.

Er drehte mich um, so dass ich mit dem Rücken an einem der Bäume lehnte, legte seine Hände unter meine Hüften, drang einen oder zwei Zentimeter in mich ein und bewegte sich dabei so langsam und sanft, dass meine Klitoris überaus vielschichtig darauf reagierte; es fühlte sich überraschend gut an. An diesem fast öffentlichen Ort fühlte ich mich ihm schrecklich ausgeliefert und sehr exponiert. Die Formen und Farben um mich herum verschwammen. Ich schloss die Augen, und die Dunkelheit hinter meinen Lidern war auf einmal von einer Helligkeit erfüllt, die von Flammen herzurühren schien. Als die Hitzewelle durch mich hindurchrollte, dachte ich, ich würde umfallen, und ich vergrub meine Hände in seinen Schultern. Dan beugte sich zu mir nach vorn, stützte sich mit einem Unterarm gegen den Baumstamm neben mir, drang sehr plötzlich tief in mich ein, so tief, dass es fast wehtat, und kam schnell. Da sein Orgasmus so kurz nach meinem erfolgte, wusste ich auf einmal nicht mehr, wo er aufhörte und ich anfing.

Anschließend war ich wie geblendet, so als ob ich den ganzen Tag im Sonnenlicht des Mittelmeers verbracht hätte. Ich konnte nicht sagen, ob Minuten oder Stunden vergangen waren. Wir gingen zurück zum Auto und fanden einen Pub, der uns vorkam wie ein Pub von vor zwanzig Jahren, mit rotem Linoleum und Jagdszenen an den Wänden. Wir tranken herrlich hopfenhaltiges Bier und aßen gebratenes Hühnchen, das in einem kleinen, mit Papier ausgelegten Körbchen serviert wurde. Als ich die Beine übereinander schlug, sah ich, dass ein paar faule Blätter an meinen Schuhspitzen klebten und die Wurzeln auf meinen Knien Abdrücke hinterlassen hatten. Ausnahmsweise sprachen wir nicht viel. Ich verbrachte viel Zeit damit, Dan nur anzuschauen. Schließlich machten wir uns auf den Heimweg. Ich empfand ein zufriedenes Glücksgefühl, das wie ein Lächeln tief in mir ruhte. Wir fuhren die schmalen Straßen von Northamptonshire entlang; die Schatten wurden lang, und einige der Blätter an den Bäumen waren am Rand bereits gelb und kündigten an, dass sie sich bald verfärben würden.

Zweiter Teil

10

Am nächsten Morgen rief ich Dan im Büro an. Meine Finger schmeckten noch immer leicht nach ihm, und sein Geruch hing noch in meinem Haar. Ich wollte ihm sagen, wie sehr mir unser gemeinsamer Tag gefallen hatte. Und wenn wir beide allein im Büro waren, wollte ich ganz offen sein und ihm in allen Einzelheiten von den Dingen erzählen, die ich in meinen kleinen Briefen erwähnte, aber normalerweise nie aussprechen konnte. Der Gedanke gefiel mir, und auch die freizügigere, leidenschaftlichere Frau, die ich offenbar geworden war, gefiel mir.

»Er ist nicht im Haus«, sagte die Sprechstundenhilfe.

»Wissen Sie, wann er zurückkommt?«

»Nein, tut mir Leid.«

»Nicht mal, ob er später am Vormittag oder erst am Nachmittag zurückkommt?«

»Nein, das kann ich Ihnen wirklich nicht sagen.«

»Könnten Sie ihm ausrichten, dass ich angerufen habe?«

»Ich notiere es gern«, sagte sie, »doch ich kann Ihnen nicht versprechen, dass er die Nachricht bekommt.«

Ich war verärgert. Ich verwünschte die Unfähigkeit dieser Frau und stellte mir die unschwesterliche Frage, ob sie wohl eine von jenen Frauen war, die nur wegen ihrer schönen langen Beine und ihres gekonnten Umgangs mit der Wimpernzange eingestellt werden.

Ich stattete Amber im Kinderheim einen Besuch ab – sie hatte sich mit einem anderen Mädchen gestritten und sich mit einem Teppichschneider verletzt. Danach nahm ich an einer sehr hitzigen Besprechung über Kyle Marston teil, mein jüngster Fall von Kindesmisshandlung. Mittags ging ich mit Jude in den Pub, aß ein Stück Quiche und trank ein alkoholfreies Bier. Anschließend erledigte ich ein paar Diktate. Dan rief nicht an und hatte auch keine Nachricht hinterlassen. Ich fragte mich, ob die Sprechstundenhilfe entweder vergessen hatte, meine Nachricht weiterzuleiten, oder ob sie es aus irgendeinem Grund absichtlich unterlassen hatte. Ich zögerte, noch einmal anzurufen, denn eigentlich hatte ich ihm nichts Besonderes zu sagen. Doch allmählich stieg in mir dieses Gefühl von Ärger hoch, das immer dann an einem zu nagen pflegt, wenn man vergeblich auf einen Anruf wartet – auch wenn ich wusste, dass mein Ärger nicht gerechtfertigt war. Irgendetwas, vielleicht ein Problem bei der Arbeit, musste ihn aufgehalten haben, möglicherweise eine Verhandlung über spezielle Hilfsmaßnahmen. Er nahm an ziemlich vielen dieser Verhandlungen teil. Eltern behinderter Kinder wehrten sich zunehmend gegen die Entscheidungen der örtlichen Behörden, wenn sie nicht die Unterstützung bekamen, die sie ihrer Meinung nach brauchten. Doch das hätte mir die Sprechstundenhilfe sicher mitgeteilt.

Es war nach sechs, als er schließlich anrief. Ich kratzte zu Hause gerade die Reste des Abendessens von den Tellern und räumte den Geschirrspüler ein, während meine Töchter sich ein Video ansahen.

»Bist du das, Chloe?«

»Natürlich. Ich habe versucht, dich zu erreichen.«

»Chloe, ich muss dich unbedingt sehen.«

Etwas in seiner Stimme beunruhigte mich – sie klang gehetzt, rau und hoch. Mein erster Gedanke war, dass jemand gestorben war.

»Was ist denn?«

»Ich erzähle es dir, wenn ich da bin.«

Ich stellte den Geschirrspüler an und setzte den Wasserkessel auf. Ich glaube, ich hatte zu diesem Zeitpunkt schon ein wenig Angst; ich überlegte, was geschehen sein mochte. Am wahrscheinlichsten schien mir, dass jemand gestorben war. Der Reihe nach dachte ich an die Menschen, die ihm nahe standen, und dachte an die schrecklichste Möglichkeit, den Tod eines Kindes.

Ein paar Minuten später stand er vor der Tür. Er war blass und sah krank aus. In seinem Gesicht waren Falten zu sehen, die mir noch nie zuvor aufgefallen waren. Ich umarmte ihn nicht, weil mich etwas davon abhielt, und außerdem hatte ich das Gefühl, dass er es auch gar nicht bemerkt hätte. Ich führte ihn in die Küche. Während wir fast regungslos am Küchentisch saßen, der Geschirrspüler sein Programm abspulte, die kalte Abendluft durch das offene Fenster hereindrang und das Blau des Himmels langsam verschwand, bis die Küche von Dunkelheit und Schatten erfüllt war und die Panik wie Übelkeit in mir aufstieg, erzählte er mir, was geschehen war.

Kurz bevor er morgens aus dem Haus gehen wollte, um zu seiner ersten Schule zu fahren, hatte das Telefon geklingelt. Er hatte gedacht, das sei ich.

Eine Frauenstimme, kurz angebunden und geschäftsmäßig.

»Mr. Daniel Whitmore?«

»Am Apparat.«

»Hier spricht Detective Sergeant Griggs vom Jugendschutzdezernat. Wir würden gern mit Ihnen sprechen.«

»In Ordnung«, sagte er. »Bleiben Sie dran, ich hole meinen Terminkalender.«

Er holte den Terminkalender aus seiner Aktentasche und blätterte darin. »Morgen wäre es mir jederzeit recht«, sagte er. »Heute habe ich den ganzen Tag Termine.«

»Ich fürchte, die müssen Sie absagen«, erwiderte die Frau. »Wir kommen gleich bei Ihnen vorbei.«

Dan war verärgert. Die Liste der Kinder, die er sich an der Schule ansehen musste, war lang – und er wusste, dass der Schulleiter es ihm übel nehmen würde, wenn er den Termin absagte. Doch es musste sich um eine ziemlich dringende Angelegenheit handeln – vermutlich war ein Kind in Schwierigkeiten. Er ließ die Fälle Revue passieren, die er gerade bearbeitete, doch es gab nur zwei oder drei, bei denen vielleicht Kindesmisshandlung im Spiel war und bei denen sich möglicherweise die Polizei einschaltete.

»Würden Sie mir vielleicht erklären, worum es geht?«, fragte Dan.

»Es ist eine heikle Angelegenheit«, antwortete die Frau und legte auf.

Gedanken schwirrten in meinem Kopf herum, während er mir dies erzählte. Ich versuchte, eine Erklärung zu finden, als er mit dieser gehetzten, rauen Stimme weitersprach und mir keine Zeit für eine Antwort ließ. Doch ich verstand immer noch nicht.

Dan rief bei der Schule an, bei der er einen Termin hatte. »Oje«, sagte die Sekretärin. »Ich weiß, dass der Schulleiter Sie unbedingt sprechen wollte. Da wird er aber *sehr* enttäuscht sein.«

»Dumme Kuh«, dachte Dan. Er fühlte Ärger in sich aufsteigen – schließlich war es nicht seine Schuld –, doch er schluckte ihn hinunter. »Es tut mir Leid«, antwortete er. »Mir ist etwas Dringendes dazwischengekommen. Ich rufe später noch einmal an, um einen neuen Termin zu vereinbaren.«

Er räumte ein wenig auf, stapelte die Zeitungsseiten des *Observer* vom Vortag aufeinander, stellte Stühle im Kreis auf, damit sie bequem miteinander reden konnten, und schaltete die Kaffeemaschine ein. Es klingelte an der Tür, und er ging nach unten. Zwei Leute standen vor der Tür, eine tüchtig wirkende Frau zwischen zwanzig und dreißig und ein Mann mit sehr viel Gel im Haar.

»Mr. Daniel Whitmore?«, fragte die Frau.

Er nickte, führte sie nach oben zur Wohnung und stieß die Tür auf. Sie folgten ihm wortlos.

»Ich mache eben Kaffee«, sagte er.

»Wir möchten keinen Kaffee«, antwortete die Frau.

»Bitte, dann setzen Sie sich doch«, sagte er.

Sie blieben jedoch stehen. Da bekam er allmählich Angst. Er

habe hauptsächlich körperlich darauf reagiert, erzählte er mir, sein Magen habe sich verkrampft – wohl unter anderem, weil sie sich weigerten, sich hinzusetzen und Kaffee zu trinken.

»Wir sind wegen Carly Smithson hier«, sagte die Frau.

»Angeblich haben Sie bei ihr sexuelle Handlungen begangen.«

Ich saß ganz still da, als er mir dies erzählte, und spürte, wie die Kälte, die durch das offene Fenster hereinkam, bis in mein Innerstes vordrang, ich fühlte, wie sie in mir hochkroch. Es war, als würde tief in mir etwas erstarren oder absterben.

Dan hatte auf diese Behauptung nichts erwidert. Er war nicht in der Lage gewesen, darauf zu reagieren, zu antworten oder zu protestieren. Dann hatte er den kurzen hysterischen Drang verspürt zu lächeln; er überfällt einen manchmal, wenn man eine schlechte Nachricht überbringen muss. Jemand hat einen furchtbaren Fehler gemacht, dachte er, aber es wird sich alles aufklären und in Wohlgefallen auflösen. Es ist nur eine Frage der Zeit. Irgendjemand wird mich retten.

Die Frau las ihm seine Rechte vor und teilte ihm mit, dass sie ihn verhören mussten, dass sie ihn verhaften und aufs Polizeirevier mitnehmen würden, um ihn dort zu verhören.

»Kann ich meinen Chef anrufen?«, fragte er.

»Warum?«, wollte sie wissen.

»Ich muss ihn sprechen«, erwiderte er.

Sie gestatteten ihm den Anruf.

»Brian ist bei der Behörde«, antwortete seine Sekretärin. »Kann ich ihm etwas ausrichten?«

Er wusste nicht, was er ihm ausrichten lassen sollte. »Sagen Sie ihm, es geht um Carly Smithson«, antwortete er. Dann legte er auf.

»Wir werden Ihre Wohnung durchsuchen«, sagte der Mann.

Sie hatten große durchsichtige und verschließbare Plastiktüten dabei. Sie durchsuchten alles in seiner Wohnung und räumten ihre Funde mit raschen, resoluten Bewegungen in die Tüten. Sie bildeten ein Team; der eine durchsuchte, der andere beobachtete die Durchsuchung und ging langsam im Zimmer umher. Sie durchsuchten methodisch von oben bis unten seinen Schreibtisch, erst die Arbeitsplatte, dann die Schubladen. Sie nahmen seine Bücher aus den Regalen, hielten sie hoch und schüttelten sie, um zu sehen, ob etwas herausfiel. Auf der Suche nach etwas, das er vor ihnen verbergen wollte, blätterten sie die Sonntagszeitung durch. Er sah zu, wie sein Zimmer, das er gerade eingerichtet hatte, wieder auseinander genommen wurde. Sie packten all seine Briefe ein. Sie nahmen seinen Terminkalender und sein Tagebuch mit. Sie packten die Hausaufgaben seines Urdu-Kurses ein. »Fast hätte ich versucht, sie daran zu hindern«, erzählte er mir. »Ich hatte sie gerade erst fertig gemacht. Ich musste daran denken, dass die ganze Arbeit umsonst war.«

Die Suche nach Beweisen für Kinderpornographie war mir natürlich nicht neu – solche Beweise waren bei einer Gerichtsverhandlung sehr nützlich. Bei Fällen, mit denen ich zu tun gehabt hatte, hatten viele Pädophile das Beweismaterial stapelweise zu Hause liegen – illegal importierte Zeitschriften und Videos sowie wirklich Ekel erregende Sachen, die sie sich aus dem Internet heruntergeladen hatten.

»Was hast du gemacht?«, fragte ich ihn.

»Ich bin einfach hinter ihnen hergelaufen«, sagte er. »Immer wieder habe ich gesagt: ›Das ist doch verrückt, ich kann nicht glauben, was hier vor sich geht.‹ Doch sie haben mir gar nicht zugehört. Ich nehme an, sie sind daran gewöhnt. Vermutlich sagen das alle Leute.«

Sie fanden auch den abgewetzten Aktenkoffer, in dem er die Intelligenztests aufbewahrte, die Lucy so gut gefallen hatten. Sie forderten ihn auf, den Koffer aufzuschließen.

Der Mann nahm ein paar Bauklötze heraus und türmte drei aufeinander. »Tja«, meinte er, »damit könnte ich stundenlang spielen.«

Unter den Sachen befand sich auch ein großes Foto von einem Teddybären, es war Teil eines Erkennungstests. Die Frau nahm es in die Hand, hielt es auf Armeslänge von sich weg, neigte den Kopf zur Seite. »Ah«, sagte sie. »Niedlich, was?«

Der Mann legte noch mehr Bauklötze aufeinander. »Ich nehme an, Kindern würden sie richtig gut gefallen«, sagte er. »Kinder würden gerne kommen und mit diesem Spielzeug spielen. Spielen Sie gern mit Kindern, Mr. Whitmore?«

»Es sind Intelligenztests«, erwiderte Dan.

»Ach, tatsächlich?«, sagte der Mann. »Und wofür genau benutzen Sie sie sonst noch?« Sein Stimme klang leicht bedrohlich. »Sie benutzen sie, um Kinder für sich einzunehmen, nicht wahr, Mr. Whitmore? Sie benutzen sie, um die Kinder in Ihre Wohnung zu locken, um ihr Vertrauen zu gewinnen.«

Dan packte die Wut. Er schimpfte den Mann leise einen Scheißkerl und verspürte den verrückten Drang, ihn zu schlagen. Der Mann und die Frau sahen einander an und zuckten mit den Schultern. Der Mann stieß mit einem Finger gleichgültig den Turm mit den Bauklötzen um und ließ die Klötze dort liegen, wo sie hingefallen waren.

Auf dem Regal lag Dans Fotoapparat. Die Frau öffnete ihn und kippte den Film heraus. Sie nahmen all seine Videos mit. Sie zogen das Laken vom Bett, nahmen den Bettbezug und die Kopfkissenbezüge ab, warfen sie zu Boden und ließen sie dort liegen. Sie drehten die Bilder an den Wänden um.

»Ziemlich winzig«, meinte die Frau in einem beiläufigen Ton, mit dem man vielleicht ein leer stehendes Appartement taxieren würde.

»Kleiner Abstieg von der Wimpole Avenue«, sagte der Mann. Da wusste Dan, dass sie auch dort bereits gewesen waren und dass sie mit Helena gesprochen hatten. Seine offizielle Adresse, die auch auf seinem Führerschein stand, war immer noch dort. »Sehr schicke Küche in der Wimpole Avenue«, fuhr der Mann fort.

»Trotzdem«, sagte die Frau, »ist es für Mrs. Langdon nett und praktisch.«

Ich schnappte nach Luft, als Dan mir das erzählte. Dummerweise wurde mir erst, als die Frau meinen Namen erwähnte, richtig bewusst, was das alles nach sich ziehen könnte. Ein riesiges Loch tat sich unter meinen Füßen auf. Sie wussten über mich Bescheid, sie wussten von meinen Töchtern oder würden es sehr bald wissen.

Sie fragten ihn, wo das Badezimmer sei. Sie sahen in den Spülkasten der Toilette, sie sahen unter der Ummantelung des Wassertanks nach.

»Wir müssen auch Ihr Auto durchsuchen«, sagte der Mann.

Dan nickte.

Der Mann wartete. »Nun? Die Schlüssel? Ich nehme doch an, dass Sie Ihr Auto immer abschließen, Mr. Whitmore.«

Dan gab ihm die Autoschlüssel. Der Mann ging hinaus. Die Frau setzte die Durchsuchung in der Küche fort, stöberte im Kühlschrank und im Brotkasten herum.

»Ich ließ sie gewähren«, erzählte er mir. »Ich konnte nichts dagegen machen. Ich saß da und versuchte mich an Carly Smithson zu erinnern. Es ist schon ziemlich lange her. Ich konnte gerade eben noch dieses zappelige kleine Mädchen mit den weißen Wimpern vor mir sehen; sie war so blass, als sei sie noch nie in der Sonne gewesen. Alles, woran ich mich erinnern konnte, war, dass ich neben ihr saß und ihr dabei half, ein Y zu schreiben – ich habe meine Hand auf ihre gelegt, um ihr zu helfen. Ich habe ständig überlegt, ob das vielleicht irgendwie missverstanden worden war oder ob das jemand falsch interpretiert hatte.«

Und natürlich habe er an mich gedacht, sagte er. Er habe sich Sorgen gemacht, dass mir das Angst einjagen könnte oder dass ich die Sache auf die schlimmste Art und Weise interpretieren könnte.

»Was meinst du mit interpretieren?«, fragte ich scharf.

»Ich dachte, du befürchtest, die Sache sei ernst, wie diese Fälle, von denen man liest, wo Männer nach solchen Anschuldigungen ihren Job und alles andere verlieren. Dass es zum bitteren Ende kommt.«

Ich saß im Dunkeln und sagte kein Wort. Mir war so kalt, dass die Härchen auf meinen Armen zu Berge standen, doch ich konnte mich nicht rühren, ich konnte nicht aufstehen und das Fenster schließen.

Er habe sich in Gedanken an Brian geklammert, sagte er. Sicher würde Brian alles aufklären. Er habe sich Sorgen gemacht, dass die Sekretärin ihm seine Nachricht vielleicht nicht weitergegeben hatte. Er habe gefragt, ob er Brian noch einmal anrufen könne.

»Nein«, sagte der Mann. »Wir bringen Sie jetzt aufs Polizeirevier.«

Dan nahm rasch zwei Bücher aus dem Regal – den neuesten Roman von John Grisham und sein Urdu-Lehrbuch.

»Es ist schon seltsam, was einem für Gedanken durch den Kopf gehen«, erzählte er mir. »Im Auto, auf dem Weg zum Revier, war ich wie besessen von der Vorstellung, dass ich meine Kaffeemaschine angelassen hatte. Ich fürchtete, sie könnte in Brand geraten, und ich hatte Sorge, dass deshalb meine Wohnung abbrennen würde. Ich stellte mir vor, wie sie in Flammen aufging und wie alles zerstört wurde. Ich würde vor dem Nichts stehen. Ich wollte sie bitten zurückzufahren, damit ich nachsehen konnte, doch ich wusste, dass sie das nicht erlauben würden.«

Sie fuhren zum Hintereingang. Es roch nach Desinfektionsmittel. Am Schalter leerte Dan für den Gefängnisbeamten seine Taschen. Es fand sich nichts Besonderes darin – seine Scheckkarten, etwas Geld, ein paar Pfefferminzbonbons, ein Kugelschreiber. Er beobachtete sich selbst dabei, als sei er jemand anderes. Der Gefängnisbeamte trug die Sachen auf der Eigentumsliste ein, gab sie ihm zurück und las ihm seine Rechte vor.

»Ich möchte jetzt einen Anwalt anrufen«, sagte Dan.

Er bekam eine Liste mit Rechtsanwälten und wurde zu einem Telefon geführt.

Auf der Liste stand nur eine Kanzlei, die er kannte – Gannon and Lacey. Sie hatte den Verkauf des Hauses an der Wimpole Street geregelt. Sie war ineffizient gewesen und hatte den Termin für das Unterzeichnen der Verträge immer wieder hinausgezögert. Dan war ihretwegen sehr aufgebracht gewesen, und der Name rief bei ihm noch immer ein Gefühl des Ärgers in ihm wach. Doch er kannte niemand anderen. »Tut mir Leid, Mr. Gannon ist heute Morgen beim Gericht, Mr. Whitmore«, sagte die Frau am anderen Ende der Leitung.

»Hören Sie, könnten Sie ihm sagen, dass ich einen Rechtsanwalt brauche«, sagte Dan. »Ich bin auf dem Polizeirevier.«

»Wir schicken Ihnen Mr. Dyball«, sagte sie.

Sie steckten ihn in eine Untersuchungszelle – darin standen ein schmales Bett mit einer einzigen, ordentlich gefalteten grauen Decke und mitten im Zimmer eine Stahltoilette ohne Brille. Die Tür schlug mit einem metallischen Klang zu, und der Schlüssel wurde herumgedreht. Dan war sehr kalt. Er setzte sich auf das Bett und wickelte sich in die Decke. Er versuchte, im Roman von John Grisham zu lesen, aber die Handlung erschien ihm nicht plausibel, also schlug er sein Urdu-Lehrbuch auf und las sich die Vokabeln durch, die er für seinen Abendkurs hätte lernen sollen.

Während sein Blick über die Seiten schweifte, erzählte er mir, suchte er in Gedanken immer wieder das Zimmer auf, in dem er Carly gesehen hatte, das Zimmer mit den Willkommenspostern und den Bilderbüchern, das er mir vor so langer Zeit an einem Sommerabend beschrieben hatte. Er versuchte sich im Einzelnen vorzustellen, was in jenem Zimmer geschehen war, doch seine Erinnerung war verschwommen. Es war Monate her, seit er sie gesehen hatte, und er hatte mit so vielen anderen Kindern in kleinen Zimmern gesessen, die diesem sehr ähnlich gewesen waren. Und er rätselte herum, was mit sexuellen Handlungen genau gemeint war. Hieß das, man hatte sich entblößt, die Genitalien des Kindes berührt oder das Kind dazu gebracht, die Genitalien seines Gegenübers zu berühren? Er überlegte, dass sie ihm spätestens bei der Vernehmung wenigstens sagen würden, was damit gemeint war, und dass selbst, wenn sie es ihm nicht direkt sagten, sie darüber sprechen würden und er es dadurch trotzdem erfahren würde.

Sehr viel später traf Mr. Dyball ein. Er war in den Fünfzigern, hatte einen rosafarbenen Schädel, weiße Wurstfinger und duftete nach Rasierwasser. Er setzte sich neben Dan aufs Bett.

»Sie nennen mir die Einzelheiten der Anklage nicht«, sagte er.

»Sind sie dazu nicht verpflichtet?«

»Nein, wir müssen einfach weiter abwarten.«

Er ging wieder hinaus.

Der Gefängnisbeamte fragte Dan, ob er etwas essen wolle. Dan bat um Kaffee, und der Beamte brachte ihm welchen. Es war ein dünner Pulverkaffee, und an der Oberfläche schwammen die kleinen Krümel des Kaffeeweißers, doch er wärmte Dan ein wenig.

Eine Stunde später kam Mr. Dyball zurück.

»Sie wollen mir immer noch nicht sagen, wie die Anklage genau lautet«, sagte er. »Wir haben die Wahl. Wir können heute mit der Vernehmung beginnen oder weiter warten …«

Dan wollte unbedingt mit der Vernehmung weitermachen, um auf die andere Seite der Zellentür zu gelangen.

»Dann hören Sie mir gut zu, Mr. Whitmore«, sagte der Anwalt. »Sie müssen sich sehr klug verhalten. Sie müssen auf alle Fragen, die sie Ihnen stellen, mit ›Kein Kommentar‹ antworten. Sie werden versuchen, Sie am Anfang der Vernehmung zum Reden zu bringen, sie werden ganz freundlich sein und über alles Mögliche reden – und wenn Sie einmal begonnen haben zu reden, fängt die Vernehmung erst richtig an. Also müssen Sie von Anfang an auf alles mit ›Kein Kommentar‹ reagieren. Das ist alles, was wir tun können, weil ich nicht weiß, gegen welche Anschuldigung ich Sie verteidigen soll.«

Sie führten Dan ins Vernehmungszimmer. Es war dasselbe

Paar, und die Frau redete die meiste Zeit. Sie fragte ihn nach seinem Namen, seinen Interessen und seiner Arbeit. Er gab als Antwort auf alle Fragen »Kein Kommentar«.

Meine Unruhe wuchs, während er davon erzählte. Er verhielt sich genauso wie Leute, die etwas zu verbergen hatten. Wenn man unschuldig war, hatte man nichts zu befürchten und keinen Grund zu schweigen. Ich sah alles vor mir: den düsteren, kleinen Raum, den verkratzten Tisch und die verschrammten Stühle, den Alarmknopf, das Aufnahmegerät auf dem Tisch – und Dan, der erschüttert und erschöpft neben seinem Anwalt saß, krank aussah und auf alle Fragen mit »Kein Kommentar« reagierte. Er musste unglaublich schuldig gewirkt haben.

»Aber hast du ihnen nicht gesagt, dass du nichts getan hast?«, fragte ich ihn. »Wie konntest du das ertragen? Wolltest du es ihnen nicht entgegenschreien?«

»Ich tat das, was er mir gesagt hatte«, antwortete Dan.

»Aber warum hast du nicht protestiert? Wie konntest du ihnen nicht sagen, dass das alles ein schreckliches Missverständnis ist?«

»Ich weiß doch nicht einmal, was ich getan haben soll«, sagte er.

»Ich verstehe nicht, wie du es über dich bringen konntest, immer nur ›Kein Kommentar‹ zu antworten«, erwiderte ich.

Die Frau sei ungeduldig geworden, erzählte er mir – sie habe die Lippen geschürzt und mit den Fingern auf den Tisch getrommelt.

Dann erschien ein Mann und übermittelte ihr eine Nachricht. Sie wandte sich an Dan. »Der Leiter des Ministeriums für Erziehung und Ausbildung möchte Sie sprechen«, sagte sie. Ihr Verhalten hatte sich geändert; sie war jetzt freundlicher und versöhnlicher. »Sie können den Anruf hier entgegennehmen.« Sie gaben ihm das Telefon.

Plötzlich sei er sehr erleichtert gewesen, sagte er. Er war davon überzeugt, dass ihn gleich jemand retten würde, auch wenn es ihn überraschte, dass es nicht Brian war. Doch er sei davon ausgegangen, dass dies den Schweregrad der Anschuldigung widerspiegelte und dass der Leiter daher die Sache in die Hand genommen hatte.

»Ich konnte nicht klar denken«, erzählte er mir. »Bei diesem Anruf wurde mir mitgeteilt, dass ich für die Dauer der Ermittlungen vom Dienst suspendiert werde. Morgen muss ich zur Behörde, um offiziell suspendiert zu werden.«

Die Frau teilte ihm mit, dass die Vernehmung beendet sei, und setzte eine Kaution fest. Der Mann fuhr ihn zurück in seine Wohnung.

Schweigen hüllte uns ein wie Nebel, und ich konnte keinen Ausweg finden. Ich wollte etwas sagen, doch meine Kehle war wie zugeschnürt. Ich wusste nicht, ob ich die Worte herausbringen konnte. Ich hustete und versuchte mich zu räuspern.

»Du hast es nicht getan.« Ich versuchte so zu klingen, als sei ich davon überzeugt. Doch meine Stimme war leise und piepsig wie die eines Kindes.

Er schwieg.

»Dan, du musst es mir sagen. Ich muss es aus deinem Mund hören.«

»Mein Gott.«

»Ich kenne dich doch erst seit Juni.« Meine Stimme war jetzt lauter, rau und hässlich. »Mach es mir doch nicht so schwer.«

»Chloe ...«

»Das ist doch eine sehr kurze Zeit, um jemanden kennen zu lernen. Wir alle verbergen Dinge voreinander.« Ich zuckte bei meinen eigenen Worten zusammen. Es war grausam, so etwas zu einem Mann zu sagen, der sich tags zuvor wie ein Teil meines Körpers angefühlt hatte.

Da sah er mich an. Das einzige Licht in der Küche stammte von der dünnen Mondsichel, die über meinem Garten aufging. Ich spürte seine Verzweiflung mehr, als dass ich sie sah.

»Um Gottes willen, ich weiß nicht einmal, was ich getan

haben soll. Was *sind* sexuelle Handlungen überhaupt? Ich nehme an, du weißt das – du bist doch Expertin auf dem Gebiet.«

»Es kann alles sein«, erwiderte ich. »Alles, bis hin zur Vergewaltigung.«

»Das habe ich angeblich getan«, sagte Dan. »Alles, bis hin zur Vergewaltigung.«

»Du musst mir helfen«, sagte ich. »Ich muss von dir hören, dass du es nicht getan hast.«

Jetzt wurde er böse. »Ich weiß verflucht noch mal nicht, warum ich mich verteidigen muss«, sagte er. »Mein Gott, du kannst doch nicht glauben, dass ich zu solch einer schrecklichen Tat fähig wäre.«

Ich fuhr hastig fort. »Dan, ich muss es begreifen können, ich muss Gewissheit haben. Ich habe mich dir anvertraut, dir meine Kinder anvertraut. Ich muss es wissen. Hast du etwas getan? Hast du sie berührt? Machen dich Kinder an?« Ich fragte ihn nicht, ob ihn *meine* Töchter anmachten, doch die Frage hing in der Luft und hallte in der Leere zwischen uns so deutlich wider, als hätte ich sie ausgesprochen. »Dan, ich muss es wissen, verstehst du das nicht?« Lautlos rollten mir langsam Tränen übers Gesicht.

»Ich habe es nicht getan, Chloe«, sagte er jetzt sanfter. »Was immer es war, ich habe es nicht getan.«

Ich suchte in der Dunkelheit seine Hand und legte meine Hand auf seine.

»Ich kann nur nicht begreifen, wie du es fertig gebracht hast, mit ›Kein Kommentar‹ zu antworten«, erwiderte ich.

Ich konnte sein Gesicht nicht erkennen, ich sah nur seine Umrisse, die hängenden Schultern, während er zusammengesunken an meinem Tisch saß. Es war mir sehr unangenehm, ihn so zu sehen – all sein Mut und seine Selbstsicherheit waren wie weggeblasen. Es war mir sehr unangenehm, dass er so sehr auf mich und meine Meinung angewiesen war. Ich wollte diese Macht nicht.

»Ich habe getan, was mein Anwalt mir geraten hat«, sagte

er. »Du bist ihnen ausgeliefert. Du musst sie machen lassen. Sie wissen, was sie tun.«

»Aber wolltest du ihnen nicht entgegenschreien, dass du es nicht getan hast?«

»Natürlich wollte ich das, aber ich konnte nicht. Dann verhaften sie dich, und du findest dich in einer anderen Welt wieder. Dort herrschen andere Regeln – du musst so vorsichtig sein. Mein Gott, du begreifst nicht, oder?«

Vor der Küchentür war draußen im Flur ein Rascheln zu hören. Ich hätte darauf achten sollen, tat es aber nicht.

»Wenn du es nicht getan hast, warum behauptet dann das kleine Mädchen, dass du es getan hast?«

»Woher soll ich das wissen? Vielleicht hat sie es nur erfunden. Vielleicht hat es jemand anderes getan, und sie behauptet, ich sei es gewesen. Sie ist ganz offensichtlich ein Kind, das völlig durcheinander ist. Woher soll ich das wissen?«

»Aber warum du? Warum sollte sie behaupten, dass du es warst?«

»Ich weiß es nicht.«

»Hat sie dich mit Namen genannt?«

»Ich weiß es nicht. Mein Gott, ich weiß überhaupt nichts. Ich habe dir alles erzählt, was sie mir gesagt haben. Ich habe nicht die leiseste Ahnung, warum sie glauben, dass ich es gewesen bin.«

»Wie oft hast du sie gesehen?«

»Ich weiß es nicht.«

Ich sprang auf, als die Tür aufging und Lucy hereinhüpfte.

»Hallo, Dan. Alice, Dan ist hier«, brüllte sie den Flur entlang. »Warum sitzt ihr beide im Dunkeln?«, wollte sie wissen. Ihre Stimme gluckste vor Lachen, weil sie sich freute, Erwachsene dabei zu ertappen, wie sie etwas sehr Albernes taten.

Sie stellte sich auf die Zehenspitzen und schaltete das Licht ein. »So!«, sagte sie. »Das ist besser.« Nachdem wir so lange im Dunkeln gesessen hatten, war das Licht ein Schock; es kam mir so vor, als hätte mich jemand geschlagen, und meine Augen brannten. In der Küche sah ich alles plötzlich klar und deutlich, als seien alle Konturen mit einem dünnen schwarzen Stift betont worden. Überrascht stellte ich fest, dass sich alle Dinge an ihrem gewohnten Platz befanden, die Kerzenhalter, Bilder und Pflanzen, so wie sie es vorher auch gewesen waren.

»Lucy, wir unterhalten uns gerade«, sagte ich. »Du musst uns noch eine Weile allein lassen.«

»Warum hast du mir nicht gesagt, dass Dan hier ist?«, fragte sie.

»Das geht dich nichts an«, erwiderte ich. »Geh bitte nach nebenan und spiel ein bisschen, ja?«

Sie wollte gerade protestieren, als ihr eine Idee kam, und sie grinste. Sie ging zu Dan und berührte ihn am Arm. »Ich gehe, wenn Dan mitkommt«, sagte sie triumphierend.

»Das wird er nicht«, entgegnete ich. »Er kann jetzt nicht.«

»Doch, er kann«, widersprach sie immer noch grinsend. »Doch, doch, doch.« Sie zog ihn am Ärmel.

»Meine Güte, Lucy«, sagte ich wütend, »kannst du uns nicht einmal in Ruhe lassen?«

Sie schien aus den Fugen zu geraten. Ihr lächelndes Gesicht verschrumpelte wie Knetgummi, das man zwischen den Handflächen zusammendrückt. Tränen liefen ihr die Wangen herunter.

»Du brauchst mich nicht *anzuschreien«*, schluchzte sie. »Ich habe nichts angestellt. Du hasst mich. Jeder hasst mich.« Sie ging hinaus, aber sie entfernte sich gerade so weit, dass wir ihr Schluchzen noch hören konnten. Als ich nicht zu ihr ging, wurde ihr Schluchzen würgender und verzweifelter, bis sie schließlich nach Luft zu ringen schien.

»Du kümmerst dich besser um sie«, meinte Dan.

Sie hatte sich mit dem Gesicht zur Wand in eine Ecke gegenüber der Küchentür gezwängt, so dass ich nur ihren Hinterkopf sehen konnte, der viel sagend zitterte, während sie vor sich hin schluchzte.

Ich legte meine Arme um sie. »Ach, komm schon, Lucy.«

»Warum hast du mich angeschrien?«, heulte sie. »Ich habe nichts angestellt.«

Ich holte ihr ein Stück Schokolade und nahm sie auf den Schoß, weil ich sie möglichst rasch beruhigen wollte. Sie hörte auf zu schluchzen und verspeiste gierig die Schokolade. Ihre nassen Wimpern klebten stellenweise zusammen, als ob sie zu viel Wimperntusche aufgetragen hätte.

Ich wandte mich wieder an Dan. »Du musst doch wissen, wie oft du dieses Kind gesehen hast«, fuhr ich fort.

»Nein.«

»Aber es muss doch in deinem Terminkalender stehen.«

»Sie haben meinen Terminkalender mitgenommen.«

»Dann eben in den Aktennotizen.«

»Die haben sie auch mitgenommen. Ich habe mit Brian telefoniert, bevor ich dich angerufen habe. Sie haben mein Büro ausgeräumt. Die anderen werden meine Arbeit übernehmen. Gott weiß, wie sie das ohne Aktennotizen anstellen wollen.«

»Warum haben sie sein Büro ausgeräumt, Mami?«, fragte Lucy mit dem Mund voll Schokolade. Sie flüsterte bedeutungsvoll wie auf der Bühne. Es war ein Flüstern, das die Wichtigkeit dieses Gesprächs zwischen Erwachsenen anerkannte, aber sehnsüchtig zu erkennen gab, dass sie daran teilhaben wollte.

»Sie haben aufgeräumt – es musste dringend aufgeräumt werden. Sie haben alte Sachen weggeworfen«, sagte ich. Mir fiel auf, wie ausweichend ich reagierte. Und mir wurde bewusst, dass es von nun an mit den Kindern ständig so sein würde; wir hatten uns in eine neue Welt aus Lügen und Halbwahrheiten begeben, es war eine neue Art der Kommunikation, bei der so viel ungesagt bleiben würde.

»Hast du etwas gegessen?«, fragte ich Dan.

Er schüttelte den Kopf.

»Es ist noch etwas von dem Schmorgericht im Kühlschrank. Du könntest ein paar Nudeln kochen, und ich bringe Lucy inzwischen ins Bett.«

Es war neun Uhr. Alice war bereits auf ihrem Zimmer. Ich nahm Lucy mit nach oben, und wir kürzten den üblichen Ablauf vor dem Schlafengehen ziemlich ab. Kein Bad, keine Gute-Nacht-Geschichte, nur Zähneputzen, Vitamine einnehmen und das Nachthemd anziehen. Mittlerweile hatte sie sich von ihrem Weinkrampf erholt. Sie war vorsichtig und auf wohl durchdachte Weise kooperativ, wie sie es immer nach den seltenen Gelegenheiten ist, wenn ich sie angeschrien habe.

»Mami, warum bist du so traurig?«, wollte sie wissen, als ich sie zudeckte. »Bist du traurig, weil ich böse war?«

»Nein, meine Süße. Es hat nichts mit dir zu tun. Jeder ist hin und wieder traurig.« Das schien sie zu akzeptieren. Ich deckte sie gut zu. In dem warmen Licht ihrer Nachttischlampe konnte ich den federleichten Haarflaum auf ihrer Haut erkennen. »Schlaf jetzt«, sagte ich.

Ich streichelte ihr über den Kopf. Sie war vom Weinen erschöpft. Sie kuschelte sich in ihre Bettdecke, ihre Augäpfel rollten nach oben, und ihre Augenlider flatterten übertrieben, bevor sie sich schlossen. Ihr Anblick tröstete mich ein wenig, ihr regelmäßiger Atem besänftigte meine schreckliche Ruhelosigkeit.

Das Essen war fertig, doch keiner von uns beiden mochte etwas essen. Wir kippten das meiste davon in den Mülleimer. Wir tranken beide einen Whisky.

»Möchtest du heute Nacht hier bleiben?«, fragte ich und hoffte sehr, dass er ablehnen würde. Doch er wollte bleiben.

»Hör mal, sie werden auch dich sprechen wollen«, sagte er, als wir uns auszogen. »Das ist dir doch klar, oder?«

»Ja«, sagte ich. Es war offensichtlich, ich hatte nur noch nicht so weit gedacht.

»Sie werden von dir verlangen, dass du ihnen von mir und unserer Beziehung erzählst«, meinte er.

»Ja«, antwortete ich. Mein Mund war wie ausgetrocknet. Mir war so kalt, dass ich meinen alten Morgenmantel anzog, den lilafarbenen aus Frotteestoff, in dem er mich noch nie gesehen hatte. Ich schlang ihn um mich wie eine Decke und ging ins Badezimmer. Doch die ganze Zeit, während ich mir die Zähne putzte, hörte ich nicht auf zu zittern.

Wir gingen ins Bett, und ich machte das Licht aus. Ein Nerv, von dem ich nicht wusste, dass ich ihn besaß, hatte in einem Augenwinkel angefangen zu zucken.

»Was geschieht als Nächstes?«, fragte ich in die Dunkelheit hinein.

»Sie versuchen, Beweise zu sammeln. Ich nehme an, dass sie alle Kinder befragen werden, mit denen ich je zu tun hatte – so etwas in der Art. Dann werden sie mich zu sich bestellen und mich vernehmen.«

»Du brauchst einen guten Anwalt«, sagte ich.

»Ja, das denke ich auch«, erwiderte Dan. »Ich hasse Anwälte. Anwälte sind Speichellecker.«

»Ich kenne jemanden«, sagte ich. »Felix Floyd. Er nimmt hauptsächlich bedürftige Klienten. Er ist sehr gut.« Ich verriet ihm nicht, woher ich ihn kannte, und Dan fragte nicht nach. Ich hatte den Verdacht, dass Dan nicht zu ihm gehen würde, wenn ich ihm von der Affäre mit Felix erzählte. Doch ich fühlte mich unbehaglich, weil ich es ihm nicht erzählte. Es kam mir so vor, als löse sich ein weiterer Faden aus dem Band unseres gemeinsamen Lebens.

»Er ist nicht gerade einfach«, erzählte ich ihm. »Er kann unglaublich unhöflich sein. Ich war Zeugin, als er im Gerichtssaal ziemlich unverschämt über Klienten geredet hat, wenn er der Ansicht war, dass dies das Strafmaß mildern könnte. ›Dieser Kerl ist ein unglaublicher Dummkopf, Euer Ehren …‹ Er ist wirklich nicht gerade *nett.* Doch er übernimmt gern Fälle, die niemand anders will – du weißt schon, Leute, die sich jenseits des Erlaubten aufhalten, die Ausgestoßenen.« Der Whisky hatte mich ein wenig redselig gemacht. Plötzlich war ich bewegt von der gewissen Größe, die Felix besaß – manchmal war er für Menschen, die von allen anderen abgewiesen worden waren, sehr weit gegangen. »Er war der Anwalt einer Frau, mit der ich einmal zu tun hatte. Sie hatte ihrem Kind entsetzlich wehgetan – Verbrennungen mit der Zigarette – und wurde dann wieder schwanger. Wir haben ihr das Baby bei der Geburt weggenommen. Er hat ihr einen riesigen Blumenstrauß ins Krankenhaus geschickt. Solche Dinge liebt er.« Ich schluckte. Zu spät wurde mir klar, was ich da angedeutet hatte. »Mein Gott, Dan, ich wollte nicht …«

Er legte seine Hand auf meine. »Schon gut«, sagte er matt.

»Er ist sehr gerissen«, sagte ich. »Und darauf kommt es an. Du brauchst jemanden, der gerissen ist. Ich bin sicher, er übernimmt deinen Fall. Wenn es überhaupt dazu kommt …«

»Wenn du glaubst, dass er gut ist, werde ich zu ihm gehen«, sagte er.

Ich lag eine Weile mit meinem Kopf auf seiner Schulter da. Er roch nach Schweiß und nicht wie sonst nach dem warmen Moschusduft, den ich so liebte; es war der beißende, saure Geruch der Angst. Ich empfand ein leichtes Aufflackern der Begierde wie eine Erinnerung oder eine Ahnung der Lust, doch er machte keine Anstalten, mit mir schlafen zu wollen. Ich drehte mich um, und er kuschelte sich an mich und hielt mich in den Armen. Er war schlaff und weich. In gewisser Hinsicht war ich erleichtert. Trotz allem schlief er rasch ein. Ich lag mit offenen Augen da und starrte in die Dunkelheit. Ich lag stundenlang so da, wie ich es während meiner Kindheit so oft getan hatte, dort, in dem Haus am Rande des Gemeindelands mit dem aprikosenfarbenen Licht der Ölraffinerie an der Decke und dem Schatten des Kleiderschranks, der auf mein Bett fiel – und draußen waren die dunklen Silhouetten der Bäume und dahinter die freien Flächen, die Wälder, die sich windenden, trügerischen Straßen, die durch den Wald führten. Ich lag da und war wütend, erbittert und wütend, weil man uns so viel genommen hatte.

11

Ich blätterte die Notizen auf meinem Schreibtisch durch. Die Wörter verschoben sich und verschwammen vor meinen Augen, sie bildeten vertraute Formen, ergaben aber nicht wirklich einen Sinn. Bei den Gerüchen im Büro – Kaffee, Pappe, Toner vom Kopierer – wurde mir übel, genau wie während meiner Schwangerschaften.

Jude kam ausnahmsweise zu spät. Ihre Abwesenheit war für mich fast unerträglich; ich sehnte mich nach ihrem Erscheinen, damit ich ihr alles erzählen konnte. Alles für mich zu behalten fiel mir körperlich sehr schwer, so, als befände sich in meiner Brust tatsächlich eine Blockade.

Die Tür ging auf. Jude kam in einer neuen Jacke herein; sie war modisch und bestand aus glänzendem grünen Nylon mit einem Reißverschluss auf der Vorderseite, eine Jacke, wie sie sich auch Alice wünschte.

»Also, Chloe, gefällt sie dir? Steht mir die Farbe?« Sie tänzelte, ganz von sich selbst eingenommen, zu meinem Schreibtisch und stolzierte dann herum. Plötzlich hielt sie inne. »Was zum Teufel ist passiert? Du siehst furchtbar aus.«

Ich erzählte es ihr. Dafür brauchte ich ziemlich lange, denn es fiel mir überraschend schwer. Ich hatte Mühe, die richtigen Worte zu finden und ganze Sätze zu formulieren. Ich wusste, dass ich dabei rot wurde, und verstand nicht, weshalb. Es war mir unangenehm und peinlich, als würde ich eine Sünde beichten oder zugeben, dass ich eine schreckliche Dummheit begangen hatte.

Jude sagte immer wieder: »Oh, mein Gott, oh, mein Gott. Oh, du Arme.« Als ich fertig war, umarmte sie mich. Ihre neue Jacke hatte einen synthetischen, chemischen Geruch, und der Reißverschluss kratzte an meiner Wange.

Nat kam herein. Er platzte nicht wie üblich in unsere Unterhaltung, indem er seine Aktentasche auf einen Schreibtisch fallen ließ. Er stand einfach da und schaute mich argwöhnisch an, als ob er versuchte, aus mir schlau zu werden.

Jude wandte sich ihm zu. »Sag es ihm«, meinte sie.

»Dan?«, fragte Nat.

Ich nickte.

»Ja, ich habe es schon gehört«, sagte er. »Er wird des sexuellen Missbrauchs beschuldigt.«

Ich nickte.

»Eine der Vergünstigungen bei dieser Arbeit, stimmt's?«, meinte er.

»Nathaniel, das ist *krank«,* sagte Jude. »Darüber macht man weiß Gott keine Witze.«

Nat sah einfältig drein, schnippte ein paar Fusseln vom Ärmel und schüttelte sich leicht. »Okay, schon gut, tut mir Leid«, meinte er. »Jetzt mal im Ernst, Chloe. Es hätte jeden von uns treffen können. Dich, mich, unsere kleine Miss PC« – er piekte Jude in den Arm –, »jeden von uns. Der arme Kerl. Ist er suspendiert worden?«

»Ja«, antwortete ich.

Nat schüttelte den Kopf. »Wirklich zu bedauern.« Er schlurfte in sein Büro.

Ich legte meine Hand aufs Judes Arm. »Jude, sag mir, was du denkst.«

Sie rief die Zentrale an und sagte ihnen, sie sollten in den folgenden zehn Minuten keine Anrufe durchstellen. Ich war ihr dankbar, dass sie die Sache so ernst nahm und mir ihre ganze Aufmerksamkeit widmen wollte. Sie kam zu mir und setzte sich auf meinen Schreibtisch, ihre neue Jacke hatte sie immer noch an. Sie beugte sich zu mir. »Hör mal, Chloe«, sagte sie vorsichtig. »Kindern sollte man doch Glauben schenken, nicht wahr?«

»Wir wissen nicht einmal, ob sie ihn mit Namen genannt hat«, erwiderte ich.

»Chloe, Kinder lügen bei diesen Dingen nicht«, sagte sie. »Das wissen wir genau, sie lügen nicht. Ich meine, warum würde sie so etwas sagen, wenn es nicht stimmte?« Sie legte ihre Hand auf meinen Arm. »Mein Gott, es muss schwer sein«, fügte sie hinzu. Ihr Versuch, sich in mich hineinzuversetzen, ärgerte mich. Er wirkte in unserem freundschaftlichen Verhältnis fehl am Platz. Es kam mir so vor, als spreche sie mit einer Patientin.

»Also, dieses kleine Mädchen ist missbraucht worden«, sagte ich. »Das ist ziemlich offensichtlich. Aber könnte es nicht sein, dass sie den Falschen beschuldigt? Weil sie vielleicht Angst hat oder sich bedroht fühlt? Das ist doch schon vorgekommen. Wir wissen, dass so etwas vorkommt – ich meine, darüber gibt es bereits wissenschaftliche Untersuchungen ...«

Jude sagte darauf nichts und sah mich weiter mit unendlich viel Mitgefühl an. Die Fältchen zwischen Mund und Kinn, die sie hasst, weil sie sie an ihre Mutter erinnern, waren klar und deutlich zu sehen, als ob sie jemand mit einem Stift nachgezogen hätte. Ein Gefühl der Irritation plagte mich wie ein Juckreiz, an den ich nicht herankam.

»Ich meine«, sagte ich, »es kommt mir ziemlich unwahrscheinlich vor, dass jemand im Alter von Mitte vierzig plötzlich zum Pädophilen wird. Die meisten Kinderschänder fangen mit siebzehn an, oder?«

»Jetzt hör mal«, entgegnete Jude, »nur weil es ungewöhnlich ist, bedeutet das nicht, dass es nicht vorkommt ...« Sie nestelte an den Ärmelaufschlägen ihrer Jacke. Es hing noch das Preisschild daran, das sie vergessen hatte abzuschneiden, doch so sehr sie auch daran zog, es ließ sich nicht abreißen. Sie fummelte weiter daran herum; lange würde das der Stoff nicht mehr mitmachen. »Nichts, was ein Mann tut, kann mich noch überraschen«, sagte sie. »Ich meine – ist Missbrauch nicht elementarer Bestandteil männlicher Sexualität? Der Missbrauch von Macht. Ich glaube, wenn sie nur die kleinste Gelegenheit bekämen, würden es die meisten Männer tun.«

Inzwischen ärgerte mich alles an ihr – ihre ausladenden Gesten, ihr greller Lippenstift, die Tatsache, dass sie von ihren

Ansichten absolut überzeugt war. Sie nahm zu viel Raum ein, sie war so lebendig und anstrengend. Ein unvoreingenommener Teil von mir erkannte, dass dieser Ärger über meine beste Freundin wirklich sehr merkwürdig war – aber ich hatte keine Kontrolle darüber.

»Kann ich nicht behaupten, dass ich ihn kenne?«, fragte ich. Meine Stimme klang schrill, mädchenhaft, irgendwie naiv. »Ich meine, wir haben uns x-mal geliebt, wir haben endlose Unterhaltungen geführt. Meinst du nicht, dass man irgendwann jemanden kennt?«

»Chloe, wir haben alle unsere Geheimnisse«, sagte sie sanft.

Ich schüttelte den Kopf. Ich wusste nicht, was ich sagen sollte.

Sie beugte sich nach vorn. »Du musst diesem kleinen Mädchen glauben. Verdammt, es gibt genug Beweise, dass sie die Wahrheit sagen, oder etwa nicht?«

Ich schwieg. Mein Schweigen schien sie zu beunruhigen. Die Fältchen in ihrem Gesicht vertieften sich.

»Mein Gott, Chloe, wir können nicht jahrelang diesen Kindern zuhören und dann plötzlich beschließen, es nicht mehr zu tun, weil es *unbequem* ist.«

»Schon gut«, sagte ich und stand auf. »Ich muss zu einer Besprechung.« Ich nahm meine Tasche und meine Aufzeichnungen und ging rasch aus dem Zimmer. Mein Körper fühlte sich sonderbar an. Die Schwerkraft schien irgendwie außer Kraft gesetzt. Mir war schwindlig, und ich fühlte mich wackelig auf den Beinen, als ob sich alle meine Proportionen verändert hatten; auf einmal schien ich nur noch aus schlaksigen Gliedmaßen zu bestehen; ich hatte das Gefühl, so groß zu sein, dass ich die Zimmerdecke berühren konnte, doch waren meine Arme und Beine so spindeldürr und zerbrechlich wie Zweige.

»Chloe, du hast mich nach meiner Meinung gefragt«, sagte sie leise. Als ich aus dem Zimmer ging, sah ich aus dem Augenwinkel ihren verletzten Gesichtsausdruck.

Später stellte sie Blumen auf meinen Schreibtisch. Als ich nachmittags noch einmal ins Büro ging, um ein paar Sachen zu holen, die ich brauchte, bevor ich nach Hause fuhr, sah ich sie dort stehen. In ihrem Amnesty-Kaffeebecher steckte ein Strauß Freesien, cremeweiß und grün, durchzogen von überaus blassem Violett, das an Kinderhandgelenke erinnerte. Das ganze Zimmer duftete nach ihnen. Mir war früher nie aufgefallen, dass Freesien so stark duften. In dem Briefchen stand: »Meine Worte waren sehr krass. Es tut mir so Leid. Bitte verzeih.«

»Krass«. Ich dachte sehr viel über dieses Wort nach. Es schien anzudeuten, dass man die falschen Worte gewählt oder etwas Unpassendes gesagt hatte, jedoch nicht, dass man etwas grundlegend Falsches gesagt hatte. Ich habe ihr natürlich verziehen, denn ich wollte sie nicht verlieren. Doch ich wusste auch mit trauriger Bestimmtheit, dass dies immer zwischen uns stehen würde, wie etwas, dem man sich nur vorsichtig näherte; es war wie eine alte Narbe, die man möglichst nicht berührte. Ich wickelte die nassen Stengel der Freesien in ein Papierhandtuch, doch das Papier war sofort durchgeweicht, und ich hinterließ auf meinem Weg eine Spur von Wassertropfen.

12

Ich ließ das Auto und die Blumen zu Hause stehen. Es war ein sonniger Nachmittag, nur im Schatten war es kühl. Auf meinem Rasen glänzten alle Grashalme auf einer Seite silbern. Ich beschloss, Lucy zu Fuß abzuholen. Ich machte mir Gedanken, weil ich wusste, dass ich etwas tun musste, und ich dachte, dass mir das Gehen helfen würde, mich zu entspannen und tief durchzuatmen.

Ich gesellte mich zu den anderen Müttern, die vor der Klassenzimmertür standen, und unterhielt mich mit ihnen über das Übliche: den Tanzabend des Lehrer-Eltern-Ausschusses und darüber, ob Teebaumöl wirklich gegen Kopfläuse vorbeugte, wenn man ein paar Tropfen ins Wasser gab und damit die Haare ausspülte. Die Kinder kamen wie üblich einzeln aus der Klasse. Als Alice fünf war, stürzten sie am Ende des Schultages alle gemeinsam aus dem Klassenzimmer, doch heutzutage lassen die Lehrer sie erst gehen, wenn sie die Eltern entdeckt haben, so besorgt sind wir mittlerweile um die Sicherheit unserer Kinder. Lucy wurde gerufen und kam herausgelaufen, gab mir einen Kuss und streckte mir ihr neues Lesebuch entgegen.

»*Die erstaunliche Welt der Spinnen*«, sagte ich. »Toll.«

»Und *mir* machen sie keine Angst«, sagte sie. Ein paar blonde Haarsträhnen hingen ihr ins Gesicht. Sie roch nach Schule.

Wir gingen Hand in Hand die Straße hinter dem Krankenhaus entlang. An dem Holzapfelbaum im Garten, der zum Büro des Coroners gehörte, wurden gerade kleine rote Früchte reif; sie sahen aus wie die Früchte, die in einem Kinderreim besungen werden, und glänzten wie Beeren.

Plötzlich drückte sie meine Hand ganz fest. »Mami, warum unterhalten wir uns nicht?«

»Tut mir Leid, meine Süße. Manchmal gehen mir viele Dinge durch den Kopf.«

»Was für Dinge?«

»Unterhaltungen mit Leuten oder Dinge, die ich gern gesagt hätte.«

»Du könntest dich doch mit *mir* unterhalten«, meinte sie.

Also unterhielten wir uns über Bäume und darüber, wie die Blätter sich verfärben.

»Der Baum sieht aus, als ob jemand einen Eimer Farbe über ihm ausgegossen hat«, sagte sie und deutete auf eine Ulme, deren Blätter sich lediglich auf einer Seite gelb verfärbt hatten. »Ist das im Herbst immer so, Mami? Verfärben sich die Bäume an einzelnen Stellen nacheinander?«

»Ich weiß es nicht«, antwortete ich ihr. »Ich habe nie richtig darauf geachtet.« Es war seltsam, dass ich es nicht wusste, dachte ich – wo ich doch jedes Jahr von all diesen Veränderungen, diesem Absterben, umgeben gewesen war; trotzdem hatte ich diesem Ablauf nie Beachtung geschenkt. Also sahen wir uns jeden Baum an, an dem wir vorbeikamen, und stellten fest, dass das Laub der Bäume nur selten gleichmäßig seine Farbe änderte, es war normalerweise ziemlich beliebig gefleckt – manchmal gab es nur hier und da ein andersfarbiges Blatt, manchmal hatten sich die Blätter lediglich auf einer Seite des Baumes gelb verfärbt, und der Rest war noch grün. Die Blätter werden einzeln nacheinander mürbe und sterben ab – bis man eines Morgens vorbeikommt und kein Grün mehr zu sehen ist.

Lucy blieb stehen, um mit ihrer langhaarigen Lieblingskatze, die auf einer Mauer saß, zu sprechen. Die Katze sah sie mit ausdruckslosen Augen an, die so trüb waren wie eine Schaumschicht auf dem Wasser. Lucy murmelte Liebkosungen und streichelte sie unendlich vorsichtig. »Er hat so herrliches Fell«, sagte sie. Ich musste den Drang unterdrücken, ihre Hand zu packen und sie hinter mir herzuziehen. Normalerweise bezauberten mich ihre Unberechenbarkeit und ihr Bedürfnis, in Pfützen herumzustochern, Elstern zu zählen und Raupen zu untersuchen, doch jetzt machte es mich verrückt. Ich wünschte, ich wäre mit dem Auto gekommen, denn ich wollte unbedingt nach Hause.

Die Katze sprang von der Mauer und stolzierte davon. Wir gingen weiter.

»Warum ist Fell ganz weich, wenn es Fell ist, und warum ist es bei Malpinseln steif?«, wollte sie wissen.

Wic so oft, war meine Antwort in Lucys Augen nicht genau genug. »Ich glaube, sie verwenden bei Malpinseln andere Felle«, antwortete ich, indem ich eine Vermutung riskierte. »Zum Beispiel das von Dachsen. Ich glaube, Dachse haben ein raues Fell, und das verwenden sie für Pinsel.«

»Töten sie die Dachse?«

»Ich weiß nicht, ob sie sie töten.« Wie bin ich da bloß hineingeraten?, dachte ich. »Vielleicht haben sie sie früher getötet.«

»Haben sie nicht«, sagte sie mit Nachdruck. »Sie hielten sich einen Dachs als Haustier, und wenn er seine Haare verloren hat, haben sie sie in einem Korb gesammelt.«

Ich drückte ihre Hand. »Das ist eine schöne Vorstellung«, sagte ich.

»Das ist keine Vorstellung, Mami.« Sie war beleidigt. »Es ist *wahr*.«

»Nun, vielleicht ...«

»Es *ist* wahr, Mami.« Sie wurde ärgerlich; ihre Stirn legte sich in Falten, und ihre Stimme wurde entschieden. »So haben sie es gemacht. Sie haben die Dachse nie getötet.«

Bei Lucy endete es meist damit, dass ich ihrer Wahrheitsauffassung beipflichtete, so ungeheuerlich sie auch sein mochte. Es war einfacher so.

Beim Blue-Moon-Laden kaufte ich ihr ein Überraschungsei. Normalerweise verwöhnte ich sie an einem Wochentag nicht so, aber ich wollte sichergehen, dass sie gute Laune hatte. »Essen darfst du es aber erst, wenn wir zu Hause sind«, sagte ich. Sie freute sich über diese unerwartete Belohnung und hielt das Ei fest umklammert. Als sie einen Augenblick stehen blieb, um einen Schnürsenkel zuzubinden, und mir das Ei gab, damit ich es festhielt, konnte ich fühlen, wo ihre warmen Finger die Schokolade aufgeweicht hatten. Ich spürte, wie ein gewaltiges Gefühl der Liebe für sie in mir aufwallte.

Wir kamen nach Hause und wickelten das Überraschungsei aus. Im Innern des Schokoladeneis befand sich ein winziges rotes Auto, das man noch zusammensetzen musste. Sie aß geräuschvoll ihre Schokolade.

»Ich habe dir etwas mitgebracht, das du noch nicht kennst«, sagte ich. Mein Mund war so trocken, dass ich kaum sprechen konnte. Der Duft von Judes Freesien verbrauchte fast allen Sauerstoff und erschwerte mir das Atmen. Ich nahm die Bilder aus der Tasche, die ich aus dem Büro mitgenommen hatte. »Ich dachte, du könntest sie anmalen, während ich dein Auto zusammenbaue.«

»Ich möchte mein Spinnenbuch lesen«, widersprach sie.

Ich konnte es jedoch nicht ertragen, die Sache aufzuschieben. »Sieh mal, es wird dir Spass machen«, sagte ich. Ich zeigte ihr die Bilder von einem Jungen und einem Mädchen. »Du kannst sie bunt anmalen.«

»Mami, warum klingt deine Stimme plötzlich so komisch?«, fragte sie.

Ich fuhr rasch fort. »Es geht um Körperteile, an denen wir gern berührt werden, und um Geschlechtsteile. Meinst du, du kannst die Teile des kleinen Mädchens farbig ausmalen, an denen sie von niemandem berührt werden möchte?«

Doch Lucy interessierte sich mehr für den Jungen. »Iih, das ist ja unanständig. Man kann seinen Pimmel sehen.«

»Ich bastle dein Auto zusammen, und du malst das Bild aus, und anschließend sehen wir uns zusammen die Tiersendung im Fernsehen an«, sagte ich.

»Okay«, antwortete sie. Sie fing an zu malen und hielt den Buntstift dabei locker in der Hand. Ihr Interesse war nicht gerade groß. Sie malte dem Mädchen einen Bikini.

Ich versuchte, das Auto zusammenzusetzen, doch die Gebrauchsanleitung stand in winzigen Buchstaben auf einer kleinen Papierrolle, und ich kam damit nicht zurecht.

»Das haben wir auch in der Schule gemacht«, meinte Lucy.

»Was habt ihr gemacht?«

»Die Geschlechtsteile angemalt. Und es kamen extra zwei Polizisten. Polizist Geoff und Polizist Frank, und sie haben unsere Fingerabdrücke genommen und uns gesagt, wir sollten uns nicht von Fremden ansprechen lassen und so.«

»Manchmal berühren Leute Kinder dort, wo sie nicht berührt werden möchten – nicht nur Fremde, manchmal sind es Menschen, die sie kennen«, sagte ich. »Hat dich schon einmal jemand an einer dieser besonderen Stellen berührt?«

»Nö«, sagte sie. »Jake ist das Problem. Er küsst mich immer wieder, und ich will nicht geküsst werden. Ich sage es dir immer und immer wieder, und du hörst mir nie zu.«

»Lucy«, sagte ich, »was ist mit Dan? Hat Dan jemals etwas getan, was du nicht wolltest?«

Sie legte ihren Stift hin und sah mich mit einem bösen, ungehaltenen Stirnrunzeln an, das sie immer an den Tag legt, wenn sie Lehrerin spielt. »Das ist aber nicht nett von dir, Mami, wenn du so etwas sagst. Das würde Dan nie tun. Dan ist mein *Freund.* Ehrlich, Mami. Du hörst mir überhaupt nicht zu. Jake macht das, aber du unternimmst nie etwas dagegen.«

Es kam mir so vor, als hätte ich seit Stunden die Luft angehalten, und plötzlich konnte ich ausatmen. Die Autoteile ließen sich mit einem lauten, glücklichen Klicken ineinander fügen, und ich schob ihr das Auto mit einer Fingerspitze über den Tisch zu. Sie lachte und steuerte es außen am Blatt Papier mit den Bildern entlang.

»Sie meinten, meine Fingerabdrücke seien langweilig«, sagte sie. »Ich finde, es ist ziemlich unhöflich, jemandem zu sagen, seine Fingerabdrücke seien langweilig.«

»Mach dir nichts draus«, tröstete ich sie. »Es ist nicht das Ende der Welt, langweilige Fingerabdrücke zu haben. Außerdem wärst du damit schwieriger zu fassen, wenn du eine Bank ausgeraubt hättest.«

Sie kicherte. Ich machte den Fernseher an, und wir kuschelten uns aufs Sofa; Lucy lag gemütlich in meiner Armbeuge.

Alice kam ziemlich spät nach Hause und hatte eine Plastiktüte voller Sachen dabei, die andere Leute entsorgt hatten und die sie für ein paar Pence erstanden hatte – ein Veilchenparfum, ein Jahrbuch von *Bunty* und fünfundzwanzig Sticker der norwegischen Flagge. In der Schule war gerade Wohltätigkeitswoche. Ich kochte Abendessen, wusch ab und räumte ein wenig auf. Der Abend schien kein Ende nehmen zu wollen, und die Minuten kamen mir wie Stunden vor.

Als ich Lucy schließlich gebadet und gut zugedeckt hatte, ging ich in Alices Schlafzimmer. Sie lag ausgestreckt auf ihrem Bett und las in ihrem *Bunty*-Jahrbuch. Ihr Zimmer war wie gewöhnlich das ordentlichste im ganzen Haus. Ihre kostbaren Lidschatten, Rougetiegel und die Fläschchen mit entzündungshemmenden Mittelchen für die neuesten Ohrringe waren liebevoll und symmetrisch auf ihrer Kommode aufgereiht. Ihre Nachttischlampe mit dem Lampenschirm aus Terrakotta warf einen rötlichen Lichtkegel, der an Kaminfeuer erinnerte.

Ich setzte mich. Das Bett war an der Stelle, an der sie gelegen hatte, noch warm.

»Hallo, Mama.« Sie freute sich, dass ich da war, denn sie verbrachte immer gern etwas Zeit allein mit mir. Sie ließ ihr Buch aus den Fingern gleiten. »Es ist so sexistisch.«

»Alice, ich muss mit dir reden«, sagte ich.

Meine Förmlichkeit überraschte sie. »Okay«, antwortete sie mit fragendem Tonfall.

»Es hat mit Dan zu tun«, sagte ich. »Ein kleines Mädchen hat behauptet, er habe es sexuell missbraucht.«

Sie riss die Augen auf und setzte sich im Bett auf, als ob diese Angelegenheit ihre ganze Aufmerksamkeit erforderte. »Das ist ja furchtbar«, antwortete sie. »Der arme Dan. Wie schrecklich für ihn.«

Ihr Mitgefühl machte es mir leichter weiterzureden. Ich sah sie nicht an, weil mich die Alltäglichkeit ihres Zimmers mit den Postern der Popstars, den Seifenstücken aus dem Body Shop und den Tarot-Karten ein wenig tröstete. Ich brauchte dieses vertraute Durcheinander als Rückhalt, während ich versuchte, meine Frage zu formulieren.

»Alice, ich muss wissen, ob Dan jemals etwas getan hat, bei dem dir unwohl war.«

»Was meinst du damit? Ob er mir je an die Titten gefasst hat, so was in der Art?«

»Ja, so was in der Art.«

»Nein, natürlich nicht, Mama.« Sie blieb ganz ruhig dabei, wie eine Erwachsene, die ein nervöses Kind beruhigt. »Du glaubst doch nicht, dass ich so was überhaupt mit mir machen ließe, oder?«

»Es kann für ein Kind manchmal furchtbar schwierig sein, einen Erwachsenen davon abzuhalten«, erwiderte ich.

»Meine Güte, ich bin fast dreizehn«, entgegnete sie. »Die Kinder von heute wissen über so etwas Bescheid. Und überhaupt, Mama, glaubst du wirklich, dass Dan zu so etwas imstande wäre?«

»Ich weiß es nicht«, erwiderte ich.

Sie runzelte die Stirn, als ob sie an einer schwierigen Rechenaufgabe herumknobelte. »Aber ich dachte, du wärst ganz scharf auf ihn«, sagte sie.

Ich gab keine Antwort. Auf dem Bett in dem gemütlichen Lichtschein von Alices Zimmer, in Gegenwart dieses Kindes, für das alles so sonnenklar war, fühlte ich mich angeklagt, als hätte ich Dan im Stich gelassen oder ihn in gewisser Weise verraten.

»Dan ist in Ordnung«, sagte sie. »Ich meine, ich mag ihn nicht. Aber so etwas würde er nie tun. Allerdings ...« Sie sah nach unten und ließ ihr Haar über ihr Gesicht fallen; plötzlich zog sie sich zurück und versteckte sich im Schatten ihres Haars. »Ich weiß nicht, ob ich das sagen sollte. Nein, ich glaube besser nicht.«

»Erzähl schon«, forderte ich sie auf. Mein Puls raste.

»Nun ja, ich weiß einfach, worauf du hinauswillst. Ich meine, es gibt wirklich Leute, bei denen mir auf genau die Art und Weise unwohl ist.«

»Bei wem?«, fragte ich vorsichtig.

»Du erinnerst dich doch, als ich damals während der Grundschule in die Nachmittagsgruppe gegangen bin? Da war einer von der Aufsicht, den ich nicht leiden konnte. Er wollte immer, dass die Mädchen sich auf seinen Schoß setzen, und er sagte zu allen von uns ›Süße‹. Und er hat ständig Fotos gemacht, allerdings nur von den Mädchen. Vielleicht war das ein Perverser.«

»Mein Gott, Alice, warum hast du mir das damals nicht erzählt?«

»Es gab eigentlich nichts zu erzählen. Es ist nichts passiert. Ich mochte es nur nicht, wenn er mich berührt hat.« Sie sah mich mit diesem blaugrauen, distanzierten und unverwandten Blick an, den sie manchmal an den Tag legte. »Ich glaube, ich wollte nicht, dass du dir Sorgen machst, Mama. Ich meine, du hättest dir doch Sorgen gemacht, oder?«

Ich musste schlucken. »Das nächste Mal erzählst du es mir bitte, ja? Und jetzt solltest du schlafen.«

Ich ging nach unten, schenkte mir einen Scotch ein und trank ihn in einem Zug aus. Ich ging in Gedanken die beiden Gespräche durch und prüfte nochmals, was meine Töchter gesagt hatten. Und um sicherzugehen, schrieb ich alles auf und schloss die Aufzeichnungen in meinem Schreibtisch ein. Ich wusste, dass die Zeit kommen würde, wo ich sie brauchte.

Ich ging wieder in die Küche, schenkte mir noch ein Glas ein, legte Musik auf und zündete ein paar Kerzen an. In gewisser Hinsicht war es eine Art Feier. Ich schenkte mir noch ein Glas ein und danach noch eins. Ein Gefühl der Erleichterung durchflutete mich in großen, warmen Wellen und durchdrang jede Zelle meines Körpers wie Fieber. Meinen Töchtern war nichts geschehen, alles war in Ordnung. Ich fragte mich, wie ich je an Dan hatte zweifeln können. In diesem Augenblick war ich davon überzeugt, dass alles gut ausgehen würde, dass wir unsere Beziehung fortsetzen und weitermachen konnten. Er muss bei mir einziehen, dachte ich; es war albern von mir gewesen, so zu zögern. Diese schreckliche Unterbrechung, dieser Riss in dem Band unserer Liebe, hatte wenigstens dazu geführt, dass ich zur Vernunft kam und erkannte, dass es dumm war, auf den absolut richtigen Moment zu warten, so, als hätten wir alle Zeit der Welt. Mein Zögern schien mir in jenem Augenblick unbegreiflich. Ich ließ den duftenden Alkohol im Mund kreisen und stellte mir vor, wie es sein würde, wenn er bei uns lebte, und die Zukunft erschien mir verheißungsvoll wie ein Geschenk, eingepackt in Silberpapier, oder eine Schüssel mit Hefeteig, der unter einem sauberen Baumwolltuch verborgen war. Ich sah vor mir, wie wir lachend zusammen in einem hell erleuchteten Zimmer saßen, dessen Wände die Farbe von Honig bei Sonnenuntergang hatten und in dem sich milchige Glockenblumen über meine hängenden Blumenkörbe ergossen. Meine Vorstellung war sehr detailliert und deutlich und schön, als ob sich dies tatsächlich vor meinen Augen abspielte. Ich sah Alice, wie sie über ihrer Geometrieaufgabe brütete, sowie Dan und mich, wie wir an unserem Chardonnay nippten und einander dabei zulächelten, und Lucy, die beim Zeichnen leise vor sich hin summte und in ihrem bunten Kleid aussah wie eine kleine Blume. Und mein Haus war so aufgeräumt, so sicher und geborgen und in sich abgeschlossen wie ein Haus in Lucys Zeichnungen, mit einer getigerten Katze, einem Apfelbaum und aufrechten Tulpen, die aufgereiht waren wie Soldaten. Und während ich dasaß und innerhalb kurzer Zeit ziemlich viel trank und über dieses angenehm geordnete Leben nachdachte, das wir führen würden, kehrten alle erotischen Empfindungen, die tags zuvor wie auf Knopfdruck abgeschaltet gewesen waren, wieder zu mir zurück. Mein Bauch zog sich zusammen und machte einen Satz, und ich musste daran denken, wie wir, sobald die Mädchen im Bett lagen, nach oben gegangen waren und uns gierig geliebt hatten und wie er mich später in der Nacht mit seinem Mund geweckt und ich mich nach ihm ausgestreckt hatte und wie unsere Körper miteinander verschmolzen waren, feucht und sanft und zunächst noch schlaftrunken.

Fast hätte ich ihn in diesem Augenblick angerufen. Doch als ich seine Nummer bereits zur Hälfte gewählt hatte, hielt mich etwas davon ab – vielleicht war es die Erkenntnis, dass ich ziemlich betrunken war und mich nicht ganz unter Kontrolle hatte; ich wollte ihn zwar trösten und ihn mit meiner

Gewissheit beruhigen und ihm sagen, dass alles wieder gut werden würde, doch ich hatte die Befürchtung, dass ich im Verlauf des Gesprächs weinerlich und emotional reagieren könnte, was ihm ganz und gar nicht weitergeholfen hätte. Ich wusste, dass ich mir sorgfältig überlegen musste, was ich sagen wollte, damit ich sicher sein konnte, dass er mich richtig verstand.

Ich sah nach meinen Töchtern, bevor ich ins Bett ging, wie damals, als sie noch Babys waren. Alice schlief unruhig wie immer, sie wälzte sich im Bett herum und flüsterte Worte, die ich aber nicht richtig verstand. Lucy hingegen schläft immer ganz friedlich. Sie lag ausgestreckt auf dem Rücken, als sei sie aus großer Höhe heruntergefallen, und ihr Gesicht war weich und rund wie das eines Babys.

Ich ging beruhigt ins Bett. Doch als ich aufwachte, war es erst drei Uhr morgens. Ich ging nach unten, um noch einen Scotch zu trinken und ein Käsebrot zu essen. Vom Küchenfenster aus kann man hinter meiner hohen Hecke in ungefähr achthundert Meter Entfernung ein Hochhaus sehen, das auf einem heruntergekommenen Grundstück steht. Nachts war hier und da Licht zu sehen, wie bei einem Baum im Herbst mit ein paar vereinzelten gelben Blättern. Dort waren auch Menschen aufgestanden – vielleicht waren einige von ihnen krank oder hatten Frühschicht und standen deshalb auf, und ein paar konnten wie ich einfach nicht schlafen. Tranken auch sie einen Whisky, dachten über die Zukunft nach und hatten Angst?

Als ich so dasaß, kam mir die Aussage des Mädchens in vollem Umfang wieder zu Bewusstsein. Und ich wusste, dass nichts, was ich herausgefunden hatte – weder Lucys unüberlegtes Desinteresse noch Alices unbekümmerte Beteuerungen –, irgendetwas daran änderte. Ihnen war nichts geschehen, und dafür war ich unendlich dankbar. Doch die Aussage stand noch immer im Raum. Sie konnte weder umgangen werden, noch war sie zu übersehen. Während ich schlief, hatte sich in meinem Kopf alles verändert. Mein Traum von dem gemeinsamen Leben, das wir vielleicht zusammen führen konnten, kam mir plötzlich fadenscheinig und verrückt vor – wohingegen mir die Aussage unumstößlich, stabil und greifbar zu sein schien. Was geschehen war, konnte nicht so leicht ungeschehen gemacht werden.

13

Am nächsten Tag erschien die Polizei bei mir, wie Dan es vorausgesagt hatte. Als es an der Tür klingelte, dachte ich erst, es sei mein neues Gartenhäuschen, das von Homebase angeliefert wurde. Doch stattdessen standen sie auf meiner Türschwelle, die resolute Frau, die nach einem Deodorant duftete, und der schlaksige Mann mit der Elvisfrisur. Dies war der Tag, als sie kamen und sich an meinen Tisch setzten, ihre Stifte und Notizblocks hervorholten, während Lucy wie gebannt vor dem Fernseher saß, eine Hummel geräuschvoll vor dem Fenster summte und das herrliche sonnige Herbstlicht meine Küche durchflutete; die Sonnenstrahlen fielen auf meine Kaffeebecher und den Teller mit den Ingwerkeksen, die ich abergläubisch in einem Halbkreis angeordnet hatte, auf die glänzende, elegante und schwungvolle Frisur der Frau sowie auf den Hefter, in dem ich meine eigenen Worte geschrieben sah.

Sie tranken meinen Kaffee und aßen meine Kekse. Die Frau stellte mir ein paar kurze Fragen über meine Arbeit und wollte wissen, seit wann ich Dan kannte, und der Mann notierte meine Antworten. Ich ertappte mich dabei, wie ich überlegte, woher sie von unserer Affäre wussten, doch plötzlich schoss mir erschreckt der Gedanke durch den Kopf, dass Helena es ihnen gesagt haben musste. Dann stellte die Frau mit einem deutlichen, klaren Klick ihren Becher ab und setzte sich auf ihrem Stuhl zurecht. Damit wurde ein neuer Absatz begonnen oder ein neuer Gang eingelegt. Ihre Stimme hatte nun einen anderen Klang, und ihre Fragen waren detaillierter, forschender, zielgerichteter. Ich spürte, dass die eigentliche Befragung erst jetzt richtig begann.

»Also, Mrs. Langdon, erzählen Sie mir, wie Ihre Kinder mit Mr. Whitmore auskommen.«

»Sie mögen ihn eigentlich«, antwortete ich. »Nun ja, Alice ist bei ihm ein wenig misstrauisch.«

Sie betrachtete mich mit einem winzigen Hauch von Neugier; er war kaum zu spüren, so sehr hatte sie sich unter Kontrolle. »Wenn Sie sagen misstrauisch, was meinen Sie dann genau damit?«

»Ich nehme an, dass sie mich ganz für sich allein haben möchte. Sie war ziemlich durcheinander, als wir uns scheiden ließen – nun ja, ich nehme an, das ist bei allen Kindern so.«

»Und Ihre Jüngste? Lucy?«

»Oh, Lucy liebt ihn. Er kann wirklich gut mit Kindern umgehen.«

Die Frau sagte nichts und runzelte ganz leicht die Stirn. Meine Worte hingen in der Luft, belastet mit Bedeutungen, die ich nicht beabsichtigt hatte.

Sie beugte sich vor; dabei hatte sie die Hände vor sich auf dem Tisch gefaltet. Ihre Fingernägel waren mit hellem Nagellack perfekt lackiert, und ihr Ehering glänzte. »Ich bin sicher, Mrs. Langdon, dass Sie aufgrund Ihrer Arbeit wissen, dass diese Männer oft sehr gut mit Kindern umgehen können. Sie wirken manchmal äußerst charmant – und sie geben sich sehr große Mühe, um sich mit einem Kind anzufreunden, das sie missbrauchen wollen.«

Mein Entsetzen über ihre Annahme, dass Dan einer von »diesen Männern« war, brachte mich aus dem Gleichgewicht, fast hätte ich laut gelacht. »Doch die Tatsache, dass jemand nett zu Kindern ist, muss auch nicht gleich bedeuten, dass er Hintergedanken hat«, entgegnete ich.

»Es wurde eine Aussage gemacht, Mrs. Langdon. Das dürfen wir nicht aus dem Auge verlieren«, erwiderte sie ziemlich steif. Sie schnippte ihr Haar aus dem Gesicht. Ich fragte mich kurz, wie sie es schaffte, es so gerade und ordentlich aussehen zu lassen, doch ich hatte den Verdacht, dass es ihr stets gehorchte. »Also, sagen Sie uns«, fuhr sie fort, »ob Sie Grund zu der Annahme haben, dass er sie vielleicht unsittlich berührt hat. Können Sie sich an irgendetwas erinnern?«

»Nein – ich habe schon darüber nachgedacht. Aber da ist wirklich nichts. Nichts, was mir einfällt.«

»Hatten Sie jemals den Eindruck, dass er sich besonders, in unangemessener Weise, für sie interessierte? Hat er zum Beispiel jemals angeboten, Lucy zu baden?«

»Nein, aber wenn er es getan hätte, hätte ich das nicht als irgendwie unangemessen empfunden.«

»Hat sich seit Beginn Ihrer Beziehung das Verhalten ihrer Töchter irgendwie verändert?«

»Nein.«

»Haben sie ganz plötzlich angefangen zu weinen? Ins Bett gemacht? Das Essen verweigert?«, fügte der Mann hinzu. Eine Seite seines Gesichts war ausgebeult, weil er gerade einen Ingwerkeks im Mund hatte. Ich hatte das Gefühl, er hakte in einem Handbuch eine Liste ab.

»Nein.«

»Irgendwelche Wutanfälle?«

»Nein – nun ja, nicht mehr als sonst auch«, erwiderte ich.

Die Frau lächelte mich an. »So eins habe ich auch zu Hause«, sagte sie. Ich war in dem Augenblick so rührselig, dass ich ihr dummerweise dankbar für diesen Ausdruck von menschlicher Wärme war; fast hätte ich angefangen zu weinen und ihr alles anvertraut, mich neben sie gesetzt, ihr den Kopf auf die Schulter gelegt und alles gestanden. Doch es gab nichts zu gestehen. Ich schluckte schwer.

»Hören Sie, ich habe sie direkt gefragt«, fuhr ich fort. »Sobald ich von der Aussage gehört hatte. Ich meine, ich habe das, was sie mir erzählt haben, aufgeschrieben. Und ich habe wirklich nicht den Eindruck, dass irgendetwas passiert ist.«

Ich beobachtete ihre Gesichter, um zu erfahren, was sie davon hielten; ich versuchte, in ihren Gesichtern zu lesen, so wie die Menschen vor langer Zeit an den Bewegungen der Vögel am Himmel Prophezeiungen und anhand von Eingeweiden Omen abgelesen hatten. Doch das, was ich sah, konnte ich nicht deuten. Das Gesicht des Mannes blieb unbeweglich, die Frau runzelte bei allem, was ich sagte, lediglich leicht die Stirn. »Ich vertraue ihm«, sagte ich. »Ich hatte nie Grund, ihm nicht zu vertrauen.«

Die Frau legte ihre Fingerspitzen aneinander, wie ein Kind, das betet. »Ihnen ist doch sicher bewusst, dass wir Alice und Lucy ebenfalls in dieser Angelegenheit befragen müssen«, erwiderte sie.

Plötzlich war ich wütend. »Nein«, entgegnete ich, »das können Sie nicht.«

»Es tut mir Leid, Mrs. Langdon, aber das müssen wir.«

»Nein. Dass ich sie gefragt habe, muss reichen.«

»Warum wollen Sie nicht, dass wir mit ihnen sprechen?«, fragte der Mann. Seine Stimme hatte einen messerscharfen Unterton. Sein verändertes Verhalten ließ mich frösteln. Mir wurde klar, dass die Freundlichkeit und das Verhalten, das suggerierte: »Vertrauen Sie sich uns an, wir sind auf Ihrer Seite«, nur Fassade, nur ein Mittel zum Zweck war.

»So etwas mussten sie noch nie über sich ergehen lassen«, sagte ich ein wenig stockend. »Ich möchte sie vor all dem bewahren und sie da heraushalten.«

»Mrs. Langdon«, meinte die Frau, »*falls* Ihren Kindern etwas zugestoßen sein sollte, bin ich sicher, dass Sie es erfahren möchten. Und als Sozialarbeiterin wissen Sie besser als jeder andere, welch großen Schaden sexueller Missbrauch anrichten kann. Wir werden sehr taktvoll vorgehen. Wir sind darin ausgebildet, mit Kindern zu reden, und ich kann Ihnen versichern, dass wir wissen, was wir tun.«

»Daran habe ich keinen Zweifel«, sagte ich. »Ich begreife nur nicht, warum es nötig ist.«

»Wir müssen diese Angelegenheit gründlich untersuchen«, sagte der Mann. »Wir müssen unsere Sache gut machen, das sind wir allen Kindern schuldig.«

»Und ich bin sicher, Mrs. Langdon«, fügte die Frau hinzu, »dass Sie mit Ihrem Hintergrund und Ihren Anliegen keine Untersuchung behindern wollen.«

Ich zuckte mit den Schultern. Meine Wut verrauchte so schnell, wie sie gekommen war. Mein Blick fiel auf den blauen Hefter, und ich wusste, dass ich machtlos war.

Als ich nichts erwiderte, machte die Frau rasch eine kleine wegwischende Handbewegung. Ich hatte das Gefühl, dass damit meine Einwände erledigt waren.

»Nun gut«, sagte sie. »Jetzt möchte ich gern noch ein wenig über Ihre Beziehung zu Mr. Whitmore sprechen.«

Ich spürte einen Druck auf meiner Brust, es war ein weicher, dumpfer und schwerer Druck, als ob mich jemand mit einem Kissen niederdrückte, und mir fiel das Atmen schwer. Mir wurde bewusst, dass wir uns dem Thema näherten, vor dem ich mich am meisten fürchtete.

»Sie haben uns bereits gesagt, dass Sie eine sexuelle Beziehung zu Mr. Whitmore unterhielten«, sagte sie.

»Ja.«

»Können Sie uns sagen, wann Ihre sexuelle Beziehung begann?«

Ich erzählte es ihnen. Einzelne Bilder jenes Abends erschienen vor meinem geistigen Auge – die kleine Flamme unter der Warmhalteplatte, die Plastikrosen, Dan, der seine Hände ausstreckte, um mein Gesicht an sich zu ziehen, sein Mund, der meinen erforschte. Doch die Bilder waren winzig und weit entfernt und umgeben von Dunkelheit, so als hätte ich falsch herum in ein Fernglas geschaut.

»Und er lebte zu diesem Zeitpunkt noch mit Mrs. Whitmore zusammen, ist das richtig?«

»Ja.«

»Und er hat sie inzwischen verlassen?«

»Ja«, antwortete ich. Ich war entnervt von den Fragen, deren Antworten sie bereits kannten.

»Ich würde gern wissen, ob Sie uns etwas erklären können«, sagte sie, als sei sie wirklich verwirrt und wolle unbedingt aufgeklärt werden. »Ich meine, finden Sie es nicht seltsam, dass er nicht bei Ihnen eingezogen ist?«

Draußen im Flur waren ein Geraschel und ein Knall zu hören, als stürze jemand von der Straße herein. Alice kam nach Hause und verschaffte mir ein wenig Freiraum.

»Einen Moment«, sagte ich und ging zu ihr.

Alles lag auf dem Fußboden, ihre Jacke, ihre Tasche, aus der Bücher, eine Chipstüte, Sportsocken und ein schmuddeliges, gestricktes Kaninchen hervorquollen, das sie im Rahmen der Wohltätigkeitswoche für Lucy erstanden haben musste. Es kam für mich irgendwie überraschend, sie dort stehen zu sehen, sie war ganz sie selbst, ihr Gesicht war gerötet und glänzte, weil sie von der Bushaltestelle zu Fuß nach Hause gegangen war. Sie schien das Licht und die frische Luft von draußen mit ins Haus geholt zu haben.

»Ich bin gerade beschäftigt, Alice«, sagte ich zu ihr. »Ich habe Besuch, und wir sitzen in der Küche. Ich möchte, dass du bitte im Wohnzimmer bleibst, bis wir fertig sind.«

»In Ordnung«, meinte sie. »Ich wollte sowieso Ricky Lake im Fernsehen sehen.«

»Und was ist mit deinen Hausaufgaben?«

»Ich habe ein paar wirklich schreckliche Französischaufgaben, aber die mache ich später.«

Sie ging ins Wohnzimmer und ließ sich neben Lucy aufs Sofa fallen. Ich wäre so gern bei ihnen geblieben und hätte mich mit ihnen aufs Sofa gekuschelt und so getan, als sei alles so, wie es sein sollte. Ich ging wieder in die Küche.

»Um noch einmal auf diese etwas überraschende Tatsache zurückzukommen«, fuhr die Frau fort, als ich mich setzte, »dass Mr. Whitmore nicht bei Ihnen eingezogen ist: Bedeutet das, dass Sie vielleicht Zweifel in Bezug auf diese Beziehung hatten – dass Sie das Gefühl hatten, dass etwas irgendwie nicht stimmte?«

»Ganz und gar nicht«, widersprach ich.

Oder vielleicht doch?, fragte ich mich insgeheim. Hatte ich deswegen gezögert? Meine Beweggründe, von denen ich geglaubt hatte, sie seien vollkommen rational, kamen mir allmählich seltsam vor – so als ob ich ein Wort anstarrte, bei dem ich unsicher war, ob ich es richtig geschrieben hatte, und das plötzlich so aussah, als entstamme es einer fremden Sprache.

Sie wartete. Als ich nichts weiter sagte, sah sie mich mit ihrem klaren, ruhigen Blick an.

»Also, Mrs. Langdon«, sagte sie, »vielleicht können Sie uns erzählen, wie Ihre sexuelle Beziehung zu Mr. Whitmore aussah?«

Ich trank einen Schluck Kaffee. Als ich versuchte, ihn herunterzuschlucken, musste ich husten. Ich ärgerte mich über mich selbst, denn ich wollte gelassen und beherrscht wirken und machte mich stattdessen lächerlich.

»Tut mir Leid, dass wir Ihnen solch persönliche Fragen stellen müssen«, sagte sie mit der munteren, optimistischen Art einer Krankenschwester, die gleich einen Abstrich vornimmt. »Erzählen Sie es uns vorerst nur ganz allgemein.«

Ich konzentrierte mich auf den Teller mit den Keksen.

»Sie war gut«, antwortete ich. Sie wartete, offensichtlich wollte sie mehr wissen. Ich konnte mir nicht vorstellen, was sie von mir erwartete oder was sie noch von mir hören wollte. »Es war eine sehr schöne Zeit für mich.« Es entstand eine kleine Pause. Meine Worte schienen in der Stille widerzuhallen. Mir war sehr wohl bewusst, dass ich automatisch die Vergangenheitsform gewählt hatte, und das machte mich furchtbar traurig. Ich wollte mehr sagen, um meine Gefühle für ihn irgendwie zurückzugewinnen oder zurückzufordern. »Wir standen uns sehr nah«, fügte ich hinzu.

»Ja«, meinte sie sanft. »Doch ich bin sicher, Mrs. Langdon, Sie wissen, dass diese Männer manchmal eine sexuelle Beziehung mit einer Frau eingehen, um sich Zugang zu den Kindern der Frau zu verschaffen. Wir wissen, dass das so ist. In den USA gibt es Studien darüber. Wenn es ein Kind gibt, das sie wollen, verfolgen sie die Frau manchmal jahrelang, um an das Kind heranzukommen.«

Ich saß unbeweglich auf meinem Stuhl. Die Hummel summte in meinem Geißblatt herum – in dem stillen Zimmer ein störendes Geräusch. Meine Sinne waren so geschärft, dass ich glaubte, hören zu können, wie ein Blatt herunterfiel oder wie eine Schnecke über einen Pflasterstein glitt.

»Nun, einige Männer haben einen recht ungewöhnlichen Geschmack, was die Dinge betrifft, die ihnen gefallen«, sagte sie. Bei ihr klang es so, als ginge es im Wesentlichen um etwas Kulinarisches – um eine unmoderne Vorliebe für Pastetenteig mit Nierenfett beispielsweise. »Können Sie uns sagen, ob Mr. Whitmore irgendwelche ungewöhnlichen Vorlieben hatte?«

Ich zögerte.

»Ich bitte Sie, das muss Ihnen nicht peinlich sein«, sagte sie. »Uns bedeutet es gar nichts.«

»Aber ich weiß nicht, worauf Sie hinauswollen.«

»Nun ja.« Sie zuckte mit den Schultern, als wolle sie sagen: Wir sind doch schließlich alle erwachsen. »Manche Männer haben es zum Beispiel gern, wenn es beim Sex etwas rauer zugeht.«

»Nein, so etwas nicht. Wir tun ganz normale Dinge. Geschlechtsverkehr, manchmal Oralsex – nun ja, ich glaube meistens jedenfalls. Was jeder halt so macht, oder nicht?«

Sie saß ruhig und heiter da, mit ihrer gepflegten Frisur und dem unaufdringlichen gesunden Duft; sie wirkte so rein.

»Hat er irgendwelche Rituale?«, fuhr sie fort. »Irgendetwas, das er vor oder nach dem Sex tut?«

»Was meinen Sie damit?«

»Irgendwelche Rituale«, wiederholte sie. »Irgendein rituelles Verhalten.«

Ich schüttelte den Kopf. »Nein, eigentlich nicht.«

»Bitte überlegen Sie noch einmal. Irgendetwas, selbst irgendeine kleine Geste.«

Ich hatte keine Ahnung, was sie meinen könnte. Mir fielen nur ein Fußfetischist und ein Mann ein, über den ich einmal in einer Zeitschrift gelesen hatte, den die Berührung eines Topfdeckels erregte. »Nein, da war nichts.«

»In Ordnung, danke«, sagte die Frau. »Das war alles, was ich wissen wollte.« Sie lehnte sich auf ihrem Stuhl zurück, nahm ihren Stift und ihren Notizblock.

Jetzt lehnte sich der Mann vor. Er blätterte in dem Aktendeckel, der vor ihm lag; seine Finger bewegten sich rasch und geschickt, doch berührte er nur ganz leicht und vorsichtig die Seiten, als würde er etwas Klebriges oder Fettiges berühren und hätte Angst, dass ihm etwas an den Fingern kleben blieb. Ich saß ihm direkt gegenüber, nur der Tisch war zwischen uns. Da es meine eigene Handschrift war, konnte ich sie auch auf dem Kopf lesen. Ich sah zu, wie er die Briefe umblätterte, die ich Dan geschrieben hatte, all die ungeschickten, intimen Dinge, die ich auf Papierschnipsel gekritzelt und in seinen Briefkasten geworfen hatte. Einige Sätze waren mit einem rosafarbenen Leuchtstift hervorgehoben.

»Es gibt in Ihren Briefen ein oder zwei Dinge, die wir gerne klären würden«, sagte er. »Sie schreiben Mr. Whitmore am 7. September, und ich entnehme Ihrem Brief, dass Sie tags zuvor, also am 6. September, Sex mit ihm hatten. Nun können wir in Mr. Whitmores Tagebuch keinen Hinweis darauf finden. Doch er schreibt in seinem Tagebuch, dass er am 7. September Sex hatte.«

»War der 7. September ein Sonntag?«, fragte ich.

Er nickte.

»Dann habe ich mich sicher im Datum geirrt«, antwortete ich.

»Ich glaube, das erklärt diesen Punkt«, sagte er. »Nun, Sie schreiben an dieser Stelle etwas von seinen Fingern, die sich in Ihnen befanden. Ich nehme an, das bedeutet, in Ihrer Vagina?«

»Ja«, antwortete ich.

»Würden Sie sagen, dass das für ihn beim Sex besonders wichtig ist?«

»Nein, nicht besonders.«

»Okay. Und hier schreiben Sie, dass Sie sich beim Sex gern passiv verhalten und ›überwältigt‹ werden wollen – ich glaube, ›überwältigt‹ war der Ausdruck, den Sie verwendet haben.« Er warf einen Blick auf die entsprechende Seite und zeigte mit seinem Stift darauf. »Ich würde gerne wissen, ob es für Mr. Whitmore wichtig war, beim Sex eine dominante Rolle einzunehmen.«

Ich schüttelte den Kopf. »Was ich da geschrieben habe, hatte mehr mit mir zu tun als mit ihm«, erwiderte ich.

»Ich verstehe«, sagte er. »Okay. Und könnten Sie uns bitte sagen, ob Sie am 14. September mit Mr. Whitmore Sex auf einem Friedhof hatten?«

Das Druckgefühl in meiner Brust verwandelte sich in scharfen Schmerz. Ich verstand ihn einen Augenblick falsch. Ich dachte, dass er mich irgendwie beschuldigte und meinte, dass wir so etwas nicht hätten tun dürfen – heute kommt mir dieses Missverständnis albern vor. »Es war nicht direkt auf dem Friedhof«, widersprach ich. »Es gab einen Zaun, der den Friedhof umgab, und wir sind über diesen Zaun geklettert. Es war eher ein kleines Wäldchen. Ich gebe zu, es wirkt ziemlich respektlos.«

»Und das war wirklich am 14. September? Könnten Sie das für uns überprüfen?«

Mein Kalender hing neben dem Kühlschrank, und ich sah nach. Am 14. September stand dort: »A und L zu Jude, 10:15.« Und darunter »Dan« in dicken roten Großbuchstaben, geschrieben mit einem Filzstift der Mädchen. »Ja, es war der 14.«, sagte ich. Die Frau notierte es sich.

Ich versuchte mich daran zu erinnern. Ich bemühte mich, an den Platz unter den Eiben zu denken und daran, wie wir uns geliebt hatten; ich versuchte mir einzureden, dass das alles noch Realität war, dass es nicht ausgelöscht werden konnte, sondern Teil meines Lebens war, zärtlich, intensiv und unwiderruflich – trotz allem, was jetzt geschah. Doch ich konnte es mir einfach nicht mehr vorstellen. Ich erinnerte mich nur noch an die Kirche, in der mir das Atmen so schwer gefallen war, und an die Gebetbücher voller Schimmelflecke sowie die Stelle, an der das kleine Mädchen, das so früh gestorben war, begraben lag.

Danach packten sie ihre Sachen zusammen, klappten ihre Aktendeckel und Notizbücher zu und verstauten sie in ihren Aktentaschen. Sie schoben die Kaffeebecher von sich. Der Mann streckte seine Beine aus.

»Ich glaube, das ist für heute alles«, sagte die Frau.

Sie erhoben sich und wollten gehen. Sie machten den Eindruck, als entspannten sie sich ein wenig; ich kannte dieses Gefühl von den Gesprächen mit meinen Patienten. Es stellt sich oft ein, nachdem sie einem ihre Geheimnisse erzählt haben und man sich bereitmacht zu gehen. Der Mann sah sich über meinem Kamin im Spiegel und fuhr sich rasch mit einer Hand übers Haar.

Ich blieb sitzen und holte tief Luft. Ich verspürte den unbändigen Drang, mich irgendwie zu behaupten und ihnen etwas zu entlocken. »Warum interessieren Sie diese Dinge?«, wollte ich wissen. »Die Geschichte mit dem Friedhof zum Beispiel. Warum ist sie wichtig?«

Sie sahen sich an. Dann wandte die Frau sich mir zu. »Es gibt einen Eintrag in seinem Tagebuch«, sagte sie. »Es steht jedoch nur der Anfangsbuchstabe eines Namens dort. Wir wollten sichergehen, ob es sich dabei tatsächlich um Sie handelte.«

Dies war ein Ansatzpunkt, ein Zugeständnis. Ich drängte weiter, auch wenn meine Kehle wie zugeschnürt war. »Können Sie mir sagen, was dieses Kind behauptet?«, fragte ich sie.

»Nicht im Einzelnen«, erwiderte die Frau. »Alles, was wir Ihnen sagen können, ist, dass es um sexuelle Handlungen geht und wir die Aussage des Mädchens sehr ernst nehmen.«

»Hat sie ihn mit Namen genannt?«

»Diese Frage kann ich Ihnen leider auch nicht beantworten.«

»Wie lange wird diese ganze Angelegenheit dauern?«

»Ich würde sagen, mehrere Monate«, antwortete die Frau. »Wir sammeln die Beweise, und dann geht die Sache vor Gericht. Unglücklicherweise ist es bei diesen Fällen sehr schwierig, eine Verurteilung zu erwirken.«

In diesem Augenblick erkannte ich, dass sie von seiner Schuld mehr oder weniger überzeugt waren, dass sie aufgrund dessen, was Carly Smithson gesagt hatte, sicher waren, dass er es gewesen war. Es ging ihnen nicht darum herauszufinden, ob er unschuldig oder schuldig war, sondern darum, Beweismaterial zusammenzutragen, das das Gericht überzeugte.

»Bitte denken Sie daran, dass diese Männer sehr charmant und gerissen sein können«, sagte der Mann. »Sie können ihre Absichten sehr gut verstecken. Das sollten Sie bei den Entscheidungen, die Sie bezüglich Ihrer Kinder treffen, bedenken.«

Darauf sagte ich nichts.

Die Frau gab mir ihre Visitenkarte. »Wenn Ihnen noch etwas einfällt, müssen Sie sich mit uns in Verbindung setzen«, sagte sie.

»Was zum Beispiel?«, wollte ich wissen.

»Etwas, das Ihnen in den Sinn kommt. Ganz egal, was. Auch wenn es Ihnen trivial erscheint – bitte rufen Sie mich trotzdem an.«

Ich brachte sie an die Haustür. Lucy regte sich nicht, als wir am Wohnzimmer vorbeikamen, doch Alice sah nachdenklich hoch und wandte sich dann wieder Ricky Lake zu. Ich verabschiedete mich von ihnen.

Ich ging zurück in die Küche und betrachtete die Visitenkarte der Frau. »Detective Sergeant Griggs«. Victoria, der Vorname passte zu ihr; es war ein Name, der Tüchtigkeit, flache Schuhe und eine altmodische Hochsteckfrisur suggerierte. Ich legte die Karte hinter eine Topfpflanze auf den Küchenschrank. Ich öffnete das große Fenster, lehnte mich hinaus und schnappte tief und gierig nach Luft; ich stand lange so da und atmete nur ein und aus.

»Mama, was ist los mit dir?« Alice rüttelte an meinem Arm. »Hast du die Türklingel nicht gehört? Draußen steht ein Mann mit dem Gartenhäuschen.«

»Ich hab sie nicht gehört«, sagte ich.

»Musst du nicht unterschreiben?«

Ich ging in den Flur, und sie kam mir nach.

»Sie waren von der Polizei, nicht wahr?«, fragte sie. »Sind sie wegen Dan gekommen?«

Ich nickte.

»Müssen wir auch mit ihnen reden?«

»Ja«, antwortete ich. »Ich wollte nicht, dass sie mit euch sprechen, aber sie sagten, das müssten sie.«

»Wirklich, Mama, deswegen brauchst du dich nicht so aufzuregen«, sagte sie. »Mir macht das nichts aus. Und Lu wird es gefallen. Sie wird sich furchtbar wichtig vorkommen …«

Wieder klingelte es an der Tür.

»Mama, ich glaube, du solltest den Mann jetzt wirklich hereinlassen.« Sie öffnete die Tür und schob mich mit einem kleinen Schubs hinaus ins Sonnenlicht.

14

Unter den Dingen, die Alice während der Wohltätigkeitswoche gekauft hatte, befand sich auch ein Windspiel aus zwölf Muscheln, die an Bändern herunterhingen. Es war eigentlich ganz hübsch, die Muscheln waren lichtdurchlässig und weiß wie frische Milch. Sieben Pence hatte sie dafür bezahlt. Am Sonntagnachmittag, als Dan und ich alle Sachen aus dem alten Gartenhäuschen ausräumten, um es anschließend abzureißen, kam sie nach draußen und hängte das Windspiel an einen Ast des Apfelbaums. Der Wind frischte gerade auf, und die Muscheln stießen aneinander. Es hörte sich an, als würde Wasser auf Metall tropfen; die Klänge erinnerten mich an indonesische Gamelan-Musik und wirkten in einem englischen Garten exotisch und anachronistisch.

Lucy stand da und sah zu dem Windspiel auf.

»Das ist toll«, sagte sie. Sie trug ihr Haar offen, weil ich mir normalerweise am Wochenende nicht die Mühe mache, es zusammenzubinden, und es wurde von den Böen zu lockeren, sich drehenden Formen aufgewirbelt wie die wunderschönen zufälligen Muster, die durch den Wind auf dem Wasser entstehen.

Wir schleppten halb leere Farbeimer, schmutzige alte Küchenstühle und kaputtes Strandspielzeug nach draußen und stapelten alles auf dem Rasen.

»Du siehst so müde aus«, sagte ich zu Dan. Ich umarmte ihn einen Augenblick und sah ihm ins Gesicht. Sein Aussehen machte mir Sorgen. Er wirkte matt und abgestumpft wie Metall, dem sein Glanz genommen worden war; sein Blick war geistesabwesend, und seine Augen schienen stets auf etwas gerichtet, das gar nicht da war. »Bist du sicher, dass du das tun willst?«

Er zuckte mit den Schultern und gab mir einen flüchtigen Kuss. »Ich bin froh, wenn ich etwas zu tun habe. Es lenkt mich ab, und ich tue es wirklich gern.«

Lucy kam uns zu Hilfe und machte sich mutig an Sachen zu schaffen, die viel zu schwer für sie waren. Sie half Dan, eine große stapelbare Kiste aus dem Schuppen zu ziehen. »Was ist das?«, wollte sie wissen. »Mami, was ist da drin?«

»Ach, ich weiß nicht«, sagte ich betont beiläufig, weil ich den Verdacht hatte, dass sich altes Spielzeug darin befand, das ich weggepackt hatte, um es irgendwann zu Oxfam zu bringen. »Ich glaube, nichts Interessantes, wahrscheinlich jede Menge altes Zeug.«

Doch Lucys Neugier war geweckt, und sie nahm den Deckel ab. Darunter befanden sich jede Menge von Alices abgelegten Barbiepuppen; sie glitzerten und waren mit Flitter übersät, besaßen kecke Brüste und zähes, glänzendes Nylonhaar, das an die Fäden von Maiskolben erinnerte. An Geburtstagen oder Weihnachten hatten sie mit ihren rüschenbesetzten Röcken, die an verblühte Blumen erinnerten, in ihren Schachteln wunderschön ausgesehen; doch jetzt, wo sie durcheinander im Karton lagen, wo Teile ihrer Ausstattung fehlten, die Gliedmaßen nachlässig verrenkt waren und das blonde Haar ganz verfilzt war, sahen sie hässlich und ein wenig obszön aus.

»Ich wusste, dass es Spielsachen waren«, meinte Lucy triumphierend. Sie holte die Puppen aus der Kiste und drapierte sie auf umgedrehten Blumentöpfen. Als sie nicht aufrecht sitzen blieben, entschied sie, dass sie alle auf Landminen getreten waren und intensive Pflege benötigten. Alice kam nach draußen und schlenderte zu uns herüber; sie hatte immer noch etwas für sie übrig, auch wenn sie wusste, dass sie eigentlich zu alt dafür war.

»Okay, Mädels, haltet jetzt genügend Abstand«, rief Dan.

Mit einem Hammer schlug er auf meinen Gartenschuppen ein, der rasch in sich zusammenfiel; die dünnen Bretter zersplitterten und polterten zu Boden. Er musste schrecklich baufällig gewesen sein, nichts weiter als ein wackeliges Ding, das lediglich von ein paar rostigen Nägeln zusammengehalten worden war. Ich konnte nicht begreifen, wie der Schuppen das Gewicht der Klematis, die sich mit ihren wasserfallähnlichen, gischtweißen Blüten den ganzen Sommer über darauf gestützt hatte, getragen hatte. Ein paar zielgerichtete Schläge mit dem Hammer, und er war nicht mehr. Zersplitterte Bretter, aus denen alte Nägel ragten, lagen kreuz und quer auf dem Rasen. Ich setzte mich auf die Terrassenstufen und sah Dan zu.

Für September war es ein kalter Nachmittag, der Wind blies ziemlich eisig. Die Blumen in meinen Blumenkasten fingen an abzusterben: Das Steinkraut, das den ganzen Sommer nach Honig geduftet hatte, würde eingehen, sobald sich der erste Frost ankündigte. Im Garten meiner älteren Nachbarin trug der Sumach, den manche Leute Judasbaum nennen, bereits sein Herbstkleid: seltsame, vertrocknete rote Früchte, die aussahen wie Tannenzapfen, und gefiederte, rötliche Blätter. Das Rot der Früchte biss sich mit dem rötlichen Ton der Blätter – die Farben in Dorothys Garten sahen irgendwie unnatürlich aus, sie wirkten knallig und synthetisch und sahen eher aus wie billige Stoff-Farbe und nicht wie Farben von Früchten oder Blättern.

Als ich zusah, wie der Schuppen zusammenfiel, musste ich feststellen, dass mir Tränen in die Augen traten. Mir war nicht bewusst, dass ich traurig war – eigentlich fühlte ich überhaupt nichts. Es war, als hätte ich einen Teil der Abfolge ausgelassen: Das Gefühl fehlte, und der Kummer drückte sich rein körperlich aus, mir kamen die Tränen, und ich konnte sie nicht unterdrücken. Ich ging ins Haus und rubbelte mir das Gesicht mit Küchenpapier trocken.

Innerhalb von zehn Minuten war der Schuppen dem Erdboden gleichgemacht. Ich ging hinüber, um Dan zu helfen, und wir stapelten die alten Bretter in einer Ecke des Gartens aufeinander.

»Können wir ein Feuer machen?«, fragte Lucy.

»Wir warten bis zum Guy-Fawkes-Feuerwerk«, erwiderte ich.

»Bitte, Mami, nur ein ganz kleines. *Bitte.*«

»Nein, mein Schatz. Heute nicht. Bis zum 5. November ist es nicht mehr lange.«

Wir mussten die Bretter vorsichtig zwischen Finger und Daumen anfassen, da sie voller scharfer Splitter und kaputter Nägel waren. Man blieb leicht daran hängen. Dicker Staub, so schwarz und weich wie Ruß, klebte an den Brettern, und wir machten uns sehr schmutzig.

Dan atmete schwer, und der Schweiß stand ihm auf der Stirn.

»Du siehst so aus, als könntest du eine Pause vertragen«, sagte ich.

Er nickte dankbar.

Lucy folgte uns ins Haus, begierig wie immer, an einer Unterhaltung zwischen Erwachsenen teilzunehmen, doch ich holte ihr ein paar Pflaster und ein Desinfektionsmittel für die Barbiepuppen und schickte sie wieder nach draußen. Ich kochte Kaffee.

»Die Polizei war hier«, erzählte ich, als wir unseren Kaffee tranken. Unsere schmutzigen Finger hinterließen dabei auf den Bechern schwarze Fingerabdrücke.

»Ja«, meinte er, »das habe ich mir schon gedacht.«

»Sie müssen auch die Mädchen befragen.«

»War dir das nicht klar?«

»Nein«, antwortete ich.

»Chloe, es tut mir so Leid, so schrecklich Leid.«

»Warum tut es dir Leid?«, entgegnete ich scharf. »Es ist doch nicht deine Schuld, nicht wahr?«

»So habe ich es nicht gemeint«, erwiderte er. »Du liest immer in alles, was ich sage, etwas hinein. Das hilft uns nicht weiter. Was ich sagen wollte, war: Wenn wir nicht darin verwickelt wären, wärst du nicht daran beteiligt und müsstest all das nicht durchmachen.«

Ich wusste nicht, was ich sagen sollte, es stimmte.

Dan ging zum Waschbecken und spülte seinen Becher aus. »Haben Sie etwas zu der Behauptung gesagt?«, fragte er.

»Nein. Ich habe sie gefragt, ob sie deinen Namen erwähnt hat, doch sie haben geantwortet, dass sie mir das nicht sagen dürften. Sie haben lediglich gesagt, dass es bei der Behauptung um sexuelle Handlungen ginge.«

Er knallte den Becher auf das Abtropfbrett. Als er gegen seine Wut ankämpfte, dabei die Fäuste ballte und sein Gesicht rot anlief, machte mir seine Heftigkeit einen Augenblick lang Angst. Auf seinen Handrücken traten die Venen hervor wie Drahtseile. »Ich ertrage es nicht«, stieß er hervor, »für etwas beschuldigt zu werden und nicht zu wissen, was ich getan haben soll.«

»Du wirst es sicher bald herausfinden«, erwiderte ich.

»Ich wusste nicht, dass so etwas geht«, sagte er. »Ich wusste nicht, dass man eines Verbrechens beschuldigt und trotzdem im Unklaren gelassen werden kann. Mein Gott, wo bleibt denn da die Gerechtigkeit?« Er wandte sich abrupt von mir ab wie jemand mitten in einem Streit und ging wieder nach draußen.

Zusammen mit dem neuen Gartenhäuschen waren einige Pfosten für das Fundament mitgeliefert worden. Sie mussten erst noch imprägniert werden. Wir legten sie an Ort und Stelle, Dan holte das Kreosotöl und fing an, damit das Holz zu streichen. Bei dem Geruch, diesem kräftigen, männlichen Geruch, musste ich an meinen Vater denken, der immer in seinem Garten gewerkelt, die Garage repariert, Zaunpfähle ausgebessert und versucht hatte, alles zu erhalten. Ich habe diese Gerüche der Männer immer geliebt – Pfeifenrauch, Tweed, Terpentin, Motoröl; ich finde sie so viel netter als die Gerüche der Frauen – die zarten, ziemlich klebrigen Düfte der Kosmetikabteilungen. Die Dämpfe des Kreosotöls ließen meinen Vater plötzlich wieder lebendig werden – ich hörte den rauen Klang seiner Stimme und sein seltenes Lachen.

Lucy kam zu uns.

»Wofür ist das?«, fragte sie.

»Es verhindert, dass das Holz modert«, erklärte ihr Dan. »Sonst würde Wasser ins Holz eindringen, und euer schickes neues Gartenhäuschen steht irgendwann wieder schief.«

Sie stand da und sah ihm zu. Sie schaut zu gern anderen Leuten zu, wenn sie etwas bauen, anstreichen und reparieren, und sie liebt alles, was ein Handwerker so braucht – Werkzeug, Farben, Zeichnungen und genaue Abmessungen. Im Grunde ihres Herzens ist sie wie ihr Vater eine Forschernatur. Sachbücher schätzt sie am meisten. Als sie davon erfuhr, dass ein Kind in Alices Schule getadelt wurde, weil es ein Buch beschädigt hatte, meinte sie entsetzt: »Ich hoffe, es war kein *Entdeckungs*-Buch.«

Dan bemerkte ihr Interesse. Er wischte sich mit einer übertriebenen Geste die Stirn trocken. »Das ist wirklich schwere Arbeit«, sagte er. »Wenn ich doch nur jemanden hätte, der mir helfen würde.«

Lucy hüpfte auf und ab. »*Ich* könnte dir helfen. Lass *mich* helfen.«

Er hielt ihr den Pinsel hin. Sie wurde vor Aufregung ganz rot im Gesicht.

»Einen Moment, Lucy«, rief ich. »Du wirst das Zeug auf dein Sweatshirt bekommen, und das geht nicht wieder raus. Du musst noch etwas überziehen, du brauchst Arbeitskleidung.«

Lucy machte keinerlei Anstalten, mit mir zu kommen. Sie fing an, mit dem Kreosotöl zu streichen, sehr genau und vorsichtig.

Ich ging zu ihr. »Wenn du dich nicht umziehst, darfst du nicht streichen«, sagte ich so streng, wie ich konnte.

Sie war böse und kam nur widerstrebend mit mir; dabei hatte sie gereizt die Arme vor dem Körper verschränkt. Ich suchte ihr eine alte Bluse von mir heraus, die ihr bis auf die Fußknöchel reichte, half ihr beim Anziehen und rollte die Ärmel hoch. Als ich vor ihr kniete, war ihr Kopf auf gleicher Höhe mit meinem. Ich vergrub meine Nase in ihrem Haar.

»Du duftest nach Wind«, meinte ich zu ihr.

»Wie kann ich nach Wind duften?«, fragte sie.

»So duftet dein Haar immer, wenn der Wind damit spielt«, sagte ich. »Ich weiß nicht, wie dieser Duft entsteht, aber ich liebe ihn.«

»Das ist albern, Mami.«

In der viel zu großen Bluse wirkte sie besonders klein. Ihre Haut hatte dieses durchsichtige Aussehen, sie erinnerte an helles Porzellan, durch das das Licht hindurchschimmert.

»Jetzt bist du ein richtiger Handwerker«, sagte ich.

Doch das besänftigte sie nicht. Sie zappelte herum, während ich versuchte, den obersten Knopf zuzumachen. »Beeil dich, Mami. Ich muss wieder zu Dan. Dan *braucht* mich.«

Ich beobachtete sie durch die offene Küchentür. Sie verstrich das Kreosotöl sehr akribisch, ungeheuer selbstbewusst und stolz. Und Dan sah jetzt besser aus, als würde ihn die Arbeit und vielleicht auch die Gegenwart einer fröhlichen Lucy entspannen oder ablenken. »Das machst du prima«, lobte er sie. »Richtig professionell.«

Sie strahlte. Ihre langen blonden Haare wehten aus dem Gesicht. Auf ihrer Wange war ein Klecks Kreosotöl zu sehen.

Ich stand da und trank den Rest kalten Kaffee in meinem Becher, während ich zusah, wie sie zusammen arbeiteten. Ich beobachtete ihn, ständig beobachtete ich ihn. Mir war es bewusst, und ich verabscheute es. Ich kam mir vor wie ein hässlicher Eindringling, wie eine große, lauernde Spinne, die am Rand ihres Netzes darauf wartet, über ihre Beute herzufallen. Ich beobachtete diesen Mann, der noch vor kurzer Zeit Teil meines Körpers gewesen zu sein schien; ich musterte ihn, wie man hin und wieder einen Mann mustert, den man nicht kennt, wie zum Beispiel spät abends in der U-Bahn. Dort versuche ich auch, Männer unter die Lupe zu nehmen, um Anzeichen von Gefahr zu erkennen – beispielsweise einen rauschgiftsüchtigen, glasigen Blick, mangelnde Hemmungen oder die Tatsache, dass er bei Blickkontakt nicht wegschaut. Ich wusste, dass ich jetzt Dan so argwöhnisch und abschätzig beobachtete, nach Hinweisen und Beweisen suchte; ich registrierte, wie er sie berührte, sie ansah, sich zu ihr beugte und ihr mit seiner Hand auf ihrer zeigte, wie sie den Pinsel halten musste. Er spürte, dass mein Blick auf ihm ruhte, drehte sich um und sah mich an. Ich wich seinem Blick aus und schämte mich; ich hatte das Gefühl, jemanden verraten zu haben – auch wenn ich nicht wusste, ob ihn oder mich selbst.

Als sie mit dem Streichen fertig waren, ging ich zu ihm hinaus. »Solltest du es nicht für heute dabei belassen?«, fragte ich. »Du wirst morgen kaputt sein.«

»Ach, zum Teufel«, meinte Dan. »Es ist ja nicht so, dass ich morgen irgendetwas zu tun hätte.«

»Nein«, antwortete ich. Einen Augenblick hatte ich vergessen, dass er suspendiert war. Ich schämte mich.

Also bauten wir gemeinsam mit Hilfe einer Zeichnung, die mitgeliefert worden war, das Gartenhäuschen auf. Es war überraschend einfach. Lucy und ich hielten die Verkleidungen aus rot gefärbtem Zedernholz fest, und Dan schlug die Nägel ein.

»Wenn wir das Dach draufsetzen, können wir zumindest die Sachen wieder hineinstellen«, sagte Dan. »Es ist dann zwar noch nicht fertig, aber wenigstens stehen die Sachen trocken. Die Fenster und die Dachpappe kann ich dann später anbringen.«

Die Dämmerung nahm zu, und die Schatten wurden so dunkel wie reife Pflaumen. Im September wird es früher dunkel, und es kühlt rasch ab. Um sechs Uhr abends ertappt man sich dabei, dass man an den Winter denkt, auch wenn der Tag selbst noch so schön war. Die Wind war stärker geworden, und die Muscheln des Windspiels schlugen aneinander wie die Schlaginstrumente einer frenetischen Kapelle ohne Dirigent. Wenn der Wind noch zunahm, würden die Muscheln zweifellos zerbrechen.

Ich schickte meine Töchter gleich nach dem Abendessen nach oben ins Bett, denn es war spät geworden. Dan und mir schenkte ich ein Glas Rotwein ein, ich zündete ein paar Kerzen an, machte die meisten Lampen aus und stellte einen Krug mit den letzten Rosen auf den Tisch. Dass ich eine besondere, vielleicht etwas romantische Atmosphäre schuf, war insgeheim ein Akt der Reue; ich wollte mich für den Augenblick entschuldigen, in dem er mich dabei ertappt hatte, dass ich ihn angesehen hatte, als sei er ein Fremder. Wir saßen da und tranken schweigend unseren Wein, wir waren eine Weile fast zufrieden. Dann räumten wir die Teller in den Geschirrspüler, ich schrubbte die Töpfe, und Dan trocknete ab. Er hatte vor dem Essen geduscht und duftete nach meiner Seife.

»Ich war bei Felix«, erzählte er.

»Gut«, sagte ich. »Hat er dir gefallen?«

»Es geht so. Du hast Recht. Er ist nicht gerade – wie hast du es formuliert? – *nett.* Doch ich kann mir vorstellen, dass er gut ist. Er hat mich ziemlich in die Mangel genommen. Es war wie eine Vernehmung.«

»Doch er übernimmt deinen Fall?«

»Ja.« Er legte das Handtuch einen Augenblick beiseite, drehte sich um und nahm sein Weinglas in die Hand. »Ich erzählte ihm, dass du mich empfohlen hättest. Und er meinte: ›Ah, *Chloe*‹ – er scheint dich zu mögen.«

Ich zuckte mit den Schultern.

»Ich habe mich anschließend gefragt, ob du eine Beziehung mit ihm hattest«, sagte er.

Ich sah ihn nicht an. »Nur einen kleinen Flirt«, erwiderte ich. Ich schrubbte den Schmortopf. Der Topfkratzer war voll mit verbrannten Möhrenstückchen. »Du hast doch sicher bemerkt, was für ein Mann er ist. Er versucht es wahrscheinlich bei jeder. Es war nie mehr als ein Flirt.« Ich verstand nicht, warum ich angefangen hatte, Dan anzulügen. Es war ja nicht so, dass ich ein Doppelagent geworden war und mir deshalb alle Möglichkeiten offen halten wollte, weil ich nicht wusste, auf welche Seite ich gehörte. Ich schrubbte weiter, obwohl der Topf längst sauber war. Dan sagte kein Wort.

Die Kerzen auf dem Tisch flackerten, die Schatten an der Wand berührten sich und tanzten dann in einer komplizierten Choreographie wieder auseinander. Kaum hörbar fiel das Blütenblatt einer Rose auf den Tisch.

»Die Polizei scheint sehr überzeugt davon zu sein, dass du es warst«, sagte ich. Ich hatte ihm den Rücken zugewandt. Ich drehte den Hahn auf, um den Topf abzuspülen, gab jedoch nicht Acht, und das fließende Wasser lief auf einen Löffel und spritzte mich von oben bis unten nass. Ich fluchte und tupfte mich mit einem Wischtuch trocken. »Soll ich dir davon erzählen?«, fragte ich ihn. »Was sie mich gefragt haben und was ich geantwortet habe – damit du vorbereitet bist, wenn sie dich befragen?«

»Worauf sollte ich vorbereitet sein?«, fragte er scharf. Die Art und Weise, wie seine Stimme an Tempo und Härte zugenommen hatte, entmutigte mich, doch ich fuhr rasch fort.

»Darauf, dass sie dich über uns und dein Liebesleben und alles andere ausfragen werden«, erwiderte ich.

Er erstarrte und sagte kein Wort. Ich konnte nicht begreifen, warum er es nicht verstand, warum ich es ihm mühsam erklären musste.

»Damit deine Geschichte mit meiner übereinstimmt«, sagte ich.

Er schleuderte sein Weinglas durch die Küche. Es schlug gegen die Kühlschranktür. Das Geräusch von splitterndem Glas schien ewig anzudauern. Der Rotwein spritzte wie Blut aus einer Arterie in alle Richtungen. Er packte mich an den Schultern und drehte mich um, damit ich ihn ansehen musste. Seine Finger pressten sich tief in mein Fleisch, er tat mir weh.

Er schrie mir ins Gesicht: »Warum zum Teufel sollte es wichtig sein, was du gesagt hast?«

Er schob mich von sich weg – mit zu viel Schwung. Ich stützte mich gegen die Kühlschranktür. Ich zitterte.

»Mein Gott, Chloe«, schrie er, »mir ist scheißegal, was du gesagt hast.«

»Ich wollte dir doch nur helfen«, flüsterte ich wie betäubt. Meine Hände, die sich hinter meinem Rücken gegen den Kühlschrank stützten, waren von dem verschütteten Wein ganz nass. Tränen liefen mir über das Gesicht. Ich streckte eine Hand nach ihm aus.

Er schauderte und rieb sich die Augen mit einer Hand, so wie man es manchmal tut, wenn eine Stimmung so plötzlich verschwindet, wie sie gekommen ist. »Mein Gott«, sagte er.

Er blinzelte, als ob er nicht richtig sehen könnte, und kam dann auf mich zu. Wir nahmen einander vorsichtig in die Arme, als seien wir zerbrechlich. Seine Augen waren ebenfalls feucht. »Wenn du so etwas sagst«, meinte er, »dass unsere Geschichten übereinstimmen sollten, dann habe ich das Gefühl, du denkst, ich hätte es getan und würde dich belügen.«

Er löste sich sehr sanft von mir und setzte sich an den Tisch. Seine Bewegungen waren schwerfällig. Als er gegen den Tisch stieß, fielen noch mehr Rosenblätter herunter.

»Es muss doch reichen, wenn ich einfach nur die Wahrheit sage«, meinte er.

Ich fegte die Glasscherben zusammen, wickelte sie in eine Zeitung und warf sie in den Mülleimer. Den Kühlschrank rieb ich mit dem Wischtuch ab. Es machte mir nichts aus, dass er nicht anbot, mir zu helfen. Ich hatte das Gefühl, dass er in Gedanken weit weg war und gar nicht bemerkte, was ich tat.

»Kann ich bleiben?«, fragte er.

»Natürlich«, antwortete ich. Als wir ins Bett gingen, konnten wir hören, wie der Wind an den Mülleimerdeckeln, Milchflaschen und dem Windspiel im Garten rüttelte. Dann setzte der Regen ein; erst war er nur ganz leise am Fenster zu hören, doch bald prasselten dicke Tropfen gegen die Scheiben.

»Gut, dass wir das Dach noch aufgesetzt haben«, sagte Dan.

In jener Nacht liebte er mich mit einer gewissen Verzweiflung – als ob er glaubte, dass damit alles geheilt werden könnte. Doch ich konnte mich irgendwie nicht so recht darauf einlassen. Ich ließ mich leicht ablenken, ständig kamen mir die Geräusche des Sturms in die Quere. Und auch wenn sein Mund sich auf mir so wunderbar anfühlte wie früher, hatte ich jetzt nicht mehr wie sonst bei ihm das Gefühl, überwältigt und von Empfindungen überrollt zu werden. Es waren keine Farben und kein flackerndes Licht mehr zu sehen – ich wusste, dass ich es auf meine mir vertraute Weise geschehen lassen musste. Es war mühselig und anstrengend, wie es bei mir manchmal zwischen zwanzig und dreißig gewesen war, wenn ich dachte: »Wenn ich noch länger brauche, verliert er die Lust«, und sich mit diesem Gedanken die Erregung in Luft auflöste. Während ich angespannt dalag und kommen wollte, aber irgendwie nicht konnte, mich dem entscheidenden Augenblick näherte und dann wieder von ihm entfernte, griff ich zurück auf die erotischen Fantasien, die normalerweise bei mir einen Orgasmus erleichtern. Doch stattdessen sah ich ein verängstigtes kleines Mädchen in einem Zimmer voller Kinderbücher auf Urdu und Koreanisch vor mir sowie einen Mann, der seine Macht über sie genoss, der ihr wehtat und dies auskostete, der das Gesicht und die forschenden Finger des Mannes besaß, der mich gerade berührte. Diese Vorstellung erregte mich zwar Gott sei Dank nicht, doch sie minderte meine Lust auch nicht. Sie war einfach da, sie war ein Teil von mir, in meinem Kopf verankert – und ich konnte sie nicht loswerden.

Anschließend, als ich ihm den Rücken zugedreht hatte, weinte ich leise und hoffte, dass er es nicht hörte, dass die Geräusche des Sturms meinen stockenden Atem übertönten. Ich nehme an, dass er es trotzdem hörte, doch er versuchte nicht, mich zu trösten. Er lag einfach nur neben mir auf dem Rücken; ich glaube, er wusste, dass es nichts gab, was er tun konnte.

»Werden wir das zusammen durchstehen?«, fragte er nach einer Weile.

»Natürlich«, antwortete ich, drehte mich um und legte meinen Kopf auf seine Schulter. Doch ich wusste, dass sich etwas in mir gegen dieses Wort »zusammen« sträubte und wollte, dass ich ein wenig von ihm abrückte.

15

Als Dan am nächsten Morgen ging, hatte sich das Wetter beruhigt, auch wenn der Himmel noch bewölkt war. In meinem Garten waren überall Schnecken, die durchsichtig und ziemlich Ekel erregend aus ihren Häuschen quollen. Der Wind hatte jede Menge Blätter von den Bäumen abgerissen, einige waren noch grün. Sie sahen auf der Terrasse aus wie kleine Untertassen, in denen Pfützen aus klarem Regenwasser schwammen.

Lucy roch immer noch nach Kreosotöl. Ich schrubbte ihr Gesicht und ihre Hände, bevor ich sie zur Schule fuhr, doch den Geruch wurde sie nicht los. Er schien an ihrem Haar zu kleben. Der Geruch, den ich tags zuvor so gern eingeatmet hatte, irritierte mich nun. Er wirkte abgestanden und unpassend bei einem Kind.

Ich verbrachte den Vormittag damit, Kyle Marstons Mutter bei ihrem Besuch im Pflegeheim zu begleiten. Kyle Marston war mein jüngster Fall von Kindesmisshandlung. Er war erst vier Jahre alt. Die Körperverletzung war ans Tageslicht gekommen, als seine Mutter ihn mit gebrochenem Bein in die Unfallstation gebracht hatte. Der Unfallarzt hatte sich aufgrund der merkwürdigen blauen Flecken Gedanken gemacht und ihn auch an anderen Stellen geröntgt, und auf den Röntgenbildern waren mehrere verheilte Knochenbrüche zu sehen gewesen. Kyle hatte sofort einen Pflegeplatz bekommen, und seine Mutter durfte ihn nur unter Aufsicht besuchen. Es war ein Pflegeheim, das wir häufig benutzten, mit engagierten Pflegeeltern, Kaninchen und Bilderbüchern, und zum Tee gab es Kuchen aus Schokoladenkrispies, den die Kinder selbst gebacken hatten. Kyles Mutter rauchte während ihres gesamten Besuchs; sie fühlte sich offensichtlich unbehaglich. Bereits im Alter von neunzehn Jahren sah sie verhärmt aus, und ihr schlecht gebleichtes Haar fiel ihr ständig ins Gesicht. Sie berührte Kyle so gut wie gar nicht und brauchte sehr viel Anleitung, um mit ihm zu spielen. Wenn sie sich eine Zigarette anzündete, zitterten ihre dünnen Finger. Doch Kyle war ganz außer sich, als sie gehen musste. »Nein, nein, nein, nein«, schrie er verzweifelt und klammerte sich an sie. Ich musste seine Finger einzeln von ihrem Arm abziehen wie Pflaster. »Nein, nein, nein, nein.« Ich fuhr sie nach Hause. Sie saß schweigend im Auto und rauchte.

Ich diktierte meine Anmerkungen zu diesem begleiteten Kontakt, während ich im Büroparkhaus nach einem freien Parkplatz Schlange stand. Nachdem ich mein Auto abgestellt hatte, ging ich beim Schreibbüro vorbei und gab dort meine Tonbandkassette ab, damit sie abgetippt werden konnte.

Meine Schreibkraft Maureen sah auf. »Ach, ich schreibe Ihnen gerade eine Nachricht«, sagte sie. »Ihre Freundin Vicky hat angerufen.«

Vicky?, überlegte ich.

Sie gab mir den Zettel.

»Danke.« Ich warf einen Blick darauf und erkannte die Nummer.

Sie musste es mir am Gesicht abgelesen haben, weil sie sagte: »Ich hoffe, es ist nichts passiert. Sie klang ganz fröhlich, höchstens ein wenig besorgt um Sie, würde ich sagen.« Maureen sah mich erwartungsvoll an. Sie hoffte auf eine interessante Information, die ein wenig Abwechslung in ihren Tag brachte.

»Nein, alles in Ordnung«, erwiderte ich.

Jude eilte gerade aus dem Büro, wir stießen an der Tür fast zusammen. Sie sah mich fragend an.

»Die Blumen waren sehr schön, vielen Dank, sie haben mir wirklich geholfen«, sagte ich zu ihr.

Wir umarmten uns kurz und vorsichtig.

»Geht's dir gut?«, fragte sie.

»Ja, danke«, erwiderte ich.

Nat war nicht da. Ich ging in sein Büro, da mich dort niemand belauschen konnte, und wählte die Nummer auf dem Zettel.

»Detective Sergeant Griggs, bitte.«

»Am Apparat.«

»Ach so. Hier spricht Chloe Langdon.«

»Hallo, Chloe.« Offenbar nannten wir uns jetzt beim Vornamen. »Danke, dass Sie zurückrufen.«

»Schon gut.«

»Chloe, ich habe da etwas, das Sie sich anschauen sollten.«

»Was denn?«

»Es ist besser, wenn ich es Ihnen zeige.«

Wir vereinbarten ein Treffen nach dem Mittagessen bei mir zu Hause. Ich konnte noch ein paar Überstunden abbummeln und hatte keine Termine in meinem Kalender.

Sie wartete in ihrem Auto auf mich, als ich zu Hause ankam. Als ich das Auto parkte, stieg sie lächelnd aus und winkte. Einen kurzen, verrückten Augenblick lang fühlte ich mich geschmeichelt, dass sie so erfreut schien, mich zu sehen. An jenem Tag sah sie besonders schick aus, sie hätte einem Zeitschriftenartikel über die neuen feminineren Hosenanzüge entstiegen sein können.

Ich ging mit ihr in die Küche. Es war ein trüber Tag, und ich musste das Licht einschalten. Vor dem Hintergrund meines braunschwarzgrauen Septembergartens wirkte mein neues Gartenhäuschen grellrot, wie ein Schnitt, der sich gerade erst geschlossen hatte. Ich wischte die Frühstückskrümel vom Tisch und kochte Kaffee.

Sie öffnete ihren Aktenkoffer und nahm einen Stapel Fotos heraus.

»Dieser Film befand sich in Mr. Whitmores Fotoapparat, und wir haben ihn entwickeln lassen«, sagte sie. »Ich möchte Sie bitten, sich die Fotos anzusehen.«

»Wozu?«, fragte ich. »Ich meine, was wollen Sie denn wissen?«

»Bitte schauen Sie sich einfach die Fotos an, Chloe«, sagte sie. »Erzählen Sie mir, was Sie von ihnen halten.«

Ich nahm ihr den Stapel Fotos ab. Nacheinander durchlief ich die typischen Stress-Symptome, sie waren mir inzwischen so vertraut wie die körperlichen Empfindungen der Begierde – der Ruck in meinem Magen, der ausgetrocknete Mund, der rasche Pulsschlag in meinen Ohren.

Doch die Fotos wirkten vollkommen harmlos. Es waren die Fotos, die Dan an jenem heißen Augustnachmittag in meinem

Garten gemacht hatte. Lucy in ihrem Esmeralda-Badeanzug, die unter dem Rasensprenger spielte und aus dem Bild sprang; sie hatte sich dabei so rasch bewegt, dass sie teilweise unscharf war und ihre Haut vor Wassertropfen glitzerte. Der Fotoapparat oder die Entwicklung war mit ihrem hellen Haar im strahlenden Sonnenlicht nicht zurechtgekommen; man konnte nicht erkennen, wo ihr Haar aufhörte und der Himmel begann. Alice lag unter dem Apfelbaum und schnitt Grimassen. Ihr war das Posieren peinlich. Lucy huckepack auf Alices Rücken, wie sie beide rebellisch der Kamera die Zunge rausstreckten. Und dann die Fotos, die Alice unter Dans Anleitung gemacht hatte: befangene, künstlerische Fotos – eine Rose, ein Eimer voller Schnecken. Und dann noch ein paar, die Dan von mir gemacht hatte – mit heruntergeschobenen Trägern, damit ich gleichmäßig braun wurde; meine Augen waren dabei im Sonnenlicht zusammengekniffen, und mein Gesicht war in lauter Lachfalten gelegt.

Der Rasen war ein wenig zu lang, von der Sonne ausgedörrt und voller Gänseblümchen; die Klematis schwelgte in cremefarbenen Blüten, und überall blühten die Rosen – ein paar blasse Rosen an der Hecke und opulente Zuchtrosen im Rosenbeet, die verschwenderisch ihre roten und schwefelgelben Blütenblätter auf dem Rasen verteilt hatten. Die Farben blendeten mich an jenem feuchten, dunklen Septembertag. Ich hatte vergessen, wie viel im Sommer in meinem Garten blühte.

Ich blätterte die Fotos durch. »Die sind doch alle vollkommen harmlos, finden Sie nicht?«, sagte ich. »Ich meine, an Lucy im Badeanzug ist doch sicher nichts auszusetzen.«

»Schauen Sie einfach weiter durch«, sagte sie.

Schließlich kam ich zu dem Foto. Es war im Haus ohne Blitz aufgenommen worden, und es war ziemlich dunkel und unscharf. Es war ein Foto von einem Spiegelbild. Der Spiegel war beschlagen, und der Wasserdampf verlieh dem Foto Weichzeichnerqualität, als habe bei der Aufnahme ein Schleier über der Linse gelegen.

»Kennen Sie diesen Raum?«, fragte sie.

»Das ist mein Badezimmer«, sagte ich.

Auf der Ablage unter dem Spiegel konnte ich ein paar Dinge erkennen – eine Schachtel Kosmetiktücher, Lucys Erdbeerzahnpasta, meine Pflegespülung für lockiges Haar.

Ich betrachtete das Foto – den Badezimmerspiegel und das Mädchen im Spiegel, das sich darin mit herabhängenden Armen betrachtete. Sie war mindestens bis zum Bauchnabel, wo die untere Spiegelkante ihr Spiegelbild abschnitt, nackt. Ihre Umrisse wurden vom Wasserdampf verwischt, doch den schlanken Oberkörper und die kleinen, festen weißen Brüste konnte man gut erkennen.

»Ist das Ihre Tochter Alice?«

»Ja«, antwortete ich.

»Haben Sie dieses Foto gemacht?«

»Nein«, erwiderte ich. Meine Stimme klang fremd, halb erstickt.

»Wissen Sie, wer dieses Foto gemacht hat?«

»Das weiß ich nicht«, sagte ich.

Ich hatte einen unablässigen schrillen Ton im Ohr, der so real war, dass er außerhalb meines Kopfes erzeugt zu werden schien, auch wenn ich wusste, dass dies nicht der Fall war. Es war das laute Geschrei des kleinen Jungen, das ich vormittags gehört hatte und das in meinem Kopf widerhallte – nein, nein, nein, nein. Es wiederholte sich ständig wie das Kreischen eines Vogels, der nur einen Ton kennt. Nein, nein, nein, nein.

Es war das letzte Foto in dem Stapel. Ich ließ es obenauf liegen und schob ihr die Fotos dann über den Tisch zu.

»Fotografiert Dan Ihre Töchter oft?«, fragte sie in der energischen, sachlichen Art, die ihr eigen war.

»Nur an jenem Nachmittag im Garten«, antwortete ich.

»Hat er irgendwelche Nacktfotos gemacht oder Fotos, auf denen jemand nur halb bekleidet war?«

»Nein, nicht dass ich wüsste.« Das Foto von Alice lag zwischen uns auf dem Tisch und widerlegte das, was ich gerade gesagt hatte. »Nun ja, ich habe es nicht gewusst. Ich meine, ich hatte keine Ahnung. Oh, Gott.« Plötzlich konnte ich nicht mehr sprechen. Ich schlug die Hände vors Gesicht.

Sie wartete ab. Ich nahm an, dass diese Augenblicke der Enthüllung, in denen alles auf den Kopf gestellt wurde, für sie nichts Neues waren, es war ihr Beruf. Sie saß ruhig da, bis ich wieder die Augen öffnete.

Ich schaute zu ihr hinüber und wartete wie ein Kind darauf, dass sie die Initiative ergriff und mir sagte, was ich tun sollte. In gewisser Weise sah ich sie jetzt klarer. Mir fielen Dinge auf, die ich vorher nicht an ihr bemerkt hatte – die sympathischen Krähenfüße, die ihre Augen umgaben, und die Tatsache, dass ich sehen konnte, wo ihre Grundierung aufhörte. Sie wirkte realer und menschlicher. Ich hatte sie nicht gerade gern, doch sie war alles, was ich hatte.

Sie bat mich, ihr das Badezimmer zu zeigen. Wir gingen nach oben; dabei behielt Vicky das Foto in der Hand. Der Treppenabsatz war dunkel, denn er hatte keine Fenster. Ich musste das Licht anschalten. Ich öffnete die Tür und zeigte ihr mein unordentliches und schmutziges Badezimmer, das Durcheinander von peinlichen Dingen – Tampons, Nissenkämme, Haare im Abfluss. Doch es war mir egal. Allmählich wurde ich abgehärtet, was diese kleinen Anzeichen schlechter Haushaltsführung betraf. Ich zeigte ihr, dass sich die Tür gegenüber vom Spiegel befand, und wir überprüften, wie man jemanden durch die offene Tür im Spiegel fotografieren konnte.

»Hat sie bemerkt, dass sie jemand fotografiert hat?«, fragte ich.

»Nicht unbedingt. Nicht, wenn der Betreffende sehr schnell und leise war. Auf dem Treppenabsatz ist es dunkel. Wenn sie in den Spiegel sah, konnte sie eigentlich vor der Tür niemanden erkennen, wenn dort das Licht aus war.«

Ich probierte es aus. Es stimmte.

»Und das Bild ist leicht schief«, fuhr sie fort. »Ich würde vermuten, dass es in aller Eile gemacht wurde.«

»Also ist es für Alice so, als gäbe es dieses Foto gar nicht?«

»Es gibt sicherlich keinen erkennbaren Grund, dass sie etwas davon bemerkt hat«, antwortete sie.

Und sie sollte nie davon erfahren, beschloss ich. Niemals. Sie sollte nie herausfinden, dass jemand ein Bild von ihr gestohlen hatte und dieses Bild für sein eigenes Vergnügen benutzen wollte. Davor wollte ich sie unbedingt bewahren. Meine Entschlossenheit bewirkte, dass ich fast so etwas wie Erleichterung spürte, auf der ich mich ein wenig ausruhen konnte. Es kam mir so vor, als sei ich seit Tagen immer tiefer einen Berg hinuntergefallen und hätte dabei versucht, mich an der Erde und dem Fels festzuklammern, hätte Wurzelstückchen gepackt, an denen ich mich einen Augenblick festhalten konnte, bis sie nachgaben, und wäre schließlich so tief gefallen, bis es nicht mehr weiter ging. Ich hatte wieder festen Boden unter den Füßen. Ich war verletzt, doch ich wusste, wo ich war.

Wir gingen wieder nach unten. Ich trank mechanisch einen Schluck Kaffee nach dem anderen, obwohl er längst kalt war. »An jenem Nachmittag, als Dan seinen Fotoapparat mitbrachte, war ich so glücklich«, sagte ich. »Ich dachte, er sei einfach nur nett zu ihr und wolle sie dazu bringen, ihn zu mögen. Sie hatte ihn immer ein wenig abgelehnt. Ihr gefiele es am besten, wenn wir allein seien, hat sie zu mir gesagt.«

»Ja, das haben Sie mir erzählt«, sagte Vicky.

»Ich dachte, das sei seine Art, auf sie zuzugehen«, meinte ich.

»Wenn Dan dieses Foto gemacht hat, Chloe, dann führt kein Weg an der Tatsache vorbei, dass er ganz andere Absichten hatte als die, auf sie zuzugehen.« Sie steckte die Fotos wieder in den Umschlag. »Rufen Sie mich an, wenn Ihnen noch etwas einfällt«, sagte sie. »Ganz egal was. Sie wissen ja, wo Sie mich erreichen.«

Ich brachte sie zur Tür.

Danach ging ich zurück in die Küche und setzte mich an den Tisch. Ich musste nachdenken und mir überlegen, was ich tun sollte, ich musste wieder von vorn anfangen, doch ich konnte einfach nicht stillsitzen. Ich war so kribbelig und unruhig, als hätte ich zu viel Kaffee getrunken. Ich hatte Herzklopfen, und mein Puls raste; mein Körper verlangte nach Bewegung.

Ich ging hinaus in den Garten. Die Äste und die Baumstämme waren schwarz vor Nässe, alle Farben waren dunkel und verblassten: Es war die Jahreszeit, in der sich alles in den Erdboden zurückzieht. Der Rasen war übersät mit braunen Rhododendronblättern, die durch die Nässe schwer wie Leder waren.

Ich lief auf und ab, über die Terrasse auf den Rasen, hinunter zu der Rosenhecke am hinteren Ende des Gartens, wo das Holz des alten Schuppens, unter einer Plane geschützt, auf das Guy-Fawkes-Feuerwerk wartete, und dann auf der anderen Seite am Apfelbaum und am Rosenbeet vorbei zurück zur Terrasse.

Im Gehen hob ich Dinge auf und ließ sie wieder aus den Händen gleiten – vom Baum gefallene grüne Äpfel, die wurmstichig und auf der Unterseite faulig waren, ein paar vertrocknete Blüten, die in meinen Fingern zu Staub zerkrümelten. Es gab sehr viel zu tun. Mir wurde bewusst, wie sehr ich den Garten hatte verkommen lassen. Ich war eine schlechte Gärtnerin gewesen, alles war schrecklich verwildert. Auf einmal gefiel mir mein Garten nicht mehr. Ich konnte einfach nicht begreifen, warum ich ihn so sehr geliebt hatte, all dieses überbordende, schattige Grün, all diese üppige Vegetation, diesen Überfluss. Selbst jetzt, als die Blumen verblüht waren, die Blätter fielen und der Garten zum Winter hin allmählich ausdünnte, herrschte eine schreckliche Unordnung und ein furchtbarer Wildwuchs. Im Blumenbeet behinderten sich die Sträucher gegenseitig, sie nahmen einander Licht und Schatten, die wilden Rosen entzogen dem Rasen alle Nährstoffe, und das Unkraut, das ich nicht herausgerissen hatte, weil ich seine unbekümmerten gelben Blüten eigentlich ganz hübsch fand, drohte jetzt den Kräutergarten zu überwuchern. Meine Vorliebe für alle Kletter- und Kriechpflanzen – der Efeu, der sich um den Pflaumenbaum rankte, die Passionsblume, die durch den Flieder kroch, die Klematis, die jetzt in den Apfelbaum kletterte – erschien mir besonders merkwürdig. Wo auch immer es einen Baumstamm oder einen Stengel gab, hatte ich etwas gepflanzt, das sich daran hochrankte oder daran klammerte, es umarmte und ausbluten ließ.

Ich war von falschen Voraussetzungen ausgegangen. Von nun an würde ich alles ganz anders angehen: Alles sollte ordentlich und zurückhaltend sein, seinen eigenen kleinen Bereich bekommen, nichts durfte etwas anderes beeinträchtigen. Am besten fing ich gleich damit an, dachte ich, etwas gegen diese Schößlinge, Kriech- und Wucherpflanzen zu unternehmen. Ich holte einen Spaten aus dem Schuppen und fing an, die Erde im Rosenbeet umzugraben. Sie war unglaublich schwer, doch ich fühlte mich stark und voller Energie.

Im Garten roch es immer noch leicht nach Kreosotöl. Ich sah mich selbst am Tag zuvor, als Dan mein Gartenhäuschen aufgebaut hatte. Da war ich noch der Ansicht gewesen, dass ihm Unrecht zugefügt worden war und dass ein verstörtes kleines Mädchen nicht in der Lage gewesen war, ihren Peiniger klar zu identifizieren, weil sie sich vielleicht nicht mehr richtig an ihn erinnerte oder weil sie möglicherweise von ihrem wahren Peiniger bedroht worden war und sich daher nicht traute, die volle Wahrheit zu sagen. Die Frau, die ich am Vortag gewesen war, schien eine andere Person gewesen zu sein, und ich war angesichts ihrer Naivität entsetzt. Während ich in meinem Garten arbeitete, kam mir die Überzeugung, dass man jemanden, mit dem man ein paar Wochen lang geschlafen hatte, kennen konnte, so blind und naiv vor wie der Glaube an intelligente Bomben oder die Zahnfee.

Ich grub und grub; ich drehte große, puddingartige Erdklumpen um und brachte die Osterglockenzwiebeln vom vergangenen Jahr und dicke weiße Regenwürmer zum Vorschein. Ich dünnte die Umrandung aus und versuchte, die Rüben auszugraben, doch ihre Wurzeln gingen tief, und manchmal ließen sie sich einfach nicht ausreißen, egal, wie fest ich daran zog. Ich arbeitete sehr lange vor mich hin. Es kam mir vor wie ein Neuanfang.

Als der Wecker an meiner Armbanduhr klingelte, um mich daran zu erinnern, dass es Zeit war, Lucy abzuholen, zuckte ich zusammen, als hätte mich jemand geschlagen. Überrascht stellte ich fest, dass anderthalb Stunden vergangen waren.

Ich ging ins Haus. Ich war unbeschreiblich müde und durchnässt. Auch wenn es mir gar nicht aufgefallen war, hatte es unablässig geregnet. Ich betrachtete mich im Spiegel, der über dem Kaminsims hing. Ich sah ziemlich wüst aus: Mein Haar, an dem noch einzelne Regentropfen hingen, war kraus, und mein Gesicht war gerötet. Ich zog mich um und legte etwas Make-up auf, um meine Gesichtsfarbe ein wenig abzumildern. Mein Blick fiel auf den Becher, aus dem Vicky getrunken hatte, und ich räumte ihn schnell ins Spülbecken.

Irgendwie schaffte ich es, mit dem Auto zur Schule zu kommen, auch wenn mich ein anderer Autofahrer anhupte, nachdem ich offenbar, wie mir erst hinterher bewusst wurde, ohne zu blinken, rechts abgebogen war. Lucy kam grinsend aus dem Klassenzimmer gelaufen, und ich umarmte sie ganz fest. Sie schüttelte mich ab, sie wollte nicht umarmt werden. Sie wollte mir zeigen, dass sie in dem Buchstabiertest 10 von 10 möglichen Punkten erreicht hatte. Sie schob ihre warme Hand in meine: Es fühlte sich so real an – viel realer als alles andere. »Mami, du *kneifst«*, sagte sie und zog ihre Hand weg.

Wir fuhren nach Hause, und ich hielt besorgt nach Alice Ausschau. Als sie zur Tür hereinplatzte und ihre Taschen auf den Boden fallen ließ, war ich irgendwie überrascht, dass es ihr gut ging, dass sie aussah wie immer – tintenverschmiert, unordentlich – und über ihre Deutsch-Hausaufgaben meckerte.

Ich ging zu ihr und umarmte sie.

Sie erwiderte die Umarmung, warf mir dann aber einen misstrauischen Blick zu. »Was ist denn los, Mama? Geht's dir etwa schlecht?«

»Eigentlich nicht«, erwiderte ich.

»Es ist wegen Dan, oder?«

»Nein, es ist nicht wegen Dan«, widersprach ich.

Sie machte sich an ihre Hausaufgaben, und Lucy saß vor dem Fernseher. Ich setzte mich an den Küchentisch, holte ein paarmal tief Luft und versuchte, mich tief in mein Inneres zu versenken und den harten Kern zu finden, der mir Kraft gab. Ich redete auf mich selbst ein wie ein Elternteil auf ein Kind; ich sagte mir, dass ich damit fertig werden würde. Ich hatte meine Töchter, mein Haus, meine Freunde – mein Leben hatte eine solide Grundlage. Ich würde es überleben.

Dann fiel mir ein, dass ich Abendessen kochen musste. Ich machte den Kühlschrank auf, um nachzusehen, was sich für das Abendessen eignen würde, dabei stieß ich mit einer Hand gegen ein Kännchen mit der Hühnersauce vom Vorabend. Das Kännchen war aus Plastik und stand nicht sehr sicher – es kippte um, und die Sauce lief über den ganzen Kühlschrank, mich und meine einzige saubere Bluse sowie über den gesamten Fußboden.

»Scheiße.«

Lucy kam herbeigerannt. »Mami, ich habe gehört, wie du geflucht hast«, sagte sie triumphierend.

»Verschwinde. Bleib draußen«, schrie ich sie an. Sie stürmte aufgebracht davon.

Endlich setzte ich mich hin und weinte, tiefe Schluchzer, bei denen sich meine Brust zusammenzog und mir die Tränen förmlich aus den Augen sprangen. Ich hatte das Gefühl, nie mehr aufhören zu können. Ich saß am Küchentisch und ließ mich gehen, ich hatte vollkommen die Kontrolle verloren. Nach einer Weile, als das Schlimmste vorbei war, stand ich, von den Tränen noch ganz benommen und durcheinander, auf und breitete überall Zeitungspapier aus, um die Sauce aufzusaugen. Die Zeitungen bildeten eine schwere, mit Fett getränkte, dunkle Matte. Dann stopfte ich das Zeitungspapier in einen Müllbeutel und holte den Mop. Die Sauce war dickflüssig und klebrig. Sooft ich den Mop auch auswusch, ich wurde sie nicht los. Ich schrubbte und spülte aus, doch das Fett ließ sich einfach nicht beseitigen. In der Küche hing ein durchdringender fleischiger Geruch mit einem Hauch von Galle. Ich wischte und wischte, und ich bekam den Fußboden nicht sauber und konnte nicht aufhören zu weinen.

Alice kam herunter und blieb nervös im Flur stehen, als sie meine Tränen sah. »Mama, ich bin am Verhungern.«

»O Gott«, sagte ich. »Ich mache euch ein paar Sandwiches.« Ich wischte mir übers Gesicht und hörte auf zu putzen, auch wenn der Boden unter meinen Füßen immer noch klebte. Im Kühlschrank fand ich ein Päckchen Schinken und machte ihnen damit ein paar Brote.

Ich ergriff meine Schlüssel.

»Wo willst du hin?«, fragte Alice.

»Zu Dan. Ich bin bald wieder da.«

»Ich will mit«, rief Lucy undeutlich mit vollem Mund.

»Das geht nicht«, widersprach ich.

»Wieso nicht? Er ist auch mein Freund.«

»Herrgott noch mal, warum muss immer alles einen Grund haben?«

»Ich komme *mit*«, rief Lucy. »Hier ist es langweilig.« Sie ging in den Flur, um ihre Jacke zu holen. Sie zerrte sie zu hastig vom Haken und riss dadurch den Aufhänger aus Stoff ab.

»Du dummes kleines Ding, jetzt hast du ihn abgerissen«, sagte ich.

»Das wollte ich nicht.« Ihr Gesicht verzog sich. Sie war hin und her gerissen zwischen Scham und Wut – sie schämte sich, weil sie an ihrer Jacke gezerrt hatte, und war wütend, weil sie meinen Ärger ungerecht fand.

»Das ist mir egal«, sagte ich. Ich packte mit beiden Händen

ihren Kopf und sagte ihr direkt ins Gesicht: »Jetzt hörst du mir zu. Du bleibst hier. Zur Abwechslung wirst du einmal in deinem Leben genau das tun, was ich dir sage.«

»Ich hasse dich!«, schrie Lucy. Sie machte sich los und versuchte mich zu treten. »Ich wäre lieber tot, als mit dir zusammenzuleben.« Ich sah, dass sie krampfhaft nach Flüchen suchte, die so schlimm waren, dass sie ihren Gefühlen entsprachen. »Du bist die schlechteste Mutter auf der ganzen weiten Welt.« Auf ihrem schmutzigen Nachmittagsgesicht waren blasse Tränenspuren zu sehen.

Ich knallte die Haustür hinter mir zu; dabei konnte ich noch hören, wie Lucy schluchzte, die Heizkörper bebten und wie Alice versuchte, Lucy zu beruhigen.

Ich bemerkte, dass ich mich nicht umgezogen hatte und immer noch die Bluse voller Fettspritzer trug. Egal, ich stieg ins Auto.

Er öffnete rasch die Tür. »Chloe ...« Sein freudiger Gesichtsausdruck schmerzte mich ebenso wie seine Art, meinen Namen so auszusprechen, dass er mir wie eine Liebkosung vorkam.

Er kam auf mich zu, um mich in die Arme zu nehmen. Ich schob ihn von mir weg, drängte mich an ihm vorbei und ging die Treppe hinauf in seine Wohnung.

Er folgte mir. In der Wohnung roch es nach Abendessen, und seine Urdu-Lehrbücher lagen aufgeschlagen herum.

»Ich fürchte, es ist ziemlich unordentlich«, sagte er unsicher. »Ich habe nicht aufgeräumt, weil ich nicht mit dir gerechnet habe.«

Da nur das Deckenlicht angeschaltet war und es draußen allmählich dunkel wurde, strahlte der Raum wieder die Trostlosigkeit und Vergänglichkeit aus, die ich zu Anfang hier empfunden hatte.

Ich konnte ihm nicht ins Gesicht sehen. Ich ging zum Fenster und ließ meinen Blick über den Park schweifen. Ich konnte gerade noch die komplizierten Schnörkel des Parkgitters und die papierartigen, vertrockneten Hortensien erkennen. Niemand ging dort an jenem Abend spazieren.

»Ich kann nicht mehr mit dir schlafen«, sagte ich.

Einen Augenblick herrschte vollkommene Stille. Ich fragte mich, ob einer von uns jemals wieder etwas sagen würde.

Dann machte er eine kleine Bewegung. »Du könntest mir den Grund nennen«, sagte er kalt.

Ich drehte mich zu ihm um. »Es existiert ein Foto.«

»Was für ein Foto?«

»Die Polizei hat es. Vicky kam vorbei, um es mir zu zeigen.«

»Vicky?«

»Detective Sergeant Griggs.«

»Ach.« Er verzog das Gesicht, als habe er einen ranzigen Geschmack im Mund. »Du nennst sie jetzt also Vicky? Du freundest dich wohl mit ihnen an, wie?«

Ich schwieg.

»Nun?«, meinte er.

»Sie nennt mich Chloe«, antwortete ich. Ich verstand nicht, was er meinte.

»Nein«, sagte er. »Ich meine das Foto. Was ist denn auf diesem Foto zu sehen, das Vicky so aufgeregt hat?«

»Das solltest du wissen, du hast es doch gemacht, Herrgott noch mal.«

Er wich vor mir zurück. Seine Hände waren zu Fäusten geballt, und ich sah, wie er versuchte, sich zu beherrschen. »Chloe, ich habe verdammt noch mal nicht die leiseste Ahnung, wovon du sprichst«, sagte er. »Warum glaubst du mir nicht?«

»Warum sollte ich dir glauben?«, erwiderte ich. »Die Polizei glaubt dir jedenfalls nicht.«

Der Schatten, den die ausgeschaltete Stehlampe im Licht der Deckenleuchte verursachte, fiel über sein Gesicht. Er schien gealtert zu sein, wie er da in dem grellen Licht stand, die Falten auf seinem Gesicht glichen dunklen Furchen. Mir fiel auf, wie viele graue Strähnen sein Haar durchzogen. Er ist alt, dachte ich, wir sind beide alt. »Mein Gott, Chloe, du musst es mir sagen«, forderte er. Er hatte nicht geschrien, im Gegenteil – fast brach seine Stimme. Ich wünschte, er würde schreien. »Du wirfst alles weg, was wir zusammen erlebt haben. Habe ich nicht wenigstens das Recht, den Grund dafür zu erfahren?«

Ich schüttelte den Kopf. »Ich habe dir vertraut«, sagte ich. Es schien nichts zu geben, was ich dem noch hinzufügen konnte. Ich wandte mich zum Gehen.

»Felix sagt, dass es ein Video von der Aussage des Mädchens gibt«, sagte er rasch. In seiner Stimme schwang Verzweiflung mit. »Du weißt schon, was sie gesagt hat, als sie vernommen wurde. Sie werden es ihm irgendwann aushändigen.«

Es gab ein Video. Ich hätte gern mehr gewusst, sagte aber nichts. Ich spürte, dass er versuchte, mich dazu zu bewegen, dass ich blieb und mit ihm redete.

»Wenigstens erfahren wir dann, was ich getan haben soll«, sagte er bitter.

Ich ging bis zur Tür. Er kam mir hinterher. »Kann ich dich wenigstens sehen?«, fragte er. Sein flehender Tonfall machte mich wütend – ebenso wie das Gefühl, dass ich absolute Macht über ihn besaß. Seine Wut konnte ich ertragen und auch rasch vergeben, doch ich verabscheute seine Qual – sein unglückliches Gesicht und seine Haltung, die die eines gebrochenen Mannes war.

»Ich weiß nicht«, erwiderte ich.

»Chloe …« Ich nahm intensiv den Geruch seiner Haut wahr. Er berührte meine Schulter, und die Berührung glich einer Frage, vorsichtig und zögernd. Ich spürte, wie überaus leicht es sein würde, meine Entschlossenheit aufzugeben und wieder zu den alten Gewohnheiten zurückzukehren. Ich schüttelte ihn ab. Die Tür fiel mit einem Klicken hinter mir ins Schloss.

16

In jener Nacht lag ich stundenlang wach, jedenfalls kam es mir so vor. Ich dachte, ich würde nie wieder schlafen. Ich hatte große Angst, denn ich wusste, dass dies nur der Anfang war. Ich fürchtete, dass mein Leben vor ihnen ausgebreitet werden würde und dass mir alles, was mir etwas bedeutete, weggenommen werden könnte. In jener Nacht lernte ich, dass Furcht einen mit unnachgiebiger Energie erfüllt: Ich hatte das Gefühl, kilometerweit laufen zu können. Ich empfand einen unbändigen Tatendrang und das Bedürfnis nach einer einfachen, einfühlsamen Tat, die nicht rückgängig gemacht werden konnte und die mich und meine Kinder in Sicherheit brachte und mich endlich schlafen ließ.

Ich ging zum Fenster auf dem Treppenabsatz und schaute hinaus in den Garten. Es war eine kalte und klare Nacht – der Mond und große, funkelnde Sterne waren zu sehen. Ich konnte den Holzstapel erkennen, der einmal mein Gartenschuppen gewesen war und auf das Guy-Fawkes-Feuerwerk wartete; er hob sich vom Schatten der Hecke noch dunkler ab.

Ich ging hinunter ins Wohnzimmer. Mein Schreibtisch hatte eine Schublade, die ich immer verschlossen hielt, weil ich nicht wollte, dass meine Töchter darin herumstöberten. Sie wussten zwar, wo ich den Schlüssel aufbewahrte, und es war daher eigentlich nur eine symbolische Geste, doch sie war Ausdruck des unter Müttern weit verbreiteten Bedürfnisses, einen Ort für sich allein zu haben – ein Zimmer, eine Schreibtischplatte –, etwas, das nur für sie selbst bestimmt ist.

Ich nahm den Schlüssel aus seinem Versteck, schloss die Schublade auf, zog sie heraus und kippte den gesamten Inhalt auf den Fußboden: Tagebücher, Briefe, Notizbücher, Fotos. Aus der Küche holte ich einen schwarzen Müllbeutel, der unangenehm nach Plastik roch. Ich sichtete all diese Dinge aus meiner Vergangenheit.

Dort lagen die drei Tagebücher aus meiner Teenagerzeit, sie hatten präraffaelische Umschläge und schönes dickes, zart lilafarbenes Papier. Ich hatte im Alter von sechzehn Jahren angefangen, Tagebuch zu schreiben, und es weitergeführt, bis ich mit dem College fertig war. Ich blätterte sie durch und erinnerte mich kurz an die vielen Männer, die diversen Analysen am Morgen danach und die Telefone, die nicht geklingelt hatten. Diese Begegnung mit meinem jüngeren Selbst berührte mich sonderbar. Ich wollte dieses Selbst gern in meine Arme nehmen und es trösten, ihm sagen, dass nichts davon besonders wichtig war. Mein Blick fiel auf die Aufzeichnungen, die den Beginn einer Romanze betrafen, die mir damals die Antwort auf alles zu sein schien: »Liebes Tagebuch, so habe ich noch nie empfunden. Du weißt, dass ich nicht zum ersten Mal so etwas schreibe, aber dieses Mal stimmt es wirklich. Ich kann nicht essen, ich kann nicht schlafen, und ich laufe ständig irgendwo gegen.« Ich konnte mich nicht mehr an den Namen des Mannes erinnern, noch an seine Augenfarbe, noch daran, ob wir miteinander geschlafen hatten – vermutlich schon, denn das hatte ich eigentlich immer getan. Meine Handschrift war damals kleiner gewesen: Auf einer einzigen lilafarbenen Seite waren so viele Wörter und so viele Gefühle zusammengedrängt. Ich warf die Tagebücher in den Müllbeutel.

Dann waren da die Dinge, die ich auf Urlaubsreisen gesammelt hatte – Speisekarten, Konzertprogramme, Zuckerstückchen aus Venedig. Es fand sich ein Päckchen französisches Natriumbikarbonat – das Souvenir einer kurzen Affäre mit einem Mann, den ich vor meiner Heirat in der Provence kennen gelernt hatte. Bei dem Anblick des Päckchens hatte ich wieder die Woche vollkommener Unschuld und all die mediterranen Dinge vor Augen – Feigen, Absinth, Oliven, schläfrige Nachmittage mit Sex hinter geschlossenen Fensterläden, die Art und Weise, wie die Hitze die Zeit verlangsamte. Er war ziemlich gut gebaut und sehr enthusiastisch gewesen, und ich hatte eine schlimme Blasenentzündung bekommen, daher das Natriumbikarbonat. In einem Anfall von Gefühlsduselei hatte ich das Päckchen aufgehoben.

Unter den Urlaubserinnerungen lagen einige Fotos, die Adam von mir gemacht hatte, als ich hochschwanger war. Es war das einzige Mal, dass ich jemandem erlaubt hatte, mich nackt zu fotografieren; als ich im achten Monat schwanger war, hatte es mir einfach nichts ausgemacht. Ich betrachtete die Fotos mit Erstaunen. Sie wirkten relativ unerotisch und gleichzeitig doch aufdringlich; der riesige Bauch mit den dicken blauen Venen, das Schamhaar viel üppiger als sonst und das schrecklich selbstgefällige Aussehen, das Frauen normalerweise haben, wenn sie schwanger sind – das einzige Mal in ihrem Leben wissen sie genau, was sie tun müssen. Auf keinen Fall sollte diese Fotos jemand anders zu sehen bekommen, also warf ich sie ebenfalls weg.

Dann waren da noch die Erinnerungen an die Zeit, als Alice und Lucy Babys waren – Haarlocken, die rosafarbenen Plastikarmbänder von der Entbindungsstation, das Notizbuch, in dem ich alles über sie aufgeschrieben hatte. Ich war so sehr in ihnen aufgegangen, dass ich nur zu gern die kleinsten Veränderungen, die kleinen täglichen Wunder, aufgeschrieben hatte. So wie andere Leute Fotos zu Hilfe nahmen, hatte ich Worte zu Hilfe genommen: »Lucy fürchtet sich vor der kleinsten Spinne und vor Fotos von Männern mit großen Zähnen – Pavarotti, einer Karikatur von Bill Clinton … Heute hat sie sich ihr Haar mit Handfeger und Schaufel gebürstet und hat so getan, als würde sie eine rohe Kartoffel essen; sie hat laut gekichert, als ich ›Igitt‹ geschrien habe.« Beim Durchblättern las ich Dinge, die ich längst vergessen hatte: Es wäre schön, wenn ich das alles eines Tages noch einmal in Ruhe lesen und mich an alle Einzelheiten erinnern könnte. Doch als ich die Seiten umblätterte, sah ich, wie viel darauf von ihren warmen Körpern, ihrer weichen Haut und ihrem duftenden Haar die Rede war. Das musste auch weg. Der Müllsack war durch den

Weichmacher ziemlich klebrig und blieb an dem Notizbuch haften. Einen Augenblick lang stiegen mir Tränen in die Augen.

Schließlich kam ich zu den Postkarten, die mir Dan aus der Bretagne geschickt hatte – die Postkarten, die mich überaus glücklich gemacht hatten. Bevor ich sie wegwarf, breitete ich sie auf dem Fußboden aus wie ein Blatt bei einem Kartenspiel und schaute sie mir an, diese Bilder von dem alten Wald Brocéliande, von den spindeldürren Bäumen mit zartgrünen Blättern, den Grasbüscheln und den schlammigen Pfaden, die nirgendwo hinzuführen schienen, den hässlichen kleinen Koniferen, deren Baumstämme im Sonnenlicht stellenweise silbern schimmerten, und dem wuchernden Unterholz aus Dornensträuchern und Farn – all das ähnelte dem Wald, in dem ich aufgewachsen war. Dann drehte ich die Karten um. Auf der Rückseite nahm seine selbstsichere Handschrift sehr viel Platz ein. Angesichts seiner Handschrift durchflutete mich eine Welle des Begehrens, genauso wie es seine Stimme, eine Berührung von ihm oder der Anblick seiner Lederjacke, die er auf einen Stuhl geworfen hatte, getan hatten. »Ich vermisse dich schrecklich. Liebe Grüße an die Mädchen.« Dieser zweite Satz entsetzte mich nun.

Ich zog den Wintermantel über meinen Morgenmantel, schlüpfte in meine Turnschuhe und steckte mir ein paar Streichhölzer in die Tasche. Ich öffnete die Vorhänge im Wohnzimmer, damit das Licht von drinnen einen Teil des Gartens erhellte.

Ich hob den Müllsack hoch, der überraschend leicht war – all die kleinen Dinge aus meiner Vergangenheit wogen nicht schwer –, und ging hinaus in die Dunkelheit. Ich konnte meinen Atem sehen, und meine Finger waren so kalt, dass ich das Schloss am Gartenhäuschen zunächst nicht aufbekam. Ich nahm eine Harke, ging hinunter zu dem Holzstapel und schlug die Plane zurück. Damit vom Haus aus keine hässliche Narbe auf dem Rasen zu sehen war, machte ich aus den Überresten meines alten Schuppens am unteren Ende des Gartens, hinter dem Apfelbaum, ein ordentliches kleines Feuer. Ich schnitt mir an einem Nagel den Finger und saugte an dem Schnitt. Ich schmeckte Rost und überlegte kurz, ob ich mir damit möglicherweise eine Tetanuserkrankung zuziehen würde, doch eigentlich war es mir egal.

Meine Hände waren vor Kälte so steif, dass ich mehrere Streichhölzer zerbrach. Doch selbst, als es mir gelang, eins anzuzünden, kam das Feuer nur langsam in Gang, es war lediglich eine helle, zögernde und ausgezehrte Flamme zu sehen. Ich holte einen Behälter mit Benzin aus dem Gartenhäuschen und schüttete ein paar Tropfen davon ins Feuer. Es roch nach Gefahr und funktionierte prächtig. Das Feuer flammte auf und jagte mir in der Dunkelheit einen Schrecken ein. Ich legte noch ein paar Holzstücke nach, doch nicht zu viele, damit das Feuer durch die Feuchtigkeit nicht wieder ausging.

Als ich mich umdrehte, sah ich, wie meine Nachbarin Dorothy an ihr Schlafzimmerfenster trat und nach draußen schaute. Ich beachtete sie nicht, auch wenn ich wusste, dass ich mit dem Morgenrock, der unter meinem Mantel hervorlugte, und meinem Haar, das wild von meinem Kopf abstand, vor den Flammen im Hintergrund wie eine Verrückte aussehen musste.

Als das Feuer ordentlich brannte, kippte ich den Müllbeutel über den Flammen aus. Es war erschreckend leicht, so als würde ich auf einem Hochhaus einen Schritt in die Tiefe machen. Ich warf zu viele Dinge auf einmal hinein – sie brannten zunächst nicht, und ich hoffte einen verrückten Augenblick lang, dass das Feuer sie einfach nicht annehmen würde. Doch dann kam eine kleine Bö, und das Feuer flammte auf. Es blätterte die Seiten meiner Tagebücher wie eine unsichtbare Hand einzeln um. Die Flammen schlugen hoch und flackerten, und die Wörter, die ich geschrieben hatte, erloschen, wenn die Seiten, auf denen sie geschrieben standen, schwarz und trocken wurden. Die Fotos von meinem schwangeren Körper fielen in die Flammen und zerkrümelten zu heller Asche. Das Holz schuf geheimnisvolle Höhlen, kleine, beleuchtete Hohlräume, die in sich zusammenfielen und einen roten Funkenschwarm nach oben stieben ließen, bevor sich woanders neue Höhlen bildeten. Es war ein geräuschvolles Feuer, das zischte und knackte. Die Flammen leckten an dem Holz wie die langen Zungen von Tieren: Sie waren gierig, sie knabberten an meinen Sachen – sie verschlangen meine Worte, meine Bilder, meine Vergangenheit.

Mir war bitterkalt, als ich dastand und die Flammen mit Nahrung versorgte. Durch die Hitze des Feuers schmerzte mein Gesicht, doch seltsamerweise drang die Hitze nur bis zur Hautoberfläche vor, und ich hörte nicht auf zu zittern. Der Müllsack war inzwischen leer. Ich stand da und sah sehr lange zu, wie alles verbrannte. Ich fühlte mich geläutert, von mir war nur noch etwas Zartes, Dünnes und Skelettartiges übrig, ich war auf das Wesentliche reduziert und bestand lediglich aus Haut und Knochen. Es gab an mir nichts Unwesentliches oder Überflüssiges mehr – nichts Exzessives oder Frivoles, nichts, was sich jemand nehmen konnte, um es zu benutzen oder bloßzustellen.

Das Feuer ging leise aus und verglühte. Ich harkte die Überreste zusammen. Verkohlte Papierfetzen flatterten wie schwarze Motten, deren Flügelspitzen brannten, durch die Nacht. Als das Feuer heruntergebrannt war, war mir das Funkeln der Sterne sehr bewusst – sie waren so hell und so weit entfernt. Ich ging ins Haus und schlief sofort ein.

Dritter Teil

17

Dan versuchte natürlich, mit mir zu reden. Am nächsten Tag rief er an.

»Chloe, ich muss dich sehen.« Er schien außer sich zu sein, seine Stimme klang hart und hoch.

»Nein«, antwortete ich. »Das ist vollkommen ausgeschlossen. Das muss dir doch klar sein. Nein, ich kann mich nicht mit dir treffen.« Ich legte den Hörer auf. Meine Kehle war wie zugeschnürt und schmerzte, als habe es mir wehgetan, mit ihm zu sprechen.

In Laufe jener Woche brach ich bei der Arbeit mehrmals in Tränen aus; das erste Mal fing ich an zu weinen, als ich Jude erzählte, was geschehen war – das fand ich noch einigermaßen nachvollziehbar. Am Donnerstagvormittag passierte es mir dann zum zweiten Mal, als Kyle Marstons leiblicher Vater aus Corby in meinem Büro auftauchte und anfing, mich wüst zu beschimpfen, weil ich Kyle in ein Pflegeheim überwiesen hatte. Er war ziemlich unangenehm – ich sei eine verfluchte Schlampe und wüsste nicht, was zum Teufel ich täte, und ich hätte ein Scheißglück, dass er so ein friedliebender Mann sei: »Sie wissen schon, wie ich das meine.« Ich hatte die Tür des Besprechungszimmers offen gelassen und fühlte mich daher zu keinem Zeitpunkt körperlich bedroht. Und wer sich durch solch eine verbale Tirade aus dem Gleichgewicht bringen ließ, hielt es in meinem Job ohnehin nicht lange aus. Es war eine Begebenheit, die normalerweise eine hochgezogene Augenbraue oder eine sarkastische Bemerkung in Gegenwart von

Jude oder Nat nach sich gezogen hätte, doch an dem Tag hatte ich anschließend gezittert und war in Tränen ausgebrochen.

Jude versorgte mich mit Papiertaschentüchern und Kaffee, während ich dasaß, mich entschuldigte und mich vollkommen geschwächt fühlte.

»Chloe, was machst du am Wochenende?«, fragte sie und kratzte sich gedankenverloren mit einem roten Fingernagel am Kopf. »Hast du schon was vor?«

»So weit habe ich noch nicht gedacht«, erwiderte ich.

»Dann mache ich mit euch einen Ausflug«, meinte sie. »Mit dir und den Mädchen. Wir fahren nach Brighton – um mal rauszukommen.«

»Du bist so gut zu mir«, sagte ich.

Wir fuhren mit ihrem schrecklichen Alfa Romeo; er fährt zwar immer noch ziemlich schnell, doch es regnet rein, und die Fußmatte auf der Beifahrerseite ist ständig durchnässt. In Brighton schlug Jude den direkten Weg zur Promenade ein; wir fuhren an den hohen, schmalen Reihenhäusern vorbei, die alle in Pastellfarben gestrichen sind wie blaue, gelbe und cremefarbene Wildblumen. Sie parkte das Auto, und wir gingen hinunter an den steinigen Strand zwischen den Piers und setzten uns ans Wasser. Jude ließ sich dabei ganz vorsichtig nieder, da sie eine besonders schicke Lederhose trug, die ihr nicht viel Spielraum ließ. Die Sonne schien, alles war blau und weiß, und die Farben des Himmels liefen streifenförmig ineinander; er sah aus wie ein Bild, das ein Kind auf nassem Papier gemalt hatte.

Jude hatte ein Picknick vorbereitet – Alice zuliebe alles streng vegetarisch – und jede Menge Brownies für Lucy dabei. Sie aßen beide rasch und liefen dann zum Wasser. Lucy hüpfte kreischend umher, wobei ihr Haar in alle Richtungen wehte. Alice planschte mit hochgekrempelten Jeans nachdenklicher herum, sie war hin und her gerissen; einerseits gefiel ihr die Bewegung der Wellen, andererseits wollte sie bereits wie ein Teenager möglichst cool wirken; sie posierte ein wenig und drehte sich, so dass ihr Gesicht in der Sonne war. Ich ging zu ihnen, doch die Kieselsteine waren einfach zu unangenehm. Kindern tun sie bei weitem nicht so weh unter den Füßen, ich vermute, weil sie nur ganz leicht darauf treten und nicht so tief einsinken wie wir. Also gab ich das Planschen auf und setzte mich zu Jude an den Strand.

»Vielleicht sollte ich meine Bräune auffrischen«, sagte sie. Ungeachtet aller Hautkrebswarnungen liebt sie Sonnenbäder. Sie zog ihren Pullover aus, unter dem ein knappes T-Shirt zum Vorschein kam. Doch es war wirklich zu kalt.

Ich überkreuzte die Arme auf meinen aufgestützten Knien, legte den Kopf auf die Unterarme und schloss die Augen. Das Salz bahnt sich seinen Weg zwischen die Haare, auf die Haut und unter die Fingernägel, alles riecht und schmeckt nach Salz. Ich erinnerte mich daran, wie mir als Kind die delikaten, geheimen Geschmacksrichtungen meines Körpers gefallen hatten – Knöchel, Knie, die Innenseiten meiner Ellbogen. Das Meer war sehr geräuschvoll, die Wellen brachen sich donnernd und rollten auf dem Strandkies zischend aus. Es war beruhigend, dort am weißen Strand zu sitzen, während die Mädchen fröhlich spielten und Jude neben mir saß; sie sagte nicht viel, und das Donnern der Brandung füllte meinen Kopf aus und ließ keinen Raum für andere Dinge.

»Das war eine sehr gute Idee«, sagte ich. »Ich danke dir.«

»Ich wollte nur, dass du einen schönen Tag hast«, erwiderte sie.

Schließlich riefen wir die Mädchen – ich fand, dass es allmählich zu kalt für sie wurde. Doch Lucy wollte noch nicht gehen, sie wollte am Strand sitzen bleiben und mit ihren Fingern im Kies graben; sie suchte nach perfekten Kieseln. Die weißen, die vom Wasser abgeschliffen und gesäubert waren, gefielen ihr am besten; sie besaßen eine dünne Salzschicht, die auf der Hand trocknete. Sie fand immer noch mehr Steine, die sie einfach behalten musste, bis meine Taschen ausgebeult und schwer waren und mich geradezu niederdrückten.

Wir liefen an der Promenade entlang, an den Eis- und Popcornständen und den kleinen Läden vorbei, die hübsche Dinge aus Strandgut verkauften wie Treibholzbilder und Sonnenfänger aus bunten Glassplittern. Ich kaufte den Mädchen ein paar Zuckerkiesel.

Lucy musste aufs Klo. Das Toilettenhäuschen hatte etwas von einer Höhle und stank, und ich begleitete sie nur widerstrebend. Alice brachte es nicht über sich und wartete draußen mit Jude. Als wir uns unter dem tröpfelnden Wasserhahn die Hände wuschen, kam aus einer der Kabinen ein Mädchen mit einem Hund an einem Stück Schnur; sie band den Hund an einer Wasserleitung fest. Das Mädchen war vielleicht sechzehn, hatte verfilztes Haar und trug billige Turnschuhe; ihr schmuddeliger, altmodischer Mantel sah aus wie einer, den alte Frauen manchmal anhaben, und schien aus einem Oxfam-Laden zu stammen. Sie versuchte, Wasser aus dem Hahn zu trinken, und beugte den Kopf tief ins Waschbecken hinunter, doch es gelang ihr trotzdem nicht, mit dem Mund den Wasserstrahl zu erreichen, da sich der Wasserhahn zu dicht am Beckenrand befand. Also nahm sie eine Coladose, die jemand dort hatte stehen lassen, und hielt sie unter den Wasserhahn, um sie zu füllen, und trank schließlich große, dankbare Schlucke daraus. Lucy sah fasziniert zu. Das Mädchen band den Hund los und redete mit ihm. Der Hund machte einen Satz von ihr weg und blieb dann plötzlich stehen, um an etwas herumzuschnüffeln. Das Mädchen stand mit lockerer Leine ruhig da und wartete.

»Mami.« Lucy zerrte an mir. Ich beugte mich zu ihr hinunter. »Sieh mal«, zischte sie in mein Ohr. »Sie wartet auf ihn. Sie muss ihn wirklich lieben. Einige Leute ziehen sie einfach hinter sich her. Sie muss den Hund wirklich sehr lieben.« Ich war immer noch so gefühlsduselig, dass sich meine Augen mit Tränen füllten.

An der Promenade gibt es immer sehr viele Wahrsagerinnen. Jude und ich blieben vor einem ihrer Stände stehen. Im

Eingang hing ein Perlenvorhang, und auf dem Schild stand: »Fragen Sie Madame Suzanna um Rat, sie hilft bei jedem Problem.«

Wir sahen einander an und lachten unsicher.

»Ich habe ein Problem«, sagte ich.

Es gab eine lange Liste mit Empfehlungen. »Sie las in meiner Vergangenheit, als ob sie mit mir gelebt hätte ... Wenn sie mir aus der Hand liest, hilft mir das mehr als alle Pillen auf der Welt ...« Ich wollte unbedingt zu ihr; einen kurzen, verrückten Moment lang glaubte ich, dass hinter diesem Perlenvorhang alle Antworten auf mich warteten.

»Was soll's, du hast nichts zu verlieren«, meinte Jude.

»Sie sieht vielleicht schreckliche Dinge voraus, Krebszellen oder so etwas.«

»Die schlechten Dinge erzählen sie dir gar nicht«, widersprach Jude.

»Woher weißt du das?«, fragte ich.

Sie lächelte leicht verstohlen. »Von damals, als mit diesem Idioten Gregory Rosen alles schief ging«, antwortete sie.

»Ich will auf keinen Fall, dass Alice etwas davon erfährt«, sagte ich. »Sie ist ohnehin schon viel zu abergläubisch.«

»Ich kümmere mich um sie«, sagte Jude. »In den Lanes gibt es gegenüber von Jaeger ein Café, dort treffen wir uns.«

Fast im selben Augenblick bereute ich meinen Entschluss. Hinter dem Vorhang befand sich ein kleiner dunkler Raum, der von trüben Glühbirnen erhellt wurde, die Atmosphäre schaffen sollten; es roch nach Räucherstäbchen, und von dem benachbarten Karussell am Strand drang metallische Musik herein. Das Medium sah aus wie eine ziemlich ordinäre Friseuse – toupiertes, gefärbtes Haar, zu viel Make-up und, wie vorauszusehen war, lange Ohrringe. Ich gab ihr meine Zehn-Pfund-Note und fragte mich, warum ich dort war. Sie gab mir einen Stapel Tarot-Karten und bat mich, sie zu mischen. Ich sagte ihr, dass ich nicht besonders gut Karten mischen könnte, worauf sie erwiderte, dass wir uns große Beschränkungen auferlegten, indem wir uns sagten, dass wir bestimmte Dinge nicht tun könnten. Es klang wie die Bücher, die Jude immer liest und in denen steht, wie man ein tolles Liebesleben und ein Haus mit Jacuzzi bekommt, indem man die richtigen Gedanken denkt.

Sie nahm den Stapel wieder an sich und verteilte die Karten auf dem Tisch. Die Symbole der Tarot-Karten sind so bedeutungsvoll und viel sagend, sie scheinen so etwas wie Wahrheit zu versprechen. Ich fühlte, wie mir ein erwartungsvoller Schauer, der zwischen Faszination und Furcht angesiedelt war, über den Rücken lief. Doch als sie den Mund aufmachte, kamen nur vage Platitüden heraus, die so vorhersehbar waren wie die Tiraden eines Taxifahrers über das Strafjustizsystem. Sie sagte, ich sei verletzt worden. Nun, das traf auf jeden Menschen zu. Sie sagte, ich hätte schwierige Aufgaben vor mir, doch ich würde möglicherweise von unerwarteter Seite Unterstützung bekommen. »Sie machen sich Sorgen, Schätzchen«, sagte sie. »Sie sind jemand, der sich immer schreckliche Sorgen macht. Sie glauben, dass Sie Dinge ändern können, indem Sie sich Sorgen machen.« Das traf zwar auf mich zu – doch war das angesichts meiner abgeknabberten Fingernägel ebenfalls keine bewundernswerte Einsicht.

Ich fühlte mich bedrängt und hatte Platzangst, und ich sehnte mich danach, wieder an die frische Seeluft zu gelangen. Mir wurde klar, dass ich in dem plötzlichen naiven Glauben oder der Hoffnung zu ihr gegangen war, dass sie meine Fragen beantwortete, dass sie mir sagte, was ich wissen wollte, doch das konnte sie natürlich nicht. Ich fing an zu überlegen, was ich für die zehn Pfund alles hätte kaufen können: eine Flasche Whisky, eine kleine, aber herrliche Gardenie.

Sie betrachtete meine Handfläche und meinte, ich hätte ein langes Leben und würde meine Tage nicht allein beschließen. Ich nahm meine Tasche und wollte gehen.

Doch plötzlich sah sie mich scharf an. »Da ist noch etwas anderes, nicht wahr, Schätzchen?«, fragte sie. »Doch ich habe das Gefühl, das ist eine heikle Angelegenheit.«

Das war der Ausdruck, den Vicky Griggs bei ihrem ersten Telefonat mit Dan verwendet hatte. Mir standen plötzlich alle feinen Härchen an Armen und Beinen zu Berge.

»Sie werden sehr tapfer sein müssen«, sagte sie.

Ich war gekommen, um etwas Spezielles zu hören, etwas über Dan und mich – doch in dem Augenblick, als es so weit war, wollte ich es nicht mehr wissen. Ich stand rasch auf und ging.

Ich stieg die Treppe zur Promenade hinauf, überquerte die Straße und schlenderte durch das verzweigte Lanes-Viertel. Überall roch es nach Essen, nach gegrilltem Fleisch und Knoblauchdressing; diese Gerüche waren mir nach der frischen Luft am Strand zuwider. Ein dicker Mann, der auf einer Mauer saß, versuchte, mir seine Gedichte zu verkaufen. Überall traten Straßenmusiker und Performancekünstler auf. Außerhalb der Boutique Next stand ein Mann, der vorgab, eine Statue zu sein. Er trug eine Toga und saß auf einem Hocker; er war mit weißer Farbe oder Puder bedeckt, und die Pupillen seiner Augen wirkten in dem weißen Gesicht exotisch, sie erinnerten an glänzende schwarze Trauben. Die Leute blieben stehen, verstummten und starrten ihn an. Diese kunstvolle Selbstdisziplin kam mir irgendwie pervers vor, weil sie nur die Leblosigkeit suggerieren und das Fleisch wie Stein aussehen lassen wollte.

Wegen der Wahrsagerin fühlte ich mich ein wenig schmuddelig, ich war verlegen und schämte mich ein bisschen. Doch da ihre gezielten Worte am Schluss derart ins Schwarze getroffen hatten, konnte ich das, was sie mir gesagt hatte, nicht einfach abtun. Ich dachte darüber nach, dass sie gesagt hatte, ich müsse tapfer sein. Und ich kam zu dem Schluss, dass ich eigentlich nicht so recht wusste, was Mut war, jedenfalls nicht in meiner derzeitigen Situation. Vielleicht hieß es, loszulassen und die Vergangenheit hinter mir zu lassen – vielleicht sollte ich mit meinen Töchtern nach Brighton ziehen und in einem der schmalen Reihenhäuser, die in der zarten Farbe einer

Wildblume gestrichen waren, wohnen und auf dem Balkon mit Blick aufs Meer sitzen, einen Rock tragen, der aus bunten Stoffresten genäht war, mein Haar mit einem Stück Kordel zusammenbinden und jeden Tag mit dem Geräusch des Wellenrauschens im Ohr aufwachen. Vielleicht sollte ich die Brücken zur Vergangenheit abbrechen und mir eine neue Zukunft schaffen, die unabhängig und unversehrt war. Doch irgendwie erschien mir diese Vorstellung düster und einsam, auch wenn sie sehr hübsch war.

Ich fand das Café, bestellte einen Cappuccino und setzte mich draußen vor dem Café an einen Tisch. Bald tauchten auch meine Töchter auf, sie hatten rosige Gesichter, waren ganz aufgeregt und stürzten sich auf mich. Hinter ihnen folgte Jude in ihrer Lederhose, nach der sich einige Leute umdrehten.

»Sieh mal, Mami, sieh mal!«

Jude hatte ihnen Geschenke gemacht. Alice hatte ein türkisfarbenes T-Shirt mit der Aufschrift »Shopaholic« bekommen und Lucy eine kleine Marionette, ein instabiles Ding, das aus Holzkugeln bestand, die durch rote Wollfäden miteinander verbunden waren.

»Ich hoffe, du bekommst mit der Marionette keine Probleme«, sagte Jude. »Verhedderte Fäden können fürchterlich sein. Doch ich hatte nur die Wahl zwischen dieser Puppe oder dem Ball mit Horrormotiv, und ich fand die Puppe irgendwie menschlicher.«

»Ihr beide habt es vielleicht gut«, sagte ich. »Ihr habt euch bei Jude hoffentlich anständig bedankt.«

»Also wirklich, Mama«, zischte Alice. »Manchmal bringst du uns ganz schön in Verlegenheit.«

Sie holten sich einen Stuhl. Lucy stürzte sich auf meinen Schoß und hielt ihre Puppe wie ein Baby im Arm. Ich atmete den Salzgeruch ihres Haars ein.

Alice gab Jude einen kleinen Schubs. »Sag's ihr«, drängelte sie.

»Ach, Alice möchte übrigens ein Piercing an ihrem Bauchnabel«, sagte Jude. »Sie hat einen schmierigen Laden entdeckt, der das billig macht. Jetzt flipp nicht aus, es ist schon in Ordnung«, fügte sie hinzu, als sie meinen Gesichtsausdruck sah. »Ich habe ihr gesagt, dass sie es, wenn überhaupt, im Schönheitssalon von Debenhams machen lassen dürfte, und zwar nur in Gegenwart mehrerer hochrangiger Mitglieder der Ambulanz von St. John. Ich hoffe, das war richtig so.«

»Ganz genau«, erwiderte ich.

»Und was hast du gekauft, Mami?«, fragte Lucy.

»Ich habe eigentlich nichts gekauft«, erwiderte ich. »Ich habe mich nur ein bisschen umgeschaut. Ich habe einen Statuenmann gesehen; wenn ihr wollt, könnt ihr ihn euch auch ansehen. Aber verlauft euch nicht«, fügte ich hinzu, da ich nie der Versuchung widerstehen kann, zwecklose gute Ratschläge zu geben.

Sie machten sich Händchen haltend auf den Weg.

»Du bist wirklich süß zu ihnen«, sagte ich zu Jude.

»Sie sind einfach entzückend«, meinte Jude. »Weißt du, ich beneide dich. Manchmal sehne ich mich so sehr nach einem Baby.«

»Das wusste ich nicht«, antwortete ich.

»Ich träume oft, dass ich tatsächlich ein Baby hatte und es verloren habe; ich habe es einfach irgendwo vergessen«, erzählte sie. »Das letzte Mal lag es bei Waitrose im Regal, neben der Erdbeermarmelade. Meinst du, dass damit die Plazenta gemeint war? Mit der Erdbeermarmelade, meine ich?«

»Um Gottes willen«, sagte ich, »warum wirst du nicht einfach schwanger?«

»Ach, ich weiß nicht. Ich bin mir nicht sicher, ob ich stark genug bin, um ein Kind allein großzuziehen. Ich bin nicht wie du«, sagte sie.

»Ich empfinde mich nicht als stark«, erwiderte ich.

Sie legte mir eine Hand auf den Arm. »Ich hole dir noch einen Kaffee«, sagte sie. »Und ein Stück Kuchen. Du brauchst unbedingt ein Stück Kuchen.«

Ich saß am Tisch und beobachtete die Leute, die vorbeigingen. Eigentlich liebe ich dieses Viertel, doch an dem Tag störte mich alles, und der Geruch nach Frittiertem, die lärmende Musik und die Tauben, die mit ihren rosafarbenen Krallen und harten, gierigen Schnäbeln zu dicht um mich herumflatterten, waren mir zu viel.

Jude brachte mir ein riesiges Stück Schokoladentorte. »Genau das, was du jetzt brauchst«, sagte sie. »Schokolade enthält Magnesium. Das hilft in der prämenstrualen Phase und bei Liebeskummer.«

»Ich glaube dir«, erwiderte ich.

»Also, wie war dieses Medium?«

Ich erzählte es ihr. Und dann entschloss ich mich, mutig zu sein, wie mir die Wahrsagerin geraten hatte, und sagte: »Ich war sehr wütend auf dich, weißt du. Als ich dir davon erzählt habe und du so überzeugt davon warst, dass er es getan hat.«

»Ich weiß«, sagte sie.

Wir tranken unseren Kaffee. An ihren Lippen blieb ein wenig Schaum kleben. Ich erzählte ihr von Dans Anruf.

Sie legte ihre Hand auf meine. »Ich bewundere dich wirklich«, sagte sie. »Einfach aufzulegen. Du bist ein Überlebenskünstler, Chloe.«

Ich zuckte mit den Schultern. Ich habe das Wort »Überlebenskünstler« nie gemocht. Irgendwie schränkt es einen ein. Ein Überlebenskünstler ist eine kümmerliche Pflanze, die sich an einen kahlen Berghang klammert, ihre dünnen Wurzeln in die steinige Erde versenkt und nur ein paar blasse Blätter hervorbringt – sie trägt keine Früchte und keine Blüten.

»Also ist er zu Felix Floyd gegangen?«

Ich nickte.

»Ich konnte Felix nie ausstehen.«

»Das hast du mir schon mal gesagt.«

»Es ging das Gerücht, dass er sich in seinem Büro einen Piranha hält«, sagte sie.

»In Wirklichkeit war es ein siamesischer Kampffisch«, sagte ich. »Er war so aggressiv, dass er sein eigenes Aquarium brauchte.«

»Typisch«, meinte sie. »Ich habe schon immer gefunden, dass er etwas von einem Psychopathen hat. Das soll nicht heißen, dass er herumläuft und Jungfrauen auspeitscht, aber er lebt nach anderen Regeln als wir übrigen. Er sieht mit seinen himmelblauen Augen so harmlos aus, doch in Wirklichkeit ... Ich muss schon sagen«, fügte sie hinzu, »dass deine Affäre mit Felix für mich eines der ungelösten Rätsel dieser Welt ist.«

»Nachdem Adam mich verlassen hatte, war ich vermutlich ziemlich anfällig«, sagte ich und nahm damit Zuflucht bei einem alten Klischee.

»Sicher. Das wäre jede gewesen. Aber ich kann mir nicht helfen, ich finde, er ist ein mieser Typ. Ich habe mich schon gefragt, ob er bisexuell ist.«

»Mir schien er durch und durch heterosexuell zu sein«, widersprach ich.

»Nun ja, vielleicht geht es tiefer als Sex. Eine gewisse Ambivalenz. Doch vermutlich muss man sonderbar sein, damit man als Anwalt Erfolg hat«, sagte sie. »Und Felix ist ein guter Anwalt, das lässt sich nicht bestreiten. Normalerweise bekommt er, was er will.«

»Das stimmt«, pflichtete ich ihr bei.

Sie stellte ihre Kaffeetasse mit einer vorsichtigen Bewegung ab und sah mich mit ernstem, forschendem Blick an.

»Felix könnte für Dan einen Freispruch erwirken«, sagte sie.

Ich fühlte mich angegriffen, als hätte ich Dans Schuld anerkannt und mit ihm gemeinsame Sache gemacht, indem ich ihn zu Felix geschickt hatte. »Das hängt von ihm ab«, entgegnete ich.

»Ich frage mich, was Felix von ihm hält«, meinte sie.

Plötzlich wurden meine Handflächen feucht. »Ich würde alles dafür geben zu erfahren, was Felix weiß«, sagte ich. »Welche Beweise es gibt. Was dieses Kind behauptet, dass Dan getan hat.« Ich hörte, wie meine Stimme plötzlich lebendig, munter und eindringlich wurde. Verlegen spielte ich mit meinem Kuchen.

Jude legte mit besorgtem Gesicht ihre Hand auf meinen Arm; dabei vertieften sich die kleinen Fältchen um ihren Mund.

»Du bist gegangen«, sagte sie. »Ich bin davon überzeugt, dass du das Richtige getan hast. Du musst einfach nur weitergehen.«

Ich wandte mich ein wenig von ihr ab; die Eindringlichkeit ihres Blickes hatte mich aus der Fassung gebracht. Ich sah hinüber zum Nachbartisch. Dort saßen ein junger Mann und ein junges Mädchen; das Mädchen war mit ihren vollen Lippen und ihrem ungekämmten Rapunzel-Haar auf unbekümmerte, ungekünstelte Weise hübsch; der Mann war noch sehr jung, hatte ein paar Pickel im Gesicht, und zwischen seinen Lippen klebte eine unangezündete Zigarette. Sie saßen ganz still da und starrten einander an; sie sahen einander einfach nur unverwandt in die Augen und sprachen kein Wort. Ich hatte das Gefühl, dass ihre Blicke ineinander verschränkt waren und dass sie sich nicht voneinander losreißen konnten, selbst wenn sie es gewollt hätten. Dann nahm sie ihr Feuerzeug vom Tisch und gab ihm Feuer; dabei ließen ihre Augen die seinen nicht eine Sekunde los. Der ganze Bewegungsablauf war wie eine Liebkosung – die Bewegung ihres Handgelenks, das plötzliche Aufflammen, das sich in ihren verengten Pupillen widerspiegelte, die Selbstsicherheit, mit der ihre Hand sich seinem Mund näherte.

Jude sagte etwas.

»Natürlich ist Dan sowieso erledigt«, meinte sie. »Selbst wenn er freigesprochen wird, werden sie ihm niemals seine alte Stelle wiedergeben. Ich meine, wer würde ihn jetzt noch einstellen?«

Wir konnten die Mädchen auf uns zukommen sehen. Sie hielten sich an der Hand und überquerten die Straße, auf der sehr wenig Verkehr war, betont vorsichtig, weil sie wussten, dass ich sie beobachtete.

»Chloe«, sagte Jude hastig, »hast du ihnen erzählt, dass du dich nicht mehr mit Dan triffst? Ich möchte es gern wissen, damit ich nichts Falsches sage.«

»Noch nicht so richtig«, erwiderte ich.

Ich sah Judes besorgtes Gesicht und die ausgeprägten Stirnfalten.

Die Mädchen kamen an unseren Tisch, Lucys Augen waren weit geöffnet.

»Habt ihr den Statuenmann gesehen?«, fragte ich.

Lucy nickte. Sie packte meinen Arm und legte ihn um sich. »Wenn ich vier wäre, hätte ich Angst gehabt.«

Ich bestellte ihnen Kuchen und etwas zu trinken. Sie waren beide ganz fasziniert von der schwarzen Tafel, auf der die Spezialitäten des Cafés geschrieben standen: Gourmet-Sandwiches, Überbackenes Ciabatta, Freundliche Bedienung. Alice meinte, sie hätte gern die freundliche Bedienung auf Toast. Das fanden beide sehr lustig und lachten so laut, dass alle Tauben auf dem Boden flügelschlagend in einer Wolke aus grauen Federn wegflogen. Als ich an ihnen vorbeisah, standen der junge Mann und das Mädchen gerade auf und schlenderten davon; dabei verschmolzen sie fast miteinander. Seine Hand lag mit besitzergreifend ausgebreiteten Fingern auf ihrem Hüftknochen und schob dabei den dünnen Stoff ihres Kleides hoch. Ich kam mir fast wie ein Voyeur vor, als ich ihnen einfach nur hinterherschaute.

Lucy wollte noch einmal im Wasser planschen, also machten wir einen kurzen Abstecher zum Strand. Es war bereits nach fünf und wurde kühl. Das Meer nahm allmählich eine dunkle Farbe an, und der Horizont bestand aus einer dunkelblauen Linie, die verblüffend exakt gezogen war. Brighton stimmt mich abends, wenn all die armen verlorenen Kinder auftauchen wie Motten und sich an den Strand setzen, immer traurig. Zu viele von ihnen sehen trotz des zwanglosen Zaubers ihrer bunt gefärbten Haare und ihrer Piercings so aus, als ob sie in düsteren Pensionen lebten und aus den zurückgelassenen Coladosen anderer Leute tranken. Ich wollte nach Hause.

Ich sagte Lucy, es sei Zeit zu gehen, und sie kam widerstrebend mit. Sie war offensichtlich von dem Wind, der Sonne und all den neuen Dingen, die sie gesehen hatte, völlig erschöpft; sie wirkte reizbar und war leicht aus dem Gleichgewicht zu bringen. Ihre Kleider störten sie, weil sie an ihrer feuchten Haut klebten, und die Steine in ihren Schuhen, die sie den ganzen Nachmittag nicht beachtet hatte, waren plötzlich unerträglich. Auf dem Rückweg zum Auto hing sie an meiner Hand, und ich schleppte sie mit mir wie die ganz besonderen Steine, die sie mir dutzendweise in meine Taschen gestopft hatte.

Ich gab den Mädchen ein paar Chips, Jude legte Alices Lieblingskassette ein, und wir machten uns auf den Rückweg. Wir fuhren an den billigen Reihenhäusern vorbei, die im Dämmerlicht blass aufleuchteten, hinaus in die dunkler werdende Landschaft, wo die umgepflügten Felder in der untergehenden Sonne die blauviolette Farbe von Lavendel annahmen.

Lucy holte ihre Puppe hervor und fing an, mit ihr zu spielen.

»Mami, die Beine sind verheddert«, sagte sie fast im selben Augenblick. »Mach sie wieder auseinander.«

Ich gab mir Mühe, doch es gelang mir nicht. Ich dachte ständig, ich hätte es gleich geschafft, doch alles, was ich tat, schien den Knoten noch fester zu ziehen.

»Scheiße«, murmelte Jude. »Das hätte ich voraussehen sollen.«

Lucy war ungeduldig. »Mami, mach schon«, sagte sie; ihre Stimme war scharf, brüchig und drohte, sich zu überschlagen.

»Ich glaube, ich schaffe es nicht«, erwiderte ich. »Vielleicht, wenn wir zu Hause sind, wo das Licht besser ist …«

Die Puppe hatte sich jetzt hoffnungslos verheddert. Ich drehte mich zu ihr um. Ihr Gesichtsausdruck war entschlossen und böse.

»Dan könnte es«, sagte sie plötzlich. »Dan ist gut bei solchen Sachen. Warum ist Dan nicht mitgekommen, Mami? Du hättest Dan mitbringen sollen.«

Jude nahm eine Hand vom Lenkrad und berührte meinen Arm. Ich sagte nichts.

»Mami, warum redest du nicht mit mir?«, fragte Lucy.

Ich wusste nicht, was ich sagen sollte.

»Sag etwas, Mami. *Sag etwas.*«

Als ich es nicht tat, fing sie an zu weinen. Es waren heiße Tränen der Wut.

»Niemand beachtet mich«, sagte sie zwischen den Schluchzern. »Niemand liebt mich. Dan hört mir zu. Ich will Dan.«

Ihr Schluchzen wurde lauter.

»Ach halt die Klappe, Lucy«, rief Alice. »Hör auf, dich wie ein Baby aufzuführen. Ich kann das Stück nicht hören.«

Lucy leckte daraufhin ausgiebig an ihrer Hand und schmierte in dem Augenblick, als ich mich umdrehte, Speichel auf Alices Ärmel; sie war zu schnell, und ich konnte sie nicht davon abhalten.

»Du kleines Miststück«, rief Alice und gab ihr einen Klaps. Nicht zu heftig, gerade so, dass Lucy wusste, dass sie zu weit gegangen war.

Doch Lucy war natürlich außer sich und fing an zu brüllen; sie stieß ein richtiges Wutgeheul hervor.

»O Gott«, sagte ich zu Jude. »Tut mir Leid.«

»Mach dir nichts draus«, erwiderte Jude und drehte die Musik lauter. »Sie ist einfach nur müde. Gleich wird sie eindösen.«

Es dauerte nicht lange. Mitten im Gebrüll brach sie ab und kippte zur Seite; sie schlief tief und fest. Jude grinste mich an.

Wir setzten unsere Fahrt in Ruhe fort und lauschten Alices Musik. Nach einer Weile drehte ich mich um, um über meine Schulter einen Blick auf Lucy werfen zu können. Sie war zur

Seite gesackt, und der Sicherheitsgurt schnürte ihr den Hals ab; ihr Gesicht war gerötet und glänzte, und der Pony klebte dort, wo ihr Gesicht gegen den Kindersitz drückte, an ihrer Stirn. Es gefiel mir nicht, wenn der Gurt ihr den Hals zuschnürte. Sie wirkte so regungslos, und in dem schlechten Licht konnte ich nicht feststellen, ob sie atmete. Ein kleiner Angstschauer lief mir über den Rücken. Ich streckte eine Hand unbeholfen nach hinten und berührte ihr warmes Bein, das mir am nächsten war. Sie regte sich, seufzte kurz und richtete sich auf, so dass ihr Kopf wieder gerade lag; aber sie war nicht aufgewacht.

»Wirklich, Mama«, meinte Alice. »Du brauchst dir keine Sorgen zu machen. Sie lebt noch, leider.« Sie kaute zufrieden auf ihren Zuckerkieseln.

Doch dieser Augenblick der Angst hatte etwas in mir ausgelöst, und während der ganzen Zeit, als wir durch die lavendelfarbene Dämmerung nach London zurückfuhren, wurde ich das Gefühl der Angst nicht los.

18

Wir gingen hinter dem Krankenhaus entlang nach Hause; dort war der Bürgersteig übersät von gelben Blättern und Pflaumen, die von einem Baum auf dem Krankenhausgelände heruntergefallen waren. Die Pflaumen hatten dort, wo sie zertrampelt worden waren, schwarze, teerartige Flecken auf dem Weg hinterlassen; hier und da war allerdings noch ein Stück goldenes Fruchtfleisch zu erkennen. Lucy lutschte an ihrem Lolli, der so rot und glänzend war wie Lipgloss. Ein kleiner Junge aus ihrer Klasse hatte die Lutscher anlässlich seines Geburtstags an alle Mitschüler verteilt.

»Eine Polizistin möchte sich gern mit dir unterhalten«, sagte ich. »Sie heißt Vicky und scheint sehr nett zu sein.«

Lucy riss die Augen auf und nahm den Lolli aus dem Mund. »Aber sie schicken doch keine Kinder ins Gefängnis, Mami«, sagte sie. »Niemals.«

»Nein, natürlich tun sie das nicht«, pflichtete ich ihr bei.

»Nicht einmal, wenn sie ganz schlimme Sachen machen«, sagte sie.

»Nein, natürlich nicht«, antwortete ich.

Über diese Unterhaltung hatte ich seit neun Uhr morgens, als Vicky angerufen hatte, um Gesprächstermine mit den Mädchen zu vereinbaren, nachgegrübelt. Ich war einfach unsicher gewesen, wie viel ich ihnen erzählen sollte. Doch als ich dann an diesem klaren, sonnigen Nachmittag mit Lucy nach Hause ging, kam es mir gar nicht mehr so schwierig vor. Lucy akzeptierte meine beruhigenden Worte und stellte keine weiteren Fragen. Tatsächlich interessierte sie sich viel mehr für die Luftballons an der Tür zur Kinderstation des Krankenhauses. Wir kamen zu dem Schluss, dass dort ebenfalls jemand Geburtstag haben musste. Sie war so fasziniert, dass zwei Kinder am selben Tag Geburtstag hatten, dass sie die Polizistin vergaß. Außerhalb der Station roch ich auf dem Bürgersteig leichte Kochdünste; es war der für Großküchen typische, abgestandene Geruch von Minzsauce und Kohl. Der Himmel war strahlend blau, und es war sehr kalt.

Als wir zu Hause angekommen waren, holte ich ihre Schmusedecke, die sie normalerweise ergriff, sobald wir zur Tür hereingekommen waren.

»Die kannst du mitnehmen«, sagte ich. »Vicky hat bestimmt nichts dagegen.«

Sie war entsetzt. »Nein, kann ich nicht«, widersprach sie. »Sonst denkt sie, ich bin noch ein Baby.«

Sie versteckte die Schmusedecke unter einem der Sofakissen und stopfte sie sorgfältig fest, damit niemand auf den Gedanken kam, dass sie dort war. Ich schaltete den Fernseher ein, und sie machte es sich davor bequem. Ihre Augen waren glasig und blinzelten nicht, ihr Atem ging langsam und schwer.

Sie steckte immer wieder den Daumen in den Mund und nahm ihn dann wieder heraus; offenbar hatte er nicht ganz die zufrieden stellende Wirkung der Schmusedecke.

Alice kam pünktlich nach Hause, ihren Mantel trug sie trotz der Kälte offen. Es war ein kleiner Akt des Widerstands gegen die Welt der Erwachsenen mit ihren Platitüden und Vorsichtsmaßregeln. Kein Mädchen an ihrer Schule machte jemals ihre Jacke zu.

»Alice«, sagte ich zu ihr, »Detective Sergeant Griggs kommt wie besprochen heute vorbei. Sie möchte gern mit euch beiden reden.«

»Ach«, erwiderte sie. Sie zuckte ganz nüchtern leicht mit den Schultern. »Ich nehme an, es geht um diese Sex-Missbrauch-Geschichte.«

»Genau«, sagte ich.

Den ganzen Tag schon hatte ich mich gefragt, ob ich mit ihr über das Foto sprechen sollte. Ich wusste, dass Vicky ihr vermutlich davon erzählen würde und wissen wollte, ob Alice bereits davon wusste oder es gesehen hatte. Doch allein der Gedanke daran entsetzte mich. Es wäre mit Sicherheit leichter für sie, wenn sie durch mich davon erfuhr. Doch wenn ich es ihr erzählen wollte, musste ich es jetzt tun.

Sie kam mir zuvor.

»Gott, wann kommt sie denn, Mama?«, fragte sie und zog theatralisch die Augenbrauen hoch.

»Sie müsste jede Minute hier sein«, antwortete ich.

»Also, ich will nicht, dass sie mich in diesen hässlichen Klamotten sieht«, sagte sie und zeigte auf ihre Schuluniform. »Auf keinen Fall.«

Sie rannte nach oben, und ich hielt sie nicht davon ab. Ich überließ die Entscheidung dem Zufall.

»Dann beeil dich«, rief ich.

Sie war noch in ihrem Zimmer, als es an der Tür klingelte.

Dieses Mal wurde Vicky von einer Sozialarbeiterin begleitet; es war Bernadette O'Connor vom Bereitschaftsdienst. Sie war eine nette Frau, jünger als ich, doch erfahren. Sie hatte unreine Haut und einen entzückenden irischen Akzent.

»Hallo, Chloe«, sagte Bernadette. »Diese Situation ist auch für mich sonderbar.«

»Ich weiß«, erwiderte ich. Es half mir, dass sie das sagte.

»Chloe wird mich wirklich bald nicht mehr sehen können«, meinte Vicky munter. »Ich scheine inzwischen zum Inventar zu gehören.«

Ich lachte höflich. Durch die geschlossene Wohnzimmertür konnten wir Lucys Fernsehprogramm hören. Erst sagte eine lebhafte junge Ansagerin ein paar Worte, dann stürzte sich eine Jugend-Jazzband in das Lied »The Way You Look Tonight«; sie spielten herrlich überschwänglich und nur ein ganz klein bisschen falsch. Ich bot an, Kaffee zu kochen.

»Den sollten wir vielleicht nach unserer kleinen Unterhaltung trinken«, meinte Vicky mit ihrer überaus vernünftigen Art, die sie so geschickt einsetzte, und lächelte. »Wir würden sie gern einzeln sprechen, ohne dass Sie dabei sind. Sind Sie damit einverstanden?«

Allmählich gewöhnte ich mich an diese Fragen, die nur so taten, als hätte ich die Wahl. Ich wusste, dass sie nur aus Höflichkeit gefragt hatte, ob ich einverstanden war; vielleicht war es eine Konzession an mich, weil ich zuvor gegen die Befragung meiner Töchter protestiert hatte.

Ich nickte.

»Sie wissen ja Bescheid über das, was wir tun«, sagte sie. »Ich muss Ihnen das sicher nicht erläutern. Wir sprechen darüber, an welchen Stellen die Kinder nicht berührt werden möchten, und über Leute, die ihnen das Versprechen abnehmen, nichts zu erzählen, sowie über gute Geheimnisse und schlechte Geheimnisse.«

»Ja«, sagte ich.

Als sei ihr das gerade noch eingefallen, fügte sie hinzu: »Ach, das wollte ich noch klären. Treffen Sie sich noch mit ihm?«

»Nein«, antwortete ich. »Es ist vorbei.«

»Gut«, erwiderte sie. »Das ist gut. Und die Mädchen wissen Bescheid? Sie haben es ihnen gesagt?«

»Eigentlich schon«, sagte ich. »Ich meine, nicht direkt.«

»Aber sie wissen Bescheid?«

Ich dachte daran, wie Lucy auf dem Rückweg von Brighton geschluchzt hatte, weil sie nach Dan verlangte. »Ich denke schon«, sagte ich.

»Gut. In Ordnung. Ich wollte das nur klarstellen«, meinte sie.

Ich hatte plötzlich das ungute Gefühl, dass es keineswegs klargestellt war. Ich wollte einen Augenblick Ruhe haben, um abzuschalten und mir Klarheit über alles zu verschaffen. Doch sie war eine sehr entschlossene Person, und ich neigte dazu, mich ihrem Tempo anzupassen und das zu tun, was sie sagte.

Alice kam die Treppe herunter. Sie trug Jeans, Reebook-Turnschuhe und ihr neues »Shopaholic«-T-Shirt. Ich führte sie in mein Arbeitszimmer. Sie machten die Tür hinter sich zu.

Ich ging in die Küche. Ich beschloss, etwas Besonderes zum Abendessen zu kochen, etwas Warmes und Sättigendes, vielleicht Würstchenauflauf. Es schien mir genau das Richtige zu sein, denn der Teig enthielt viel nahrhafte Milch und Eier. Es war ein Gericht, das gute Mütter zubereiten – die Mütter, die für den Eltern-Lehrer-Kuchenbasar Biskuitkuchen mit Hunderten und Tausenden von Zuckerstreuseln backen, die für das Krippenspiel an der Schule komplizierte Engelskostüme mit Pailletten und Silberpapierstreifen nähen. Mütter, die ihre Kinder nie ohne Zähneputzen ins Bett gehen lassen und denen es gelingt, ihre Kinder mit Pfefferminz zu bestechen, damit sie ihre Zimmer aufräumen.

Ich ließ die Küchentür offen – so konnte ich die geschlossene Tür zum Arbeitszimmer im Auge behalten, während ich in der Küche stand und den Teig rührte. Der Anblick dieser Tür jagte mir fürchterliche Schuldgefühle ein: Meine Tochter war dort drin, ohne mich, sie war noch so jung, so zerbrechlich, und sie wurde über etwas ausgefragt, vor dem sogar Erwachsene zurückschreckten. Und dazu war es nur gekommen, dachte ich, während ich den Teig rührte, weil ich versagt hatte. Ich rührte den Teig mit mehr Kraftaufwand als sonst, so dass er in dicken, glänzenden Tropfen vom Löffel glitt. Ich wünschte, ich könnte noch einmal von vorn anfangen und einen Weg finden, um sie zu beschützen und sie in Sicherheit zu wiegen. Wenn ich ganz still stand und mich konzentrierte, konnte ich zwar gerade noch ihr Gemurmel hören, doch kein einzelnes Wort verstehen. Kurz überkam mich der verrückte Drang, die Schuhe auszuziehen, zur Tür zu schleichen und mich in der Ecke hinter dem Samtvorhang zu verstecken, damit ich am Scharnier der Tür lauschen und einen Blick durch das Schlüsselloch werfen konnte.

Doch es war ziemlich schnell vorbei. Die Tür ging auf, und Alice kam aus dem Zimmer.

»Alles in Ordnung?«, wollte ich wissen.

Sie zuckte mit den Schultern und antwortete mir nicht.

Ich ging Lucy holen – die bereitwillig, ziemlich würdevoll und wichtigtuerisch mit mir kam. Sie setzte sich ordentlich zwischen Vicky und Bernadette und faltete die Hände dabei schicklich auf ihrem Schoß.

Alice wartete in der Küche auf mich. Sie kaute an ihren Fingerspitzen; das hatte ich seit Monaten nicht mehr bei ihr gesehen. Plötzlich bekam ich Angst. Sie mussten ihr von dem Foto erzählt haben. Ich legte meinen Arm um sie, doch sie versteifte sich und rückte ein wenig von mir ab.

»Alice, was um Himmels willen ist los?«, fragte ich sie.

»Ich habe ihnen nicht von dem Mann an den Kindernachmittagen erzählt«, sagte sie. »Ich hatte es eigentlich vor – doch es ergab sich nicht. Glaubst du, ich hätte es tun sollen?«

»Nein, mein Liebling. Deswegen sind sie nicht gekommen.«

»Aber das ist doch ihr Job, oder nicht? Perverse zu verhaften? Ich meine, vielleicht tut er einem Kind weh – und dann wäre es meine Schuld.«

Offenbar fühlte sie sich sehr schuldbewusst und im Unrecht. Die Polizei hat offenbar diese Wirkung auf Menschen. Sie müssen nur ihre kleinen Notizblöcke hervorholen, und plötzlich erinnert man sich an jede Parkverbotszone, in der man sein Auto abgestellt hat, jede Geschwindigkeitsbegrenzung, die man nicht beachtet hat, und an jede kleine Unanständigkeit, die man in der Öffentlichkeit begangen hat.

»Alice, es ist aber nicht deine Aufgabe, dich darum zu kümmern«, sagte ich. »Du hast es mir erzählt, und allein das zählt. Was immer er tut, kann niemals deine Schuld sein.«

»Ich war einfach nicht mutig genug«, sagte sie. »Es war mir zu schwierig.«

»Du darfst dir keine Sorgen machen«, sagte ich. »Ich werde überlegen, was ich tun kann.«

»Bitte vergiss es nicht. Versprichst du mir das, Mama? Manchmal sagst du, dass du etwas tun willst, und dann tust du es doch nicht«, meinte sie.

Sie ging auf ihr Zimmer, um ein paar Zeichnungen von Vulkanen anzufertigen.

Ich ging nach draußen, um ein paar Kräuter für die Sauce zu holen. Ein Eichhörnchen hüpfte raschelnd am Zaun entlang, der hinter meiner überwucherten Beeteinfassung verlief. Bei dem plötzlichen Geräusch in der Stille zuckte ich zusammen und stieß einen kurzen, würdelosen Schrei aus. Über mir erstreckte sich ein wunderbar weiter, klarer und winterlicher Himmel; seine pfirsichrosa Farbe erinnerte an die Kleider von Prinzessinnen aus Disney-Filmen und kündigte Frost an. Vor diesem hellen Hintergrund war alles schwarz – die Vögel, die Äste der Bäume, das steile Dach meines neuen Schuppens, der Giebel von Dorothys Anbau.

Ich ging hinüber zum Kräuterbeet, wo es entfernt nach Katzenurin stank. Es war die Jahreszeit, in der einem klar wird, dass alles seine Grenzen hat und dass einiges, was man sich erhoffte, nicht mehr geschehen wird. Das Blumenrohr, das ich so liebevoll aus Samen gezogen hatte, würde nicht mehr blühen, und auch die Trauben des Weinstocks würden nicht mehr wachsen und reifen, obwohl ich den Topf auf das sonnigste Fleckchen der Terrasse gestellt hatte. Und die perfekte Beere mit ihren winzigen Kernen, die wie ein schwerer Burgunder auf der Zunge zerging und die ich im August so gedankenlos verspeist hatte, würde die einzige Frucht des Maulbeerbaums bleiben. Selbst mit den Rosen, die so aussahen, als würden sie ewig blühen, war es bald vorbei. Ich sah mich in meinem Garten um und nahm all die kleinen Verluste und Enttäuschungen zur Kenntnis. Krähen zogen am rosafarbenen Himmel langsam ihre Kreise, und ich fühlte mich bei weitem nicht warm genug angezogen.

Bald würde es wieder sehr kalt werden, dachte ich, und wie üblich war ich darauf nicht entsprechend vorbereitet. Es ist jedes Jahr dasselbe. Der Winter setzt ein: Es gibt Frost, wir atmen weiße Wolken aus, die Pfützen auf der Terrasse bekommen eine Eisschicht, und ich stelle fest, dass ich für die Mädchen noch keine wollenen Strumpfhosen gekauft habe oder dass die Handschuhe vom Vorjahr Löcher an den Fingerspitzen haben. Außerdem habe ich möglicherweise vergessen, dass ich versehentlich ihre warmen Unterhemden in den Trockner gesteckt habe, die nun nur noch ihren Puppen passen. Manchmal mache ich mir Sorgen, dass ich mich nicht vernünftig um sie kümmere – jedenfalls nicht auf der materiellen Ebene. Wir reden miteinander und umarmen uns und lesen viele Geschichten zusammen – doch ich bin nicht sehr gut darin, Knöpfe anzunähen, Marsriegel zu rationieren oder ihnen immer das Richtige zum Anziehen zu kaufen.

Ich pflückte etwas Salbei und zerrieb aus Gewohnheit ein Blatt zwischen meinen Fingern, um den rauchigen Duft zu riechen, und ging wieder in die Wärme zurück.

Ich hatte gerade den Würstchenauflauf in den Ofen geschoben, als die Tür zum Arbeitszimmer aufging und Vicky und Bernadette vergnügt in die Küche kamen.

»Okay, alles vorbei«, meinte Vicky und lächelte fröhlich

wie ein Zahnarzt, der gerade eine schwierige Extraktion vorgenommen hat.

Lucy war im Flur.

»Also, das lief doch ganz gut, oder?«, fragte ich sie. Stille. Kein Lächeln. Ich machte einen Schritt auf sie zu, doch sie beachtete mich nicht, drehte sich um und ging ins Wohnzimmer. Als sie wieder herauskam, hielt sie ihre Schmusedecke vors Gesicht gepresst. Sie ging langsam nach oben und hielt sich dabei das Ripsband der Umrandung vor Mund und Nase, wodurch sie gezwungen war, sehr langsam zu gehen. Sie stellte immer beide Füße nebeneinander auf eine Stufe wie jemand, der einen Sarg trägt. Ich konnte ihren Gesichtsausdruck nicht sehen, da ihr Mund hinter den Falten der Strickjacke verborgen war. Ich wäre ihr so gern nachgegangen, doch ich wusste, dass das in dem Moment unmöglich war.

»Es sind reizende Kinder«, sagte Bernadette. »Sie können sich so gut ausdrücken.«

Sie und Vicky setzten sich, und ich kochte Kaffee.

»Also, gab es etwas Neues?«

Vicky lächelte. »Ich glaube, Lucy war ein ganz klein wenig enttäuscht, dass ich nicht in Uniform war«, sagte sie. »Sie hätte es wohl gern gesehen, wenn ich Tränengas und einen ausziehbaren Schlagstock dabeigehabt hätte.«

»Das sehen sie natürlich alles im Fernsehen«, sagte ich.

»Vor Gericht ist es dasselbe«, meinte Bernadette. »Alle machen sich Gedanken, ob sie zu formell gekleidet sind und damit die Kinder einschüchtern – doch die Kinder sehen fern und erwarten, dass der Richter eine Perücke trägt.«

Wir nickten, lächelten und tranken unseren Kaffee – wir waren Profis, die sich über Dinge unterhielten, die uns vertraut waren.

Doch dann schob Vicky ihren Becher beiseite und legte die Hände zusammen; dabei berührten sich ihre Fingerspitzen wie beim Gebet. Ich hatte gelernt, diese Geste zu fürchten, denn ich wusste, dann wurde es ernst. »Da war eine Sache, bei der wir uns Gedanken gemacht haben«, sagte sie. »Lucy scheint unglaublich an Dan zu hängen. Das erschien uns ein wenig ungewöhnlich.«

»Sie ist ein sehr anhängliches Kind«, erwiderte ich.

»Natürlich«, sagte Vicky. »Ich habe mich nur gefragt, ob Sie sich nicht vielleicht gewundert haben, dass er sich derart Mühe gegeben hat, damit sie ihn gern hat – ist Ihnen da nichts aufgefallen?«

»Eigentlich nicht«, antwortete ich.

»Sie wissen doch, dass diese Männer so etwas tun«, sagte sie. »Sie ziehen sich ein Kind heran – manchmal über mehrere Jahre.«

Natürlich wusste ich das. Der Polizist, der Vicky das erste Mal begleitet hatte, hatte es gesagt, es stand in den Büchern, Jude hatte es gesagt, jeder sagte es. Ich wünschte nur, dass sie es nicht alle ständig wiederholen würden, denn das konnte ich nicht ertragen.

»Das war jedoch alles«, sagte Vicky besänftigend. Offenbar hatte sie an meinem Gesicht abgelesen, wie beunruhigt ich war. »Sie brauchen sich wirklich keine Gedanken zu machen. Ich glaube nicht, dass es bei den beiden derzeit irgendeinen Anlass zur Sorge gibt.« Mir gefiel ihre Ausdrucksweise nicht – sie suggerierte, dass es in der Zukunft möglicherweise sehr wohl etwas geben könnte, worüber ich mir Sorgen machen müsste. »Doch vielleicht ist es auch gut so, dass wir Daniel Whitmore rechtzeitig auf die Schliche gekommen sind«, fügte sie energisch hinzu.

Es entstand eine kleine Pause. Keine von uns dreien wusste, was sie sagen sollte.

Bernadette trank ihren Kaffee aus und hob ihre Tasche auf. »Sie sind in Nat Williams' Abteilung, nicht wahr?«, fragte sie.

»Ja«, antwortete ich.

»Nat ist ein netter Kerl«, meinte sie. »Ich habe während meiner Ausbildung ein Praktikum bei ihm gemacht.« Ich wusste, dass ihr Smalltalk über unsere Arbeit Absicht war. Sie wollte sowohl meinen Status als auch mich als Person anerkennen und mich nicht länger als Mutter von zwei Kindern behandeln, die unter Umständen missbraucht worden waren. Dafür war ich ihr sehr dankbar.

Vicky stand auf und stellte sich einen Augenblick vor das Fenster; dabei bildete die Unterkante ihres Haarschnitts vor dem weiten, rosafarbenen Himmel einen genau abgezirkelten schwarzen Winkel. »Chloe, was ich noch sagen wollte – Sie müssen ihnen genau erzählen, was geschehen ist. Ich weiß, das ist nicht immer einfach.«

Ich wusste zwar nicht genau, was sie meinte, nickte aber trotzdem.

»Sagen Sie Ihren Töchtern einen schönen Gruß«, sagte Bernadette und berührte mich am Arm. »Ich hoffe, dass alles gut ausgeht.«

Sie gingen.

Ich fragte mich, wo Lucy steckte. Ich rief nach ihr, doch sie antwortete nicht. Ich ging nach oben und suchte nach ihr. Ich warf einen kurzen Blick in ihr Zimmer, doch ich sah sie nicht. Ich ging in mein eigenes Zimmer, denn manchmal legte sie sich gern auf mein Bett, sah sich ein Bilderbuch an und genoss das flauschige Federbett und die Tatsache, dass sie viel Platz hatte. Doch dort war sie auch nicht.

»Lucy«, rief ich. »Bitte versteck dich nicht. *Bitte.*«

Keine Antwort. Plötzlich fröstelte ich vor Panik, als stünde ich in einem kalten Luftzug, der durch eine aufgestoßene Tür hereindrang. Es war ein Gefühl der Panik, wie es alle jungen Mütter haben, wenn sie glauben, dass ihre Kinder verschwunden sind; wie ich es aus den entsetzlichen Augenblicken während der Mutter-und-Kind-Gruppe kannte, wenn sie sich nur in Wendys Haus versteckt hatten, und aus meinem Alptraum, in dem mein Baby ertrank. Es kam mir so vor, als wären die entsprechenden Schaltkreise vorbereitet und warteten nur darauf, dass bei dem geringsten Anlass der Schalter umgelegt wurde, der uns in Hysterie versetzte. Ich sah vor mir, wie sie aus der Haustür ging und direkt vor einen Lastwagen lief, wie sie oben aus einem Fenster fiel, wie ein Mann mit einem Messer einbrach und sie entführte. Ich rief erneut nach ihr, doch sie ließ sich nicht blicken.

Wieder ging ich in ihr Zimmer, und mir wurde klar, dass sie die ganze Zeit dort gewesen war. Sie lag unter ihrem Federbett, und da sie sich nicht vom Fleck gerührt hatte, hatte ich sie nicht bemerkt. Außerdem war sie noch so klein, dass ich die Ausbuchtung im Federbett für eine Falte gehalten hatte. Ich schlug die Decke zurück. Sie weinte lautlos und hielt ihre nasse Schmusedecke vors Gesicht.

»Geh weg«, sagte sie spröde.

»Lucy.« Ich setzte mich neben sie. »Mein Schatz, was ist denn passiert? Haben sie dir Angst gemacht?«, fragte ich. »Du brauchst aber keine Angst zu haben.«

Sie fing an zu schluchzen. Ich wollte sie in die Arme nehmen, doch sie stieß mich weg. Sie war ganz durcheinander und sehr böse. Mich überkam eine ungeheure Wut auf Vicky und Bernadette und darauf, dass sie meinem Kind das angetan hatten. Sie konnten doch angeblich so gut mit Kindern umgehen, und nun hatten sie meine Tochter so unglücklich gemacht. Am liebsten hätte ich die beiden umgebracht.

Allmählich ließ Lucys Schluchzen nach, und ich machte einen neuen Versuch.

»Was ist denn, Lucy? Bitte erzähl es mir.«

Sie starrte mich an, als sei sie sich nicht ganz sicher, wer ich war. Ihre Pupillen waren stark erweitert. »Dan kommt nicht mehr zurück«, sagte sie.

»Was haben sie gesagt?«, fragte ich.

»Sie haben gesagt, dass Dan uns nie mehr besuchen wird«, erwiderte sie. »Ich hasse dich, Mami. Du bist so selbstsüchtig. Du denkst nie an andere, immer nur an *dich.* Er war auch mein Freund.« Ihr Gesicht verzog sich, und sie fing erneut an zu weinen.

Ich wusste nicht, wie ich damit umgehen sollte. Ich kam mir

hilflos, schwach und dumm vor; das Einzige, was ich wusste, war, dass ich nicht dort sitzen bleiben und mich von meinem Kind beschuldigen lassen konnte.

Ich stand auf. »Ich gehe jetzt«, sagte ich. »Komm nach unten, wenn du dich besser fühlst, und dann umarmen wir uns ganz fest und vertragen uns wieder.«

Aus dem Backofen roch es verbrannt. Der Würstchenauflauf war am Rand schwarz, doch in der Mitte war der Teig seltsamerweise noch nicht ganz gar. Ich füllte Alice und mir etwas auf einen Teller.

»Die großen Stücke esse ich aber nicht«, sagte Alice und reihte alle Würstchen am Tellerrand auf.

»Alice, um Himmels willen«, sagte ich, »du musst auch ein bisschen Eiweiß zu dir nehmen. Von Teig und Erbsen allein kannst du nicht leben.«

»Dann esse ich eben zwei Becher Schokoladenmousse«, entgegnete sie.

»Das ist so, als würdest du radioaktiven Abfall essen«, sagte ich. »Das ist doch kein Nahrungsmittel.«

»Ist es wohl.« Sie holte einen Becher aus dem Kühlschrank und hielt mir die Auflistung der Zutaten vors Gesicht. »Sieh mal, es ist sogar entrahmte Milch drin.«

Sie riss den Deckel ab. Ein künstlicher Geruch schlug mir entgegen.

»Ich kann mir nicht vorstellen, dass sie dir überhaupt schmecken«, sagte ich.

»Ich weiß nicht, warum sie mir schmecken«, erwiderte sie. »Warum muss immer alles einen Grund haben? Manchmal gibt es eben keinen.«

Irgendwann kam Lucy nach unten, blass, ruhig und zerbrechlich; ihre Pupillen waren immer noch geweitet, und an ihren Wimpern hingen Tränen.

»Lucy«, sagte ich vorsichtig – ich hatte mir im Stillen überlegt, wie ich es ihr sagen wollte: »Es tut mir Leid, ich hätte es dir schon längst erzählen müssen. Doch Dan ist in Schwierigkeiten, und die Polizei glaubt, dass er etwas sehr Schlimmes getan hat. Und ich fürchte, dass wir Dan eine Weile nicht sehen können.«

»Warum nicht?«, wollte Lucy wissen.

»Wir können es nicht, weil wir es nicht dürfen.«

Mir war bewusst, dass ich ihr auswich und dass ich nicht klarstellte, dass ich die Wahl hatte und dass dies *meine* Entscheidung war. Ich hatte Angst davor, dass meine fünfjährige Tochter diese Entscheidung missbilligte.

Sie war damit immer noch nicht einverstanden, doch sie wollte auch nicht länger böse mit mir sein. Sie setzte sich auf meinen Schoß, und wir versöhnten uns wieder. Sie sagte, sie habe keinen Hunger, ließ sich aber überreden, vier Würstchen zu essen, von denen jeder Krümel Teig sorgfältig abgekratzt worden war.

Dan rief an jenem Abend erneut an und zwar, bevor die Mädchen ins Bett gegangen waren.

»Chloe«, sagte er, »bitte leg nicht auf. Ich möchte nur mit dir reden – das ist alles, worum ich dich bitte.«

»Dan, ich glaube wirklich nicht, dass ich mit dir reden kann«, sagte ich.

Doch ich stand weiter mit dem Hörer in der Hand da, als ob sich mein Arm nicht bewegen wollte, als ob ein Teil von mir noch eine Minute länger seiner Stimme lauschen wollte. Natürlich spürte er selbst übers Telefon mein Zögern.

»Ich möchte dir erzählen, was zur Zeit abläuft«, sagte er vorsichtig und mit gleichmäßiger Betonung, als spräche er mit einem scheuen Tier, das er nicht verschrecken wollte. »Die Polizei versucht, mit allen Kindern zu sprechen, die ich während des letzten Jahres betreut habe. Stell dir das vor. Und dann reden sie mit mir. Wahrscheinlich Ende Oktober, meint Felix.«

»Ja«, sagte ich.

»Wir wissen immer noch nicht genau, weshalb ich angeklagt werde«, sagte er. »Felix hat herausbekommen, dass es um irgendeine Art von Berührung geht.«

»Ja«, sagte ich.

»Aber er kennt keine Einzelheiten. Ich kann es nicht ertragen, nicht zu wissen, was los ist.«

»Nein«, meinte ich.

»Kann ich dich sehen?«, fragte er. »Wir können uns irgendwo treffen, wo es dir recht ist. Nur eine halbe Stunde, wenn es dir lieber wäre. Wie immer du willst.«

Ich hörte die Untertöne in seiner Stimme nur allzu deutlich heraus, die Unsicherheit, die sich darin ausdrückte, dass seine Stimme nach oben ging, der winzige Manchester-Tonfall, den er nicht verleugnen konnte, als er sich so bemühte, nicht flehend zu klingen. Einen Augenblick stand ich nur da und hielt den Hörer so fest umklammert, dass es wehtat; ich schwankte zwischen ja und nein. Doch ich wusste, dass ich unbedingt hart bleiben und einen klaren Kopf bewahren musste – mir und meinen Kindern zuliebe.

»Es ist am besten, wenn wir uns überhaupt nicht sehen«, erwiderte ich. Ich wollte stark und entschlossen klingen, doch meine Stimme versagte mir den Dienst. Der Satz klang Mitleid erregend und wehleidig, fast wie eine Frage oder das Gejammer eines Kindes. »Tut mir Leid, Dan, tut mir Leid.« Ich legte auf. Meine Hände zitterten, als hätte ich gerade etwas sehr Schweres festgehalten.

Lucy sah mich misstrauisch an, als ich wieder ins Wohnzimmer kam, sagte jedoch nichts.

Später, als ich sie beim Schlafengehen zudeckte, klammerte sie sich an mich. Ich hielt sie fest umschlungen. Ihre Körperwärme und der Muskatnussgeruch ihres Haars, das seit Tagen nicht mehr gewaschen worden war, trösteten mich ein wenig. Dann musste ich daran denken, dass der Tag kommen würde, an dem sie nicht mehr wollte, dass ich sie ganz fest umarmte und mein Gesicht in ihrem Haar vergrub. Alice mochte nicht mehr so gern angefasst werden. Der Gedanke machte mich furchtbar traurig, fast kamen mir die Tränen.

»Diese Frau dachte, ich wüsste nicht, was flunkern ist«,

sagte sie schläfrig und vergrub sich unter ihrem Federbett. »Sie hat gefragt: ›Wenn ich sagte, dass ein Papagei auf meinem Kopf sitzt, würde ich dann flunkern oder die Wahrheit sagen?‹ Also wirklich.«

»Ich glaube, sie wollte nur ganz sichergehen, dass du den Unterschied kennst«, sagte ich. »Ich glaube, das gehört zu ihrer Arbeit.«

»Ich weiß wohl, was wahr ist«, erwiderte sie. »Jeder weiß, was wahr ist, sogar Babys wissen das.«

19

Den ganzen Oktober über hatte ich das Gefühl, in einem Polizeistaat zu leben – ich fürchtete mich vor dem leisen Klicken oder dumpfen Geräuschen in der Telefonleitung. Wenn ich abends nach Hause kam, vergewisserte ich mich, ob alles noch genauso aussah wie zu dem Zeitpunkt, als ich aus dem Haus gegangen war. Ich sah mir sogar meine Post genau an, um sicherzugehen, dass sich niemand an den Umschlägen zu schaffen gemacht hatte – auch wenn ich heute nicht mehr so genau weiß, was jemand meiner Meinung nach aus der Post herausgelesen haben könnte, die ich bekam: Greenpeace-Kataloge, Tombolalose zugunsten von Amnesty International, extravagante Angebote von Kreditkartenunternehmen. Ich ging nicht so weit wie die Protagonisten in den Spionageromanen, die ich vor dem Einschlafen las, doch ich muss gestehen, dass ich zumindest daran gedacht habe, ebenfalls einen kleinen Holzkeil unter die Tür zu klemmen.

Alles machte mir Angst. Mich erschreckten Schritte, die auf einmal hinter mir zu hören waren, und wenn ich mich dann abrupt umdrehte, sah ich eine vollkommen unauffällige Person, die ein paar Meter von mir entfernt unschuldig ihres Wegs ging, oder es waren einfach nur ein paar trockene Blätter, die raschelnd über den Bürgersteig wehten. Als ich einmal mit Lucy nach Hause ging, hörte ich, wie uns jemand dicht auf den Fersen war, erschrak und drehte mich um – doch für das Geräusch war Lucys Butterbrotdose in ihrem Rucksack verantwortlich. Die Riemen ihres Rucksacks hatten sich gelockert, und die Dose darin hatte im Takt unserer Schritte kameradschaftlich gegen ihren Rücken geklopft.

»Wirklich, Mami, du hast mich *erschreckt*«, sagte Lucy böse.

Es kam mir so vor, als hätte mein Nervensystem eine Art Kurzschluss oder als spielten mir meine Empfindungen ständig einen Streich. Als ich eines Nachmittags zur Schule eilte, erschreckte mich unterwegs an einer Fensterscheibe ein graues Gesicht mit hängendem Kinn und eingefallenen Wangen, das mich böse anzustarren schien; es sah unmenschlich und gespenstisch aus. Es war natürlich nur Einbildung: In der dunklen Fensterscheibe verschmolzen das Spiegelbild der großen, verblühten Hortensienköpfe in dem überwucherten Vordergarten und ein Stück Himmel, das so weiß war wie ein Knochen. Ein anderes Mal hörte ich, wie jemand meinen Namen rief. Ich ging gerade die Queen's Road entlang, es war mitten am Nachmittag, es herrschte dichter Verkehr, und die Straße machte einen ganz normalen Eindruck; zu dieser Tageszeit hielten Bierlaster vor den Pubs, und Frauen schoben ihre Kinderwagen auf dem Bürgersteig vor sich her. Man sollte glauben, diese Umgebung würde übersinnliche Erfahrungen oder irgendetwas Surreales nicht gerade fördern. Die Stimme rief jedoch klar und deutlich *Chloe, Chloe* – die Stimme klang sehr erfreut, als würde sie unerwartet eine verloren geglaubte Freundin begrüßen. Als ich mich umdrehte, war niemand zu sehen.

Ich wurde entsetzlich abergläubisch, eine Entwicklung, die mit der Wahrsagerin in Brighton begonnen hatte und drohte, außer Kontrolle zu geraten. Ich studierte in Alices Zeitschriften mein Horoskop. Ich las in alles etwas hinein: in die Regenbogenmuster der Ölflecken im Rinnstein, in das beunruhigende Zusammentreffen von Elstern in meinem Garten, die so selten zum Vergnügen zu zweit waren. Als ich eines Morgens aufwachte, stellte ich fest, dass nachts ein herrlicher alter Birnbaum in Dorothys Blumenbeet vom Wind umgerissen worden war. Der Knöterich, der den Baum umgeben hatte, hatte wie ein Spinnaker den Wind eingefangen und dadurch den Baum umstürzen lassen. Für mich war es ein schlechtes Omen, das für Verlust oder Verstümmelung stand, und meine Augen füllten sich mit Tränen.

Natürlich erzählte ich Adam alles. Ich hatte ihn sofort angerufen – einen Tag, nachdem Vicky bei mir gewesen war. Ich erzählte ihm nur äußerst ungern davon, denn ich fand es sehr beschämend. Anfangs war er zwar entsetzt, aber das wäre jedem so gegangen. Als er jedoch den ersten Schock überwunden hatte, war er nett und freundlich zu mir und tröstete mich. In Krisen war schon immer Verlass auf ihn gewesen.

Ich erzählte ihm alles. Ich gab ihm sogar Vickys Telefonnummer, auch wenn ich sehr hoffte, dass er sie nie brauchen würde. Doch ich bat ihn, nicht mit Alice über das Foto zu sprechen. Ich wusste, dass der Versuch herauszufinden, ob sie es gemerkt hatte, ob sie gewusst hatte, dass jemand hinter ihr gestanden hatte, verlockend war – doch ich selbst war mir sicher, dass sie nicht die geringste Ahnung hatte. Ich wollte sie unbedingt vor dieser Erkenntnis bewahren, und Adam war zu meiner großen Erleichterung mit mir einer Meinung.

Doch er fragte die Mädchen über Dan aus, etwas, vor dem ein weniger verantwortungsvoller Vater sich vielleicht gedrückt hätte – denn so etwas ist nicht leicht. Und als er sie eines Sonntagabends im Oktober wieder bei mir ablieferte, blieb er noch auf einen Kaffee, um die Sache mit mir zu besprechen. Es war das erste Mal nach unserer Trennung, dass er sich hinsetzte, um mit mir zu reden.

»Ich zweifle natürlich nicht an dir«, versicherte er mir. »Ich bin sicher, dass du all die relevanten Fragen gestellt hast. Ich wollte es nur gern auch von ihnen selbst hören.«

»Natürlich«, antwortete ich. Ich wünschte, er würde aufstehen und gehen. Es kam mir seltsam vor, dass er in meiner Küche saß, die auch einmal seine gewesen war. Diese Situation rief bei mir ein gewisses Territorialverhalten hervor.

»Und wirklich«, sagte er, »ich bin sicher, dass es nichts gibt, worüber wir uns sorgen müssten. Sie scheinen unversehrt zu sein, Gott sei Dank.« Er schob seinen Becher weg, den Kaffee hatte er nur zur Hälfte getrunken. Seit ein Forschungsergebnis einen Zusammenhang zwischen Kaffee und Bauchspeicheldrüsenkrebs hergestellt hatte, hatte er das Kaffeetrinken aufgegeben. »Simone war allerdings ziemlich aus dem Häuschen«, sagte er.

»Was meinst du mit ›aus dem Häuschen‹?«, fragte ich ihn.

Er beantwortete meine Frage nicht direkt.

»Sie kann manchmal etwas paranoid sein«, erwiderte er. »Nun ja, das ist wohl auch verständlich.« Dabei sah er mich nicht an. »Sie hat die Mädchen sehr gern, musst du wissen. Sie würde sie wirklich gern öfter um sich haben.«

Erschreckt zog sich mein Magen zusammen. Ich konnte sie natürlich verstehen, ebenso wie ihr Bedürfnis, in dem Leben der Mädchen eine größere Rolle zu spielen – denn dadurch würde sie Adam noch stärker an sich binden. Seit wir uns das erste Mal begegnet waren, hatte ich diesen Zug bei ihr gespürt und gefürchtet.

»Nun, wir haben unsere Vereinbarung«, sagte ich; dabei ließ ich meine Stimme so unbeschwert und zwanglos klingen wie möglich. »Und es klappt doch prima, findest du nicht?«

»Natürlich, es klappt gut«, erwiderte er. Er rückte auf seinem Stuhl hin und her und räusperte sich. Ich fragte mich, was er wohl sagen wollte. »Doch Simone und ich sind uns vollkommen einig: Falls die Mädchen auch nur in seine Nähe kommen …« Er brach ab. Die Worte, die er nicht ausgesprochen hatte, hingen zwischen uns in der Luft.

Ich senkte den Kopf, denn ich wollte nicht, dass er sah, wie groß die Angst war, die er mir eingejagt hatte.

»Ich werde ihn nicht mehr sehen«, sagte ich.

»Nein«, sagte er jetzt sanfter, fast versöhnlich. »Nein, natürlich wirst du das nicht.« Und dann, vielleicht, weil es ihm Leid tat, mir gedroht zu haben: »Chloe, ist alles in Ordnung mit dir? Kommst du zurecht? Du siehst nämlich nicht besonders gut aus.«

»Das liegt wahrscheinlich nur daran, dass ich nicht geschminkt bin«, erwiderte ich.

»Nein, wirklich. Du bist ziemlich käsig, und du hast Ringe unter den Augen.«

»Vielen Dank«, erwiderte ich. »Das klingt ja zum Anbeißen.«

Er stand auf und klopfte mir auf die Schulter. Schon wieder hatte er mich angefasst, und das gefiel mir nicht besonders. »Du solltest mehr unter die Leute gehen«, sagte er. Er hörte sich an wie meine erste Vorgesetzte, als ich Sozialarbeiterin wurde. Es ist schon sehr lange her; sie war eine Frau in den Fünfzigern gewesen und noch vom alten Schlag, eine Sozialarbeiterin aus dem Krankenhaus, die bei Unpässlichkeiten, seien sie körperlicher, geistiger oder seelischer Natur, Abendkurse verordnete. War man missbraucht worden? Hatte man seinen Mann verloren? Litt man unter Liebeskummer? Machen Sie einen Töpferkurs, versuchen Sie Stepptanz für Anfänger. »Du solltest nicht vor dich hin brüten«, sagte Adam. »Organisiere dir einen Babysitter und geh aus, amüsier dich. Du brütest wirklich, Chloe.«

»Mir geht es gut«, erwiderte ich, »wirklich.«

Ich hatte den Verdacht, dass er sich mir gegenüber herzlicher gab, weil er froh war, dass meine Affäre mit Dan beendet war. Vielleicht triumphierte er insgeheim sogar. Das soll keine Kritik an ihm sein. Er ist kein schlechter Mensch, es hätte mich nicht überrascht, wenn er so empfunden hätte. Jeder Mensch hat gemischte Gefühle, wenn es um das Liebesleben des ehemaligen Partners geht. Ich vermute, dass man tief in seinem Inneren eigentlich nicht will, dass der andere ein Liebesleben hat, und das gilt auch für denjenigen, der den anderen verlassen hat. Sexuelle Eifersucht ist heimtückisch. Sie schleicht sich ein und kommt zum unpassendsten Zeitpunkt zum Vorschein. Ich bin sicher, dass Adam, hätte ihn jemand direkt darauf angesprochen, gesagt hätte, dass er mich gern versorgt sehen würde – doch ich glaube, tief in seinem Innern hätte er einen Mann vorgezogen, der verlässlich war und keine Bedrohung darstellte. Die betont sexuelle Beziehung von Dan und mir war ihm unangenehm.

Jude drängte mich wie Adam, mehr auszugehen.

»Du musst unter die Leute gehen, Chloe«, sagte sie; dabei war ihr Gesicht besorgt in Falten gelegt.

Manchmal ging sie mit mir in unseren Lieblingspub, den mit den Kerzen und *Vogue*-Zeitschriften. Dann saßen wir an einem der gebleichten Holztische, tranken Lager-Bier, und sie unterhielt mich mit Geschichten über ihren derzeitigen Liebhaber, einen Kieferorthopäden, der die gesamte Palette sexueller Gefälligkeiten erwartete, sie jedoch nie in ein auch nur annähernd schickes Lokal ausführte.

»Ich will mich ja nicht beschweren«, sagte sie. »Ich meine, er ist ein guter Liebhaber und so. Doch manchmal möchte ich eben einfach in eine richtig elegante Bar gehen, in der er mir dann einen dieser Cocktails spendiert. Einen Metropolitan. So wie Erdkuckucke.«

»Ich finde, du beschwerst dich *wohl«*, erwiderte ich. »Und was hat das mit Erdkuckucken zu tun?«

»Bevor sie sich paaren, füttert das Männchen das Weibchen mit einer leckeren kleinen Eidechse«, antwortete sie. »Das habe ich irgendwo gelesen. Manchmal brauche ich unbedingt eine leckere kleine Eidechse, damit ich in Stimmung komme. Mein Gott, ich möchte einfach, dass er Geld für mich ausgibt.«

»Tatsächlich«, meinte ich. Ich war ziemlich entsetzt, dass sie solch rückschrittliche Sehnsüchte zugab. »Kein Mensch würde glauben, dass wir all diesen feministischen Kram mitgemacht haben – du weißt schon, dass wir Vibratoren untereinander ausgetauscht haben, im Männerklo gepinkelt haben, diese schweren Stiefel getragen haben und zur Greenham Common Airbase marschiert sind.«

»Gehst du nicht ein bisschen zu weit?«, fragte Jude. »Ich habe doch nur gesagt, dass ich gerne möchte, dass dieser Mann mich zu einem Cocktail in einer richtig schicken Bar einlädt. Das ist doch nun wirklich nicht zu viel verlangt. Ich weiß nicht, was das mit der Trident zu tun hat.«

»Es war nicht die Trident.«

»Also gut, die Polaris. Wie auch immer.«

Und nach ihrem zweiten Lager gab sie mir immer gute Ratschläge.

»Du solltest dir jemand anderen suchen, Chloe. Reiß jemanden auf und geh mit ihm ins Bett. Ich kenne einen süßen Typen, der in der Adoptions- und Pflegekinder-Vermittlungsstelle arbeitet. Er ist sehr sexy. Du solltest ihn dir mal anschauen. Es muss ja nicht gleich alles perfekt sein, aber es würde dich trotzdem aufmuntern. Mir geht es jedenfalls immer so.«

»Was ist denn aus dem Sex-Sucht-Programm geworden?«

Sie zuckte mit den Schultern. »Möglich, dass ich einfach nicht die nötige Motivation aufbringen konnte.«

Ich verbrachte viel Zeit in meinem Garten. Nur hier empfand ich so etwas wie Frieden. Er sah mittlerweile sehr herbstlich aus – er wirkte zarter und weniger üppig. Die Blätter meiner Kapuzinerkresse waren von den Raupen angeknabbert worden und voller Löcher, so wie man sich Knochen vorstellt, die durch Osteoporose angegriffen waren; die Bäume lichteten sich, und an der Rosenhecke hingen nur noch ein paar dunkle Blätter, so dass man in die benachbarten Gärten an der Straße sehen konnte; und die Äste meines Apfelbaums waren kahl und zart, sie sahen vor dem Hintergrund des Himmels aus wie ein schwarzes, schmiedeeisernes Gittergeflecht. Die einzigen bunten Farbflecken stellten die Herbstalpenveilchen dar, winzige und hübsche Blüten, die im Blumentopf zwischen den Kieselsteinchen hervorlugten; sie erinnerten an kleine Flügel oder kleine rosafarbene Motten, bereit loszufliegen. Nach einem Windstoß war der Rasen mit Blättern übersät. Meine Töchter liebten es, die Blätter zusammenzukehren, auch wenn sie dabei nicht sehr erfolgreich waren, weil sie sich um den Rechen stritten; sie hoben einen ganzen Arm voll Blätter hoch – riesige, intensiv duftende Haufen feuchter, kastanienbrauner Blätter, die in durchweichten Klumpen zu Boden fielen – und warfen sie nur zu gern auf den Komposthaufen neben den Resten des Holzstapels. Lucy sprach noch immer von dem Feuer, das ich gemacht hatte. Sie hatte mir jenen Morgen, an dem sie aufgewacht war und einen Aschering auf dem Rasen entdeckt hatte, noch nicht verziehen.

»Was wäre, wenn ein Igel darunter gesessen hätte?«, fragte sie. »Dann hättest du ihn verbrannt, Mami. Das wäre schrecklich gewesen. Das arme kleine Ding, das sich zum Winterschlaf zusammengerollt hatte.«

»Es war kein Igel darunter«, antwortete ich, »das verspreche ich dir.«

Ich bepflanzte meine Blumenkästen vor den Fenstern neu. Die Sommerblumen waren überwiegend verblüht, braun und vertrocknet, teilweise waren sie wegen irgendwelcher Blattläuse ganz klebrig; ich hatte sie zu lange in den Kästen gelassen. Die alte Blumenerde wurde von einem filigranen Flechtwerk heller Wurzeln zusammengehalten. Ich warf den größten Teil davon weg; sie roch intensiv, als ich sie auseinander riss, sie fühlte sich zwischen meinen Fingern trocken, warm und krümelig an, doch ich wusste, dass sie verbraucht war und keine Nährstoffe mehr enthielt.

Ich versuchte, Lucy zur Mitarbeit zu bewegen, doch sie zeigte kein Interesse.

»Du hast mir aber letztes Jahr geholfen«, meinte ich.

Sie zuckte mit den Schultern. »Da war ich auch erst vier«, antwortete sie.

Doch sie kam, um sich die Kugelasseln anzusehen, die sich

zu Dutzenden wie Krabben am Boden der Blumenkästen ringelten. Sie nannte sie Ringelläufer und richtete sie mit einem Stock wieder auf, wenn sie auf den Rücken fielen.

Ich gab auf den Boden der Kästen zunächst etwas Kies und ein paar Tonscherben, füllte sie dann mit Blumenerde auf und ordnete die neuen Pflanzen an, die ich bei Homebase ausgesucht hatte: kleine blaue und gelbe Stiefmütterchen. Sie waren hübsch – ordentliche, gehorsame Pflänzchen mit Wurzeln wie Watte, die einzeln in getrennten Erdpäckchen geliefert wurden.

Anschließend wusch ich mir die Hände unter dem Gartenwasserhahn. Während ich sorgfältig die Erde abspülte, betrachtete ich prüfend meine Hände; ich sah, wie runzlig sie waren, als seien sie zu lang im Wasser gewesen. Die Haut auf meinen Handrücken war ziemlich schlaff und nicht mehr elastisch, die Knöchel wurden faltig, wenn ich die Finger ausstreckte. In dem nachlassenden Nachmittagslicht und mit den Dreckspuren, die in den Fältchen hängen geblieben waren und sie noch betonten wie die Konturen auf einer Landkarte, sahen sie aus wie die Hände einer alten Frau. Ich fühlte mich runzlig und ausgetrocknet, als sei mir der Lebenssaft entzogen worden.

Manchmal dachte ich, ich hätte ihn gesehen. Es war immer eine Rückenansicht, jemand, der im Kreisverkehr fuhr, doch nie im richtigen Auto; meine fieberhafte Vorstellungskraft schien sich aller Logik zu widersetzen. Manchmal glaubte ich ihn in der Schlange vor dem Geldautomaten zu sehen. Es war etwas an der lässigen Art, wie der betreffende Mann seine Jacke trug oder wie sein Haar im Nacken lag – und dann stand ich oder saß ich da und starrte diesen Menschen an, überzeugt, dass er es war, wurde unglaublich nervös, während mein Blick wie gebannt an ihm hing und mein Puls anfing zu rasen. Dann drehte der Mann sich um und hatte natürlich ein ganz anderes Profil – es kam mir hässlich, fast missgebildet vor und suggerierte ein kleinliches, triviales Leben. Selbst wenn ich einen Augenblick zuvor solche Angst davor gehabt hatte, dass er es war, durchflutete mich danach ein Gefühl der Enttäuschung – plötzlich waren Farbe und Musik aus dem Tag verschwunden. Und dann musste ich alles erneut durchmachen und mich daran erinnern, wer er war und was er getan hatte.

Doch diesen Augenblicken haftete nichts Sexuelles an: Es waren Augenblicke leidenschaftlicher Angst, gefolgt von schmerzhafter Leere. Mein Sexualtrieb schien untergetaucht zu sein, wie das Leben der Pflanzen in meinem Garten. Nichts konnte mich erregen oder aufrütteln. Ich hatte absolut kein Interesse an anderen Männern. Selbst die erotischsten Szenen im Fernsehen und der sehnsüchtigste Kuss in einem Schwarzweißfilm aus dem Hollywood der vierziger Jahre ließen mich kalt. Mir war egal, wie ich aussah. Ich zog los, um mir eine neue Hose zu kaufen, und probierte bei Jigsaw zwei Paar an. Sie standen mir beide ganz gut, doch ich sah einfach nicht ein, warum ich eine Hose der anderen vorziehen sollte, also nahm ich keine von beiden und fuhr wieder nach Hause. Ich durchlief meinen Zyklus, ohne auf die Höhen und Tiefen, die mir seit Jahren so vertraut waren, oder die plötzlichen Impulse und Empfindlichkeiten zu achten.

Nur in meinen Träumen wurde ich wieder ein Wesen mit sexuellen Begierden. Die Träume, die ich erlebte, waren ziemlich außergewöhnlich, es waren fast jede Nacht verschwenderische erotische Träume. Ich gab mir große Mühe, diese Träume zu deuten, und was ich herausfand, war, dass mein Unterbewusstsein irgendwie nicht mit dem Schritt gehalten hatte, was geschehen war – es befand sich noch immer in diesem sinnlichen Nebel, in diesem Rauschzustand. Ich kam zu dem Schluss, dass es im Unterbewusstsein möglicherweise darum ging, was der eigene Körper wusste – und das, was ich seitdem über Dan erfahren hatte, hatte sich in meinem Kopf abgespielt. In meinem Kopf ging es nicht um das Wissen und die Erfahrungen, die man mit der Haut, den Fingern und der

Zunge machte – und mein Unterbewusstsein hatte einfach noch nicht begriffen, dass die sexuelle Verbindung mittlerweile nicht mehr bestand, aufgehoben war.

Diese Träume spielten oft in sehr idyllischer Umgebung – in Wäldern, an Seen, auf Wiesen – und in Landschaften voll offensichtlicher, krasser Bezüge: Es gab Bäume, die Früchte trugen, rauschende Wasserfälle, schwellende rote Blumen mit fleischigen Blütenblättern, die sich im Regen öffneten. Als mein Liebesleben am lebendigsten und zärtlichsten gewesen war, waren meine sexuellen Träume hart und grausam gewesen und hatten von Zwang und Kontrolle gehandelt. Nun, als ich gar kein Liebesleben mehr hatte, als allein der Gedanke an meinen Liebhaber mit der schlimmsten Art von Verdorbenheit verknüpft war, waren meine Träume voll von einer fast unschuldigen Sexualität, in der es ausschließlich um Nacktheit ging, um sanft erforschende Berührungen und um den Duft und die Zartheit der Haut. Ich hatte den Eindruck, dass es so war, wie einige Analytiker behaupten, dass wir nämlich in unseren Träumen unser waches Selbst ausbalancieren und das ausdrücken, was wir verbergen oder leugnen.

Manchmal hatte der Mann, der Liebhaber in diesen Träumen, keinen Namen – doch öfter hatte er etwas von Dan: sein dunkles Haar, das ihm über die Stirn fiel, seine Wärme und sein Gewicht, das meine Arme ausfüllte. Und dann erwachte ich aus diesen Träumen, und mein Körper erinnerte sich – an seine Finger, die mich überall erforschten und erkundeten, an seinen Penis, der meine Lippen berührte, der Geschmack von Sex in meinem Mund –, und danach musste ich wieder umlernen, dieses Wissen vergessen und es von mir schieben. In gewisser Weise erinnerte mich diese Situation an die Augenblicke nach jenen Träumen, die von meinem Vater handelten und in denen er leibhaftig am Küchentisch saß. In jenen Augenblicken nach dem Aufwachen waren für mich seine Abwesenheit und die Realität sowie die Dinge, die unbestreitbar geschehen waren, einen Moment lang weitaus weniger real als der Traum.

20

An einem Sonntagabend gegen Ende Oktober rief er wieder an.

»Felix hat das Video mit der Aussage des Mädchens bekommen«, sagte er.

»Oh«, sagte ich; mich überkam der sehnliche Wunsch zu erfahren, was auf diesem Video zu sehen war.

»Wir werden es uns morgen zusammen ansehen.«

»Gut«, antwortete ich. Ich legte nicht auf. Irgendwie hatte ich für mich die Regel aufgestellt, dass ich mir gestattete, mit ihm über bestimmte Dinge zu reden – praktische Dinge, Fakten und Verfahren, den Fortgang des Falls –, jedoch nicht über uns.

Doch dann sagte er: »Chloe, wann kann ich dich sehen?« Den flehenden Unterton in seiner Stimme konnte ich nicht ertragen.

»Dan, wie kann ich mich mit dir treffen?«, erwiderte ich. »Bitte frag mich nicht. Du weißt, dass es nicht geht.«

»Das kannst du mir nicht antun, Chloe.« Seine Stimme wurde schärfer, es lag ein wütender Unterton darin. »Du kannst mir doch nicht einfach so die Tür vor der Nase zuschlagen – einfach Schluss machen, ohne mir den Grund dafür zu nennen.«

»Aber ich habe dir doch den Grund genannt«, erwiderte ich.

»Dieses Foto, von dem du gesprochen hast?«

»Genau«, sagte ich.

»Wie zum Teufel soll ich mich verteidigen können, wenn du mir nicht sagst, was auf dem Foto zu sehen ist? Mein Gott.« Er schrie jetzt. »Seit die Sache angefangen hat, dreht sich mein ganzes verdammtes Leben nur darum: Ich werde für etwas beschuldigt, und niemand sagt mir, wofür ich beschuldigt werde. Doch jeder hält mich für schuldig.«

Seine Worte trafen mich wie ein Schlag, und ich fühlte mit ihm – ich konnte nachempfinden, dass er sich vorkam, als sei er in eine Falle geraten und könne sich kein Gehör verschaffen. Dann der Gedanke an die Behauptung, das hilflose kleine Mädchen. Beides traf in meinem Kopf aufeinander, ich dachte beides gleichzeitig.

Ich wollte etwas sagen, doch er fuhr mir über den Mund. »Ich sage dir, es ist verflucht noch mal wie bei Kafka«, sagte er. »Ich wusste nicht, dass so etwas wirklich passieren kann. Und du machst auch noch mit, und das kann ich nicht ertragen. Ich meine, wir hatten doch eine gute Beziehung, oder etwa nicht?«

Ich hatte einen dicken Kloß im Hals, doch ich schluckte ihn herunter.

»Um Gottes willen, Chloe, rede mit mir«, sagte er. »Hatten wir nicht eine gute Beziehung?«

»Ja«, erwiderte ich, »das hatten wir.«

Es entstand eine kurze Pause, angespannt und entsetzlich wie der Augenblick absoluter Stille nach einem Autounfall.

»Scheiße. Es tut mir Leid«, sagte er. Seine Stimme klang jetzt sanfter und brachte tief in meinem Innern etwas zum Schmelzen. »Ich wollte nicht die Beherrschung verlieren, ich war so entschlossen, mich zusammenzureißen.«

Ich murmelte so etwas wie, dass es schon in Ordnung wäre. In gewisser Weise meinte ich es auch so, ich war fast erleichtert, dass er wütend auf mich gewesen war. »Du sprachst von dem Video«, sagte ich und versuchte die Unterhaltung wieder auf ein Thema zu lenken, mit dem ich umgehen konnte. »Du siehst es dir morgen mit Felix an.«

»Ja, morgen Nachmittag«, sagte er. »Sie haben diese speziellen Videos, die automatisch gelöscht werden, nachdem sie zwanzig Mal abgespielt wurden, so dass sie nie als Pornofilme in Umlauf geraten können. Na ja, das weißt du sicher alles.«

»Ja«, antwortete ich.

»Jedenfalls werden wir erfahren, was Carly genau gesagt hat«, sagte er.

Carly. Er hatte zuvor nie ihren Namen gesagt, er hatte sie stets nur »das Kind« oder »das kleine Mädchen« genannt. Ihr Name hallte in meinem Kopf wider, und ich wurde ihn den ganzen Abend nicht wieder los; wie einen Liedfetzen, einen Jingle aus der Werbung oder den Refrain eines Kinderliedes hatte ich ihn ständig im Ohr. Ich fand es – allerdings nicht zum ersten Mal – unheimlich, wie sehr ihr Name meinem ähnelte.

Als ich am nächsten Morgen ins Büro kam, rief Jude an, um zu sagen, dass sie krank war – nach einem überaktiven Wochenende mit ihrem Kieferorthopäden hatte sie eine schmerzhafte Blasenentzündung.

»Ich bin verdammt noch mal selbst schuld«, sagte sie. »Aber ich kann auf keinen Fall kommen. Ich habe schon pfundweise Bikarbonat geschluckt, trotzdem gehe ich die Wände hoch.«

»Ach Jude, wie schrecklich.«

»Ich würde ja zum Arzt gehen, aber wozu?«, meinte sie. Jude hält nichts von englischen Allgemeinmedizinern, ihren schäbigen Praxen und konservativen Verschreibungspraktiken. Sie zählen zu ihren beliebtesten Beispielen, wenn sie sich über das Leben in London beschwert. In diese Kategorie gehört auch die körnige Konsistenz englischer Erdnußbutter; außerdem fragt sie sich, warum zum Teufel die englischen Frauen selbst bügeln, anstatt die Sachen in die Reinigung zu geben: »Ich meine, leben wir hier in einem Dritte-Welt-Land?«

»Du Arme«, sagte ich. »Ich sage Nat Bescheid.«

Sie hatte ein paar Termine, die ich für sie absagen sollte.

In der höchst abergläubischen Verfassung, in der ich mich befand, erschien mir ihre Abwesenheit wie ein Omen, ein Zeichen, dass ich handeln sollte. Ich sah auf meine Armbanduhr. Um zehn musste ich bei einer Fallbesprechung sein, die ein Stockwerk tiefer im Konferenzzimmer stattfand. Ich hatte noch fast eine halbe Stunde Zeit, das sollte locker reichen.

Die Patientenangaben werden bei uns immer noch auf Karteikarten eingetragen. Zwar wird uns immer versprochen, dass die Angaben computertechnisch erfasst werden, dafür ist jedoch nie genug Geld da. Also verbringen wir viel Zeit damit, uns durch diese zerknitterten Karteikarten zu arbeiten. Die Kartei steht in einer Nische im Büro der Sekretärinnen.

Ich ging den Flur entlang, um Maureen über Judes abgesagte Termine zu informieren. Dann ging ich um die Ecke zur Kartei. Ich kam mir heimlichtuerisch, fast verbrecherisch vor, als ob ich etwas täte, was ich nicht dürfte. Das war idiotisch, denn ich schlage mindestens einmal die Woche in der Kartei etwas nach. Doch ich war mir nicht ganz sicher, was ich antworten sollte, wenn Maureen freundlich und hilfsbereit herüberkommen und mich fragen würde, was ich denn suchte.

Ich zog die Schublade »Sc bis Sm« heraus. Meine Hände kamen mir groß und ungeschickt vor; ich hatte sie nicht richtig unter Kontrolle, wie nach einem Bruch, wenn der Gipsverband abgenommen wird und man endlich seine Finger wieder bewegen kann.

Es gab mehrere Smithsons – Gavin und Lee – mit derselben Adresse wie Carly. Carlys Fall war vor ein paar Jahren eröffnet und dann wieder geschlossen worden und schließlich am 3. September diesen Jahres, also sechs Tage, bevor die Polizei Dan aufgesucht hatte, erneut eröffnet worden. Vermutlich hatte jemand gleichzeitig die Polizei und das Jugendamt verständigt. Auf der Karteikarte standen nicht sehr viele Einzelheiten, nur Adressen, Daten und der Name der Sozialarbeiterin – Philippa Nicholls. Ich kannte sie vom Sehen, sie hatte gerade ihre Ausbildung beendet, und ihre Abteilung arbeitete ein Stockwerk unter meinem.

Ich rief sie an. Sie war an ihrem Platz.

»Hallo, hier spricht Chloe Langdon aus der Abteilung Manor. Könnte ich runterkommen und Sie kurz sprechen?«

»Gern«, erwiderte sie. »Ich sitze an einem furchtbaren Untersuchungsbericht und bin für eine Unterbrechung dankbar.«

»Es geht um Carly Smithson«, sagte ich.

»Armes kleines Ding«, meinte sie. »Ich setze Kaffeewasser auf.«

Im Treppenhaus roch es nach Desinfektionsmitteln, und alle hatten es eilig, wie immer am Montagmorgen. Ich ging langsam zu ihrem Büro, die Hand am Geländer, weil ich mir so unbeholfen und unproportioniert vorkam, dass ich Angst hatte zu stolpern. Ich überlegte, wie ich mein Interesse an diesem Fall begründen könnte. Vielleicht könnte ich ihr erzählen, dass ich eine Untersuchung über Kinder im Zeugenstand plante. Seit diese Geschichte begonnen hatte, war mein Leben voller Lügen.

Das Büro sah genauso aus wie unseres – die gleichen welken Begonien, die gleichen graugrünen Aktenschränke und bunten Kaffeebecher, und wie bei uns war die Atmosphäre von drohenden Krisen geprägt. Sie telefonierte gerade, als ich kam. Sie lächelte mich an und gestikulierte entschuldigend mit ihrer freien Hand. Ich zog einen Stuhl zu ihrem Schreibtisch.

Sie war eine von den Sozialarbeiterinnen, die versuchen, ihr Mitgefühl mit den Kindern, um die sie sich kümmern, dadurch auszudrücken, dass sie sich wie die Ansagerinnen im Kinderfernsehen kleiden. Sie tragen gestreifte Pullover und Elefantenohrringe und Sweatshirts mit Tierapplikationen. Bei Philippa waren es Frösche.

Sie legte den Hörer auf. »Hallo«, sagte sie. »Nennen Sie mich Flip.«

»Okay«, sagte ich mit so viel Überzeugungskraft, wie ich aufbringen konnte.

In einem Garfield-Becher goss sie Pulverkaffee für mich auf.

Auf ihrem Schreibtisch lag eine Broschüre über ein Seminar zu Kindesmisshandlung. Ich nahm sie in die Hand und blätterte sie durch. »Nehmen Sie daran teil?«, fragte ich, eigentlich nur, um Konversation zu machen.

»Darauf können Sie wetten – wenn es bezahlt wird«, sagte

sie. Ihre Stimme klang ruhig und vernünftig, sie verwendete viele Zischlaute. »Ich habe letztes Jahr ein Seminar besucht, das diese Leute veranstaltet haben. Es war hervorragend. Einige Opfer haben uns von ihren Erfahrungen erzählt, und anschließend haben wir uns in mehrere Gruppen aufgeteilt, und die Leute haben angefangen, von ihren eigenen Erfahrungen zu berichten. In meiner Gruppe waren drei Frauen, die selbst misshandelt worden waren. Es war unglaublich.«

»Es gibt sehr viele Fälle«, sagte ich.

»Da sagen Sie mir nichts Neues«, erwiderte sie. »Ich nehme an, dass wir in gewisser Hinsicht alle misshandelt worden sind – wenn man seelische Grausamkeit ebenfalls berücksichtigt.«

»Wenn Sie die mit berücksichtigen, dann glaube ich das auch«, erwiderte ich.

Der Kaffee war sehr schwach, und es war zu viel Milch darin.

»Also«, sagte sie und setzte sich. »Carly Smithson. Sie wissen über den Fall Bescheid?«

»Ein wenig«, sagte ich. Ich merkte, dass ich mir wegen einer Begründung keine Sorgen hätte machen müssen; sie würde nicht nachforschen. Ich war eine erfahrenere Sozialarbeiterin als sie, sie hatte gerade ihre Ausbildung absolviert und akzeptierte, dass ich meine Gründe hatte.

Sie hatte langes braunes Haar, das sie mit einer raschen Bewegung hinter die Ohren klemmte. »Was soll ich Ihnen erzählen?«, fragte sie.

»Etwas über die Familie«, erwiderte ich. »Etwas über ihren Hintergrund. Ich glaube, wir hatten schon einmal mit ihr zu tun?«

»Genau – vor vier Jahren«, antwortete sie. »Bei einem der älteren Kinder gab es Anlass zur Sorge. Schlimme Blutergüsse. Doch es konnte nie zweifelsfrei bewiesen werden, dass es keine Unfälle waren. Die Geschichte der Mutter passte nicht dazu.«

»Und wer wurde verdächtigt?«, wollte ich wissen. »Der Lebensgefährte der Mutter, nehme ich an?«

Sie nickte. »Klingt nach einem ziemlich üblen Kerl«, sagte sie. »Es wurde vermutet, dass sie versucht hat, ihn zu decken, doch keiner konnte ihm etwas anhängen. Sie hat ihn dann rausgeworfen, und wir haben den Fall abgeschlossen.«

»Wer gehört zur Familie?«, fragte ich.

»Drei Kinder – Carly ist die jüngste. Carlys Vater ist von der Bildfläche verschwunden. Ein paar Mitglieder der Großfamilie. Es ist die Art von Wohnung, in der man bei einem Besuch immer jemand anderem begegnet – einer Tante oder einem besten Kumpel, einem Rottweiler und so weiter. Dann ist da noch ein Bruder der Mutter, der zum Inventar gehört, und ein Großvater, der oft vorbeikommt.«

»Dieser Großvater«, sagte ich. »Erzählen Sie mir von ihm.«

»Er kann sehr schlecht sehen«, sagte sie. »Diabetiker. Konnte gut mit den Kindern umgehen, fand ich.«

»Und der Onkel?«

Sie lächelte nachsichtig. »Ein ziemlicher Draufgänger, dieser Darren«, erwiderte sie. Ich hatte den Verdacht, dass er ihr ganz gut gefiel. »Ein großer Bastler, jede Menge Freundinnen. Er wohnt gleich um die Ecke. Die Mutter scheint auf ihn angewiesen zu sein. Um ehrlich zu sein, ich weiß nicht, was sie ohne ihn täte.« Sie spielte mit ihren Haaren, zog eine Strähne zwischen ihren Fingern glatt und untersuchte sie zerstreut nach Spliss.

»Und was halten Sie von der Mutter?«, fragte ich. Mir war bewusst, dass ich sie mit Fragen bombardierte, doch ihr schien es zu gefallen, dass sie zeigen konnte, wie gut sie in dem Fall Bescheid wusste.

»Sie kümmert sich um ihre körperlichen Belange, würde ich sagen. Die Kinder und die Wohnung sind immer sehr sauber. Jede Menge Nippes. Es ist unglaublich, wie manche Menschen zurechtkommen. Ich meine, ich könnte das nicht, nicht mit dem Geld, das sie bekommt.«

Ich wandte meinen Blick ein wenig ab und ließ ihn auf dem üblichen Bürodurcheinander ruhen – den Übertöpfen voller Kugelschreiber und den Urlaubsfotos; ich suchte Zuflucht in der Normalität dieser Umgebung, dabei waren meine Hände in den Jackentaschen zu Fäusten geballt. »Und Carly?«, fragte ich.

»Schrecklich ängstlich und zappelig«, sagte Philippa. »Sie scheint jedoch ein wenig Gefallen an mir gefunden zu haben, und das ist eine große Hilfe. Ich kann es kaum erwarten, richtig mit ihr zu arbeiten – doch noch kann ich natürlich nichts tun, erst muss der Fall verhandelt werden. Das ist so frustrierend. Niemand denkt bei solch einem Fall an das Kind.«

Ich nickte und murmelte zustimmend. Ich wünschte, ich würde aufhören, mich über sie zu ärgern. Sie war vollkommen in Ordnung – gewissenhaft, fürsorglich und fleißig – und bewirkte zweifellos viel Gutes. Ich konnte sie nur einfach nicht leiden. Zum Teil lag es an ihrer Art, seit Jahren bekannte Ansichten zu äußern, als wären es neue und aufregende Erkenntnisse. Und um ehrlich zu sein, ihr Sweatshirt machte die Sache nicht besser.

»Wem hat es Carly erzählt?«, fragte ich.

»Sie hat es ihrer Mutter erzählt, und die Mutter ging am ersten Tag des neuen Schuljahrs zur Schule, und die Schule hat sowohl uns als auch die Polizei verständigt.«

»Haben Sie das Video mit der Aussage gesehen?«

»Ja.«

»Glauben Sie ihr?«, wollte ich wissen.

»Absolut«, erwiderte sie. Das Lächeln war aus ihrem Gesicht verschwunden; sie war ein wenig entsetzt, dass ich ihr diese Frage gestellt hatte. »Und ich glaube, dass sie im Gerichtssaal gut ankommen wird, solange die Verteidigung nicht auf sie einhämmert. Diese Verteidiger sind manchmal richtige Schweine, sogar bei einer Videokonferenz. Das ist auch eine Form der Misshandlung. Aber das muss ich Ihnen ja nicht erzählen.«

»Nein«, erwiderte ich.

Ich nahm einen Schluck von meinem geschmacksneutralen Kaffee. Ich wusste, dass der entscheidende Augenblick gekommen war. Der Kaffee blieb mir fast im Hals stecken.

»Und wie genau lautet die Behauptung?«, fragte ich ganz beiläufig, doch mein Herz schlug so schnell, dass ich dachte, sie würde es merken, weil mein ganzer Brustkorb bebte.

»Digitale Penetration der Vagina«, antwortete sie sehr formell. All das war noch ziemlich neu für sie und ihr ein wenig peinlich.

»Ich verstehe«, sagte ich. »Gibt es dafür irgendwelche körperlichen Anzeichen?«

»Nichts Endgültiges«, erwiderte sie. »Sie ist untersucht worden. Das Hymen schien mehr oder weniger intakt zu sein. Doch es wurde eine leichte Rötung festgestellt, und sie wissen nicht, was sie davon halten sollen. Sie können das Gutachten lesen, wenn Sie wollen.«

»Danke«, erwiderte ich.

Sie stand auf, öffnete ihren Aktenschrank und zog Carlys Akte heraus; sie blätterte sie durch, um mir das Gutachten des Kinderarztes herauszusuchen. Sie legte es auf den Tisch und drehte es so, dass ich es lesen konnte.

Ich überflog die Seite von oben bis unten. Ich musste mich zunächst durch einen Dschungel von doppelten Verneinungen und Einschränkungen kämpfen. »Die medizinischen Befunde unterstützen nicht eindeutig sexuellen Missbrauch mit Penetration ... Die Rötung könnte die Folge eines Traumas aufgrund von Reibung sein ... Es erscheint unwahrscheinlich, wenn auch möglich, dass digitale Eingriffe Ursache für die beobachteten Veränderungen sind ...« Ergebnislos wie gewöhnlich: Nur selten stellen medizinische Gutachten etwas unmissverständlich klar.

Ich holte tief Luft, weil ich fürchtete, dass meine Stimme versagen könnte. »Und nennt sie seinen Namen?«, fragte ich.

»Nein«, erwiderte sie. »Und wir wollten nicht, dass sie das

Trauma einer Gegenüberstellung durchmachen muss. Doch ihre Beschreibung ist ziemlich genau. Die Polizei ist davon überzeugt, dass sie den richtigen Mann haben. Doch natürlich können diese Fälle jederzeit in sich zusammenfallen. Das wäre ein Jammer.«

Ich nickte.

»Ich kann Ihnen gar nicht sagen, was ich über dieses Schwein von einem Psychologen denke«, sagte sie. »Ich meine, er hat ihr ihre Kindheit gestohlen.«

Ich murmelte irgendetwas Unverbindliches. So etwas sagen die Leute immer, und ich weiß nie genau, was sie damit meinen. Ich nehme an, sie wollen sagen, dass der Täter seinem Opfer etwas unglaublich Kostbares nimmt, was niemals mehr zurückgewonnen oder wiederhergestellt werden kann – was manchmal zutrifft, glaube ich, manchmal aber auch nicht.

»Wie der Zufall es will«, sagte sie, »habe ich Daniel Whitmore einmal getroffen. Bei einer Party vor drei Jahren, bevor ich meine Ausbildung begonnen habe. Ein seltsamer Zufall, nicht wahr?«

»Offenbar«, erwiderte ich.

»Und ich muss Ihnen sagen«, fuhr sie fort, »dass er irgendwie etwas Verschlagenes hat. Sie wissen schon, manchmal hat man bei jemandem so ein Gefühl. Ich glaube, es liegt an seinen Augen. Er hat versucht, sich an meine Freundin ranzumachen. Nun ja, Francine sieht toll aus, und das passiert ihr häufig.«

Ich verspürte einen kleinen, absurden Anflug von Eifersucht auf diese fremde Frau, die Dan aufgefallen war.

»Sie ist natürlich nicht darauf eingegangen«, fuhr Philippa fort. »Doch es war ziemlich viel Erotik im Spiel.«

»Nun ja, es ist glaube ich normal, dass ziemlich viel Erotik im Spiel ist«, entgegnete ich, »wenn man jemanden anmacht.«

Sie sah mich unsicher an, als wisse sie nicht genau, ob ich sie auf den Arm nehmen wollte oder nicht. »Haben Sie ihn je kennen gelernt?«, fragte sie.

»Ich war mit ihm zusammen«, erwiderte ich.

Ihr das anzutun war gemein, und es tat mir im selben Augenblick Leid.

Sie war völlig durcheinander. Sie lief im ganzen Gesicht bis hinunter zum Hals rot an.

»Oh, mein Gott«, sagte sie.

Ich legte eine Hand auf ihren Arm. »Es tut mir sehr Leid«, sagte ich. »Ich hätte es Ihnen viel eher sagen müssen, es war sehr unhöflich von mir.«

»Nein, gar nicht«, stotterte sie in ihrer Verwirrung. »Nein, ich verstehe, dass es sehr schwer sein muss, das zuzugeben. Aber es ist – nun ja, das lässt natürlich die Sache in einem ganz anderen Licht erscheinen, nicht wahr? Mein Gott, ich fühle mich furchtbar.«

»Bitte nicht«, sagte ich. »Dazu haben Sie wirklich keinen Grund. Es war alles meine Schuld. Ich hätte es Ihnen erzählen sollen.«

Ich tätschelte ihren Arm und sagte, ich hätte ihr deshalb nichts erzählt, weil ich ihre unvoreingenommene, professionelle Meinung hören wollte. Ich versuchte, die Wogen zu glätten und die Sache in Ordnung zu bringen, doch sie war immer noch knallrot im Gesicht, als ich ging. Ich hatte ein sehr schlechtes Gewissen. Mir wurde klar, dass ich es fast genossen hatte, sie so aus der Fassung bringen zu können, und ich verabscheute mich dafür. Sie war neu und eifrig und gab sich große Mühe, das hatte sie nicht verdient. Ich hatte ihr eigentlich keine Chance gegeben. Ich war schon böse auf sie gewesen, bevor ich sie kennen lernte.

Auf dem Rückweg in mein Büro ging ich zur Kartei und suchte Carlys Adresse heraus. 34B Tonbridge Gardens. Zahlen kann ich mir schlecht merken. Ich fing an, die Adresse in meinen Terminkalender zu schreiben, bevor mir einfiel, dass das wahrscheinlich keine sehr gute Idee war, also verwandelte ich die 3 in ein Gekritzel und schrieb die Adresse auf ein Stück Papier, das ich in die Tasche steckte.

Ich musste an jenem Nachmittag noch einen Besuch bei einem Mädchen machen, das am Donnerstag vor Gericht erscheinen sollte. Holly Burt war eine freundliche, geschwätzige Fünfzehnjährige, die an einem schlimmen Raubüberfall beteiligt gewesen war, bei dem ein jüngeres Mädchen mit Draht gefesselt worden war. Es sollte nur ein kurzer Besuch sein; Holly war ausweichend und unzuverlässig, und ich wollte sie daran erinnern, dass ich sie zum Gericht fahren würde, und ich wollte ihr einschärfen, dass sie unbedingt aufgestanden und angezogen sein musste, wenn ich bei ihr klingelte.

Es war ein trüber, windiger Nachmittag. An solch einem Tag scheint der Himmel tief zu hängen und mit dem Geruch von Ruß und Benzin und PVC-Dämpfen in die Nasenlöcher einzudringen. Ich stieg in mein Auto und stellte fest, dass ich früh dran war. Ich beschloss, dass ich die Zeit nutzen würde, um nach Tonbridge Gardens zu fahren. Es war schließlich nur ein kleiner Umweg, die Wohnsiedlung lag sozusagen fast am Weg.

Tonbridge Gardens ist eine ziemlich deprimierende Adresse. Es ist keine der wirklich schrecklichen Wohnsiedlungen, in denen Achtjährige Schutzgeld für ihr Auto verlangen und wo selbst die Polizei nervös wird. Doch hier gibt es auch ohne das genügend Ärger. Und es ist überall trostlos – eine Siebziger-Jahre-Mischung aus Backstein und Beton, verwittert, voller Wasserschlieren, mit menschenleeren, düsteren Verbindungsgängen.

Als ich dort ankam, parkte ich das Auto an der Straße. Normalerweise habe ich einen Grund, wenn ich solche Siedlungen aufsuche – ich mache einen Besuch, und mein Kopf ist voller Fragen, ich bin mit dem beschäftigt, was ich erreichen möchte. Diese Ziele wirken wie Scheuklappen, sie verengen das Blickfeld und machen alles erträglicher. Doch an jenem trüben Nachmittag hatte ich kein Ziel, als ich in meinem Auto saß – oder zumindest keines, das ich mit Worten hätte beschreiben können. Dadurch war ich offener als gewöhnlich für die unglaubliche Ungerechtigkeit und die Mühen eines Lebens, das sich inmitten dieser Tristesse abspielte.

Es war immer noch zu früh für meinen Besuch bei Holly, ich hatte noch viel Zeit. Ich bleibe einfach für einen Augenblick hier sitzen, dachte ich, dann fahre ich weiter und mache meinen Besuch. Doch ich stieg aus und schloss das Auto ab.

Ich ging langsam die Straße entlang. Gras wuchs in den Rissen der Gehwegplatten. Die Wohnungen der Siedlung lagen etwas abseits der Straße. Es gab ein paar Geschäfte – einen Imbiss, einen Friseur, ein Zeitungsgeschäft. In der Straße roch es leicht nach Rauch, als ob irgendwo ein Feuer brannte, das ich nicht sehen konnte. Es war überraschend ruhig.

An der Ecke blieb ich stehen und tat so, als würde ich ins Schaufenster des kleinen indischen Lebensmittelladens schauen – doch mein Blick ruhte auf der Schaufensterscheibe, ich sah nicht hindurch. Das Spiegelbild von Tonbridge Gardens füllte die gesamte Fensterscheibe aus, die Siedlung war so massiv wie eine große steinerne Felsnase, die den Blick auf den Himmel versperrte. Ihr fehlten eigentlich nur noch Zinnen, denn sie sah aus, als sei sie gebaut worden, um Belagerungen standzuhalten. Der Wind verfing sich unter dem Kragen meiner Jacke, und ich wusste nicht, warum ich hergekommen war oder was ich hier wollte.

So etwas taten Verliebte, dachte ich, am Anfang und am Ende einer Liebesgeschichte – bevor sie sich erklärt hatten und nachdem sie abgewiesen wurden. Vor allem Verliebte in Romanen, Verliebte in alten Musicals, die sich unsicher und melancholisch an Laternenpfähle lehnten und begierig darauf warteten, einen Blick auf den Geliebten zu erhaschen. Und Fans taten so etwas, ebenso wie Männer aus Spionageromanen, in Trenchcoats mit hochgeschlagenem Kragen: Sie gingen lauernd auf und ab, sahen betont unbekümmert in Schaufenster und warteten.

Ein Mann kam aus dem Lebensmittelgeschäft, steckte seine Lottoscheine in die Tasche und starrte mich durchdringend und seltsam an. Ich drehte mich um und ging rasch zurück zu meinem Auto.

In der Nähe meines Autos befand sich vor den Wohnungen eine Art freier Platz: Es gab dort einen Spielplatz mit Borkenschnitzen unter den Schaukeln und einem Basketball-Spielfeld. Es lagen außerdem ein paar Einkaufswagen und eine tote Taube herum. Doch als ich an meinem Auto ankam, stieg ich nicht ein. Ich wandte mich unwillkürlich vom Auto ab und ging über den offenen Platz Richtung Treppenhaus, an dem »30 – 86« stand. Das Schild konnte man gerade noch lesen, obwohl es mit Graffiti in leuchtend blauer Farbe übermalt war. An der Straße, die zur Siedlung führte, standen am Rand überall weiß gestrichene Poller, die dort, wo der Rost durchkam, mit gelbbraunen Flecken übersät waren. Die Wohnungsfenster hatten hässliche Metallrahmen, und keines der Fenster stand offen. Hier war es zugiger. Kleine, kreisförmige Wirbel aus kalter Luft wehten den Müll durch die Gegend und drehten sich wie Tiere um sich selbst.

Das Treppenhaus war dunkel und stank erwartungsgemäß nach Urin. Drei Jungen, die in der Schule hätten sein sollen, saßen in einer Ecke auf der Treppe und rauchten. Sie waren jung, zwischen sieben und elf.

»Aus der Hand lesen, Miss?«, fragte einer, als ich an ihnen vorbeiging. Er hatte Sommersprossen und sah ganz nett aus, doch seine Frage klang eher wie eine Drohung und nicht wie ein Angebot. »Komm' Se, Miss.«

»Er's gut, Miss«, sagte einer der anderen und kicherte.

Ich schüttelte den Kopf.

»Komm' Se von der Sozi?« Ihre Stimmen hallten im Treppenhaus wider.

Ich ging zum zweiten Stockwerk und bog in den Verbindungsgang ein. Die Betonbrüstung war höher als meine Hüfte. Die Fenster von 31B waren mit Brettern vernagelt. Aus 32B drang laute Musik. Ich kam zu 34B und ging ganz langsam daran vorbei. Ich konnte einen Fernseher oder ein Radio hören, also musste jemand zu Hause sein. Ich warf einen Blick durchs Fenster, doch ich konnte nicht viel erkennen. Es hing eine gestärkte Tüllgardine vor dem Fenster, und auf dem Fensterbrett stand eine weiße Vase mit roten und violetten Stoffblumen. Diese Blumen zeugten von einem gewissen Mut, sie waren so frivol und bunt – eine Geste des Trotzes, die gegen all die Hässlichkeit draußen protestierte. Ich konnte erahnen, dass sie dort drinnen einen Zufluchtsort geschaffen hatte, dass ich hineingehen und drinnen Farbe und Komfort vorfinden und mich von der Trostlosigkeit draußen würde erholen können. Angesichts der strahlend weißen Gardinen konnte ich außerdem davon ausgehen, dass es, wie Philippa Nicholls gesagt hatte, sehr sauber sein würde – vermutlich viel sauberer als bei mir zu Hause –, dass der Teppich jeden Tag gesaugt wurde und dass der süßliche Pfirsichduft eines Raumsprays in der Luft hing.

Ich fragte mich, was wohl passieren würde, wenn ich an die Tür klopfte. Ich stellte mir vor, wie Carlys Mutter auf der Türschwelle stand und mich vermutlich verwundert und ein wenig feindselig anschauen würde. Ich überlegte, wie ich ihr wohl erklären sollte, warum ich hier war, was ich sagen würde. Es wäre so leicht, eine ganz einfache Bewegung. Ich musste lediglich meine Hand ausstrecken.

Ich ging weiter und nahm das nächste Treppenhaus, damit ich den Jungen nicht noch einmal begegnete; ich ging die Straße mit den rostigen Pollern entlang, vorbei an den Tauben und den Einkaufswagen zurück zu meinem Auto; dabei zerrte der Wind an meinem Ärmel, als würde er meinen Kummer verstehen. Ich stieg in mein Auto und saß eine ganze Weile einfach nur da und starrte geistesabwesend auf das Armaturenbrett; ich begriff immer noch nicht, was mich dorthin geführt hatte.

An jenem Tag zeichnete Lucy ihr Bild von Gott. Es war nur eine Kleinigkeit, doch sie heiterte mich in geheimnisvoller Weise auf. Nach dem problematischen Besuch bei Holly Burt, die nur lächelte und schwatzte und mir zu entgleiten schien wie Wasser, kehrte ich schließlich ins Büro zurück. Ich fuhr nach Hause, parkte das Auto und machte mich auf den Weg, um Lucy abzuholen, die bei Jake Tee getrunken hatte. Sie und Jake waren wieder gute Freunde, seit er nicht mehr Kussjagd spielte, und an jenem Tag, erzählte seine Mutter, hätte er versucht, Lucy zu beeindrucken, indem er mit Rollerblades einen Baum hochgeklettert war. Wir gingen nach Hause, und ich fing an, das Hühnerfrikassee vorzubereiten. Lucy bat mich um Papier, Stifte und Glitter-glue und malte mit großer Konzentration, während ich kochte. Ich achtete nicht weiter auf sie und sah mir auch nicht genau an, was sie da malte. Ich war in Gedanken mit Carly beschäftigt und überlegte, wie ihr Leben wohl aussah und was sich hinter den sauberen Gardinen zutrug. Alice kam nach Hause und war sehr zufrieden mit sich, weil sie beim Debattierclub gewesen war, wo sie darüber debattiert hatten, ob Paare eine Genehmigung erwerben sollten, wenn sie Eltern werden wollten. »Ich habe dagegen gestimmt«, sagte sie, »doch es war eigentlich sehr schwierig, das zu entscheiden.« Lucy malte währenddessen weiter an ihrem Bild. Sie hatte die Haarschleife abgenommen, so dass ihr Haar ihren Kopf wie ein Schleier umgab, der das Blatt Papier vor mir abschirmte und erzitterte, als sie mit heftigen Körperbewegungen etwas ausmalte.

Schließlich legte sie mit einem zufriedenen Seufzer ihren Stift beiseite.

»Sieh mal, Mami«, sagte sie.

»Das ist hübsch«, erwiderte ich.

»Sag es so, als ob du es ernst meinst«, sagte sie.

Ich legte den Kartoffelschäler beiseite, trocknete mir die Hände ab, damit ich nicht auf ihr Bild tropfte, und ging zu ihr, um es mir genauer anzuschauen.

»Ich meine es wirklich ernst. Es ist ein sehr gutes Bild«, sagte ich.

Es war ein freundlicher, verlässlich wirkender, glaubwürdiger Gott aus dem Nahen Osten, der glatt rasiert war, über das ganze Gesicht grinste, ein bodenlanges Gewand und Sandalen mit zwei Riemchen und richtigen Spangen trug, die sie in allen Einzelheiten ausgemalt hatte. Er lächelte auf eine Landschaft herab, in der ein Pferd und ein Traktor, eine Schaukel und ein Baum mit Äpfeln zu sehen waren. Aus seinem Mund kam eine Sprechblase mit sorgfältig gemalten Buchstaben.

»Ich wollte, dass er sagt: ›Hier ist meine Welt‹«, sagte sie, »doch ich hatte nur Platz für das Wort ›Hier‹. Sieh mal, er hat Sterne in den Händen.«

Sterne sind schwierig zu zeichnen, normalerweise sehen sie unförmig und missgestaltet aus; um sie gleichmäßig aussehen zu lassen, hatte Lucy jeweils zwei Dreiecke übereinander gemalt. Sie war offensichtlich stolz auf sie. Es war alles mit Buntstift gezeichnet, doch die Sterne hatte sie mit gelbem Glitterglue nachgemalt.

»Gefallen dir die Sterne?«, wollte sie wissen.

»Ja«, erwiderte ich, »sogar sehr.«

»Du kannst es aufhängen, wenn du willst«, sagte sie.

Also schrieb ich ihren Namen und das Datum unten an den Rand und ging zur Pinnwand, um es aufzuhängen. Dort hingen wie üblich jede Menge Zettel. Ich nahm eine Reihe davon ab: die Ankündigung einer Sportveranstaltung an Alices Schule, einen Hinweis, dass ich einen Termin für einen Abstrich vereinbaren musste, und eine Broschüre über ein Seminar zur Entwicklungsverzögerung, an dem ich wahrscheinlich sowieso nicht teilnehmen würde. Lucys Gott mit seinem Grinsen und seinen Glitzersternen hängte ich genau in die Mitte.

21

Ich saß mit Holly Burt im Warteraum. Sie war quietschvergnügt und lächelte viel. Wir unterhielten uns ein wenig über ihren Freund, einen Mordskerl namens Spider, und diese Frau aus Brixton, die sie kannte und die einfach großartige Haarverlängerungen machte. Dann erspähte sie zwei Freundinnen und ging zu ihnen. Das schnatternde Grüppchen setzte sich in eine Ecke; dort bewunderten die drei dann gegenseitig ihre Tattoos.

Der Magistrates' Court, das Gericht für Straf- und Zivilsachen niederer Ordnung, wo die Fälle von Straftaten Jugendlicher verhandelt werden, ist in einem düsteren viktorianischen Gebäude untergebracht; hier herrscht eine ganz andere Atmosphäre als im aufdringlich zeitgenössischen Gebäude des Crown Court, dem Gericht für Strafsachen höherer Ordnung, das aus rotem Backstein und Glas besteht. Im Warteraum mit hellgelb gestrichenen Wänden und braunem Linoleum stehen rundherum Bänke, unter ihnen ist das Linoleum voller Narben von den unzähligen Zigaretten, die hier ausgetreten wurden – insgesamt ist es ein trostloser Warteraum. Den *Guardian* hatte ich bald durchgelesen, selbst den Wirtschaftsteil. Ich streckte mich, stand auf, ging auf die Toilette und lief ein wenig den Flur auf und ab. Ich las die Anschläge am Schwarzen Brett.

Dann drehte ich mich um und sah ihn. Felix Floyd. Er stand am anderen Ende des Flurs, doch selbst aus dieser Entfernung erkannte ich ihn sofort. Sein Haar leuchtete im Licht so hell wie das eines Babys. Er unterhielt sich mit einer Frau, die wahrscheinlich ebenfalls Anwältin war – sie trug eine typische Lehrerinnenbrille und hatte einen Gesichtsausdruck, von dem ich vermutete, dass er sonst eher missbilligend wirkte. Ihr dunkles Kostüm hatte viele gerade Kanten, und sie trug einen Stapel Akten im Arm. Das Gesicht von Felix war unbewegt, doch die Frau lachte so ausgelassen, dass ich dachte, sie würde gleich ihre Akten fallen lassen; sie schüttelte sich geradezu vor Lachen und strahlte übers ganze Gesicht.

Urplötzlich überkam mich der verzweifelte Drang, mit ihm zu sprechen. Auf einmal empfand ich ein Gefühl der Klarheit und Erleichterung, wie ein Mathematiker, der seit Wochen über einem Theorem gebrütet hat und plötzlich erkennt, dass er eine neue Methode anwenden muss und dass diese Methode ihn zu einer Lösung führen wird.

Fast hätte ich seinen Namen gerufen, doch ich hielt mich zurück, weil sich sonst jeder nach mir umgedreht hätte. Ich ging den Flur entlang und bahnte mir einen Weg durch die Menge, die Anwälte und Sozialarbeiter, die aufgeregten Eltern und die ziellos herumlaufenden Kinder mit ausdruckslosen Gesichtern. In meiner Ungeduld sah ich die Bewegungen der anderen Leute nicht voraus. Es war schrecklich frustrierend, wie in einem Traum, in dem man nicht weiß, ob man auf etwas zu- oder vor etwas wegrennt, in dem man nur weiß, dass man in Bewegung bleiben muss, auch wenn die Beine plötzlich bleischwer werden.

Ich war noch mehrere Meter von ihm entfernt, als er sich von der Frau verabschiedete, indem er ihren Arm berührte. Sie blieb, mit dem Witz allein gelassen, stehen und fingerte an ihren schlichten Ohrringen, während er rasch in die entgegengesetzte Richtung verschwand und sich einen Weg durch die Menschenmenge bahnte. Er war nicht besonders groß, doch sein Haar leuchtete von weitem. Ich war mir nicht einmal sicher, was ich ihn fragen wollte oder wie ich an ihn herantreten sollte. Ich versuchte immer noch, meine Frage zu formulieren, als ich mich der Ecke des Flurs näherte, der zu den Gerichtssälen eins und zwei führte.

Er bog um die Ecke. Ich folgte ihm und stieß frontal mit einem armen Gerichtsbeamten in einem weiten Talar zusammen. Unsere Körper prallten geräuschvoll aufeinander. Es war mir sehr peinlich.

»Entschuldigung«, sagten wir beide gleichzeitig und strichen unsere Kleider glatt.

Als ich mich wieder zum Flur umwandte, war er auf einmal fast leer gefegt. Alle mussten im Gerichtssaal eins verschwunden sein, wo gerade ein Einbruchsdelikt mit sehr vielen Angeklagten verhandelt wurde. Außer einer Frau mit Kinderwagen und einem Polizisten, der mit seinem Handy telefonierte, war niemand mehr zu sehen. Kein Felix. Ich konnte mir nicht vorstellen, wohin er verschwunden war. Er konnte unmöglich bis zum Gerichtssaal gelangt sein, bevor ich um die Ecke gebogen war. Ich überlegte einen kurzen Augenblick, ob ich das Ganze nur geträumt hatte, ob er vielleicht gar nicht da gewesen war.

Den Rest des Tages musste ich ständig an Felix denken – während Hollys Verhandlung ebenso wie während der kurzen Mittagspause im Pub mit Jude und im Laufe des langweiligen Nachmittags, an dem ich Papierkram erledigte. Ich hatte in den zweieinhalb Jahren, die seit unserer kurzen Beziehung vergangen waren, eigentlich kaum an ihn gedacht. Er hatte die Sache beendet, und mir hatte es nicht sonderlich viel ausgemacht; ich hatte mein Leben einfach weitergeführt. Doch nun fiel mir vieles wieder ein, Kleinigkeiten, die mich geärgert oder neugierig gemacht hatten, beispielsweise seine offenkundige Neigung, sehr sexistische oder ausgesprochen unverschämte Bemerkungen, vor allem über mein Aussehen, zu machen: »Kauf das nächste Mal besser ein T-Shirt in deiner Größe, Chloe« oder »Vielleicht solltest du wegen deiner Frisur mal einen Arzt aufsuchen«. Oder das Aftershave, das er benutzte, was für mich eine neue Erfahrung war, denn Männer, die für Kommunalbehörden arbeiten, schienen so etwas nie zu verwenden. Es war außerdem ein ziemlich ungewöhnlicher Duft – er war nicht so herb und männlich wie die meisten Aftershaves, sondern eher ein wenig zu lieblich für einen Mann. Dann das Bild aus einem Männermagazin, das in seiner Toilette hing und über das ich mich sehr aufgeregt hatte: Eine Frau war mit silbernen Flügeln und einem Heiligenschein als Engel aufgemacht, sie trug lediglich ein knappes weißes Oberteil und war hüftabwärts nackt; zwischen die Beine hatte sie eine glänzende schwarze Peitsche geklemmt. Er hatte das Bild nicht ausgeschnitten, sondern nur herausgerissen – was mich bei jemandem, der sonst so ordentlich war, überraschte. Doch ich erinnerte mich auch an das sehr beeindruckende Plädoyer, das er in einem Fall gehalten hatte, mit dem ich zu tun hatte – damit war es ihm gelungen, eine Frau, die wegen Versicherungsbetrugs angeklagt war, vor dem Gefängnis zu bewahren, so dass ihre drei kleinen Kinder nicht in Pflege gegeben werden mussten.

Manchmal fragte ich mich, warum er solche Fälle übernahm, wenn er doch auf anderen Rechtsgebieten sehr viel mehr Geld verdienen konnte; ob er durch seine Arbeit versuchte, etwas richtig zu stellen, mit alten Ärgernissen fertig zu werden oder etwas gutzumachen beziehungsweise zu retten. Vermutlich war er ein Opfer der seltsamen Erziehungsmethoden der Oberschicht gewesen – eine endlose Folge von Kindermädchen, Internat im Alter von sieben Jahren. Doch ich hatte stets das Gefühl gehabt, dass noch mehr dahinter steckte. Das Einzige, was er mir gegenüber je hatte durchblicken lassen, war, dass er eines Morgens seine Mutter angerufen und gesagt hatte: »Hier ist Felix«, woraufhin sie wissen wollte: »Welcher Felix?«

Ich wusste, dass ich ihn früher oder später anrufen würde, auch wenn immer das Risiko bestand, dass er unverschämt, schroff und abweisend war und mir zu verstehen geben würde, dass ich zu emotional und inkompetent sei. Außerdem wusste ich natürlich nicht, ob er bereit sein würde, mit mir zu reden, und wie viel er mir verraten würde. Doch ich wusste, dass er mich sehr gern gehabt hatte, wenn auch nur kurze Zeit, und ich wusste außerdem, dass er nichts dagegen hatte, das Recht zu beugen, wenn es ihm passte. Daher war ich davon überzeugt, dass er zumindest einverstanden sein würde, sich mit mir zu treffen.

Ich überlegte, wie ich am besten vorging – ob ich ihn zu Hause oder im Büro anrufen sollte. Ich wusste nicht, wie ich das, was ich von ihm wollte, einordnen sollte. Streng genommen ging es nicht um die Arbeit, doch es war eigentlich auch keine Privatangelegenheit. Schließlich beschloss ich, ihn zu Hause anzurufen, sobald die Mädchen im Bett waren.

Spät abends trank ich also einen großen Scotch und wählte mit sehr viel Herzklopfen seine Telefonnummer. Er war nicht zu Hause, nur sein Anrufbeantworter war an. Ich hörte mir die Ansage an, seine Stimme klang wie immer betont ruhig – noch nie hatte ich ihn die Stimme erheben hören. Anrufbeantworter können entmutigend sein, denn die Stimme verkörpert so sehr die Person. Plötzlich wusste ich die Antwort auf die Frage, die ich mir früher öfter gestellt hatte: warum ich mich überhaupt auf eine Beziehung mit ihm eingelassen hatte. Mir wurde klar, dass er sich genauso anhörte wie die coolen, anonymen und kontrollierenden Männer aus meinen nicht unbedingt politisch korrekten Fantasien. Er war interessant, doch das Interesse reichte nicht aus, um eine Beziehung darauf aufzubauen. Ich hinterließ keine Nachricht.

Am Freitag war Halloween. Auf dem Weg zu Lucys Schule kaufte ich einen Kürbis – er war riesig und rund, wirkte stattlich und leuchtete goldorange. Er war zu groß für eine Tragetasche. Also wartete ich mit dem Kürbis unter dem Arm vor Lucys Schule.

»Sie lassen Ihre Kinder bei Halloween doch auch nicht von Haustür zu Haustür ziehen, oder?«, fragte mich eine Mutter, als sie meinen Kürbis sah.

»Nicht im Traum würde mir das einfallen«, erwiderte ich.

»Geht mir genauso«, meinte sie, »auch wenn sie es natürlich immer möchten. Aber ich weiß nicht, wie Eltern das zulassen können.« Wie alle Eltern umkreisten wir bei unserer Unterhaltung die Gefahren, die am Rande unseres Lebens lauerten. »Ich meine, was denken sich die Mütter dabei? Nicht auszudenken, was ihnen alles passieren kann«, sagte sie.

Ich nickte zustimmend, während wir vermutlich ein ähnliches Bild vor Augen hatten – ein Bild, das so archetypisch war, dass es fast märchenhaft wirkte: von einem Mann, der in einem dunklen Türrahmen stand und ein Kind mit dem Versprechen von Äpfeln ins Verderben lockte.

»Man kann nie wissen«, sagte eine andere Mutter. »Man muss so vorsichtig sein.«

Ich stand mit meinem Kürbis unter dem Arm da und fragte mich, nicht zum ersten Mal, was wäre, wenn sie es wüssten? Ich war froh, dass ich mein Privatleben so abgeschirmt hatte, dass niemand an der Schule von meiner Affäre mit Dan wusste. Es liegt eine gewisse Sicherheit in den eingeschränkten Beziehungen zu den Müttern der Kinder, mit denen die eigenen Kinder befreundet sind. Sie beschränken sich auf den Bereich von Abendessen und Hausaufgaben und dehnen sich nicht über diese Grenzen hinweg zu den vertrackten Unwägbarkeiten von wirklicher Vertrautheit aus.

Nach dem Abendessen widmete ich mich dem Kürbis; ich schnitt zunächst den oberen Teil ab, um daraus den Deckel zu machen, und holte dann aus dem Inneren das baumwollartige Fruchtfleisch heraus, das eine herrlich satte Farbe hat und ein wenig muffig riecht. Das Messer glitt mit einem leisen »Sch« durch das Fleisch, als würde ich an einem Stück Seife herumschnitzen. Das festere Fruchtfleisch stapelte ich auf einen Teller, vielleicht würde ich am Wochenende etwas damit machen. Als ich noch mehr Energie hatte, habe ich Kürbiskuchen gebacken, doch wenn er dann fertig war, entsprach er eigentlich nie den Erwartungen. Ein Kürbis sieht so aus, als würde er wie Melone oder Mango wunderbar süß schmecken, doch tatsächlich erinnert er im Geschmack eher an eine Rübe, und man muss jede Menge Muskatnuss hinzufügen, damit er überhaupt schmeckt.

Lucy sammelte die flachen, glänzenden Kerne ein und buchstabierte mit ihnen ihren Namen.

»Machen einen Kürbiskerne unsichtbar, Mami?«, fragte sie.

»Nein – ich glaube, das tun Farnsamen«, erwiderte ich.

»Aber doch nicht *wirklich,* oder?«, fragte sie; dabei schwang in ihrer Stimme ein gewisser Zweifel mit. Sie wollte überprüfen, ob die Welt nach den Gesetzen funktionierte, die sie gelernt hatte.

»Natürlich nicht.«

»Wärst du gern unsichtbar, Mami?«

»Manchmal«, antwortete ich.

Sie wollte dem Kürbis ein Gesicht schnitzen.

»Nein, das Messer ist zu scharf«, erwiderte ich.

»Letztes Jahr hast du gesagt, dieses Jahr dürfte ich es. Das hast du. Ganz bestimmt.«

»Nein, mein Liebling. Aber du kannst es entwerfen. Du kannst mir sagen, wie viele Zähne du möchtest.«

»Viele, ganz viele Zähne.«

»Drei – so wie jetzt?«

»Das sind nicht genug«, meinte sie.

Ich versuchte, noch einen Zahn zu schnitzen, doch das Messer rutschte ab, und das Gesicht wurde unsymmetrisch und schief.

»Mama, um ehrlich zu sein, ist das nicht dein bester Kürbis«, kommentierte Alice.

»Siehst du. Du hättest es mir erlauben sollen. Oder Dan. Dan hätte es richtig gemacht, Mami«, sagte Lucy vorwurfsvoll.

Ich zuckte ein wenig zusammen, weil mir bewusst wurde, wie sehr sie an ihn dachte, wie lebendig er für sie noch war. In seiner Abwesenheit hatte sie ihn sogar noch perfekter gemacht – er war der Mann, der Probleme lösen und dafür sorgen konnte, dass die Welt so war, wie sie sie haben wollte.

Ich stellte eine Kerze in den Kürbis – ein Teelicht, das nicht umfallen konnte –, zündete es an und löschte das Licht. Diesen Augenblick, wenn das Gesicht im Kerzenschein zu leben beginnt, liebe ich. Mit den einfachsten Mitteln – einem Messer und einer Kerze – kann man wie Hexen mit ihren Besenstielen und gesalzenem Wasser zaubern. Und jedes Jahr hat das so willkürlich geschnitzte Gesicht eine andere Persönlichkeit. In diesem Jahr sah der Kürbis mit seinem schiefen, viel sagenden Lächeln sehr verständnisvoll aus. Er verstand etwas, das ich nicht verstand. Einen kurzen, verrückten Moment musste ich bei diesem Gesicht an Felix denken – vermutlich, weil ich mich innerlich darauf vorbereitete, ihn noch einmal anzurufen.

Ich beobachtete im Dunkeln liebevoll meine Töchter; die Landschaft ihrer Gesichter wurde durch das Spiel von Hell und Dunkel noch betont, ihre Nasen und ihre Wangenknochen zeichneten sich vor dem Hintergrund scharf ab, und das Licht der Kerzen spiegelte sich hell in ihren Augen. Riesige Schatten tanzten umher. Da die Vorhänge noch nicht zugezogen waren, konnte ich sehen, wie draußen eine schmale Mondsichel über dem Garten aufging. Ich freute mich, denn es war schön unheimlich.

An Halloween erzählen wir uns immer Witze und Geschichten. Alice fing an.

Klopf, klopf, wer ist da? Salmiak. Welcher Salmiak? Salmiak, der kleine Geist.

Viel Gekicher.

»Ich kenne die kürzeste Gespenstergeschichte der Welt«, sagte sie. Sie räusperte sich. »Hört ihr mir auch zu?« Sie ließ ihre Stimme hohl und traurig klingen. »Ich streckte meine Hand nach den Streichhölzern aus. Sie wurden mir in die Hand *gelegt.*«

Wir saßen da und betrachteten eine Weile das Kürbisgesicht. Das Flackern ließ ihn fast lebendig erscheinen – es sah so aus, als würden seine Blicke im Zimmer umherwandern, sich auf etwas konzentrieren und uns erforschen wollen.

»Jetzt du, Lucy«, sagte ich. »Erzähl uns einen richtig Furcht erregenden Witz.«

Sie gab keine Antwort. Es war ganz still in der Küche. Eine Sirene heulte auf und wurde dann immer leiser. In unserer Nähe, vermutlich am anderen Ende meines Gartens oder nebenan, fing eine der Nachbarskatzen an zu wimmern wie ein verlassenes Kind.

»Ich mag ihn nicht, Mami«, sagte Lucy auf einmal in dem scharfen, nachdrücklichen Ton eines Kindes mit hohem Fieber, das sich mit vom Fieber geröteten Gesicht plötzlich im Bett aufsetzt und deutlich etwas sagt. »Nimm ihn weg.«

Ich machte schnell das Licht an und nahm sie in die Arme. Sie zitterte.

»Nein, das tust du nicht«, entgegnete Alice. »Das ist unfair. *Mir* gefällt er. Und ich habe noch eine Geschichte, die ich erzählen will.«

»Lucy hat Angst bekommen«, sagte ich.

»Na ja, sie ist eben doch erst fünf«, meinte Alice furchtbar enttäuscht.

»Komm und sieh mal, Lucy«, sagte ich. »Es ist nur ein altes Kürbisgesicht. Du hast gesehen, wie ich es geschnitzt habe.« Dabei musste ich daran denken, dass wir immer versuchten, die Kinder dadurch zu beruhigen, dass wir ihnen erklärten, wie etwas zustande kommt. Wie beim Kindertheater: Das ist eigentlich gar keine Hexe, sondern eine Frau mit merkwürdigem Make-up. Die Spinne ist nur auf Pappe aufgemalt, sieh mal, du kannst sogar die Bindfäden erkennen. Wir liefern kurz den Beweis für den unaufrichtigen Glauben, dass das Entsetzen nur eine Illusion ist. Wenn wir dahinter schauen und die Sache so sehen, wie sie wirklich ist, brauchen wir uns nicht zu fürchten.

»Komm, Süßes, wir pusten die Kerze aus«, sagte ich.

Wir pusteten. Das verschlagene Gesicht, das so viel zu wissen schien, wurde wieder zu einem ausgehöhlten Kürbis, der unbeholfen geschnitzt war und verbrannt und ungesund roch, als ob etwas Feuer gefangen hätte, was nicht hätte brennen sollen.

Ich machte die Lampe über dem Tisch an.

»Sieh mal, ich habe alle Lampen angemacht. Jetzt kannst du alles sehen«, sagte ich und zog die Vorhänge zu, um die Dunkelheit draußen auszusperren.

Am Montagmorgen, als Jude weg war, um einen Patienten zu besuchen, suchte ich als Erstes die Telefonnummer von Felix'

Büro heraus, die ich nicht mehr auswendig wusste. Ich saß einen Augenblick lang da, starrte das Telefon an und überlegte, ob ich ihn wirklich anrufen sollte. Ich hasse es, Männer im Büro anzurufen, wenn es um Privatangelegenheiten geht. Selbst bei Adam war mir das unangenehm gewesen. Wenn sie im Büro sind, können Männer so energisch und wichtigtuerisch klingen und einem das Gefühl geben, dass man ziemlich unbedeutend und belanglos ist.

Ich erwartete Jo Hastings, seine Sekretärin, am anderen Ende. Doch ich hatte gleich ihn am Apparat.

»Felix, hier ist Chloe«, sagte ich, ein wenig durcheinander.

Stille.

»Chloe Langdon.«

»Ach ja. Hallo, Chloe«, antwortete er höflich – als ob ich irgendeine entfernte Bekannte sei.

»Hör mal, ich hätte gern gewusst, ob wir vielleicht zusammen Mittag essen gehen könnten«, sagte ich.

»Ich esse nie zu Mittag«, entgegnete er.

»Gut. Nun ja, vielleicht könnte ich zu dir ins Büro kommen?«

»Aus welchem Grund?«, wollte er wissen.

Das ärgerte mich. Es musste für ihn doch ziemlich offensichtlich sein, warum ich ihn sprechen wollte.

»Wegen Dan«, antwortete ich. »Ich möchte mit dir über Dan sprechen.«

Wieder Stille.

Nat kam herein, wie üblich ziemlich spät, und gab ein paar blumige Flüche über größenwahnsinnige Städteplaner, psychopathische Ford-Sierra-Fahrer und den gestörten Kerl, der die M25 überhaupt ersonnen hatte, von sich. Ich wartete, bis er in sein Büro geschlurft war, denn ich wollte nicht, dass er mithörte. Am anderen Ende der Leitung schwieg Felix noch immer. Mein Gesicht glühte.

»Ich dachte, du wärst vielleicht bereit, mit mir über ihn zu sprechen«, sagte ich.

»Chloe«, sagte Felix daraufhin. »Mir ist natürlich sehr wohl bewusst, dass dich Daniel Whitmore etwas angeht – *sehr viel* sogar, sollte ich sagen. Doch er ist mein Klient, und ich kann unmöglich mit dir über ihn sprechen.«

»Ich habe nicht vor herumzuschnüffeln«, erwiderte ich. »Wirklich, ich würde dich nicht drängen, mir etwas zu erzählen, was du mir nicht erzählen willst.« Es klang ein wenig pathetisch – fast flehend. »Natürlich würde ich das nicht tun. Wir könnten einfach nur miteinander reden, ganz allgemein ...«

»Nun, wenn du nicht vorhast herumzuschnüffeln, warum rufst du mich dann an?«, fragte er. »Herumschnüffeln scheint mir genau das passende Wort zu sein.«

»Ich bitte dich nur darum, dass du dich einverstanden erklärst, mit mir zu reden«, sagte ich. »Ich verstehe nicht, was daran so problematisch ist.«

»Wirklich nicht? Ich vermute, es ist dir noch nicht aufgefallen, dass das gegen das Berufsethos verstößt.«

»Selbstverständlich. Aber – nun ja«, stammelte ich. Ich war ziemlich verzweifelt und suchte nach einer Rechtfertigung, als er einen Kompromiss schlichtweg verweigerte, denn ich wusste, dass er wie im Gerichtsflur kurz davor war, sich in Luft aufzulösen. »Hör mal, könntest du nicht Dan fragen, was er davon hält? Er hätte bestimmt nichts dagegen, wenn du mit mir sprichst. Da bin ich mir sicher.«

Ein hörbarer Seufzer. »Nein, Chloe«, erwiderte er. »Ich verstehe wirklich nicht, wozu das gut sein soll ... Jedenfalls hoffe ich, dass es dir gut geht«, fügte er hinzu. Dieser Satz war eine Konzession an die Höflichkeit und so kurz und gekünstelt, dass ich ihn als eine weitere Abfuhr empfand.

»Mir geht es gut«, antwortete ich.

»Hör mal, ich fürchte, dies ist kein günstiger Zeitpunkt für ein Gespräch«, sagte er. »Ich hätte schon vor zehn Minuten im Gericht sein müssen. Wir unterhalten uns ein anderes Mal darüber.«

Ich gab auf, verabschiedete mich und legte auf.

Im ersten Augenblick war ich einfach nur böse. Dann beschlich mich ein gemeiner kleiner Gedanke. Vielleicht betrachtete er das Ganze als Annäherungsversuch. Möglicherweise stellte er sich vor, dass ich Dan nur vorschob, weil ich unsere Affäre wieder aufleben lassen wollte. Bei dieser Vorstellung zog sich in mir alles zusammen. Ich wusste, dass ich mich einfach mit ihm treffen musste; ich musste es ihm erklären. Wenn ich ihm darlegte, was ich tatsächlich wollte, und klarstellte, dass es wirklich nur um Dan ging, dann redete er vielleicht doch mit mir.

Der dringende Wunsch, ihn zu sehen und alles klarzustellen, ihn dazu zu bringen, mit mir zu sprechen, wurde im Laufe des Vormittags immer größer. Um zwölf Uhr stempelte ich mich für eineinhalb Stunden aus – ich war selbst überrascht, dass ich plötzlich so entschlossen handelte. Ich zog meinen Mantel an und machte mich auf den Weg zu seinem Büro.

Das Büro von Felix ist nicht weit vom Einbahnstraßengewirr am Jugendamt entfernt. Man kommt auf dem Weg dorthin an den Büros von Wirtschaftsprüfern und Versicherungsmaklern sowie an mehreren Sandwichbars und einem oder zwei kleinen Spezialgeschäften vorbei, die Kostüme oder Zubehör für Spielzeugeisenbahnen verkaufen. Wie üblich verstopften Autos die Straße, doch zu Fuß war ich fast zu schnell dort. Draußen auf der Treppe überkamen mich plötzlich Zweifel. Ich atmete tief ein. Die feuchte, windige Luft war irgendwie belebend und erfrischte mich wie Wasser, und ich sog sie gierig ein. Dann stieß ich die Tür auf.

Das Wartezimmer ist bescheiden eingerichtet, nicht so vornehm wie die Wartezimmer von Anwälten mit reicheren Klienten. An jenem Tag roch es darin ein wenig nach Schweiß und ungewaschenen Kleidern. Jo saß an ihrem Schreibtisch und sprach mit einer jungen Frau; die andere Sekretärin musste in der Mittagspause sein. Jo war schon seit Jahren bei Felix, sie ist ihm treu ergeben. Sie hat graues Haar und wirkt mit ihren Schottenröcken und Rollkragenpullovern äußerlich ziemlich steif. Sie strahlt außerdem etwas Weltfremdes aus, und man kann sie sich gut bei einer anglikanischen Synode vorstellen, wie sie eine unverständliche theologische Frage erläutert. Doch ihre äußere Erscheinung täuschte: Sie hatte alles unter Kontrolle, und ich wusste nicht, was sie davon halten würde, dass ich nach zwei Jahren plötzlich unangemeldet wieder dort auftauchte.

Ich wartete; sie schien mich nicht bemerkt zu haben. Die junge Frau beugte sich zu Jo nach vorn und sagte etwas von »meinem Fall«, das ich nicht genau verstand. Aus der Entfernung betrachtet war ihr Erscheinungsbild ganz konventionell, doch aus der Nähe konnte ich erkennen, dass ihre Nylonstrümpfe jede Menge Laufmaschen hatten, dass ihr Rock abgewetzt war – vermutlich stammte er aus einem Secondhandladen – und dass ihre staubige Umhängetasche traurig und verloren aussah. Ich fragte mich, ob sie gerade aus der psychiatrischen Anstalt entlassen worden war.

»Mr. Floyd weiß Bescheid«, sagte sie. »Ich muss Mr. Floyd sprechen.«

Jo murmelte ein paar beruhigende Worte.

Während ich darauf wartete, mit Jo sprechen zu können, kam ein junger Mann herein und ließ die Tür hinter sich zuknallen. Als er sah, dass Jo beschäftigt war, wandte er sich an mich und fing sofort an, sich bei mir darüber zu beschweren, was man ihm angetan hatte. Das seien verdammte Schweine, erzählte er mir, sie hätten es gewagt zuzulassen, dass seine Frau abgehauen war, die Schweine, er wusste, wo sie wohnten. Er roch nach Alkohol. Ich tat verständnisvoll. Er packte mich an der Schulter. Er war größer als ich und schüchterte mich ziemlich ein.

Jo wandte sich von der verloren wirkenden Frau ab, stand auf und kam rasch zu uns herüber.

»Chloe, wie nett«, sagte sie. Sie legte dem Mann sanft eine

Hand auf den Arm. »Rob, das ist Chloe«, meinte sie, als befänden wir uns bei einer Teegesellschaft im Pfarrhaus.

Er ließ mich los, drehte sich um und murmelte etwas vor sich hin.

»Sie haben wir hier ja ewig nicht gesehen«, sagte sie zu mir.

»Nein«, sagte ich lächelnd und erleichtert. Ich erinnerte mich wieder, dass sie immer sehr freundlich zu mir gewesen war. Ich glaube, sie war eigentlich zu allen Freundinnen von Felix nett, denn sie hätte ihn gern verheiratet gesehen – ein mütterlicher Wunsch, der ihr wohl nie erfüllt werden würde.

»Tut mir Leid, er ist noch im Gericht«, sagte sie. In dem Wort »er« und der Tatsache, dass sie ihn nicht beim Namen nannte, lag eine gewisse Ehrerbietigkeit. »Er hatte heute eine ziemlich lange Liste. Möchten Sie in seinem Büro auf ihn warten?«

»Das wäre sehr nett, danke«, erwiderte ich.

Ich folgte ihr den Flur entlang. Sie schloss die Tür auf und führte mich hinein. »Dieser unerfreuliche Zwischenfall tut mir sehr Leid«, sagte sie. »Rob ist eigentlich ganz sanftmütig, doch manchmal schlägt er ein wenig über die Stränge.« So sprachen manche Leute von ihrem Pitbull, den sie sich als Haustier hielten. »Machen Sie es sich bequem.«

Sie ging wieder hinaus. Ich setzte mich aufs Sofa.

Es war alles noch genau so, wie ich es in Erinnerung hatte, komfortabel, aber ziemlich exzentrisch. Es gab keinen der üblichen Bürogegenstände, keine Kinderbilder, keine Grünpflanzen. Und selbstverständlich auch keine Familienfotos, die stolz auf dem Schreibtisch zur Schau gestellt wurden – lediglich einen Kaffeebecher voll billiger Kugelschreiber sowie einen ziemlich kleinen Kaktus mit gefährlich aussehenden Stacheln und drei rosafarbenen Blüten. Sie sahen fast so aus, als ob sie nachträglich angeklebt worden seien; es schien unglaublich, dass etwas so Stacheliges und Abweisendes tatsächlich blühen konnte. Auf einer Konsole hinter dem Schreibtisch standen ein riesiger Fernseher und ein Videorecorder, mit denen er die Polizeivideos abspielte und sich im Sommer über die Kricketergebnisse informierte. Außerdem stand in einem Regal ein großes, beleuchtetes Aquarium. Kleine goldene, blaue und silberne Fische schimmerten in dem klaren Wasser.

Natürlich wusste ich, wo er alles aufbewahrte. In den wenigen Wochen unserer aussichtslosen Liebesaffäre hatte ich oft auf diesem Sofa gesessen und darauf gewartet, dass er nach einem arbeitsreichen Vormittag aufgeräumt hatte – in diesen Minuten hatte er mir nicht mehr Aufmerksamkeit geschenkt als seinem Kaktus. Ich wusste, wo er seinen Archbold, seinen Talar, seine Akten und seine Disketten aufbewahrte. Und ich hatte eine ungefähre Vorstellung, wo er ein Polizeivideo verwahrte.

Sicherlich war ich nicht mit der Absicht dort hingegangen, in seinen Sachen herumzuschnüffeln. Ich halte mich im Allgemeinen an die Regeln, denn ich bin viel zu nervös, um eine Straftat zu begehen – von den moralischen Gewissensbissen ganz zu schweigen. Bei Thrillern klopft in den Szenen, in denen der Held in ein Zimmer einbricht und dort herumschnüffelt, mein Herz wie wild. Doch hier war ich ganz allein im Zimmer, und es war die einfachste Sache der Welt, die Hand auszustrecken und ganz sanft an dem Griff der mittleren Schreibtischschublade zu ziehen. Sie war nicht abgeschlossen.

Sein Diktafon lag ganz oben. Unter dem Diktafon befanden sich zwei Videos. Eines davon war ein Video mit den Höhepunkten der internationalen Vergleichskämpfe im Kricket, das ihm jemand geliehen haben musste. Auf dem anderen klebte ein Etikett mit den Namen der Bezirkspolizei. Ich konnte nicht erkennen, ob es sich um das richtige Video handelte.

Draußen vor der Tür war ein winziges Klappern zu hören. Ich schob rasch die Schublade zu, mein Körper war in Alarmbereitschaft, und der Puls pochte an meinen Handgelenken. Es war Jo, die mir einen Kaffee brachte. Ohne das Klappern der Tasse hätte ich nicht bemerkt, dass sie ins Zimmer kam, denn die Tür ging fast geräuschlos auf.

»Das ist aber nett von Ihnen«, sagte ich.

Sie stellte den Kaffee auf den Schreibtisch. Sie sah ein wenig besorgt aus.

»Er erwartet Sie doch, nicht wahr, Chloe?«, fragte sie verlegen.

»Aber ja«, sagte ich. »Selbstverständlich.«

Ich bin eine sehr schlechte Lügnerin und befürchtete, dass mich Jo mit ihrer priesterlichen Art ganz leicht durchschauen würde.

Doch sie schien es zu akzeptieren. »Ich hoffe, Sie haben nichts dagegen, dass ich frage. Denn Sie stehen nicht in seinem Terminkalender.« Sie hatte also nachgesehen. »Doch Sie wissen ja selbst, wie er ist.«

»Natürlich«, antwortete ich und versuchte, ihr Lächeln zu erwidern, als ob wir ein Geheimnis teilten.

»Es kann noch eine ganze Weile dauern«, fuhr sie fort. »Ich würde sagen, noch mindestens eine halbe Stunde. Ich wollte Ihnen schon vorschlagen, dass Sie vielleicht noch ein paar Besorgungen machen und dann wiederkommen, aber es ist so nass und ungemütlich draußen, nicht wahr?«

»Ich bin hier sehr gut aufgehoben«, sagte ich. »Ich danke Ihnen vielmals, Jo«, fügte ich vielleicht ein wenig zu überschwänglich hinzu.

Die Tür schloss sich geräuschlos hinter ihr.

Ich setzte mich und trank meinen Kaffee. Er war sehr stark mit ganz wenig Milch; sie wusste noch genau, wie ich ihn mochte.

Es war sehr ruhig in Felix' Büro; die schwere Tür schirmte die Geräusche aus dem Wartezimmer vollkommen ab. Ich fühlte mich in diesem gedämpften und abgetrennten Raum von der Welt abgeschnitten. Und doch wusste ich, dass jeden Moment jemand hereinkommen konnte. Jo, die mir meine schmutzige Kaffeetasse abnehmen wollte, der Partner von Felix, der in einer Akte etwas nachsehen wollte, oder aber Felix selbst, der früher als erwartet vom Gericht zurückkehrte, weil sein letzter Fall wieder einmal vertagt worden war.

Die schimmernden Fische schwammen auf und ab, von unten nach oben, sie leuchteten vor dem Hintergrund der dunklen Seegrashalme, die sich wie winkende Finger bewegten, da der Filter im Wasser eine Strömung erzeugte. Ich beobachtete sie einen Augenblick. Dann öffnete ich erneut die Schublade und nahm das Video heraus. Die Fernbedienung lag vor dem Fernseher. Ich stand auf, legte das Video ein, nahm die Fernbedienung, drückte auf »On« und stellte dann den Ton ganz leise, damit Jo es auf keinen Fall hörte, und drückte auf »Play«.

Der Bildschirm flackerte auf. Ich setzte mich auf Felix' Schreibtischstuhl, von wo aus ich den Fernseher am besten sehen konnte, und machte nach und nach den Ton lauter. Es war das richtige Video.

22

Sie war kleiner, als ich sie mir vorgestellt hatte, und sehr blass. Sie war von Natur aus sehr hell, sie hatte weißblondes Haar und weiße Wimpern, doch zusätzlich besaß sie die blasse Haut eines Kindes, das nicht immer gesund ernährt wird, sondern manchmal von Brot und Marmelade lebt, bis der Scheck eintrifft. Sie war allerdings hübsch angezogen – sie trug ein Disney-T-Shirt, kleine Söckchen mit Rüschen, und ihr Haar war zu einem komplizierten Knoten hochgesteckt. Wahrscheinlich hatte ihre Mutter sie für diese Gelegenheit mit besonderer Sorgfalt angezogen.

Das Zimmer war von der Sorte, wie man es überall in den Ambulanzen der Kinder- und Jugendpsychiatrie oder in Jugendschutzdezernaten findet: mit billigen niedrigen Stühlen ohne Armlehnen, einem Couchtisch aus Holzfaserplatten und einer Gummipflanze in der Ecke. Die Polizeibeamtin saß seitlich am Bildrand, das kleine Mädchen schaute frontal zur Kamera. Die Frau lächelte dem Mädchen zu.

»Also, Carly, wir befinden uns im Polizeipräsidium in unserer speziellen Videoabteilung. Und während wir miteinander sprechen, läuft das Video. Und im anderen Zimmer, hinter diesem Fenster, sitzen Annie und Flip. Und du weißt, was sie dort machen, nicht wahr?«

»Sie hören uns zu«, antwortete Carly. Sie hatte eine zarte Flüsterstimme – ich musste den Ton lauter stellen.

»Wir machen eine Videoaufnahme, nicht wahr?«

Die Polizeibeamtin war hübsch, sie hatte blondes, gewelltes Haar und ein offenes, unschuldiges Gesicht – ein Gesicht, dem Kinder vertrauen. Außerdem hatte sie eine freundliche Art, sie war warmherzig und direkt. Ich sah sofort, dass sie wusste, was sie tat.

»Eine Menge Kinder kommen hierher, um mit uns zu sprechen«, fuhr sie fort, »und wenn wir miteinander reden, versprechen wir uns gegenseitig, dass wir uns bemühen, alles zu erzählen und nichts auszulassen. Und es ist wichtig, dass wir die Wahrheit sagen. Weißt du, was Wahrheit ist?«

Carly schüttelte den Kopf.

»Weißt du, was flunkern ist?«

»Wenn man lügt und so«, antwortete Carly.

»Wenn ich sagen würde, dass auf dem Stuhl neben dir ein Tiger sitzt, wäre das eine Lüge?«

»Ja«, erwiderte Carly.

Bei jüngeren Kindern sind die Denkgewohnheiten oft ähnlich: Sie wissen, was lügen ist, doch die Wahrheit ist ein sehr viel komplizierterer Begriff.

Die Beamtin fragte Carly nach ihrem vollständigen Namen, ihrem Geburtstag und wer alles in ihrer Wohnung lebte. »Ich und meine Mutter und Gavin und Lee«, zählte Carly auf.

»Und weißt du, warum wir heute hier sind?«

»Weil ich meiner Mama von diesem Mann erzählt habe, und dann hat meine Mama es dir erzählt.«

»Könntest du mir von diesem Mann erzählen?«

»Er hat seine Hand in meinen Schlüpfer gesteckt«, sagte sie.

Ihre Stimme klang flach und ausdruckslos, doch ihre Hände flatterten wie kleine Vögel in der Luft.

Die Frau fragte, woher Carly diesen Mann kannte. Sie sagte, von der Schule, von Northolt. Sie erzählte vom Regenbogenzimmer, wo sie ihre Förderstunden mit diesem Mann hatte. Ich dachte an den Raum mit den Kinderbüchern, den Dan mir beschrieben hatte, und an die Kinder, die am anderen Ende des Flurs Choräle sangen.

»Wie hast du ihn genannt?«, fragte die Frau.

Furcht schnürte meine Lungen ein.

Doch Carly zuckte lediglich mit den Schultern. »Weiß nich«, sagte sie.

»Sollen wir einfach sagen, der Mann?«, fragte die Frau.

Carly nickte mit dem Kopf, und eine Strähne löste sich aus ihrem Haarknoten. Ihre weißen Haare und Wimpern verliehen ihr ein merkwürdiges Aussehen, es erinnerte an die seltsame Blässe von Haar und Augen auf einem Negativ: Alles war genau anders herum als in der Realität.

»Ich möchte, dass du dich an eine der Situationen erinnerst, von denen du mir erzählt hast«, sagte die Frau. »Aber sag mir erst einmal, was in diesem Zimmer zu sehen ist.«

Offensichtlich war sie Expertin auf ihrem Gebiet – sie war sehr genau und konzentrierte sich auf einen bestimmten Augenblick und half damit dem Kind, ihn sich vorzustellen.

»Da ist ein Tisch und Stühle und Stifte und so«, sagte Carly.

»Als du in diesem Klassenzimmer warst: Was hat er da getan?«, fragte die Frau.

»Er hat seine Hand in meinen Schlüpfer gesteckt, dann hat er sich die Hände gewaschen und mir zwei Gummibärchen gegeben«, sagte sie.

»Kannst du mir erzählen, was er mit seiner Hand gemacht hat? Hat er sie still gehalten oder sie bewegt?«

»Er hat sie bewegt«, antwortete sie. »Er hat mir wehgetan.«

»Glaubst du, dass er weiß, dass er dir wehgetan hat?«

»Nein«, sagte sie mit ihrer flüsternden, krächzenden Stimme, als sei dieses Elend alltäglich und selbstverständlich.

Die ganze Zeit, als ich zusah, wie Carly von dem Mann erzählte, der sie missbraucht hatte, und an Felix' Schreibtisch saß und an meinen Fingernägeln kaute, fragte ich mich: Ist das Dan? Ist das Dan? Ich versuchte, ihn mir mit diesem blassen, verstörten Kind in diesem Zimmer vorzustellen. Doch es gelang mir nicht. Etwas in mir weigerte sich strikt, diese Vorstellung zu akzeptieren. Stattdessen sah ich einen namenlosen Täter vor mir, der unheimlich war, sich selbst bemitleidete, schlaffe Wangen und eine leise Stimme mit pessimistischer Satzmelodie hatte. Jemand, der einem Film über Pädophile entsprungen war. Doch nicht Dan, den ich einmal so sehr geliebt hatte und der sich wie ein Teil meines Körpers angefühlt hatte. Doch so sehr ich auch versuchte, mich zu distanzieren, ich hörte nicht auf zu zittern.

»Wenn du auf dem Stuhl gesessen hast, wie hat er dann seine Hand in deinen Schlüpfer gesteckt?«, fragte die Frau.

»Er sagte: ›Steh auf.‹«

»Ist er sitzen geblieben?«

»Er blieb sitzen.« Immer noch flatterten ihre Hände wie Motten vor ihrem Gesicht herum.

»Also hast du ihn angesehen?«

»Ich sah von ihm weg«, antwortete sie.

»Wo hat er dann seine Hand hingetan? Vorne in deinen Schlüpfer oder hinten?«

»Vorne«, erwiderte sie.

»Und als er dich berührt hat, hat er dich innen berührt oder außen?«

»Innen«, sagte sie.

Ich hatte eine Menge Aussagen von Kindern gehört; sie regen mich nicht mehr so auf und stoßen mich auch nicht mehr so ab. Und ich war schon immer der Meinung, dass diese gefühlsmäßige Abstumpfung nicht nur unausweichlich, sondern absolut notwendig ist, damit man den Kindern helfen kann. Man beweist am meisten Mitgefühl, wenn man imstande ist, seinen Verstand zu benutzen und klar zu denken – nur das hilft dem Kind. Auch der Pathologe beugt sich trockenen Auges über die Leiche eines Mordopfers, weil er die Geschichten entziffern möchte, über die die Wunden Aufschluss geben. Doch in diesem Fall musste ich feststellen, dass ich das nicht konnte; es gelang mir nicht, ungerührt und unbelastet zu bleiben. Ich saß einfach nur da und hörte mir an, was Carly sagte. Ich fühlte mich nackt und beschmutzt, und mich packte eine heftige Wut, die ich seit Jahren nicht mehr empfunden hatte. Doch Dan konnte ich mir dabei trotzdem nicht vorstellen.

Die Polizeibeamtin fuhr fort. »Hat er etwas gesagt, als er das tat?«

»Er redete von Sex.«

»Was ist Sex?«

»Es ist unanständig.«

»Was hat er gesagt?«

»Unanständige Dinge«, erwiderte sie. »Über Sex und so.«

Dies schien die Beamtin zu beunruhigen, vielleicht, weil es ihr zu allgemein, zu theoretisch erschien – es klang so, als habe Carly gedacht, dass so etwas von ihr erwartet wurde, es klang nicht so, als sei es tatsächlich geschehen.

»Kannst du dich erinnern?«, fragte sie. »Es ist wichtig, du sollst nicht raten oder lügen. Du kannst hier Dinge sagen, für die du nicht getadelt wirst. Du kannst Worte sagen, für die dich deine Mutter tadeln würde.«

»Er redete über Sex. Ich hab die Worte vergessen«, sagte sie. »Unanständige Worte. Über seine Freundin und so.«

Ich schnappte nach Luft. Ich hielt das Video an, spulte ein wenig zurück und ließ es noch einmal ablaufen – doch sie sagte immer noch dasselbe.

»Was hat er denn über seine Freundin gesagt?«, wollte die Polizistin wissen.

»Er hat eine Freundin«, sagte Carly.

»Hat er Worte verwendet, die anders waren – fremde Worte, die du noch nie gehört hast?«, fragte die Polizistin.

»Nein«, erwiderte Carly.

»Wie viele Male hat er es getan?«

»Jeden Tag«, sagte sie.

»Montag, Dienstag, Mittwoch, Donnerstag, Freitag?«, fragte die Polizistin.

»Jeden Tag«, wiederholte Carly.

»Hast du ihn jeden Tag gesehen?«

»Manchmal«, sagte Carly.

Die Polizistin nickte, verfolgte dann aber diese Frage nicht weiter.

»Was hat er dann getan?«, fuhr sie fort.

»Sich die Hände gewaschen.«

»Wo hat er sie gewaschen?«

»Im Waschbecken.«

»Wo war das Waschbecken?«

»Im Zimmer«, sagte sie. »Er hat sich die Hände abgetrocknet, und er hat gesagt, ich bin ein gutes Mädchen, und er hat mir zwei Gummibärchen gegeben.«

»Was hast du mit den Gummibärchen gemacht?«

»Ich habe eins gegessen und das andere in meine Tasche gesteckt«, sagte sie. »Gummibärchen waren meine Lieblingssüßigkeiten.«

»Sind es immer noch deine Lieblingssüßigkeiten?«

»Nein«, erwiderte sie.

Die Polizistin warf einen Blick auf ihr Klemmbrett; für einen Augenblick war sie sich nicht sicher, wie sie fortfahren sollte. Carly gähnte, wie es nervöse Kinder immer tun.

Die Frau lächelte. »Sieht so aus, als wärst du gestern spät ins Bett gekommen«, sagte sie. Dann beugte sie sich ein wenig nach vorn. »Carly, es gibt da etwas, das mich verwirrt. Warum hast du es deiner Mutter nicht gleich erzählt?«

»Weiß nich‹«, antwortete Carly.

»Hast du geglaubt, sie wäre dir vielleicht böse?«

»Ich hatte Angst«, sagte sie. »Ich hatte Angst vor dem Mann.« Ihre Stimme war so leise, dass ich zurückspulen und etwas lauter drehen musste. Es war das erste Mal, dass sich auf ihrem Gesicht Gefühlsregungen abzeichneten: Ihre Augen waren weit aufgerissen, und sie sah sehr ängstlich aus. Sie waren auf etwas gestoßen, das Carly furchtbar wichtig war. »Er hat gesagt, er sorgt dafür, dass ich auf eine Sonderschule komme. Aber ich bin nicht blöd«, sagte sie. In ihren Augen glänzten Tränen. »Ich kann meine Buchstaben nicht, aber ich bin nicht blöd.«

»Kannst du mir etwas mehr über diesen Mann sagen?«, fragte die Polizistin. »Erinnerst du dich an irgendetwas, das er immer getan oder gesagt hat?«

Carly schüttelte den Kopf.

»Nun, hatte er ein Auto?«

»Ja – ein blaues Auto.«

»Woher weißt du, dass er ein blaues Auto hat?«

»Weil er mich mitgenommen hat. Er ist gekommen und hat mich zu Hause abgeholt und mich zur Schule gefahren«, erzählte sie.

»Warum hat er das getan?«

»Weiß nich.«

Es entstand eine kleine Pause, dann erhob sich die Frau als Reaktion auf etwas, das sie über ihren Kopfhörer gehört hatte.

»Carly, wir machen an dieser Stelle eine kurze Pause. Annie und Flip wollen mir etwas sagen.«

Sie verschwand aus dem Bild und ging hinter die Spionglasscheibe, hinter der die beiden Frauen sie beobachteten.

Carly schaukelte auf ihrem Stuhl und ließ ihre Beine mit den gerüschten Söckchen baumeln – einen Augenblick glaubte sie sich unbeobachtet, die Kamera bemerkte sie nicht. Sie war schrecklich unruhig und ständig in Bewegung. Ich dachte wieder, wie klein sie doch war – ich konnte kaum glauben, dass sie acht war. Dan hatte gesagt, sie sähe so aus, als sei sie noch nie in der Sonne gewesen – das war eine zutreffende Beschreibung. Sie wirkte wie eine kleine Pflanze, die man in eine dunkle Ecke gestellt hatte und der es gelungen war, zu überleben, doch deren Blätter immer dünn, ausgefranst und blass bleiben würden, es sei denn, jemand stellte sie nach draußen in die Sonne. Dann schien sie sich plötzlich wieder an die Kamera zu erinnern. Sie drehte sich um und starrte geradewegs hinein, so dass sie mir in die Augen zu schauen schien.

Die Polizistin kam wieder ins Zimmer, setzte sich und warf einen Blick auf ihr Klemmbrett mit den Notizen. »Gut, Carly. Könntest du mir ein bisschen mehr über den Mann erzählen? Ich weiß zum Beispiel nicht, welche Haarfarbe er hat.«

»Schwarz«, antwortete sie.

»Hat er überall auf seinem Kopf Haare?«

»Ja«, sagte sie.

»Welche Hautfarbe?«

»Weiß.«

»Trägt er eine Brille?«

»Nein.«

»Hat er einen Bart?«

»Nein.«

Während der ganzen Zeit, als sich das Bild vervollständigte, präziser und detaillierter wurde, nahm das Engegefühl in meiner Brust zu, bis ich nach Luft zu ringen schien.

»Was meinst du, wie alt ist er? So alt wie ich, so alt wie deine Mama?«

Blöde Frage, dachte ich. Kinder wie Carly können nicht sagen, wann etwas passiert ist oder wie alt jemand ist.

»So alt wie du«, sagte Carly.

»Hat er zum Unterricht etwas mitgebracht?«, wollte die Frau wissen.

»Papier und Stifte und Bücher und so.«

»Worin hat er das Papier und die Stifte und Bücher transportiert?«

»Er hatte eine Tasche, eine große schwarze Tasche.«

»Hat er die Bücher auch mitgebracht?«

»Nein. Die Bücher waren im Zimmer.«

»Waren es gute Bücher?«

»Es waren Babybücher«, meinte Carly. »Sie waren doof. Über Teddys und junge Hunde und so.«

»Gut, Carly«, sagte die Frau. »Ich glaube, das ist für heute alles. Ich danke dir, dass du zu uns gekommen bist. Es hat nicht wehgetan, oder?«

Carly antwortete nicht.

»Möchtest du noch etwas sagen, bevor wir Schluss machen?«

Carly saß da und schaukelte mit den Beinen. »Was macht ihr mit den Videos, wenn ihr damit fertig seid?«, fragte sie.

Die Polizistin lächelte. »Ich bewahre sie sicher auf und schließe sie weg«, antwortete sie. Dann wurde der Bildschirm schwarz.

Es war vollkommen still in Felix' Büro. Es war kein Geräusch zu hören, außer dem Gluckern des Aquariumfilters, dem weit entfernten Rauschen des Verkehrs und dem Pulsschlag in meinen Ohren. Ich beugte mich vor, um das Video zurückzuspulen. Und dann wusste ich es. Es war der Geruch, der mir zuerst auffiel, dieses vielschichtige, süßliche Aftershave, das er benutzte. Ich wusste, ohne mich umzudrehen, dass er im Zimmer war. Trotzdem zuckte ich vor Schreck zusammen, als er etwas sagte.

»Chloe, was für eine Überraschung.«

Er lehnte am Aktenschrank neben der Tür, gepflegt und makellos wie immer. Dass er es ungeheuer genoss, mich in solch einer unangenehmen Situation anzutreffen, stand ihm ins Gesicht geschrieben. Ich hatte keine Vorstellung, wie lange er schon dort gestanden hatte. Ich fühlte, wie ich knallrot im Gesicht wurde.

»Scheiße«, sagte ich.

»Ich sehe, deine Ausdrucksweise hat sich nicht gebessert«,

meinte er mit offenkundiger Genugtuung. Dann stand er einfach nur da, betrachtete mich von oben bis unten, als sei ich eine Probe auf einem Objektträger, und wartete darauf, dass ich mich rechtfertigte.

»Es tut mir Leid«, sagte ich. »Das hätte ich nicht tun sollen.« Als er daraufhin immer noch nichts sagte, fügte ich hinzu: »Ich habe es nur getan, weil du dich geweigert hast, dich mit mir zu treffen.«

»Habe ich das?«, erwiderte er, als könne er sich nicht mehr erinnern.

Ich ignorierte seine Antwort. »Ich habe mich darüber geärgert«, sagte ich. »Und ich bin hierher gekommen, um mit dir zu reden, und das Video war in deinem Schreibtisch ...« Ich wusste, dass das absolut jämmerlich klang.

»Warum setzt du überhaupt so viel Vertrauen in mich, Chloe? Du bist doch die Expertin«, erwiderte er spöttisch. »Du arbeitest doch im Kinder- und Jugendschutz. Ich bin nur Anwalt.«

»Du kennst die Beweislage«, sagte ich.

Er kam zu mir herüber und setzte sich auf den Schreibtisch, ziemlich dicht neben mich. Er sah ein wenig unbeholfen aus, wie er da hockte. Er war ein sehr förmlicher Mensch, und der Versuch, sich locker zu geben, wirkte nicht besonders überzeugend. Ich war eingehüllt in den Duft seines Aftershaves. Wir saßen relativ nah beieinander, und doch trennten uns Welten, als hätten wir uns nie auf dem Sofa geliebt, das hinter uns stand. Und ich wusste, dass die Art und Weise, wie er auf mich zugekommen war, etwas zu bedeuten hatte; ich erkannte überrascht und erleichtert, dass er mir geben würde, was ich wollte – er würde mit mir reden. »Dann sag mir, was du davon hältst«, sagte er.

»Du meinst das Video?«

»Natürlich meine ich das Video«, sagte er mit unglaublicher Geduld, als würde er zu einem niedlichen, aber irritierenden Kind sprechen. »Mich interessiert immer die Meinung von

Experten, selbst wenn ihre Methoden nicht gerade vorschriftsmäßig sind.« Als ich ihm immer noch keine Antwort gab, sagte er: »Ich warte.«

Ich holte tief Luft und versuchte, seinen Sarkasmus zu ignorieren.

»Einige Dinge ergeben keinen Sinn«, sagte ich. »Zunächst einmal die Behauptung, sie hätte ihn jeden Tag gesehen. Doch ich glaube, dass man alles, was sie über Zeitpunkte sagt, mit Vorbehalt betrachten muss, denn sie hat noch keine klare Vorstellung davon, was Zeit ist.«

Er nickte. »Gut, fahr fort.«

»Dann die Sache mit seinem Auto, in dem er sie mitgenommen hat. Sie wirkte durcheinander, und ich frage mich, ob das wirklich passiert ist. Und wenn er sie *tatsächlich* zur Schule gefahren hat – vielleicht weil sie an einer Maßnahme für Schulschwänzer teilnahm –, dann weiß in der Schule sicher jemand davon. Schließlich die Sache mit den unanständigen Worten – es war einfach zu vage. Für mich hörte es sich so an, als ob sie meinte, so etwas würde von ihr erwartet. Deshalb habe ich da so meine Zweifel.«

Er nickte leicht, sagte aber nichts, sondern gab mir zu verstehen, dass ich fortfahren sollte.

»Doch der Kern der Sache«, sagte ich, »die Reihenfolge dessen, was geschehen ist, ist absolut nachvollziehbar, und ich bin sicher, dass ihr das widerfahren ist. Der Missbrauch, das Händewaschen und die Süßigkeiten. Das hat sie so detailliert beschrieben, dass ich das Gefühl habe, es entspricht der Wahrheit. Und viele Täter verhalten sich genau so, wie sie es beschrieben hat – sie sagen, sie sei ein gutes Mädchen, und geben ihr Süßigkeiten.«

Er nickte. »Eine sehr sorgfältige Analyse, finde ich«, sagte er. Es kam mir so vor, als würde er mir anerkennend auf den Hinterkopf klopfen. »Ich bin in allem deiner Meinung.« Er stand auf und ging langsam durchs Zimmer; dabei bewegte er die Hände, als wolle er für die Begriffsstutzigen unter den Geschworenen einige Punkte unterstreichen. »Also, er ist mit ihr im Regenbogenzimmer, missbraucht sie, wäscht sich im Waschbecken die Hände und gibt ihr Süßigkeiten. Genau.« Viel sagende Pause. Es machte ihm richtig Spaß. »Allerdings gibt es dort kein Waschbecken.«

»Wie bitte?«, rief ich überrascht. Das nahm mir allen Wind aus den Segeln.

»Es gibt zwar Kacheln in diesem Zimmer, aber kein Waschbecken«, sagte er. »Vielleicht hat es vor Jahren mal eines gegeben, doch seit Carly Smithson an dieser Schule ist, mit Sicherheit nicht.«

»Hat Dan dir das erzählt?«, fragte ich.

»Dan konnte sich nicht genau erinnern. Er wusste es nicht. Ich bin hingefahren und habe nachgesehen«, antwortete er.

Ich glaube, in diesem Augenblick habe ich zum ersten Mal gespürt, dass sich etwas in mir veränderte. Durch die hintersten Korridore meines Gehirns huschten winzigste Zweifel. Doch ich ließ mir nichts anmerken.

»Kinder können etwas durcheinander bringen«, erwiderte ich.

»Natürlich können sie das. Doch wenn sie tatsächlich eine Reihe von Dingen beschrieben hat, die ihr widerfahren sind – und ich stimme dir zu, dass sie überzeugend klingen … Wenn also diese Dinge geschehen sind, dann können sie nicht im Regenbogenzimmer geschehen sein. Dem Zimmer, in dem sich Dan mit ihr aufgehalten hat.« Er hielt plötzlich inne und starrte betont auf meine Oberschenkel. »Chloe, sieh doch mal, dein Rock«, sagte er mit gespieltem Entsetzen, als habe er ihn gerade erst bemerkt. »Hast du vielleicht vergessen, dich fertig anzuziehen oder so?«

Zu meinem großen Ärger merkte ich, wie ich rot wurde. »Ach halt den Mund, Felix«, sagte ich und stellte meine Beine wieder nebeneinander. »Ich dachte, wir sind hier in einer ernsten Besprechung.«

»Sind wir das?«

Jetzt geht das wieder los, dachte ich. Jetzt kommt die Standpauke. Es hätte mir klar sein müssen, dass ich bis jetzt allzu glimpflich davongekommen war.

»Du schmeichelst dich bei Jo ein«, fuhr er fort, »marschierst in mein Büro, spielst ein streng vertrauliches Video ab, das übrigens so angelegt ist, dass es sich nach zwanzig Vorführungen, von denen du gerade eine verschwendet hast, selbst löscht, und dann erwartest du eine ernste Besprechung.«

»Ich weiß, dass es nicht richtig von mir war. Es tut mir aufrichtig Leid«, wiederholte ich.

»Das sollte es auch«, erwiderte er. »Es sollte dir wirklich aufrichtig Leid tun. Wenn irgendjemand davon erfährt, wärst du nicht die Einzige, die sehr viel Ärger bekommt.«

»Natürlich werde ich es niemandem erzählen«, entgegnete ich.

»Ich glaube, dir ist immer noch nicht klar, was du da getan hast«, meinte er. »Ich hätte dich einfach hinauswerfen sollen. Eigentlich hätte ich das Recht, es persönlich zu tun.« Dabei machte er ein vollkommen ungerührtes Gesicht und betrachtete mich von oben bis unten, als sei ich irgendein Gegenstand. Manchmal wusste ich einfach nicht, ob er es ernst meinte. Im Grunde war es ein Trick, mit dem er Macht ausübte und der ihm mehr Spielraum verschaffte.

Hol dich der Teufel, dachte ich. Doch ich saß ganz bescheiden da. Ich wollte nicht eher gehen, als bis ich alles aus ihm herausgeholt hatte, was ich konnte.

Er drehte sich um und kehrte wieder zu der reichlich überlegenen Pose zurück, die er so gern einnahm – er stützte sich mit einem Ellbogen auf den Aktenschrank und schaute auf mich herunter. Er sah eigentlich sehr gut aus – regelmäßige Züge, glänzendes Haar. Er sah besser aus als Dan, aber irgendwie auch weit weniger männlich. Eigentlich war er überhaupt nicht mein Typ. Ich wollte ihm noch mehr Fragen über das Regenbogenzimmer stellen, doch ich wartete ruhig ab, was er sagen würde.

»Dan hat mir erzählt, du wärst ziemlich überzeugt, dass er schuldig ist«, sagte er dann wieder mit seiner normalen Stimme, als ob sein kleiner Ausbruch nie stattgefunden hätte. »Er ist vollkommen verwirrt, er kann es nicht begreifen.«

»Kinder erzählen normalerweise die Wahrheit«, sagte ich. »Ich verstehe nicht, warum sie es erzählt, wenn er es nicht war.«

»Weißt du, Chloe, ich glaube nicht, dass das der Grund ist«, sagte er. »Ich glaube nicht, dass du ihn deshalb für schuldig hältst. Ich glaube, dass es etwas damit zu tun hat, dass es ein solch widerliches Verbrechen ist.«

Ich verstand nicht, worauf er hinauswollte. Ich kam mir dumm vor und fühlte mich überrumpelt.

»Sieh mal«, sagte er, »wenn es um eine Anklage wegen Ladendiebstahls gegangen wäre und er dir gesagt hätte, er sei es nicht gewesen, wette ich, dass du ihm geglaubt hättest, stimmt's?«

Ich nickte.

»Doch hier geht es um das widerlichste Verbrechen, das du dir vorstellen kannst. Wenn du dabei also nur den geringsten Verdacht hast, meinst du an seine Schuld glauben zu müssen«, sagte er. »Denn es wäre entsetzlich, wenn du dich falsch verhalten würdest – und an seine Unschuld glaubst, auch wenn er in Wirklichkeit schuldig ist. Aber nur, weil es widerlich ist, heißt es noch lange nicht, dass er es getan hat.«

»Nein, natürlich nicht«, sagte ich. Ich wollte es nicht zugeben, doch ich wusste, dass an dem, was er gesagt hatte, etwas dran war. »Doch der Mann, den sie beschreibt, klingt ganz nach Dan – die schwarze Tasche, das blaue Auto …«

Er schenkte meiner Antwort keine Beachtung, sondern unterbrach mich.

»Noch etwas anderes auf dem Video ist interessant«, sagte er. »Ich weiß nicht, ob es dir aufgefallen ist. Als Carly von den Süßigkeiten sprach. Er gab ihr Gummibärchen, sagte sie. ›Das waren meine Lieblingssüßigkeiten‹, sagte sie. Erinnerst du dich?«

»Ja«, antwortete sie.

»Woher konnte Dan wissen, dass es ihre Lieblingssüßigkeiten waren?«, fragte er.

»Die meisten Kinder lieben dieses fürchterliche süße Gummizeug«, sagte ich. »Je mehr künstliche Farb- und Aromastoffe drin sind, desto besser; gut ist auch, wenn sie wie Würmer oder Augäpfel aussehen.«

»Die soziologischen Gründe sind hier nicht entscheidend«, widersprach er. »Entscheidend ist, dass sie gesagt hat, dass sie diese speziellen Süßigkeiten am liebsten aß. Da hat sie sich sehr präzise ausgedrückt. Und vielleicht wusste das der Mann, der sie missbraucht hat. Denk darüber nach.« Er schnippte eine Fluse von seinem makellosen Ärmel. »Nun, ich glaube nicht einen Moment, dass sie die ganze Sache erfunden hat. Doch Tatsache ist, dass Kinder es mit der Wahrheit manchmal nicht so genau nehmen; manchmal erzählen sie einfach Lügengeschichten – aus welchen Gründen auch immer. Ich weiß das, du weißt das. Oder etwa nicht?«

»Ja, natürlich«, erwiderte ich.

»Du hast doch selbst Kinder, nicht wahr?«, fragte er, als sei er sich nicht sicher, als habe er mich nie gut genug gekannt, um sicher zu sein.

Ich nickte und versuchte, ihn nicht zu hassen; ich dachte fest an all das Gute, das er getan hatte – an die armen, verlorenen Seelen mit staubigen Umhängetaschen und abgewetzten Röcken, die glauben, er sei unter seinem Anzug Superman, der herabgesaust kommt, um sie vor dem Abgrund zu bewahren. Ich dachte wirklich sehr fest daran.

»Du glaubst also nicht, dass es Dan war?«, fragte ich.

»Nein«, antwortete er. »Ich glaube nicht, dass er es war.«

»Felix«, erwiderte ich, »sag mir, was würdest du tun, wenn du ihn für schuldig hieltest? Würdest du jemanden verteidigen, wenn du ziemlich sicher wärst, dass er ein entsetzliches Verbrechen begangen hätte?«

»Ja, natürlich«, antwortete er. »So lange, wie sie mir gegenüber ihre Schuld nicht zugeben würden. Jeder hat das Recht auf eine Verteidigung.«

»Woher weißt du«, fragte ich ihn, »ob jemand dir die Wahrheit erzählt?«

Er zuckte mit den Schultern. »Zu viele Einzelheiten. Zu wenig Einzelheiten. Zu viele Blickkontakte. Zu wenig Blickkontakte.«

»Aber wie kannst du wirklich Gewissheit haben?«, fragte ich.

»Gewissheit? Wer hat denn etwas von *Gewissheit* gesagt?«, meinte er. »Gewissheit ist nicht mein Gebiet.«

»Also wirklich«, sagte ich. »Bei dir klingt das nach Zen oder so etwas in der Art.«

Er lachte. »Ich dachte, das ist genau das, was dir gefällt«, erwiderte er.

Er drehte sich um und ging zu seinem Aquarium. Er hatte mir den Rücken zugewandt und beobachtete seine Fische; er konzentrierte sich vollkommen auf sie, als sei ich gar nicht anwesend. Draußen fuhr ein Notarztwagen mit großem Geheul durch das Gewirr der Einbahnstraßen, doch es hörte sich so an, als sei er weit weg.

»Die Buntbarsche sind neu – nun ja, sie sind jedenfalls erst nach deiner Zeit dazugekommen«, sagte er einen Augenblick später. »Komm her und wirf einen Blick auf sie.«

Ich stand auf und sah sie mir an. Die Buntbarsche waren silbrige Fische mit ausgeprägten schwarzen Flecken, die wie Augen aussahen.

»Sie sind hübsch«, sagte ich.

»Einer von ihnen hat letzte Woche unter übler Flossenfäule gelitten«, erzählte er. »Jeden Morgen fehlte ein weiteres Stückchen. Doch das Bakterizid scheint sehr gut zu helfen.«

Die Fische mussten uns gesehen haben, denn sie schwammen in einem glänzenden Schwarm zur Vorderseite des Aquariums. Sie bestanden fast nur aus Augen; sie hatten kleine runde und glotzende Augen im Gesicht, und die Buntbarsche besaßen zusätzlich Zeichnungen am Körper, die wie größere Augen aussahen. Wir standen eine Weile da und schauten sie uns an.

»Sie haben ihn angeklagt«, sagte Felix schließlich. »Hast du das gewusst?«

Ich schüttelte den Kopf.

»Letzte Woche«, erzählte er. »Sie haben ihn vernommen und ihn angeklagt.«

»Wie wirst du ihn verteidigen?«, fragte ich.

Er wandte sich wieder mir zu. »Es gibt ein paar Dinge, die wir aufgreifen können, so wie du es auch getan hast«, sagte er. »Dinge, die ein wenig fragwürdig klingen, Sachen, die sie sich ausgedacht haben könnte. Doch der springende Punkt ist der, wie gut er auf die Beschreibung passt.«

Er öffnete eine Schublade in seinem Aktenschrank und nahm eine Dose mit Fischfutter heraus. Einen Augenblick stand er mit der Dose in der Hand da und ärgerte die Fische, ließ sie warten. Er schien mich kaum zu bemerken. Ich hatte Angst, dass er mir vielleicht nicht mehr erzählte, weil ihm plötzlich der Gedanke kam, dass er das nicht tun sollte.

»Weiter, Felix«, sagte ich. »Bitte.« Meine Stimme war hoch und flehend wie die eines Kindes.

»Die Polizei hat die Verdächtigen auf drei eingegrenzt«, sagte er. »Bei den anderen handelt es sich um die beiden anderen Lehrer, die sie in diesem Zimmer unterrichtet haben. Die Polizei sagt, dass Dan von den dreien am ehesten in Frage kommt.«

»Er passt am besten auf die Beschreibung?«

Er nickte. »Doch es könnte natürlich auch jemand ganz anderes sein – jemand aus einem anderen Umfeld. Möglicherweise jemand, der sie missbraucht hat und sich dann in einem anderen Zimmer die Hände gewaschen hat – in einem Zimmer mit Waschbecken.«

Er schüttete ein paar Fischfutterflocken auf seine Hand und öffnete das Loch in der Abdeckung des Aquariums. Die glänzenden Fische schwammen alle zur Wasseroberfläche. Sie bewegten sich wie von Zauberhand, als habe er sie zu sich gerufen.

»Entscheidend ist natürlich, wie er im Gerichtssaal wirkt«, sagte er. »Ob die Geschworenen ihn mögen. Es dreht sich wirklich alles um die Gefühle.«

Es war seltsam, ihn das über Gefühle sagen zu hören. Ich hatte mich schon manches Mal gefragt, ob er überhaupt welche hatte.

»Und, werden sie ihn mögen?«, fragte ich.

Er zuckte mit den Schultern. »Es gibt da ein paar Probleme«, meinte er. »Vor allem Dans häusliche Situation. Da ist dieser Typ – fast fünfzig – und lebt ganz allein in einem Einzimmerappartement. Eigentlich ziemlich traurig.«

»Traurig im Sinne von Alice?«

»Wer ist Alice?«, fragte er.

»Meine Tochter. Das weißt du genau«, erwiderte ich und hasste ihn erneut.

»Ja, im Sinne deiner Tochter«, antwortete er. »Ein seltsamer Kerl. Ganz und gar nicht erstrebenswert. Es passt einfach zu all diesen Vorurteilen von ruhigen Männern, die allein leben und ganz normal sind, abgesehen von ihrem bedauerlichen Interesse an kleinen Mädchen.« Er ließ den Deckel der Fischfutterdose zuschnappen. »Wenigstens trägt er keinen Bart und dicke Brillengläser.«

»Er ist seit Jahren verheiratet.«

»Natürlich, aber was mir Sorgen macht, ist seine jetzige Situation«, sagte er. »Ich werde tun, was ich kann. Seine Frau und seine Tochter sind sehr loyal, und sie werden im Gerichtssaal anwesend sein. Darauf werden wir die Geschworenen hinweisen; vielleicht werden wir sie sogar in den Zeugenstand rufen.«

Ich nickte, als würde mir das einleuchten, doch ich wunderte mich über Helenas Loyalität, und eine Woge der Neugier wallte kurz und heiß in mir auf. Ich hätte gern genau gewusst, wie sich diese Loyalität äußerte.

Dann wandte sich Felix wieder mir zu, die eine Hälfte seines Gesichts wurde vom Licht des Aquariums beleuchtet, die andere Hälfte lag im Schatten. »Ich sage dir, was ich wirklich brauche«, fügte er hinzu. »Und, Chloe, das muss unter uns bleiben; das hier ist sowieso schon gegen alle Vorschriften.« Er stand sehr dicht vor mir. Manchmal kann er direkt durch einen hindurchsehen, wenn er einen anschaut. »Was ich wirklich brauche, ist eine Person außerhalb der Familie, die ihn gut kennt – jemand, dem das Gericht vertraut, entweder aufgrund der Arbeit oder der Persönlichkeit dieser Person. Jemand, der sagt, dass er ein ganz normaler Typ mit einem normalen Sexualleben ist – dass er Frauen mag und sie gern vögelt. Jemand, der an ihn glaubt, Chloe …« Er ließ die Worte einen Augenblickt zwischen uns in der Luft hängen. Dann entfernte er sich von mir und setzte sich auf den Stuhl, von dem ich aufgestanden war, und öffnete die oberste Schublade seines Schreibtischs. »Nun ja«, meinte er, »man kann wohl nicht alles haben.«

Ich stand vor dem Aquarium und sagte kein Wort.

Er wühlte eine Weile in der Schublade herum. »Ich habe hier etwas, das du dir anhören solltest, bevor du gehst.«

Er fand, was er gesucht hatte, und hielt es betont vorsichtig zwischen Daumen und Zeigefinger in die Höhe. Es war eine winzige Kassette.

»Aus Dans Anrufbeantworter«, sagte er. »Er hat sie mir gebracht.« Er steckte sie in seinen eigenen Anrufbeantworter und drückte den Abspielknopf.

Die Stimme war rau, laut und barsch. »Du perverses Arschloch. Du perverses Arschloch. Du perverses Arschloch.« Die Worte waren wie Schläge, die einem ins Gesicht prasselten. Ich zuckte zusammen. Es ging immer weiter. Ich wollte Felix anschreien, damit er auf Stopp drückte. Er machte aus, und es herrschte eine unruhige Stille, als sei trübes Wasser bewegt und aufgewühlt worden.

»Das verstehe ich nicht«, sagte ich. »Ich meine, wer …«

»Vermutlich die Polizei«, erwiderte er.

»Ach komm«, sagte ich.

Er schüttelte den Kopf. »Du bist so naiv, Chloe. Sie tun solche Dinge. Alles, damit du zusammenbrichst und gestehst. Glaub mir«, sagte er. »Im Moment ist es wahrlich kein Vergnügen, Daniel Whitmore zu sein.«

Er nahm die Kassette aus dem Anrufbeantworter und räumte sie wieder weg. Wie auf Bestellung teilte ihm Jo über den Hausapparat mit, dass ihn jemand unbedingt sprechen wollte.

»Lass mir zwei Minuten Zeit«, antwortete er. »Also, Chloe. Es war sehr nett von dir vorbeizukommen.« Damit wollte er mich verabschieden.

Ich rührte mich jedoch nicht vom Fleck. »Es gibt ein Foto«, sagte ich.

Er nickte. Es schien ihn nicht zu überraschen. »Dan sagte etwas von einem Foto«, antwortete er.

Ich holte tief Luft. »Es ist ein Foto von Alice«, sagte ich.

»Ein unanständiges Foto?«, fragte er.

»Nicht direkt. Ausgezogen.«

Er zuckte mit den Schultern. »Nun, bei der ganzen Sache ist keine Rede von einem Foto gewesen«, sagte er. »Ein einzelnes Foto beweist noch gar nichts. Ich vermute, dass sie es eine Zeit lang ganz aufregend fanden und dann das Interesse verloren haben. Das kommt vor.«

Ich nahm meine Tasche und wandte mich zum Gehen. Zu meiner Überraschung streckte er plötzlich seine Hand aus und nahm meine Hand in seine. Seine Haut fühlte sich kühl und trocken an.

»Alles in Ordnung mit dir, Chloe?«, fragte er.

»Ja«, erwiderte ich. Ich war ein wenig verlegen, als ich mit meiner Hand in seiner dastand.

»Dan scheint zu glauben, dass du sehr verletzlich bist. Ich habe ihm gesagt, dass ich das nicht ganz nachvollziehen könnte – ich habe immer gedacht, du wärst zäh wie Leder«, meinte er.

Das war Felix' Art, Einfühlungsvermögen zu zeigen.

Er zog seine Hand zurück. Ich ging.

Jo war gerade mitten in einer Unterhaltung mit dem Mann, der sich zuvor so wüst bei mir beschwert hatte. Sie winkte mir über seinen Kopf hinweg freundlich zu, als ich auf die Straße trat.

23

Am Dienstag der darauf folgenden Woche veranstalteten wir ein Feuerwerk, auch wenn die Mädchen bereits an einem teilgenommen hatten, das von einem Kollegen aus Adams Krankenhaus veranstaltet worden war; er war Hämatologe und besaß in Sussex ein großes Haus mit einem Garten, zu dem Rasenflächen und ein Stückchen Fluss gehörten. Trotzdem wollte ich nur für uns drei ebenfalls ein Feuerwerk veranstalten, auch wenn ich befürchtete, dass unseres nach dem des Hämatologen eine Enttäuschung sein könnte.

Das Holz, das vom alten Schuppen übrig war, schichtete ich zu einem kleinen Haufen aufeinander und steckte es mit Hilfe von Feueranzündern und Streichhölzern in Brand. Ich musste wieder an jene Nacht denken, in der ich all meine Sachen verbrannt hatte; ich sah vor mir, wie meine Fotos, meine Tagebücher und meine Notizbücher über die Kinder in Flammen aufgingen, und ich schlang den Mantel enger um mich. Lucy sagte zu meiner Erleichterung nichts, vielleicht hatte sie es vergessen, vielleicht interessierte sie sich auch nur mehr für das Feuerwerk.

Bevor Adam mich verlassen hatte, hatte ich nie Feuerwerksraketen gezündet. Es ist einfach sehr männlich, ähnlich wie die Kerzen oder Glühbirnen am Weihnachtsbaum anzubringen oder einen Braten anzuschneiden. Selbst heute noch machen mich Feuerwerksraketen ein wenig nervös. Ich fürchte immer, dass ich die Stiele nicht tief genug in die Erde stecke und sie umfallen und ein fürchterliches Unheil anrichten. Doch gleichzeitig liebe ich Feuerwerksraketen, selbst wenn sie noch so klein sind; ich liebe den Lichterschein im dunklen Garten und die Art und Weise, wie die Lichter in Form eines Springbrunnens oder Wasserfalls herunterrieseln, den Geruch der Gefahr.

Zunächst ging alles gut. Wir zündeten ein Rakete namens Schachtelteufel, dann die Bremsrakete und schließlich die Drachenkrone.

»Der Name gefällt mir«, sagte Lucy. »Drachenkrone.« Sie rollte das Wort im Mund herum wie etwas Süßes.

Die Drachenkrone war eine sehr eindrucksvolle Rakete, die ein ungesundes und hexenhaftes grünes Licht auf den Rasen warf.

Lucy seufzte vor Freude. »Die Farbe auf dem Rasen hat die gleiche Farbe wie die Drachen«, sagte sie.

Ich zündete Wunderkerzen an, die sie fröhlich und freudig-nervös herumschwenkten und mit denen sie ihre Namen in die Nacht schrieben. Eine kleine bläuliche Rauchwolke hing über dem Rasen.

»Diesen Geruch vergisst man im Laufe des Jahres wieder«, meinte Alice und schnupperte anerkennend.

Als nächste Rakete suchte Lucy den Schneesturm aus. Ich bat sie, mir die Rakete zu bringen, doch sie erwiderte, dass sie das unmöglich tun könnte.

»Wir dürfen keine Raketen anfassen«, sagte sie andächtig. »Das haben sie uns in der Schule gesagt.«

Alice und ich lachten sie ein wenig aus.

»Das gilt doch nur für angezündete, du Dummkopf«, erwiderte Alice.

Lucy war außer sich vor verletztem Stolz und kurz davor, in Tränen auszubrechen.

»Wir *dürfen* es nicht«, sagte sie, und ihre Stimme war dabei schrill vor Wut. »Das hat Mrs. Bennett *gesagt.*«

Ich nahm sie in die Arme.

»Es tut mir Leid«, sagte ich. »Du hast vollkommen Recht. Wir hätten nicht lachen dürfen.«

Doch der Spaß an dem Abend war ihr verdorben. Sie ballte ihre Hände zu Fäusten und stampfte mit dem Fuß auf, während wir dem Schneesturm zusahen – er war sehr hübsch und weinte tropfenförmige Tränen aus Feuer auf den Rasen.

»Ich hasse dieses Feuerwerk. Es ist jämmerlich«, sagte sie. »Warum knallt keine der Raketen? Das ist kein richtiges Feuerwerk, Mami.«

»Ich habe eine Packung ohne Knallkörper gekauft«, antwortete ich. »Ich dachte, du magst keine Knaller. Letztes Jahr mochtest du sie nicht.«

»Als wir mit Papi bei diesem Fest waren, haben alle geknallt«, sagte sie. »Papi hat sich immer erschrocken. Das war toll. Und wir hatten Marshmallows.«

»Gut, ich merke es mir für das nächste Mal«, sagte ich. »Nächstes Jahr kaufe ich ganz bestimmt laute Raketen.«

Doch ich wusste genau, was sie meinte. Ich hatte auch das Gefühl, dass etwas fehlte. Diese Raketen waren alle zu sanft, zu harmlos und zu gezähmt. Ich sehnte mich nach einer der Raketen, die hoch in den Himmel hinauffliegen und einen mit ihrem Feuerwerk in Erstaunen versetzen.

Die Mädchen putzten sich gerade die Zähne, und ich brachte eine Ladung schmutziger Wäsche in die Küche, als das Telefon klingelte.

»Chloe.«

»Ja«, sagte ich, und mein Herz machte einen Satz.

»Hier ist Dan.«

»Ich weiß«, antwortete ich.

Ich fand es seltsam, dass er das Gefühl hatte, seinen Namen nennen zu müssen, so als ob er fürchtete, dass ich, da ich mich von ihm distanziert und ihn weggedrängt hatte, auch den Klang seiner Stimme vergessen hätte.

»Wie geht es dir?«, fragte er.

»Ganz gut«, sagte ich und stieß mit dem Fuß die Tür zu. Ich wollte nicht, dass die Mädchen etwas hörten. »Und du? Geht es dir einigermaßen gut?«

»Nun ja«, erwiderte er, »es ist alles nicht so einfach.«

»Nein«, sagte ich.

»Ich versuche, mich zu beschäftigen.«

»Ja«, sagte ich.

»Und die Mädchen?«

»Es geht ihnen gut«, sagte ich. »Fast so wie immer. Wir haben gerade ein kleines Feuerwerk veranstaltet.«

»Gut«, meinte er. Er klang ziemlich überrascht, dass ich so offen war.

Es entstand eine kurze Stille. Ich wusste nicht, wie lange wir noch so weitermachen und die Distanz zwischen uns mit Platitüden füllen konnten. Er schien nicht damit gerechnet zu haben, dass ich mit ihm reden würde, und war demzufolge nicht vorbereitet; er wusste nicht, was er sagen sollte.

»Du hast das Video gesehen?«, fragte er. Das war natürlich der Grund, weshalb er mich anrief – weil er dadurch den Eindruck bekommen hatte, dass ich die Verbindung noch aufrechterhielt und immer noch an ihn dachte und mich nicht in eine andere Sphäre begeben hatte.

»Ja«, antwortete ich.

»Felix hat es mir erzählt«, sagte er. Er fragte mich nicht nach meiner Meinung. Ich spürte, wie vorsichtig er sich mir gegenüber verhielt, als ob alles sehr zerbrechlich wäre und in die Brüche zu gehen drohte, sobald er einen Schritt in die falsche Richtung machte.

»Felix hat mir gesagt, dass die Verhandlung wahrscheinlich im Januar oder Februar stattfinden wird. Das heißt, wenn es dazu kommt.«

Das überraschte mich. »Besteht die Möglichkeit, dass es nicht dazu kommt?«, fragte ich.

»Nur eine ganz kleine«, erwiderte er, »Felix glaubt, dass es vermutlich vor Gericht geht – weil das Video so eindrucksvoll ist.«

»Ja«, sagte ich.

»Ich bekam Angst beim Zuschauen«, sagte er.

»Ja«, erwiderte ich, »ich auch.«

Wieder Stille. Vor nicht allzu langer Zeit waren wir während der Pausen zwischen den Worten so entspannt gewesen – wie man es eben ist, wenn man sehr vertraut miteinander ist und sich oft geliebt hat; dann teilt man einen gewissen Rhythmus, der durch die Gesprächspausen und die Augenblicke des Nichtstuns pulsiert. Doch nun machten mir diese Pausen Angst, sie kamen mir vor wie kleine Löcher, in die ich fallen könnte. Doch ich brachte es auch nicht fertig, einfach aufzulegen, wenn er anrief, es gelang mir nicht länger, entschlossen zu handeln. Es lag an dem Video, an dem, was Felix gesagt hatte – und diese neuen Hoffnungsschimmer bewegten sich in meinem Hinterkopf wie Hamster in ihrem Käfig.

Ich hörte, wie Dan am anderen Ende der Leitung rasch tief Luft holte.

»Chloe, ich muss dich sehen«, sagte er. »Ich muss vernünftig mit dir reden.«

Ich schwieg. Ich verabscheute es, ich verabscheute den verzweifelten Unterton in seiner Stimme, und ich verabscheute die Macht, die ich über ihn hatte.

»Das ist alles, worum ich dich bitte«, sagte er. »Nur eine Gelegenheit, mit dir zu reden.«

»Nein«, antwortete ich. »Nicht jetzt. Nein. Ich kann nicht.«

»Denk wenigstens drüber nach«, bat er mich. Er akzeptierte kein Nein und ließ nicht zu, dass ich »Niemals« sagte. »Bitte denk drüber nach. Den Zeitpunkt kannst du dir aussuchen.«

»Ich werde es mir überlegen«, sagte ich.

»Ich rufe dich wieder an«, meinte er. Es war eine Feststellung, keine Bitte.

»Es ist am besten, wenn du nach neun anrufst, dann sind die Mädchen im Bett.«

»Ja, ich werde daran denken, das verspreche ich«, antwortete er, dabei wurde seine Stimme sanfter; die Erleichterung war ihm anzumerken, er konnte leichter atmen, weil er wusste, dass ich ihm etwas erlaubte, was ich ihm zuvor verweigert hatte. »Ich habe einfach nicht daran gedacht«, sagte er. »Es tut mir Leid.«

»Macht nichts«, erwiderte ich.

»Ich rufe dich an«, sagte er.

»Ja.«

»Pass auf dich auf, Chloe«, sagte er mit einer so warmherzigen und sanften Stimme, dass ich am liebsten hineingekrochen und sie wie eine Decke um mich gelegt hätte.

»Du auch«, erwiderte ich. Ich legte den Hörer auf.

In dem Augenblick, als ich den Hörer auflegte, konnte ich plötzlich den Duft seiner Haut riechen, diesen Moschusduft, den ich so gern gerochen hatte – als ob er da wäre, ganz nah bei mir, irgendwo hinter mir, wo ich ihn nicht sehen konnte; und mit dieser plötzlichen halluzinativen Regung überfiel mich ein intensives Verlangen. Ich war erleichtert gewesen, fast erfreut, dass ich im Laufe unserer Unterhaltung keinerlei körperliche Sehnsucht empfunden hatte. Doch jetzt durchzuckte mich eine ganz plötzliche, aufbrausende, sehr konzentrierte Erregung, als ob die vorangehenden Stadien des Verlangens – die sanfte Wärme, das sich Öffnen – irgendwie ausgelassen oder übersprungen worden waren; es steuerte geradewegs auf diese Intensität zu, die mir geradezu körperlichen Schmerz bereitete. Es war verwirrend und verstörend. Ich hatte das Gefühl, in zwei Hälften geteilt zu sein – die eine Hälfte sehnte sich danach, ihn in den Armen zu halten, und die andere Hälfte wusste, dass ich ihn wegschieben musste; und beide Hälften konnten nicht zusammengeführt und miteinander in Einklang gebracht werden. Ich stand da, auf das Fensterbrett gestützt, und sah hinaus in die Dunkelheit. Ich betrachtete meinen Apfelbaum und durch die Äste hindurch den nächtlichen Himmel und die Sterne, die einen Augenblick lang im

Netz der verästelten Zweige gefangen zu sein schienen. Ich stand sehr lange da und wartete darauf, dass es vorbeiging.

Eine ganze Weile passierte nicht viel. Ich hörte nichts mehr von Vicky Griggs, worüber ich sehr froh war, selbst wenn ich stets mit der Furcht lebte, dass Maureen im Büro wieder interessiert und hoffnungsvoll sagte: »Deine Freundin Vicky hat angerufen«, und dass Vicky vorbeikam und mir ein neues Bruchstück entsetzlicher Informationen mitteilte. Doch ich hatte den Eindruck, dass die Polizei mit mir fertig war und es nichts mehr gab, was sie mich noch fragen konnten.

Äußerlich verlief mein Leben in den gewohnten Bahnen – Krisen und Murren bei der Arbeit, Buchstabieren üben, Butterbrotdosen füllen, gesellige Spaziergänge an den Tagen, an denen ich im Büro früher Schluss machte und Lucy von der Schule abholte. Manchmal gingen wir auf dem Heimweg zum Blue-Moon-Laden und kauften dort einen Marsriegel. Allerdings fiel mein Blick manchmal auf die Gummibärchen in einem der großen durchsichtigen Behälter hinter der Ladentheke, und mir wurde schlagartig übel, und ich musste mich abwenden.

Zwischendurch hatten wir für die Jahreszeit ungewöhnlich warmes Wetter, offenbar waren dafür die Ausläufer eines Azorenhochs verantwortlich. In den Straßen lärmten die Vögel, und wir schwitzten in unseren Wintermänteln. Doch die Gärten und die Bäume sahen jeden Tag winterlicher aus. Die Weißbirke vor dem Büro des Coroners hatte fast alle ihre Blätter verloren, und die kahlen Zweige sahen widerspenstig und kraus aus wie das dünne Haar einer alten Frau. Die roten Holzäpfel, die im September so hübsch ausgesehen und wie rotes Glas geglänzt hatten, fingen an zu faulen. In meinem eigenen Garten blühten nur noch die Stiefmütterchen in den Blumenkästen. Die für die Jahreszeit ungewöhnlichen Sonnenstrahlen leuchteten durch ihre Blütenblätter, die weißen sahen dabei hell und durchsichtig aus wie Fallschirmseide.

Dann wurde es kalt, die Wolken hingen tief, und der Wind war schneidend. Es gab kalten Regen, der sich in Schneeregen verwandelte und unter den Regenschirm wehte; die Leute verzogen die Gesichter, während sie dagegen ankämpften. Eines Morgens wachten wir auf, und alles war von einer dünnen Schneedecke überzogen. Die Mädchen waren begeistert, doch der Schnee schmolz auf dem Weg zur Schule unter unseren Füßen. Lockere Schneeklumpen rutschten von den Windschutzscheiben der Autos, und in den Straßen stand das Wasser, durch das die Autos zischend hindurchfuhren, und Eltern mahnten vergeblich ihre Kinder, die Schneebälle formten und dabei ihre Handschuhe durchnässten. Es war Zeit, den Thermostat der Heizung höher zu stellen, Gummistiefel und warme Mützen hervorzukramen. Doch noch am selben Tag, als der Winter sich richtig einzurichten schien, tauchten plötzlich im Eingang des Blumengeschäfts neben dem Beerdigungsunternehmer Töpfe mit Hyazinthen auf – es waren feste grüne Knospen zu sehen, keine Spur von Duft oder Farbe, und trotzdem munterten sie einen auf.

Ich ging im Kopf alles immer wieder von neuem durch: das Video, die Dinge, die Felix mir erzählt hatte, meine Unterhaltung mit Dan. Doch es nützte nichts – ich kam nie zu einem Ergebnis. Ich dachte daran, dass Felix gesagt hatte, Gewissheit sei nicht sein Gebiet. Ich vermute, die Justiz ist eine ungenaue Wissenschaft. Es geht um etwas, das lange zurückliegt, und manchmal findet man es einfach nicht genau heraus. Und vielleicht ist diese Ungewissheit auch in Ordnung, wenn er Klient ist und man selbst Anwalt, der seine Verteidigung übernimmt. Doch es ist nicht in Ordnung, wenn er der eigene Liebhaber war und einem so nah stand, so nah wie die eigene Haut, der eigene Atem. Mir war bewusst, dass ich Gewissheit brauchte. Doch alles, was ich zu diesem Zeitpunkt hatte, waren Zweifel und Unschlüssigkeit. Denn es gab mittlerweile Minuten, selbst Stunden, in denen ich bezweifelte, dass er es getan hatte. Doch es gab ebenso Stunden und Tage, in denen ich überzeugt war, dass er es sehr wohl getan hatte. Und in jenen Zeiten, in denen ich mir seiner Schuld ziemlich sicher war, dachte ich sehr viel über seine Kindheit nach und grübelte angsterfüllt über den großen gleich bleibenden Grundsatz menschlichen Lebens nach, die grausame Gesetzmäßigkeit, deren Auswirkungen man bei meiner Arbeit täglich zu sehen bekommt: dass diejenigen, denen Schlimmes angetan wurde, selbst anderen Schlimmes antun. Ich dachte daran, wie er körperlich und seelisch von seinem Vater misshandelt worden war. Und ich fragte mich auch, ob er vielleicht noch auf andere Weise missbraucht worden war, wovon er mir nur nie erzählt hatte. Ob es eine schreckliche Veranlagung gab, eine grausame frühkindliche Prägung, die dazu geführt hatte, dass er über dieses kleine Mädchen hergefallen war.

Es kam mir so vor, als hätte ich einige Teile eines Puzzles in meinem Kopf – das, was ich von Felix und durch das Video erfahren hatte, und die Eindrücke, die ich dadurch gewonnen hatte, dass ich an Carly Smithsons Wohnung vorbeigegangen war. Doch sie ergaben kein Ganzes, es fehlten zu viele Teile, ich hatte kein vollständiges Bild vor Augen.

Doch dann kam mir allmählich der Gedanke, dass es eine Person gab, die mir helfen konnte. Eine Person, die mir ein weiteres Teil des Puzzles liefern und meine Wissenslücken füllen und die mir helfen konnte, das Ganze besser zu überblicken. Ich stellte mir unser Treffen vor und überlegte, was ich sie fragen würde; ich arbeitete alles in meinem Kopf aus und unterstrich in Gedanken die Fragen mit Leuchtstift. Doch ich wusste einfach nicht, ob ich den Mut dafür aufbringen würde.

Doch mit einer Entschlossenheit, die mich so plötzlich überfiel, dass es den Anschein hatte, als würde mein Körper übernehmen – er ergriff die Kontrolle und handelte, suchte die Nummer heraus und ging zum Telefon –, rief ich völlig impulsiv Ende November an einem kalten Tag mit eisigem Wind und weißem Himmel bei ihr an.

24

»Hallo.« Eine angenehme Stimme, ziemlich tief.

»Spricht dort Helena?«

»Ja.«

»Hier ist Chloe Langdon«, sagte ich.

Stille.

»Ja«, sagte sie dann. Ein Ja, das zumindest andeutete, dass sie nicht gleich wieder auflegen würde.

»Ich wollte fragen, ob wir uns vielleicht unterhalten könnten«, sagte ich.

Sie sagte nichts.

»Ich weiß, das ist viel verlangt«, sagte ich.

»Das ist es«, erwiderte sie.

»Vielleicht könnten wir irgendwo einen Kaffee zusammen trinken«, meinte ich.

»Ich möchte nicht, dass Sie zu mir nach Hause kommen«, erwiderte sie.

»Nein. Irgendwo anders. Egal wo«, sagte ich.

»Dann bitte gleich heute«, antwortete sie. »Ich möchte es nicht die ganze Zeit vor mir haben. Hätten Sie heute Zeit?«

»Ja«, sagte ich.

»Im Arkwright Centre um drei. Im Café ganz oben.«

»Ich danke Ihnen«, sagte ich.

Erst, als ich aufgelegt hatte, fiel mir auf, dass wir nicht besprochen hatten, wie wir aussahen, wie man es normalerweise tut, wenn man sich mit einem Fremden in der Öffentlichkeit verabredet, doch es schien nicht nötig gewesen zu sein. Vielleicht hatten wir beide so oft über die andere nachgedacht, dass wir das Gefühl hatten, wir kannten einander bereits.

Das Einkaufszentrum stammt aus den Achtzigerjahren, hat ein Atrium, drei Stockwerke und ein Tiefparterre. Es besteht ganz aus Rolltreppen, Glas, Metall und Spiegeln; es ist ein Ort voller Spiegelbilder und Brechungen, wo man plötzlich einen scheinbar vertrauten Anblick vor sich sieht, bei dem man erst nach einer Sekunde erkennt, dass es sich dabei um einen selbst handelt. Das Café befindet sich ganz oben unter einer Kuppel aus Metallträgern und Glas; wenn man hochschaut, kann man den Himmel sehen. Sie hatten schon die Weihnachtsdekoration aufgehängt: Riesige Girlanden aus Plastikgrünzeug hingen von der Decke, und jede Säule war mit rotem Band und goldenen Troddeln, wie sie Stripperinnen im Nachtclub tragen, geschmückt. Aus den Lautsprechern ertönte der »Schlittschuhwalzer«, der nur kurz von einer maßvollen Stimme unterbrochen wurde, die uns darauf hinwies, dass in diesem Einkaufszentrum das Rauchen nicht gestattet sei.

Ich lief auf und ab wie jemand, der sich nicht zu einer Kaufentscheidung durchringen kann; eine Weile stand ich vor dem Buchladen Dillons mit seiner Weihnachtsdekoration, die aus fröhlichen gelben Engeln bestand, tat so, als würde ich die kleinen, dicken Schneeanzüge bei Baby Gap begutachten und warf dabei immer wieder einen Blick auf das Café. Dabei kam ich mir heimlichtuerisch, fast verschwörerisch vor. Ich war sehr nervös und bereute den Impuls, aufgrund dessen ich bei ihr angerufen hatte, zutiefst.

Sie war äußerst pünktlich, und ich entdeckte sie sofort – Jude hatte sie gut beschrieben. Sie war teuer und schlicht gekleidet und hob sich dadurch von den anderen Käufern ab, den gestressten Müttern von Kleinkindern, die sich über ihre Kinderwagen beugten, den entspannten und sportlich gekleideten Frauen mittleren Alters, die sich Schokoladencroissants gönnten, und den älteren, bedächtigeren Frauen in unauffälligen Regenmänteln. Ich beobachtete sie, während sie sich einen Kaffee holte und auf einen Tisch zusteuerte, den ich selbst auch ausgesucht hätte – am Rand des Cafés, neben dem Geländer –, und wie sie auf den Springbrunnen im Tiefparterre hinunterschaute, in den Alice und Lucy gern eine Münze werfen und sich etwas wünschen. Sie stellte ihren Kaffee auf den Tisch, räumte ein paar schmutzige Tassen weg, setzte sich und zog ihre Ärmel glatt. Sie war älter als ich, doch immer noch eine gut aussehende Frau. Zartgliedrig, dunkles Haar, das streng zusammengebunden war, so wie Jude es beschrieben hatte. Dünn und schick stammte sie eindeutig aus begütertem Haus. Ich konnte mir vorstellen, wie sie in einem dicken Wollpullover und diesen hohen grünen Gummistiefeln, wie sie die Aristokraten tragen, durch die Landschaft stapfte und nach ihren Hunden rief.

Ich holte mir ebenfalls einen Kaffee und nahm ihn mit zu ihrem Tisch; dabei konzentrierte ich mich darauf, nichts zu verschütten. Sie sah mich näher kommen, saß ganz still da und beobachtete mich.

»Helena?«

»Ja«, sagte sie.

Ich stellte den Kaffee ab, der dabei überschwappte. Wir gaben einander, ohne zu lächeln, kurz die Hand.

Ich zog geräuschvoll meinen Stuhl heran, der auf dem Boden entlangschrammte, und setzte mich. Ich fühlte mich unförmig, unbeholfen und sehr im Unrecht.

»Es ist sehr nett von Ihnen, dass Sie sich mit mir treffen«, fing ich an.

»Nicht wahr?«, sagte sie. »Das fand ich auch.« Sie war kühl, jedoch nicht kalt. Sie sah betont auf meine zitternden Hände. »Es ist schon in Ordnung – ich werde Ihnen nicht erzählen, wie wütend ich bin oder etwas anderes in der Art«, sagte sie. »Auch wenn ich es natürlich bin. Wütend, meine ich. Nun ja, ich war es. Inzwischen ist es ein wenig besser.« Sie senkte den Blick und rührte mit dem kleinen weißen Plastikstäbchen, das man immer bekommt, in ihrer Kaffeetasse, sie rührte und rührte und starrte dabei in ihren Becher.

Mir fiel auf, dass ihre Haut ziemlich faltig war. Vielleicht zu viele Sonnenbäder. Sie war immer noch ein wenig gebräunt – wahrscheinlich stammte die Bräune aus dem Bretagne-Urlaub mit Dan. Doch sie hatte einen ausgeprägten, eleganten Unterkiefer und ziemlich große dunkle Augen. Ich konnte mir vorstellen, was für ein gut aussehendes Paar sie abgegeben haben mussten. Beide groß und dunkel mit dem genau richtigen Größenunterschied. Sie passten äußerlich wunderbar zusammen, und dieser faszinierende Klassenunterschied hatte der Partnerschaft wahrscheinlich noch zusätzlichen Reiz verliehen.

»Ich könnte mir vorstellen, dass Sie mich fragen wollen, ob ich glaube, dass er es getan hat?«

»Ja«, erwiderte ich.

»Warum ich?«

»Sie kennen ihn besser als irgendjemand sonst«, antwortete ich.

»Chloe«, sagte sie mit etwas Mühe, als ob sie meinen Namen nur ungern aussprach, »es hat sich herausgestellt, dass er eine Seite hat, von der ich überhaupt nichts wusste.«

Ich fragte mich einen Augenblick, was sie damit meinte. Visionen von vergilbten Zeitungsausschnitten über frühere Anklagen wegen Pädophilie oder versteckte Lager mit Kinderpornos tauchten kurz vor meinem geistigen Auge auf. Ich brauchte eine oder zwei Sekunden, bis mir klar wurde, dass sie von seinen Affären sprach.

»Sie meinen, Sie wussten nicht ...« Ich konnte den Satz nicht zu Ende bringen, denn er schien unausweichlich zu mir zu führen.

»Ich wusste nicht, dass er all diese anderen Frauen hatte«, sagte sie.

Ich zuckte zusammen. Doch ich sah sie weiterhin ruhig an. »Natürlich habe ich mir manchmal Fragen gestellt«, sagte sie. »Und es gab auch tatsächlich mal eine Frau, von der ich wusste, das war vor mehreren Jahren. Doch meistens macht man immer so weiter, nicht wahr? Unsere Beziehung schien eigentlich gut zu funktionieren. Natürlich langweilt man sich nach einer gewissen Zeit ein wenig. Es ist doch unmöglich, ein aufregendes Leben zu führen, wenn man ein Kind hat, mit all dem verschütteten Joghurt, den Klarinettenstunden und so weiter. Aber das geht jedem so. Nein. Es war ein richtiger Schock.«

Sie hatte einen Gesichtsausdruck, von dem ich wusste, dass er mit mir und der Tatsache zu tun hatte, dass ich sie verletzt hatte – der hämische Ansatz eines Lächelns, die heruntergezogenen Mundwinkel. Ich dachte daran, wie viel Macht ich ihr zu Beginn meiner Liebesaffäre mit Dan, als er noch mit ihr zusammenlebte, unterstellt hatte. Ich hatte mir einen perfekt organisierten Haushalt, in dem alles makellos aufgeräumt war, vorgestellt, über den Helena ein klein wenig herrisch und alarmierend gut organisiert herrschte und in dem sie alles unter Kontrolle hatte. Doch als sie dort mit diesem kläglichen angedeuteten Lächeln an dem harten kleinen Tisch saß und mit dem weißen Plastikstäbchen in ihrem Cappuccino rührte, sah sie keineswegs mächtig aus.

Ich wusste nicht, was ich sagen sollte. Es gibt keine einfachen Rezepte für das, was man in solchen Fällen sagt, um die Wogen zu glätten.

»Es geht schon besser«, sagte sie, wie um mir auszuhelfen. »Ich habe jemanden kennen gelernt.«

Ich nickte, weil ich ihren Wunsch, mir das mitzuteilen, sehr gut nachvollziehen konnte.

Wir tranken unseren Kaffee. Er schmeckte schrecklich fade und war von dickem Schaum aus geschmacksneutralen Bläschen und einer dünnen Schicht süßen Schokoladenpulvers bedeckt. Ich merkte, dass ich sie nicht anschauen konnte, also starrte ich auf die Tischplatte, die aus glänzendem Metall bestand und ein Sichelmuster hatte, das unser Spiegelbild in Hunderte von silbernen Segmenten aufteilte. Dieser Spiegelsaal war eine gute Wahl für unser Treffen gewesen, dachte ich.

»Um ehrlich zu sein, hat er sich mir gegenüber wie ein Schuft aufgeführt«, sagte sie. »Doch Kindesmissbrauch? Das habe ich nie auch nur eine Sekunde geglaubt.«

»Helena«, erwiderte ich vorsichtig, »ich wäre Ihnen sehr dankbar, wenn Sie mir sagen könnten, warum Sie so denken. Warum sind Sie sich da so sicher?«

Einen Augenblick lang herrschte Schweigen zwischen uns.

Ich hatte Angst, dass sie mir nicht antworten würde. Ich sehnte mich schon so lange danach zu hören, was sie zu sagen hatte, dass ich ein absurdes Gefühl der Furcht empfand, sie könne sich einfach in nichts auflösen, dass es nur mein Wille war, der sie dort festhielt, und dass sie sich wie Nebel oder Rauch verflüchtigen würde, wenn ich in meiner Wachsamkeit nachließe.

Sie saß einen Augenblick lang ruhig da, ließ ihre Hand auf der Kaffeetasse ruhen und fuhr mit dem Finger am Rand entlang. Ihre Fingernägel waren wie meine abgeknabbert.

»Er war ein guter Vater«, sagte sie langsam. »Immer sehr liebevoll. Er hat sie oft umarmt – aber daran ist ja nichts Schlimmes, oder? Kinder brauchen Umarmungen. Es ist nie etwas vorgefallen, worüber ich mir Sorgen gemacht habe.«

»Was denkt Sally denn?«

»Sally?« Sie war offenkundig verwirrt, dass ich wusste, wie ihre Tochter hieß. »Sie ist darüber sehr wütend. Sie ist ihrem Vater absolut treu ergeben.« Sie nahm eine Papierserviette und wischte ein paar Krümel vom Tisch. »Sie haben doch auch Kinder, nicht wahr?«, sagte sie.

»Zwei Töchter«, antwortete ich.

»Wie reizend«, meinte sie in diesem Ich-weiß-wie-das-ist-Tonfall, der Müttern eigen ist, weil wir wirklich alle sehr ähnliche Erfahrungen machen. »Wie schön, zwei zu haben. Wir konnten natürlich nur das eine Kind bekommen.«

Ich sah sie fragend an.

»Nach Sally hatte ich eine ektopische Schwangerschaft und bin fast gestorben«, erklärte sie. »Das wollte ich nicht noch einmal riskieren.«

»Das muss schrecklich für Sie gewesen sein«, erwiderte ich sofort. Doch ich fühlte mich unbehaglich, als ich ihr mein Mitgefühl ausdrückte. Die üblichen Höflichkeitsfloskeln kamen mir an diesem kleinen Metalltisch unter dem Glas und dem Himmel unhöflich vor. Er war verantwortlich, sagte ich mir immer wieder – wie es all diejenigen stets tun, deren Liebhaber verheiratet sind und die nach Absolution suchen. *Ich* war für *seine* Untreue nicht verantwortlich.

»Eigentlich«, sagte sie, »hätte man meinen können, er habe das Elternsein erfunden. Diese Missbrauchsgeschichte – ich glaube, das ist Unsinn. Vermutlich ist dem Kind etwas geschehen. Doch wer immer das getan hat, glauben Sie mir, es war nicht Dan.«

Ich wartete, hoffte auf mehr.

»Ich musste mit der Polizei sprechen«, sagte sie dann.

»Ja«, erwiderte ich. »Ich auch.«

»Mit dieser ziemlich steifen Frau im Hosenanzug? Die ein bisschen nach Pfadfinderin aussieht?«

»Ja«, antwortete ich.

Wir lachten beide ein wenig und genossen einen Augenblick das Gefühl der Komplizenschaft. In der Luft zwischen uns schwebte das Bewusstsein, dass wir einander gemocht hätten, wenn wir uns unter anderen Umständen begegnet wären; es war ein schwaches Gefühl, das sich wie der zarte Duft der ersten Frühlingsblumen rasch wieder zerstreute.

»Ich habe es verabscheut«, sagte ich. »Sie nicht?«

Sie zuckte mit den Schultern. »Es war mir eigentlich egal. Sie wollten wissen, wie unser Liebesleben war. Nun, um ehrlich zu sein, gab es da nicht viel zu erzählen.«

Ich fühlte kurz ein sträfliches Vergnügen in mir aufwallen, das ich sofort unterdrückte.

»Und dann wollten sie noch wissen, wie er als Vater gewesen ist – das, was ich Ihnen eben auch erzählt habe.«

Das war mein Stichwort, dachte ich, meine Eintrittskarte zu der Frage, die ich am dringendsten stellen wollte.

»Die Polizei hat mir ein Foto gezeigt«, sagte ich. »Sie hatten den Film aus seinem Fotoapparat genommen.«

»Nur das eine?«

»Ja.«

»Wollen Sie mir davon erzählen?«

»Das wäre der Person gegenüber nicht fair«, erwiderte ich.

Das schien sie zu akzeptieren, jedenfalls drängte sie mich nicht. »Fotos sind natürlich eine unsichere Sache«, meinte sie. »Die Kamera kann lügen und so weiter.«

»Hat Dan jemals Fotos von Sally gemacht?«, fragte ich. »Irgendwie anrüchige Fotos?« Es klang schrecklich unbeholfen, doch ich wusste nicht, wie ich es anders ausdrücken sollte.

Sie runzelte die Stirn. Diese Frage ärgerte sie offensichtlich, vielleicht, weil sie sie ebenfalls einzuschließen schien.

»Wie – Sally in der Badewanne, diese Art von Fotos?«

Ich nickte.

»Nein«, sagte sie. »Jedenfalls kann ich mich an keines erinnern. Auch wenn andere das damals gemacht haben. Es war ganz in Ordnung, Fotos von den eigenen Kindern zu machen, auch wenn sie nichts anhatten. Heutzutage kann man das nicht mehr riskieren. Offenbar gibt Boots die Fotos gleich an die Polizei weiter. Ich bin mir ganz sicher, dass Dan nichts daran liegt, geschmacklose Fotos zu machen.«

Wir wurden durch die aufgeregten Schreie eines kleinen Jungen am Nebentisch unterbrochen; seine Mutter fütterte ihn gerade mit Schokoladenpudding aus einem Gläschen, und er hatte ihn überall verteilt, an den Händen, am Kinn und ein wenig sogar in den Haaren. Ich war mir plötzlich wieder der Welt und all der Geräusche um uns herum bewusst: das Gebrüll müder Kinder, die zuckersüßen Weihnachtslieder, das Plätschern des Springbrunnens im Tiefparterre. Wir saßen währenddessen in unserem kleinen Zelt aus Schweigen, Schuldgefühlen, Sorgen und widersprüchlichen Gefühlen.

Helena verzog das Gesicht, während sie den kleinen Jungen und seine Mutter beobachtete. »Die Babys anderer Leute«, sagte sie, »sind nie so niedlich wie die eigenen.«

Die Mutter wischte dem Kind mit einem Papiertaschentuch erfolglos das Gesicht ab. Helena wandte sich ab.

»Um ehrlich zu sein«, sagte sie, »verstehe ich nicht, wie es überhaupt so weit hat kommen können. Ich frage mich, ob Dan zu Beginn der Ermittlungen irgendjemanden auf die Palme gebracht hat. Dan … kann sehr zornig werden. Ich will damit nicht sagen, dass er mich geschlagen hat oder etwas in der Art. Doch er hat eine unkontrollierbare Seite. Natürlich hatte er auch einen beschissenen Start im Leben. Doch davon hat er Ihnen sicherlich erzählt. Vermutlich, bis Sie es nicht mehr hören konnten«, fügte sie trocken hinzu.

Ich lächelte, weil sie lächelte, doch ich fand ihre Worte ziemlich hart. »Ja, davon hat er mir erzählt.«

»Sie finden mich sicher gemein«, sagte sie. »Doch seien wir ehrlich, Männer lieben es, sich auf den Rücken zu drehen und ihre Schwächen zu offenbaren, stimmt's? Ich war immer der Meinung, dass das Gerede, dass Männer nicht gern über ihre Gefühle reden, vollkommener Unsinn ist. Sie würden den ganzen Tag darüber reden, wenn man ihnen nur die Gelegenheit geben würde.«

»Ja, vermutlich«, erwiderte ich – und dachte daran, wie sehr ich es geliebt hatte, wenn Dan mir etwas anvertraut hatte, und wie wertvoll diese Vertraulichkeiten für mich waren. Doch er war für mich auch ein unbekanntes Terrain gewesen, ein Liebhaber, den ich erst seit ein paar Monaten kannte; er stellte eine verlockende neue Landschaft dar, die ich erkunden konnte. Für Helena hingegen war er der mit Fehlern behaftete, ziemlich verletzliche Ehemann, der Vater ihres Kindes, derjenige, der den Geschirrspüler einräumte. Ich bekam allmählich ein ganz anderes Gespür dafür, wie ihre Ehe ausgesehen hatte, und für die Mischung aus Zuneigung und Irritation, mit der sie ihn betrachtete.

»Ich glaube, dieser Zorn ist vollkommen fehl am Platz, wenn man mit der Polizei zu tun hat«, sagte sie. »Polizisten sind auch nur Menschen. Natürlich werden sie jemanden ablehnen, der widerspenstig ist. Ich habe immer befürchtet, dass er in ihrer Gegenwart die Beherrschung verliert und dadurch schuldig wirkt. Bei ihm ist das mit der Autorität so eine Sache. In den letzten Jahren ist es besser geworden, doch wenn er sich wirklich in eine Ecke gedrängt fühlt, dann geht es wieder los …«

»Ich habe gehört, dass die Vernehmung zur Sache bereits stattgefunden hat«, sagte ich.

»Ja.«

»Hat er Ihnen davon erzählt?«

Sie nickte. »Es klang nicht allzu gut«, meinte sie.

Ich hätte gern mehr gewusst, wartete jedoch geduldig. Sie saß einen Augenblick schweigend da und zeichnete mit dem Finger Muster oder Buchstaben auf den Tisch, wie es Kinder tun. Doch wenn es sich um Buchstaben handelte, konnte ich nicht erkennen, welche es waren. Dann schaute sie wieder auf und sah mich an.

»Hören Sie«, fuhr sie fort, »es gibt da ein paar Dinge, die Sie mir erzählen könnten, Chloe. Deshalb war ich überhaupt nur einverstanden damit, dass wir uns treffen.«

»In Ordnung«, erwiderte ich und überlegte, was nun wohl kam.

»Sie arbeiten doch im Kinder- und Jugendschutz, nicht wahr?«

Ich nickte.

»Dort habe ich auch eine Weile gearbeitet«, erzählte sie. »Vor Jahren. Ich konnte es leider nicht ertragen. All diese grässlichen jungen Mädchen, die es einfach nicht gepackt haben.«

»Nun ja, es ist manchmal ziemlich frustrierend«, meinte ich. Ich verstand, warum sie die Arbeit gehasst haben musste – ihr Mitgefühl kannte Grenzen, und sie hatte sicher nicht verstehen können, warum Menschen selbstzerstörerische Dinge taten.

»Doch Sie haben schon mit solchen Fällen zu tun gehabt?«

»Ja.«

»Dann kennen Sie ja vermutlich auch die Quote«, fuhr sie fort. »Ob er ins Gefängnis muss. Ich möchte, dass Sie mir erzählen, was Sie glauben.«

»Die Aussage des Mädchens kann ihm sehr schaden«, sagte ich. »Sie nennt ihn jedoch nicht direkt mit Namen. Und das ist, glaube ich, alles an Beweisen, was sie haben. Ich vermute, es hängt alles davon ab, ob die Geschworenen glauben, dass er auf die Beschreibung des kleinen Mädchens passt.«

»Sie reden so, als ob Sie das Video mit der Aussage tatsächlich gesehen haben«, sagte sie.

»Ja«, erwiderte ich.

»Also engagieren Sie sich immer noch?« Sie sah mich scharf an, und ihre Augen verengten sich.

»Nein«, entgegnete ich. »Ich hätte es eigentlich nicht sehen dürfen.«

»Was hatten Sie denn genau vor? Nein, sagen Sie es mir nicht. Ich glaube, ich hätte dasselbe getan. An Ihrer Stelle hätte ich ebenfalls Himmel und Hölle in Bewegung gesetzt, um zu erfahren, was das Kind gesagt hat.«

Sie trank ihren Kaffee aus und stellte die Tasse ab.

»Wie viele Jahre bekommt er, wenn er verurteilt werden sollte?«, fragte sie.

»Vielleicht vier«, antwortete ich.

»Verdammt«, sagte sie.

Für einen Augenblick herrschte Stille zwischen uns. Ich wusste nicht, wie ich sie beenden oder wann ich gehen sollte. Inzwischen kam andere Musik aus dem Lautsprecher; gerade erklang ein Lied über eine Schlittenfahrt samt vorhersehbarer Gefühle im Gepäck.

»Ich habe ihn gebeten, zu mir zurückzukommen«, sagte sie. »Hat er Ihnen davon erzählt? Nicht, um unsere Beziehung fortzusetzen – ich meine, das könnten wir auch gar nicht, nicht nach dem …« Sie machte eine Geste in meine Richtung. »Doch so, dass er wieder wie ein Familienvater wirkt. Schließlich ist er das ja auch gewesen, um Himmels willen: Es wäre nicht einmal gelogen. Aber das wollte er nicht. Ich nehme an, er will sich nicht die Möglichkeit verbauen, Sie zurückzugewinnen.«

Darauf gab es keine Antwort. Ich saß da, starrte in meine leere Kaffeetasse und spürte, wie die Verbindung, soweit sie überhaupt zwischen uns bestanden hatte, sich auflöste. Und ich wusste, dass ich wegen einer bestimmten Sache gekommen war, die ich von ihr wollte und nicht bekommen hatte. Ich wollte, dass sie mir erzählte, was sie über Dan wusste, und das konnte sie natürlich nicht, selbst wenn sie dazu bereit gewesen wäre – weil sich ihr Wissen nicht in Worte fassen ließ. Es gab einfach zu viel zu erzählen; sie schöpfte aus einem großen See der Erinnerungen, und den konnte man nicht mit Händen greifen, die Erinnerungen glitten einem wie Wasser zwischen den Fingern hindurch.

»Chloe, hören Sie, ich glaube, es ist besser, wenn Sie jetzt gehen«, sagte sie ganz plötzlich.

Ich stand rasch auf. Ich konnte spüren, dass sie versuchte, mich vor ihrer Wut zu bewahren. Das bestätigte nur noch meinen Eindruck, dass sie ein wirklich anständiger Mensch war.

Als ich meine Jacke anzog, nahm sie ungeschickt und hastig eine Zigarette aus der Schachtel. Wie auf Kommando ertönte es erneut aus dem Lautsprecher: »In diesem Einkaufszentrum ist das Rauchen nicht gestattet …«

»Hol sie der Teufel«, sagte sie mit großer Bitterkeit. »Hol sie doch alle der Teufel.« Sie zündete sich die Zigarette an, dabei zitterte ihre Hand.

»Danke, dass Sie sich mit mir getroffen haben«, sagte ich.

Sie zuckte mit den Schultern und sah mich nicht an. Es war, als sei ihr Vorrat an gutem Willen erschöpft.

»Sie sind sehr freundlich zu mir gewesen«, sagte ich. Ich hatte das Bedürfnis, sie versöhnlich zu stimmen – eigentlich war das dumm von mir. Ich hätte einfach den Mund halten und gehen sollen. »Das verdiene ich gar nicht«, sagte ich.

»Das stimmt«, erwiderte sie und zog an ihrer Zigarette.

»Trotzdem danke«, antwortete ich und ging.

Ich hatte mich bereits einige Schritte vom Tisch entfernt, als sie mich zurückrief. Ich drehte mich um und ging zögernd zu ihr; ich stand da und sah auf sie hinunter – ich fürchtete, dass ihre vollkommen berechtigte Bitterkeit bei ihr nun außer Kontrolle geraten war.

Sie sah zu mir hoch, und ihr elegantes Gesicht legte sich vor Anstrengung in Falten. »Hören Sie, ich hätte das längst sagen sollen. Ich glaube, er liebt Sie wirklich«, sagte sie.

Danach floh ich, die Rolltreppe hinunter, vorbei an den Juwelieren, den Haushaltswarengeschäften, den Lichtern am Weihnachtsbaum und den ausgelassenen gelben Engeln im Schaufenster von Dillons bis hinunter in das dunkle Parkhaus und mein sicheres Auto. Ich saß da und starrte auf das Armaturenbrett; ich schlang die Arme um meinen Körper, doch ich konnte nicht aufhören zu zittern. Mein Treffen mit ihr kam mir bereits ganz unwirklich vor. Ich konnte nicht glauben, dass es tatsächlich stattgefunden hatte. Ich fragte mich, ob es nicht ein Riesenfehler gewesen war. Ob ich nicht zu viel von ihr erwartet oder zu viel von mir preisgegeben hatte. Ob es nicht peinlich oder grotesk oder grausam gewesen war.

Doch zwei Tage später rief Dan an, als die Mädchen gerade aufbrachen, um das Wochenende bei ihrem Vater zu verbringen, und sagte, er wolle mit mir reden, und ich bat ihn vorbeizukommen.

25

Dan stand einen Augenblick da und sah sich um, als ob er die vertrauten Gegenstände registrierte und prüfte, ob sie noch da waren wie Freunde. Lucys Bild von Gott hing an der Pinnwand. Er ging hin, um es sich anzusehen.

»Mir gefällt, wie sie die Sandalen gemalt hat«, sagte er.

Ich dachte daran, wie er das erste Mal in mein Haus gekommen war und dort gestanden hatte, als sein Haar und sein Hemd vom Sommerregen durchnässt waren, und wie er auch damals ihre Bilder betrachtet und gefragt hatte, ob ich so böse sei, wie Lucy mich gezeichnet hatte.

»Wie geht es den Mädchen?«, fragte er.

»Es geht ihnen ganz gut«, erwiderte ich. Und weil es einfach stimmte, fügte ich gegen meinen Willen hinzu: »Lucy vermisst dich.«

Ein kleines schiefes Lächeln. Das rührte ihn offensichtlich.

»Ich habe ihnen nichts mitgebracht«, sagte er. »Ich meine, ich wollte es gern. Doch ich dachte, dass es dir lieber wäre, wenn ich ihnen nichts mitbringe.«

»Danke«, sagte ich.

Er ging zum Fenster, um in den Garten hinauszusehen. Es war ein kalter, heller Morgen. Der Frost war von der Mitte des Rasens, wo die Sonne schien, verschwunden, doch unter der Rosenhecke und rund um den Apfelbaum war der Boden noch weiß.

»Du hast deine Blumenkästen neu bepflanzt«, sagte er.

»Ja«, erwiderte ich.

»Sie sind so ordentlich«, meinte er. »Vorher, als sie wild wucherten, haben sie mir besser gefallen. Sie waren irgendwie mehr wie du ... Ich meine, sie sind auch jetzt sehr schön.«

Ich spürte, wie vorsichtig er mit mir war – als ob er Angst hatte, ich würde mich in nichts auflösen, wenn er etwas Falsches sagte.

»Sie sahen noch besser aus, bevor sie Frost abbekommen haben«, sagte ich. »Sie trocknen aus, wenn der Boden gefriert.« Doch als ich einen Blick auf meine Stiefmütterchen warf, bei denen jede Blüte wegen des Frosts schlaff herunterhing, hatte ich das Gefühl, dass sie ziemlich kleinlich und konventionell und maßvoll, vielleicht fast armselig waren; und ich vermisste mein Steinkraut und meine Lobelien, diese unordentlichen, hemmungslos wuchernden Pflanzen und den Duft, den sie verströmten.

Ich kochte Kaffee für ihn. Als ich ihm den Becher brachte, erhaschte ich im Spiegel über dem Kamin einen Blick auf mein Spiegelbild. Mir wurde plötzlich bewusst, wie sehr ich mich hatte gehen lassen, mein Haar war strubbelig und benötigte dringend neue Aufhellersträhnchen. Wir saßen einander am

Tisch gegenüber, wie wir es früher so oft getan hatten. Seltsamerweise war ich mir am meisten seiner Größe und der Tatsache bewusst, dass er meinen Blick ausfüllte. Er war der größte Mensch, der seit ewigen Zeiten in meiner Küche gewesen war. Normalerweise saßen Alice oder Lucy auf diesem Stuhl. Ich dachte, wie merkwürdig es war, dass er nach all dieser Zeit, nach all dem, was geschehen war, dort saß. Ich bekam vor Nervosität eine Gänsehaut. Vielleicht war es aber auch eine sexuelle Regung; manchmal ist es schwer, den Unterschied festzustellen.

»Wie geht es dir?«, fragte ich. Es war eine vorsichtige, allgemeine Frage, wie man sie vielleicht einem Bekannten stellt, der einen furchtbaren seelischen Schock, vielleicht den Tod eines geliebten Menschen, erlebt hat.

»Es war ziemlich schrecklich«, sagte er. »Aber inzwischen geht es einigermaßen. Die Gewerkschaft hat sich toll verhalten. Sie bezahlen meine Anwaltskosten. Ich meine, dafür sind sie auch da, aber es tut gut zu wissen, dass man sich auf sie verlassen kann. Und Paola ist mir eine große Stütze.« Als er sah, wie sich mein Gesichtsausdruck veränderte, fügte er hinzu: »Du weißt schon, Paola Valente, die Gewerkschaftsvertreterin.«

»Ja, ich weiß«, sagte ich. »Ich erinnere mich.« Als ob ich die Frau vergessen könnte, die der Anlass des einzigen Streits war, den wir gehabt hatten – bevor das alles passierte, bevor alles auseinander fiel. Ich empfand einen überraschenden, unpassenden Anflug von Eifersucht. Ich hatte sie mir immer als dunkel, fremdländisch und etwas anrüchig vorgestellt. Es lag irgendwie an ihrem Namen, er deutete für mich auf eine romantisch zwielichtige Abstammung und eine streng katholische Erziehung voll sexueller Verbote hin, über die sie sich seitdem triumphierend hinweggesetzt hatte. Und auf herrlich ausgeprägte Wangenknochen.

»Paola ist immer für mich da«, sagte er. »Ich habe sie einmal mitten in der Nacht angerufen, was eigentlich unverzeihlich von mir war. Und sie kam vorbei, um sich mit mir das Video mit der Aussage anzusehen. Da habe ich sie wirklich gebraucht.«

Ich fühlte mich dadurch ein wenig angegriffen. Ich bekam das verwirrende Gefühl, dass ich hätte dort sein müssen, dass dies meine Aufgabe gewesen wäre. Vielleicht wollte er, dass ich dieses Gefühl bekam.

»Das muss alles sehr aufregend für sie sein«, antwortete ich gehässig. »Ich meine, kümmern sich Gewerkschaftsvertreter nicht normalerweise um strittige Reisekostenrückerstattungen?«

Er sah abrupt auf. Einen kurzen Augenblick leuchtete sein Gesicht auf, und der Anflug eines Lächelns war zu sehen. Er wirkte angesichts meiner Gehässigkeit überrascht, doch auch ein wenig erfreut darüber, dass es mir noch etwas ausmachte.

»Tut mir Leid«, sagte ich. »Es war gemein, so etwas zu sagen.«

»Nun ja, vielleicht habe ich auch ein wenig dick aufgetragen«, erwiderte er. »Sie tut mir jedenfalls gut.«

Wir saßen einen Augenblick schweigend da. Ich war mir der kleinsten Geräusche draußen im Garten bewusst, ich hörte etwas auf die Terrasse tropfen, weil es taute, und das leise, süße Pfeifen eines Vogels.

»Du hast dich mit Helena getroffen«, sagte er.

»Ja«, erwiderte ich.

»Sie sagt, sie hätte dich unter anderen Umständen vielleicht gemocht«, meinte er.

Ich war unwillkürlich ein wenig erfreut. »Es war wirklich sehr nett von ihr, sich mit mir zu treffen«, sagte ich. »Ich finde, sie ist sehr mutig.«

»Finde ich auch«, sagte er und klang fast ein wenig stolz. »Verflucht, was für eine seltsame Unterhaltung.«

Er trank seinen Kaffee. Ich beobachtete ihn und sah, wie sich seine Hand um den Kaffeebecher wölbte, dass seine Haut vom Sommer immer noch ein wenig gebräunt war und wie die feinen schwarzen Härchen sich dunkel auf den Rückseiten seiner Finger abzeichneten. Und ich beobachtete die langsame, elegante Biegung seines Handgelenks, als er seinen Becher zum Mund führte. Ich dachte daran, wie gut ich seine Bewegungen kannte, dass ich wusste, wie sich seine Hand bewegte, wenn er seine Handfläche über mein Gesicht gleiten ließ, dass ich den warmen Druck seiner Hand kannte und wusste, wie seine Haut duftete und schmeckte. Egal, wie es auch ausgehen würde, dieses Wissen konnte ich nicht rückgängig machen.

»Felix hat mir erzählt, dass sie dich angeklagt haben«, sagte ich.

»Ja, sie haben mich vernommen. Es ist schon eine ganze Weile her – Ende Oktober. Ich hab's vermasselt«, sagte er, »ganz ehrlich.« Plötzlich sah er sehr niedergeschlagen und mutlos aus, als ob die Schwerkraft an ihm zerrte und ihn in die Tiefe zog. Es kam mir so vor, als sei er entschlossen gewesen, schwungvoll und ein wenig trotzig zu sein, um mir zu zeigen, dass es ihm gut ging, doch dass ihm dies nun nicht mehr gelang.

»Ich beschloss, ihnen gegenüber ganz offen zu sein«, sagte er, »und ihnen die Wahrheit zu erzählen. Ich beschloss, dass das der einzig gangbare Weg war.«

Mein rasches Luftholen war das einzige Geräusch in der stillen Küche. Ich glaubte einen Moment lang, dass er ein Geständnis abgelegt hatte.

»Doch sie können dir alles, was du sagst, im Munde umdrehen – und den Anschein erwecken, dass du lügst«, fuhr er fort. »Sie wissen genau, wie sie dich reinlegen können, du hast keine Chance. Je mehr du versuchst, sie davon zu überzeugen, dass du die Wahrheit sagst, desto mehr behaupten sie, dass du lügst. Das wiederum macht dich immer wütender – ein Teufelskreis. Ich meine, ich hatte das Video noch nicht gesehen. Ich bin da hingegangen und wusste immer noch nicht, weshalb sie mich beschuldigten.«

Die Sonne war inzwischen ganz herausgekommen, und das Licht vom Fenster schien durch seine Finger, als er sich das

Haar aus dem Gesicht strich, und ließ die Konturen seiner Hände in durchscheinendem Rot aufleuchten.

»Es hat fünf Stunden gedauert«, erzählte er. »Es kam mir ewig lang vor. Es wurde alles auf Tonband aufgenommen, also entstehen immer diese kleinen Pausen, wenn sie die Kassette wechseln. Und jedes Mal, wenn sie eine neue Kassette einlegen, sagen sie dir, dass du freiwillig da bist und dass du jederzeit gehen kannst. Und an einer Stelle habe ich Felix gefragt – ich war so wütend, dass ich dachte, ich würde gleich jemanden schlagen: ›Was passiert, wenn ich jetzt einfach gehe?‹ Und Felix hat geantwortet: ›Sie verhaften dich in dem Moment, in dem du durch die Tür gehst.‹«

Ich wartete.

»Soll ich es dir erzählen?«, fragte er.

»Ja«, erwiderte ich. »Alles.«

»Ich erzähle dir die Passagen, an die ich mich erinnere«, sagte er. »Es ist alles irgendwie verschwommen, doch es gibt Dinge, die dir ewig im Gedächtnis bleiben – die Art und Weise, wie sie dir das Wort im Mund umdrehen und versuchen, dir eine Falle zu stellen.«

Es waren die üblichen zwei Leute gewesen.

»Die Frau war deine Freundin, diese Victoria Griggs«, sagte er.

»Sie ist nicht meine Freundin«, entgegnete ich.

Der Mann mit dem pomadisierten Haar hieß Russell Blake, erzählte Dan. Und dieses Mal war es der Mann, der am meisten redete. Dan saß ihnen in dem kleinen grauen Vernehmungszimmer gegenüber, Felix saß neben ihm. »Es ist klaustrophobisch«, sagte er. »Du sitzt ihnen so dicht gegenüber, dass sich die Knie fast berühren.«

Am Anfang waren sie entspannt, fast überschwänglich gewesen, erzählte er mir. Sie lächelten und lehnten sich auf ihren Stühlen zurück. Sie sprachen ganz allgemein von seiner Arbeit. Sie fragten ihn, wie viele Kinder er betreute und welche Behinderungen sie hatten. Sie wollten wissen, wie er bei seinen Fällen vorging, und stellten ihm Fragen über seine bevorzugte Methode, die Kinder und Familien, mit denen er arbeitete, mit einzubeziehen.

»Nun, Mr. Whitmore, Sie verwenden eine Methode, die man am besten mit dem Wort ungezwungen beschreiben könnte«, sagte Russell Blake. »Daher entwickeln sich zwischen Ihnen und Ihren Patienten auch soziale Kontakte – das heißt, Sie werden zum Essen eingeladen oder so etwas in der Art?«

»Ja, das ist schon vorgekommen«, erwiderte Dan. »Einige meiner Kollegen mögen das nicht, aber ich habe den Eindruck, dass es mir hilft, effektiver zu sein und das Vertrauen der Betroffenen zu gewinnen.«

»Ah ja«, sagte Russell Blake, als ob er gerade eine Verbindung hergestellt hatte, die ihm immense Befriedigung verschaffte. »Das Vertrauen der Betroffenen zu gewinnen. Das ist Ihnen bei Ihrer Arbeit wichtig?«

»Ja«, antwortete Dan.

Es entstand eine kleine Pause, und dann sagte Russell Blake, während er sich mit der Hand über sein glattes, pomadisiertes Haar fuhr, fast im Plauderton: »Mich erstaunt, dass Sie uns noch keine Fragen zu Carly Smithson gestellt haben.«

»Sie haben mir gegenüber Carly Smithson auch noch gar nicht erwähnt«, entgegnete Dan.

Dann teilten sie ihm die Einzelheiten der Behauptung mit. Felix hatte nur einen Teil herausgefunden. Zum ersten Mal erfuhr Dan in allen Einzelheiten, was man Carly ihren Worten zufolge angetan hatte.

Russell Blake hatte sich nach vorn gebeugt und dabei die Hände in einer freundlichen, offenen Geste ausgebreitet. »Ich will ganz offen zu Ihnen sein«, sagte er. »Tatsächlich nennt Carly nicht Ihren Namen. Was sie sagt, ist, dass es sich um jemanden handelt, der sie allein unterrichtet hat. Das grenzt den Kreis der Verdächtigen auf drei Personen ein. Drei Männer, die sie in dem betreffenden Jahr allein unterrichtet haben. Einer von ihnen war der Lehrer, der mit zweisprachigen Kindern arbeitet – er ist schwarz, und Carly sagt, es sei ein weißer Mann gewesen. Der andere war ein Förderlehrer, der eine Brille trägt und schon immer einen Bart gehabt hat – und sie sagt, der Mann, der sie missbraucht hat, trägt weder Brille noch Bart. Und sie sagt außerdem, dass der Mann, der es getan hat, ein blaues Auto besitzt.« Er wartete. Dan sagte nichts.

Russell Blake zuckte mit den Achseln. »Daher ist es für uns ziemlich offensichtlich«, sagte er immer noch in diesem ruhigen, vertraulichen Plauderton, »dass Sie derjenige sind, von dem Carly behauptet, dass er sexuelle Handlungen an ihr vorgenommen habe.«

»Ich habe keine sexuellen Handlungen an ihr vorgenommen«, widersprach Dan.

Sie reagierten nicht.

Dann übernahm Vicky Griggs. »Nun, ich weiß, dass Sie manchmal mit gestörten Kindern zu tun haben, die aus schwierigen Familien stammen, oder mit Kindern, die vielleicht hin und wieder lügen oder fantasieren. Stimmt das?«

»Ja«, erwiderte Dan.

»Glauben Sie, dass Carly ein Kind war, das vielleicht hin und wieder fantasierte?«

»Nichts, was sie mir je erzählt hat, gibt mir Grund zu der Annahme, dass sie fantasierte«, antwortete er.

»Und was ist mit lügen?«

»Ich kann mich nicht erinnern, dass sie in meiner Gegenwart jemals gelogen hat«, sagte er.

Ich schnappte nach Luft, als Dan mir das erzählte. Ich dachte daran, wie diese Erklärung vor Gericht verwendet werden würde, welch ein Geschenk sie für die Anklage darstellte: Selbst dem professionellen Urteil des Angeklagten zufolge erfindet dieses Kind keine Geschichten.

Dan reagierte auf die Skepsis, die sich auf meinem Gesicht abzeichnete, während ich ihm zuhörte. »Felix hat auch gemeint, ich sei verrückt«, erzählte er mir. »Anschließend sagte er, ich hätte mich wie ein Vollidiot aufgeführt. Alle Kinder fantasieren, sagte er. Aber wie könnte ich behaupten, dass sie es getan hat? Wenn ich gesagt hätte, dass sie fantasierte, hätten sie mich nach Beispielen gefragt. Dann hätten sie bewiesen, dass ich gelogen habe. Selbst als ich die Wahrheit sagte, haben sie mich als Lügner hingestellt.«

Ich an seiner Stelle hätte gesagt, dass sie in der Lage war zu fantasieren, dachte ich.

Danach sprachen sie über sein Auto. Sie wollten wissen, ob er Carly je in seinem Auto mitgenommen hatte. Dan antwortete mit Nein, er habe sie bestimmt nicht mitgenommen.

»Mr. Whitmore«, sagte Russell Blake, »sind Sie sicher, dass Sie sich daran erinnern würden, wenn Sie Carly doch in Ihrem Auto mitgenommen hätten?«

»Ich habe sie bestimmt nicht in meinem Auto mitgenommen«, erwiderte Dan.

»Manchmal holt ein Psychologe ein Kind von zu Hause ab – wenn es die Schule schwänzt. Ist das richtig?«

»Unter Umständen«, antwortete Dan. »Beispielsweise, wenn das Kind krankhafte Angst vor der Schule hat, arbeitet man vielleicht daran, dass es überhaupt dorthin geht. Doch das ist eigentlich eher die Aufgabe eines Sozialarbeiters.«

»Aber es ist etwas, das Sie unter außergewöhnlichen Umständen ebenfalls tun würden?«

»Es gehört eigentlich nicht zu meinen Aufgaben«, erwiderte Dan. »Vielleicht, wenn ein Kind andauernd die Schule schwänzt.«

»Nun, Carly schwänzte die Schule.« Russell Blake beugte sich dabei nach vorn, wobei seine Knie manchmal Dans Knie berührten. Er sprach inzwischen lauter und schneller, als ob jemand bei ihm alle Regler nach oben geschoben hätte. Dan konnte seinen Atem riechen. »Ein Kind wie Carly, das die Schule schwänzt, würden Sie also unter Umständen von zu Hause abholen und zur Schule bringen?«

»Unter Umständen wäre das möglich.«

»›Unter Umständen wäre das möglich‹«, wiederholte Russell Blake spöttisch. »Zuerst erzählen Sie uns, dass Sie Carly nicht zur Schule gebracht haben, und jetzt sagen Sie, dass es unter Umständen möglich wäre. Das hört sich aber nicht so an wie: ›Ich habe sie bestimmt nicht mitgenommen‹, nicht wahr?«

Dan sagte nichts.

»Nicht wahr?«

»Vermutlich«, antwortete Dan.

Dann wollten sie von ihm wissen, wie oft er Carly gesehen habe, und er sagte ihnen: dreimal – jedenfalls erinnerte er sich nur an drei Male. Am Tag seiner ersten Verhaftung hätten sie die Aktennotizen aus seinem Büro abgeholt, daher habe er keine Gelegenheit gehabt, es zu überprüfen. Russell Blake sagte, dass es zwischen Januar und Juli sechs Einträge mit dem Vermerk Northolt-Grundschule gäbe. Er fragte, was sie zu bedeuten hätten. Dan sagte, er hätte bei diesen Terminen Kinder der Northolt-Grundschule aufgesucht.

»Also«, sagte Russell Blake, »gehe ich recht in der Annahme, dass es andere Gelegenheiten gegeben hat, bei denen Sie Carly möglicherweise gesehen haben, denn bei den Terminen in der Northolt-Grundschule, die Sie in Ihrem Kalender eingetragen haben, stehen keine Namen von Kindern dabei, die Sie aufgesucht haben.«

»Ich habe sicherlich außer Carly auch andere Kinder besucht«, sagte Dan. »Doch es wäre möglich, dass ich immer auch Carly gesehen habe.«

»Die Aussage, die Sie zu Anfang gemacht haben – dass Sie Carly nur dreimal besucht haben –, ist demzufolge nicht ganz richtig? Ich würde sagen, dass Sie weitaus öfter Kontakt zu Carly hatten, als Sie zugegeben haben. Ich würde sagen, dass Sie absichtlich verschleiert haben, wie oft Sie Kontakt zu ihr hatten.«

»Ich verschleiere überhaupt nichts«, widersprach Dan. »Ich stimme Ihnen lediglich zu, dass ich sie vielleicht öfter als dreimal gesehen habe. Ohne meine Aktennotizen kann ich Ihnen das nicht genau sagen.«

»Was mich an dieser Stelle beunruhigt, ist, dass Sie es schon wieder getan haben, Mr. Whitmore. Jedes Mal, wenn wir über etwas sprechen, das unangenehm werden könnte, lügen Sie uns an oder erzählen uns eine andere Geschichte.«

»Sie jonglieren mit Worten«, erwiderte Dan. »Sie drehen mir die Worte im Mund herum.« Seine Worte klangen hohl und vergeblich.

Russell Blake lächelte dabei ganz leicht, erzählte mir Dan. Ich dachte an den höflichen und ziemlich narzisstischen jungen Mann, der mich befragt hatte, und erinnerte mich an den messerscharfen Unterton seiner Stimme, als ich sagte, ich wollte nicht, dass meine Töchter befragt wurden.

Dan erhob sich von meinem Küchentisch und ging hinüber zum Fenster, wo er sich auf das Fensterbrett stützte. Der Umriss seines Körpers hob sich dunkel und scharf abgegrenzt von der Helligkeit draußen ab.

»Es gibt einen Punkt, an dem man aufgibt«, erzählte er mir. »Man hört auf, sich selbst zu verteidigen – man weiß, dass alles, was man sagt, verdreht wird. Man hat das Gefühl, als hätten sie einen gefesselt – und man kann spüren, wie sie die Schlinge immer noch fester zuziehen …«

Die Polizisten waren wieder auf die Behauptung des Mädchens zurückgekommen. Zu diesem Zeitpunkt hatten sie ihm erzählt, dass Carly gesagt hätte, dass sich der Mann, der sie missbraucht hätte, anschließend die Hände gewaschen hätte.

Russell Blake hatte wissen wollen, ob er sich daran erinnerte, im Zimmer das Waschbecken benutzt zu haben.

»Ich habe mir bestimmt nicht die Hände gewaschen. Ich bin mir nicht einmal sicher, ob es in dem Zimmer überhaupt ein Waschbecken gibt«, erwiderte Dan.

»Würden Sie mit Bestimmtheit behaupten, dass Sie sich bei einer Sitzung mit Carly nicht die Hände gewaschen haben?«

»Nein, ich glaube, das habe ich nicht getan. Ich meine, ich habe dieses Kind nicht angefasst.«

»Sie haben es schon wieder getan. Erst sagen Sie, Sie seien

sicher, dass Sie etwas nicht getan hätten – und jetzt heißt es: ›Ich glaube, das habe ich nicht getan.‹«

»Aber jedes Mal, wenn ich sage, dass ich etwas nicht getan habe, kommen Sie mit irgendeiner Begründung an, warum ich es vielleicht doch getan habe. Ich weiß nicht, was ich darauf antworten soll.«

Russell Blake lehnte sich zurück, die Hände hinter dem Kopf verschränkt. Er sprach sehr leise, seine Stimme war seidig und kostete aus, dass er im Vorteil war. »Dann lassen Sie mich versuchen, Ihre kleine Erklärung zu verstehen, die Sie uns gerade entgegengeschleudert haben«, sagte er. »Sie behaupten also, dass Sie einfach dasitzen und lügen würden, vorausgesetzt, wir können nicht widerlegen, was Sie gerade gesagt haben.«

»Zum Teufel noch mal, ich belüge Sie nicht«, schrie Dan.

Felix unterbrach die Vernehmung und half ihm, sich zu beruhigen. »Das tun sie doch nur, um Sie zu ärgern«, sagte er zu Dan. »Das meiste davon dient nur der Einschüchterung und kann vor Gericht gar nicht verwendet werden.«

Doch ich konnte mir gut vorstellen, wie Dan darauf reagiert hatte und wie er sich den Weg durch den Wortdschungel freihacken wollte; er hatte keine Lust, die Worte vorsichtig auseinander zu ziehen. Ich erkannte aber auch, wie riskant dies war; im Grunde genommen musste man sich beherrschen und einfach immer wieder die eigene Unschuld betonen.

»Darf ich fragen«, fuhr Russell Blake schließlich fort, »ob Sie bei der Arbeit oft derart die Beherrschung verlieren, Mr. Whitmore?«

»Nein.«

»Ach, wir haben aber eine Zeugin, die das Gegenteil behauptet. Sie hat uns erzählt, dass Sie manchmal auf unangemessene Weise die Beherrschung verlieren und dass Sie Schwierigkeiten haben, mit Kollegen zusammenzuarbeiten.«

Dan wusste natürlich, wer diese Zeugin war. Er hatte nichts gesagt und nur dagesessen, während er insgeheim Fiona Parker, ihre Anzüglichkeit, ihre verdammten Haarreifen und ihre selbstgerechte Art verfluchte.

In meinem Garten schien mittlerweile überall die Sonne. Alles glänzte und funkelte, die Eiskristalle am Apfelbaum glitzerten kurz auf wie Blüten, und alles war strahlend weiß. Dieses Weiß ließ die alltäglichen Farben wie die von Lucys Sandkastenspielzeug, das noch auf dem Rasen lag, staubig und glanzlos aussehen. Dan stand da und sah einen Augenblick hinaus, dann kam er zurück und setzte sich wieder an meinen Tisch; er ließ sich still nieder, als wüsste er nicht, was er sagen sollte.

»Bevor ich dorthin ging, hatte ich etwas felsenfest beschlossen«, sagte er. »Und zwar, dass dein Name nicht erwähnt werden würde.« Er sah mich nicht an, während er das sagte. Sein Kopf war gebeugt, und ihm hingen die Haare in die Augen, doch er schob sie sich nicht aus dem Gesicht. »Ich wollte dich unbedingt da raushalten. Ich wollte nicht, dass du in ihren Notizen oder auf ihren Tonbändern vorkommst. Doch sie haben auch über dich gesprochen«, sagte er. »Es tut mir Leid.«

Russell Blake hatte gesagt: »Haben Sie während der Sitzungen mit Carly über etwas anderes als Schularbeiten gesprochen?«

»Manchmal spreche ich mit einem Kind über seine Freunde und seine Familie«, antwortete Dan. »Das ist Teil der psychologischen Begutachtung, und man erfährt, wie gut sich das Kind ausdrücken kann. Manchmal spricht man mit dem Kind über seine Familie oder seine Haustiere.«

»Wenn Sie mit dem Kind über seine Familie sprechen, stellen Sie dann vielleicht auch einen Bezug zu Ihrer eigenen Familiensituation her?«

»Nein.«

»Ist das ein ›Ganz bestimmt nicht‹ oder ein ›Ich glaube nicht, dass ich das getan habe‹?«

»Ganz bestimmt nicht.«

»Carly behauptet nämlich, Sie hätten mit ihr über Ihre Freundin gesprochen.«

»Nein.«

»Aber Sie hatten doch gegen Ende des Zeitraums, über den wir hier sprechen, eine Freundin, nicht wahr?«

»Ich hatte eine Frau und eine Freundin, ja«, hatte er geantwortet.

Er saß an meinem Küchentisch und starrte auf seine Hände; er sah sehr unglücklich und niedergeschlagen aus.

»Sie haben mich nach deinem Namen gefragt, als ob sie ihn nicht längst wüssten, und sie haben mich über unser Liebesleben ausgefragt«, erzählte er mir.

»Was haben sie denn über unser Liebesleben wissen wollen?«, fragte ich.

»Ich habe gesagt, es sei gut gewesen«, antwortete er matt. »Das war alles.«

Auch das hätten sie natürlich völlig verdreht, erzählte er mir.

»Und Sie sind sich sicher, dass Sie mit einem Kind wie Carly nie über persönliche Dinge gesprochen haben?«

»Niemals.«

»Gibt es Situationen, in denen ein Psychologe unter Umständen über sein Privatleben spricht? Wäre es möglich, dass Sie das vielleicht tun würden?«

»Ich glaube nicht, dass ich das jemals tun würde. Ich nehme jedoch an, dass es möglich wäre.«

»Also meinen Sie, dass die Möglichkeit besteht – eine kleine Wahrscheinlichkeit –, dass Sie es tun würden.«

»Nun, ich nehme an, das könnte man sagen.«

Dann übernahm Vicky Griggs die Vernehmung. Sie beugte sich nach vorn, die Hände hatte sie dabei in der andächtig wirkenden Geste, die sie so gut beherrschte, ordentlich vor ihrem Körper gefaltet, und sagte mit ihrer wirkungsvollen Schulsprecherinnenstimme: »Ich habe noch nicht so lange mit Kindern zu tun wie Sie, Mr. Whitmore, doch ich habe seit einer Reihe von Jahren mit Kindern zu tun, und wenn Sie mir die Frage stellen würden, ob ich je mit einem dieser Kinder über mein Privatleben gesprochen hätte, dann würde ich antworten: ›Nein, das habe ich noch nie getan.‹ Ich *weiß*, dass ich es noch nie getan habe. Ich würde nicht sagen: ›Ich nehme an, dass es möglich wäre‹, weil ich *weiß*, dass ich es nicht getan habe.«

»Da bin ich wieder wütend geworden«, erzählte Dan. »Doch das war natürlich genau das, was sie wollte. Aber die Vernehmung dauerte bereits fünf Stunden, und ich hatte Hunger und war erschöpft. Ich konnte einfach nicht mehr klar denken. Es ist eine Schande, dass ich nicht noch ein bisschen länger durchgehalten habe, denn zu diesem Zeitpunkt waren wir fast fertig.«

»Das war's?«, fragte ich überrascht.

»Mehr oder weniger. Wie ich schon sagte, es ist inzwischen alles ein wenig verschwommen. Aber das waren die Punkte, die sie gedreht und gewendet und auf denen sie immer wieder herumgehackt haben.«

»Haben sie etwas über Alice und Lucy gesagt?«, wollte ich wissen.

»Nein«, antwortete er. »Nicht mit einer Silbe, mein Ehrenwort. Doch warum sollten sie auch?«

Also nahm ich an – es sei denn, er belog mich –, dass sie nicht über das Foto gesprochen hatten.

»Ich habe die Polizeiwache verlassen und wusste, dass ich es vermasselt hatte«, sagte er. »Da habe ich angefangen, über das Gefängnis nachzudenken. Mir wurde klar, dass ich bis zu jenem Moment nie ernsthaft geglaubt hatte, dass es zu einem Gerichtsverfahren kommen würde. Und schon gar nicht, dass ich verurteilt werden könnte.«

»Ja«, erwiderte ich. Ich konnte verstehen, wie er sich verhalten hatte – er durchlebte einen Schritt nach dem anderen.

»Doch ich wusste, dass ich ihnen in die Hände gearbeitet hatte«, sagte er. »Dass es ihnen gelingen würde, mich als Lügner hinzustellen – dass ich wütend geworden war und die Beherrschung verloren hatte.«

Er stand auf und fing an, in der Küche auf und ab zu gehen; dabei hatte er seine Hände so fest zu Fäusten geballt, dass ich das Weiße seiner Knochen sehen konnte.

»Eine Woche später haben sie mich angeklagt«, sagte er. »Ich musste wieder zur Polizeiwache. Dann nehmen sie Fingerabdrücke, machen ein Foto, suchen nach Narben und Tätowierungen. Dann weißt du, dass du ein Krimineller bist.«

Er war nervös und aufgeregt. Da mein Körper so empfindlich und intensiv auf ihn reagierte, spürte ich seine Anspannung, als sei die Luft zwischen uns elektrisch geladen.

»Ich weiß nicht, wie viele Jahre ich bekomme, wenn ich verurteilt werde«, sagte er. »Felix meint vier Jahre. Glaubst du das auch? Ich meine, du hattest doch schon mit vielen ähnlichen Fällen zu tun.«

»Ja, vier Jahre wären möglich«, antwortete ich.

»Doch es könnten auch mehr werden, weil ich meine berufliche Stellung ausgenutzt habe?«

»Das wäre möglich«, erwiderte ich.

»Ich sag dir was, Chloe«, meinte er. »Wenn ich ins Gefängnis gehe, dann nicht als Sexualstraftäter. Ich will als ganz normaler Gefangener behandelt werden und es drauf ankommen lassen.«

Ein kleiner Angstschauer lief mir über den Rücken.

»Du bist verrückt«, sagte ich und hörte, wie scharf, dünn und hoch meine Stimme plötzlich war. »Du könntest zusammengeschlagen oder sogar getötet werden, um Himmels willen.«

»Ich könnte nicht zusammen mit Sexualstraftätern einsitzen«, entgegnete er.

»Dan, bitte sag so etwas nicht«, bat ich ihn. Meine Stimme klang erstickt wegen der Tränen, die ich immer wieder hinunterschluckte. »Mein Gott, du willst doch lebendig wieder da rauskommen, oder?«

Er schien mich nicht zu hören. »Ich könnte vielleicht etwas Sinnvolles tun«, sagte er. »Möglicherweise könnte ich andere

Gefangene in Sprachen oder Psychologie oder etwas anderem unterrichten.«

»Du bist so verdammt romantisch«, sagte ich. »In Gefängnissen geht es brutal zu. Du musst an *dich* denken, du musst irgendwie durchhalten und einfach überleben. Mein Gott, du gehst doch nicht ins Gefängnis, um Gutes zu tun.«

Er setzte sich und streckte seine Hand aus, so dass die Haut auf meinem Unterarm in Erwartung seiner Berührung anfing zu kribbeln, doch er zog sie wieder zurück. »Chloe, ich glaube, du verstehst mich nicht«, sagte er ganz sanft. »Das könnte mein Weg sein, wie ich dort überlebe.«

»Es tut mir Leid«, erwiderte ich. »Es macht mir Angst.«

»Ja«, sagte er.

Ich fragte ihn, was er unternommen habe, um sich die Zeit zu vertreiben. Er sagte, er habe sich wieder mit Kollegen getroffen. »Es gilt zwar nach wie vor die Vorschrift, dass wir keinen Kontakt haben dürfen«, erzählte er. »Doch um ehrlich zu sein, ich glaube nicht, dass die Verwaltung das kontrollieren wird. Daher komme ich mir nicht mehr ganz wie ein Aussätziger vor ... Und ich bekomme ein paar Informationen, zum Beispiel über meine alten Fälle.« Er sah zu mir hinüber, und sein Gesicht hellte sich plötzlich auf. »Jetzt weiß ich wieder, was ich dir erzählen wollte«, sagte er. »Erinnerst du dich an den kleinen Junge mit dem Downsyndrom – Nicky?«

»Natürlich.«

»Fiona Parker hat ihn tatsächlich hinausgeworfen. Gott, wie ich diese Frau hasse. Doch die St.-Saviour-Schule hat gesagt, sie würde ihn aufnehmen. Kennst du sie?«

Ich schüttelte den Kopf.

»Es ist ebenfalls eine Schule, an der behinderte und nicht behinderte Kinder gemeinsam unterrichtet werden, mit einer sehr dynamischen Schulleiterin. Und er kommt prima zurecht, sie finden, dass er sich toll macht, und sie schätzen ihn vollkommen richtig ein. Paola hat es mir erzählt.«

»Das freut mich sehr«, sagte ich.

Er erzählte, dass er für verschiedene Leute Gelegenheitsarbeiten erledigt habe; er habe eine Terrasse gelegt, eine Mauer errichtet und einen alten Luftschutzbunker eingerissen. »Ich treffe mich auch immer noch mit Monica – sie ist eine der Lehrerinnen, die Lesen und Schreiben unterrichtet«, sagte er. »Ich habe ihr ganzes Haus gestrichen. Es ist richtig gut geworden. Wenn ich es recht bedenke, könnte dein Flur ebenfalls einen neuen Anstrich vertragen«, fügte er, allerdings nicht sehr hoffnungsvoll, hinzu.

Ich schüttelte den Kopf. Er lächelte ein Lächeln, wie ich es immer an ihm geliebt habe. Es war ein bescheidenes Lächeln – wie das eines kleinen Jungen. So hatte er auch gelächelt, als er das erste Mal, viel zu spät, nach Lucys Party bei mir auf der Türschwelle erschienen war.

»Dan«, sagte ich, »gibt es irgendjemanden, der dir helfen oder dich beraten kann?«

»Nun ja, es gibt PAIN«, meinte er.

Ich nickte. Das war die Selbsthilfeorganisation für Menschen, die man fälschlich des Kindesmissbrauchs beschuldigt hatte.

»Ich habe sie angerufen«, sagte er. »Ich dachte, mit ihrer Hilfe könnte ich wenigstens Kontakt zu anderen aufnehmen, die in einer ähnlichen Situation sind. Doch es war ziemlich deprimierend. Sie haben gesagt, es ginge vor allem um Schadensbegrenzung. Was immer auch geschehen würde, ich bekäme auf keinen Fall meinen Job wieder. Selbst wenn man mich freisprechen würde, selbst wenn es nie zu einer Gerichtsverhandlung käme.«

»Ja«, sagte ich.

»Das war am schwersten zu verdauen«, meinte er. »Zu wissen, dass es nicht mehr rückgängig gemacht werden kann.« Er sprach jetzt langsamer, als ob er Mühe hätte, die Worte auszusprechen. »Ich bin in mein Auto gestiegen und hinunter an den Fluss gefahren. Es gibt dort einen Parkplatz, an dem die Leute im Sommer picknicken.«

»Ja, den kenne ich«, sagte ich. Als meine Töchter noch ganz klein waren, bin ich mit ihnen manchmal dorthin gefahren, um die Enten zu füttern.

»Ich habe einen langen Spaziergang den Treidelpfad entlang gemacht«, erzählte er. »Es war niemand dort. Endlos lange habe ich da gestanden und aufs Wasser gestarrt.«

Er hielt inne, als ob er überlegte, was er mir erzählen sollte. Er wandte sich ein wenig von mir ab.

»Ich stand einfach da und dachte, wie leicht es wäre«, sagte er.

Ich zitterte. Der Fluss ist im Winter so kalt. Ich hatte das Gefühl, die Kälte des Wassers spüren zu können, als ob das Wasser bereits meine Haut berührte. So gern hätte ich meine Hand ausgestreckt und ihn berührt, um ihm etwas von meiner Wärme abzugeben. Sicher hätte jeder einem anderen Menschen gegenüber so empfunden, wer immer es auch war, der da einsam im Dunkeln stand und ins Wasser starrte und versuchte, einen Entschluss zu fassen. Doch ich rührte mich nicht.

»Als ich mich wieder auf den Heimweg machte«, fuhr er fort, »und auf meine Armbanduhr sah, stellte ich fest, dass eine Stunde vergangen war. Eine ganze Stunde hatte ich einfach nur dagestanden und auf den Fluss gestarrt.«

Eine Weile saß er regungslos da. »Das war das Schlimmste«, sagte er dann. »Aber ich werde es nicht tun. Ich weiß jetzt, dass ich es nicht tun werde, was auch immer geschieht.«

Ich brachte kein Wort heraus.

Dann habe sich alles ein wenig gebessert, erzählte er. Er sei eine Woche in Italien gewesen.

»Ich kann ins Ausland reisen, solange ich rechtzeitig wieder da bin, um meine Kaution zu erneuern«, sagte er. »Ich bin nach Florenz gefahren. Dort wollte ich immer schon mal hin und habe es nie geschafft – Helena war die Fahrt immer zu weit. Ich bin in den Uffizien, im Dom und in der Kirche Santa Croce gewesen.« Er saß da und sah auf seine Hände, die er vor sich auf dem Tisch verschränkt hatte. »Ich hatte gehofft, dass ich dich irgendwann einmal mit dorthin nehmen könnte«, sagte er. »Ich habe versucht, mir vorzustellen, wie du auf den Stufen vor Santa Croce stehst. Das Licht ist dort ganz außergewöhnlich, selbst im Winter, es ist wärmer, gelber als irgendwo sonst. Du würdest toll aussehen in dem Licht, das auf dich fällt und sich in deinem Haar verfängt. Doch dann geschah etwas Seltsames. Ich konnte dein Gesicht nicht erkennen, ich konnte es mir nicht vorstellen. Es war, als hättest du mich da wirklich verlassen und wärst von mir gegangen.«

Er sah, dass ich mich von ihm abwandte und mein Gesicht mit einer Hand verbarg.

»Chloe, es tut mir Leid. Du willst davon nichts hören, nicht wahr? Ich höre gleich damit auf. Doch lass es mich einmal sagen – ich werde es auch nicht wiederholen, das verspreche ich dir. Ich vermisse dich schrecklich, ich möchte dich so gern berühren.«

»Vielleicht ist es besser, wenn du jetzt gehst«, erwiderte ich.

»Ja«, sagte er. Doch er ging nicht. Er beugte sich über den Tisch zu mir. An seiner abrupten Geste, bei der er seine Hand über den Tisch zu mir ausstreckte, und an seinem intensiven Blick – an seinen dunklen, im Schatten liegenden Augen und seinen tiefschwarzen Pupillen –, mit dem er mich ansah, konnte ich die Wut ablesen, die er mir gegenüber empfand und die er immer vor mir zu verbergen gesucht hatte.

»Ich gehe«, sagte er. »Aber bitte hör mich noch einen Augenblick an. Ich kann einfach nicht begreifen, warum du glaubst, dass ich so etwas getan haben könnte. Nichts hat sich geändert. Ein kleines Mädchen, eine Fremde, hat etwas behauptet. Etwas, das nicht der Wahrheit entspricht – beziehungsweise etwas, das ganz bestimmt nicht die ganze Wahrheit ist – oder zumindest so, wie sie es behauptet, nicht stimmt. Das hat nichts mit mir oder mit uns zu tun. Nichts zwischen uns hat sich geändert. Hier sind nur du und ich, wie früher auch.«

»Nein, es hat sich etwas geändert«, entgegnete ich. »Es kann nicht mehr so sein wie früher.«

Er folgte mir zur Haustür. Wir standen auf der Türschwelle, sahen einander an und wussten nicht, was wir sagen sollten. Er schaute mich einfach nur an und machte keine Anstalten zu gehen. Ich wusste nicht, was ich tun sollte. Schließlich zuckte er mit den Schultern, drehte sich um und ging.

26

In jener Nacht hatte ich einen komplizierten Traum voller Gewalt; es wurde viel geschossen und herumgerannt, es gab hohe Mauern, die oben mit Glasscherben versehen waren, und Hunde mit roten, aufgerissenen Mäulern und scharfen Zähnen. Ich habe sehr oft derartige Träume, die nach dem Aufwachen fast einen Sinn zu ergeben scheinen und eine Art roten Faden besitzen, an den ich mich erinnern kann. Vermutlich habe ich deshalb solche Träume, weil ich vor dem Einschlafen Krimis lese, die während des Kalten Krieges spielen. Manchmal durchlebe ich diese Träume bewusst noch einmal, wenn ich wach bin, und erfreue mich an der erzählerischen Dynamik und der dramatischen Entwicklung, an dem großen Erfindungsreichtum meines Unterbewusstseins. Doch in jener Nacht war der Traum zu brutal gewesen, als dass ich mich an ihm hätte erfreuen können. Die Verfolgungsjagd spitzte sich grausam und unvermeidlich zu und gipfelte schließlich in einem blutigen Vernichtungskampf in irgendeinem osteuropäischen Ghetto, und bei der Verfolgten oder dem Opfer schien es sich um mich zu handeln.

Auf meiner Uhr war es vierzehn Minuten nach drei. Ich stand zitternd auf. Meine Baumwollvorhänge sind zwar hübsch, halten jedoch die Kälte nicht ab. Ich zog meinen alten Frotteebademantel an. Das Fenster im Flur war außen von weißen Eisblumen bedeckt. Ohne meine Töchter kommt mir das Haus immer sehr leer vor. Wenn sie da sind, bin ich mir ihrer Atemgeräusche eigentlich gar nicht bewusst, doch wenn sie weg sind, stelle ich fest, dass mir selbst vor ihrer Zimmertür das leise Ein- und Ausatmen fehlt. Und in jenem Winter machte es mir irgendwie besonders viel aus. Ich hatte angefangen, die Vorhänge in ihren Zimmern zu schließen und ihre Nachtlichter anzumachen, selbst wenn sie nicht da waren. Eigentlich bemitleidenswert. Ich hätte es auch nie jemand anderem erzählt, nicht einmal Jude. Doch dadurch erschien mir das Haus weniger leer, es machte ihre Abwesenheit erträglicher und brachte sie mir ein wenig näher. Mir gefiel auch der Anblick ihrer Zimmer am nächsten Morgen nicht, sie wirkten irgendwie tot, alles war noch genauso wie am Vorabend, die Betten waren weder zerwühlt noch warm.

Ich öffnete Lucys Zimmertür. Ihre Bettdecke war aufgeschlagen, und ihre Wärmflasche lugte unter dem Kopfkissen hervor. Sie hatte einen braunen und gelben Fleece-Bezug, auf dem Gromit abgebildet war. Ich nahm die Wärmflasche mit nach unten. Ich briet ein Spiegelei, schenkte mir einen Scotch ein und füllte die Wärmflasche. Dann ging ich wieder ins Bett, nippte an meinem Scotch und hielt die Wärmflasche fest umschlungen, um mich ein wenig zu wärmen.

In jener Nacht, als ich um halb vier im Bett saß und die Gromit-Wärmflasche im Arm hielt, versuchte ich immer und immer wieder, mir alle Argumente vor Augen zu führen, während ich die Informationen, die ich von verschiedenen Seiten bekommen hatte, gegeneinander abwägte. Helena, die intelligent und scharfsinnig und sehr wütend auf ihn war, vertrat trotz allem die Meinung, dass er es nicht getan hatte. Philippa hatte mir von Carlys problematischer Familie erzählt und dass sie sie bereits in der Vergangenheit wegen Kindesmissbrauchs verdächtigt hätten. Felix hatte gemeint, dass wir schnell jemanden für schuldig halten, wenn das Verbrechen, dessen er beschuldigt wird, besonders abscheulich ist. Dan mit seinem verrückten männlichen Tapferkeitsgehabe hatte mir schließlich von seinem Wunsch erzählt, Gutes zu tun, wenn er tatsächlich ins Gefängnis käme. Ich bahnte mir einen Weg durch diese verflochtenen Gedankengänge, während alles um mich herum drohend, düster, schemenhaft und übergroß erschien; oft verirrte ich mich dabei und machte kehrt, ich war verwirrt und konnte den rechten Weg nicht wieder finden, ich wusste einfach nicht, wo es lang ging. Doch zum ersten Mal, seit Vicky mir das Foto gezeigt hatte, ließ ich in jener Nacht den Gedanken zu, dass Dan wahrscheinlich unschuldig war.

Ich war mir nicht auf einmal sicher, dass es sich so verhielt, und es war auch keine plötzliche Eingebung. Ich wusste, dass man bei solchen Fällen Ahnungen nicht trauen durfte. In meinem Kopf waren immer noch die Stimmen zu hören, die mich warnten, vorsichtig zu sein. Aufgrund anderer Fälle, mit denen ich zu tun gehabt hatte, wusste ich, dass sich auch bei Männern in schicken Anzügen und ehrenwerten Familienvätern herausstellen konnte, dass sie Kinder missbraucht hatten. Und da war immer noch das Foto. Es gab also keine überraschende instinktive Erkenntnis, es war eher eine Sache des Verstandes. Ich kam zum ersten Mal zu dem Schluss, dass die Beweise gegen ihn eigentlich nicht sehr überzeugend waren und dass der Fall auf wackligen Füßen stand.

Doch diese neue Erkenntnis tröstete mich keineswegs. Die Wahrscheinlichkeit, dass er unschuldig war, hatte für mich schreckliche Konsequenzen. Das bedeutete nämlich, dass ich etwas unternehmen musste, und das machte mir große Angst.

Ich dachte an all die Andeutungen und Drohungen, die dem, was mir andere erzählt hatten, zugrunde lagen. Sie waren in höfliche Worte gekleidet und sorgfältig zwischen den Zeilen verborgen, doch ich wusste, dass sie da waren – wie die Monster, die in den Kindergeschichten unter dem Unkraut am Rande des Sees lauerten, die sich zwischen den Stützen einer wackligen Brücke versteckten und allein aufgrund der Tatsache, dass sie nicht gezeigt wurden, noch bedrohlicher wirkten. Gut, dass wir Daniel Whitmore rechtzeitig auf die Schliche gekommen sind ... Das sollten Sie bei den Entscheidungen, die Sie bezüglich Ihrer Kinder treffen, bedenken ... Doch Simone und ich sind uns vollkommen einig: Falls die Mädchen auch nur in seine Nähe kommen ...

Ich versuchte mir zu sagen, dass meine Befürchtungen unsinnig waren und dass mir niemand meine Kinder wegnehmen würde. Doch wenn Dan für schuldig befunden werden würde und ich, nachdem er seine Strafe verbüßt hätte, zu irgendeinem Zeitpunkt eine Beziehung mit ihm hätte, könnte ein Sozialarbeiter bei dem geringsten Verdacht erreichen, dass meine Töchter in Pflege gegeben wurden. Dann wären Fallbesprechungen, Planungsausschüsse und Entzug des Aufenthaltsbestimmungsrechts die Folge. Die Sache ginge ihren Gang, würde uns wie eine Welle überrollen und uns den Boden unter den Füßen wegziehen, und alles, was mich umgab und schützte, die Bastionen, die ich errichtet hatte – meine Zugehörigkeit zur Mittelschicht, mein wunderschönes Haus, die enge Beziehung zwischen mir und meinen Töchtern, mein Sozialarbeiterdiplom –, würden uns so viel nützen wie Wände aus Sand bei der hereinkommenden Flut. Und selbst wenn er freigesprochen wurde, bliebe der Makel, denn der verschwindet nie. Wenn ich dann mit ihm zusammenleben oder mich auch nur weiter mit ihm treffen würde, bekämen Adam und Simone sicherlich das Sorgerecht zugesprochen, wenn sie es einklagten. Ich sah die Gefahr ganz deutlich vor mir, während ich dasaß und der Frost am Fenster kratzte; ich lauschte den grellen kleinen Geräuschen der nächtlichen Großstadt, einer Autoalarmanlage, die irgendwo ansprang, dem Heulen einer Sirene und der Stille dazwischen und dahinter, und ich drückte die Wärmflasche noch fester an mich.

Doch ich dachte in jener Nacht auch über Dan nach, dachte ans Gefängnis und was das unter Umständen für ihn bedeutete. Ich musste mich nicht länger von ihm distanzieren, ich konnte mich in ihn hineinversetzen, und da wurde mir wie Dan selbst bewusst, dass ich die Sache nicht zu Ende gedacht hatte. Bis zu diesem Zeitpunkt waren es nur Worte gewesen, die in gewisser Hinsicht unwirklich gewesen waren: Möglichkeiten wurden erwogen, Beweise bewertet, und das, was hätte sein können, wurde überlegt. Doch ich erkannte nun, dass diese Phase, in der es um Worte ging, möglicherweise bald vorüber war. Diese Wortklaubereien konnten plötzlich und auf brutale Weise beendet werden – dadurch, dass eine Tür zuging, ein Schlüssel im Schloss gedreht wurde und die Schritte auf dem Gang allmählich verhallten.

Ich dachte auch über das nach, was in Gefängnissen vor sich ging. Mitten in der Nacht, wenn man aus einem Traum aufwacht, der naturgemäß nur aus Bildern und Gefühlen besteht, neigt das Gehirn, das noch halb träumt, dazu, mit Bildern und Empfindungen zu arbeiten, so dass man glaubt, bestimmte Dinge vor sich zu sehen und mitzufühlen, wenn sie geschehen. Also wusste ich diese Dinge instinktiv, als ob sie mir passierten. Mir waren die Stiefel und die Fäuste und das Zustechen mit den aus der Werkstatt gestohlenen Schraubenziehern vertraut, ich wusste, wie es sich anfühlte, wenn mein Kinn krachend einen Schlag einsteckte und meine Haut aufplatzte, und ich kannte den Eisengeschmack des warmen Blutes in meinem Mund.

Ich trank weiter. Schließlich nickte ich, beruhigt durch den Whisky und schlaftrunken, allmählich ein; die Wärmflasche wärmte meine Haut, die Wunden, die ich mir vorgestellt hatte, hörten auf zu bluten und heilten. Dabei saß ich immer noch aufrecht im Bett, doch mein Kopf fiel nach vorn und weckte mich. Ich schlüpfte unter die Bettdecke und legte den Kopf aufs Kissen, rollte mich zusammen, um die Wärme zu speichern, und wurde plötzlich von der Sehnsucht nach ihm überwältigt; das alte Verlangen wurde wieder lebendig, und ich sehnte mich danach, seine Haut zu berühren, nach seinem Duft, nach seinem Gewicht und seiner Wärme in meinen Armen; dieses Bedürfnis, ihn in den Armen zu halten, ging tiefer als die Begierde, es erinnerte eher an die Sehnsucht nach einem verlorenen Teil des eigenen Ich – wie die Sehnsucht eines Kindes nach einem verlorenen Elternteil oder die eines Elternteils nach seinem Kind.

27

Meine Töchter kamen am Sonntag um sechs Uhr abends nach Hause, mit ihren Büchern, ihrem Spielzeug und ihrer schmutzigen Wäsche, und sie erzählten von ihrem Besuch bei Laser Quest und der Pizza mit Ananas, die sie zu Mittag gegessen hatten. Sie umarmten mich, und dabei waren ihre Körper warm und fest, und das Haus war erfüllt von ihrem Krach, ihrem Zank und ihrem Gelächter – wie ein Obstbaum, auf dem sich plötzlich lauter zwitschernde Stare niedergelassen haben. Während ich für sie das Abendessen zubereitete und Lucy bettfertig machte, dachte ich an meine Befürchtungen von Samstagnacht zurück und entschied, dass ich paranoid gewesen war. Es gab doch keine Monster unter der Brücke – nun ja, vielleicht eine winzige wellenartige Bewegung oder eine schwache, glänzende Bahn zwischen den Wasserpflanzen. Ich konnte mir nicht mehr vorstellen, dass irgendetwas geschehen würde, das unseren Tagesablauf, unser im Wesentlichen nüchternes Alltagsleben, das aus verlorenen Socken, wackeligen Zähnen, Schokoladenriegeln aus dem Blue-Moon-Laden und Seiten voller Rechenaufgaben bestand, durcheinander brachte. Frauen wie ich, sagte ich mir, verlieren ihre Kinder nicht bei Sorgerechtsverfahren, und sie werden ihnen erst recht nicht vom Jugendamt weggenommen. Das war undenkbar.

Ich saß an einer Ecke von Lucys Bett und las ihr eine Gutenachtgeschichte vor. Wir näherten uns gerade dem Ende eines ihrer Tierarztbücher. Das waren zu der Zeit ihre Lieblingsbücher; sie schienen wie für sie geschrieben und handelten von Tieren mit interessanten Verletzungen und heldenhaften Tierärzten, die viele komplizierte und ziemlich schauerliche veterinärmedizinische Verfahren anwendeten. Jene Geschichte handelte von einem Kaninchen, das Klopfer hieß und an einem Bronchialkatarrh litt. Wir waren fast am Ende angelangt, doch im vorletzten Kapitel fing es an, stoßweise zu atmen, und hatte einen geistesabwesenden Ausdruck in den Augen. Mir wurde leicht beklommen klar, worauf dies hinzusteuern schien, und dann starb Klopfer. »Der arme alte Klopfer«, sagte ich und klappte vorsichtig das Buch zu. »Doch sie haben sich rührend um ihn gekümmert, nicht wahr? Sie haben alles getan, was sie konnten. Und ich glaube, er war ohnehin schon sehr alt.« Ich versuchte, die Wogen zu glätten und so zu tun, als sei alles in Ordnung.

Doch Lucy war außer sich. Sie setzte sich im Bett auf, ganz steif und förmlich, und hatte ihre Stirn in Falten gelegt. »Er kann nicht sterben, Mami. Das ist doch ein *Kinder*buch.«

Das erzählte ich ihnen immer, wenn sie sich nicht trauten, eine Geschichte zu Ende zu lesen; bevor wir auch nur ein Wort weiterlasen, wollten sie von mir beruhigt werden, dass alles gut ausginge, dass es eine sagenhafte Kehrtwendung und eine Rettung in letzter Minute aus dem Bauch des Wolfes geben würde. Immer hatte ich ihnen erzählt, dass Kinderbücher gut ausgehen. Ich habe stets versucht, sie zu beschützen, vielleicht viel zu sehr. Ich bin mir da immer noch nicht sicher. Selbst nach allem, was geschehen ist, weiß ich immer noch nicht, wie es am besten wäre.

Lucy war jetzt unerbittlich.

»Klopfer ist nicht gestorben, Mami. Das ist nicht wahr.«

Also musste ich die letzten Seiten noch einmal lesen, und dieses Mal war Klopfer am Ende des letzten Satzes munter und lebendig.

Ich umarmte sie und deckte sie zu.

»Hattest du eine schöne Zeit mit Papa?«, fragte ich, als ich das Deckenlicht ausschaltete.

»Mmm«, meinte sie und kuschelte sich unter ihre Bettdecke, ihr Gesicht war vor Müdigkeit rund und rosig.

»Lucy«, sagte ich ganz beiläufig, »kannst du Simone inzwischen ein wenig besser leiden?«

»Sie hat ein neues Sofa«, antwortete Lucy und gähnte.

»Ein schönes Sofa?«

Sie schüttelte den Kopf. »Es ist ganz schwarz und glänzend. Alice sagt, es ist aus einem Tier gemacht.«

»Oh«, sagte ich, »sehr schick.«

»Nein, ist es nicht«, erwiderte Lucy.

»Ich habe mich nur gefragt, was du jetzt von Simone hältst«, sagte ich. Ich wusste, dass es falsch war, sie so auszufragen, aber ich wollte es unbedingt wissen. »Du hast früher manchmal gesagt, dass du sie nicht besonders magst.«

»Tue ich auch nicht«, antwortete Lucy. Ich war augenblicklich beruhigt. Sie hielt sich ihre Schmusedecke vor den Mund, daher waren ihre Worte ein wenig gedämpft. »Aber sie ist mit uns zu Laser Quest gegangen. Und der Kaugummiautomat war toll«, erzählte sie. »*Du* gehst mit uns nie zu Laser Quest, Mami.«

»Wir gehen demnächst auch mal zusammen dorthin«, sagte ich. »Du und ich und Alice. Und du bekommst noch mehr Kaugummi. Das verspreche ich dir.«

Den ganzen Montag grübelte ich darüber nach. Während ich in einer langweiligen Arbeitsgruppensitzung saß, eine weitere schmerzliche Sitzung mit Kyle und seiner Mutter betreute und versuchte, Trish und Amber dazu zu bringen, wieder miteinander zu reden, überlegte ich mir noch einmal alle Argumente, erst die der einen, dann die der anderen Seite. Und schließlich fasste ich einen Entschluss: Ja, ich werde es tun. Ich werde mich wieder mit Dan treffen. Nicht, um mit ihm ins Bett zu gehen – ich hatte das Gefühl, dass das nicht möglich sein würde, bis wir wussten, wie sich die Dinge entwickeln würden –, sondern aus Freundschaft, damit wir an meinem Küchentisch sitzen konnten und ich ihn ein wenig unterstützen und trösten konnte. Dagegen konnte doch eigentlich niemand etwas haben. Ich würde mich nur an den Wochenenden mit ihm treffen, an denen Alice und Lucy bei Adam waren, und noch bevor ich Dan anrief und mich mit ihm verabredete, würde ich Adam genau erzählen, was ich vorhatte. Dann konnte mich niemand beschuldigen, dass ich etwas heimlich oder hinter seinem Rücken tat. Dann war ich über jeden Tadel erhaben. Denn wenn ich die Wahrheit sagte und ganz klare Grenzen zog, würde es sicher in Ordnung sein. Es musste nur alles direkt und ganz offen geklärt werden.

Ich rief Adam an. Er hörte sich meine sorgfältig überlegte kleine Rede schweigend an.

»Wenn du das tust, Chloe«, sagte er, als ich fertig war, »muss ich dich warnen, dass es diesmal keine zweite Chance geben wird.« Seine Stimme klang so einschüchternd, wie sie nur sein konnte; mit dieser Stimme hatte er immer unfähigen Krankenhausdirektoren und aufsässigen Medizinstudenten die Leviten gelesen. »Wenn ich erfahre, dass meine Töchter auch nur in die Nähe dieses Mannes gekommen sind, werde ich sofort die notwendigen Schritte unternehmen.«

»Natürlich werden sie nicht in seine Nähe kommen«, sagte ich. »Deshalb rufe ich ja an – damit du weißt, was los ist. Ich wollte nur ganz offen mit dir sein. Ich meine, ich hätte ja nicht anrufen *müssen,* um es dir zu erzählen.«

Diese Argumentation schien er nachvollziehen zu können. »Nun, ich kann dich nicht davon abhalten«, sagte er. »Was du tust, wenn die Mädchen nicht bei dir sind, musst du selber wissen. Auch wenn ich nicht begreifen kann, warum du in diesen verdammten Kerl so vernarrt bist«, fügte er mit einem überraschenden Anflug von Eifersucht und Ärger hinzu. »Trotzdem, es ist dein Leben.«

»Genau«, erwiderte ich.

»Allerdings weiß ich nicht, was Simone dazu sagen wird«,

fuhr er fort. Ich dachte, ich hörte am anderen Ende der Leitung einen kleinen Seufzer, doch das bildete ich mir vielleicht nur ein.

»Sie wird es natürlich nicht billigen«, sagte ich. »Das tut sie ja nie.«

»Kein Grund, jetzt boshaft zu werden«, sagte er. »Sie macht sich ernsthaft und aufrichtig Gedanken über Alice und Lucy.«

Halt's Maul, dachte ich. Doch ich verabschiedete mich höflich.

Danach rief ich sofort Dan an. Er war nicht zu Hause.

Ich lauschte seiner Stimme auf dem Anrufbeantworter und fühlte, wie mein Magen sich zusammenzog und verkrampfte, und ich verspürte ein kleines Prickeln der Begierde. Ich hinterließ jedoch keine Nachricht, sondern beschloss, zu warten und es am Dienstag wieder zu versuchen. Anrufbeantworter sind nichts für Liebende. Man sagt leicht etwas Falsches, und das kann man dann nicht ungeschehen machen.

Am Dienstag ging bei den Vorbereitungen für die Schule alles schief; es war einer der vertrackten, chaotischen Morgen, an denen viel gemurrt wird, Schlüssel verlegt werden und das Müsli verschüttet wird. Ich hatte vergessen, das Brot rechtzeitig aus dem Tiefkühlfach zu nehmen, so dass ich Lucys Pausenbrote mit gefrorenen Scheiben zubereiten musste. Bis zur Mittagspause würden sie aufgetaut sein, doch ich konnte die Kruste nicht abschneiden, und das hieß, dass Lucy ihre Brote nicht essen würde. Alice fiel im letzten Moment ein, dass sie ihre Sportsachen brauchte, und da sie nicht sauber waren, musste ich den Dreck mit einem nassen Tuch abreiben. Dann beschwerte sich Lucy, dass ich ihren Zopf falsch geflochten hätte.

»Er ist nicht in der Mitte«, sagte sie. »Ich habe das Gefühl, als ob mein Kopf schief ist.«

Alice war gerade mürrisch abgezogen, die dreckigen Sportsachen in der Tasche, und ich versuchte, Lucy zu beruhigen, indem ich ihr erlaubte, vor dem Fernseher ein paar Chips zu essen, während ich meine Schlüssel suchte, als es an der Tür klingelte. Ich fluchte leise.

Es war Vicky. Ich hatte sie ewig nicht gesehen. Sie trug einen schicken dunkelblauen Mantel und wirkte ernst und streng.

Mein Mund wurde ganz trocken, als ich sie begrüßte.

»Ich muss mit Ihnen reden«, sagte sie.

»In Ordnung«, erwiderte ich. »Aber nicht jetzt. Ich muss Lucy zur Schule bringen.«

»Ich glaube, ich sollte trotzdem hereinkommen, Chloe«, sagte sie. »Ich werde Sie nicht lange aufhalten.«

Sie trat unaufgefordert ein und brachte dabei einen Schwall kalter Luft von draußen mit herein.

Ich nahm sie mit in die Küche. Der Tisch war übersät mit Frühstückssachen, einer Schüssel mit aufgeweichten Frosties und einem halben Becher lauwarmen Kaffee. Ich nahm sehr bewusst ihren sauberen, ziemlich antiseptischen Duft wahr. Was für ein Duft es auch immer war, sie hatte ihn gerade erst aufgetragen.

»Chloe, ich habe erfahren, dass Sie sich wieder mit Dan treffen.«

Ich starrte sie an.

»Dr. Langdon hat mich angerufen«, sagte sie.

»Ich verstehe nicht«, erwiderte ich. »Ich begreife nicht, warum er Sie angerufen hat. Ich verstehe nicht, dass er glauben kann, dass Sie das irgendetwas angeht.«

»Chloe, er hat sich vollkommen richtig verhalten«, widersprach sie.

Ich musste mich setzen. Ich beugte mich vor und breitete meine Hände auf dem Tisch aus, ich musste das harte, schwere und solide Eichenholz unter meinen Handflächen spüren.

»Aber er war doch damit einverstanden«, sagte ich. »Ich habe ihm genau erzählt, was ich vorhabe. Ich wollte ihm gegenüber ganz offen sein.«

»Als er gestern Nachmittag mit mir gesprochen hat, war er ganz und gar nicht damit einverstanden«, erwiderte sie.

Scheiße, dachte ich. Verdammte Simone.

Vicky runzelte die Stirn und wirkte ziemlich rot im Gesicht. Ich konnte erkennen, dass sie sich trotz ihrer energischen, verbindlichen Art sehr unbehaglich fühlte. Sie war vielleicht ein bisschen zu freundlich zu mir gewesen und fühlte sich nun in dieser disziplinierenden Rolle ein wenig unwohl. Ich kannte dieses Unbehagen, das erleben auch Sozialarbeiter ständig. Du freundest dich mit einer armen Mutter an, die sich durchs Leben schlägt, kümmerst dich um ihre Sozialhilfe und hörst ihr voller Mitgefühl zu, während sie dir von ihrer eigenen schrecklichen Kindheit erzählt – in der ihr Vater ihr den Kopf in die Kloschüssel gesteckt, sie vergewaltigt oder verprügelt hat. Doch ihre Kinder haben verdächtig viele Unfälle, unerklärliche Knochenbrüche oder ständig ein blaues Auge, das Baby hat eine Verletzung am Mund, weil ihm jemand brutal das Fläschchen entrissen hat – und am Ende nimmst du ihr die Kinder weg. Du, von der sie geglaubt hatte, du seist ihre Freundin.

Vicky setzte sich und sah mich an, dabei berührten sich ihre Fingerspitzen. Ich sah, wie sich ihr Adamsapfel bewegte, als sie schluckte.

»Sie bringen sich in eine äußerst schwierige Lage«, sagte sie. »Das müssen Sie doch selbst erkennen. Es geht hier um den Schutz der Kinder, Chloe. Wenn man Ihre Tätigkeit bedenkt, sind Sie sich der Risiken doch bestimmt bewusst.«

Sie redete vollkommen vernünftig, doch aus allem, was sie sagte, hörte ich einen drohenden Unterton heraus. Das machte mir Angst.

»Aber die Mädchen sollten ihn doch gar nicht sehen«, sagte ich. Meine Stimme klang hoch, protestierend und drohte, böse zu werden. »So war es ausgemacht, und so habe ich es auch Adam erzählt. Ich wollte ihn nur treffen, wenn sie nicht bei mir, sondern bei Adam sind. Deshalb habe ich ihn überhaupt nur angerufen – um ihm das zu versichern.«

»Vielleicht wäre es am Anfang auch so gewesen«, sagte sie.

Ich sagte nichts.

»Aber wir wissen doch alle, dass eins zum anderen führt«, fügte sie hinzu. »Sie müssen einen klaren Schlussstrich ziehen. Das ist die einzige Möglichkeit.«

Ich musste verängstigt ausgesehen haben, weil sie ihre Hand nach mir ausstreckte; es war eine ihrer kurzen, beruhigenden Gesten, die sie so oft einsetzte. Ihre Stimme war dabei geschmeidig wie Vaseline.

»Hören Sie, niemand denkt im Augenblick auch nur daran, irgendetwas wegen Ihrer Töchter zu unternehmen. Das dürfen Sie nicht denken.«

Ich wusste, dass sie mich damit beruhigen wollte, doch ich war nicht beruhigt.

»Ich will Ihnen gegenüber ganz offen sein, Chloe«, fuhr sie fort. »Das könnte sich jedoch ändern, wenn der Eindruck entsteht, dass die Kinder in Gefahr sind. Dieser Mann wurde einer schweren Sexualstraftat an einem Kind angeklagt. Sie müssen doch wissen, welche Einstellung das Jugendamt einnehmen wird, wenn es der Ansicht ist, dass Ihre Kinder irgendwie in Gefahr sein könnten.«

Ich schwieg. Ich wusste, dass es keine Entscheidung mehr gab, die ich treffen musste, denn ich hatte keine Wahl. Es kam mir so vor, als sei ich in einer Art virtuellen Welt gefangen, wo jemand eine Taste gedrückt und alle Dimensionen verändert hatte; die Wände meiner Küche rückten immer näher aufeinander zu, und selbst die vertrautesten Gegenstände, die Pflanzen und Fotos und Kaffeetassen, wirkten auf einmal riesig und bedrohlich.

»Ich würde Ihnen dringend davon abraten«, wiederholte sie.

»Dann werde ich es nicht tun«, erwiderte ich. »Ich werde mich nicht mit ihm treffen.«

»Gut«, sagte sie. »Ich wusste, dass Sie es einsehen würden.« Sie erhob sich und wandte sich zum Gehen. »Ich will Sie nicht länger aufhalten. Ich weiß, dass Sie Ihre Kleine zur Schule bringen müssen.«

Mit energischen Schritten ging sie hinaus in die Kälte. Wir verabschiedeten uns nicht voneinander. Sie zog hinter sich die Tür zu, und dabei war ein leises, aber viel sagendes Klicken zu hören, das sich anhörte, als würde ein Knochen brechen.

Es war zehn vor neun. Wir würden niemals rechtzeitig zur Schule kommen. Ich überlegte, ob wir das Auto nehmen sollten, doch der Verkehr war schrecklich – ich konnte von der Haustür den Rückstau in unserer Straße sehen. Daher waren wir wahrscheinlich genauso schnell zu Fuß.

Lucy war schlecht gelaunt, und ich musste sie hinter mir herziehen.

»Mami, Mami, mein Zopf. Du musst ihn neu flechten. Ich gehe so nicht zur Schule.«

»Meine Güte, Lucy, jetzt hör endlich auf damit«, sagte ich. »Himmel, ihr beide regt euch wirklich immer über Nebensächlichkeiten auf. Ich werde ihn *nicht* neu flechten. Du weißt genau, dass wir dafür keine Zeit haben.«

Sie war sehr böse, doch dabei ziemlich andächtig.

»Es ist wirklich sehr unangenehm, wenn andere etwas für dich tun, es aber ganz falsch tun, und du dann darunter leiden musst«, sagte sie.

Überall entlang der Straße kratzten Autofahrer das Eis von der Windschutzscheibe, und weiße Wolken stinkender Abgase hingen in der Luft, während sie den Motor laufen ließen, um das Auto vorzuwärmen. Ich war wütend, dass wir all dieses Benzol und Blei einatmen mussten, dass sie so egoistisch waren und die Umwelt verpesteten. Ich starrte sie böse an, als wir an ihnen vorbeigingen. Und der Fahrer, der halb auf dem Fußgängerüberweg stand, machte mich ebenfalls wütend; er saß in einem blöden, protzigen Subaru mit diesen schrecklich bulligen Stoßstangen, die verboten werden sollten, weil sie ein Kind schon bei zehn Stundenkilometern umbringen können. Ebenso regten mich die beiden unangenehmen Typen in Adidas-Jogginganzügen auf, die selbstsüchtig auf dem Bürgersteig vor uns herumtrödelten und viel zu viel Raum einnahmen; und der Mann, der einem Bus hinterherlief, kümmerte sich einen Dreck um die Leute, die ihm entgegenkamen, und hätte Lucy fast einen Stoß mit seinem Aktenkoffer versetzt. Am liebsten hätte ich sie alle verprügelt und beiseite geschubst. Bei allen Leuten, an denen wir vorbeikamen, empfand ich diese hilflose, sinnlose und überwältigende Wut.

In jener Woche geschah noch etwas anderes. Etwas, das mich aus dem Gleichgewicht brachte, auch wenn dies keineswegs eine angemessene Reaktion darstellte, denn es änderte sich dadurch eigentlich nichts, auch wenn es ungeheuer wehtat. Vielleicht war das der Tiefpunkt für mich, die Talsohle, in der ich schließlich aufgab.

Ich kam Freitagmittag nach Hause, und mein Anrufbeantworter blinkte: drei Nachrichten. Adam teilte mir etwas über das kommende Wochenende mit den Mädchen mit, und der Klang seiner Stimme machte mich erneut kurz wütend; Dan erwähnte er mit keinem Wort. Meine Mutter erzählte mir von einem Plumpudding ohne Konservierungsstoffe, über den sie etwas in der Radiosendung *Woman's Hour* gehört hatte. Wir besuchten sie über Weihnachten. Normalerweise bringe ich dann die meisten Lebensmittel mit und übernehme das Kochen, doch sie wurde schon jetzt ganz unruhig wegen der möglichen Gesundheitsrisiken des Weihnachtsessens.

Dann folgte noch eine Nachricht, die mich überraschte.

»Hier spricht Sally Whitmore.« Eine warme, ziemlich heisere Stimme, die die Konsonanten verschluckte, wie es derzeit Mode war. »Ich würde mich gern mit Ihnen unterhalten. Ich mache über Weihnachten ein Praktikum bei City Talk.« Das war der örtliche Radiosender. »Sie können mich unter folgender Nummer erreichen …«

Ich war überrascht, erfreut, neugierig. Ich erinnerte mich an das Foto, das Dan mir gezeigt hatte – von einem Mädchen mit einem süßen Gesicht und einem Knopf in der Nase und den dichten Augenbrauen ihres Vaters. Und ich erinnerte mich daran, dass Dan gesagt hatte, dass er gerne wollte, dass ich sie kennen lerne, und dass ich das für unmöglich gehalten hatte. Nun war es plötzlich doch möglich geworden.

Ich war gerührt, dass sie sich die Mühe gemacht hatte, mich anzurufen. In meinem überempfindsamen Zustand kam mir dies wie ein Geschenk vor, wie eine Karte von einem verloren geglaubten Freund oder wie Blumen, die einem jemand in die Hand drückt. Ich hatte das Gefühl, dass mir endlich etwas Schönes passieren würde. Ich spielte ihre Nachricht noch einmal ab, nahm gierig ihre Stimme in mich auf und suchte nach Hinweisen oder Spuren von Dan – so wie Liebende sich auf alles stürzen, was mit dem Liebsten zu tun hat, einen Briefumschlag, auf den er etwas gekritzelt hat, einen gemeinsamen Freund, der ihn in einer Unterhaltung beiläufig erwähnt. Und für einen kurzen, zauberhaften Augenblick stellte ich mir sogar vor, dass ich mit ihrer Hilfe trotz allem wieder Verbindung mit ihm aufnehmen und durch sie vielleicht alles erklären konnte.

Bevor ich den Hörer in die Hand nahm, überlegte ich mir jedoch sehr sorgfältig, was ich ihr sagen wollte. Es gab so vieles, was ich sie fragen wollte. Doch es wäre vermutlich unfair, wenn ich sie ausfragte und mit Fragen bombardierte. Ich beschloss, ihr ganz unvoreingenommen gegenüberzutreten und mir anzuhören, was sie zu sagen hatte.

Ich wählte die angegebene Nummer und ließ mich durchstellen.

»Hallo«, sagte eine Stimme. Es war die einer Frau. Sie hörte sich an wie die Stimme auf meinem Anrufbeantworter, doch ich war mir nicht ganz sicher.

»Könnte ich bitte Sally Whitmore sprechen? Hier ist Chloe Langdon«, sagte ich.

»Ah ja«, erwiderte die Stimme. »Chloe Langdon.« Und dann, ohne sich auch nur vorzustellen, ohne Einleitung oder

Vorwarnung: »Ja. Also, ich wollte Ihnen nur ins Gesicht sagen, dass ich darüber, was Sie meinem Vater angetan haben, unglaublich wütend bin. Mich ekelt es an, wie Sie ihn benutzt haben, Chloe Langdon.«

Mir war, als würde ich geschlagen, ihre Tirade traf mich wie ein Schlag in die Magengrube.

»Und wenn es etwas gibt, das ich mehr als alles andere verabscheue«, fuhr sie fort, »dann sind das frustrierte Frauen in den Wechseljahren, die rumlaufen und die Ehen anderer Leute kaputtmachen. Mir fehlen die Worte, um die Sorte Frauen zu beschreiben, zu der Sie gehören.« Ihre Stimme war barsch und schroff, und die Lautstärke wurde durch die Telefonleitung verzerrt. »Mir fehlen die Worte. Die einzigen Worte, die mir einfallen, sind zu gut für Sie.«

Sie hielt inne, um Luft zu holen. Doch ich konnte nichts sagen, ich war vor Entsetzen wie erstarrt.

»Sie waren glücklich«, fuhr sie fort. »Sie wollen das vielleicht nicht hören, aber meine Mutter und mein Vater passten gut zusammen. Dann kommen Sie – und was passiert? Dreiundzwanzig Jahre Ehe gehen den Bach runter.«

Mittlerweile schrie sie, und ihre Worte schwirrten mir im Kopf herum; ich musste den Hörer von mir weghalten.

»Sie – Sie zerstören die Ehe meiner Eltern, Chloe Langdon, Sie haben meinen Vater da, wo Sie ihn haben wollen – und was passiert dann? Plötzlich und wie aus heiterem Himmel sagen Sie ihm, er soll Leine ziehen.« Ihre Stimme tat mir in den Ohren weh. »Er ist nicht mehr das, was Sie haben wollten. Sie verlieren das Interesse an ihm, und dann tun Sie so, als ob Sie dieser verrückten Behauptung glauben. Gerade, wenn er diesen schrecklichen Dingen ins Auge sehen muss, stoßen Sie ihn von sich. Wissen Sie, dass er selbstmordgefährdet ist? Aber vielleicht macht Ihnen das ja nichts aus. Wahrscheinlich ist Ihnen das scheißegal. Doch wenn er sich umbringt, glauben Sie mir, dann klebt Blut an Ihren Händen«, sagte sie.

Einen Augenblick lang hielt sie den Mund. Dann hörte ich, wie sie mit jemandem sprach. »Okay, ja«, sagte sie. Ich merkte, dass ihr Kopf vom Telefonhörer abgewandt war. »Schwarz, zwei Stück Zucker. Danke. Stell ihn einfach da hin.«

Es entstand eine Pause. Dann hörte ich, wie eine Tür ins Schloss fiel.

Sie fing wieder an. »Ich werde Ihnen noch was sagen«, meinte sie. »Diese Information kriegen Sie gratis. Sie glauben vielleicht, dass Sie ihn kannten, Sie machen sich vielleicht vor, dass Sie eine intime Beziehung zu ihm hatten, doch das war einfach nur schäbig. Sie haben ihn überhaupt nicht gekannt. Verdammt, Sie wissen nicht das Geringste über meinen Vater, wenn Sie glauben, dass er so etwas Scheußliches getan haben könnte«, sagte sie. »Aber ich nehme an, darüber machen Sie sich keinerlei Gedanken, oder? Frauen wie Sie – die benutzen Menschen und spucken sie dann wieder aus«, sagte sie. »Sie sind eine Nutznießerin, Chloe Langdon. Ich wünschte bei Gott, dass mein Vater Sie nie getroffen hätte.« Dann war Stille. Endlich war sie fertig. »Sind Sie noch da?«, fragte sie. Plötzlich klang sie ein wenig unsicher, viel jünger, als sei sie ein Mädchen, das gerade die Teenagerzeit hinter sich gelassen und getan hatte, was sie glaubte tun zu müssen, und jetzt nicht weiterwusste.

»Ja«, erwiderte ich, »aber ich lege jetzt auf.«

Ich legte den Hörer auf die Gabel.

Draußen vor Lucys Schule war es kalt. Der Frost war den ganzen Tag noch nicht aufgetaut. Unser Atem war weiß, während wir warteten.

»Geht es Ihnen gut?«, fragte Jakes Mutter.

»Nicht besonders«, erwiderte ich. »Ich glaube, ich habe mir irgendwo einen Bazillus eingefangen.«

»Sie sind furchtbar blass«, meinte sie.

Es läutete. Lucy kam herausgerannt und umklammerte ein ziemlich trauriges Rentier, das sie aus dem Innenteil einer

Klopapierrolle gebastelt hatte. Sie umarmte mich fest mit beiden Armen und zerdrückte dabei das Rentier. Ich umarmte sie ebenfalls, denn ich hatte ihre Wärme bitter nötig.

»Wie viele Tage noch, Mami?«, fragte sie.

»Nur noch zehn«, antwortete ich.

»Zählst du Heiligabend mit?«

»Ja.«

»Dann sind es nur noch neun. Heiligabend ist ja schon Weihnachten. Wirklich, Mami, das solltest du inzwischen wissen.«

»In Ordnung, neun«, erwiderte ich.

Wir fuhren weiter zu Alices Schule. Die meisten Kinder schienen schon weg zu sein, doch Alice war nicht zu sehen. Wir warteten ein paar Minuten und gingen dann auf der Suche nach ihr hinein.

Die Gartenanlagen von Connington House sind im Sommer sehr gepflegt, doch an jenem Tag wirkten sie ziemlich trist. Der Rasen vor der Schule war in dem nassen Wetter zertrampelt worden und jetzt gefroren.

Lucy hüpfte über den Rasen. »Man kann auf den matschigen Stellen herumlaufen, und die Schuhe werden nicht dreckig«, meinte sie.

Der kleine Fischteich im Steingarten neben dem Eingang war zugefroren, und jemand hatte etwas von dem Eis herausgehoben und es auf dem Boden liegen lassen. Die Eisstücke sahen aus, als seien sie gefährlich scharf wie Glasscherben. Ein paar schwarze Dolden hingen vom Goldregen herunter. Zwei Mädchen schlenderten an uns vorbei und lächelten mir schüchtern zu. Sie waren bei Alice in der Klasse, und ich nahm an, dass ihre Lehrerin sie vielleicht wegen irgendeiner Missetat alle ein paar Minuten hatte nachsitzen lassen.

Als wir uns dem Haupteingang näherten, kam Alice heraus; sie sah mitgenommen aus. Sie streckte mir eine Weihnachtskarte entgegen, die sie selbst gebastelt hatte. Die Worte waren lateinisch.

»Ich hasse diese Frau«, sagte sie. »Sie hat uns nachsitzen lassen, weil jemand einen Winkelmesser verloren hat. Direkt vor Weihnachten, also wirklich. Es sollte ein Gesetz dagegen geben.«

»Mach dir nichts draus«, tröstete ich sie. »Wir sind bald zu Hause.«

Ich drehte mich um, weil ich zum Auto wollte.

Doch sie packte mich am Arm. »Warte, Mama«, sagte sie. »Ich will dir noch was zeigen.«

»Alice, wir müssen wirklich nach Hause«, sagte ich.

»Nein«, widersprach sie. »Das musst du dir ansehen. Es dauert nur eine Minute.«

»Was denn?«, wollte ich wissen.

»Kommt und seht selbst«, sagte sie.

»Ist es etwas, das wächst?«, fragte Lucy.

»So etwas in der Art«, meinte Alice. Sie führte uns seitlich an der Schule entlang, vorbei am Gebäude der Naturwissenschaften. Ein einsamer Trompeter blies in einem entfernten Klassenzimmer ziemlich falsch »Hark the Herald Angels.«

»Wo gehen wir denn hin?«, fragte ich.

»Folgt mir einfach«, sagte Alice.

Wir bogen hinter dem Gebäude der Naturwissenschaften um die Ecke.

Eigentlich befand sich hier ein Stück Ödland, und diesen Teil des Schulgeländes bekamen Eltern und Besucher nie zu sehen. Früher einmal war hier der Küchengarten gewesen. Vielleicht hatte es einmal ein Gartenprojekt für einige der weniger begabten Kinder gegeben, bevor der allgemeine Lehrplan festgelegt hatte, was an allen Schulen unterrichtet werden musste. Jetzt war das Gelände dreckig und ungepflegt. Es waren einige baufällige Schuppen, ein paar Kohlstrünke, ein Stumpf mit vertrocknetem Pampasgras, dessen federartige Wedel herunterhingen oder abgeknickt waren, und jede Menge Unkraut zu sehen. Es war eine Art Niemandsland, ein Randgebiet, das vergessen und ungeliebt war. Das frostige

Gras knirschte unter unseren Füßen, und man konnte die harten Klumpen unter den Schuhsohlen spüren.

»Mir ist kalt«, jammerte Lucy. »Ich will zurück zum Auto.«

»Bitte«, sagte Alice. Sie war sehr eifrig und beharrlich. Wir bogen an einem verfallenen Nebengebäude um die Ecke. Dann sahen wir, warum sie uns hierher geführt hatte und so unnachgiebig gewesen war. Ein riesiger alter Efeu wuchs über die Rückseite des Nebengebäudes bis hinunter auf den Boden vor uns und war vollkommen vereist, da Wasser zwischen den Blättern hindurchgelaufen und gefroren war; jedes Blatt war mit einer Eisschicht überzogen, und von jeder Biegung und Drehung der Äste und Zweige hingen große Eiszapfen herunter.

Ein Wasserfall aus Eis, gewaltig und zart zugleich; die kristallartigen Formen waren harmonisch und dabei unendlich vielfältig, so wie bei Schneeflocken oder Blüten an einem Baum.

Es war das Geräusch von fließendem Wasser zu hören.

»Da ist ein Rohr geplatzt«, sagte Alice.

»Es ist wunderschön«, meinte ich.

Wir standen da und starrten auf dieses Wunder, das Wasser, Kälte und die Formen der Blätter geschaffen hatten; das Wasser lief immer weiter aus dem geplatzten Rohr, und die Eisskulptur wurde allmählich, von einem Augenblick zum nächsten, immer größer. Sie war von einer Schönheit, bei deren Anblick einem das Herz stehen bleibt, weil man weiß, dass sie nicht lange überdauern wird – wie eine Sandburg direkt am Wellensaum, wie kleine Kinder und wie Blüten in der Wüste, die nur einen Tag lang blühen.

Lucy streckte einen Finger aus und klopfte mit einem Fingernagel an einen Eiszapfen. Es war eine ganz kleine Resonanz zu hören, wie von einem winzigen Gong.

»Sei vorsichtig«, meinte Alice. »Er ist sehr zerbrechlich. Du fasst ihn besser nicht an.«

Wir standen einen Augenblick schweigend da und zitterten in dem schäbigen vergessenen Garten. Da unsere Füße und Hände vor Kälte schmerzten, machten wir uns schließlich rasch auf den Weg zurück zum Auto.

»Suzie hat ihn entdeckt«, erzählte Alice auf dem Nachhauseweg. »Wir haben ihn nur Sophie und Clarissa und Mrs. Evans gezeigt, weil wir dachten, dass er ihr gefallen würde, und jetzt habe ich ihn euch gezeigt.«

Sie zog ihre Handschuhe aus. Ihre Finger waren blau gefroren, und sie pustete in die Hände, um sie zu wärmen.

»Wir halten ihn streng geheim«, sagte sie. »Wir zeigen ihn nur Menschen, denen wir vertrauen.«

28

An den Tagen vor Weihnachten hatte ich sehr viel zu tun. Wie gewöhnlich hatte ich alles bis zuletzt vor mir hergeschoben. Doch ich glaube, nur weil ich so viel zu tun hatte, blieb ich normal. Ich machte Listen und kaufte Geschenke. Lucy bekam ein Polly-Pocket-Traumschloss, für das ich als Kind viel gegeben hätte, sowie eine Barbiepuppe, die wie eine Tierärztin gekleidet war und jede Menge rosafarbenes Zubehör dabeihatte. Die Grenze zog ich jedoch bei einem rappenden Nikolaus von Homebase, an den sie ihr Herz gehängt hatte. Für Alice erstand ich die neueste CD ihrer Lieblings-Boy-Group, kaufte Ohrringe für ihre Ohrlöcher und jede Menge glitzernde Kosmetikartikel. Bei Lucys Krippenspiel, bei dem sie als entzückender Schafhirte auftrat, musste ich weinen.

Wir fuhren am Tag vor Heiligabend zu meiner Mutter und blieben bis einen Tag nach dem zweiten Weihnachtsfeiertag bei ihr. Sie ist zu schwach, um Bahn oder Bus zu fahren, daher ist es einfacher, sie zu besuchen, als sie abzuholen und wieder zurückzufahren. Adam und Simone hatten die Mädchen Weihnachten bei sich haben wollen. Offenbar hatte Simone gemeint, dass sich diese lebhaften Mädchen bei Chloes Mutter doch sicher *furchtbar* langweilten und dass wir im nächsten Jahr zu Weihnachten eine andere Lösung finden müssten. Das machte mich natürlich wütend und jagte mir Angst ein; immer, wenn sie unsere Besuchsregelung kritisierte oder sie zu ändern versuchte, lief mir ein kleiner Angstschauer über den Rücken. Doch sie hatte außerdem Unrecht, denn die Mädchen lieben den New Forest. Sie betrachten ihn mit ganz anderen Augen als ich. In dem düsteren Garten, der mich so deprimiert, spielen sie begeistert Verstecken; sie lieben die Rinder auf dem Gemeindeland, die Buchfinken und Blaumeisen mit ihrem farbenprächtigen Gefieder, die so anders sind als die Vögel in London. Doch wir vereinbarten, dass sie nach Weihnachten ein paar Tage bei Adam und Simone verbringen würden.

Im Büro gab es die üblichen Weihnachtsfeiern. Es waren meist langweilige Angelegenheiten, die in der Mittagspause stattfanden; wir tranken Cabernet Sauvignon, aßen *mincepies* und beschwerten uns über die Verwaltung. Dabei standen wir in kleinen Grüppchen herum wie Hexen um ihren Kessel mit Nat als unserem obersten Hexenmeister, der im Kessel rührte und ab und zu ein paar Verwünschungen ausstieß. Das war nicht meine Vorstellung von Vergnügen, daher mied ich diese Feste, wann immer ich konnte.

Doch es sollte zumindest eine richtige Party stattfinden, die Gina Reece, die Gruppenleiterin von Philippa Nicholls, organisierte. Eine richtige Party mit Tanz, zu der man etwas zu essen mitbringen sollte. Jude, Nat und ich waren eingeladen. Eigentlich hatte ich keine große Lust, doch ich fand, dass ich mir die Mühe machen sollte. Abgesehen von ein paar Pubbesuchen mit Jude war es lange her, dass ich ausgegangen war.

Die Party fand am Abend vor Heiligabend statt. Ich verbrachte viel Zeit mit dem Schminken und verwendete alles, was nötig war: Eyeliner, Augenbrauenstift, Rouge, einfach alles. Ich grub sogar ein Kleid aus, das ich im Sommer gekauft hatte, als ich noch mit Dan zusammen war. Es war aus gelber Seide, und ich war erstaunt, wie hell es war, die Farbe leuchtete in dem winterlichen Zimmer. Doch als ich es anzog, stellte ich fest, dass es mir viel zu weit war. Ich war entsetzt, dass ich seit dem Sommer so abgenommen hatte. Also zog ich stattdessen mein gewohntes schwarzes Minikleid und meine Schuhe mit den höchsten Absätzen an und steckte mir die Haare hoch. Als ich in den Spiegel schaute, sah ich, dass mir mein Werk ganz gut gelungen war. Ich schien schärfere Konturen zu haben, alles war klarer definiert. Doch da ich mich seit Monaten nicht mehr so aufwendig geschminkt hatte, hatte ich das seltsame Gefühl, dass die Frau, die mich im Spiegel anlächelte, nicht ich war.

Ginas Haus lag in der Kipling Avenue, einer ziemlich vornehmen, baumbestandenen Straße. Gina öffnete mir persönlich die Tür.

»*Chloe,* ich bin ja *so* froh, dass du kommen konntest«, sagte sie mit ein klein wenig zu viel Nachdruck. Ich ging davon aus, dass Philippa ihr alles über mich erzählt hatte und dass sie vermutlich nett über meine Gefühlslage geplauscht hatten – als Mitgefühl getarnter Klatsch.

Eine verlockende Duftmischung aus Parfüm, Glühwein und Zigaretten umgab mich. Im Wohnzimmer schien es lebhaft zuzugehen, ich hörte Gesprächsfetzen, Gelächter und Jazzmusik. Ich legte meinen Mantel ab.

Das Haus wirkte mit den hellen Rollos und den Holzfußböden aus gelaugtem Kiefernholz sehr elegant. Solche Fußböden sucht man sich nur aus, wenn man keine Kinder hat und nicht ständig als böser Löwe auf Knien herumrutscht und auf der Suche nach verschwundenen Schinkensandwiches unter das Sofa krabbeln muss. Die Weihnachtsdekoration war ebenfalls sehr gediegen – kein ordinäres Rot, keine Karos, kein Lametta und keine Stechpalmenfrüchte. Es gab lediglich viele elegante, kahle Zweige, von denen einige dezent silbern funkelten; sie waren hübsch anzusehen, wenn auch vielleicht eine Spur zu frostig. In der Eingangshalle stand in einer Ecke der Weihnachtsbaum, der äußerst geschmackvoll mit zarten blauen Ziergegenständen geschmückt war. Er war das Gegenteil von meinem eigenen Weihnachtsbaum, der wie immer über und über mit bunten, fusseligen Gegenständen geschmückt war, die meine Töchter aus Watte und Glitter-glue gebastelt hatten.

Ich ging ins Wohnzimmer, wo gefeiert wurde, und umklammerte meine Tunfisch-Mousse wie einen Talisman. Ich bahnte mir einen Weg durch die wogende Menge, die glitzernden Frauen in strassbesetztem Schwarz und die glatt rasierten Männer, die laut lachten. Es hatte den Anschein, als habe jeder ein wenig aufgedreht; die Stimmen waren heller und lauter, die Augen glänzender, die Blicke schweiften umher, und beim Lächeln zeigte man Zähne. Über dem Kamin hing ein großer Spiegel, dadurch wirkte der Raum sehr voll. Mich überkam plötzlich so etwas wie Vorfreude. Es waren viele Leute da, die ich kannte, und einige, die ich gern hatte. Vielleicht wurde es doch noch ein netter Abend.

Das Büfett bestand wie immer bei diesen Anlässen aus vielen eher gesunden Vor- und Hauptspeisen – viele Tofu- und Linsengerichte –, für die allerdings die extravaganten Nachtische, meist mit einer Schicht Sahne, Baiser oder ausgefallenen Schokoladenkringeln obenauf, entschädigten. Ich versteckte meine Schüssel hinter einer toll garnierten Schale Taboule. Kochen zählt nicht gerade zu meinen Stärken.

Als ich mir gerade etwas zu trinken holte, sprach mich Nat an.

»Du siehst gut aus, Chloe«, sagte er anerkennend. Das war heutzutage die Umschreibung für »schickes Kleid«.

»Danke«, sagte ich.

Ich nahm mir ein Glas Glühwein und nippte daran. Er war nicht besonders gut, denn Gina hatte offenbar keine ganzen Gewürze verwendet. Der Zimt lag einem wie eine Puderschicht auf der Zunge, und ich hatte den Eindruck, dass sie den Glühwein nicht lange genug erhitzt hatte, denn die einzelnen Zutaten – Orange, Muskatnuss und Brandy – hatten nicht miteinander verschmelzen können. Doch es ist natürlich schwer, Glühwein genau richtig hinzubekommen, und zumindest duftete er schön weihnachtlich.

Ich stand am Rand, nippte an meinem Glas und sah mich ganz bewusst um. Ausnahmsweise würde ich Judes Ratschlag befolgen und jemanden abschleppen. Es würde mir gut tun, sagte ich mir – auch wenn mir bewusst war, noch während ich diesen Beschluss fasste, dass sich das eher nach einer Woche Kurhotel oder einem erfrischenden Spaziergang nach einem reichhaltigen Mittagessen anhörte, und nicht nach einem erotischen Abenteuer.

Jude kam mit einem *mincepie* in der Hand auf mich zu. Sie trug ein silbriges Strickkleid, das von vorn ganz sittsam aussah, bei dem aber hinten sehr viel fehlte.

»Du siehst umwerfend aus«, sagte ich.

Sie zuckte bescheiden mit den Schultern, wobei ihr fast das Kleid herunterrutschte. »Du siehst aber auch toll aus«, erwiderte sie. »Du hast so ein Funkeln in den Augen. Bist du vielleicht auf ein Abenteuer aus?«

Ich grinste.

Sie biss in ihre Pastete, und der Puderzucker rieselte überallhin, unter anderem auch auf ihren Ärmel. Sie fluchte leise.

»Ist Helena auch hier?«, wollte ich wissen.

»Nein«, antwortete sie. »Mach dir keine Gedanken, ich habe schon nach ihr Ausschau gehalten. Aber ich dachte, ihr beide seid inzwischen dicke Freundinnen.«

»Nicht ganz. Zumindest möchte ich ihr nicht unerwartet über den Weg laufen.«

Wir sahen uns beide im Raum um, als würden wir damit rechnen, dass die Ehefrauen unserer ehemaligen Liebhaber dem Holzfußboden entstiegen und uns Vorhaltungen machten. »Hey«, sagte sie und senkte ihre Stimme, »da ist der Typ aus der Adoptions- und Kindervermittlungsstelle, von dem ich dir schon öfter erzählt habe.«

Ich schaute hin. Er war eine größere und jüngere Ausgabe von Nat Mark; er wirkte genau wie er gemütlich, und ich hatte den Verdacht, dass er ebenso bescheiden war. Ich schüttelte den Kopf. »Depressiv«, sagte ich. »Das erkenne ich aus fünfzig Meter Entfernung.«

»Chloe, jetzt bin ich aber überrascht«, erwiderte sie. »Ich dachte, das wäre genau dein Typ. Nun ja, direkt daneben haben wir Andy, den Bewährungshelfer.«

»Der anständig aussehende Typ am Fenster?« Ich fing an, Gefallen an diesem Spiel zu finden.

Sie nickte. »Er lebt seit kurzer Zeit getrennt. Keine großen Komplikationen. Er hat doch guten Geschmack, findest du nicht auch?«

Ich schüttelte erneut den Kopf. Mir war er zu ordentlich. Blazer, Krawatte in Clubfarben. Er war die Art von Mann, dem es gefiel, wenn Frauen jede Menge Make-up und komplizierte Unterwäsche trugen.

»Chloe«, sagte Jude streng, »das Leben besteht aus Kompromissen. Hat dir das noch nie jemand gesagt?«

Dann fiel mein Blick auf den Spiegel über dem Kaminsims und blieb an jemandem hängen – einem Mann, der gerade seine Manschetten hochschob und die Ärmel hochkrempelte. Es war diese Geste, die mich ansprach: Sie ist so typisch männlich. Dann trat der Mann einen Schritt zurück und begab sich in mein Blickfeld. Jude sah ebenfalls zu ihm hinüber.

»Er ist süß«, sagte sie und wischte sich eine kleine Zuckerschicht vom Mund.

Ich kannte ihn nicht. Hätte ich ihn zuvor schon einmal gesehen, hätte ich mich bestimmt an ihn erinnert. Er war dunkelhaarig, schlank und trug ein teures Hemd; er war für meinen Geschmack vielleicht ein wenig zu hager, doch er kam zweifellos in Frage.

»Kennst du ihn?«

»Nein.«

»Ist er mit jemandem zusammen gekommen?«

»Ich glaube nicht. Er unterhält sich seit Ewigkeiten mit diesem Roger vom Wohnungsamt.«

»Er scheint jünger als ich zu sein«, gab ich unsicher zu bedenken.

»Ach zum Teufel«, erwiderte Jude. »Reife Frauen sind derzeit angesagt. Welcher erwachsene Mann will schon eine kleine unterwürfige und magersüchtige Maus, die nichts im Kopf hat?«

»Sicherlich fast alle«, erwiderte ich.

»Chloe, du hast ein ernstes Problem mit deiner Einstellung«, sagte sie und zog sich taktvoll zurück, um sich ein Stück Bananen-Toffee-Kuchen zu holen.

Ich schlenderte langsam auf die beiden Männer zu und versuchte, es nicht allzu offensichtlich aussehen zu lassen. Als ich näher kam, bewegte sich Roger langsam auf den Tisch mit den Getränken zu, und der dunkelhaarige, schlanke Mann hatte auf einmal niemanden mehr zum Reden.

Es war alles ganz leicht. Wir lächelten einander an, und ich ging auf ihn zu. Plötzlich hatte ich das leicht verrückte Gefühl, dass ich an jenem Abend mit Erfolg gesegnet war, dass alles sich positiv entwickeln würde.

Wir sprachen kurz über den Alkoholgehalt von Glühwein, den man leicht unterschätzte. Er hatte eine angenehme Stimme, und seine Aussprache ließ erkennen, dass er eine sehr gute Erziehung genossen hatte.

Ich erzählte ihm, dass ich Weihnachten nicht besonders mochte und dass ich beschlossen hätte, dazu zu stehen.

»Wenn das so ist, dann haben Sie bestimmt Kinder«, sagte er. »Frauen, die Weihnachten nicht mögen, haben immer kleine Kinder.« Damit ließ er durchblicken, dass er sich im Gefühlsleben von Frauen sehr gut auskannte.

Also erzählte ich ihm ein wenig von meinen Kindern und erwähnte beiläufig, dass ich geschieden sei, nur um eine Möglichkeit aufzutun. Dann sprachen wir darüber, wie schön wir Ginas Haus fanden und welch schlechte Erfahrungen er mit der Wischtechnik gemacht hatte und dass Frauen eher als Männer alles Ton in Ton bevorzugten. Dies wiederum führte unweigerlich zum Thema der Frauenbewegung und ob sie, auch wenn sie natürlich eigentlich eine gute Sache war, nicht doch zu weit gegangen sei – eine Ansicht, bei der Jude und ich vor Jahren beschlossen hatten, dass wir sie bei Männern, die uns aufzureißen versuchten, tolerieren würden – jedoch unter keinen anderen Umständen. Während wir uns unterhielten, beugte er sich zu mir, bewegte seine Hand in meine Richtung und hielt erst kurz vor dem ersten Hautkontakt inne. Er erzählte mir schon nach kurzer Zeit, dass seine Freundin, eine Journalistin, sich über Weihnachten dienstlich in Budapest aufhielt.

Sein Gesicht war perfekt proportioniert, jedoch ziemlich unbeweglich – die Art von Gesicht, die ein wenig ausdruckslos wirkt, doch auf Fotos sehr gut aussieht. Etwas an seiner ein wenig unnahbaren, eindimensionalen Schönheit ließ mich an eine Fernsehsendung denken, die sich meine Töchter einmal angesehen hatten. Es war eine Zeichentrickfassung von Hamlet gewesen, die in wunderbaren, gedeckten und melancholischen Braun- und Ockertönen gehalten war, ihr lagen eine Reihe von Gemälden auf Glas zugrunde. Er war ein Mann, bei dem man sich sagt, dass er sicher vielen Frauen gefällt, bei dem man jedoch nicht unbedingt die Hand ausstrecken und ihn anfassen möchte. Doch an einer Stelle berührte er meine nackte Schulter mit seinen Fingerspitzen, zwar nur ganz leicht, doch diese Geste hatte mit unserer Unterhaltung nicht das Geringste zu tun. Ich spürte ein deutliches kleines Prickeln, einen Anflug von Begierde.

Er ging weg, um sein Glas wieder aufzufüllen, und nahm meines mit, was mir viel versprechend erschien.

Mir fiel auf, dass jetzt andere Musik gespielt wurde – mit einfacheren Rhythmen und sehr vielen Bässen. Ein oder zwei Paare tanzten am anderen Ende des Zimmers, wo das Licht ausgeschaltet worden war. Es wurde wärmer, schummriger, vertraulicher. Bald würden wir ebenfalls tanzen.

»Übrigens«, sagte er nach seiner Rückkehr, als er mir mein Glas gab und dabei seine Finger auf meinen ruhen ließ, »ich bin Jonathan Peters« – Sex hing wie ein Duft oder Rauch in der Luft.

»Ich bin Chloe Langdon«, erwiderte ich.

Er wurde rot bis zu den Haarwurzeln und machte einen kleinen, aber unmissverständlichen Schritt zurück.

Ich war entsetzt. »Was ist denn? Was um Himmels willen habe ich gesagt?«

»Es tut mir Leid«, sagte er. »Ich wollte nicht ...« Er kam wieder auf mich zu und tätschelte meinen Arm; diese Berührung war eher versöhnlich und nicht sexuell, er versuchte, alles wieder gerade zu rücken. »Ich bin Kinder- und Jugendpsychologe.«

»Oh«, sagte ich.

Er beobachtete mich argwöhnisch wie ein unberechenbares Tier, das sich möglicherweise auf ihn stürzte oder weglief. »Ich habe mit Dan Whitmore zusammengearbeitet – bevor das alles passiert ist. Sie waren Dans ... Sie waren mit ihm liiert, nicht wahr?«

»Ja«, antwortete ich. Plötzlich war mir schwindelig, und ich hatte das Gefühl, am Rande eines Abgrunds zu stehen. Ich befürchtete, das Gleichgewicht zu verlieren und hinunterzustürzen.

»Ich hoffe, es macht Ihnen nichts aus, dass ich es weiß.«

»Warum sollte es mir etwas ausmachen? Es war kein Geheimnis«, erwiderte ich. Doch es machte mir sehr wohl etwas aus, sehr viel sogar.

Er verzog das Gesicht, als ob er einen schlechten Geschmack im Mund habe. »Das war eine miese Geschichte«, sagte er.

Ich nickte, brachte aber kein Wort heraus. Der pudrige Satz des Glühweins war mir im Hals stecken geblieben.

»Wie geht es ihm?«, fragte er. »Ich meine, haben Sie noch ... Tut mir Leid, das geht mich eigentlich gar nichts an, stimmt's?«

»Nein, ich sehe ihn derzeit nicht«, antwortete ich. Und als er nichts sagte, fragte ich ihn: »Und Sie?«

Er schüttelte den Kopf. »Ich habe ihm allerdings eine Weihnachtskarte geschrieben. Der arme Kerl«, sagte er. »Ich meine, er muss sich ja vorkommen wie ein Aussätziger.«

Vermutlich war es nur Einbildung, die mit der überaktiven Sensibilität meines Nervensystems einherging, doch ich kam mir auf einmal nackt vor. Ich hatte das Gefühl, dass alle aufgehört hatten zu reden und sich uns zugewandt hatten, dass jeder uns zuhörte und alle uns hören konnten.

»Ich kann Ihnen sagen, wir sind jetzt alle verdammt vorsichtig«, fuhr er fort. »Wenn ich mit einem Kind allein zu tun habe, sorge ich stets dafür, dass während der Sitzung jemand ein paarmal bei uns hereinschaut ... Man muss sich schützen. Es könnte jedem passieren.«

»Wahrscheinlich«, sagte ich. Es kostete mich große Überwindung, die einzelnen Worte hervorzubringen. Ich wusste, dass ich zu schnell trank und ständig das Glas hob, doch ich brauchte etwas, das ich mir vors Gesicht halten konnte, damit er meine Gefühle nicht daran ablesen konnte.

»Unglaublich, wie das abgelaufen ist«, sagte er. »Man hätte meinen können, er habe den Ebola-Virus oder so etwas.« Es war ein wohl überlegtes Bild; ich merkte, dass er diese Geschichte schon einmal erzählt hatte. »Dan ist einfach verschwunden, und die Polizei hat sein Büro ausgeräumt. Und von oben kam die Anweisung, dass er suspendiert sei; uns war jeglicher Kontakt mit ihm verboten, und wir durften mit niemandem über ihn sprechen.«

»Ja«, sagte ich. »Davon hat er mir erzählt. Nun ja, ich nehme an, das machen sie immer so.«

Wir standen inzwischen viel weiter voneinander entfernt, er beugte sich nicht mehr zu mir und streckte auch nicht mehr seine Hand in meine Richtung; das erotische Knistern, das in der Luft gelegen zu haben schien, war verschwunden, und die Distanz zwischen uns schien leer und unüberbrückbar.

»Einige haben sich natürlich nicht darum gekümmert«, sagte er. »Ich weiß, dass er sich immer noch häufig mit Monica trifft – und mit Paola natürlich. Sie ist die Gewerkschaftsvertreterin. Paola ist toll.«

»Ja, ich habe gehört, dass sie sehr gut ist«, sagte ich.

»Wann geht die Sache vor Gericht?«, fragte er.

»Ich glaube, ziemlich bald«, antwortete ich. »Ich nehme an, irgendwann im Januar.« Da ich zu schnell trank, gingen Wein und Brandy direkt in meine Blutbahn über.

Zwischen uns entstand eine kurze Pause. Er stellte sein Glas ab und wandte sich ein wenig ab; er tat so, als sei er mit der buschigen Girlande auf Ginas Kaminsims beschäftigt.

»Ich habe eine seiner Gruppen übernommen«, sagte er dann. »Brüder und Schwestern von Kindern mit großen Lernschwierigkeiten. Sie haben ihn offensichtlich vergöttert – er konnte sehr gut mit Kindern umgehen.«

»Kann«, sagte ich.

»Wie bitte?«, sagte er.

»Kann gut mit Kindern umgehen.«

»Oh.« Er wurde rot.

Er nahm sein Glas und trank ziemlich schnell, so wie ich. Ich sah mich um und fragte mich, ob ich mir jemand anderen suchen sollte, um mich mit ihm zu unterhalten. Ich entdeckte Jude, die sich in einem ziemlich fortgeschrittenen Stadium des Vorspiels befand und dem Bewährungshelfer um den Hals hing, der seinen Blazer ausgezogen hatte. Ihre Körper schienen miteinander zu verschmelzen, die Becken waren nach innen gewölbt, so dass man das Gefühl bekam, dass man nicht allzu lange hinsehen sollte. Jude weiß immer, was sie will. Darum beneide ich sie, sie ist ganz anders als ich. Wenn ich so weit gehe, fühle ich mich oft ganz plötzlich unsicher.

Jonathan stand immer noch da, ziemlich rosig und verlegen. Ich wusste nicht, was ich tun sollte; ich wusste nicht, ob ich versuchen sollte, das, was sich zwischen uns abgespielt hatte, wieder zu beleben; ich wusste nicht, ob es sich lohnte oder überhaupt möglich war. Vermutlich fragte er sich das Gleiche, weil er sich ein paar Zentimeter auf mich zubewegte und mich an der Schulter berührte.

»Tut mir Leid«, sagte er. »Ich habe ziemlich viel geredet, stimmt's? Und ich nehme an, dass Sie bestimmt nicht deswegen hier sind. Sie sind hier, um sich zu amüsieren und alles eine Weile hinter sich zu lassen.«

Wir wussten beide, dass das eine Frage war.

»Ja«, sagte ich und versuchte zu lächeln; ich schluckte alle komplizierten Gefühle, die mir den Hals zuschnürten, hinunter. »Deshalb bin ich hier«, sagte ich. Und ich glaubte es und sagte mir, dass ich noch einmal von vorne anfangen und die Vergangenheit hinter mir lassen wollte. Wenn man jede Menge Alkohol im Blut hat, können einem die ehrgeizigsten Projekte durchaus machbar vorkommen.

»Vielleicht könnten wir tanzen«, sagte er. »Hätten Sie Lust zu tanzen?«

Wir tanzten. Die Musik gefiel mir, und ich versuchte, mich in ihr zu verlieren und die Schamgefühle und die Wut abzuschütteln. Dann folgte ein langsamer Tanz, und er hielt mich in den Armen, zunächst sehr schicklich; dann ließ er seine Handfläche langsam meinen Rücken hinuntergleiten und zog mich an sich, so dass ich seine viel versprechende Erektion spüren konnte; an diesem Ende des Raums war es sehr heiß und dunkel, die Musik hatte einen verführerischen Rhythmus, und mein Körper war durch den Alkohol gelockert und nachgiebig. Nun gut, es war kein überwältigendes Gefühl, doch ich befand mich auch nicht gerade im für Erotik empfänglichsten Teil meines Zyklus. Es fühlte sich alles sehr angenehm und sehr einfach an, und ich beschloss, ihn trotz allem noch auf einen Kaffee zu mir einzuladen. Nur, um mich zu amüsieren und alles eine Weile hinter mir zu lassen.

Ich fuhr uns nach Hause, was ich nicht hätte tun sollen, da ich den Alkohol ziemlich stark spürte. Hannah war barsch und einsilbig, und ich hatte den dringenden Verdacht, dass sie keineswegs einverstanden war – vielleicht lag es aber auch nur daran, dass sie *Emergency Room* zu Ende sehen wollte.

Wir tranken unseren Kaffee, und ich vergewisserte mich, dass meine Töchter schliefen. Lucy hatte ihren Weihnachtsstrumpf aus Filz auf der Bettdecke liegen und hielt ihn auch im Schlaf fest umklammert, damit sie ihn am nächsten Morgen nicht vergaß. Sie wusste, dass es den Weihnachtsmann eigentlich nicht gab, doch sie glaubte trotzdem, dass sie vielleicht keine Geschenke bekam, wenn sie ihm das falsche Behältnis hinstellte. Dann nahm ich ihn mit in mein Schlafzimmer.

Wir waren beide ziemlich betrunken, was normalerweise auf dem Weg ins Bett hilft; trotzdem empfand ich das Ausziehen als unbeholfen. Es war die Art von Begegnung, bei der man sich wie an einem windigen Strand in seinen Kleidern verheddert; er zieht den Reißverschluss am Kleid auf und lässt es mit einem seidigen, erotischen Rascheln zu Boden gleiten, und alles, woran man denken kann, ist, wie lächerlich der Gummizug an der Nylonstrumpfhose wirkt und dass der Bauch sich nach vorn wölbt. Er sah allerdings ohne Kleider sehr gut aus; alles an ihm war wohl proportioniert, sein Körper war aus einem Guss. Sein Penis war ziemlich lang und schmal wie sein übriger Körper. Mir gefiel es, ihn anzusehen.

Da es sehr kalt war, ließen wir die Decke auf dem Bett. Er küsste mich und erforschte mich mit seiner Zunge, er schmeckte nach Glühwein. Wir ließen unsere Hände über den Körper des anderen gleiten, dann widmete er sich meinen Brüsten. Er bewegte seine Handflächen und Finger auf verschiedene, geschickte Art und Weise, beschrieb Kreise, zupfte und schnippte. Es sollte sich gut anfühlen, aber um ehrlich zu sein, irritierte es mich eher. Eine merkwürdige Folge des Stillens war, dass ich es nicht besonders gern hatte, wenn jemand meine Brüste berührte, es sei denn, ich war sehr erregt – und das war an jenem Abend wirklich nicht der Fall. Ich glaube, in dem Augenblick fing ich an, mich ein wenig zurückzuziehen, etwas zurückzuhalten. Er muss gespürt haben, wie ich mich fühlte. Wenn man jemanden berührt, merkt man instinktiv, ob man willkommen ist und wie nahe man dem anderen kommen darf. Von da an waren seine Berührungen vorsichtiger, so als streichle er nur meine Oberfläche, so als habe er eigentlich nicht das Recht dazu.

Allerdings war er ein guter Liebhaber, er war aufmerksam und liebenswürdig. Was möchtest du? Sag es mir. Zeig es mir. Er machte alles richtig. Er liebte mich mit dem Mund, und es fühlte sich gut an, wie immer, doch ich tat nicht dasselbe für ihn, was zugegebenermaßen ziemlich unhöflich war. Doch irgendwie brachte ich es nicht fertig.

Ich konzentrierte mich, verlor mich in einer kleinen Fantasievorstellung von unwiderstehlichem Drang und Selbstbeherrschung, und die Peitschen, die Knebel aus Samt, die unnachgiebigen Männer mit verborgenen, doch deutlichen Begierden erfüllten wie immer ihren Zweck, und ich kam tatsächlich ziemlich schnell. Er hatte auf mich gewartet und kam bald nach mir. Anschließend lag ich eine Weile mit meinem Kopf auf seiner Schulter, während unser Atem sich beruhigte. Sein Haar roch nach dem Zigarettenrauch anderer Leute. Ich fühlte mich leer und betrübt, als hätte ich etwas verloren oder zerbrochen.

Ich fing an zu überlegen, wie lange wir aus Höflichkeit wohl so liegen bleiben mussten, bevor wir uns voneinander trennen konnten – vermutlich fragte er sich dasselbe. Seit Jahren hatte ich das erste Mal das Bedürfnis nach einer Zigarette, weil sie einem in solch unkonzentrierten, undefinierten Augenblicken etwas zu tun gab. Ich überlegte, über was wir uns unterhalten könnten, durchsuchte mein Gedächtnis nach einem angemessenen, unverfänglichen Thema, doch mein Gehirn war wie leer gefegt, als hätten wir einander nichts mehr zu sagen, nachdem wir uns geliebt hatten.

Ich regte mich ein wenig, und er reagierte.

»Ich sollte wohl besser gehen«, sagte er.

»Das ist wahrscheinlich am besten«, erwiderte ich. »Ich möchte wirklich nicht, dass meine Töchter etwas merken.«

»Nein, natürlich nicht«, antwortete er.

Ich beobachtete ihn beim Anziehen und sah, wie er mit einem geschickten Schwung seines Handgelenks den Reißverschluss zumachte – diese kleine Bewegung, die an sich komisch ist, zieht einen Schlussstrich unter jede flüchtige sexuelle Begegnung.

Ich stand auf und zog meinen Morgenmantel an. Mein Augen-Make-up hatte auf dem Kopfkissen graue Spuren hinterlassen.

An der Haustür bedankten wir uns unter dem Efeu und lächelten ein wenig übertrieben. In den Glasscheiben neben meiner Haustür spiegelten sich der Flur, die Samtvorhänge und die Bücher und die weihnachtlichen Papierschlangen, die die Mädchen gebastelt hatten. Vor dem erleuchteten Hintergrund wirkten unsere Schatten neben dem Fenster wie präzise, doch gesichtslose javanische Schattenfiguren.

»Warte mal, du hast ja meine Telefonnummer noch nicht«, sagte er. Er suchte in seiner Brieftasche nach seiner Karte und gab sie mir. »Ruf mich an«, sagte er, doch wir wussten beide, dass ich das nicht tun würde.

»Danke«, sagte ich.

»Hör mal«, sagte er dann ein wenig unbeholfen. »Ich hoffe, es geht alles gut aus – mit Dan, meine ich.« Er machte eine Handbewegung, die alles und nichts bedeuten konnte. »Nun ja, du weißt schon. Was immer du dir wünschst.«

Ich berührte ihn am Arm. »Das ist sehr nett von dir«, sagte ich.

Er ging hinaus in die Dunkelheit.

Erleichtert machte ich die Tür hinter ihm zu. Ich erinnerte mich noch daran, wie Dan mich hier zum ersten Mal geliebt hatte; ich erinnerte mich an die laue Nacht, die nach Blumen geduftet hatte, und daran, dass ich gedacht hatte, ich würde auseinander fallen, als er mich berührte. Ich ging in die Küche.

Die Karte hatte ich noch in der Hand. Es kam mir zwar ein wenig undankbar vor, sie gleich zum Altpapier zu geben, doch ich tat es trotzdem.

Ich saß lange an meinem Küchentisch. Draußen war es vermutlich sehr kalt. Winzige Geräusche durchbrachen die Stille – das leise, hohe Gebell eines Fuchses in der Ferne, das Geräusch eines Zuges. Ich bildete mir ein, dass ich den Frost tatsächlich hören konnte, sein metallisches Wispern, während er sich im Garten niederließ, leise in alles eindrang und knackend alles einhüllte. Ich stellte mir vor, wie er die Macht über alles übernahm, wie er die nackten Zweige meines Apfelbaums weiß verzierte und jeden Grashalm einzeln mit einem stahlharten Futteral versah, die Blattränder und die Adern der Blätter versilberte. Und ich dachte an den spröden, verschwenderischen Eiszapfen, der von meinem Wasserhahn im Garten hängen würde, und die klare, dunkle Eisschicht, mit der die Pfützen auf meiner Terrasse überzogen wurden, und an Alices gefrorenen Wasserfall und daran, wie zerbrechlich alles war.

29

Am nächsten Morgen packte ich das Auto und ging mehrmals meine Liste durch – die üblichen Dinge, die man unterwegs brauchte, die Geschenke für die Mädchen, der Truthahn in der Kühltasche und alle anderen Zutaten für das Weihnachtsessen, die meine Mutter nur schwer bekommen konnte. Mit Kindern über Weihnachten zu verreisen ist unglaublich kompliziert.

Das Auto stand abfahrbereit da, die Mädchen wollten gerade einsteigen – Alice trug ihren schicklichsten Rock und ein fröhliches, orangefarbenes Oberteil, um meiner Mutter zu gefallen, die findet, dass Kleidung farbenfroh sein sollte, und

Lucy umklammerte ihren Strumpf, um ganz sicher zu gehen, dass sie ihn nicht vergaß –, als der Blumenhändler mit Blumen für mich vorbeikam.

Der Strauß bestand aus Lilien und Nelken und einer Wolke winziger weißer Blumen, deren Namen ich nicht kannte. Das Rascheln des Zellophans klang teuer. Erst dachte ich, sie seien von Jonathan, der vielleicht früh aufgestanden war und diese nette Geste veranlasst hatte, um die Angelegenheit zwischen uns zu bereinigen, so dass es uns nicht unangenehm sein würde, wenn wir uns einmal wieder trafen.

An dem Zellophan hing eine kleine Karte in einem Umschlag, den ich öffnete. Für Chloe. Fröhliche Weihnachten. Alles Liebe, Dan. Die Worte hatte der Blumenhändler geschrieben, es war eine sorgfältig gerundete und saubere Handschrift wie die eines Grundschullehrers. Es war seltsam, dass mir die Handschrift eines Fremden alles Liebe von Dan übermittelte. Ich stand da und starrte auf die Worte; einen Moment lang war mir schwindlig, und ich wusste nicht, wo ich war. Doch ich wollte nicht, dass meine Töchter erfuhren, von wem die Blumen waren, also steckte ich die Karte in meine Jackentasche.

Er hatte mir noch nie Blumen geschickt oder mitgebracht. Es war eigentlich nicht seine Art und meine ebenfalls nicht. Es ließ auf eine eher traditionelle Beziehung schließen – mit Verlobungsringen und teuren Abendessen. Eher auf die Art von Beziehung, die Adam und ich hatten. Doch ich freute mich sehr über sie, denn sie erinnerten mich mit ihrer Zartheit und ihrem Duft an den Sommer.

»Oh, toll«, sagte Alice. »Von wem sind sie?«

»Du kennst ihn nicht«, erwiderte ich ausweichend.

Lucy berührte sehnsüchtig eines der Blütenblätter. »Schenkst du mir irgendwann auch Blumen, Mami? *Bitte?*«

Die Blüten waren sorgfältig ausgewählt worden, sie waren gerade dabei, sich zu öffnen; dabei entfalteten sich die Blütenblätter, als ob warme Sonnenstrahlen auf sie herabschienen und sie sanft überredeten, sich zu öffnen. Die Lilien waren rosa, und die Ränder der Blütenblätter waren so blass, dass sie fast weiß wirkten, und die Herzen waren dunkler und üppig mit Rot verziert. Einen Augenblick vergrub ich mein Gesicht in ihnen und atmete ihren Duft ein. Ihr Duft, der von weitem so zart wirkte, war überraschend intensiv, wenn man sich ihnen näherte; die Nelken dufteten würzig wie Zimt, und ihre Blätter waren weich wie Samt.

Doch ich wusste, dass es sinnlos war, die Blumen mitzunehmen – sie würden unterwegs unweigerlich welken. An Heiligabend war der Verkehr immer schrecklich. Wahrscheinlich blieben wir in einem furchtbaren Stau am Autobahnkreuz von M3 und M27 stecken, und sie wären hinüber, wenn wir ankamen. Also brachte ich sie zu meiner Nachbarin Dorothy, die Weihnachten zu Hause blieb und sie sehr gerne nahm. Als ich sie ihr in die Hand drückte, überkam mich ein stechender seelischer Schmerz, der sich anfühlte wie ein Schlangenbiss und der so intensiv und so klar eingegrenzt war, dass ich ihn in meinem Körper genau lokalisieren konnte, unter meinem Brustbein, direkt neben meinem Herzen. Fast hätte ich meine Hand ausgestreckt und ihr die Blumen entrissen, fast hätte ich ihr gesagt, ich habe meine Meinung geändert. Doch das konnte ich natürlich nicht.

Wir stiegen ins Auto ein. Alice suchte eine Kassette aus und schob sie in den Recorder. Wir machten uns auf den Weg zu meiner Mutter, auch wenn mich der Mut verließ.

Lucy nuckelte an ihrem Strumpf, da sie ihn in dem Moment mit ihrer Schmusedecke verwechselt hatte, und hatte den Mund voll Filz. Sie spuckte aus.

»Wo hast du die Blumen hingetan?«, fragte sie plötzlich.

»Ich habe sie Dorothy geschenkt«, sagte ich – vorsichtig, denn ich sah den Ärger bereits auf mich zukommen.

»Das hast du nicht, Mami«, widersprach Lucy. Ihre Stimme war schrill und schneidend. »Das kannst du nicht getan haben.«

»Wir hätten sie nicht mitnehmen können. Es ist viel zu warm im Auto«, erklärte ich. »Und wenn wir sie in den Kofferraum gelegt hätten, wären sie zerdrückt worden, wegen der vielen Geschenke.« Ich versuchte sie zu beruhigen, indem ich sie an all die Weihnachtsgeschenke erinnerte.

»Ich hätte auf sie aufgepasst«, sagte sie. Sie war entsetzt und den Tränen nahe. »Ich *hasse* dich, Mami. Sie waren so wunderschön.«

Wir verließen London und fuhren die Autobahn entlang, durch die Landschaft von Surrey mit seinem Stechginster und den dünnen Koniferen, die wie ein Vorposten des New Forest wirkten und mich in meine Kindheit versetzten. Währenddessen saß Lucy schweigend und unnachgiebig im Auto. Wann immer ich einen Blick in den Rückspiegel warf, sah ich sie und ihr unverändert böses Gesicht mit der streng gerunzelten Stirn.

Meine Mutter hörte das Knirschen des Autos auf der Auffahrt und kam aus dem Haus und erwartete uns im Schatten der Bäume: eine kleine gebeugte Gestalt in einem Schottenrock von Marks & Spencer. Sie ist inzwischen sehr gebrechlich; jedes Mal, wenn ich sie sehe, geht sie ein wenig gebeugter, doch sie kommt zurecht. Sie schläft unten im Haus, und sie hat ein paar nette Nachbarn, die für sie einkaufen und sie besuchen, um mit ihr Bridge zu spielen. Manchmal mache ich mir Sorgen und überlege, ob ich näher zu ihr ziehen sollte – doch ich weiß nicht, wie ich das bewerkstelligen soll, weil die Mädchen es auch zu Adam nicht weit haben sollen. Und um ehrlich zu sein, finden wir beide die Gegenwart der anderen ziemlich anstrengend. In ihrer Nähe empfinde ich gleichermaßen Zärtlichkeit und Ärger – und ich vermute, ihr geht es mit mir ganz genauso.

An jenem Weihnachtsfest hatte sie zu Anfang besonders schlechte Laune, weil Adam ihr dummerweise eine Weihnachtskarte geschickt hatte – und zwar nicht irgendeine Karte, sondern eine, die als Geste der Versöhnung aufgefasst werden konnte, weil das Wort »Frieden« darauf stand und eine Taube darauf abgebildet war. Sie hatte sich eine kleine Fantasievorstellung zurechtgelegt, dass er und ich alles aufgearbeitet hätten und wieder zusammenfinden würden. Männer sehen sich die Karten, die sie schicken, nie genau an – sie machen sich nie Gedanken darüber, wie sie jemand auffassen könnte, der zu viel Zeit hat. Und als ich sagte: »Niemals«, war sie ziemlich böse. Ihr gefiel alles an Adam – seine Arbeit, sein Geld, sein gesellschaftlicher Status, die beruhigenden Aran-Pullover, die er an Wochenenden auf dem Land trug, und vor allem die verlässliche Ausstrahlung, die Ärzte kultivieren – und die sich in seinem Fall als größtenteils trügerisch herausgestellt hatte.

»Nun, dann bleibst du jetzt wohl für den Rest deines Lebens sitzen«, sagte sie mit geschürzten Lippen; sie wirkte ganz schmal vor Enttäuschung. »Vor allem, wenn du immer nur Schwarz trägst.«

Wenn ich bei meiner Mutter übernachte, schlafe ich immer schlecht. Seit Adam fort ist, schlafen meine Töchter in den beiden Einzelbetten im Gästezimmer, und ich schlafe in meinem alten Kinderzimmer, das mit Kartons vollgestellt ist, in denen meine Mutter Dinge aufbewahrt, die sie nicht wegwirft, weil sie es nicht übers Herz bringt. Die Kartons schlucken den ganzen Sauerstoff, was für einen erholsamen Schlaf nicht gerade förderlich ist, und durch die Vorhänge dringt das Licht der Raffinerie. In jener Nacht schlief ich ziemlich rasch ein – ich war müde und litt noch unter dem Kater von der Party –, doch um zwei Uhr nachts wurde ich wach, weil eine meiner Töchter hustete. Ich konnte nicht hören, wer von beiden es war. Ich stand auf und ging in ihr Zimmer. Es war Alice. Sie schien nicht richtig wach zu sein; ihre Augen öffneten sich, sobald sie husten musste, doch danach schlossen sie sich sofort wieder, und sie schlief weiter. Davon abgesehen fielen mir keine Erkältungssymptome bei ihr auf. Ich überlegte, ob sie allmählich allergisch auf die Wolldecken meiner Mutter reagierte. Lucy schien sich Gott sei Dank nicht von dem Husten stören zu lassen; sie hatte die Bettdecke bis zu den Augenbrauen hochgezogen, ihr Haar schimmerte im Licht der kleinen Lampe auf der Frisierkommode golden wie ein Feld mit Senf. Die Strümpfe mit den Geschenken, die ich ihnen quer über die Betten gelegt hatte, raschelten und knisterten leise, wenn sie sich bewegten. Ich ging wieder ins Bett, doch ich konnte stundenlang nicht einschlafen. Immer wenn ich gerade einnickte, hörte ich Alice erneut husten.

Der erste Weihnachtsfeiertag war allerdings wider Erwarten sehr schön. Selbst das Abendessen war gelungen. Ich wusste nicht, was meine Mutter davon halten würde, dass Alice fast nur noch vegetarisch aß, doch sie war tatsächlich damit einverstanden, und die beiden unterhielten sich angeregt darüber, welche Gefahren damit verbunden waren, wenn man Truthähne mit Hilfe von Östrogen mästete. Der Plumpudding ohne Konservierungsstoffe war köstlich, den Mädchen gefielen ihre Geschenke, die alle neu und glänzend und wunderschön in ihren Geschenkschachteln ruhten, und meine Mutter wurde mit reichlich Sherry im Bauch sehr viel nachgiebiger und schwelgte in Erinnerungen. Alles war in Ordnung.

Am Tag nach dem zweiten Weihnachtsfeiertag sagte meine Mutter, sie wolle zum Grab meines Vaters gehen. Es befindet sich auf einem stillen, kleinen Friedhof mit Blick auf den Solent. Wir hielten unterwegs an einem Geschäft, um Blumen zu kaufen. Die Mädchen begleiteten mich, meine Mutter wartete solange im Auto.

»Muss das unbedingt sein?«, zischte Alice. »Mein Gott, Mama, es ist so morbide. Ich meine, das ist doch schon ewig her, damals lebten ja noch Dinosaurier auf der Erde.«

Ich stimmte sie mit einer Ausgabe von *Sugar* versöhnlich, die ich in meiner Tasche versteckte, damit meine Mutter sie nicht sah. Ich wusste, dass ihr Alices Zeitschriften nicht gefielen – darin werden zu viele Sex-Tipps gegeben, und alle sind viel zu spärlich bekleidet. Lucy suchte die Blumen aus, einen Strauß roter Anemonen.

Die Kirche liegt ziemlich hoch: An jenem Wintertag konnte man dadurch, dass die Bäume kahl waren, in der Ferne bis hinunter zu dem schmalen blauen Band des Solent sehen; auf dem gegenüberliegenden Ufer fiel der Blick auf einen Teil von Southampton; das Stadtpanorama mit seinen Fabriken, Kränen und Wohnblocks war weit weg, regungslos und still. Mehr in der Nähe, wenn auch auf der anderen Seite der Begrenzungsmauer, waren ein heruntergekommener Bungalow, ein umgepflügtes Feld mit einem Pferd, das an einem Heuballen knabberte, ein Wohnwagen und ein Zaun aus Wellblech zu sehen. Im Winter sieht die Landschaft immer schmuddelig aus, weil so viele rostige Metallstücke herumliegen. Doch der Friedhof kam mir sehr alt, freundlich und friedlich vor. Das Gras war steif gefroren, doch die Sonne schien hell. Über uns zog eine Seemöwe ihre Kreise in der klaren Luft, ihr dunkler Schatten sauste dabei über den weißen Boden.

Meine Mutter saß im Kirchenvorraum; ihre Hände hatte sie ordentlich auf dem Stock vor sich gefaltet. Es ist eine Geste, die Lucy übernommen hat: Manchmal faltet sie ihre Hände auf genau dieselbe Weise. Ich erinnerte mich daran, wie sie in meinem Arbeitszimmer zwischen Vicky und Bernadette gesessen und ihre Hände genauso sittsam im Schoß gefaltet hatte. Sie sind faszinierend, diese kleinen genetisch bedingten Hinweise, die uns zeigen, wie eng die Verbindung zwischen uns ist, auch wenn wir das manchmal nicht wahrhaben wollen.

Trotz der Sonne war es kalt. Ich holte meiner Mutter eine Wolldecke aus dem Auto. Alice suchte sich einen bequemen Grabstein und ließ sich mit ihrer Zeitschrift darauf nieder; dabei lutschte sie geistesabwesend an einer Haarsträhne. Lucy und ich holten aus dem Kirchenvorraum ein Marmeladenglas und füllten es mit Wasser aus dem Friedhofswasserhahn. Dann stellten wir das Glas mit den Anemonen vorsichtig auf das Grab meines Vaters.

»So«, sagte Lucy zufrieden. »Die gefallen ihm bestimmt.«

Ich war gerührt, sowohl davon, dass sie das Präsens verwendete, als auch von der ergreifenden Ungewissheit der Kinder in Bezug auf den Tod, was er bedeutet und ob er ewig andauert.

Lucy entdeckte einen interessanten, biegsamen Zweig und beschloss, zusammen mit einem Grashalm ein Katapult daraus zu basteln. Wir pflückten einen Halm, der nicht gefroren war, und versuchten, die Enden am Zweig festzubinden, doch der Grashalm war sehr dünn und spaltete sich, wenn wir ihn zu knoten versuchten, und Lucy war bald frustriert. Also ging sie hinüber zu Alice und setzte sich neben sie. Mit dem Zweig kratzte sie am Grabstein und ließ ein paar Stücke von den Flechten abblättern; währenddessen führten die beiden ein schauerliches Gespräch über Würmer und darüber, ob Augäpfel verrotten.

Ich setzte mich auf eine Bank am Grab meines Vaters und dachte über ihn nach – was er für ein Mann gewesen war, wie er das Leben betrachtet hatte. Diese Gedanken waren vielleicht durch Lucys Gebrauch des Präsens ausgelöst worden – sie hatte von ihm gesprochen, als sei er lebendig und immer noch bei uns. Ich dachte über seine Depressionen nach – über sein fragendes Stirnrunzeln, seine Augen, die ein wenig zu voll waren. Ich dachte daran, wie liebevoll er zu mir gewesen war und wie sehr ich ihn geliebt hatte. Und während ich an jenem kalten, sonnigen Wintertag dort auf dem ruhigen Friedhof saß, wurde mir zum ersten Mal bewusst, und zwar mit einer Klarheit, die mich überraschte, welches Erbe er mir hinterlassen hatte: seine Ansicht, dass Hoffnung irrational sei, dass die Basis unseres Daseins, das, was wahr sei, die Traurigkeit sei; dass depressive Menschen die Welt so sahen, wie sie wirklich war; dass man erst mit dem Universum im Einklang war und sich im unergründlichen Takt der Dinge bewegte, wenn man die Hoffnung fahren ließ; dass die Krankheit immer tödlich sei und dass einen früher oder später der Schlag treffe.

Seine Anschauungen hatte ich all die Jahre mit mir herumgetragen, sie ihm zu Ehren in mein Herz geschlossen und mich an sie geklammert, weil sie alles waren, was mir von ihm geblieben war. Das war sein Denkmal, das ich ihm zu Ehren in mir errichtet hatte, genau wie dieser schön polierte Stein aus grau gesprenkeltem Marmor mit seinen geschmackvoll dezenten Buchstaben errichtet worden war. Wenn also die schlimmen Augenblicke kamen – die Augenblicke, in denen mir etwas Schreckliches offenbart wurde und man mir meine Illusionen nahm, als würde man mir Heftpflaster von der Haut abziehen – wie die, als Adam im sommerlichen Garten an seinem Wein nippte und mir mitteilte, dass er mich verlassen würde, oder als mir über die endlos weite Fläche meines Küchentischs unerbittlich das Foto zugeschoben wurde – in diesen Augenblicken dachte ich, ja natürlich, das war unausweichlich, wie konnte ich mich nur jemals der Illusion hingeben und mir etwas anderes vorstellen.

Dann, in jenem Augenblick auf dem Friedhof, geschah etwas sehr Merkwürdiges. Ich hatte das Gefühl, mein Vater sei bei mir, ich spürte zwar nicht unbedingt seine körperliche Gegenwart, doch ich verstand, wie andere Menschen, die auch solch ein Erlebnis gehabt hatten, davon hatten sprechen können, als hätten sie den Menschen tatsächlich gesehen, als sei ihnen ein Gespenst oder ein Geist erschienen. Einen Augenblick erschien er mir sehr real – so real, als lebe er noch, so real wie in den Träumen, in denen er am Küchentisch sitzt und aus der Tasse mit dem grünen Rand Tee trinkt und mir erzählt, dass der Tod nicht so sei, wie ihn sich die Menschen vorstellen, und dass er eigentlich nicht gestorben sei. Ich hatte das Gefühl, als könne ich seine Stimme hören, als käme er auf mich zu. Und ich wusste, was ich zu tun hatte, ich wusste, dass ich nein zu ihm sagen musste. Ich musste ihn wegschieben, mich von ihm abwenden und ihm sagen, dass ich ihn nach all den Jahren nun nicht mehr brauche und dass er mich bitte allein lassen solle. Doch es kam mir so grausam vor, und ich brachte es einfach nicht fertig. Nicht in jenem Augenblick, noch nicht. Also saß ich dort auf der Bank an seinem Grab und war hin und her gerissen. Einerseits wollte ich ihn nicht immer bei mir haben, andererseits konnte ich ihm nicht sagen, er solle gehen. Ich saß ganz ruhig da, während Lucy mit ihrem biegsamen Zweig spielte und ein kleines Lied über Würmer sang, Alice auf dem Grabstein ihre schlanken Gliedmaßen streckte und einen Artikel über vegetarische Vampire durchblätterte und meine Mutter im Kirchenvorraum saß und über die Vergangenheit sinnierte. Es war eigentlich kein spirituelles Erlebnis, doch vielleicht kam ich ihm so nah, wie ich nur konnte – in diesem unendlich langen Augenblick absoluter Stille und der Erkenntnis, dass ich eine Entscheidung treffen musste. Ich erkannte, dass ich sie eines Tages treffen würde.

Doch dann rief Lucy mir etwas zu. Sie hatte ein riesiges Containerschiff mit hoch aufgestapelten blauen und orangefarbenen Containern gesichtet, das sich langsam den Solent entlang Richtung Meer bewegte. Sie kam zu mir gerannt und schob ihre Hand in meine, und wir beobachteten das Schiff eine Weile gemeinsam, wie es langsam und unerbittlich durch das ruhige Wasser glitt. Die Alltäglichkeit war damit wieder hergestellt. Ich blinzelte und rieb mir die Augen. Ich wusste, es war Zeit aufzubrechen. Alice hustete wieder, wir mussten raus aus der Kälte. Ich holte meine Mutter und half ihr ins Auto. Wir überließen den kleinen Friedhof wieder der Stille und seinen unsichtbaren Wesen; die Anemonen im Glas würden bald welken, und die roten Blütenblätter würden auf den weiß bereiften Boden fallen.

Vierter Teil

30

An einem bitterkalten Tag in der zweiten Januarwoche rief Felix an.

»Also, Chloe. Wie sieht's aus? Wir wollten doch mal zusammen zu Mittag essen.«

»Du hast mir gesagt, du isst nie zu Mittag«, erwiderte ich überrascht.

»Hab ich das?«, sagte er. »Manche Wochen sind schlimmer als andere – ich schätze, das war eine schlimme Woche. Wie wär's mit morgen?«

»Aus welchem Grund?«, fragte ich. »Warum so plötzlich?«

Er lachte. Meine Fragen schienen ihn nicht aus der Fassung zu bringen. »Vor nicht allzu langer Zeit warst du so versessen darauf, mich zu sehen, dass du in mein Büro eingebrochen bist«, sagte er. »Hör mal, ich mache dir ein Angebot, das du unmöglich ablehnen kannst. Ich werde dich zum Essen einladen – in ein Restaurant deiner Wahl. Das kannst du mir einfach nicht abschlagen.«

Natürlich konnte ich das nicht. Dafür war ich viel zu neugierig. Ich musste mir einfach anhören, was er zu sagen hatte.

»Zufällig habe ich morgen Mittag Zeit«, sagte ich. »Aber ich möchte eigentlich kein großes Menü essen – ich muss nachmittags noch arbeiten.«

»Vielleicht treffen wir uns im Café Picasso«, schlug er vor. »Ich könnte mir vorstellen, dass dir das gefällt.«

Am nächsten Tag holte er mich im Büro ab. Er war wie immer schick und wie aus dem Ei gepellt und duftete nach Bergamotte. Wie er schon vermutet hatte, gefiel mir das Café. Es war betont zwanglos mit viel dunkler Holztäfelung, einem Holzfußboden, der so schick war, dass er nicht abgezogen, sondern noch mit seinem alten fleckigen, braunen Anstrich versehen war, und gestärkten weißen Tischdecken und klassischer Musik. Als wir eintrafen, erklang gerade ein Klavierkonzert von Brahms, das ziemlich laut eingestellt war, die Harmonien waren für die Mittagszeit ein wenig üppig und verschwenderisch. Es war alles sehr entspannt; in diesem Café konnten Frauen ungestört eine Zeitung durchblättern, während sie auf ihre Freunde warteten. Felix hätte wahrscheinlich ein luxuriöseres Lokal vorgezogen.

Wir bestellten Muscheln, dazu wählte er den besten Weißwein auf der Karte, einen Pouilly fumé, der wunderbar schmeckte. Ich wusste, dass ich mich sehr in Acht nehmen musste, denn von diesem Wein konnte ich ziemlich viel trinken, ohne dass ich das Gefühl hatte, betrunken zu sein. Ich wurde lediglich immer gesprächiger, bis ich aus dem Labyrinth meiner eigenen Nebensätze nicht mehr herausfand. Die Muscheln wurden rasch gebracht; es war irgendwie befriedigend, diese großen Berge von gemaserten, blauschwarzen Muschelschalen anzuschauen, die leise klapperten, wenn man eine Muschel hervorzog.

Felix betrieb erst eine ganze Weile unverfängliche Konversation und erkundigte sich höflich nach meiner Arbeit, wie der Freund eines Freundes, den man zufällig an der Bushaltestelle trifft.

»Du arbeitest immer noch im Kinder- und Jugendschutz, nehme ich an?«, fragte er.

»Ja«, antwortete ich. »Es ist manchmal schmerzhaft, aber dort kenne ich mich aus.«

»Es kommt mir so vor, als würdest du schon eine ganze Weile auf dem Gebiet arbeiten«, sagte er, führte eine Muschel zum Mund und biss mit seinen ebenmäßigen, sehr weißen Zähnen vorsichtig ein Stückchen davon ab. Die weißen Zähne, die schwarze Muschelschale: Es war vermutlich eine perverse Nebenwirkung des Alkohols auf leeren Magen, doch ich ertappte mich dabei, wie ich an das Bild auf seiner Toilette dachte, auf dem der pornographische Engel abgebildet war, an die weiche, weiße Haut der Frau und die dünne, glänzende schwarze Peitsche.

»Seit fast fünfzehn Jahren«, erwiderte ich.

»Und du hast noch immer mit Fällen von sexuellem Missbrauch von Kindern zu tun?«

Ich nickte. »Derzeit bearbeite ich mehrere Fälle«, sagte ich.

»Gut – ausgezeichnet«, meinte er mit der unbefangenen Begeisterung eines Arztes, der gerade der zarten Vene in deiner Armbeuge eine dicke Spritze voll Blut entnommen hat.

Dieser ziemlich belanglose Smalltalk war eigentlich nicht seine Art. Ich verstand nicht, was er wollte, und wusste nicht, warum wir in diesem Café saßen. Kurz überlegte ich – eigentlich nur der Vollständigkeit halber –, ob er irgendetwas Sexuelles im Schilde führte. In der Vergangenheit hatte er mich schon öfter auf dem falschen Fuß erwischt, weil er so wenig durchblicken ließ. Manches Mal, wenn er es darauf angelegt hatte, mich zu verführen, war er so unbekümmert und unbeweglich gewesen, dass ich es einfach nicht begriffen hatte. Beispielsweise hatten wir einmal in einem Café wie diesem am Tisch gesessen, und er hatte mich plötzlich gefragt: »Wie kommst du am schnellsten?« Vor meinem geistigen Auge war ein netter kleiner U-Bahn-Plan aufgetaucht, in allen Einzelheiten, alle Linien hatten die richtige Farbe, sogar der eingeschränkte Betrieb bis Chigwell war vermerkt. Doch was immer er jetzt vorhatte, es war bestimmt keine Verführung, denn seine Körpersprache passte ganz und gar nicht dazu. Er beobachtete mich sehr interessiert, doch es kam mir keineswegs erotisch vor; er wirkte eher wie ein Entomologe, der einen interessanten Ohrwurm betrachtet.

Überraschenderweise erkundigte er sich sogar nach meinen Töchtern.

»Es geht ihnen gut«, sagte ich.

»Sie müssen sich sehr daran gewöhnt haben, dich ganz allein für sich zu haben«, meinte er und wischte sich mit der steifen weißen Serviette ein Stückchen orangefarbenes Muschelfleisch vom Mund. »Ich nehme an, als Dan auftauchte und sozusagen Teil der Familie wurde, war es ziemlich schwierig, sie davon zu überzeugen, dass sie den neuen Freund ihrer Mutter akzeptieren.«

Eine Kellnerin trug die Reste des Mittagessens anderer Leute vorbei. Einer hatte Hummer gegessen; ein Teller war überhäuft mit den Teilen eines Außenskeletts und ziemlich großen rosafarbenen Scheren. Ich wartete, bis die Kellnerin weg war, da ich nicht wollte, dass sie unser Gespräch mithörte.

»So schwierig war es gar nicht. Lucy hatte ihn sogar richtig gern«, antwortete ich. Dann sah ich, wie seine Augen funkelten, sein interessierter Blick strafte die Beiläufigkeit seiner Fragen Lügen. »Felix«, sagte ich, »warum habe ich plötzlich das Gefühl, dass ich *benutzt* werde?«

Er lachte. »Chloe, du merkst aber auch alles«, sagte er. Er schob seinen Teller beiseite, verschränkte die Arme auf dem Tisch und schaute mir in die Augen. Dann legte er los.

»Ich möchte dir etwas erklären«, sagte er. »Dans Verhandlung ist für nächste Woche angesetzt.«

»Ja«, sagte ich. Mein Herz schlug wie wild.

»Den genauen Termin erfahren wir erst am Tag davor.«

Ich nickte.

»Ich glaube, die Sache sieht sehr gut für uns aus«, sagte er. »Ich glaube, dass wir viel Belastungsmaterial der Staatsanwaltschaft in Zweifel ziehen können. Wenn du möchtest, können wir es Punkt für Punkt durchgehen.«

»Jetzt nicht«, sagte ich. »Komm einfach zur Sache.« Doch natürlich war mir klar, worauf er hinauswollte. Furcht stieg in mir auf und hatte mich schließlich fest im Griff.

»Ich brauche einen Leumundszeugen, Chloe«, sagte er. »Um ganz ehrlich zu sein, ich brauche *dich.*«

»Warum mich? Was kann ich denn tun?«, fragte ich. *»Ich* kann ihnen doch nicht sagen, ob er es getan hat oder nicht.«

»Das ist auch gar nicht die Aufgabe eines Leumundszeugen, Chloe«, erwiderte er, ein Ausbund an Liebenswürdigkeit und Geduld – wie ein Lehrer, der einem ziemlich begriffsstutzigen Kind eine ganz einfache Rechenaufgabe erklärt. »Dafür bist du nicht da. Dir werden keine Fragen gestellt, die etwas mit dem Fall zu tun haben. Du bist dort, nun ja, um du selbst zu sein.« Dieser esoterische Satz kam ihm nur sehr zögernd über die Lippen. Offenbar versuchte er, sich auf die Sprachebene zu begeben, von der er annahm, dass sie meine war, doch bei ihm klang es nicht besonders glaubwürdig.

»Denk drüber nach«, fuhr er fort. »Du arbeitest im Kinder- und Jugendschutz. Du hast sehr viel Erfahrung mit Fällen von sexuellem Missbrauch von Kindern. Dein ganzes Arbeitsleben hast du dich mit den Kleinen beschäftigt und damit, wie man sie schützt. Du bist offenkundig auf ihrer Seite.« Die Kleinen – bei ihm hörte sich das ziemlich gewollt an, er bemühte sich allzu sehr, locker zu wirken. »Dein Aussehen stimmt, du hast ein unschuldiges Gesicht. Und du kennst Dan sehr genau, du hast – um es platt zu sagen – mit ihm gevögelt. Das Gericht würde dir glauben, Chloe. Wenn du deutlich machen kannst, dass du an Dan Whitmores Rechtschaffenheit glaubst, dann wird das Gericht dies meiner Ansicht nach ebenfalls tun.«

»Was würde man denn von mir wissen wollen?«, fragte ich, dabei stieg die Angst wie Galle in mir hoch.

»Nur grundlegende Fakten über dich und Dan. Du brauchst gar nicht viel zu sagen. Du machst dir natürlich Sorgen, dass es alles schrecklich ins Detail geht?«

Ich nickte.

»Unter Umständen würden wir dir ein paar Fragen zu eurem Liebesleben stellen. Lass mal überlegen, wie würden wir es formulieren – War an Mr. Whitmores Sexualverhalten irgendetwas ungewöhnlich? So etwas in der Art. Worauf du antworten würdest …« Er breitete seine sauberen weißen Hände aus und wartete auf meine Antwort.

»Nun … nein«, antwortete ich.

»Siehst du? Es ist ganz einfach. Und ich verspreche dir, dass unsere Seite nicht weiter ins Detail gehen wird. Wahrscheinlich ist es nur diese eine Frage, die vielleicht ein bisschen peinlich ist. Doch natürlich kann ich nicht vorhersehen, welche Fragen die Staatsanwaltschaft stellen wird.«

»Nein, natürlich nicht«, sagte ich.

Er senkte für einen Moment den Blick und fuhr mit seinem Finger am Rand des Glases entlang. Zu meiner Überraschung schien er einen Moment etwas verunsichert zu sein. Dann erschien auf seinem Gesicht ein Ausdruck, den ich nicht deuten konnte; er legte sein Gesicht in Falten, wie der Wind eine Wasseroberfläche kräuselt. »Natürlich wird es zusätzlich komplizierter, weil du und ich diese kleine Affäre hatten.«

»Ach«, sagte ich. »Ist das von Bedeutung?«

Er zog ganz leicht die Augenbrauen in die Höhe, als wolle er sagen: Wie naiv du doch bist. »Sie würden Hackfleisch aus mir machen, wenn sie wüssten, dass ich eine Beziehung mit einer Zeugin hatte.«

»Wie könnten sie das überhaupt erfahren?«, fragte ich.

»Wollen wir hoffen, dass sie es nicht erfahren«, sagte er.

»Du glaubst, es ist wichtig«, sagte ich. »Du findest, es ist das Risiko wert.«

Er nickte und füllte mein Glas auf. Ich trank rasch.

»Um ehrlich zu sein, könnte das entscheidend dafür sein«, sagte er, »ob Dan freikommt oder für ein Verbrechen ins Gefängnis geht, das er nicht begangen hat. Chloe, denk doch nur an seinen idiotischen Plan, nicht als Sexualstraftäter ins Gefängnis zu gehen. Er hat dir doch sicher davon erzählt.«

Ich nickte.

»Ich bin wirklich nicht sicher, ob er sich davon abbringen lässt«, sagte er. »Dan Whitmore ist störrisch wie ein Maulesel. Und wenn er wieder rauskommt, ist natürlich längst nicht alles vorbei. In dem heutigen Klima bedeutet das lebenslänglich.«

Er schwieg, um die Wirkung seiner Worte zu unterstreichen. Die Kunstpause beherrscht er sehr gut. Er setzt sie oft vor Gericht ein. Ich sah woandershin, um mich seinem Einfluss und der Macht seiner Worte zu entziehen. Doch er beugte sich über den Tisch in meine Richtung, starrte mich mit seinen ruhigen blauen Augen an und holte mich wieder zurück. »Ich will ja nicht dick auftragen«, sagte er, »aber ich glaube wirklich, dass deine Aussage die Sache entscheiden könnte.«

»Felix«, sagte ich, »wenn das nicht dick aufgetragen ist, dann würde ich gern wissen, was dick aufgetragen ist.«

Ich versuchte, meine Stimme unbeschwert klingen zu lassen. Doch als ich an diesem Cafétisch mit seinen gestärkten Servietten und Tischdecken und den Bergen von blauschwarzen Muschelschalen saß, zwischen uns alles klar und steif und weiß war und ich mich mit dieser schwerwiegenden Entscheidung konfrontiert sah, packte mich auf einmal hilflose Wut. Ich war wütend auf Felix, aber auch auf Dan, der dafür verantwortlich war, dass ich das durchmachen musste. War ihm nicht bewusst oder verstand er nicht, dass auch für mich etwas auf dem Spiel stand? Doch zu diesem Zeitpunkt war selbst mir noch nicht vollständig bewusst, um was er mich da bat oder wie hoch der Preis war, den ich unter Umständen dafür zahlen musste. Doch obwohl ich so böse auf Dan war, konnte ich verstehen, warum er das von mir verlangte. Kurz vor dem Ertrinken klammert man sich an alles, was man zu fassen kriegt – einen Mantelsaum, ein Fußgelenk, einen Ärmel –, selbst wenn das bedeutet, dass man den anderen mit unter Wasser zieht. Und genau das taten Dan und Felix gerade – sie zogen mich mit hinunter. Ich wusste, dass ich sie nach Möglichkeit abschütteln und der ganzen Sache hier und jetzt, ein für alle Mal, ein Ende machen musste.

»Könntest du mich dazu *zwingen*?«, wollte ich von ihm wissen.

»Nun ja, theoretisch schon. Aber wozu soll das gut sein? Nein. Wenn du es tust, dann, weil du es möchtest, weil du an Dan glaubst.«

Ich nickte, und Erleichterung machte sich in mir breit. Ich holte ziemlich entschlossen tief Luft.

»Hör mal, Felix«, sagte ich. »Ich verstehe sehr gut, warum du möchtest, dass ich es tue, aber …«

Er unterbrach mich. »Schhh«, sagte er. Er legte einen Finger auf seine Lippen. Es war eine spielerische, kindliche Geste, doch sie war gleichzeitig gebieterisch – ich konnte mich nicht über sie hinwegsetzen. »Sag jetzt nichts«, bat er mich. »Das Letzte, was ich möchte, ist, dass du jetzt irgendetwas sagst. Ich will keine Entscheidung. Ich weiß, wie außerordentlich schwer es für dich ist. Denk ein wenig drüber nach, das ist alles, worum ich dich bitte. Lass es ein wenig ruhen.«

»Nein, Felix«, widersprach ich. »Ich glaube, ich habe mich schon entschieden, ich glaube …«

Wieder schnitt er mir das Wort ab, diesmal ziemlich unhöflich. Er ließ mich einfach nicht ausreden. »Da ist noch etwas, das du wissen solltest«, sagte er. »Das Ganze ist allein meine Idee. Dan hat damit nichts zu tun.«

»Ach«, sagte ich beunruhigt. Erneut hatte ich das entmutigende Gefühl, das er schon früher manchmal in mir ausgelöst hatte – dass er mit seinen himmelblauen Augen in mir lesen konnte wie in einem offenen Buch und vor allem meine unangenehmen Seiten sah, die Feigheit, die Schwäche, die sinnlosen kindischen Wutanfälle. Doch die unangenehmen Seiten der Leute waren sein Metier.

»Er wollte nicht, dass du da mit hineingezogen wirst, er wollte nicht einmal, dass ich mit dir darüber spreche«, sagte er. »Doch ich habe ihm gesagt, dass ich mit dir sprechen würde, es sei denn, er verbiete es mir ausdrücklich. Dieser Mann ist hoffnungslos romantisch«, fuhr er fort. »Er würde dich viel lieber aus allem raushalten, er möchte nicht, dass du in irgendeiner Weise besudelt wirst.«

Er machte eine kleine Pause und beobachtete mich einen Moment; er wollte abschätzen, welchen Eindruck seine Worte auf mich machten. Ich saß da und sagte gar nichts; ich weigerte mich, darauf zu reagieren. Aus den Lautsprechern ertönte der langsame Satz eines Klavierkonzerts von Mozart, der vor Jahren in einem sentimentalen Film verwendet worden war, er ist sehr lieblich, und das Thema wird ständig wiederholt; er wird überall gespielt, und ich kann es nicht leiden, wie er mich jedes Mal überwältigt und bei mir diesen riesigen Kloß im Hals hervorruft und mir alberne Tränen in die Augen steigen lässt, die mir peinlich sind.

Felix beobachtete mich nachdenklich; er war ganz Mitgefühl und Besorgnis, doch um seine Augen spielte ein winziges Lächeln. »Er hat sogar gesagt, dass er nicht möchte, dass vor Gericht dein Name genannt wird«, fuhr er fort. »Ich habe gesagt, ich wüsste nicht, wie wir das verhindern könnten. So wie ich die Sache sehe, hat das, um ganz ehrlich zu sein, keine Priorität.«

»Nun, wenigstens bist du erfrischend ehrlich«, sagte ich in dem Versuch, gelassen und cool zu wirken, was mir ziemlich schwer fiel, da der Kloß in meinem Hals mir das Sprechen fast unmöglich machte.

Er füllte mein Glas erneut.

»Denk einfach drüber nach«, sagte er. »Du kannst mich jederzeit anrufen. Wenn du mitten in der Nacht wach wirst – und ich meine mich zu erinnern, dass das hin und wieder vorkommt – und es dir alles zu viel ist und du darüber reden möchtest, würde ich mich sehr freuen, von dir zu hören.«

In diesem Augenblick erkannte ich, wie sehr er wollte, dass ich aussagte. Das hieß, es war seiner Meinung nach für den Fall von entscheidender Bedeutung. Ich musste daran denken, wie Jude zu mir gesagt hatte, dass Felix normalerweise das bekommt, was er will.

Das war eigentlich alles. Er hatte gesagt, was zu sagen war. Es war noch ein Rest Wein in der Flasche, den wir austranken, während er über seine Fische sprach, seine neuen schwarzen Schwertträger und seine Gabelschwanzmollys; er hatte vor, sich ein Meerwasseraquarium zuzulegen, und erzählte mir von den außerordentlich bösartigen und wunderschönen, seitlich abgeplatteten Drückerfischen, die er darin halten wollte. Doch ich hatte fast den Eindruck, dass er hauptsächlich mit sich selbst sprach und nicht mehr daran interessiert war, mich für die Verhandlung zu gewinnen. So war Felix immer – im Gerichtssaal, im Bett, überall: Er tat das, was zu tun war, und verlor dann augenblicklich das Interesse.

Er bot an, mir einen Kaffee zu bestellen, doch ich merkte, dass er es eilig hatte, in sein Büro zurückzukehren, daher lehnte ich ab.

»Ich kann zu Fuß gehen«, sagte ich. »Die frische Luft wird mir gut tun.«

»Wenn du wirklich möchtest«, erwiderte er.

Draußen auf dem Bürgersteig gab er mir einen Kuss auf die Wange, die Berührung seiner Lippen war kühl und schicklich. Kurz streifte mich der Duft seines Aftershaves.

»Und denk dran«, sagte er. »Jederzeit. Denk drüber nach.«

Wir gingen in verschiedene Richtungen. Als ich am Fußgängerübergang ankam, sah ich die Straße entlang, dorthin, wo er sein Auto geparkt hatte – doch er hatte sich bereits in Luft aufgelöst.

Ich ging zu Fuß zurück ins Büro, es war ein bitterkalter Nachmittag. Meine Handschuhe hatte ich auf meinem Schreibtisch liegen gelassen, und meine Hände wurden rot vor Kälte. Von dem Wein war ich leicht benommen, und während meines kurzen Spaziergangs beschloss ich mindestens dreimal, dass ich tun würde, was Felix wollte, und änderte dreimal meine Meinung.

Als ich ins Büro kam, machte Jude sich gerade auf den Weg, um die Ruddocks, die Familie, die sie am wenigsten leiden konnte, aufzusuchen.

»Meine Güte, mir graust richtig vor ihnen«, sagte sie. »Diese grässliche Mutter und Großmutter, der ständig die Zähne aus dem Mund fallen, und der verdammte Labrador, der versucht, meinen Fuß zu vögeln.« Sie knöpfte den Mantel zu und schnippte ihr Haar unter dem Kragen hervor. »Also, wie war der Psychopath? Wie steht derzeit seine Jungfrauenquote?«

»Felix ist ganz in Ordnung«, widersprach ich. »Er ist nur ein bisschen exzentrisch, das ist alles.«

»Du bist durcheinander«, sagte Jude und klang auf einmal wieder ernst. »Was ist passiert? Was hat der Mistkerl zu dir gesagt? Es geht um Dan, stimmt's?«

»Die Verhandlung ist für nächste Woche angesetzt«, sagte ich.

»In Ordnung«, sagte sie. »Doch du wusstest, dass sie bald stattfinden würde. Also, was hat dich so aufgeregt?«

»Es würde zu lange dauern, dir das zu erklären«, erwiderte ich. Doch als ich sah, wie besorgt sie war, beruhigte ich sie: »Hör mal, Jude, mir geht's gut, wirklich. Es war ein sehr nettes Mittagessen.«

»Das glaube ich dir nicht«, widersprach sie. »Verdammt, ich muss sofort los. Friss nicht alles in dich hinein. Ruf mich heute Abend an, versprich es mir.«

»Okay«, sagte ich. Doch eigentlich wollte ich das nicht. Ich wusste, dass ich mir die Sache allein überlegen musste.

Obwohl ich Wein getrunken hatte, wurde mir nicht warm. Die Kälte war bis ins Büro vorgedrungen, und die Zentralheizung wurde nicht damit fertig. Mir fiel ein, dass ich im Büro der Sekretärinnen ein paar Heizlüfter im Schrank gesehen hatte, vielleicht konnte ich mir einen von ihnen ausleihen. Doch ich brachte es nicht fertig, dorthin zu gehen und zu fragen, also zog ich stattdessen meinen Mantel an. Draußen vor meinem Fenster hockten zerzauste, aufgeplusterte Tauben dicht gedrängt auf dem Sims und versuchten wahrscheinlich, ein wenig Wärme von der Fensterscheibe zu stibitzen, während dunkle Wolken herabsanken.

Ich hoffte, die lange Mittagspause dadurch wettzumachen, dass ich länger arbeitete. Lucy ging zum Tee zu Jake, und Alice hatte einen Hausschlüssel und konnte sich selbst aufschließen. Ich kochte mir einen sehr starken Kaffee und breitete meine Notizen auf dem Schreibtisch aus. Gerade als ich mich hingesetzt hatte und den ersten Bericht anfangen wollte, den ich schreiben musste, klingelte das Telefon.

»Mrs. Langdon?« Eine Frauenstimme, ein wenig zögernd und sehr geschraubt. Leute mit solch einer Stimme rufen nicht beim Jugendamt an.

»Am Apparat«, sagte ich.

»Hier ist das Connington House. Hören Sie, Sie brauchen sich wirklich keine Sorgen zu machen ...« Das sagen sie bei der Schule immer, wenn sie anrufen, und meinen damit: Ihr Kind ist nicht tot. »Aber wir haben das Gefühl, dass Alice eigentlich zu Hause ins Bett gehört. Sie hat einen schlimmen Husten, und es geht ihr nicht sehr gut. Sie ist im Krankenzimmer.«

»Ich komme sie holen«, sagte ich. Ich glaubte, keine andere Wahl zu haben, doch ich war verärgert. Schulen sind offenbar immer bestrebt, die Kinder nach Hause zu schicken – und oft machen sie sich unnötig Sorgen, weil sie diese ungenauen Thermometer aus wärmeempfindlicher Folie verwenden, die sie den Kindern auf die Stirn legen und die eine zu hohe Temperatur anzeigen.

Ich ging zu Nat, erklärte ihm, was los war, und sagte, dass ich die Berichte zu Hause schreiben würde. Er war wie immer sehr nett und versprach, einige Briefe zu unterschreiben, die ich an dem Tag noch wegschicken musste.

An diesem tristen Nachmittag fuhr ich vorsichtig zur Schule, denn mir war bewusst, dass ich gefährlich nah an der Promillegrenze war. Alice saß im Krankenzimmer auf der Bettkante und wartete auf mich. Ich fühlte ihre Stirn – sie war feucht, doch nicht ungewöhnlich heiß. Wenn sie Fieber hatte, dann war es nicht sehr hoch. Doch sie war kreidebleich, und ihr

Haar sah merkwürdig aus – es wirkte leblos und hing ihr matt um die Ohren, als sei es seit Wochen nicht gewaschen worden.

»Ich *muss* bis Freitag wieder in der Schule sein, Mama. Dann machen wir im Musikunterricht unsere Regenwaldgeschichte, und ich bin für das Glockenspiel zuständig, und ich kann sie nicht im Stich lassen«, sagte sie; dabei war ihr Gesicht sorgenvoll in Falten gelegt. Ich murmelte ein paar beruhigende Worte, doch es erschien mir sehr unwahrscheinlich, dass sie bis Freitag wieder zur Schule gehen würde. Irgendetwas an ihr machte mir Sorgen.

Ich steckte sie mit einem heißen Vitamin-C-Getränk und einem Stapel ihrer Lieblingszeitschriften ins Bett. Dann ging ich hinunter in die Küche und kochte Kaffee, da ich im Büro den Kaffee nicht mehr hatte trinken können.

Da Lucy noch in der Schule war und Alice im Bett lag, war es im Haus sehr still, fast wie in einem Kloster – abgeschieden und weit weg von allem. Ich saß am Küchentisch, legte meine Hände um den Kaffeebecher, um sie zu wärmen, und nahm die Stille in mich auf. Die Berichte konnten warten, dachte ich. Ich würde die Zeit nutzen, um ganz still dazusitzen und über das nachzudenken, worum Felix mich gebeten hatte.

Der Garten draußen sah unter dem bleichen Himmel unfruchtbar und trist aus. Die Blumenbeete und Obstbäume waren schwarz und grau und leblos, sie bestanden nur noch aus verzweigten, kahlen Ästen. Von dem Geißblatt rund um mein Küchenfenster war lediglich ein zartes Geflecht von winzigen, kahlen Zweigen übrig. Selbst meine Stiefmütterchen hatten schließlich vor dem Frost kapituliert. Dort draußen war es rau, öde und kalt, und es drohte, noch kälter zu werden. Es kam mir merkwürdig vor, dass wir die Sonnenwende bereits hinter uns hatten, die Tage länger wurden und wir jeden Morgen und jeden Abend ein wenig mehr Licht hatten. Zu dieser Jahreszeit kommt es einem so vor, als würde sich alles noch ewig hinziehen, die grauen, kalten Tage, die beißend kalte Winterluft; man glaubt eigentlich noch nicht so recht an den Frühling – doch tief im Innern der Bäume und Büsche, die so aussehen, als seien sie tot, geschieht etwas, es drängt und regt sich etwas, an den kahlen Ästen bilden sich langsam, aber unaufhaltsam glänzende braune Knospen, und der süße Lebenssaft steigt wieder nach oben.

Ich saß in meiner kalten Küche am Tisch, sah hinaus in meinen Garten, trank meinen Kaffee und dachte über alles nach, was Felix mir gesagt hatte; dabei hatte ich seine Stimme noch im Ohr, seine schneidige, korrekte, verführerische Stimme, und fragte mich, was um Himmels willen ich tun sollte. Ich sah keinen Ausweg, wusste nicht, was richtig war.

Ich dachte über Carly nach und sah sie so deutlich vor mir, wie ich sie auf dem Video gesehen hatte; ich sah den ordentlichen Haarknoten, die Rüschensöckchen, die Hände, die herumflatterten wie kleine Vögel, ich hörte den ängstlichen Unterton in ihrer Stimme, als sie von den Drohungen des Mannes sprach, der sie missbraucht hatte – ich war überzeugt, dass dieses Kind missbraucht worden war. Ich dachte an den tristen Wohnblock, in dem sie lebte, und den Zufluchtsort, den ihre Mutter geschaffen hatte, die sauberen Tüllgardinen vor dem Fenster und die trotzigen, bunten Seidenblumen. Ich fragte mich, was ihr angetan worden war und ob wir den wahren Täter je zweifelsfrei ermitteln würden. Außerdem überlegte ich, warum sie die Geschichte so erzählt hatte – und warum sie Dan die Schuld zu geben schien, wenn Dan die Tat nicht begangen hatte. Doch vermutlich würden wir es nie mit Sicherheit herausfinden. Bei meiner Art von Arbeit lernt man schnell, dass »Warum« die dümmste aller Fragen ist und die Frage, auf die man nie eine brauchbare Antwort bekommt. Man lernt, dass die Menschen nicht die geringste Ahnung haben, warum sie bestimmte Dinge tun, warum sie besonders ungeschickte, zögernde, oftmals selbstzerstörerische Schritte unternehmen, um in ihrem Leben etwas in Ordnung zu bringen, vor allem, wenn sie machtlos sind oder Angst haben. Das »Warum« bleibt immer ein Rätsel.

An jenem Nachmittag dachte ich lange über Carly nach. Ich versuchte, mich in sie hineinzuversetzen, ich überlegte, wie die Welt für sie aussah und ob es überhaupt richtig war, das zu tun, worum Felix mich bat, denn damit schien ich Partei gegen dieses verängstigte, gequälte Kind zu ergreifen.

In meiner Küche wurde es bereits dunkel, und die Schatten krochen aus ihren Ecken hervor und breiten sich immer weiter aus. Ich machte die Lampe auf der Anrichte an. Der Lichtschein fiel auf Lucys Bild von Gott – diesen herrlichen, allwissenden Gott mit seinen wunderbar genau gezeichneten Sandalen, der lächelnd auf seine Welt hinuntersah und bei dem der Glitter-glue noch glitzerte. Angesichts dieses Bildes musste ich an all die Dinge denken, die ich als Kind gelernt hatte und die Lucy als »diesen religiösen Kram und Ratschläge von Gott« bezeichnete – die Lehren und Gebote. Damals schien es so einfach gewesen zu sein: Man sollte bei Algebra nicht schummeln und nett zu seinem Meerschweinchen sein. Und auch während meiner Teenagerzeit sowie zwischen zwanzig und dreißig schien es einfach geblieben zu sein – die nützliche Arbeit, das politische Engagement, das Durchschneiden des Stacheldrahts der Greenham Common Airbase und die Tatsache, dass man brutalen Eltern ihre Kinder wegnehmen konnte.

Inzwischen war ich Anfang vierzig, völlig verwirrt und hatte keine Ahnung, wie ich mich entscheiden sollte. Ich saß da und betrachtete Lucys Bild und fragte mich, was es hieß, gut zu sein, das Richtige zu tun und den rechten Weg einzuschlagen. Und ich musste feststellen, dass ich es wirklich nicht wusste und es vielleicht schon seit sehr langer Zeit nicht wusste. Zumindest hatte ich schon seit Jahren keine sexuellen Schuldgefühle mehr empfunden – erst recht nicht wegen meiner Beziehung zu Dan, auch wenn viele Menschen sie sicherlich falsch fanden, so wie Sally, die mich eine Nutznießerin geschimpft hatte. Doch mir war sie zumindest in den ersten Wochen vollkommen unausweichlich und richtig vorgekommen. Das bedeutete natürlich nicht, dass sie es auch *tatsächlich* war, denn die Sehnsucht führt sehr überzeugende Argumente an. Vielleicht war etwas mit meinem moralischen Empfinden geschehen, überlegte ich. Vielleicht ging es diesem Empfinden so wie einem nicht benutzten Muskel, der irgendwann verkümmert.

Ich saß immer noch an meinem Küchentisch, trank meinen Kaffee und dachte darüber nach, was es hieß, ein guter Mensch zu sein, als ich hörte, wie Alice wieder anfing zu husten. Und etwas an diesem Husten, der sich anhörte, als würde sie nach Atem ringen und würgen, ließ mich aufspringen und die Treppe nach oben laufen, indem ich zwei Stufen auf einmal nahm. Ich kam rechtzeitig an ihrer Schlafzimmertür an, um zu sehen, wie sie sich heftig über ihre ganze Bettdecke übergeben musste. Doch selbst als sie sich übergab, hörte der Husten nicht auf. Ich hielt sie an ihren Schultern fest und sagte ihr immer wieder, das mache nichts, es sei alles in Ordnung. Schließlich beruhigte sie sich. Ich wischte ihr das Gesicht mit einem Papiertaschentuch ab. Sie zitterte und hatte tiefe violette Ringe unter den Augen.

»Mein armer Schatz, wie furchtbar für dich«, sagte ich.

»Tut mir Leid, Mama«, sagte sie heiser, als ich vorsichtig den Bettbezug abnahm.

Ich holte ihr eine Schüssel und jede Menge Kissen.

»Tut es weh, wenn du hustest?«, fragte ich sie.

»Ja«, antwortete sie. »Meine Brust zieht sich zusammen.«

Ich bezog ihre Bettdecke neu, wusch ihr das Gesicht und band ihr Haar zusammen.

»Ich bekam keine Luft«, sagte sie. Ihre Stimme klang belegt und krächzend. »Mama, du bist doch sicher, dass ich nicht sterben muss, nicht wahr?«

Das war für Alice sehr dramatisch; normalerweise war sie sehr rational und vernünftig und zog mich wegen meiner Sorgen auf.

»Natürlich wirst du nicht sterben, mein Liebling«, sagte ich. »Du hast nur einen schrecklichen Husten.«

Ich ging nach unten, geradewegs zum Bücherregal und zog das Buch von Penelope Leach hervor. Ich schlug den Eintrag über Husten auf; er verwies mich auf Infektionen der Atemwege, Krupp und Keuchhusten. Krupp war es nicht, das wusste ich, und eine Infektion der Atemwege geht normalerweise mit Fieber einher. Entmutigt schlug ich Keuchhusten nach. Dort stand, dass er wie eine Erkältung begann und sich später zu den typischen bellenden Hustenanfällen und hohem Keuchen am Ende entwickelte, dass jeder Hustenanfall mit Erbrechen enden konnte und dass ein schwerer Keuchhusten unter Umständen sehr langwierig war und sehr viel aufopferungsvolle Pflege verlangte. Ich verfluchte Penelope Leach und ihre Worte.

Die Ärztin, eine energische kleine Frau mit zarter Brille, kam rasch. Sie konnte keine endgültige Diagnose stellen, doch sie war der Ansicht, es könne Keuchhusten sein, als ich ihr erzählte, dass ich Alice nicht dagegen hatte impfen lassen. »Ältere Kinder keuchen nicht beim Husten, daher ist er bei ihnen schwerer festzustellen«, sagte sie. »Aber wir müssen sie genau beobachten. Ihr geht es offensichtlich ziemlich schlecht.«

Ich rief Adam an. Er war hilfsbereit, besänftigend und schien nicht beunruhigt; er sagte nicht einmal: Ich hab's dir doch gesagt, was ich sehr anständig von ihm fand. Er sagte mir, ich solle ihr öfter Kleinigkeiten zu essen geben und Milch dabei weglassen, weil sie schleimbildend sei; er erklärte mir, wie ich sie am besten aufrichtete, wenn sie husten musste, damit sie besser Luft bekam.

Ich stellte den Fernseher und das Videogerät nach oben in Alices Zimmer und legte ihr das *Narnia*-Video ein, das sie geliebt hatte, als sie noch kleiner war. Ich rief Ellen an, die Tagesmutter, die sie beide betreut hatte, als sie noch klein waren. Sie sagte, dass sie mir zumindest bis Ende der Woche aushelfen könne. Dann rief ich Jakes Mutter an und bat sie, Lucy nach Hause zu bringen, da ich Alice nicht allein lassen konnte. Für Alice bereitete ich eine nahrhafte Kleinigkeit ohne

Milch zu, doch die gab sie sofort wieder von sich. Ich bezog ihre Decke wieder neu, streichelte ihren Rücken und wischte ihr mit einem warmen Waschlappen das Gesicht ab.

Und während ich hastig hin und her lief und geschäftig alles Notwendige erledigte, empfand ich trotz der Sorge so etwas wie Frieden, auch wenn es ein prekärer Frieden war. Das Leben war wieder einfach. Die Stimmen in meinem Kopf, die mich erst in die eine und dann in die andere Richtung gedrängt hatten, waren verstummt. Wenigstens wusste ich jetzt erst einmal, was ich tun musste.

31

Am nächsten Morgen trennte ich mich nur ungern von Alice, nachdem ich nachts zweimal aufgestanden war, um mich um sie zu kümmern, während sie hustete und sich übergab, was sie völlig erschöpfte. Ellen, besonnen und vernünftig wie immer, war früh gekommen, und Alice und ich fühlten uns gleich besser, als sie da war. Doch sie erschreckte mich mit der Mitteilung, dass sie in der folgenden Woche nicht kommen könne, da sie dann bei ihrer Tochter in Hartlepool sei. Ich fragte mich, wie wir das um Himmels willen überstehen würden, ob ich tatsächlich selber wegen Krankheit freinehmen müsste. Diese Situation erinnerte mich an die Anfangszeit des Elternseins, an die Schwierigkeiten der Kinderbetreuung und an die Mühe, die es kostete, alles zu organisieren. All das hofft man hinter sich zu lassen, sobald das jüngste Kind zur Schule geht.

Gerade, als ich mit Lucy aus dem Haus gehen wollte, kam ein Brief von Felix' Kanzlei. Es handelte sich um ein getipptes Blatt Papier und einen Begleitbrief in Felix' Handschrift. »Dies verpflichtet dich zu gar nichts. Wenn du als Zeugin aussagst – was ich hoffe –, gibt es uns etwas an die Hand, mit dem wir arbeiten können. Ich vermute, die Verhandlung wird drei oder vier Tage dauern, und wir benötigen dich wahrscheinlich am dritten Tag.« Ich überflog die eine Seite. Darauf war zusammengefasst, was ich ihm im Café Picasso erzählt hatte, alles über meine Arbeit und meine Beziehung zu Dan; er hatte noch das Datum hinzugefügt, an dem die Beziehung geendet hatte. Es schien alles einigermaßen zutreffend dargestellt. Ich unterschrieb und steckte das Blatt in einen adressierten und frankierten Rückumschlag, und Lucy warf ihn in den Briefkasten.

Die Sonne kam gerade durch, als wir zum Auto gingen; es war eine tief stehende, helle Wintersonne. Unsere Schatten waren sehr lang gezogen und hatten winzige Köpfe und riesige Stiefel, die sich vor uns auf dem Boden ausbreiteten. Das Licht blendete mich, als ich Lucy vor der Schule absetzte und weiter ins Büro fuhr; die Umrisse der Gebäude waren strahlend hell, doch es war immer noch sehr kalt.

Jude kam kurz nach mir ins Büro.

»Du hast nicht angerufen«, sagte sie.

»Tut mir Leid, ich habe es vergessen«, sagte ich. Und weiter, ohne Einleitung: »Alice hat Keuchhusten.«

»Ach, Chloe.« Sie legte den Arm um mich. »Was zum Teufel tust du dann hier? Fahr sofort wieder nach Hause. Sag mir, was ich tun soll, und ich kümmere mich darum.«

Ich schüttelte den Kopf. »Ellen kommt diese Woche. Ich muss meinen Urlaub aufsparen. Unter Umständen ist Alice bis zu zwölf Wochen krank.«

»Mein Gott«, sagte Jude. »Ist dir schon mal der Gedanke gekommen, dass jemand da oben dich ordentlich fertig macht?«

»Es ist verdammt noch mal meine eigene Schuld«, erwiderte ich. »Das ist das Schreckliche daran. Ich habe sie nicht impfen lassen.«

»Tu dir das nicht an«, entgegnete Jude. »Du hast vollkommen Recht gehabt, dir damals Sorgen zu machen. Ich meine, denk an das Golfkriegssyndrom und all diese widerlichen Fleisch fressenden Viren. Meistens wissen Ärzte doch überhaupt nicht, was sie tun.«

Doch sie sprach mit ein bisschen zu viel Nachdruck, und ich wusste, dass sie das nur sagte, weil sie wollte, dass ich mich besser fühlte.

An jenem Vormittag hatte ich als Erstes ein Supervisionsgespräch mit Nat, das ich auch nötig hatte. Mehrere meiner Fälle hatten einen kritischen Punkt erreicht. Es gab oft merkwürdige Parallelen: Bei den eigenen Patienten schien meist dann alles schief zu gehen, wenn man selbst gerade unter dem größtmöglichen Druck stand. Amber wohnte zwar wieder zu Hause, doch sie und Trish stritten sich erneut ausgiebig und warfen sich dabei gegenseitig wüste Beschimpfungen an den Kopf. Ich wusste, dass es nur eine Frage der Zeit war, bis Amber wieder weglief und auf Parkplätzen Männer ansprach. Und einem von meinen Pflegekindern drohte gerade eine besonders schmerzhafte Erfahrung. Lydia und Craig Donahue, Bruder und Schwester, waren wie üblich zusammen in eine Pflegefamilie gegeben worden, als man sie ihrem gewalttätigen Vater weggenommen hatte. Lydia war ein ruhiges Kind mit seidigem Haar, das ihr ins Gesicht fiel, und geheimnisvollen Augen; sie hatte ihren Kummer in sich hineingefressen. Craig hingegen war ein ungebändigter und wilder kleiner Junge, der um sich trat und zuschlug, wenn ihn einer seiner Wutanfälle packte. Und nun sagte die Pflegemutter, dass sie nur Lydia behalten wolle, zu der sie eine sehr enge Beziehung aufgebaut habe, dass sie jedoch mit Craig nicht fertig werde und ihn aus dem Haus haben wolle. Ich wusste, dass ich früher oder später Lydia würde helfen müssen, zwischen zwei Arten von Schmerz zu wählen. Niemand sollte solch eine Wahl treffen müssen – vor allem keine zerbrechliche Achtjährige, die noch nicht weiß, was Liebe ist.

Nats Büro besteht aus einem schmalen, engen Zimmer, das ewig unaufgeräumt ist; an den Wänden hängen politische Poster, die einem ihre Parolen entgegenschreien, und der Papierkorb quillt seltsamerweise bereits am frühen Morgen über. Doch von seinem Fenster hat man einen sehr schönen Blick über die Stadt, die Fabriken, Lagerhäuser, Kirchturmspitzen, Gasometer und lange Reihen mit Dächern, die das Auge in die Ferne schweifen lassen. An jenem Tag war im Licht der tief stehenden Sonne alles sehr hell und glänzend, die Fenster, Kamine und Feuerleitern spiegelten das Licht.

Ich erzählte Nat zunächst von Alice, und er war angenehm mitfühlend und sagte, er habe als Kind ebenfalls Keuchhusten gehabt und es sei schlimm gewesen und ich solle ihn unbedingt wissen lassen, wenn es etwas gäbe, das er tun konnte. Dann sprach ich mit ihm meine Fälle durch; dabei lehnte er sich auf seinem Stuhl zurück und legte die Füße auf den Schreibtisch. Er war sehr gelenkig, als seien seine Gliedmaßen nur mit Bändern verbunden. Er hörte sich wie üblich aufmerksam all meine Vorhaben an, nickte gelegentlich oder stellte eine kurze knappe Frage. Seine ausgefransten Manschetten hatte er bis zu den Ellbogen hochgeschoben, ein leichter Geruch nach Camel-Zigaretten umgab ihn, und er wedelte beim Sprechen mit den Händen. Dabei sahen die Nikotinflecken auf seiner Haut aus wie Brandflecken. Er gab mir nie sehr viele Ratschläge, meistens ließ er mich machen, so wie jetzt auch. Doch jedes Mal, wenn ich sein schmuddeliges, unordentliches Büro verließ, war mir alles klarer als vorher, und ich fühlte mich intelligenter und entschlossener.

Wir beschlossen, mit Amber an ihrer Selbstachtung zu arbeiten, und entschieden uns für eine letzte verzweifelte Anstrengung, damit die Donahues zusammenbleiben konnten; außerdem erklärte er sich mit den meisten meiner Vorhaben, die andere Fälle betrafen, einverstanden. Als ich mich schon bei ihm bedankt hatte und gerade mit dem Aktenstapel, den ich vor meiner Brust festhielt, sein Büro verlassen wollte, meinte er: »Chloe, sag mal, was passiert denn jetzt mit Dan? Ich habe gehört, dass sein Fall nächste Woche verhandelt wird.«

»Ja«, erwiderte ich, und mein Puls pochte heftig an meinen Handgelenken und meinem Hals. »Felix geht davon aus, dass sie voraussichtlich dann damit beginnen.« Ich blieb im Türrahmen stehen, ließ die Tür wieder zufallen, ging zurück und setzte mich auf die Kante seines Schreibtischs. »Nat«, sagte ich, »ich weiß nicht, was ich tun soll.«

Er sagte nichts und bedeutete mir, ich solle fortfahren.

»Felix möchte, dass ich aussage«, sagte ich.

»Über was?«

»Als Leumundszeugin. Du weißt schon, um zu sagen, dass Dan ein anständiger Kerl ist – so etwas in der Art.«

Er nahm die Füße vom Tisch und setzte sich abrupt auf. Plötzlich sah er angespannt und wachsam aus wie ein Tier, das gerade etwas gerochen hat, das nicht da sein sollte.

»Was hast du ihm gesagt?«, fragte er.

»Ich habe ihm gesagt, dass ich es mir noch überlegen müsse.«

»Chloe, ich kann nicht zulassen, dass du das tust«, sagte er. Als er die Stirn runzelte, kamen mir die Falten, die in seine Stirn eingegraben waren, außerordentlich tief vor, wie die mit schwarzem Filzstift gezeichneten Linien in einer Kinderzeichnung.

»Nun, das ist eigentlich nicht deine Entscheidung, nicht wahr, Nat?«, sagte ich sanft.

»Vielleicht doch«, widersprach er. »Vielleicht ist es doch meine Entscheidung. Meine Güte, ich bin schließlich dein Vorgesetzter.« Er stand auf und lief im Zimmer auf und ab, vorbei an den Bücherregalen, die voll gestopft waren mit obskuren Theorien zur Sozialarbeit, und den schrillen Postern. »Meine Güte, zunächst einmal musst du an deine Karriere denken. Hast du überhaupt schon mal überlegt, welche Auswirkungen das auf deine Zukunft haben könnte?«

Ich schüttelte den Kopf. Ich glaube, ich habe sogar ein wenig mit den Schultern gezuckt, denn ich verstand ihn nicht. Nat blieb vor dem Fenster stehen und lehnte sich gegen das

Fensterbrett. Sein Profil lag vor dem Hintergrund der golden blitzenden Stadt im Schatten. Er schwieg einen Moment und überlegte, was er sagen wollte. Tief unter uns dröhnte der Verkehr durch das Gewirr von Einbahnstraßen. Im Büro hinter uns klingelte ein Telefon, doch keiner von uns rührte sich.

»Hör mir gut zu, Chloe«, sagte er. »Auch wenn ich dich vielleicht damit in Verlegenheit bringe: Ich war immer der Ansicht, dass du deine Arbeit verdammt gut machst.« Er sah mich dabei nicht an, sondern hinaus Richtung Stadt; er war selbst ein wenig verlegen. »Um ehrlich zu sein, bist du eine der besten Mitarbeiterinnen, die ich je gehabt habe. Doch ich habe das Gefühl, dass du dich nie voll gefordert hast, nie alles gegeben hast, was du konntest.«

Ich fühlte mich angegriffen. »Ich habe Kinder«, sagte ich.

»Natürlich«, sagte er. »Natürlich. Deshalb habe ich dich auch nie gedrängt. Ich weiß, wie sehr du dich für deine Töchter engagierst, eine richtige Erdmutter, und das ist natürlich sehr schön. Doch ich habe mir immer vorgestellt, immer gehofft, dass du, wenn sie ein bisschen älter sind, gern die Karriereleiter ein wenig hinaufklettern und eine Beförderung anstreben würdest.«

Er machte eine ausladende Handbewegung, breitete seine Hände seitwärts aus, während er vor dem Fenster stand, als wolle er mir all das anbieten: diese helle, kalte, glitzernde Stadt, diese Türme und Kräne und Fabrikschornsteine, die in der Sonne golden glänzten, diese grenzenlosen Aussichten, Wege und Möglichkeiten.

»Ich würde es gern sehen, wenn du eine leitende Funktion übernehmen würdest, Chloe«, sagte er. »Wir brauchen weiß Gott gute Führungskräfte in dieser Abteilung, praktisch veranlagte Führungskräfte mit Erfahrungen aus erster Hand, wie du sie mitbringst.«

»Vielen Dank«, sagte ich zwar leichthin, aber ich fühlte mich natürlich geschmeichelt.

Er beugte sich nach vorn, und seine Augen funkelten. »Wir

haben in all den Jahren so viele falsche Entscheidungen getroffen«, sagte er. »Das sollte eigentlich jeder einsehen. Wir haben uns von den Bedürfnissen der Kinder abgewandt. Es geht nur um verdammte Budgets und Bilanzen und ›Bedürfnisse statt Ansprüche‹ und wie wir rechtfertigen können, Leute wegzuschieben. Heutzutage kennt gutes Management nur ein Ziel, und das heißt: das Budget einhalten.«

Ich nickte und wusste auch, dass ich ihn besser nicht unterbrach. Dies war ein Thema, das Nat sehr am Herzen lag. Und eigentlich war ich seiner Meinung, ich war nur gefühlsmäßig nicht so engagiert.

Seine Überzeugung machte aus ihm einen anderen Menschen: Er war lebhaft, angespannt und heftig. »Wir brauchen Führungskräfte mit Herz«, sagte er. »Führungskräfte, für die Kinder an erster Stelle stehen, die sich für die Prävention einsetzen, die Familien aufsuchen, bevor es zu spät ist und alles auseinander bricht. Menschen, die wissen, worum es bei dieser Arbeit wirklich geht, und die diese Abteilung nicht leiten wie eine Fabrik, die verdammte Computerchips produziert.«

Seine Leidenschaft war irgendwie ansteckend. Und während ich dasaß und ihm zuhörte, entstand vor meinem geistigen Auge in allen Einzelheiten ein verführerisches Bild: eine Fallbesprechung, bei der ich, die Führungskraft mit Herz, die mitfühlend und klug war, sich als Erstes um die Belange der Kinder kümmerte und für Vorbeugungsmaßnahmen engagierte, den Vorsitz hatte; dabei trug ich einen eher strengen Hosenanzug aus Leinen, der durch Riemchensandaletten aus Wildleder einen leichten femininen Touch erhielt, und jeder fügte sich dem, was ich sagte.

Nat kam auf mich zu und senkte leicht die Stimme. »Ich wollte dir das eigentlich noch nicht sagen«, meinte er. »Doch in Anbetracht der Umstände, finde ich, solltest du es wissen. In der Brideshill-Gruppe wird eine Stelle frei, die sich zwei Leute teilen sollen, und zwar die Stelle des Leiters. Das ist im Moment noch eine vertrauliche Information, also sag es um

Gottes willen nicht weiter. Sie ist zeitlich befristet – eine Schwangerschaftsvertretung –, aber sie würde dir einen Einstieg verschaffen und den Widerspruch umgehen, dass du dich nicht für eine leitende Stelle bewerben kannst, weil du noch keine dementsprechenden Erfahrungen gesammelt hast. Ich sehe dich vor mir, wie du diese Stelle antrittst, Chloe.«

»Hör schon auf damit, Nat«, sagte ich. »Ich würde die Stelle ohnehin nicht bekommen. Andere Leute in dieser Abteilung hätten viel bessere Chancen als ich.«

»Du stellst dein Licht immer unter den Scheffel«, widersprach er. »Wirklich, manchmal möchte ich dich schütteln. Du wärst eine sehr viel versprechende Bewerberin, wirklich sehr viel versprechend. Du bist hier bekannt, hast dich ausgezeichnet bewährt, und ich würde dir ein so überschwängliches Empfehlungsschreiben ausstellen, dass du verlegen wärst.«

Er wandte sich von mir ab, ging wieder zu seinem Platz am Fenster zurück und sah hinaus. Mit den Händen stützte er sich auf das Fensterbrett, dabei sank er wieder ein wenig in sich zusammen; die Begeisterung schien ihn verlassen zu haben.

»Doch wenn du dich entschließt, bei der Verteidigung von Dan Whitmore in den Zeugenstand zu treten, dann muss ich dir offen sagen, Chloe, dass du die ganze Sache vergessen kannst«, sagte er. »Wenn du diesen Schritt tust, wirfst du deine Zukunft weg.«

Ich war entsetzt. »Nat, du willst mir doch nicht sagen, dass du mir keine Empfehlung schreibst, wenn ich aussage, oder?«

Zu meiner Erleichterung verzog er schmerzhaft das Gesicht. »Scheiße, Chloe, natürlich nicht«, sagte er. »Aber darum geht es nicht. Es geht darum, wie die anderen es auffassen würden, und – um ehrlich zu sein – darum, mit welchen Augen man dich von da an immer betrachten würde.«

»Ich kann nicht glauben, was du da sagst«, erwiderte ich. »Ich hatte immer den Eindruck, dass du glaubst, Dan sei es nicht gewesen.«

»Himmel, begreifst du denn immer noch nicht?«, sagte er. »Ich behaupte nicht einen Augenblick lang, dass ich glaube, er habe es getan. Er hat einfach unglaubliches Pech. Es hätte jeden von uns treffen können. Und für ihn ist es furchtbar. Doch warum soll er dich mit hinunterziehen?«

Er rieb sich mit der Hand seine gerunzelte Stirn.

»Du hast mich ganz schön durcheinander gebracht, Chloe«, fuhr er fort. »Ich möchte nicht, dass eine meiner besten Mitarbeiterinnen einfach ihre Chancen auf Beförderung wegwirft.«

»Unter Umständen wird er freigesprochen«, sagte ich. »Felix scheint ganz optimistisch zu sein.«

»Natürlich wird er unter Umständen freigesprochen«, erwiderte er. »Wir wollen hoffen, dass das passiert. Der arme Kerl. Doch es bleibt immer noch der Schatten des Verdachts. Was auch immer geschieht, diesen Schatten des Verdachts wird er nicht mehr los.«

Ich nahm meine Akten und ging.

32

Bis Freitag hatte ich immer noch keine Kinderfrau gefunden, die Ellen ablösen konnte, während sie weg war. Mehrere Mütter, die ich durch die Schule kannte, hatte ich angesprochen, doch keine konnte mir helfen. Sie machten sich alle Sorgen, dass sich ihre eigenen Kinder ansteckten, und das konnte ich ihnen nicht verübeln. Ich wusste, dass ich die folgende Woche freinehmen und mich selbst krankmelden musste, wie es Mütter von kranken Kindern so oft tun.

Freitag um die Mittagszeit platzte Jude ins Büro und knallte verärgert ihre Tasche auf den Schreibtisch. Sie hatte den Vormittag mit Jamie Simmons, einem vierzehnjährigen Brandstifter, verbracht. Er war zwar ihr Lieblingspatient, brachte sie jedoch auch von allen am meisten in Rage.

»Warum habe ich das Gefühl, dass es nicht gut gelaufen ist?«, fragte ich.

»Eine Katastrophe«, sagte sie. »Eine absolute Katastrophe. Der kleine Trottel ist vor mir gegangen. Ich meine, insgeheim wusste ich, dass ich nicht zum Kaffee hätte bleiben sollen. Ich hätte mehr Willenskraft haben müssen, dann wäre ich vielleicht zuerst gegangen. Aber er ist abgehauen, bevor ich meinen zweiten Keks mit Vanillecremefüllung gegessen hatte.« Sie ließ sich auf den Stuhl fallen, völlig erschöpft und niedergeschlagen. »Manchmal frage ich mich, warum ich mir so viel Mühe gebe.«

»Ich habe dir ein Sandwich mitgebracht«, sagte ich. »Mit Huhn und Avocado.«

»Oh«, sagte sie. »Mit Kräutermayonnaise?«

Ich nickte. »Ich dachte, du könntest ein wenig Aufmunterung brauchen.«

»Chloe, du bist wirklich die Beste«, sagte sie.

Wir setzten uns zusammen hin und aßen unsere Sandwiches.

»Also, die Verhandlung findet nächste Woche statt?«, fragte sie dann in beiläufigem Ton.

Ich nickte.

»Wirst du hingehen?«

Ich schüttelte den Kopf.

Sie spreizte vor sich auf dem Tisch die Finger, als ob sie ihre makellosen Fingernägel inspizieren wollte. An jenem Tag waren sie in einem gedeckten Violett lackiert, eine der modernen Nagellackfarben, die sie so gern hat; vermutlich hatte sie auch einen ausgefallenen Namen wie Concrete oder Shelter.

»Chloe«, sagte sie sanft, »das heißt doch nicht, dass du beschlossen hast, das zu tun, was Felix möchte, oder?«

So konnte man es auch interpretieren – denn wenn ich Zeugin war, durfte ich beim Prozess erst nach meiner Aussage als Zuschauerin dabei sein.

Doch es war eine Frage, die ich mir nicht einmal selbst beantworten konnte. Also zuckte ich mit den Schultern und nahm Zuflucht bei einer Notlüge.

»Ich glaube nicht«, erwiderte ich. »Ich muss mich ohnehin um Alice kümmern.«

Jude sah mich unter ihren sorgfältig getuschten Wimpern fast so an, als wolle sie mit mir flirten – wie ein kleines Mädchen, das ein Geheimnis hat, das es unbedingt erzählen möchte.

»Wie der Zufall es will, habe ich noch ein paar freie Tage, die ich nehmen muss«, sagte sie. »Wenn der Prozess Anfang der Woche stattfindet, gehe ich vielleicht hin. Dann könnte ich dir alle Einzelheiten erzählen.«

Ihre Großzügigkeit schnürte mir den Hals zu.

»Jude, das brauchst du wirklich nicht«, sagte ich.

»Ich möchte es aber gern«, erwiderte sie. »Tatsache ist, dass ich vor Neugier fast umkomme. Wie lange, meinst du, wird der Prozeß dauern?«

»Felix rechnet mit drei oder vier Tagen«, antwortete ich.

Sie nickte. »Das sollte gehen«, sagte sie.

»Du bist so lieb zu mir«, sagte ich.

»Na ja, erinnere dich daran, wie du dich um mich gekümmert hast, als ich Greg Rosen zusammen mit dieser billigen Therapeutin unter meiner Bettdecke vorfand«, erwiderte sie.

Als ich abends nach Hause kam, hatte Felix auf meinem Anrufbeantworter die Nachricht hinterlassen, dass Dans Verhandlung für Montag angesetzt worden war. Ich rief Jude an, und wir machten alles fest; sie versprach, am Montagabend vorbeizukommen und mir zu berichten.

Das Wochenende verging unglaublich langsam. Ich ging überhaupt nicht aus dem Haus. Es war wie damals, als die Mädchen noch Babys waren und ich das Gefühl hatte, in einem abgekapselten Raum zu leben, abgeschieden und einsam, so als ob die Außenwelt – die Welt der anderen Menschen, der Bürgersteige und Züge und der Geschäftigkeit und wichtigen Ereignisse – unendlich weit entfernt und vollkommen unerheblich war. Es hätte langweilig sein können, doch mir kam es nicht so vor. Es war, als lebte ich in einem anderen Rhythmus. Ich versuchte nicht, etwas für mich selbst zu tun, nicht einmal die Zeitung zu lesen; ich war ausschließlich für meine Töchter da, und es war alles sehr einfach.

Alice zu pflegen wurde fast zur Routine. Allmählich konnte ich die Hustenanfälle besser erahnen; sie schienen ungefähr alle zwei Stunden zu erfolgen, allerdings konnten sie auch früher einsetzen, wenn Alice aufstehen musste, um aufs Klo zu gehen. Ich lernte, wie ich sie am besten festhielt und ihr gut zuredete, während sie husten und sich übergeben musste. Trotzdem fiel es mir schwer, mit anzusehen, wie sie in Panik geriet und nach Luft schnappte – doch ich wusste auch, dass es vorbeigehen und sie wieder auf ihr Kissen sinken würde, wobei sie zwar dunkle Ringe unter den Augen hatte, aber wieder atmen konnte.

Es war schrecklich kalt, der Himmel war trübe und grau, und aufgeplusterte Stare saßen wie runde braune Früchte auf den kahlen Ästen meines Apfelbaums. Lucy und ich wohnten praktisch in der Küche, das Wohnzimmer mit seinen Balkontüren lässt sich im Winter schlecht heizen. Doch selbst in der Küche war es eher kühl. Ich versuchte, in dem hübschen viktorianischen Kamin ein Feuer zu machen, doch es ging immer wieder aus; jeder Anzünder brannte fröhlich und ging dann mit einem traurigen kleinen »Fft« aus, bevor die Kohle Feuer gefangen hatte. Schließlich gab ich auf. Ich vermutete, dass entweder der Kamin gefegt werden musste oder dass sich vielleicht ein Vogel auf der Schornsteinkappe vorschnell sein Nest gebaut hatte.

Lucy verbrachte fast den ganzen Samstag damit, mit ihren Barbiepuppen zu spielen. Sie baute ihnen unter dem Küchentisch ein Krankenhaus und pflegte sie, während sie eine Reihe von schrecklichen Lungenbeschwerden durchlitten; und während ich versuchte, zu Mittag zu essen, beschrieb sie mir ihre Hustenanfälle in allen unappetitlichen Einzelheiten. Als ich allerdings mit Alices Bettbezug nach unten kam, um ihn zu waschen, versteckte sie sich, bis er sicher in der Waschmaschine steckte.

Am Sonntagmorgen hatte Lucy dann schreckliche Langeweile. Ich zählte die übliche Liste von Dingen auf, die sie tun konnte – zeichnen, malen, mit ihren Spielzeugpferden spielen. Doch alles wurde mit verdrießlichem Kopfschütteln abgelehnt. Ich ertappte mich dabei, dass ich wünschte, ich hätte eines von diesen Büchern gekauft, in denen tausend Dinge stehen, die man an einem verregneten Tag tun konnte. Ich hatte nie eines im Haus gehabt, weil ich befürchtete, dass ich dazu überredet werden würde, irgendetwas schrecklich Kompliziertes zu basteln, bei dem man unglaubliche Mengen Prittstift und sehr viel Geduld benötigte.

»Wie wäre es, wenn du etwas aus Ton knetest? Oder vielleicht eine Valentinskarte bastelst? Oder ein Märchenbuch?«

Ihr Gesicht leuchtete auf. Die Idee mit dem Buch gefiel ihr.

»Ich könnte ein Buch mit Tests basteln, Mami«, sagte sie.

»Ja, das ginge«, sagte ich, auch wenn ich zunächst nicht verstand, was sie damit meinte.

Wir legten ein paar Blätter zusammen, falteten und lochten sie, damit wir sie mit einer Schnur zusammenbinden konnten, so dass daraus eine kleine Broschüre entstand. Sie schrieb »Lucys Tests« auf das Deckblatt. Drinnen zeichnete sie auf jede Seite drei Reihen mit Schnörkeln und ließ Platz für einen vierten. Sie gab sich sehr viel Mühe damit und war lange Zeit beschäftigt, so dass ich Gelegenheit hatte, die Sonntagszeitung durchzublättern, auch wenn ich viel zu müde war, um mehr zu lesen als die Bildunterschriften.

»Okay, Mami«, sagte Lucy schließlich. »Es ist Zeit für deinen Test.«

Ich musste mich neben sie setzen und überall dort, wo sie Platz gelassen hatte, Schnörkel zeichnen, die so aussahen wie ihre.

»Toll«, sagte sie jedes Mal, wenn ich einen Schnörkel gezeichnet hatte. »Gut gemacht.«

Dann sagte sie, sie müsse mein Ergebnis ausrechnen; sie holte ihren Taschenrechner und tat so, als würde sie etwas ganz Kompliziertes rechnen, dabei runzelte sie gewissenhaft die Stirn – ein entzückender Anblick. Sie rechnete eine Zahl aus, die so viel Stellen hatte wie der Taschenrechner, eine Zahl mit acht Stellen.

»Das ist dein Ergebnis, Mami«, sagte sie. »Du warst hervorragend.«

Sie bat mich, ihr zu zeigen, wie man »hervorragend« buchstabierte, und schrieb das Wort dann unten auf die letzte Seite.

Sie lehnte sich zurück und betrachtete ihr Werk.

»Findest du, dass meine Schrift aussieht wie Dans?«, fragte sie.

»Vielleicht«, antwortete ich und wandte mich ein wenig ab.

»Nicht vielleicht, Mami. Das tut sie. Sie sieht genauso aus wie seine.«

Am Sonntag rief Adam an, um zu hören, wie es Alice ging. Wir sprachen eine Weile über ihre Krankheit und die möglichen Komplikationen, bevor er anfing, mich darüber auszufragen, wie ich mir die Betreuung unserer Töchter vorstellte.

»Wir haben uns gefragt, wie du das alles schaffst«, sagte er. »Mit deiner Arbeit und so weiter.«

»Es geht«, antwortete ich. »Ich nehme die kommende Woche frei, weil Ellen nicht da ist. Wie es danach weitergeht, weiß ich noch nicht. Es hängt davon ab, wann Ellen zurückkommt.«

»Du weißt, dass wir Alice auch jederzeit zu uns nehmen würden«, sagte er. »Simone hat angeboten, unbezahlten Urlaub zu nehmen und sich um Alice zu kümmern.«

»Ach«, meinte ich; bei dem Gedanken daran, dass sich Simone wieder einmal als Mutter für meine Kinder empfehlen wollte, wurde mir leicht unbehaglich zumute. »Also, ich glaube, das ist wirklich nicht nötig. Wir kommen gut zurecht.«

»Sie ist immerhin Krankenschwester«, sagte er. »Sie genießt auf der Intensivstation sehr großen Respekt.«

»Natürlich«, erwiderte ich ziemlich gehässig.

»Du brauchst deswegen nicht gleich eingeschnappt zu sein«, gab er als Antwort auf den Sarkasmus in meiner Stimme zurück. »Ich fand, es war sehr nett von ihr, das anzubieten. Denn eigentlich sind wir nicht gerade glücklich darüber, dass du eine Tagesmutter engagierst, wenn Alice so krank ist.«

Ich konnte mir genau vorstellen, wie Simone dies gesagt hatte – wie sie ihr teuer frisiertes Haar nach hinten schnippte und von der »Tagesmutter« sprach, als sei allein das Wort schon unangenehm und suggeriere den Anblick von Frauen, denen eine Zigarette aus dem Mundwinkel hing, und von Garagen voller vernachlässigter Babys in ihren Kinderwagen.

»Hör schon auf damit, Adam«, entgegnete ich. »Ellen ist wunderbar, und das weißt du. Sie hat selbst vier Kinder großgezogen, und alle vier sind reizend.«

»Schon gut, schon gut«, sagte er und war auf einmal wieder liebenswürdig und vernünftig. »Wir wollen dir nur helfen, weil wir das Gefühl hatten, dass du seit einiger Zeit unter sehr großem Druck stehst.«

Die Vorstellung, dass mein Ex-Ehemann und seine Geliebte auf ihrem protzigen neuen Ledersofa saßen und eindringlich und mitleidig meinen Gemütszustand diskutierten, ärgerte mich maßlos.

»Vielleicht braucht Simone ein eigenes Baby«, sagte ich.

Das war taktlos und aufdringlich; ich dachte, er würde verärgert darauf reagieren. Doch zu meiner Überraschung seufzte er leise. »Ganz so einfach ist es nicht«, sagte er.

»Wahrscheinlich nicht«, sagte ich vage, weil ich nicht wusste, was ich darauf antworten sollte; ich wünschte, ich hätte es nicht gesagt. »Jedenfalls«, fuhr ich munter fort, »bleibt Alice hier. Ich bin sicher, dass das am besten für sie ist.«

»Schon gut, du hast dich ja deutlich genug ausgedrückt«, erwiderte er. In gewisser Weise war er, glaube ich, erleichtert.

Ich hatte den Eindruck, dass ihm Simone gesagt hatte, was er mir sagen solle – und nun, nachdem er es gesagt hatte, war seine Pflicht erfüllt, und das Resultat machte ihm eigentlich nicht besonders viel aus. »Okay. Also, ich wollte nur, dass du weißt, dass Simone dir sehr gerne helfen würde.«

Ich fragte mich, was Simone wohl denken würde, wenn sie wüsste, worum Felix mich gebeten hatte.

33

Am Montagabend kam Jude wie versprochen vorbei.

»Bist du dort gewesen?«, fragte ich.

»Natürlich«, antwortete sie. »Siehst du das nicht?« Sie trug den Hosenanzug, den sie immer trägt, wenn sie bei Gericht erscheinen muss; es handelt sich dabei um einen grauen Flanellanzug, der so streng geschnitten ist, dass sie manchmal scherzt, er könne ganz allein eine Sachverständigenmeinung abgeben.

Ich nahm sie mit nach oben zu Alice.

»Du armes Ding«, sagte Jude und zauste Alices Haar.

Alice lächelte matt.

Jude hatte ihr etwas mitgebracht: ein Konzertvideo der Boy-Group, die Alice am liebsten mochte. Die Jungs grinsten uns von der Videohülle entgegen, sie waren vorteilhaft in Leder gekleidet, und ihre Piercings waren sehr dezent, der Hintergrund bestand aus mattem Gold. Ich legte das Video ein, schüttelte Alices Kissen auf und ging mit Jude in die Küche.

Ich bot ihr Wein an, doch sie wollte lieber Kaffee. Ich schaltete den Wasserkocher ein, und wir unterhielten uns über belanglose Dinge. Ich war fast krank vor Neugier, doch es war, als seien wir übereingekommen, dass das, was sie zu sagen hatte, warten musste, bis ich ihren Worten meine ungeteilte Aufmerksamkeit schenken konnte.

Ich löffelte Kaffee in meinen Becher, damit ich mich besser konzentrieren konnte, setzte mich ihr gegenüber an den Tisch und umklammerte meinen Becher. Er war heiß, und ich verbrannte mir fast die Finger.

»Dann erzähl mal«, sagte ich.

»Es war faszinierend«, erwiderte sie.

»Hast du das Video gesehen?«

»Ja«, antwortete sie. »Wir haben das Eröffnungsplädoyer der Staatsanwaltschaft und Carlys Aussage gehört, und dann haben sie Carly per Videoübertragung vernommen.«

»Welchen Eindruck hat sie auf dich gemacht?«

»Sie ist solch ein armes, verlassenes kleines Ding«, antwortete sie. »Winzig. Ich vermute, ein wenig unterernährt. Sie war für das Gericht zurechtgemacht, ihr Haar war wie auf dem Video zu einem Knoten hochgesteckt.«

»Ja«, sagte ich.

»Und sie ist ganz offensichtlich missbraucht worden. Ich glaube, der Meinung bist du auch, oder?«

Ich nickte.

»Ja«, sagte sie. »Dieses Kind spricht über etwas, das ihm tatsächlich angetan wurde.« Sie starrte in ihren Kaffeebecher, und die kleinen Fältchen um ihre Mundwinkel wurden tiefer. »Das, was sie erzählt, hat zweifellos Lücken, doch ich nehme an, das ist oft der Fall. Offensichtlich ist, dass es sich nicht genau so abgespielt hat – nicht so, wie sie es erzählt. Nicht an den betreffenden Tagen – ich meine, sie hat behauptet, es sei jeden Tag passiert – und vielleicht auch nicht in dem betreffenden Zimmer …« Dann sah sie zu mir hinüber, es war ein unglücklicher, resignierter Blick. »Chloe, es tut mir Leid, aber ich muss dir sagen, dass ihre Beschreibung eindeutig zu sein scheint. Ich meine, wer sonst hätte es gewesen sein können?«

Ich schwieg. Ich glaube, ich wurde rot und empfand so etwas wie Scham – als sei es meine eigene Schuld, über die gesprochen wurde. Als hätte ich es getan.

»Ich musste zweimal hinschauen, als ich das Video sah«,

sagte sie. »Ich kenne Sandy Willis, die Carly vernommen hat. Ich habe selbst einmal mit Sandy Willis ein Kind verhört. Sie kann sehr gut mit Kindern umgehen. Ich glaube, das sieht man auch daran, wie sie mit Carly gesprochen hat.«

»Ja«, sagte ich.

»Allerdings bin ich mir bei dem Barrister, den Felix bestimmt hat, nicht so sicher«, fuhr sie fort. »Samuel Allerdyce ... Tut mir Leid, aber ich kann den Kerl einfach nicht ausstehen.«

Ich fühlte, wie ein Anflug von Panik in mir aufstieg. »Warum denn nicht?«, fragte ich. »Ich meine, Felix weiß doch hoffentlich, was er tut?«

»Vielleicht liegt es nur an seinem Aussehen. Er ist sehr groß und knochig und hat ein riesiges Kinn, das aussieht wie ein Schenkelknochen. Und er hat Carly zum Weinen gebracht«, sagte sie und runzelte die Stirn. »Er hat sie immer wieder bestimmte Dinge gefragt – und sie wiederholte, dass sie sich nicht erinnern könne. Und er fragte: ›Dort gab es eigentlich gar kein Waschbecken, stimmt's?‹ Und sie meinte: ›Sie haben es abgemacht.‹ Daraufhin er: ›*Eigentlich* ist es doch gar nicht passiert, hab ich Recht? Ein Mann hat nicht *wirklich* seine Hand in deine Unterhose gesteckt.‹ Und sie bat darum, auf die Toilette gehen zu dürfen, und fing an zu weinen. Es war furchtbar. Alle weiblichen Geschworenen zuckten zusammen.«

»Oh, mein Gott«, sagte ich. Ich starrte in meinen Kaffeebecher und dachte an das gequälte kleine Mädchen, das ich auf dem Video gesehen hatte; und daran, wie sie mit den Händen gewedelt hatte, als sie Angst hatte. Das Gefühl, das ich empfand, erinnerte mehr als alles andere an Kummer, die Furcht und Ruhelosigkeit von Kummer. Ich fühlte, wie mir Tränen in die Augen traten, doch wusste ich nicht, wem diese Tränen galten.

Ich blinzelte heftig, holte tief Luft und sah Jude dabei nicht an. »Welchen Eindruck machte Dan?«, wollte ich wissen.

»Älter als damals, als ich ihn kannte. Du weißt doch, wir

haben diese Gruppe zusammen geleitet«, erzählte sie. »Nun ja, das ist ein paar Jahre her. Doch er ist älter und schmaler, als ich ihn in Erinnerung hatte. Ich schätze, er ist nicht der Typ, der im Anzug besonders vorteilhaft aussieht.«

Ich konnte ihn mir überhaupt nicht vorstellen, sah sein Gesicht nicht vor mir. Ich wollte, dass sie ihn mir beschrieb, ihn in allen Einzelheiten ausmalte, wie die Zeichner, die für die Neun-Uhr-Nachrichten bei Gericht Porträts der Beklagten anfertigen – jede Stirnfalte, jede Wimper, jede Stoppel, die Neigung seines Kopfes, die Art und Weise, wie er seine Hände hielt; ich wollte, dass sie ihn mit Leben erfüllte und ihn für mich greifbar machte.

»Bitte sei ehrlich«, sagte ich. Ich spürte, dass sie mir auswich, vielleicht, weil sie mich schonen wollte.

Sie zuckte leicht mit den Schultern. »Was zum Teufel erwartest du, Chloe?«, fragte sie. »Er sieht einfach furchtbar aus.«

»Ja«, sagte ich. »Das habe ich mir gedacht.«

Und dann, als ich mich darum bemühte, ihn mir vorzustellen, und es mir einfach nicht gelingen wollte, erlebte ich plötzlich ganz unerwartet einen dieser kurzen, halluzinativen Augenblicke, wie ich sie ganz am Anfang unserer Beziehung manchmal erlebt hatte. Es muss am Stress und am Schlafmangel gelegen haben – denn ich hatte das Gefühl, als spürte ich seine Hand auf meiner, die feste, trockene Berührung seiner Handfläche, die Wärme, die ich auf mich übertrug. Es war vollkommen real, als ob er da war, als ob es tatsächlich geschah. Ich dachte, ich werde verrückt.

Jude streckte eine Hand über den Tisch und tätschelte meinen Arm.

»Chloe, alles in Ordnung mit dir?«, fragte sie.

»Fast«, sagte ich. »Es kommt mir alles so unwirklich vor.«

»Es ist selbst dann unwirklich, wenn man im Gericht sitzt«, sagte sie. »Das Ganze ist so seltsam – die Roben und die Perücken und diese ganze alberne Sprache. Ich meine, sie widmen sich der Frage, ob eine sexuelle Straftat vorliegt. Du meine Güte. Währenddessen sitzt Daniel Whitmore auf der Anklagebank. Sehr sonderbar, wirklich.«

»War Helena auch da?«, fragte ich.

»Ja«, antwortete sie. »Sie sah sehr elegant aus – ich vermute, das fällt ihr nicht schwer.«

Es war zwar albern, doch es machte mir etwas aus, denn ich saß in meinen ältesten Sachen da und hatte den leicht säuerlichen Geruch von Erbrochenem an meinen Händen, den ich einfach nicht loswurde.

»In den Pausen geht sie immer zu Dan«, erzählte Jude. »Wenn das Gericht die Sitzung schließt, darf er die Anklagebank verlassen und sich unterhalten. Seine Tochter ist auch da und ein paar Leute aus seinem Büro, und er unterhält sich eine Weile mit ihnen. Dann geht er mit Felix, Paola und dem Beißer in dieses kleine Zimmer.«

»Und die Geschworenen?«, fragte ich.

»Fünf Männer, sieben Frauen«, sagte sie. »Sie tragen alle ihre besten Sachen. Blusen mit Schleifen am Kragen sind bei den weiblichen Geschworenen sehr beliebt.«

Nach dem Video mit Carlys Aussage und Carlys Vernehmung, erzählte Jude, war Carlys Mutter in den Zeugenstand gerufen worden.

»Das war wirklich alles sehr aufschlussreich«, fuhr sie fort. »Die Mutter behauptete, dass Carly letztes Jahr schwere Verhaltensstörungen gehabt hätte – Schuleschwänzen, Essensverweigerung und Bettnässen. Angeblich sei das die Folge des Missbrauchs gewesen, also Dans Schuld. Doch dann stellte sich heraus, dass sie bereits vor zwei Jahren wegen genau dieser Probleme mit Carly beim Arzt gewesen war – das ließ sich anhand der Unterlagen des Arztes beweisen.«

Plötzlich tat sich vor mir ein kleiner Hoffnungsschimmer auf. »Das war lange, bevor Dan sie zum ersten Mal gesehen hat«, sagte ich.

»Ganz genau«, erwiderte Jude. »Das arme kleine Ding. Man fragt sich, was zum Teufel sich da abgespielt hat.«

Sie trank ihren Kaffee aus und stellte den Becher mit einer energischen Bewegung auf den Tisch.

»Chloe, ich muss los«, sagte sie. »Ich bin noch mit Elliot verabredet.«

»Vielleicht bestellt er dir endlich einen Metropolitan«, sagte ich.

»Das glaube ich, wenn's soweit ist.« Sie stand auf, streckte sich im Spiegel über dem Kamin die Zunge heraus und wandte sich dann zum Gehen. »Ich komme morgen Abend wieder und erzähle dir die Fortsetzung«, sagte sie.

»Jude«, erwiderte ich, »das musst du wirklich nicht tun.« Es fiel mir sehr schwer, es auszusprechen, doch ich wusste, ich musste es tun. »Du könntest deinen Urlaub damit verbringen, dich bei Harvey Nichols neu einzukleiden. Du sollst nicht das Gefühl haben, meinetwegen dort hingehen zu müssen.«

»Habe ich auch nicht«, erwiderte sie. »Jetzt kannst du mich nicht mehr davon abhalten – ich habe Feuer gefangen. Ich muss einfach wissen, wie die Sache ausgeht. Morgen sind alle anderen Zeugen der Anklage an der Reihe – das würde ich mir um nichts in der Welt entgehen lassen. Weißt du, wen sie aufrufen werden?«

»Nein«, erwiderte ich.

»Der Richter verdeutlichte gleich zu Beginn, dass er das Video als das wichtigste Beweisstück betrachtet«, sagte sie. »Das deutet darauf hin, dass sie sonst nichts haben, was sie gegen ihn verwenden können. Kein Kinderporno, den sie bei ihm im Wäscheschrank gefunden haben. Kein anderes armes Kind, das behauptet, er habe etwas getan, was er nicht hätte tun dürfen. Und sie müssen weiß Gott gründlich danach gesucht haben. Also wird alles davon abhängen, ob die Geschworenen der Meinung sind, dass Carlys Darstellung Hand und Fuß hat.«

Ich begleitete sie zur Tür.

»Meinst du, dass sie dieser Meinung sein werden?«, fragte ich.

»Ich würde sagen, es ist alles noch ganz offen«, erwiderte sie.

Draußen fiel ein leichter, bitterkalter Regen – die Art von Regen, der überall eindringt und selbst zwischen die Haare und unter den Mantelkragen gelangt. Ich lieh Jude meinen Regenschirm. Sie umarmte mich und verschwand in der Dunkelheit.

An jenem Abend ging es Alice noch schlechter; ihre Haut war grau, fast durchsichtig, so dass ich das Gefühl hatte, bis zu den Venen hindurchsehen zu können; auf ihrer Stirn lag ein dünner, milchiger Schweißfilm, und die dunklen Ringe unter ihren Augen sahen aus wie blaue Flecken. Nach den Hustenanfällen war sie so geschwächt, dass sie kaum sprechen konnte, und ich musste sie auf dem Weg zur Toilette stützen.

Um acht Uhr rief ich schließlich bei der Ärztin an. In der Praxis haben sie einen Anrufbeantworter, so dass ich nur eine Nachricht hinterlassen konnte.

Zehn Minuten später klingelte das Telefon. Ich lief hin, erleichtert, dass sie so schnell zurückrief.

»Chloe?« Eine Frauenstimme, doch eindeutig nicht die Ärztin, die mich immer Mrs. Langdon nennt.

»Am Apparat«, sagte ich.

»Hier spricht Jo Hastings«, sagte sie. »Sie wissen doch, Felix' Sekretärin.«

»Ach«, sagte ich.

»Felix bat mich, Sie kurz anzurufen und Ihnen mitzuteilen, dass Dan Whitmores Verhandlung heute angefangen hat.«

»Ja«, sagte ich. »Ich habe es gehört.«

»Wirklich? Das ist prima«, sagte sie. »Also, Felix sagt, wenn Sie aussagen möchten, dann würden Sie vermutlich am Mittwoch gebraucht. Doch ich werde Sie morgen anrufen, nur um Ihnen Bescheid zu geben. Ich hoffe, das geht in Ordnung?«

»Ja«, sagte ich. Sie war in ihrer klerikalen Art so freundlich und vernünftig, dass ich das Gefühl hatte, ihr unmöglich erklären zu können, dass ich vermutlich nicht hingehen würde, dass es Alice schlechter ginge und ich sie keinesfalls allein lassen könne, dass es ganz unmöglich sei. Doch genau aus diesem Grund hatte Felix sie vermutlich gebeten, mich anzurufen.

»Das ist alles, Chloe«, sagte sie. »Entschuldigen Sie die Störung. Auf Wiederhören.«

Ich legte auf und hörte Alice wieder husten. Erschöpft ging ich die Treppe hinauf.

34

Am Dienstagmorgen fuhr ich mit Alice ins Krankenhaus. Die Ärztin wollte sie röntgen lassen, um festzustellen, ob sie vielleicht eine Lungenentzündung bekam.

Es war ein fürchterliches Unterfangen – Alice anzuziehen und ins Auto zu bekommen, dann über den Parkplatz des Krankenhauses zu gehen, wo sie einen schlimmen Hustenanfall bekam und sich an einem fremden Ford Mondeo festhalten musste, und dann noch das stundenlange Warten auf das Röntgen. Doch die Ärzte sagten, ihre Lungen seien frei, was eine große Erleichterung war. Die Anstrengung hatte Alice jedoch erschöpft, und an jenem Nachmittag schlief sie drei Stunden, ohne zu husten. Der Schlaf schien ihr gut zu tun. Als sie aufwachte, machte sie nicht mehr so einen entrückten Eindruck, aß etwas Toast und behielt ihn bei sich und lachte sogar über etwas, das ich sagte.

Gegen sieben Uhr kam Jude. Sie ließ ihre Handtasche auf den Küchentisch fallen, holte eine Lokalzeitung hervor, schlug sie auf und gab sie mir.

Es war nicht allzu schlimm. Es war kein sehr langer Artikel, er war nicht auf der Titelseite abgedruckt, und sein Name wurde nicht erwähnt. Die Überschrift lautete:

MANN STREITET SEXUELLEN MISSBRAUCH VON SCHULMÄDCHEN AB.

Ein Kinder- und Jugendpsychologe hat angeblich während des Einzelunterrichts an einer Grundschule sexuelle Handlungen an einem kleinen Mädchen begangen. Dazu wurde ein Geschworenengericht einberufen. Es wird behauptet, das Mädchen, das speziellen Förderunterricht erhielt, sei bei mehreren Gelegenheiten, während sich die beiden allein in einem Raum aufhielten, sexuell missbraucht worden. Nachdem er es missbraucht habe, habe der Mann das Mädchen angewiesen, niemandem davon zu erzählen, behauptete Mr. Graham, Vertreter der Anklage. Mr. Graham sagte: »Wenn die Staatsanwaltschaft Recht behält, dann ist er sehr weit vom rechten Weg abgekommen und hat seine Verantwortung ausgenutzt und einen Vertrauensbruch begangen. Weit entfernt davon, dem Mädchen zu helfen, hat er es zu seiner eigenen Befriedigung missbraucht. Sie hatten eine Reihe von privaten Unterrichtsstunden, bei denen sie allein im Zimmer waren, und dabei kam es zu sexuellen Handlungen.«

»In den überregionalen Zeitungen steht nichts«, sagte Jude. »Ich habe überall nachgesehen.«

»Danke«, sagte ich.

Diesmal wollte sie Wein. Ich öffnete eine Flasche Chardonnay.

»Schieß los«, sagte ich.

»Heute waren hauptsächlich die Zeugen der Anklage dran«, sagte sie. »Als Erstes riefen sie die anderen beiden Lehrer auf, die Carly ebenfalls Einzelunterricht erteilt hatten. Die anderen beiden, die ebenfalls als Täter in Frage hätten kommen können.«

»Ja«, sagte ich.

Das war der Teil der Verhandlung, den ich mit Spannung erwartet hatte, denn ich hatte die abenteuerliche Hoffnung, dass vielleicht eine entscheidende Tatsache ans Licht kam, die jemand anderen belastete. Doch ich merkte, dass das nicht geschehen war. Jude war ganz entspannt und sachlich; ich wusste, dass ihre Geschichte keine dramatische Wendung haben konnte.

»Zunächst war da dieser Typ namens Krishna Chauhan, der meistens im Regenbogenzimmer unterrichtet und zweisprachigen Kindern mit ihrem Englisch geholfen hat«, sagte sie. »Ich glaube, sie haben ihn hauptsächlich deshalb aufgerufen, damit die Geschworenen ihn einmal sehen konnten, weil Carly gesagt hatte, dass der Mann, der sie missbraucht hat, weißer Hautfarbe sei. Allerdyce fragte ihn nach dem Waschbecken, und er sagte, es habe in dem Zimmer nie ein Waschbecken gegeben. Er meinte, dass das Gebäude vielleicht ursprünglich als Fabrik errichtet worden sei, doch dass es, seit er dort arbeite, nie ein Waschbecken in dem Zimmer gegeben habe. Er sagte, sein Schreibtisch stünde dort, wo die Kacheln an der Wand seien.«

»Ja«, sagte ich.

»Dann riefen sie diesen Förderlehrer auf, Philip Bradley, der ebenfalls einigen Kindern Einzelunterricht erteilt hat. Er kam also auch eindeutig in Frage – außerdem trägt er Bart und Brille. Und Graham sagte: ›Ohne Ihnen zu nahe treten zu wollen, darf ich Sie fragen, ob Sie letztes Jahr auch schon so aussahen wie heute?‹ Und Philip Bradley antwortete mit Ja. Also konnte er nicht der Mann gewesen sein. Dann haben sie die Schulleiterin Fiona Parker in den Zeugenstand gerufen.«

»Verdammt«, sagte ich.

»Warum? Kennst du sie?«

»Nein«, erwiderte ich. »Nur aus Dans Erzählungen. Er konnte sie nicht leiden.«

»Jetzt wird er sie noch weniger leiden können«, sagte sie. »Sie war eine ideale Zeugin – ganz Messingknöpfe und sehr selbstsicher. Es wurde sehr lange über den Grundriss der Schule gesprochen und ob das Zimmer am anderen Ende des Flurs ein Waschbecken hatte oder nicht. Ich nehme an, sie versuchten, ein anderes Waschbecken zu finden, in dem sich Dan möglicherweise die Hände gewaschen hatte. Und dann wurden Fotos und Grundrisse von der Schule herumgereicht, damit die Geschworenen sie sich anschauen konnten.«

Sie lehnte sich zurück und trank ihr Glas aus.

»Es gibt Dinge, die ich bei dem Justizsystem hier nicht verstehe«, sagte sie. »Ich meine – überleg mal, was dieser Prozess kostet. Doch als die Geschworenen sich die Farbkopien ansehen sollten, mussten sich jeweils zwei Leute eine Kopie teilen. Unglaublich, findest du nicht?«

Ich zuckte mit den Schultern und nickte. Ich schenkte uns noch ein Glas Wein ein. Er stieg mir zu schnell zu Kopf. Mein Körper fühlte sich dünn, leicht und unproportioniert an, als sei er nicht meiner: Dieses Gefühl erinnerte mich an die erste Zeit nach der Geburt der Kinder, als ich nie genug Schlaf bekommen hatte. Schließlich hatte ich mich nicht mehr müde gefühlt, sondern war mir selbst nur vollkommen unwirklich vorgekommen und bereits zusammengezuckt, wenn mir nur das Haar ins Gesicht fiel oder ich Geräusche hörte, die nicht existierten.

»Dann haben sie sie dazu gebracht, über den Streit zu berichten, bei dem sie und Dan sich gegenseitig beschimpft haben«, sagte Jude.

»Scheiße«, sagte ich.

»Weißt du davon?«

Ich nickte.

»Sie drückte sich irgendwie sehr vorsichtig aus«, meinte Jude. »Etwa so: ›Wir hatten eine Meinungsverschiedenheit in Bezug darauf, wie wir am besten auf die Bedürfnisse eines bestimmten Kindes reagieren sollten, und ich fürchte, Mr. Whitmore hat die Beherrschung verloren.‹ Und der Barrister fragte: ›Und wie wurde entschieden?‹ Und sie antwortete: ›Ich fürchte, ich musste Mr. Whitmore bitten zu gehen.‹ Es entstand der Eindruck, dass Dan jemand ist, der impulsiv reagiert und sich nicht sehr professionell verhält. Also nicht das, was man sich eigentlich so vorstellt«, fügte sie trocken hinzu.

Ich musste an den lange zurückliegenden Sommerabend

denken, als Dan mir davon erzählt hatte. Daran, dass wir Wein tranken, nachdem wir uns geliebt hatten, dass ich gezittert hatte, als der eisgekühlte Wein auf meine Haut getropft war. Und ich dachte daran, wie sehr Dan die Angelegenheit bedauert und Angst bekommen hatte, weil er wusste, dass er sich diese Frau zur Feindin gemacht hatte.

»Nein«, stimmte ich ihr zu. »Nicht das, was man sich vorstellt.«

»Anschließend haben sie die Polizeibeamtin aufgerufen, damit sie erzählen konnte, wie sie seine Wohnung durchsucht und ihn vernommen haben. Eine Victoria Griggs, mit einer sehr ordentlichen Frisur. Ist das die Vicky, mit der du zu tun hattest?«

»Ja«, antwortete ich.

»Sie las einen Teil von Dans Vernehmungsprotokoll vor«, erzählte Jude. »Es war wie im Schauspielunterricht; Vicky Griggs übernahm die Rolle der Polizei, und der Barrister übernahm Dans Rolle. Er habe es immer wieder abgestritten, sagte sie.«

»Davon hat er mir erzählt«, meinte ich.

»Chloe«, sagte Jude dann. Sie sah sich um und senkte ein wenig die Stimme, obwohl uns niemand hören konnte. »Sie haben den Teil vorgelesen, in dem er gesagt hat, dass ihr ein Verhältnis hattet.«

»Ich wusste, dass sie das tun würden«, erwiderte ich.

»Es war nur ganz kurz«, sagte sie. »Nur die Tatsachen. Dass er gesagt hat, dass ihr seit dem Juni letzten Jahres ein Verhältnis hattet, dass eure sexuelle Beziehung normal und gut war – ich glaube, das waren seine Worte. Und er sagte, dass die sexuelle Beziehung zu seiner Frau in Ordnung gewesen sei, doch dass sie ein paar Monate, bevor er sie verlassen habe, aufgehört habe. Das war alles, Ehrenwort. Dein Name wurde nur zweimal erwähnt. Doch es hat mich trotzdem sehr wütend gemacht. Ich meine, warum zum Teufel müssen sie das alles wissen?«

Ich zuckte mit den Schultern. Vermutlich war ich schon abgehärtet – ich hatte mich daran gewöhnt, so bloßgestellt zu werden. Das, was mir wirklich etwas ausmachte, war, dass keine neuen Beweise aufgetaucht waren, nichts, was jemand anderen belastete. Kleine kalte Wellen der Enttäuschung rollten über mich hinweg – es war nichts dabei herausgekommen, was ich nicht schon wusste, nichts, was die Angelegenheit klärte. Und mir wurde bewusst, wie verrückt meine Vorstellung gewesen war – meine unausgesprochene Hoffnung, die ich gehegt hatte, dass es im Laufe der Verhandlung eine überraschende Wendung geben würde, so wie am Ende eines Fernsehfilms, wo zum Zeitpunkt des Abspanns alle Mosaiksteinchen ein Bild ergeben und der lächelnde Bösewicht enttarnt wird.

Jude blieb an jenem Abend sehr lange, und wir tranken Wein und sprachen über andere Dinge – ihren Kieferorthopäden und seine ungewöhnlichen sexuellen Vorlieben, die Vor- und Nachteile von Fettabsaugung, über die angedrohten Umstrukturierungen bei der Arbeit – damit drohten sie schon länger – und über ihre Pläne für die Sommerferien; sie wollte mit ihrem Kieferorthopäden nach Umbrien, doch sie war sich noch nicht sicher, ob es tatsächlich dazu kommen würde.

Um neun Uhr klingelte das Telefon. Ich nahm im Arbeitszimmer ab.

Es war noch einmal Jo.

»Ich wollte Ihnen nur rasch mitteilen, dass die Verteidigung morgen an der Reihe ist«, sagte sie. »Wenn Sie kommen wollen, lässt Felix Ihnen ausrichten, dass Sie bei der Sicherheitskontrolle sagen, wer Sie sind; dann kommt einer der Gerichtsdiener und holt Sie ab. Das ist alles. Auf Wiederhören.«

Ich legte auf und ging zurück in die Küche. Jude erzählte ich nicht, wer angerufen hatte.

An jenem Abend redete Jude die meiste Zeit – ich war fast zu müde, um zu reden. Gegen Ende ihres dritten Glases Chardonnay fing sie an, Erinnerungen an ihre Kindheit heraufzubeschwören: Trübe, nasse Wintertage in London erfüllen sie manchmal mit einer vorübergehenden Sehnsucht nach Chicago, wo die Wintermonate von Oktober bis März weiß sind und es im April, wenn man denkt, der Frühling sei endlich da, immer noch einmal schneit. Wir tranken die Flasche aus, und schließlich meinte sie: »Ich fahre jetzt besser nach Hause. Du siehst total erledigt aus, Chloe.«

»Ich glaube, das bin ich auch«, erwiderte ich.

Wir gingen zur Haustür. Ich öffnete die Tür.

Doch sie ging nicht, sie stand einfach da und sah mich nicht an; dabei wurden die Fältchen in ihrem Gesicht immer tiefer.

»Was ist los?«, fragte ich.

»Chloe, ich glaube nicht, dass ich morgen hingehen kann«, sagte sie unglücklich. »Es tut mir so Leid.«

»Nun ja«, antwortete ich und versuchte, es achselzuckend hinzunehmen. Doch tatsächlich fühlte ich mich vollkommen hilflos. Es kam mir so vor, als hätte ich Dan erneut verloren, als sei die einzige Verbindung, die uns noch zusammenhielt, zerrissen oder uns entrissen worden. Morgen wurde vermutlich das Urteil verkündet und über Dans Zukunft entschieden, und ohne Jude würde ich nie genau erfahren, wie es dazu gekommen war.

Sie wurde ganz rot, so unangenehm war es ihr. »Ich habe es einfach nicht übers Herz gebracht, es dir zu sagen«, sagte sie. »Aber ich habe keinen Urlaub mehr.«

»Mein Gott, du musst dich doch nicht entschuldigen«, erwiderte ich.

»Eigentlich hätte das nicht passieren dürfen«, sagte sie. »Ich wollte ein paar Überstunden abbummeln. Verdammt, sie schulden mir wirklich was. Doch Nat hat heute Abend angerufen und gesagt, dass morgen eine Fallbesprechung über Jamie Simmons stattfindet, bei der ich dabei sein muss. Es ist mir so unangenehm, ich habe wirklich das Gefühl, dich im Stich zu lassen.«

»Das ist doch Unsinn«, sagte ich. »Du hast so viel für mich getan.«

»Du könntest mit Flip Nicholls sprechen«, schlug sie vor. »Ich bin sicher, sie geht morgen hin. Sie unterhält sich bestimmt gern mit dir – sie kommt sich gern wichtig vor. Wenn du möchtest, besorge ich dir ihre Privatnummer von Gina.«

»Mach dir keine Gedanken«, sagte ich. »Das möchte ich eigentlich lieber nicht. Es wäre mir einfach zu peinlich, mit ihr zu reden.«

Auf der Straße war es pechschwarz, dichte Wolken verhüllten die Sterne. Wir verabschiedeten uns, und ich ging wieder in die Küche.

Ich saß am Tisch und las noch einmal den Zeitungsartikel über den Prozess, und mir fielen die seltsamen, ziemlich aufgeblasenen Formulierungen auf: ... sie zu seiner eigenen Befriedigung missbraucht ... Vertrauensbruch begangen ... Als Jude gegangen war – und mit ihr ihre laute Stimme, ihre Gewissheit und ihr Lachen –, kam mir der Raum merkwürdig leer vor; die Schatten ragten aus ihren Ecken hervor wie die Schatten von Zweigen, wie Bäume, die alles verdunkelten und das Sternenlicht abhielten. Ich kam mir schrecklich verloren und allein vor, erfüllt von der Dunkelheit.

Dann flog mit einem lauten Krachen die Tür auf; es jagte mir einen ziemlichen Schrecken ein. Lucy stolperte in die Küche, in ihrem neuen übergroßen Herkules-Nachthemd wirkte sie sehr klein; sie umklammerte ihre Schmusedecke und sah wütend, klar und entschlossen zugleich aus, war aber offensichtlich gerade erst aufgewacht; ihr Haar war ganz zerzaust.

»Diese Leute haben mich aufgeweckt«, sagte sie missmutig. »Mit ihren lauten Autos auf der Straße. Manche Leute sind sehr selbstsüchtig.«

»Denk nicht mehr dran«, sagte ich. Ich hatte den Verdacht, dass das Jude mit ihrem schrecklichen alten Alfa Romeo gewesen war, die etwas stürmisch Gas gegeben hatte, weil sie durcheinander war.

Ich hob Lucy auf den Schoß.

»Ich bin an Alices Zimmer vorbei*gerannt*«, sagte sie.

»Vielleicht war ihr wieder schlecht. Ich hasse es, wenn ihr schlecht wird.«

»Arme kleine Alice«, sagte ich.

»Arme kleine Lucy, Mami«, sagte sie.

»Arme kleine Lucy«, sagte ich.

Sie gähnte genüsslich.

Ich spielte mit ihrem Haar, hielt ein paar Strähnen ins Licht und betrachtete all die verschiedenen Farbschattierungen, die hellbraunen und schlammfarbenen Strähnen, die an Sand erinnerten, der von Sonnenstrahlen erhellt wird. Ich ließ die Strähnen wie Sand zwischen meinen Fingern hindurchgleiten. Ihr Atem verlangsamte sich, und ihr warmer Kopf drückte allmählich schwer gegen meinen Oberarm. Ich hielt sie fest umschlungen und ließ sie noch lange, nachdem sie eingeschlafen war, auf meinem Schoß sitzen; ihre Körperwärme tröstete mich ein wenig. Ich saß am Tisch, hielt sie in meinen Armen und las immer wieder den Bericht in der Zeitung, bis die Worte keinen Sinn mehr ergaben; ich starrte auf den Artikel, als verberge er einen geheimen Code, als seien die Buchstaben Hieroglyphen oder Runen oder Schafgarben, die in einem bedeutungsvollen Muster angeordnet worden waren und die ich nur richtig interpretieren musste, um endlich alles zu verstehen.

35

Nachts regnete es in Strömen. Ich hörte die Tropfen, wenn ich aufstand, um nach Alice zu sehen. Morgens hatte der Sturm aufgehört; doch es war immer noch dunkel und bewölkt, und alles war nass. Der Rasen stand unter Wasser, auf der Terrasse waren jede Menge Pfützen, und an jedem Zweig meines Apfelbaums hing am Ende ein einzelner Tropfen Regenwasser, der aussah wie eine Träne.

Ich machte Lucy für die Schule fertig, und Jakes Mutter holte sie ab, um sie zur Schule zu begleiten. Ich schaltete die 9-Uhr-Nachrichten ein und aß eine Portion Müsli. Ich machte Alice etwas Toast, brachte ihn ihr und legte ihr ein Video ein. Ich bezog ihre Decke neu, wusch ihr Hände und Gesicht. Den schmutzigen Bettbezug nahm ich mit nach unten, um ihn in die Waschmaschine zu stecken, dann kochte ich Kaffee.

In meiner Vorstellung diskutierte ich mit einer anderen Person und erklärte ihr immer wieder, dass es unmöglich sei. Sie können von mir nicht erwarten, dass ich das tue, sagte ich. Ich würde ein großes Risiko eingehen – in Bezug auf meine Arbeit und das Sorgerecht für meine Kinder. Sie stehen für mich notwendigerweise an oberster Stelle – und nicht der Mann, den ich einmal geliebt habe. Auch wenn ich ihn sehr geliebt habe, müssen die anderen Dinge zuerst kommen: Das verstehen Sie doch sicher, sagte ich der Person. Dabei klang in meiner Vorstellung meine Stimme so klar und nachdrücklich, dass ich fast das Gefühl hatte, ich würde laut reden. Ich konnte den Tonfall meiner Stimme hören, er war gereizt und schrill, weil ich mich zu rechtfertigen versuchte. Wie auch immer, sagte ich und schwenkte ein wenig um, ich bin mir noch nicht hundertprozentig sicher. Nicht so sicher, dass ich diesen Schritt wagen würde, den ich nicht wieder rückgängig machen kann.

Ich hatte das Gefühl, mit einer Frau zu streiten, vielleicht mit Jo in ihrer Rolle als Fürsprecherin von Felix. Ich appellierte an ihre Mütterlichkeit, an ihre Gefühle als Frau. Ich habe ein krankes Kind zu Hause, das aufopferungsvolle Pflege verlangt – das behauptet Penelope Leach –, und Sie erwarten all diese Dinge von mir. Ich glaube, Ihnen ist gar nicht bewusst, um was Sie mich da bitten, ich kann mir nicht vorstellen, dass Sie die Sache zu Ende gedacht haben. Sie wissen nicht, was es für mich bedeutet, die ganze Nacht auf den Beinen zu sein, mir Sorgen zu machen und all diese Probleme zu haben, sagte ich; dabei jammerte die Stimme in meinem Kopf vor Selbstmitleid. Es tut mir Leid, aber mein Kind kommt an erster Stelle. Sie können nicht von mir erwarten, dass ich mein krankes Kind allein zu Hause lasse. Ich kann unmöglich tun, worum Sie mich bitten. Und immer, wenn ich in Gedanken Dan vor mir sah – auf der Anklagebank, formell gekleidet, wie Jude ihn mir beschrieben hatte, mit dem Kopf in den Händen oder mit gesenktem Blick –, hatte ich das Gefühl zurückzuzucken, wie man zurückzuckt, wenn man ein verletztes oder gebrochenes Körperteil berührt.

Ich machte mir einen Kaffee und beschloss, ihn bei Alice im Zimmer zu trinken. Da ich wusste, dass sie nicht viel reden wollte, klemmte ich die Zeitung, die Jude mitgebracht hatte, unter den Arm, weil ich die Anzeigen durchsehen wollte. Vielleicht wurde eine Geige angeboten, die ich für Lucy kaufen konnte; sie hatte immer wieder gesagt, dass sie Geige lernen wollte. Ich setzte mich neben Alices Bett auf den Fußboden, trank meinen Kaffee und blätterte die Anzeigen durch. Alice lag zurückgelehnt in ihrem Bett und sah sich ihr Video an. Die Boy-Group sang eine getragene Melodie in einer gefühlvollen, geistlichen Umgebung; überall brannten Kerzen, und einige ihrer Hemdenknöpfe standen aufreizend offen.

Das Telefon klingelte. Ich lief nach unten und erwartete irgendeine Nachricht, ein Zeichen. Doch es war nur eine ziemlich verwirrte Person, die ich nicht kannte und die Hayley sprechen wollte. Ich ging langsam wieder nach oben in Alices Zimmer, mein Puls beruhigte sich wieder, und mein Körper war so schwer, dass ich ihn mühsam die Treppe hinaufschleppte.

Alice saß aufrecht im Bett. Sie lehnte sich nicht mehr gegen das Kissen, sondern wirkte nun aufmerksam, fast gespannt. Sie hatte die Zeitung ausgebreitet vor sich auf dem Bett liegen. Sie war an der Stelle mit dem Artikel über den Prozess aufgeschlagen.

»Mama, hier geht es um Dan, nicht wahr?«, fragte sie mit heiserer und rauer Stimme und deutete auf die Seite.

»Ja«, antwortete ich.

»Was wird mit ihm geschehen?«, fragte sie.

»Ich weiß es nicht«, erwiderte ich. »Der Prozess wird heute fortgesetzt.«

»Jetzt?«, fragte sie. Sie versuchte sich zu räuspern. »Er wird genau jetzt, in diesem Augenblick, fortgesetzt?«

»Ja«, sagte ich.

Sie schwieg. Sie schob die Zeitung beiseite und wandte sich wieder ihrem Video zu. Ich war sehr erleichtert, dass sie die Sache nicht weiter verfolgte. Ich fragte mich, ob sie zu krank war, um es wirklich zu verstehen, oder zu erschöpft, um die Sache zu Ende zu denken.

Es war fast elf Uhr, als ich wieder hinunterging. Ich räumte ein wenig auf, stellte das Radio an, wusch ein paar Schranktüren ab, die ich seit ewigen Zeiten nicht sauber gemacht hatte. Dies, dachte ich, ist auch eine Art, eine Entscheidung zu treffen – indem man einen Schrank abwischte, eine Verbrauchersendung hörte und versuchte, nicht zu denken. Ich bewegte mich instinktiv – wie Schlafwandler, die unterbewusst einen alltäglichen Bewegungsablauf beginnen und die man nicht dazu bringen kann aufzuhören. Ich schob die Gedanken von mir, wie man ein drängelndes Kind wegschiebt, das an einem zerrt, wenn man gerade versucht zu schlafen. Vielleicht werden die meisten Entscheidungen auf diese Weise getroffen – denn auch wenn man etwas nicht tut oder schlafwandelt, entscheidet man sich. Und bald, dachte ich, wird die Unsicherheit vorbei sein, bald wird es zu spät sein.

Um halb eins brachte ich Alice ein wenig Rührei, doch sie verzog das Gesicht und meinte, sie könne es nicht essen. Ich nahm den Teller wieder mit nach unten und stellte den Geschirrspüler an. Ich staubte das Steingut auf der Anrichte ab und räumte meine Küchenschränke auf. Ich goss die Geranien auf dem Fensterbrett, doch sie hatten es eigentlich nicht nötig; das Wasser stand auf den Untertellern, also goss ich es wieder ab.

Über mir hörte ich die Bodendielen knarren. Alice musste

aufgestanden sein. Vielleicht musste sie aufs Klo. Die Anstrengung, den Flur entlangzugehen, löste normalerweise einen Hustenanfall aus, und dann brauchte sie meine Hilfe. Ich ging nach oben, um nach ihr zu sehen.

Doch sie war nicht ins Badezimmer gegangen, sie war noch in ihrem Zimmer. Sie stand mit dem Rücken zu mir da und suchte etwas in der obersten Schublade ihrer Kommode – einer Schublade, an die Lucy unter Androhung der Todesstrafe nicht dran darf. Dort bewahrt Alice ihre Lieblingssachen auf, ihre Fruchtseifen, Samthalsbänder und ein Reiskorn, auf das in wunderschöner feiner Schrift ihr Name eingraviert ist und das sie an einem Esoterik-Stand auf dem Camden Market erstanden hat. Alles ist sorgfältig aufgeräumt. Andere Mütter stöhnen über die Unordentlichkeit ihrer halbwüchsigen Töchter, dass sie immer wieder Bonbons an den Heizkörpern oder Kaugummi unter dem Bett finden, doch Alice ist fast zwanghaft ordentlich. Dinge, die andere Mädchen aufheben würden, wirft Alice meistens weg – sogar alte Ausgaben ihrer Zeitschriften.

»Alice, du solltest nicht aufstehen«, sagte ich. »Du fängst nur wieder an zu husten.«

Sie beachtete mich gar nicht, sondern zog die Schublade noch ein wenig weiter auf, so dass ich befürchtete, sie würde herausfallen, und suchte weiter. Ich fragte mich, ob sie durch ihre Krankheit taub geworden oder vielleicht ein wenig verwirrt war, wie es Kinder mit sehr hohem Fieber manchmal sind; sie sagen dann Dinge, die keinen Sinn ergeben, und schrecken vor Spinnen zurück, die außer ihnen niemand sehen kann. Doch Alice hatte kein Fieber.

»Alice, Süßes, hör mal«, sagte ich. »Dir geht es wirklich noch nicht gut genug, um aufzustehen. Alice, bitte.«

Sie drehte sich zu mir um.

»Schon gut, Mama. Ich habe ihn gefunden«, sagte sie. Sie war zwar ziemlich wacklig auf den Beinen und sehr schwach, doch sie erschien mir vollkommen vernünftig. Sie hatte etwas in der Hand und hielt es mir entgegen. »Sieh mal, er ist so hübsch«, sagte sie.

Es war der kleine Kranich aus Papier, den Dan vor so langer Zeit an dem Sommerabend gebastelt hatte, als sie sich gemeinsam über das Origami-Buch gebeugt hatten und sie sich den Kranich ausgesucht hatte; er hatte damals gestöhnt, dass er von allen Dingen im Buch am schwersten zu basteln sei, doch er hatte ihn für sie perfekt gefaltet.

»Er soll Glück bringen«, sagte sie. »So stand es in dem Buch.«

Ich war erstaunt, dass sie ihn behalten hatte, wo sie sonst immer alles wegwarf. Es war solch ein kurzlebiges Ding, das gar nicht dazu bestimmt war, sehr lange zu überdauern. Es war vergänglich wie ein Witz oder eine Melodie, etwas, das man schnell verliert, zerdrückt oder vergisst. Doch hier war er, immer noch weiß und perfekt, so als habe Dan ihn ihr gerade in die Hand gelegt.

»Mama«, sagte sie, »ich möchte, dass du etwas für mich tust. Ich möchte, dass du ihn Dan gibst. Ich glaube, er braucht ihn dringender als ich.«

Als ich mich nicht von der Stelle rührte, sagte sie: »Komm schon, nimm ihn. Ich bin sicher, dass du das schaffst, Mama.«

Ich nahm ihn. Sie ging wieder ins Bett, ließ sich auf die Kissen fallen, wobei ihr Kopf zur Seite rollte, als sei sie zu müde, um ihn gerade zu halten. Der Vogel ruhte auf meiner Handfläche; seine zarten Flügel waren aufgerichtet, als wolle er gleich losfliegen. Und ich musste daran denken, dass Alice Dan nicht einmal besonders gemocht hatte, dass sie ihm gegenüber misstrauisch gewesen war und seine Gegenwart abgelehnt hatte, weil er meine Aufmerksamkeit von ihr abzulenken schien. Trotzdem hatte sie dieses zarte Etwas, das er für sie gebastelt hatte, geliebt und es mit unendlicher Sorgfalt sicher aufbewahrt.

»Mama, du siehst so komisch aus«, sagte sie. »Was ist los? Du fängst doch nicht etwa an zu weinen, oder?«

»Nein«, sagte ich. »Das werde ich nicht.«

Ich setzte mich neben sie aufs Bett und legte den kleinen weißen Vogel in den Schoß. Ich legte meine Hand auf ihre. Ihre Haut war feucht, ich konnte fühlen, wie krank sie war.

»Alice«, sagte ich. »Ich möchte dich etwas fragen.«

»Ja, okay«, sagte sie ziemlich matt.

»Es existiert ein Foto«, sagte ich. »Ein Foto, das jemand von dir gemacht hat. Irgendwann im Sommer. Ich vermute, es war an dem Tag, an dem Dan vorbeigekommen ist und dir seinen Fotoapparat erklärt hat.«

Sie sah mich aufmerksam an. Ihre Augen glichen großen blauen Seen, die von dunklen Schatten umgeben waren.

»Es zeigt dich im Badezimmerspiegel«, fuhr ich fort. »Nur deinen Oberkörper, der unbekleidet ist. Weißt du, wer das Foto gemacht hat?«

Sie zog ihre Hand unter meiner weg, doch sie sah mich weiter aufmerksam an.

»Ich dachte, es würde vielleicht nichts werden«, sagte sie. »Weil es das letzte Foto war, hoffte ich, dass es vielleicht nichts werden würde.«

»Wer hat es gemacht?«, fragte ich.

Sie sah schrecklich müde aus. »Ich habe versprochen, dass ich es niemandem weitererzähle«, sagte sie.

»Du musst es mir sagen«, insistierte ich.

»Ist es wichtig?«

»Ja«, sagte ich. »Es ist wichtig.«

Sie sagte nichts, wägte ab und versuchte, eine Entscheidung zu treffen.

»Alice«, wiederholte ich. »Wer hat das Foto gemacht?« Dann wurde mir auf einmal klar, was sie sagen würde, noch bevor sie es aussprach.

Ihre Mundwinkel zeigten nach unten, sie wollte es mir immer noch nicht verraten. Dann zuckte sie resigniert leicht mit den Schultern.

»Es war Lucy, Mama«, sagte sie. »Sie hat sich hinter meinem

Rücken angeschlichen. Sie kann so gemein sein. Sie war ganz leise, doch der Film wurde zurückgespult und machte dabei ein surrendes Geräusch, das sie verraten hat.«

»Ja«, sagte ich.

»Ich war so wütend, ich wollte dich suchen und es dir sagen. Doch sie dachte, dass sie furchtbaren Ärger bekommen würde, weil sie Dans Fotoapparat genommen hatte. Du weißt ja, wie sie ist.«

»Ja«, sagte ich.

»Also habe ich ihr versprochen, nichts zu sagen, und wir haben den Fotoapparat mit nach unten genommen und ihn im Flur auf den Tisch gelegt.«

»Ja«, sagte ich.

»Ich glaube, sie war eifersüchtig«, sagte sie. »Weil Dan mir den Fotoapparat genau erklärt hat. Bei Dan war sie irgendwie eigen.«

»Ja, das war sie«, sagte ich.

»Ich dachte, es sei nie rausgekommen«, sagte sie weiter. »Weil niemand es je erwähnt hat.«

»Es ist rausgekommen«, sagte ich.

Sie nickte unentschlossen. Sie legte erschöpft den Kopf auf die Kissen. Mit den Rändern unter den Augen sah sie aus, als sei sie zusammengeschlagen worden.

»Alice«, sagte ich, »kommst du zurecht, wenn ich Dorothy hole, damit sie sich zu dir ans Bett setzt? Sie ist ziemlich alt und kann vielleicht nicht viel für dich tun. Aber du kommst doch trotzdem zurecht, oder?«

Sie nickte.

Ich stand auf. Den Vogel hatte ich in meiner Hand.

»Wirst du ihm den Vogel bringen?«, fragte sie.

»Ja«, sagte ich.

Sie seufzte, sank auf die Kissen und schloss die Augen.

Ich ging zu Dorothy hinüber, die Gott sei Dank zu Hause und gern bereit war, zu uns zu kommen und sich mit Alice zusammen ihre Videos anzusehen. Ich stellte Brot und Marmelade für Alice zum Tee heraus – das war alles, was mir in dem Moment einfiel. Ich zog eine Jacke an, zupfte ein paar Flusen ab, fuhr mir mit nassen Fingern durchs Haar und nahm meine Handtasche. Und ich steckte Alices Vogel in meine Jackentasche und ging hinaus zu meinem Auto.

36

»Sie sind Chloe Langdon?«

»Ja«, antwortete ich.

Der Barrister der Verteidigung sah genau so aus, wie Jude ihn mir beschrieben hatte; er war groß, dünn und knochig, und seine Knochen wirkten zu groß für seinen Körper.

»Ich werde Ihnen einige Fragen stellen«, sagte er. »Darf ich Sie bitten, Ihre Antworten an die Damen und Herren dort drüben zu richten?«

Ich wandte mich zu ihnen um. Zwölf Gesichter starrten mich ernst und aufmerksam an. Sie kamen mir sehr weit entfernt vor. Nachdem ich mich mehrere Tage überwiegend in Alices Zimmer aufgehalten hatte, erschien mir das Gericht riesig; der Abstand zwischen mir und den Geschworenen kam mir wie ein tiefer Abgrund vor, in den ich zu fallen drohte, oder wie ein weit aufgerissenes Maul, das mich verschlingen wollte. Die Proportionen waren alle falsch – wie in den ersten Tagen des Mutterseins, wenn das eigene Baby das Gesichtsfeld ausfüllt und die Gesichter der Erwachsenen einem groß und bedrohlich erscheinen.

Ich versuchte, mich auf die zwölf Gesichter zu konzentrieren, bemühte mich, alle anderen zu ignorieren – all diejenigen, die hinter mir in diesem großen, überfüllten Gerichtssaal saßen: Helena, Vicky, Russell Blake, Gewerkschaftsmitglieder, irgendwelche Zuschauer, Dans Kollegen und eine Frau, die ich für Carlys Mutter hielt und die neben Philippa Nicholls saß.

Doch ich konnte die Blicke der Leute spüren, die auf mir ruhten und sich in meinen Rücken bohrten, ich spürte die Intensität ihrer Neugier. Felix saß hinter dem Barrister, ganz ruhig und beherrscht, und erlaubte sich lediglich ein sehr unauffälliges kleines Lächeln. Dan saß seitlich von mir auf der Anklagebank im hinteren Teil des Gerichts; er war ein verschwommener schwarzweißer Fleck am Rand meines Gesichtsfeldes, der mich ablenkte; sein Anblick zog mich magisch an. Wie ich meinen Kopf auch drehte und wendete, er war immer da, ich konnte nicht verhindern, dass ich ihn sah.

»Ich möchte Ihnen einige Fragen zur Ihrer Arbeit stellen«, sagte der Barrister. »Soweit ich weiß, sind Sie Sozialarbeiterin und arbeiten im Kinder- und Jugendschutz.«

»Ja«, antwortete ich. Ich war überraschend ruhig. Doch die Heizung war an jenem Tag zu hoch aufgedreht; die Luft war trocken und stickig, und das Atmen fiel mir schwer.

»Und zu Ihrer Arbeit gehört die Betreuung von Kindern, die sexuell missbraucht wurden?« Seine Aussprache war klar und deutlich, die Konsonanten waren wohl artikuliert.

»Ja«, antwortete ich.

Die Geschworenen starrten mich immer noch an; das Neonlicht entzog ihren Gesichtern alle Farbe. Ich sah an ihnen vorbei und konzentrierte mich auf die dünnen violetten Streifen auf der Tapete hinter ihnen. Die Einrichtung mit dem hellblauen Teppich aus Synthetik und den gepolsterten Klappsitzen wie im Kino stammte aus den Achtzigerjahren und wirkte langweilig. Der Raum machte trotzdem einen imponierenden Eindruck wie alle Gerichtssäle, schließlich steht hier schr viel auf dem Spiel, und jedes Wort wird sorgfältig abgewogen.

»Und soweit ich weiß, arbeiten Sie seit ungefähr zwanzig Jahren auf diesem Gebiet – zunächst ganztags und später halbtags?«

»Ja«, antwortete ich. Er war natürlich von Felix informiert worden: Felix hatte ihm die Aussage übergeben, die ich unterschrieben hatte. Doch aufgrund der Tatsache, dass dieser

Fremde alles über mich wusste, kam ich mir unwirklich vor, wie im Traum.

»Könnten Sie uns ungefähr sagen, wie viele Fälle von sexuellem Missbrauch von Kindern Sie im Laufe der Jahre bearbeitet haben?«

Ich schluckte und geriet einen Augenblick in Panik – ich wusste nicht, wie ich darauf antworten sollte. »Das ist schwer zu sagen. Doch derzeit bearbeite ich fünfzehn Fälle, und bei sechs von ihnen geht es um sexuellen Missbrauch von Kindern.«

»Haben Sie bei Ihrer Arbeit sowohl mit den Kindern als auch mit den Tätern zu tun?«

»Ja«, erwiderte ich. »Doch der Schwerpunkt liegt bei den Kindern.«

»Nun, soweit ich weiß, sind Sie geschieden?«

»Ja«, antwortete ich.

»Und Sie haben zwei Töchter?«

»Ja«, sagte ich. »Sie sind zwölf und fünf.«

»Und Ihre Töchter leben bei Ihnen?«

»Ja.«

Dann machte er eine kleine Pause und sah kurz nach unten. Ich folgte seinem Blick und konzentrierte mich auf die Dinge vor ihm auf dem Tisch: die Wasserkaraffen, Ringbücher, Aktenstapel, die mit einem Band zusammengebunden waren, rosafarbene Leuchtstifte. Mir wurde bewusst, dass ich mich krampfhaft aufrecht hielt, als würde ich mit einem Schlag rechnen.

»Nun, Mrs. Langdon, würden Sie uns bitte sagen, ob Sie Mr. Whitmore kennen?«

»Ja«, sagte ich.

»Kennen Sie ihn schon lange?«

»Ich kenne ihn seit letztem Sommer«, antwortete ich.

»Würden Sie uns sagen, wie gut Sie Mr. Whitmore kennen?«

»Wir hatten eine Beziehung«, sagte ich. Als mir klar wurde, dass dies mehrdeutig war, fügte ich hinzu: »Wir hatten ein Verhältnis.«

»Wann begann Ihre sexuelle Beziehung?«

Ich sagte es ihm.

»War Ihre Beziehung von Anfang an intimer Natur?«

»Ja«, antwortete ich. Meine Worte versanken wie kleine, aber schwere Steine in der Stille des Gerichts. Ich hatte meine Hand in der Tasche und hielt den Origami-Vogel umklammert.

»Würden Sie uns bitte sagen, wie Ihre sexuelle Beziehung war?«

»Sie war sehr gut«, antwortete ich.

»Mrs. Langdon, würden Sie bitte lauter sprechen«, sagte der Richter mit seiner rauen, dröhnenden Stimme, die mich zusammenzucken ließ.

»Es war eine gute Beziehung«, wiederholte ich. »Wir hatten eine sehr gute, ganz normale sexuelle Beziehung.«

»War Ihrer Meinung nach Mr. Whitmores sexuelles Verhalten zu irgendeiner Zeit ungewöhnlich?«

»Nein«, antwortete ich, »überhaupt nicht.« Ich sah Felix im Café Picasso vor mir, wie er mich hierauf vorbereitet hatte, während er mit seinen ebenmäßigen, sehr weißen Zähnen an seinen Muscheln knabberte. Er hatte Recht gehabt: Es war ganz leicht. Nur die Luft war irgendwie zu heiß und stickig, um sie einatmen zu können. Ich hatte Mühe, sie in meine Lungen zu befördern, und mein Brustkorb schmerzte vor Anstrengung.

»Mrs. Langdon, würden Sie uns sagen, ob diese Beziehung als sexuelle Beziehung fortgesetzt wurde?«

»Nein«, antwortete ich. »Sie endete im September.«

»Und wessen Entscheidung war es, sie zu beenden?«

»Ich habe sie beendet«, antwortete ich. »Es wurde zu schwierig, als all dies geschah – mit dieser Behauptung.« Mir fiel der richtige Gemeinplatz nicht ein.

»Die Behauptung hat Ihre Beziehung belastet?«

»Ja«, antwortete ich. »Doch im Dezember beschloss ich, dass ich mich wieder mit ihm treffen wollte.«

Ich konnte Dan aus dem Augenwinkel sehen; mein Sehvermögen aus dieser Perspektive war sehr gut, wie das eines Tiers, das gejagt wird. Ich wusste, dass er aufsah, als ich das sagte, ich wusste, dass er mich anschaute.

»Haben Sie sich zu diesem Zeitpunkt mit ihm in Verbindung gesetzt?«

Was sollte ich sagen? Es war alles so kompliziert und so verwickelt. Erzähl einfach die Wahrheit, sagte ich mir.

»Ich habe mich einmal mit ihm getroffen«, antwortete ich.

Der Barrister sah auf seine Notizen; er war leicht verunsichert. Ich konnte erkennen, dass er sich überlegte, ob er an dieser Stelle nachhaken sollte.

»Ist Mr. Whitmore während der Zeit, als Ihre intime Beziehung noch bestand, auch zu Ihnen nach Hause gekommen?«

»Ja«, antwortete ich. »Wir haben uns mehrmals in der Woche getroffen. Er hat sehr viel Zeit bei mir zu Hause verbracht.«

»Und Ihre beiden Töchter waren bei diesen Gelegenheiten anwesend?«

»Ja«, erwiderte ich. »Sie haben ihn sehr gut gekannt. Ich habe mir angesichts seiner Beziehung zu meinen Kindern nie irgendwelche Sorgen gemacht – sie schien mir sehr angenehm und natürlich.«

»Haben Sie Ihre Töchter jemals mit ihm allein gelassen?«

»Ja, das geschah sehr häufig. Damit hatte ich überhaupt keine Probleme.«

»Wie haben Ihre Töchter auf das Ende Ihrer Beziehung reagiert?«

»Vor allem meine jüngere Tochter hat ihn sehr gern gehabt«, sagte ich. »Sie vermisst ihn sehr.«

»Würden Sie uns sagen, woher Sie wissen, dass sie ihn vermisst?«

»Sie hat geweint, als ich ihr gesagt habe, dass er nicht mehr kommen würde«, sagte ich. »Und sie sagt immer noch manchmal, dass sie ihn sehen möchte.«

»Danke, Mrs. Langdon«, sagte er. »Keine weiteren Fragen, Euer Ehren.« Er setzte sich.

Über die Schulter des Barristers hinweg konnte ich Felix jetzt besser sehen und bemerkte das ziemlich selbstgefällige kleine Lächeln, das sich in den Lachfältchen rund um seine Augen bemerkbar machte.

Der Barrister der Anklage erhob sich. Er war rundlich und weich und hatte ein glänzendes, humorvolles Gesicht; die Perücke wirkte bei ihm irgendwie ironisch. Er lächelte mich sehr charmant an. Mein Herz fing an, wie wild zu klopfen.

»Ms. Langdon, Sie haben uns gesagt, dass Sie eine Beziehung mit dem Angeklagten hatten, die im Juni letzten Jahres begann. Ist das richtig?«

»Ja.«

»Und der Angeklagte lebte, als Ihre Beziehung mit ihm – Ihre *intime* Beziehung – begann, noch mit seiner Frau zusammen, mit der er seit dreiundzwanzig Jahren verheiratet ist?« Er hatte es sehr subtil formuliert und nur die kleinste Betonung hineingelegt, nichts, was zu offensichtlich war. Ich konnte meinen Herzschlag hören, es waren schnelle, dumpfe Schläge.

»Ja«, antwortete ich.

»Könnte man sagen, dass Ihre Beziehung zu dem Angeklagten sehr leidenschaftlich war?«

»Ja«, antwortete ich.

»Gehe ich recht in der Annahme, dass Sie tatsächlich ziemlich vernarrt in den Angeklagten waren?«

Ich wusste, dass ich an dieser Stelle vorsichtig sein musste: Vernarrtheit impliziert sofort eingeschränktes Urteilsvermögen. »Wir standen einander sehr nah«, erwiderte ich.

»Doch im September beendeten Sie die Sache. Wie Sie schon sagten, Ihre Beziehung wurde sehr belastet.« Er war sehr sanft, hatte den Kopf zur Seite geneigt, und seine Stimme war gedämpft und einfühlsam. »Ist das zutreffend?«

»Ja«, antwortete ich.

»Und Anfang Dezember haben Sie Ihre Meinung geändert?«

»Ja.«

»Sie beschlossen, dass Sie Ihre Beziehung mit dem Angeklagten wieder aufnehmen wollten. Ist das zutreffend?«

»Ja.«

»Also haben Sie sich im Dezember mit Mr. Whitmore in Verbindung gesetzt. Und doch sagen Sie uns, dass Sie sich nur einmal getroffen haben. Habe ich Recht?«

»Ja.«

»Sie standen, wie Sie es formuliert haben, diesem Mann also sehr nah. Sie stimmen zu, dass Sie eine sehr leidenschaftliche Beziehung hatten. Doch Sie brachen den Kontakt bis zum Dezember ab, als Sie sich noch einmal mit ihm trafen – jedoch nur einmal. Das war doch sicher ein merkwürdiges Verhalten, wenn man die Intensität der Beziehung bedenkt. Würden Sie mir da nicht zustimmen?«

»Nun, man könnte es so sehen«, sagte ich.

»Vielleicht hielt Sie etwas davon ab, weitere Schritte zu unternehmen, um die Beziehung wieder zu kitten«, sagte er. »Habe ich Recht?«

»Ja.«

»Ist es zutreffend, dass Sie einen inneren Konflikt austragen mussten, ob Sie Ihre Beziehung mit ihm fortsetzen sollten oder nicht?«

Ich wusste nicht, wie ich darauf antworten sollte. Ich wusste, dass er auf etwas hinauswollte, dass er mich bei etwas ertappen oder mich verunsichern wollte. Auf einmal war ich unglaublich müde. Ich wollte nur noch, dass das alles vorbei war, ich wollte weglaufen und mich irgendwo verstecken und schlafen, wochenlang nur schlafen. »Es war eine schwierige Zeit für mich, das stimmt«, sagte ich.

»Ms. Langdon, meiner Meinung nach haben Sie Ihre Beziehung zu dem Angeklagen nicht wieder aufgenommen, weil Sie im Grunde Ihres Herzens wussten, dass Sie in Bezug auf ihn schreckliche Zweifel hatten. Sie persönlich fühlten sich noch sehr zu ihm hingezogen, doch Sie wussten gleichzeitig, dass Sie nicht wollten, dass er sich unter einem Dach mit Ihren Kindern aufhielt. Ist das richtig?«

»Ich wusste nicht, was das Beste war«, sagte ich. »Es war sehr schwierig.«

Sein ausdrucksloses Gesicht wurde plötzlich grimmig und streng. »Sie haben sehr viel Erfahrung in diesen Dingen, und – um es offen zu sagen – Sie hatten Angst, dass Ihre Kinder in seiner Gegenwart nicht sicher waren, nicht wahr?«, sagte er.

Seltsamerweise machte mich seine Aggressivität stärker. Ich hatte etwas, wogegen ich mich zur Wehr setzen konnte. Ich holte tief Luft.

»Nein«, erwiderte ich. »Ich habe ihm bezüglich meiner Kinder vollkommen vertraut.«

»Wenn das also nicht der Grund für diese Unschlüssigkeit und diese ständigen Meinungsumschwünge war«, sagte er, »würden Sie dem Gericht dann bitte mitteilen, was genau der Grund war?«

»Ich habe mich nicht mit ihm in Verbindung gesetzt, weil die Polizei mir geraten hat, es nicht zu tun«, erwiderte ich.

Ein winziges Raunen ging durch den Gerichtssaal, als würden gleichzeitig alle kurz Luft holen. Aus dem Augenwinkel sah ich einen weißen verschwommenen Fleck – Dans Gesicht; er starrte mich an. Und ich dachte, wie merkwürdig es war, dass ich ihm dies jetzt erzählte – in aller Öffentlichkeit, in diesem gleißenden Licht, vor all diesen Leuten.

»Danke, Ms. Langdon.« Das »Ms.« klang wie ein leises Zischen, was beabsichtigt schien und wohl auf unaussprechliche Abgründe feministischer Lasterhaftigkeit hindeuten sollte. Ich vermute, zu mehr als diesen Abschiedsworten war er unter den gegebenen Umständen nicht imstande. »Keine weiteren Fragen, Euer Ehren.« Er setzte sich rasch, in der gepflegten, fast eleganten Art und Weise, die rundlichen Leuten manchmal eigen ist und die sich dadurch schmaler machen, als sie in Wirklichkeit sind.

Der Barrister der Verteidigung erhob sich noch einmal. »Wenn ich darum bitten dürfte, ein oder zwei Fragen zu stellen, die sich daraus ergeben, was Sie gerade meinem verehrten Herrn Kollegen gesagt haben …«

Der Richter nickte.

»Als die Polizei Ihnen geraten hat, sich nicht mit Mr. Whitmore in Verbindung zu setzen, wie haben Sie da reagiert?«, fragte der Barrister.

»Ich wusste, dass ich ihrem Rat Folge leisten musste«, antwortete ich.

»Hat ihr Rat irgendwelche Auswirkungen auf Ihre Gefühle gegenüber Mr. Whitmore gehabt?«

»Nein«, erwiderte ich. »Ich habe ihm vertraut. Ich wollte mich mit ihm treffen, wusste aber, dass ich das nicht konnte.«

Er dankte mir und setzte sich.

Der Richter nahm seine Brille ab. »Danke, Mrs. Langdon«, sagte er und zog seine breiten violetten Manschetten glatt. »Es steht Ihnen frei, im Gerichtssaal zu bleiben oder Ihrer Wege zu gehen.«

Ich nickte. Eine Woge der Erleichterung durchflutete mich. Es war ziemlich unangenehm gewesen, doch ich wusste, dass ich mich tapfer geschlagen hatte. Und jetzt war es Gott sei Dank vorbei. Ich fühlte mich ein wenig berauscht, als sei ich wichtig und hätte etwas Bedeutendes erreicht, vielleicht sogar etwas Gutes. Ich vermute, es lag an dem Adrenalinstoß und der ganzen Dramatik.

Auf einer Seite des Gerichtssaals, gegenüber von den Geschworenen, befanden sich drei Sitzreihen für das Publikum. Die meisten waren voll besetzt. Ich ging zu einem freien Platz am Ende der zweiten Reihe. Alle schienen mich anzusehen – Vicky, die ziemlich ernst und niedergeschlagen aussah, sowie Helena und Sally, die neben Helena saß. Ich erkannte sie anhand des Fotos, das Dan mir gezeigt hatte. Sie starrte mich mit weit aufgerissenen, neugierigen Augen an, ihre ausgeprägten Augenbrauen waren hochgezogen, als sei sie durch etwas, das ich gesagt hatte, verwirrt oder überrascht. Der Klappsitz quietschte leise, als ich ihn herunterklappte.

Ich kam mir unförmig vor, mir war heiß, und mein Gesicht brannte und erschien mir doppelt so groß wie gewöhnlich. Nachdem ich mich in aller Öffentlichkeit so exponiert hatte, kam es mir so vor, als müsse ich mich wieder klein und unscheinbar machen. Ich saß ganz still da und versuchte, unauffällig auszusehen; dabei betrachtete ich den Rücken der Frau, die vor mir saß. Es war ein eher nichts sagender Rücken: einer dieser allgegenwärtigen dunkelblauen Blazer, den Frauen wählen, wenn sie sich nicht ganz sicher sind, was sie anziehen sollen. Sehr feines Haar, das von grauen Strähnen durchzogen war, hatte sich unter dem Kragen des Blazers verfangen. Der Rücken einer Frau, die zu selbstsicher, zu ernsthaft oder einfach zu sehr mit anderen Dingen beschäftigt war, um sich große Gedanken um ihr Aussehen zu machen.

Die Frau drehte sich um, lächelte verschwörerisch und streckte ihre Hand aus. »Hallo, ich bin Paola«, flüsterte sie.

»Hallo«, flüsterte ich zurück.

Sie sah auf ihre freundliche, tüchtige Art sehr nett aus: eine Brille mit Metallgestell und runden Gläsern, ziemlich rundlich, keine Ohrringe und kein auffälliger Lippenstift, also keineswegs die verführerische Schönheit, die ich mir immer vorgestellt hatte. Aufgrund all des Adrenalins in meiner Blutbahn kam mir das komisch vor – und ich musste insgeheim lachen, als ich daran dachte, wie sehr ich mich vor ihrem Einfluss gefürchtet hatte.

Ich drehte mich nach Dan um, doch er sah mich nicht mehr an. Er saß auf der Anklagebank neben einer Beamtin in einem dunkelblauen Kostüm. Ich wusste, dass sie eigentlich in der Funktion einer Aufsichtsbeamtin dort saß, denn formal befand er sich in Haft. Er starrte hinunter auf seine Hände, alles an ihm war zusammengesunken, die Schwerkraft zog ihn nach unten. Jude hatte Recht gehabt: Er war älter geworden und selbst in dem einem Monat, in dem ich ihn nicht gesehen hatte, gealtert. Ich sehnte mich so danach, meine Arme um ihn zu legen und ihm etwas von meiner Kraft abzugeben und ihm alles zu erklären.

Der Barrister der Verteidigung sagte, er habe keine weiteren Zeugen. Da wurde mir bewusst, dass ich gerade noch rechtzeitig erschienen war. Dort, wo die Anwälte saßen, ging es ziemlich geschäftig zu, Unterlagen wurden durchgeblättert, und Wasser wurde ausgeschenkt. Dann erhob sich der Barrister der Anklage, um sein Schlussplädoyer zu halten.

»Meine Damen und Herren Geschworenen«, sagte er, »bei diesem Fall geht es ausschließlich um zwei Menschen, dazu noch um zwei sehr unterschiedliche Menschen, zwischen denen Welten liegen. Bei dem einen handelt es sich um einen Akademiker mittleren Alters, bei dem anderen um ein kleines Mädchen. Ein kleines Mädchen, das überdies besondere Probleme hatte; eine psychologische Begutachtung hat ergeben, dass sie spezielle Bedürfnisse hatte. Das war der Grund, weshalb sie an den Angeklagten verwiesen wurde: Er sollte ihr bei den Schwierigkeiten, die sie hatte, helfen. Doch wir haben in der Zeugenaussage gehört, dass er sehr weit vom rechten Weg abgekommen ist und seine Verantwortung missbraucht hat. Er hat das Vertrauen, das in ihn gesetzt worden ist, enttäuscht und sie zu seiner eigenen Befriedigung ausgenutzt.«

Er sprach leidenschaftlich und ließ die Worte auf der Zunge zergehen wie guten alten Wein. Paola kritzelte im Eiltempo, sie versuchte, alles mitzuschreiben. Ich konnte ihr über die Schulter sehen; sie hatte eine runde, verschnörkelte Handschrift wie die eines Kindes. Alle anderen saßen vollkommen regungslos da.

Er sprach der Reihe nach all das an, was Carly ihren Worten zufolge angetan worden war und wie sie den Täter als »den Mann« bezeichnet hatte. »›Wer war der Mann?‹, hat die Polizei sie gefragt. Doch Carly konnte sich nicht erinnern. Sie ist, wie wir wissen, ein Kind, das sich nicht immer an Daten, Namen und Uhrzeiten erinnern kann. Doch bei allem, was den Mann betrifft, war sie vollkommen unbeirrbar: Er hat ihr Einzelunterricht erteilt, er hat dunkles Haar, ein blaues Auto.

Was wir also getan haben«, sagte er, »ist, wie beim Dosenwerfen nacheinander alle anderen Verdächtigen zu eliminieren.« Ihm gefielen diese kleinen publikumswirksamen Metaphern. »Wir haben die anderen beiden Männer, die ihr möglicherweise Einzelunterricht erteilt haben, in den Zeugenstand gebeten. Mr. Chauhan, dessen Unterrichtsraum es war – doch sie sagte, es sei ein weißer Mann gewesen. Und Mr. Bradley, der sie möglicherweise ebenfalls dort unterrichtet hat – doch sein Erscheinungsbild stimmt in keiner Weise mit ihrer Beschreibung überein. Es bleibt nur ein Mann übrig – und die Anklage behauptet, dass seine Beschreibung in allen Einzelheiten der des Kindes entspricht.«

Dann sprach er über Dan. »Sie haben gehört, dass die Ehe von Mr. Whitmore beendet ist und dass er jetzt allein lebt«, sagte er. Er schürte die Vorstellung vom einsamen Pädophilen, die Felix unbedingt hatte vermeiden wollen. Er machte viel Wesens um Fiona Parkers Aussage. »Mrs. Parker hat Ihnen beschrieben, wie Mr. Whitmore die Beherrschung verloren und sich in einer professionellen Situation impulsiv und unangemessen verhalten hat.« Seine Stimme klang dabei ein wenig traurig, als verursache ihm diese Offenbarung körperliches Unbehagen. Schließlich analysierte er, was Carly gesagt hatte. »Bei ihrer Darstellung gibt es gewisse Probleme«, sagte er. »Ein Problem besteht darin, dass Zeit für sie nicht das Gleiche zu bedeuten scheint wie für uns – was jedoch nicht bedeutet, dass sie nicht genauso in der Lage ist wie wir, die Wahrheit zu erzählen. Tatsächlich«, sagte er, wobei seine Stimme sanft, bedächtig und bedeutungsschwanger klang, »möchte ich Sie daran erinnern, dass der Angeklagte selbst sagt, dass sie ein Mädchen ist, das nicht zum Fantasieren neigt.«

Ich dachte daran, wie Dan mir davon erzählte hatte, als wir an jenem stillen Dezembertag an meinem Küchentisch saßen; meine Blumen im kalten Garten waren ganz verschrumpelt gewesen, und es hatte gerade zu tauen begonnen. Schon damals hatte ich gewusst, welch ein Geschenk diese Aussage für die Anklage sein würde.

Der Barrister streifte die Angelegenheit mit dem Waschbecken nur flüchtig. »Vielleicht ging er zur Lehrertoilette am anderen Ende des Gangs, um sich die Hände zu waschen. Das ist möglich. Für Carly war die Tatsache, dass der Missbrauch stattgefunden hatte, entscheidend«, sagte er. Er deutete an, dass die Tatsache, dass Carly den Mann, der sie missbraucht hatte, nicht mit Namen nennen konnte, sie sogar zu einer besseren Zeugin machte. »Nehmen wir für einen Augenblick an, dass es sich hier um eine böswillige Klage des Mädchens handelt. Man würde erwarten, dass jemand, der eine böswillige Klage vorbringt, den Betreffenden von Anfang an beim Namen nennt – doch sie nennt Mr. Whitmore nicht beim Namen, hat es nie getan. Unserer Meinung nach tut das der Klage keinen Abbruch, sondern verleiht ihr eher noch mehr Glaubwürdigkeit.« Und er appellierte an die Geschworenen, anzuerkennen, was Carly Smithson gesagt hatte, und Daniel Whitmore schuldig zu sprechen.

Er setzte sich mit einer eleganten, raschen Bewegung. Ich sah hinüber zu Dan. Er saß vornübergebeugt da und hatte die Ellbogen auf die Knie gestützt. In dem Neonlicht wirkte er ganz fahl, und die Stirnfalten zeichneten sich scharf auf seinem Gesicht ab. Ich wünschte, ich könnte meine Hand ausstrecken und ihn trösten.

Dann war die Verteidigung an der Reihe. Der Barrister der Verteidigung erhob sich; er schien nur aus Haut und Knochen und großen Stirnlappen zu bestehen. Wieder fielen mir seine knappe Sprechweise und seine präzise artikulierten Worte auf. Die Anklage, sagte er, sei schwerwiegend – ein schrecklicher Vertrauensmissbrauch. Das Opfer sei jung und zerbrechlich, und es sei ihm schweres Unrecht zugefügt worden – es sei ein Kind, das zweifellos zu irgendeinem Zeitpunkt unter bestimmten Umständen so missbraucht worden war, wie es uns auf dem Video so treffend beschrieben wurde.

»Und ich stimme vollkommen mit meinem geschätzten Herrn Kollegen überein«, fuhr er fort, »dass die Worte des Kindes das Herzstück des Falles sind. Es gibt keine Beweise, die die Worte bestätigen – keine Verletzung, keine zerrissene Unterwäsche, keine Schreie. Ihre Klage wegen sexueller Handlungen steht und fällt mit ihren Worten.«

Er fuhr fort, indem er die Probleme bei den Anklagepunkten aufzählte. Seine Stimme war ausdruckslos und gleichmäßig, er versuchte nicht, jemanden zu umschmeicheln. Er erinnerte uns daran, dass Carly den Täter nicht mit Namen genannt und nur eine sehr ungenaue Beschreibung geliefert habe. Er sagte, dass die Häufigkeit, mit der es ihren Worten zufolge geschehen sei – jeden Tag –, nicht mit seinem Mandanten in Einklang gebracht werden könne. »Mr. Whitmore hätte keine Gelegenheit gehabt, sie zu treffen, ohne dass jemand anderer davon erfahren hätte, und schon gar nicht an aufeinander folgenden Tagen«, führte er an. »Und es macht die Anklage nicht überzeugender«, fügte er streng hinzu, »zu behaupten, dass sie ein schlechtes Zeitgefühl habe.« Außerdem stimme ihre Beschreibung des Waschbeckens in dem Zimmer nicht mit dem Raum überein, in dem Mr. Whitmore sich mit ihr getroffen habe. Darauf ging er natürlich ausführlich ein. »Sie beschreibt das Zimmer, in dem es geschah, als das Zimmer, in dem er sich auch die Hände wusch – sie hat keinen Mann beschrieben, der sich in irgendeinem Raum am anderen Ende des Flurs die Hände wusch. Es hat wenig Zweck, dass die Anklage versucht, Sachverhalte zu ändern, und behauptet, dass er den Flur entlanggegangen sei. Sie müssen bei diesem Fall aufgrund der Beweise entscheiden und nicht aufgrund der Spekulationen meines verehrten Herrn Kollegen. Und in dem Regenbogenzimmer gibt es *kein* Waschbecken.

Die Aussage von Mr. Chauhan hat dies bestätigt – sein Schreibtisch stand genau in der Ecke, in der die Kacheln waren.«

Schließlich seien da noch Carlys Verhaltensstörungen, sagte er, die Tatsache, dass sie schlafwandle und das Essen verweigere. »Die Anklage hat behauptet, dass dies Folgen des Missbrauchs seien«, sagte er. »Doch aus der Akte ihres Hausarztes geht eindeutig hervor, dass sie bereits Verhaltensstörungen hatte, bevor Mr. Whitmore in Erscheinung trat.« Das war der Punkt, bei dem selbst Jude ein wenig gestutzt hatte, obwohl sie felsenfest von Dans Schuld überzeugt war.

Dann sprach er über Dan. »Er ist ein Mann, dessen Frau und Tochter heute hier vor Gericht erschienen sind, um ihn rückhaltlos zu unterstützen«, sagte er. »Ein Mann, der sich seiner Arbeit verschrieben hat. Ein Mann, der im Laufe seiner Arbeit zugegebenermaßen bei einer Gelegenheit die Beherrschung verloren hat, was zweifellos unangemessen war – doch warum hat er das getan? Weil er sich große Sorgen um ein Kind machte, das sein Patient war, ein Kind, dessen Bedürfnissen seiner Meinung nach nicht angemessen entsprochen wurde.« Da wusste ich, dass während der Verhandlung auch Dan selbst zu dem Streit mit Fiona Parker Stellung genommen hatte.

»Wir haben außerdem«, fuhr der Barrister fort, »von einer Frau gehört, die ihn sehr gut gekannt hat.« Meine Handflächen, die auf meinem Schoß lagen, fingen plötzlich an zu schwitzen. Ich hielt den Kopf gesenkt. »Eine Frau«, fuhr er fort, »die sagt, dass sie ihm ihre Kinder anvertraut hat – meiner Meinung nach tun wir gut daran, ihrem Urteilsvermögen zu vertrauen, da sie beruflich sehr viel Erfahrung genau auf diesem Gebiet, nämlich dem Schutz von Kindern vor Missbrauch, besitzt.«

Er erinnerte die Geschworenen daran, dass sie lediglich berechtigte Zweifel haben mussten. Er fragte sie, wie sie keine berechtigten Zweifel haben konnten, wenn sie sich die Ungereimtheiten, die der Anklage zugrunde lagen, vor Augen führten. Er setzte sich.

Im Gerichtssaal war es sehr still. Der Richter fasste alles zusammen und ging die Fakten noch einmal durch. Die Geschworenen sahen ihn an; dabei zeigten ihre Mundwinkel nach unten, weil sie so angestrengt zuhörten. Als der Richter sich ein Glas Wasser einschenkte, taten zwei Geschworene dasselbe. Es schien ewig zu dauern, und ehrlich gesagt kann ich mich an das meiste kaum noch erinnern. Im Gerichtssaal war es furchtbar heiß und stickig, und ich war schrecklich müde. Schließlich sagte er den Geschworenen, dass ihr Urteil einstimmig sein müsse und dass sie sich zeitlich nicht unter Druck gesetzt fühlen sollten; die Geschworenen sammelten ihre Handtaschen und Jacken ein und wurden hinausbegleitet.

Ich blickte zu Dan hinüber. Er sah mich nicht an, da er gerade mit der Aufsichtsbeamtin sprach. Ich wünschte, er würde mich ansehen. Dann erhob sich der Richter und verließ den Saal; Dan und die Aufsichtsbeamtin gingen durch die Schwingtür an der Rückseite der Geschworenenbank. Ich ging davon aus, dass er zusammen mit Felix eingeschlossen wurde und noch einmal alles durchlebte, während er versuchte, die endlosen Minuten oder Stunden bis zum Urteilsspruch zu überstehen.

Es gab zurückhaltendes Gemurmel, als die Leute sich einander zuwandten, um sich zu unterhalten; sie sprachen schnell und eindringlich, doch mit gesenkten Stimmen wie Menschen in einer Kirche. Niemand unterhielt sich mit mir. Ich hatte zumindest ein Nicken von Helena erwartet, doch sie war in ein Gespräch mit Sally, Paola und einem Mann, den ich nicht kannte, vertieft.

37

Ich ging hinaus auf den Flur und machte mich auf den Weg zur Toilette ein Stockwerk tiefer. Der Fußboden im Flur war sehr strapazierfähig und bestand aus Fliesen und Backstein. Es gab kein Tageslicht, lediglich viele kleine Strahler, die in die Decke eingelassen waren; als ich meine Hand ans Gesicht hob, warf sie viele Schatten. Es standen mehrere Blumenkübel mit bunten Blumen herum, an den Wänden hingen Sepiadrucke von Schlachtfeldern der Gegend, und auf dem Fußboden lagen Zigarettenstummel.

Ich ging am Café mit dem schrulligen Namen Rumpole's vorbei. Leute vertrieben sich hier die Zeit und aßen Kleinigkeiten, die auf kleinen Tellern lagen, auch wenn sie gar nicht hungrig waren. Der Geruch von Pommes und Essig hing vor dem Café in der Luft. Die Tür ging auf, als ich vorbeiging, und ein Gerichtsbeamter kam heraus und begrüßte einen Kollegen auf dem Gang.

»Wie geht's Ihnen? Gut?«

»Na ja. Man schlägt sich so durch. Sie wissen ja, wie's ist.«

Die Toilette war um die Ecke. Sie war leer und still. Ich ging aufs Klo und wusch mir anschließend die Hände. Als ich den Wasserhahn aufdrehte, betrachtete ich mich flüchtig im Spiegel und bemerkte ohne großes Interesse, wie unordentlich ich aussah. Meine Haut war fleckig, weil ich kein Make-up aufgelegt hatte, bevor ich losgefahren war, mein Haar war durch den Regen ganz kraus geworden, und meine Jacke war zerknittert. So hätte ich keinesfalls ausgesehen, wenn ich mich nicht erst in letzter Minute entschieden hätte. Nun ja, es war eigentlich egal. Ich betätigte den Hebel am Seifenspender; die Seife hatte diesen typisch antiseptischen Einheitsgeruch, und ein leichter Anfall von Trostlosigkeit, den ich mir nicht so recht erklären konnte, überkam mich.

Hinter mir öffnete sich quietschend die Tür und blieb einen

Augenblick lang offen, und die Geräusche vom Flur drangen herein. Vom Waschbecken aus konnte ich weder die Tür noch die Person sehen, die hereinkam. Die betreffende Person stand in der Tür und redete mit jemandem, der draußen stand. Kurz bekam ich Angst. Einigen Menschen wollte ich nicht unbedingt über den Weg laufen: Carlys Mutter, Philippa Nicholls, Vicky, Sally. Und es konnte jede von ihnen sein. Außer den Geschworenen benutzten vermutlich alle anderen Frauen diese Toilette.

Doch ich hätte mir keine Sorgen machen und keine Angst haben müssen, denn es war nur Paola Valente. Sie kam herein, während hinter ihr die Tür ins Schloss fiel. Auf ihren Lippen lag bereits ein Lächeln, als habe sie gewusst, dass ich hier war.

»Noch mal hallo«, sagte sie.

»Hallo«, antwortete ich.

Sie stand lächelnd da, in ihrem Blazer und dem unauffälligen knielangen Rock. Und ich musste erneut denken, dass es nicht einer gewissen Ironie entbehrte, dass ich sie mir als eine Art mediterrane Sirene vorgestellt hatte. Immer rechnete ich mit dem Schlimmsten.

»Was Sie da getan haben, war sehr mutig, fand ich«, sagte sie.

Ich wusste es zu schätzen, dass sie das sagte, denn ich hatte das kindliche Bedürfnis, dass mir jemand sagte, ich habe alles gut gemacht.

Ich zuckte mit den Schultern. »Ich weiß nicht«, erwiderte ich.

»Nein, wirklich. Ich bin sicher, dass Dan Ihnen schrecklich dankbar ist. Ich kann nur ahnen, wie viel Überwindung es Sie gekostet hat, das zu tun – sich so zu entblößen«, sagte sie.

»Na ja«, antwortete ich unverbindlich. Ich trocknete mir an einem graugrünen Papierhandtuch die Hände ab und holte dann einen Kamm aus der Tasche.

Sie stand mit dem Rücken gegen das Waschbecken gelehnt und ging nicht auf die Toilette. Ich fragte mich, warum sie hier war. »Felix hat inständig gehofft, dass Sie kommen würden«, sagte sie mit der ziemlich selbstzufriedenen Art eines Menschen, der eingeweiht ist und Bescheid weiß. »Er war sich bis zum Schluss nicht sicher, ob Sie mit von der Partie sein würden.«

Sie fing an, sich die Hände zu waschen; sie seifte sie sorgfältig ein, obwohl sie nicht auf der Toilette gewesen war. Sie hatte lange, rosafarbene Fingernägel, die spitz gefeilt und sehr sorgfältig manikürt waren, was irgendwie nicht zu ihrem übrigen Aussehen passte.

»Gestern war es schlimm«, fuhr sie fort. »Ich glaube, Dan war sehr deprimiert. Er versucht es für sich zu behalten, doch wenn man ihn besser kennt, weiß man immer sofort, wann er niedergeschlagen ist.« Sie errötete leicht und zeigte mir damit, wie gut sie ihn schon kannte.

»Ich habe davon gehört«, sagte ich. »Ich habe auch erfahren, dass Fiona Parker ein paar vernichtende Dinge über ihn gesagt hat.«

»Leider ja«, sagte sie. »Entschuldigen Sie den Ausdruck, sie ist ein richtiges Miststück, diese Frau.« Sie senkte dabei die Stimme, als sei der Ausdruck sehr gewagt. »Wie der Zufall es will, hatten wir schon mal Ärger mit ihr – sie hat sich geweigert, mit bestimmten Psychologen zusammenzuarbeiten, so etwas in der Art. Manche Schulleiter sind wirklich abscheulich. Sie regieren ihr kleines Reich und werden dabei größenwahnsinnig. Es war toll, dass Sie noch aufgetaucht sind und sozusagen die andere Seite ergänzt haben.«

»So toll war das nun auch wieder nicht«, sagte ich, weil ich allmählich nicht mehr wusste, wie ich auf diese Überschwänglichkeit reagieren sollte.

»Machen Sie sich nicht schlecht, Chloe«, sagte sie. Sie trocknete sich mit einem Papiertaschentuch kurz die Hände ab, nahm dann ihre Brille ab und polierte sie an ihrem Rock. »Ich glaube, das, was Sie gesagt haben, könnte das Ruder gerade noch herumreißen. Schließlich hat Sam Allerdyce es praktisch zum Höhepunkt seines Schlussplädoyers gemacht.«

Sie setzte ihre Brille wieder auf, die ihre Augen kleiner erscheinen ließ, wie es Brillengläser für Kurzsichtige immer tun; sie verengten und schärften ihren Blick, und sie erinnerte dadurch ein wenig an einen Raubvogel. Sie nahm einen Kamm aus ihrer Tasche und drehte sich zum Spiegel. Wir standen nebeneinander und kämmten uns, während wir in den Spiegel sahen.

»Sie haben so schönes Haar«, sagte sie. »Ich wünschte, ich hätte solche Locken. Meins wird im Regen ganz glatt. Sind das Naturlocken, oder helfen Sie ein wenig nach?«

»Es sind eigentlich Naturlocken«, sagte ich. Diese Schmeichelei machte mich verlegen, wo doch jeder unbeteiligte Beobachter sehen konnte, dass ich eine total unordentliche Frisur hatte.

»Es ist wirklich schön«, sagte sie. »Da haben Sie Glück.«

Ich zuckte mit den Schultern und wünschte, sie würde damit aufhören und das Thema wechseln.

»Sie sind von Anfang an dabei gewesen, nicht wahr?«, fragte ich.

»Ja, genau«, erwiderte sie.

»Was meinen Sie, wie wird es ausgehen?«

»Die Anklage steht ganz offensichtlich auf ziemlich wackligen Füßen«, sagte sie. »Ich meine, Carlys Beschreibung ist wirklich sehr ungenau. Insgesamt ist Felix optimistisch, würde ich sagen. Doch man soll den Tag nicht vor dem Abend loben.«

»Nein, das stimmt natürlich«, erwiderte ich.

»Und selbst wenn Dan freigesprochen wird, wird er mit Sicherheit seine Stelle verlieren, fürchte ich. Wenn es darum geht, Angestellte zu entlassen, werden bezüglich der Beweise andere Maßstäbe angelegt – dann wird abgewogen, wie wahrscheinlich es war. Ich vermute, dass sie ihn keinesfalls wieder einstellen. Wir werden ihm außerordentlich viel Unterstützung zukommen lassen müssen«, sagte sie ziemlich leidenschaftlich. »Wir könnten natürlich in die Berufung gehen, doch selbst wenn wir gewinnen würden, würde das keine Wiedereinstellung bedeuten, lediglich eine Abfindung – was allerdings besser wäre als nichts.«

»Das glaube ich auch«, sagte ich. Ich dachte daran, wie Jude gesagt hatte: »Dan ist sowieso erledigt.« Felix hatte gemeint: »Das bedeutet lebenslänglich«, und Nat hatte gesagt: »Den Schatten des Verdachts wird er nicht mehr los.« Jetzt, wo ich von Dans Unschuld vollkommen überzeugt war, fand ich das entsetzlich. Doch ich wusste, dass es vermutlich genau so kommen würde, wie Paola es voraussagte; sie hatte den Fall seit Monaten begleitet und wusste, wovon sie sprach.

»Das ist unsere nächste Schlacht«, sagte sie. Sie drehte ein wenig den Kopf und betrachtete offenkundig ihr Spiegelbild. Das grelle Licht funkelte auf dem Metallgestell ihrer Brille. »Trotzdem, erst mal müssen wir diese Schlacht gewinnen.«

»Ja«, sagte ich.

»Doch was immer auch geschieht, es ist noch nicht zu Ende.«

»Nein«, sagte ich.

Ich nahm einen Lippenstift und fing an, ihn aufzutragen. Der antiseptische Geruch der Seife klebte noch an meinen Händen.

»Hören Sie«, sagte sie, »Sie wissen doch von Dan und Helena, oder?«

»Was denn?«, fragte ich.

»Dass es fast den Anschein hat, als würden sie wieder zusammenkommen?«

Ich gab keine Antwort. Ich bekam kein Wort heraus.

»Erst seit kurzem«, sagte sie. »Erst seit vorletztem Abend – dem Abend des ersten Prozesstages. Er ist mit ihr essen gegangen; er hat mir erzählt, dass sie die ganze Nacht geredet hätten, sie hätten nur dagesessen und geredet und versucht, einen Ausweg zu finden, wieder eine Verbindung herzustellen. Nun ja, Sie können es sich sicher vorstellen, nach allem, was war.«

Ich sagte mir, dass das, was ich tun musste, ganz einfach war: Ich musste mein Gesicht vollkommen unbeweglich lassen, wie eine Maske, vollkommen ungerührt. Doch es gelang mir nicht, meine Lippen hörten einfach nicht auf zu zittern.

»Wir hoffen alle so sehr, dass es klappt«, sagte sie. »Es wäre doch rührend, finden Sie nicht? Nach allem, was geschehen ist?«

Sie hielt einen Augenblick inne. Ihre schmalen, aufmerksamen Augen beobachteten mich, und es schien ihr nichts auszumachen, dass ich auf ihre Frage nicht antwortete.

»Man muss sie wirklich bewundern«, fuhr sie fort. »Wie sie ihm beigestanden hat – während der ganzen Zeit, trotz allem. Ich meine, wir wissen doch alle, dass Männer zwischen vierzig und fünfzig sich manchmal ziemlich bescheuert benehmen – und dann außerdem auch noch damit fertig zu werden ... Und doch könnte es sein, dass diese schreckliche Sache sie wieder zusammenbringt. So eine Art Silberstreifen am Horizont.«

Sie spielte mit ihrem Kamm, ließ ihn durch die Luft schwirren und fuhr mit dem Fingernagel über die Zinken.

»Im Laufe dieser Geschichte habe ich Helena näher kennen gelernt«, sagte sie. »Und sie ist wirklich eine bemerkenswerte Frau. Und vollkommen loyal. Ich meine, wir reden hier von bedingungsloser Liebe.«

Sie ließ den Kamm wieder in ihre Tasche fallen.

»Ich habe das Gefühl, es wäre irgendwie richtig«, sagte sie. »Dan sieht jetzt wieder so viel besser aus; trotz allem sieht er so aus, als sei ihm ein Stein vom Herzen gefallen.« Sie berührte mich am Arm. »Tut mir Leid«, sagte sie. »Sie haben es offensichtlich noch nicht gewusst. Tut mir Leid, dass ich Sie damit überfallen habe. Ich wollte Sie nur warnen, damit Sie Bescheid wissen – ich hoffe, das war in Ordnung.«

Es gelang mir zu nicken.

»Sie sehen ziemlich blass aus, Chloe«, sagte sie und wandte sich mir zu. »Ist auch wirklich alles in Ordnung mit Ihnen?«

Ich versuchte, etwas Zustimmendes zu murmeln. Doch mein Mund war vollkommen ausgetrocknet, ich hatte das Gefühl, er sei zusammengeklebt, und ich konnte ihn tatsächlich nicht öffnen.

»Ich habe mir nur Gedanken gemacht, dass Sie es vielleicht noch nicht wüssten«, sagte sie. »Und damit hatte ich ja offenbar Recht.«

Sie machte mit einer abschließenden Bewegung den Reißverschluss ihrer Tasche zu.

»Es tut mir Leid, wenn ich Sie verletzt habe. Ich war nur der Meinung, dass Sie es wissen sollten. Ich hoffe, ich habe das Richtige getan.«

Sie ging.

Ich stand da und betrachtete die Frau im Spiegel, ich sah, wie ihr Gesicht Risse bekam und auseinander brach; ich stand da vor den graugrünen Papierhandtüchern und dem Seifenspender wie damals in dem kleinen Zimmer der Notaufnahme, wo sie uns, meiner Mutter und mir, gesagt hatten, dass wir uns nicht quälen sollten, dass alles ganz schnell gegangen sei. Und ich dachte, wie dumm ich gewesen war und dass ich Scheuklappen vor den Augen gehabt hatte, weil ich es nicht hatte kommen sehen. Es war doch alles so offensichtlich: Helena war ein anständiger Mensch, sie war loyal und hatte ihm vergeben – das Schwerste, was ein Mensch tun kann. Und sie hatten eine gemeinsame Vergangenheit, die sie miteinander verband, und sie war um Himmels willen seine *Frau*. Ich fühlte mich hässlich, gierig und blind. Außerdem empfand ich so etwas wie Scham. Ich war so zufrieden mit mir gewesen. Ich hatte mir eingeredet, dass ich hergekommen war, um die Wahrheit zu sagen; dies war eine anständige Tat, die man von mir verlangte, und vor Gericht trug ich meinen kleinen Teil der Wahrheit vor, damit der Gerechtigkeit Genüge getan wurde. Und jetzt sah ich meine primitiven Motive plastisch vor mir: Ich erkannte, dass es mir vor allem darum gegangen war, was ich selbst wollte; ich wollte Dan zurückgewinnen, und nun, wo er nicht mehr für mich da war, fühlte ich mich ungerecht behandelt. Als sei er mir etwas schuldig, nur weil ich die Wahrheit gesagt hatte. Als sei meine Aussage ein Gefallen, für den er mich mit ewiger Liebe belohnen sollte. Ich war entsetzt über das, was das über mich aussagte.

Ich erkannte außerdem mit entsetzlicher Klarheit, dass ich daran selbst schuld war. Er hatte die ganze Zeit auf mich gewartet, war mir entgegengekommen und nie wütend geworden oder hatte mich zumindest mit seiner Wut verschont – ich wusste, dass er wütend auf mich war. Schließlich hatte er es nicht getan und daher nicht verstehen können, warum es zwischen uns stehen sollte. Und ich hatte ihn immer wieder weggestoßen – und nie die wirklich wichtigen Fragen gestellt, weil ich Angst gehabt hatte. Und jetzt war es zu spät. Was immer auch im Gerichtssaal geschehen würde, für Dan und mich war es zu spät. Es war vorbei.

Ich betrachtete mein Spiegelbild, um zu prüfen, ob mir jemand die Scham und den Kummer vom Gesicht ablesen konnte. Ich sah ziemlich merkwürdig aus. Mir fiel auf, dass ich mittendrin aufgehört hatte, Lippenstift aufzutragen, meine Oberlippe war glänzend rot, meine Unterlippe irgendwie violett. Doch ich konnte nichts daran ändern, meine Hände zitterten einfach zu stark. Wenn ich versuchte, noch mehr Lippenstift aufzutragen, würde ich wahrscheinlich den Mund verfehlen und mein ganzes Gesicht rot anmalen.

Ich gehe an die frische Luft, dachte ich, atme draußen tief durch und versuche, mich zusammenzureißen. Denn ich war fest entschlossen, wieder in den Gerichtssaal zurückzukehren, wenn es so weit war. Daran war nichts Bewundernswertes, es war einfach nur Stolz. Ich wollte nicht, dass jemand erfuhr, wie verletzt ich war. Vor allem nicht Paola. Mir war bewusst, dass sie es genossen hatte, mir das alles zu erzählen, und ich konnte den Gedanken nicht ertragen, dass sie wusste, wie sehr sie mir wehgetan hatte.

Als ich hinaus auf den Flur trat und Richtung Treppe ging, sah ich, dass vor dem Gerichtssaal 4 Betrieb herrschte, Leute wurden wieder in den Saal geleitet, und es lag Erwartung in der Luft. Die Geschworenen schienen ihren Beschluss rasch gefasst zu haben. Ich wusste nicht, ob das ein gutes oder ein schlechtes Zeichen war.

Die Geschworenen kamen wieder in den Saal, ebenso der Richter, und alle setzten sich. Dan wurde aufgefordert, sich zu erheben, und die Obfrau der Geschworenen stand da, in ihrer Bluse mit der Schleife am Kragen, während die Last der eigenen Wichtigkeit auf ihr ruhte. Sie räusperte sich; dabei zitterte das Blatt in ihrer Hand ganz leicht. Niemand atmete.

»Meine Damen und Herren Geschworenen, sind Sie zu einem Urteil gelangt?«, fragte der Richter.

»Ja«, sagte sie.

»Und Sie sind alle einer Meinung?«

»Ja«, antwortete sie.

»Wie lautet Ihr Urteil? Schuldig oder nicht schuldig?«, fragte der Richter.

»Nicht schuldig«, sagte sie.

Ein Aufatmen ging durch den Saal, dann war Stimmengemurmel zu hören – aufgeregt, aber gedämpft. Ich sah zu Dan hinüber. Er schien ungerührt. Ich nehme an, in solch einem Augenblick, wenn einem die Zukunft entweder wiedergegeben oder genommen wird, beherrscht man seine Gesichtszüge. Dann fuhr er sich mit den Händen übers Gesicht, wie man es manchmal tut, nachdem man gerade aufgewacht ist. Er schob sich die Haare aus dem Gesicht. Ich sah, wie sich sein Körper entspannte, wie er seine Schultern sinken ließ, wie die Anspannung allmählich von ihm wich, so wie Muskeln sich im warmen Sonnenlicht entspannen.

»Sie sind frei«, sagte der Richter. Er erhob sich, wir alle erhoben uns, und er verließ den Saal.

Plötzlich war es laut. Die Aufsichtsbeamtin öffnete die Tür der Anklagebank. Dan ging hindurch und lockerte seine Krawatte. Die Leute strömten auf ihn zu; sie gratulierten ihm zwar nicht gerade, denn irgendwie schienen sie nicht recht zu wissen, was man bei solchen Gelegenheiten sagte. Doch es herrschte eine feierliche Stimmung, alle lächelten, und die Männer klopften ihm auf die Schulter und sagten: »Gott sei Dank« und »Jetzt ist alles vorbei«, die Frauen umarmten ihn. Helena umarmte ihn.

Ich beobachtete, wie sie ihn umarmte, den Arm um seine Schulter legte, das Lächeln, die wenigen geflüsterten Worte; ich sah, wie die anderen sich ein wenig zurückhielten, ihnen Platz ließen und ein, zwei Sekunden Privatsphäre im überfüllten Gerichtssaal gewährten. Mir waren ihre Bewegungen und die Selbstsicherheit, mit der sie ihn berührte, schmerzlich bewusst. Es war die Umarmung einer Frau, die wusste, dass sie ihn hatte, eine Umarmung, die Anspruch auf ihn erhob. Sie schien mir alles zu sagen, was ich wissen musste.

Dann spürte ich, wie Dan zu mir hinübersah, doch das konnte ich nicht ertragen, ich konnte es nicht ertragen, seinem Blick zu begegnen. Der Gerichtssaal schien plötzlich voller Menschen zu sein; all diese Leute drängten sich in Dans Richtung, redeten miteinander, sprachen noch einmal glücklich und überschwänglich alles durch. Zwischen der Tür und mir waren so viele Leute. Ich drängelte mich durch, wollte unbedingt diese Tür erreichen. Alles in mir konzentrierte sich darauf hinauszugelangen. Ich entschuldigte mich, drängte mich ziemlich rücksichtslos an den Leuten vorbei, ich wollte unbedingt aus dem Gerichtssaal sein, bevor ich in Tränen ausbrach.

Paola organisierte gerade geschäftig eine Art Feier. Sie sprach mich an, als ich mich an ihr vorbeidrängte. »Ich dachte, wir könnten vielleicht alle in dieses tolle Sushi-Restaurant gehen, das ich kenne«, sagte sie. »Möchten Sie …? Nein, wohl nicht.«

Ich erreichte die Tür und fiel fast dagegen; ich nahm all meine Kraft zusammen und schob sie auf. Rasch ging ich durch den kühlen Flur aus Stein, vorbei an den Blumenkübeln und den Schlachtenbildern und die erste Treppe hinunter; dabei hielt ich mich am Geländer fest wie ein Kind oder ein gebrechlicher alter Mensch, weil ich vor lauter Tränen die Stufenkanten nicht erkennen konnte. Ich ging am Café mit seinem Stimmengewirr und seinem Geruch nach Pommes und Kaffee vorbei, gelangte zur nächsten Treppe und ging weiter Richtung Zukunft. Beim Gehen redete ich mit mir selbst, ich plapperte vor mich hin und gab mir eine ganze Reihe von nützlichen Anweisungen von Dingen, die getan werden mussten. Ich sagte mir, dass ich jetzt direkt nach Hause fahren und Alice etwas Nahrhaftes ohne Milch zubereiten würde, dass ich Jakes Mutter, die Lucy von der Schule abholte, bitten würde, dass sie bei Blockbuster ein neues Video für Alice auslieh. Ich würde eine Heilpraktikerin anrufen, von der ich gehört hatte und von der alle Mütter am Schultor immer sagten, dass sie sehr gut sei; vielleicht wusste sie ein wirksames Mittel gegen Keuchhusten. Und die nächste Woche würde ich freinehmen und wirklich nur für Alice da sein, mich richtig um sie kümmern und sie bei ihren Hustenanfällen festhalten und ihr dabei helfen, wieder gesund zu werden.

Das ist jetzt meine Zukunft, dachte ich: meine Töchter und ich zusammen, in meinem Haus mit den gelben Wänden, dem Geschirr mit Blumenmuster und den Hängekörben – wie auf einem Kinderbild; meine sinnvolle Arbeit, meine Freunde und mein Garten mit dem Maulbeer- und dem Apfelbaum, meine Blumenkästen auf den Fensterbänken; ich würde still in der Küche sitzen, langsam älter werden, jeden Morgen ein paar graue Strähnen mehr und ein paar zusätzliche Falten an den Händen haben, ich würde ein wenig steifer werden, ein wenig mehr austrocknen; allmähliche, kaum wahrnehmbare Verschiebungen und Veränderungen würden stattfinden, das Alter würde langsam voranschreiten. Und das ist gar keine schlechte Art zu leben, sagte ich unter Tränen zu mir selbst. Ich habe so viel, ich sollte in Ehren halten, was ich habe, sagte ich mir, während die Tränen, für die ich mich schämte, mir unkontrolliert übers Gesicht rollten.

Ein Gerichtsdiener drehte sich um und starrte mich an.

»Alles in Ordnung mit Ihnen, Madam?«, fragte er unsicher und förmlich.

Ich nickte und ging weiter.

Mit mir ist alles in Ordnung, sagte ich mir. Oder wenigstens *wird* alles in Ordnung mit mir sein. Bald, nächsten Monat, nächstes Jahr, wird alles in Ordnung mit mir sein. Denn jetzt ist alles zu Ende, dieses ganze seltsame Kapitel meines Lebens. Das Kapitel von Dan und Carly, das Kapitel, das von zwei sehr unterschiedlichen Menschen handelt, zwischen denen Welten liegen, wie der Barrister gesagt hatte, und die doch miteinander verknüpft waren; fast wären sie durch das, was ihnen angetan worden war, untergegangen und hätten mich mit in die Tiefe gerissen. Und eines Tages, sagte ich mir, werde ich darauf zurückblicken und es so sehen können. Eines Tages werde ich in der Lage sein, es wirklich nur als ein Kapitel meines Lebens zu betrachten. Der Abschnitt meines Lebens, in dem ich in Dan verliebt war und als alle diese Dinge geschahen.

Ich kam am Fuß der Treppe an und ging am Schalter der Sicherheitsbeamten und an der Wache in ihrem dunkelblauen Pullover vorbei, die mich nach Waffen durchsucht hatte, als ich kam. Durch die Automatiktür trat ich nach draußen. Es regnete wieder in Strömen; dicke Tropfen spritzten auf dem gepflasterten Bürgersteig vor dem Gericht hoch, und ich war in Sekundenschnelle völlig durchnässt. Meinen Regenschirm hatte ich ja Jude geliehen. Meine Beine wurden bis auf die Haut nass, meine Haare, die Ärmel und Schulterpartien meiner Jacke waren ebenfalls sofort durchnässt. Doch in gewisser Weise begrüßte ich diesen Wolkenbruch, denn er entsprach in seinem Übermaß meiner Stimmung, als ich mich von diesem düsteren Ort entfernte, gedemütigt und aufgelöst; das Wasser war überall und spülte meine Tränen fort.

38

Ich bedankte mich überschwänglich bei Dorothy, brachte sie zur Tür und hielt die Haustür gerade so lange auf, wie es die Höflichkeit verlangte, bevor ich sie mit Nachdruck schloss und alles aussperrte. Die Küche kam mir stickig und muffig vor. Ich öffnete das Fenster und ließ den Geruch von nasser Erde und Blättern herein, doch ich nahm auch einen unerwarteten Geruch wahr, einen süßen Duft nach Blütenstaub. In einem der kahlen, grauen Gärten in der Nachbarschaft – nicht in meinem – musste bereits etwas blühen, vielleicht eine Zaubernuss oder eine Mahonie. Ich stand einen Augenblick da und atmete den Duft ein.

Alice saß aufrecht mit ein paar Kissen im Rücken da und sah sich ein Video an; sie war sehr schläfrig, und ihre Augen waren halb geschlossen. Doch sie hörte, wie ich in ihr Zimmer kam, und öffnete die Augen.

»Hast du's ihm gegeben?«, fragte sie mit einer Stimme, die ganz leise war und sich anhörte, als sei sie sehr weit entfernt.

»Nein, mein Schatz. Tut mir Leid. Es war zu schwierig. All diese Leute wollten mit ihm reden.«

Sie runzelte die Stirn. »Aber er wollte bestimmt auch mit dir reden, Mama, meinst du nicht?«

»Ich weiß nicht«, sagte ich.

»Er geht aber doch nicht ins Gefängnis, oder?«

»Nein«, antwortete ich. »Er geht nicht ins Gefängnis, er wurde freigesprochen.«

»Bekommt er seine Stelle wieder?«

Ich schüttelte den Kopf. »Er wird wahrscheinlich entlassen. Das ist fast immer so.«

»Obwohl er freigesprochen wurde?«

»Ja, obwohl er freigesprochen wurde.«

»Das wird ihm nicht gefallen, Mama«, sagte sie.

»Nein, das wird es sicher nicht«, erwiderte ich.

»Ich wünschte, du hättest ihm den Vogel gegeben. Ich wollte wirklich, dass er ihn bekommt.« Sie gähnte und rutschte dann unter ihre Decke. »Du sagst immer, du machst bestimmte Dinge, und tust sie dann doch nicht«, sagte sie gähnend.

Ich zog ihr die Bettdecke über die Schultern und ließ sie schlafen.

Später rief natürlich Jude an, und wir haben endlos lange miteinander geredet; ich habe ihr alles erzählt und ein bisschen geweint. Sie überredete mich, ihr jede Einzelheit von Helena zu erzählen.

»Aber ich dachte, du hättest mir erzählt, Helena habe jemand anderen«, sagte sie verwirrt.

»Na ja, das ist wahrscheinlich vorbei«, erwiderte ich.

»Ach, Chloe«, sagte Jude. »Du Arme. Wahrscheinlich sollen einige Dinge einfach nicht sein.«

Irgendwie machte ich weiter, in jener Nacht, am nächsten Tag. Es half mir, dass Alice mich so sehr brauchte. Ich saß manchmal da und weinte, dann hörte ich, wie sie anfing zu husten, und ich musste zu ihr, ihr die Schüssel halten, ihr den Rücken massieren und sie beruhigen. Außerdem war Lucy sehr fordernd, vielleicht weil sie eifersüchtig auf Alice war, die so viel Aufmerksamkeit bekam. Sie wollte, dass ich an all ihren Spielen teilnahm. Außerdem musste ich waschen, sauber machen und aufräumen. Ich hatte viel zu tun, doch nichts davon lenkte mich ab. Ich erledigte langsam eine Sache nach der anderen und durchlebte immer wieder alles von vorn; ich spielte all meine Fehler und Versäumnisse und all die Dinge, die ich falsch gemacht hatte und die nicht wieder rückgängig gemacht werden konnten, durch, und wie bei einer Halluzination hatte ich alles lebendig vor Augen.

Am Donnerstagnachmittag räumte ich auf, bevor Lucy aus der Schule nach Hause kam, und stieß auf die Jacke, die ich im Gericht getragen hatte. Ich hatte sie auf einen Stuhl geworfen, als ich nach Hause kam, und noch nicht aufgehängt. Der Papiervogel war immer noch in der Tasche. Ich nahm ihn heraus;

er war ganz zerknittert, weil ich ihn während meiner Aussage umklammert hatte. Eigentlich wollte ich ihn in den Papierkorb werfen, doch etwas hielt mich davon ab. Ich dachte, dass ich wenigstens etwas wieder zurechtrücken konnte. Eine kleine, unbedeutende Geste, die sich aber vielleicht trotzdem lohnte.

Ich glättete, so gut ich konnte, die Knitterfalten und faltete die Flügel flach. Ich schrieb Dans Namen auf einen Briefumschlag, steckte den Vogel hinein und fügte noch eine kurze Notiz hinzu: »Alice möchte ihn dir gerne geben.« Ein Teil von mir fand das ziemlich dumm und peinlich, aber ich tat es trotzdem. Und als Jakes Mutter kam und Lucy auf dem Nachhauseweg von der Schule ablieferte, fragte ich sie, ob es ihr etwas ausmachen würde, zwanzig Minuten auf die Mädchen aufzupassen, während ich schnell etwas einkaufte; dann setzte ich mich ins Auto und fuhr zu Dans Wohnung.

Ich parkte ein paar Meter entfernt von seinem Haus neben einem Kirschbaum, der in einem Vorgarten stand und über den Bürgersteig hing. Ich stieg nicht aus, sondern saß eine ganze Weile einfach nur da. Es goss immer noch in Strömen, es schien überhaupt nicht mehr aufhören zu wollen. Ich konnte den Berufsverkehr hören, der auf der Hauptstraße zunahm, das zischende Geräusch der Autoreifen auf der nassen Straße und das Poltern eines Lkws, der über einen Kanaldeckel fuhr. Doch das einzige Geräusch in dieser ruhigen Straße war das Trommeln der Regentropfen.

Wenn ich einen langen Hals machte, konnte ich durch das große Erkerfenster den vorderen Teil von Dans Wohnzimmer sehen. Es sah alles so aus wie immer, seine Bücher standen in den Regalen, das Schiebefenster stand einen Spalt offen, so wie immer. Das überraschte mich. Ich hatte mir vorgestellt, dass er sofort in die Wimpole Avenue hätte zurückkehren wollen. Eigentlich hatte ich fast damit gerechnet, ihn mitten beim Umzug anzutreffen; dass er gerade die Haustür aufstieß oder mit Bücherkisten und Koffern auf dem Bürgersteig hantierte, dass er gerade dabei war, in das elegante Haus mit der Smallbone-Küche zurückzukehren, zu dem vertrauten Tagesablauf und den Schränken, in denen Helenas teure, schlichte Garderobe hing, zu dem Bett, in dem sie sich so oft von seiner Berührung abgewendet hatte. Doch die Straße war menschenleer, niemand ging an mir vorbei.

Ich saß da und starrte auf die Haustür und die vier Klingelknöpfe; ich fragte mich, ob ich tatsächlich tun würde, worum Alice mich gebeten hatte. In diesem Augenblick konnte ich mich nicht rühren, mein Körper fühlte sich schwer an wie in einem Traum; auf ihm lastete alles, was geschehen war. Es schien eine unglaubliche Willensanstrengung vonnöten zu sein, um dort hinzugehen und die Klappe des Briefkastens zu öffnen und den Briefumschlag hindurchzuschieben. Und doch, sagte ich mir, war es das Einfachste von der Welt, etwas, das ich in den Sommermonaten unserer Liebesaffäre oft und gern getan hatte, als ich ihm all diese Briefe und kleinen Notizzettel geschrieben hatte, in denen ich ihn wissen ließ, wie ich mich dabei gefühlt hatte, wenn er mich berührte. Ich dachte daran, wie kühn ich gewesen war, dass ich Dinge tun und sagen konnte, die ich vorher nicht getan und gesagt hatte und auch wohl nie wieder tun und sagen würde. Meine Verwegenheit von damals erstaunte mich jetzt. Und ich dachte an das Einfühlungsvermögen zwischen uns, das dies alles erst ermöglicht hatte, an das Gefühl, wahrgenommen und verstanden zu werden, und auch an die Zärtlichkeit. Ich hatte ihn so sehr geliebt und liebte ihn noch, auch nach allem, was gewesen war. Ich gab mir solche Mühe zu hoffen, dass er glücklich werden würde.

Ich nahm den Umschlag aus meiner Tasche, öffnete ihn und holte die Notiz heraus, die ich geschrieben hatte. Alice möchte ihn dir gerne geben. Das klang ein wenig kühl, dachte ich. Ich suchte in meiner Tasche nach einem Stift, fand einen roten Filzstift der Kinder und schrieb »Alles Liebe, Chloe« unten auf die Seite. Die verschmierte rote Farbe passte nicht zum

Rest des Briefes, die Buchstaben schienen einem entgegenzuspringen, sie waren größer und leuchtender, als ich beabsichtigt hatte. Ich steckte den Zettel wieder zu dem Vogel in den Umschlag. Der Umschlag sah ziemlich schmuddelig aus. Wahrscheinlich dachte die Frau, die im Erdgeschoss wohnte, es sei Müll, und warf ihn weg. Das machte nichts. Wenigstens hatte ich getan, was Alice wollte. Ich stieg aus, ging zur Haustür und warf den Brief ein.

Jakes Mutter war schon unruhig, als ich zurückkam. Mir wurde bewusst, dass ich viel länger fort gewesen war als geplant. Alice war fest eingeschlafen, und Lucy saß im Wohnzimmer mit ihrer Schmusedecke zusammengerollt vor dem Fernseher. Ich räumte den Geschirrspüler aus und machte in der Küche Ordnung. Lucy kam zu mir, als ihre Sendung zu Ende war, und wir übten Buchstabieren für die Schule. Dann holte ich die Spielzeugpferde für sie heraus, damit sie mit ihnen spielen konnte, während ich alle Zutaten für einen Teig zusammensuchte und Mehl und Butter vermischte, weil ich zum Abendessen Hühnerpastete machen wollte. Es war eines ihrer Lieblingsessen. Ich wusste, dass Lucy sich freuen würde, und ich hoffte, dass Alice ein wenig davon essen konnte.

Das Telefon klingelte, und ich fluchte leise. Meine Hände waren klebrig und voller Teig, denn ich war gerade beim klebrigsten Teil, wo man das Wasser einknetet, bevor man den Teig ausrollt.

»Könntest du rangehen, Lucy?«, fragte ich. »Ich wasche mir nur schnell die Hände.«

Lucy freute sich, denn sie tat das gern. Sie ging zum Telefon und nahm den Hörer ab. Er war viel zu groß für sie, und sie hielt ihn vorsichtig an ihr Ohr wie etwas Kostbares. Sie wiederholte sehr sorgfältig unsere Nummer und lauschte dann einen Augenblick.

»Oh«, sagte sie und errötete leicht. Sie sah mich unsicher an.

Ich spülte mir den Teig von den Händen.

»Ich fürchte, sie ist im Augenblick schrecklich beschäftigt«, sagte Lucy in den Hörer. Ihre Erwachsenenstimme war höflich und ziemlich förmlich. Ich hätte fast gelacht: Sie klang genau wie ich.

Ich schüttelte das Wasser von den Händen und ging zu ihr, um zu übernehmen.

»Wer ist dran?«, fragte ich Lucy.

Sie hielt den Hörer hinter ihren Rücken.

»Rate«, sagte sie.

»Also wirklich, Lucy.« Ich griff nach dem Hörer, doch sie machte einen Schritt zur Seite. Ich wusste, dass ich ihn nicht ohne Rauferei bekommen würde, und einer von uns ließ ihn unter Umständen fallen, und das Gespräch wurde vielleicht abgeschnitten.

»Komm schon, Mami, rate.«

»Jude«, sagte ich, um auf der sicheren Seite zu sein.

»Nö.«

»Jakes Mama.«

Sie schüttelte den Kopf, und ihr blonder Zopf hüpfte hin und her. Sie drehte sich um und sprach in den Hörer. »Sie hat falsch geraten«, sagte sie. »Sie ist beim Raten wirklich hoffnungslos schlecht.« Sie kicherte über etwas, das die Person am anderen Ende der Leitung sagte.

Doch dann konnte ich dieses Spiel keinen Augenblick länger ertragen.

»Lucy, um Himmels willen, jetzt sag endlich, wer dran ist.«

»Es ist Dan«, sagte sie. »Und er sagt, du hast *alles* falsch verstanden, und er will uns besuchen kommen. Er fragt, ob das in Ordnung ist.« Sie beobachtete mich ängstlich, um zu sehen, was ich sagen würde.

Ich konnte nicht sprechen. *War das in Ordnung?*

Lucy hielt den Hörer mit beiden Händen fest und sprach fröhlich hinein. »Es ist okay, sie lächelt.«

Mann wegen Kinderpornos für schuldig erklärt

Ein Mann, der gestern während einer konzertierten Polizeiaktion, die sich über den ganzen Stadtteil erstreckte, verhaftet wurde, hat sich in zwei Fällen des Besitzes von Kinderpornografie schuldig bekannt. Darren Smithson, 22, arbeitslos und wohnhaft in 105 A Tonbridge Gardens, hatte während des Ermittlungsverfahrens auf nicht schuldig plädiert, doch während eines Verfahrens unter dem Vorsitz von Richter Browning seine Schuld gestanden. Smithson wurde mitgeteilt, dass ihm mit ziemlicher Sicherheit eine Gefängnisstrafe drohe. Die Verhandlungen wurden um vier Wochen vertagt, damit die Bewährungshilfe die für eine Verurteilung notwendigen Berichte vorbereiten kann. Smithson wurde gegen Kaution aus der Untersuchungshaft entlassen.

Surrey Comet, 4. Mai

Danksagung

Folgende Personen versorgten mich mit wichtigen Informationen, gaben Ratschläge oder boten mir ihre Gastfreundschaft an, während ich dieses Buch schrieb: C. J. Goodwin, Jane Taylor, Richard Taylor, Gretta Mulrooney, Madeleine Fullerton, Roy Umney, Vicky Tippet, Martin Shaw, David Shaw, Jeremy Cameron und Jeremy Wakefield. Ihnen allen gilt mein Dank. Hugh Braynes Beratung bezüglich der Rechtsverfahren war mir eine wertvolle Hilfe. Mein besonderer Dank gilt Lucy Floyd für ihre Weisheit und ihre Großzügigkeit.

Mick, Becky und Isabel waren wie immer liebevoll und haben mich unterstützt, selbst wenn ich sehr in Anspruch genommen war.

Michael Fishwick, der mich inspirierte und ermutigte, und Rebecca Lloyd, die meinen Text sorgfältig und klug lektorierte, bin ich ebenso zu Dank verpflichtet wie Phyllis Richardson für ihre akribische Textarbeit und meiner Agentin Lisa Eveleigh für ihre Energie und ihr Engagement.

Doch diejenigen, denen ich am meisten verdanke, müssen ungenannt bleiben. Ich bin ihnen außerordentlich dankbar für das, was sie mir gegeben haben.